MONJA Y CASADA, VÍRGEN Y MÁRTIR

HISTORIA DE LOS TIEMPOS DE LA INQUISICION

VICENTE RIVA PALACIO

ALICIA EDITIONS

ÍNDICE

LIBRO PRIMERO : EL CONVENTO DE SANTA TERESA LA ANTIGUA.

Capítulo 1	3
Capítulo 2	8
Capítulo 3	14
Capítulo 4	20
Capítulo 5	24
Capítulo 6	28
Capítulo 7	33
Capítulo 8	39
Capítulo 9	44
Capítulo 10	50
Capítulo 11	56
Capítulo 12	60
Capítulo 13	65
Capítulo 14	72
Capítulo 15	80
Capítulo 16	92
Capítulo 17	102
Capítulo 18	112
Capítulo 19	120
Capítulo 20	127
Capítulo 21	135

LIBRO SEGUNDO : LAS DOS PROFESIONES.

Capítulo 1	141
Capítulo 2	146
Capítulo 3	157
Capítulo 4	164
Capítulo 5	170
Capítulo 6	175
Capítulo 7	182

Capítulo 8	189
Capítulo 9	197
Capítulo 10	204
Capítulo 11	211
Capítulo 12	218
Capítulo 13	224
Capítulo 14	230

LIBRO TERCERO : MONJA Y CASADA

Capítulo 1	239
Capítulo 2	242
Capítulo 3	249
Capítulo 4	256
Capítulo 5	263
Capítulo 6	269
Capítulo 7	276
Capítulo 8	280
Capítulo 9	286
Capítulo 10	295
Capítulo 11	303
Capítulo 12	308
Capítulo 13	314
Capítulo 14	321
Capítulo 15	325
Capítulo 16	331
Capítulo 17	340
Capítulo 18	347
Capítulo 19	353

LIBRO CUARTO : VÍRGEN Y MÁRTIR.

Capítulo 1	359
Capítulo 2	365
Capítulo 3	371
Capítulo 4	376
Capítulo 5	381
Capítulo 6	388
Capítulo 7	396
Capítulo 8	402
Capítulo 9	408

Capítulo 10 — 413
Capítulo 11 — 421
Capítulo 12 — 428
Capítulo 13 — 432
Capítulo 14 — 439
Capítulo 15 — 443
Capítulo 16 — 449
Capítulo 17 — 453
Capítulo 18 — 458
Capítulo 19 — 463
Capítulo 20 — 470
Capítulo 21 — 476
Capítulo 22 — 483
Capítulo 23 — 487
Capítulo 24 — 493

Sr. D. Manuel C. de Villegas.

S. C. Julio 8 de 1868.

Mi querido editor y amigo:

Remito á V. el original de la novela «MONJA Y CASADA» Dios lo saque á V. con bien.

He procurado estudiar y escribir con conciencia.

Los personajes y los episodios son históricos, y he logrado encontrar preciosos datos en la gran obscuridad que envuelve la historia de las costumbres de la época á que se refiere.

Le doy las gracias por su galantería al haber colocado mi retrato en la novela «Calvario y Tabor.»

Sabe V. que lo quiere bien su amigo

—Vicente.

LIBRO PRIMERO : EL CONVENTO DE SANTA TERESA LA ANTIGUA.

CAPÍTULO 1

De lo que pasaba en la muy noble y leal ciudad de México, en la noche del 3 de Julio del año del Señor de 1615.

HACE dos siglos y medio, México no era ni la sombra de lo que habia sido en los tiempos de Moctezuma, ni de lo que debia ser en los dichosos años que alcanzamos.

Las calles estaban desiertas, y muchas de ellas convertidas en canales; los edificios públicos eran pocos y pobres, y apenas empezaban á proyectarse esos inmensos conventos de frailes y de monjas, que la mano de la Reforma ha convertido ya en habitaciones particulares.

Se vivia entonces muy diferentemente de como hoy se vive. A las ocho de la noche, casi nadie andaba ya por las calles, y solo de vez en cuando se percibía el farolillo de un alcalde que iba de ronda, ó la luz con que un escudero ó un rodrigon alumbraban el camino de un oidor, de un intendente, ó de una dama que volvia de alguna visita. Los perros vagabundos se apoderaban de las calles desde la oracion de la noche, y atacaban como unas fieras á los transeuntes.

Los truanes y los ladrones tenian carta franca para pasear por la ciudad; la policía de seguridad estaba solo en las armas de los vecinos.

Era la media noche del 3 de Julio de 1615. Una menuda lluvia se desprendia sobre la ciudad, y producia un rumor ténue y acompasado; no se veia en todas las calles ni una luz, las puertas y las ventanas estaban cerradas, y parecia no vivir ninguno de los treinta y siete mil habitantes que componian entonces la poblacion.

De repente, en el silencio de la noche, se oyó el ruido de un gran cerrojo, y poco despues la puerta principal del palacio del arzobispo, se abrió dando paso á una extraña comitiva.

Era una especie de procesion fantástica de sombras negras precedidas por un hombre embozado en una larga capa, con un ancho sombrero negro, sin plumas ni toquillas, y que llevaba en la mano izquierda un farol, y en la derecha un nudoso baston.

Seguíale una especie de cleriguillo, envuelto en un balandran negro, y con un sombrero semejante al de su conductor, y luego cuatro hombres que cargaban voluminosos envoltorios de indecisas formas.

Apenas salió el último de los cargadores, la puerta del palacio volvió á cerrarse, y de uno de los balcones se escuchó una voz que decia:

—¡Martin, Martin!

La comitiva se detuvo.

—Mucho cuidado; y sobre todo, mucho sigilo.

—Descuide su señoría ilustrísima, contestó el hombre del balandran; y luego, dirijiéndose á los demás, les dijo con tono imperativo: ¡Adelante!

Todos se pusieron en camino, llevando siempre de guía al del farol.

Llegaron hasta la esquina de la calle que hoy se llama cerrada de Santa Teresa, y allí siguieron por toda la calle, torcieron luego por la otra, que tambien lleva el nombre de Santa Teresa, y con direccion á la del Hospicio, que se llamaba entonces de las Atarazanas, y se detuvieron á pocos pasos frente á una casa de gran apariencia, á juzgar por el tamaño de la puerta.

El hombre del balandran dió tres golpes, pero tan lijeros, que parecia imposible que nadie los hubiera escuchado, y sin embargo, un momento despues, una voz de muger preguntó desde adentro:

—¿Quién va?

—Nuestra Madre Santa Teresa, contestó el del balandran.

—¿Qué quiere?

—Su casa.

Se oyó el ruido de la llave que entraba en la cerradura, y luego que volteaba rechinando sobre el enmohecido pasador, sonaron las trancas de madera, y gimiendo los goznes, se abrió toda la gran puerta de par en par, y la comitiva penetró en el portal de la casa á la luz del farol del guía, y de un candil de barro que tenia en la mano la muger que habia abierto.

Era una beata como de cincuenta años, vestia un hábito de San Francisco, de lana burda, y tenia cubierta la cabeza con una especie de toca de estameña negra.

Las palabras cambiadas al traves de la puerta, debian ser algunas señas convenidas, porque la beata dejó pasar á todos sin hacer pregunta alguna, y sin manifestar la menor admiracion, y luego cerró cuidadosamente el zaguan.

El hombre del farol penetró en la casa seguido de los cargadores, y el del balandran quedó esperando á que pasaran, para hablar con la beata.

—Señora Cleofas, ¿nadie ha sentido nada?

—No; que todo el mundo duerme tranquilamente, hace mas de cuatro horas.

—Muy bien, su Ilustrísima desea que nadie sepa nada y ya se sabe, cuando su Ilustrísima lo dispone, es necesario cumplir.

—Vaya usarcé sin cuidado, señor Bachiller.

—Oigame vuesa merced, Señora Cleofas, que si dentro de un rato vienen á llamar con la misma contraseña que yo he traido, no se detenga en abrir, que debe ser sin duda su Señoria el señor Quesada, Oidor de esta Real Audiencia.

—Descuide usarcé, que no haré esperar al señor Oidor.

El Bachiller, como le habia llamado la beata, se ajustó al cuerpo su balandran y se dirijió al interior de la casa.

Aunque la noche es oscura y lluviosa nosotros no necesitamos de luz para ver, y procuraremos hacer una descripcion del edificio.

Era un inmenso patio enlosado, y entre las mal ajustadas losas, brotaba la yerba en grande abundancia; en el medio habia una gran fuente de azulejos, en derredor de la cual se veian como veinte piedras colocadas de manera que servian de lavadero de ropa á los vecinos, y de las ventanas y de grandes clavos asegurados en las paredes, se tendian mecates elevados del suelo por morillos delgados y sueltos, y que servian para secar al sol la ropa que se lavaba en aquellas piedras.

Debia haber allí un gran vecindario segun el número de puertas, de ventanas, y de escaleras que se descubrian por todas partes. Pero todo el mundo dormia profundamente, porque no se escuchaba rumor de ninguna especie, y solo en el fondo, al traves de las hendiduras de una puerta, se veia una luz dentro de una habitacion.

Hácia allí se dirijió el Bachiller, y llegó, no sin haber tropezado muchas veces con los mecates que servian de tendedero.

Empujó sin ceremonia la puerta y entró en la habitacion.

El hombre del farol y sus compañeros se ocupaban afanosamente en poner un altar en el fondo de una gran sala.

El altar se levantaba como por encanto: sotabanco y gradas estaban ya en su lugar, y cubiertos con un riquísimo brocado. La imágen de Santa Teresa ocupaba el centro de la grada alta, y candeleros y blandones, y ramilletes de plata y oro, cubrian las demás.

—De prisa camina la obra, señor Justo.

—Sí señor Bachiller—contestó el que habia traido el farol, y que era un hombre como de sesenta años, pero robusto y fuerte.—Hace mas de cuarenta y cinco años que soy sacristan, y no será la práctica la que me falte, ya verá su merced.

—Antes de amanecer estará ya aquí su Ilustrísima el Señor Arzobispo, y es necesario que no falte nada.

El sacristan sin contestar, siguió trabajando; y el Bachiller se arrebujó en el sitial que estaba destinado para el Arzobispo, y se puso á meditar.

Habia trascurrido así como media hora, cuando la puerta se abrió repentinamente, y un nuevo personaje se presentó en el salon.

El recien venido era un hombre en la fuerza de la edad viril; su rostro enjuto tenia las señales de una vejez próxima, apresurada no por el vicio, sino por el estudio y la vigilia; un bigote negro y con las puntas levantadas, y una piocha larga y en figura de una coma, daban á su rostro un aire resuelto.

Vestia una ropilla negra de terciopelo con gregüescos y calzas del mismo color, un sombrero negro al estilo de Felipe II, y ferreruelo tambien negro, completaban su equipo, sin que le faltara una larga espada de ancha taza, y una daga de gancho, pendientes de un talabarte negro ceñido con una brillante hebilla de oro.

El Bachiller se levantó precipitadamente y se dirijió á su encuentro.

El recien venido sacudió su sombrero y su ferreruelo, empapados con la lluvia de la noche.

—Dios os guarde—dijo.

—Señor Oidor, contestó el Bachiller, supongo que no habrán hecho esperar á su señoría, porque yo advertí......

—No, señor Bachiller; la pobre beata velaba, como buena cristiana. ¿Y qué tal se adelanta? dijo el Oidor dirijiéndose al altar, y haciendo al llegar una pequeña genuflexion.

—Admirablemente: creo que dentro de una hora, todo estará dispuesto.

—Muy bien; el golpe está perfectamente combinado, y D. Alonso de Rivera tendrá que mesarse mañana las barbas. ¿Nádie ha observado nada?

—No señor.

El Oidor sacó de la abertura del pecho de su ropilla un enorme reloj de plata que traia pendiente del cuello por una gruesa cadena de oro.

—Es la una—dijo—me voy: y embozándose en su ferreruelo se dirijió á la puerta sin despedirse de nadie, pero haciendo con los ojos una ligera seña al Bachiller.

Tomó este su sombrero, y como haciendo cumplidos, acompañó al Oidor y salieron ambos al patio, cuidando de cerrar la puerta.

Ni el sacristan ni sus acompañantes pusieron atencion en lo que pasaba, y continuaron componiendo su altar.

CAPÍTULO 2

Donde se ve quién era el Bachiller, y lo que pasó con el Oidor.

—PARDIEZ, señor Bachiller—dijo el Oidor cuando estuvieron en el patio,—que me habeis hecho venir con una noche, que mas está para dormir que para andarse en aventuras; ¿tanto urge lo que me teneis que decir?

—A no ser la urgencia tanta, cuidárame muy bien de haber molestado á vuestra señoría; pero á tanto llega la precision, que si una hora más tarda su señoría, hubiera corrido riesgo de llegar tarde.

—Me alarmais, en verdad.

—Creo que no hay gran peligro, sino el de no complacer á la dama de vuestro pensamiento.

—¿Qué hay, pues?

—Que en esta noche, y como á bocas de las oraciones, recibí una esquela de mi señora Doña Beatriz, que es fuerza lea vuestra señoría.

—Dádmela.

—Aquí está—dijo el Bachiller, entregando al Oidor un billete pequeño, y cuidadosamente doblado y perfumado.

—Por el aroma le conociera, aunque no viese las letras—dijo el Oidor besándole:—¿pero á donde podré imponerme?

—En el cuarto de la beata que tiene luz, y que está abierto cerca del zaguan.

Los dos se dirigieron á la puerta de la calle.

Al ruido de sus pasos, de una pequeña puerta salió la beata con su candil en la mano.

—Tendreis á bien, le dijo el Oidor, prestarme vuestro candil y permitirme que pase yo solo un momento á vuestro cuarto á leer una carta.

—Con mucho gusto—contestó la beata, entregándole el candil.

La beata y el Bachiller quedaron á la puerta, y el Oidor entró al cuarto.

Encima de una mesa, que tenia por todo adorno un Cristo y una calavera, colocó el Oidor el candil y se quitó el sombrero respetuosamente.

Desdobló la carta y leyó.

«Al Bachiller D. Martin de Villavicencio y Salazar.»

«Avisad á Quesada que es indispensable que me vea esta madrugada á las dos. Dios os guarde.—*Beatriz.*»

El Oidor besó la esquela, la dobló cuidadosamente, y metiéndola en la bolsa de sus gregüescos, tomó el candil y el sombrero y salió.

La beata recibió el candil y se dirigió á abrir.

—Mil gracias,—dijo el Oidor saliendo seguido del Bachiller.

—A Dios sean dadas—contestó la beata cerrando.

—¿Qué me dice su señoría?

—Nada, sino que es preciso que me vaya yo sin perder tiempo á ver á Beatriz.

—¿Quiere su señoría que le acompañe?

El Oidor se volvió como diciendo: ¿de qué podrá servirme éste?—El Bachiller lo comprendió.

—Mire su señoría—dijo—aunque parezco gente de iglesia, y por tal me ha conocido siempre, no lo soy, que aunque Bachiller no tengo mas órdenes que la de prima tonsura, que casi, casi solo el barbero nos la confiere y no imprime carácter; conozco el manejo de las armas como un soldado, y puede vuestra señoría ocuparme sin el menor escrúpulo, que no será este negocio en el que tenga que ver el Santo Oficio.

—Pero si yo os llevara en mi compañía tendríais que ir mano sobre mano, porque no os veo llevar arma de ninguna especie.

—Descuide su señoría, que no me faltará, sobre todo, si como supongo vamos á la casa de mi señora Doña Beatriz en la calle de la Celada.

—Así es en efecto.

—Pues iremos, porque yo hasta las cuatro no tengo que venir para acompañar al señor Arzobispo.

—Pues andando, que el tiempo avanza.

Quesada y Martin comenzaron á caminar lo mas aprisa que les permitia la oscuridad de la noche, y el pésimo estado de las calles, llenas de lodo, de charcos de agua, y de cerros que se formaban en las esquinas con la basura que arrojaban allí los vecinos de las casas cercanas.

Así llegaron hasta las tiendas que habia, en donde despues se levantó el Parian, y que ocupaban una parte de la Plaza Mayor.

—Me permite su señoría un momento,—dijo Martin.

El Oidor se detuvo, y Martin se dirigió á una de las tiendas y llamó fuertemente.

—¿Quién va?—dijo desde adentro un hombre.

—Yo—contestó Martin—abre Zambo.

—¿Quién es yo?

—Yo, Garatuza, ábreme pronto.

A pocos momentos se abrió la puerta.

—Enciende luz—dijo Martin.

Se oyó el choque de un eslabon contra la piedra, se vieron las chispas blancas del pedernal, y luego la roja lumbre de la yesca, y luego la azulada luz de una pajuela de azufre, y por último, el claro resplandor de una bujía de cera.

Un Zambo, cabezon y feo como un condenado, la tenia en la mano.

—¿Hay una espada?—preguntó Martin.

—Aquí están tres, las demas salieron porque andan de aventura los muchachos.

—Dame una pronto.

El Zambo dió á Martin una espada y una daga pendientes de un talabarte de cuero colorado muy viejo, con hebilla de fierro.

Martin se ciñó el talabarte, y volvió al lado del Oidor.

—Estoy á las órdenes de su señoría,—le dijo con una sonrisa maliciosa, y entre abriendo su balandran para mostrar sus armas.

Pero la noche era oscura, y el Oidor no pudo ver ni la sonrisa ni las armas, y preguntó:

—¿Ya armado?

—Ya.

—Por mi fé, señor Bachiller, que voy descubriendo en vos una alhaja; vámonos.

—Su señoría me favorece demasiado,—contestó hipócritamente Martin—no soy mas que un hombre precavido.

Habia cesado la lluvia, el negro toldo de nubes que cubria el cielo comenzaba como á despedazarse, y en medio de su oscuro fondo empezaba á adivinarse la luna anunciada por líneas luminosas é irregulares en la pesada masa que flotaba en el aire.

La calle de la Celada es la que ahora se llama de Zuleta, y debió el nombre de Celada á un ardid de guerra que, durante el sitio de México por Hernan Cortés, hizo caer prisioneros en manos de los vasallos de Guatimotzin, á seis españoles en esa misma calle, que era un ancho canal en los dias de la conquista.

El Oidor y Martin tenian para llegar á la calle de la Celada, que atravesar la acequia que pasaba por frente á las casas del Ayuntamiento, y corria por las calles que ahora se llaman del Coliseo, hasta la gran acequia que circundaba la ciudad.

Por la márgen derecha de la acequia siguieron hasta llegar á un puente que existia en la calle del Espíritu Santo, y allí franquearon el obstáculo.

La noche iba aclarando, y los dos hombres, aunque con precaucion, caminaban de prisa y sin hablarse.

Habia en la calle de la Celada una grande y magnífica habitacion, que indicaba la opulencia y el poder de sus dueños, y hácia aquella casa se dirigió sin vacilar el Oidor seguido de Martin.

Cruzó sin pararse frente á la entrada principal, y continuó alejándose de ella hasta detenerse en una puertecilla que en un elevado muro habia, y que á juzgar por lo que alcanzaba á verse desde la calle y desde las azoteas vecinas, correspondia á un jardin ó á un corralon.

Quesada arañó literalmente aquella puerta dos veces; en el interior se oyó tambien como si alguien arañase, y Quesada dió entonces un golpecito.

La puerta se abrió como por encanto, sin hacer ruido ninguno.

—¿Me esperáis aquí, ó preferís entrar?—preguntó el Oidor á Martin.

—En todo caso—contestó el Bachiller—prefiero estar afuera, porque si su señoría tardase podria yo irme á ver al señor Arzobispo.

—Bien, no tardaré.

La puerta volvio á cerrarse y Martin quedó solo en la calle apoyado en el dintel.

Un negro muy alto y muy fornido habia abierto al Oidor, y le guiaba en el interior de la casa; pero el Oidor parecia no necesitar aquel guía, segun la tranquilidad con que caminaba.

Atravesaron un gran patio desierto, subieron una pequeña y angosta escalera, al fin de la cual habia un estrecho corredor.

El negro iba descalzo y el Oidor procurando ahogar el eco de sus pisadas, andando sobre la punta de los piés.

Pasaron algunas habitaciones desiertas tambien, y el negro llamó á una puerta entornada.

—Adentro—dijo una voz tan dulce, como el gemido de una brisa.

El negro empujó suavemente la puerta, se hizo á un lado dejando pasar respetuosamente al Oidor, y volvió á cerrar, quedando por fuera como de centinela.

—Loado sea Dios—esclamó al ver á Quesada una dama que leía un libro, sentada en un sitial cerca de una mesa.

—Doña Beatriz—esclamó Quesada, arrojándose á los piés de la dama, antes que ésta hubiera tenido lugar de levantarse.

Martin permaneció cerca de un cuarto de hora sin moverse: estaba como confundido en el hueco de la puerta, y en la sombra del muro.

Enfrente habia una casa baja con ventanas irregularmente colocadas.

Martin creyó oir ruido dentro de aquella casa; y en efecto á poco se abrió la puerta, y tres hombres embozados hasta los ojos salieron de allí acompañados hasta la salida por una vieja que llevaba una vela, y por tres ó cuatro muchachas que se despedian de ellos, con una ternura demasiado espresiva.

La luz que se desprendia de la puerta iluminó á Martin, y la vieja le alcanzó á ver.

—¡Un hombre!—esclamó.

—¿En donde?—preguntó uno de los embozados.

—Enfrente, espiando,—dijo la vieja:—¡será el diablo!

Las muchachas lanzaron un grito, y la luz se apagó.

—Cierren—dijo una voz de hombre—nosotros iremos á reconocer.

La puerta se cerró, los embozados que venian de una pieza iluminada vacilaron deslumbrados; pero Martin acostumbrado á la especie de penumbra que reinaba en la calle, se quitó precipitadamente el balandran, se lo envolvió en el brazo derecho como una adarga, y tiró de la espada.

Martin conocia muy bien México para saber qué clase de mugeres vivian en aquella casa, y los parroquianos que la frecuentaban, que eran siempre camorristas, pendencieros y hombres de mala conducta, comprendió que el lance era indispensable.

Los embozados rodearon á Martin con los estoques en las manos; pero el Bachiller era hombre que lo entendia en esto del manejo de las armas. Cubierta su espalda por el muro, y procurando no separarse de allí, el Bachiller tenia á sus enemigos á raya, y su espada como una víbora flexible y ligera, y sus movimientos rápidos pero estudiados abatian los estoques de sus contrarios, aprovechando los momentos para tirarles algunas puntas, y mas de una vez creyó Martin sentir que algo mas que el aire detenia su espada.

Pero aquello no podia prolongarse hasta el amanecer. Martin sentia el cansancio, y sus adversarios lo comprendian, porque multiplicaban sus ataques: fatigado, jadeante, se contentaba ya con defenderse sin atacar.

Entonces quiso hacer un gran esfuerzo y buscar su salvacion en la fuga, apretó la espada y se arrojó en medio de la calle lanzando un chillido agudo y semejante al que lanzan las lechuzas en lo alto de las torres durante la noche.

Como por efecto de un conjuro, los tres embozados retrocedieron inclinando las espadas, y contestando con otro grito semejante. Martin se acercó á uno de ellos.

—¡Mariguana!—esclamó Martin.

—¡Garatuza!—esclamó el otro.

Y todos se agruparon en derredor del Bachiller.

CAPÍTULO 3

Doña Beatriz de Rivera.

LA estancia en que habia penetrado el Oidor, estaba escasamente iluminada por dos bujías de cera, colocadas en candeleros de plata, sobre una grande y pesada mesa de madera pintada de negro, con grandes relieves y adornos dorados; en derredor de la estancia habia enormes sitiales semejantes en su adorno y construccion á la mesa, con respaldos y asientos forrados de rico damasco, color de naranja, y sobre una de las puertas se advertia un baldoquin del mismo color con una pequeña imágen de Santa Teresa.

Doña Beatriz era una dama como de veintitres años, alta, pálida, con dos ojos negros y brillantes que resaltaban en la blancura mate de su rostro, su pelo negro estaba contenido por una toquilla blanca y sin adorno.

Doña Beatriz vestia un traje negro de terciopelo con el corpiño ajustado, y con unas anchas mangas que desprendiéndose casi desde el hombro dejaban ver sus hermosísimos brazos torneados y mórvidos, y sus manos pequeñas y perfectamente contorneadas deslumbraban por la gran cantidad de anillos de brillantes que tenia en los dedos.

Podia adorarse aquella muger, como el ideal de la belleza de aquellos tiempos. El Oidor permanecia de rodillas delante de Beatriz teniendo entre sus manos una de las manos de la jóven, y contemplando su rostro apasionadamente.

—Alzad D. Fernando—dijo Beatriz, procurando levantarle suavemente—alzad, que por mas que me plazca miraros así, mas quiero veros á mi lado.

—Doña Beatriz, pluguiera á Dios, que pudiese yo pasar mi vida, contemplandoos de esta manera, os amo tanto.

—¿Me amais? ¿y no os amo yo tambien? ¿No sois vos el dueño de mi vida y de mi alma? Ah, D. Fernando, por vos atropello todos los respetos, y mirad, á esta hora de la noche no solo os permito llegar hasta aquí, sino que os llamo. ¿Quereis aun mas?

D. Fernando, besó delirante la mano de Beatriz, y se levantó.

—Aquí, aquí,—le dijo la jóven, indicando un sitial que estaba cerca del suyo,—aquí tomad asiento porque el dia avanza y tengo un negocio de que hablaros.

D. Fernando acercó un poco mas el sitial, y se sentó volviendo á tomar entre la suya la blanca y tibia mano de Beatriz.

—Hablad, hablad Señora, os escucho y os miro ¿qué mas puedo anhelar en el mundo?

—Oidme D. Fernando: ¿conoceis á D. Pedro de Mejía, el hermano de Blanca, de mi ahijada de confirmacion?

—Le conozco, Doña Beatriz.

—¿Y qué pensais de él?

—Es un hombre fabulosamente rico, aunque con el peligro de que su hermana al cumplir veinte años, ó al casarse, le quite la mitad del capital, segun la disposicion de su padre al morir, pero ademas de eso, D. Pedro es el hombre mas orgulloso, mas déspota y mas codicioso que ha llegado de España.

—Pues bien, esta tarde ha estado D. Pedro de Mejía con mi hermano D. Alonso de Rivera, y le ha pedido solemnemente mi mano.

—¡Qué todo el poder de Dios me valga!—exclamó D. Fernando levantándose pálido de furor.

—Sosegaos D. Fernando que bien sabeis que os amo y antes consentiria en tomar el velo, que ser esposa de otro hombre que no fueseis vos.

—Oh gracias Doña Beatriz, gracias—esclamó D. Fernando, llevando á sus lábios la mano de la jóven—gracias, solo por vos he temblado, por lo demás, nada me importa que todos se opongan, soy fuerte y poderoso, y os llevaré al altar mal que les pese.

—Mi hermano dió á D. Pedro su palabra de que se haria la boda, aunque yo me opusiera, sabe mi hermano que os amo, D. Fernando, y he aquí porque se empeña en ella, cree que sois su enemigo, por el afan con que habeis procurado que se lleve á efecto la fundacion que hizo mi difunto tio,—que en paz descanse—D. Juan Luis de Rivera, de un convento de carmelitas descalzas......

—Pero Beatriz, vos sabeis muy bien que habeis sido la que exijió de mi amor que se llevara á cabo la voluntad de vuestro tio......

—Sí, D. Fernando, mi hermano D. Alonso no tiene razon: yo os he suplicado que se fundase ese convento, porque en su lecho de muerte, y cuando ya las sombras de la eternidad pasaban sobre la frente de mi tio, me llamó á su lado y me hizo jurar por Dios, por sus Santos, por la memoria de mi madre, y por él, que nos habia recojido desde niños, que nos legaba un inmenso caudal, me hizo jurar que yo haria cuanto fuese de mi parte para que se cumpliera su última voluntad: desde entonces, cada vez que olvidaba el encargo, la imágen de mi tio, aparecia en mis sueños recordándome mi juramento, y ya lo veis, no vivo, ni estaré tranquila, mientras ese convento no se funde, y no desaparezca esa sombra que me persigue......

Doña Beatriz con una especie de terror, estrechó la mano de D. Fernando, acercándose á él y sus ojos vagaron recorriendo toda la estancia.

—Calmaos, Doña Beatriz, calmaos, que yo os juro sobre la salvacion de mi alma que hoy al romper el dia, se dirá en las casas que deben servir para el convento la primera misa......

—No jureis con tal temeridad, D. Fernando, porque si bien el señor Arzobispo ha ganado á mi hermano el pleito, gracias á los papeles que yo os entregué, y que vos le llevásteis, todavía costará muy grande trabajo conquistar la posesion de las casas. Vos, D. Fernando, aun no conoceis bien el carácter de mi hermano D. Alonso; preferiria los perjuicios de un pleito que durara diez años, á entregar contra su voluntad esas casas.

—Doña Beatriz, os he jurado que hoy al romper el dia se dirá la primera misa allí, y ahora os invito á que vayais á oirla......

—¿Será posible?

—Ya lo vereis: vuestra conciencia quedará tranquila, y yo feliz por haberos servido.

—Iré á la misa.

—¿Os espero?

—Esperadme, ¿á qué hora?

—A las cinco.

—Iré: ahora retiraos, D. Fernando, que es tarde, y fiad en mí; os amo, y antes tomaré el velo que ser de otro hombre, os lo juro, como juré á mi tio por Dios, por los Santos, y por la memoria de mi madre, y ya sabeis como cumplo yo mis juramentos.

—¡Oh, sí, Doña Beatriz!

—Oídme, que esto es ante todo para lo que os he mandado llamar: va á desatarse contra nosotros, y sobre todo, contra vos, una persecucion horrible. Mejía es poderoso y mi hermano D. Alonso tambien: nada omitirán para quitaros del medio: calumnias, acusaciones ante el rey, tentativas de asesinato, todo, todo lo pondrán en juego: velad, D. Fernando, velad porque os llevais vuestra alma y la mia; mi vida y vuestra vida. Adios.

—Adios, adios señora.

Don Fernando besó la mano de Beatriz y se retiraba; pero la jóven lo atrajo suavemente y clavó sus frescos labios en la boca de aquel hombre que se sintió desfallecido de placer.

Era el primer beso de amor, de aquellos dos séres que entraban en la senda de la desgracia.

Don Fernando salió, el esclavo mudo é inmóbil esperaba, y sin preguntar nada, sin recibir órden ninguna, encaminó al Oidor hasta la puerta escusada de la casa.

Doña Beatriz miró á D. Fernando hasta que volvió á cerrar la puerta de la estancia, entonces cayó de rodillas esclamando:

—Dios mio, Dios mio, protejedle.

Don Fernando salió á la calle en el momento en que Martin salvaba su vida reconocido por los truanes, gracias al grito de contraseña que ellos tenian entre sí, y que habia lanzado por casualidad.

Los cuatro formaban un grupo en medio de la calle, y como habia despejado algo el cielo, débiles los rayos de la luna permitian mirar aquel grupo de hombres, que tenian aún los estoques en la mano.

La puerta no hacia ruido y el Oidor salió sin ser notado, y se recató para observar. Los hombres hablaban bajo, pero sin embargo él percibia la conversacion.

—Quédome—decia Martin—porque guardo aquí la espalda á persona de tal calidad, y tales dotes, que servirla es honor que, sin buscar la recompensa, por sí solo basta á dejar satisfecho á un hombre como yo.

—Por mis barbas—contestaba uno de los truanes—que debe ser el mismo Arzobispo en persona.

—Quién sea, ni yo os lo diré, ni vosotros debeis preguntármelo, que regla nuestra es no meternos en los negocios de los demás, sino para ayudarles.

—Tiene razon el señor Bachiller, vámonos—dijo irónicamente otro —vámonos—y á curarse los que han salido mal en este encuentro, que por obra de Dios no tuvo mayores resultados; adios, adios,—se dijeron todos, y los hombres se dirigieron calle abajo y se oyó el cerrarse de una ventana de la casa de las damas de alegre vida, que habian estado pendientes del fin de la querella.

Martin se volvia á su puesto cuando se encontró con Don Fernando, que lo esperaba inmóbil como una estátua.

—Veo—le dijo á Martin,—qué hombre sois para cumplir con vuestras promesas, y que se os puede fiar el sermon.

—¡Qué quiere su señoría! Son lances que nadie alcanza á evitar.

—Vamos.

—¿Hácia á dónde ordena su señoría?

—A la capilla que se dispone para la misa de hoy.

—Entonces, con el permiso de usía me quedo en el Arzobispado.

Volvieron á tomar el mismo camino que habian traido: al pasar por las tiendas de la plaza Martin dejó la espada y llegaron hasta la puerta del palacio del Arzobispo.

—Me quedo, si usía me lo permite—dijo Martin.

—Contad conmigo—contestó el Oidor, estrechándole la mano,—como siempre.

El Oidor siguió, y Martin llamó á la puerta del palacio.

Le abrieron, tomó el aire manso y contrito de un San Luis Gonzaga, y se dirigió á la estancia del Arzobispo.

El prelado estaba ya en pié, completamente vestido, y se paseaba impaciente.

—¿Ya es hora?—preguntó al ver á Martin.
—Si señor Ilustrísimo.
Tomó el Arzobispo su sombrero y se dirigió para la calle.

CAPÍTULO 4

De cómo ganaba sus pleitos el Ilustrísimo Sr. D. Juan Perez de la Cerna.

COMENZABA á amanecer el día 4 de Julio de 1615, y todos los vecinos de la gran casa en que han tenido lugar las primeras escenas de esta historia, se despertaban espantados, por un ruido inmenso y desacostumbrado.

En el patio y en los corredores, mas de diez campanas de mano llamaban á misa, se oian golpes en las puertas y en las ventanas de todas las habitaciones y voces de hombres que decian:

«Levantaos, levantaos, para que asistais al Santo sacrificio de la misa, que en esta casa va á celebrar el señor Arzobispo.»

Mas que de prisa se levantaba todo el mundo, por piedad ó por curiosidad, nadie queria quedarse en la cama, y antes de media hora, la sala convertida en capilla estaba completamente llena.

El Arzobispo revestido ya, esperaba en un sitial que acabasen de llegar los vecinos: de pié á su lado estaba Martin con un sobrepelliz blanco como la nieve, y enfrente, de pié, el Oidor D. Fernando de Quesada dirigiendo á la puerta investigadoras é ingeniosas miradas.

Iba ya á comenzar la misa cuando entró por el zaguan de la casa una lujosa silla de manos, llevada por dos robustos esclavos, y al lado de la cual caminaba un negro de elevada estatura.

La silla se detuvo en la puerta de la improvisada capilla, y salió de ella una muger envuelta en un manto y con un velo negro sobre el rostro, atravesó entre el concurso y vino á arrodillarse muy cerca del altar.

El Oidor se conmovió visiblemente: aquella muger era Doña Beatriz de Rivera.

El Arzobispo dió principio á la ceremonia.

Al terminar la misa el prelado se volvió á los devotos, y dirigió una breve alocucion.

—El Señor—les dijo—habia tomado posesion de aquellas casas, para que se fundase en ellas un monasterio de Carmelitas descalzas: que la fábrica debia comenzarse inmediatamente, y que rogaba á cada uno de los vecinos que procurasen desocupar cuanto antes las habitaciones, sin que por negligencia ú omision diesen motivo á que se retardara el servicio de Dios, ofreciendo la incomodidad que aquello les causara como sacrificio de su Divina Magestad, y en descargo de sus pecados.

La gente salió edificada, y dos horas despues de todas las habitaciones salian hombres y mugeres, y muchachos, cargando mesas y sillas, y baules, y colchones, y ropa........ aquella misma tarde la casa estaba completamente vacía, y el Arzobispo en pacífica posesion de ella.

Don Fernando procuró al acabar la misa esperar á Doña Beatriz, para ofrecerle la mano al entrar á la litera.

—Gracias, gracias D. Fernando,—dijo estrechándole la mano,—ya viviré tranquila.

—Dios os haga tan feliz, como mereceis—contestó D. Fernando.

Los esclavos alzaron la silla, y antes de ponerse en marcha una de las cortinillas de seda de la portezuela se levantó.

—Cuidaos,—murmuró Doña Beatriz.

Don Fernando no pudo contestar, porque la silla caminaba.

El negro sin darse por conocido de D. Fernando, siguió á su ama.

El Arzobispo volvió á su palacio, tan orgulloso como si hubiera ganado una batalla, el ardid de que se habia valido para tomar posesion del edificio en que debia fundarse el convento de Santa Teresa, habia producido como hemos visto un éxito completo.

D. Fernando de Quesada estaba contento, amaba á Doña Beatriz, con ese amor inmenso de un hombre que llega á la edad madura sin haber conocido otra pasion que la del estudio. Doña Beatriz era jóven y hermosa y le amaba, además D. Fernando tenia en nada la oposicion de D. Alonso de Rivera, hermano de Doña Beatriz, él era como habia dicho muy bien, fuerte y poderoso, y la jóven habia cumplido ya la edad en que conforme á las leyes de la Metrópoli, le era lícito casarse sin el consentimiento de su hermano.

Pero en medio de todo, una cosa habia nublado la felicidad de D. Fernando. Beatriz, tenia una especie de delirio por la fundacion del convento de Santa Teresa, sin comprender por que el Oidor veia en su amada mas vivas y mas ardientes cada dia sus impresiones en este negocio, y algunas veces llegó á temer por su salud, siempre hablando de eso y siempre mirando la imágen de su tio moribundo, aquella muger padecia horriblemente en su espíritu, y esta situacion producia esa excesiva palidez que se notaba en su hermoso semblante.

Por eso D. Fernando habia tomado con tanto entusiasmo partes en favor de la fundacion, y era el amigo mas útil, que se podia haber encontrado el impetuoso Arzobispo de México, D. Juan Perez de la Cerna.

D. Fernando estaba en el palacio episcopal, la misma tarde que se habia tomado posesion de las casas.

La conversacion recaia naturalmente sobre los acontecimientos de la mañana.

—Verdaderamente—Sr. Oidor—decia el Arzobispo—no se á que atribuir el completo silencio que ha guardado D. Alonso de Rivera: ¿Usía cree que desiste completamente?

—Así debiera suceder, pero ó yo mucho me engaño, ó D. Alonso prepara alguna cosa.

—¿Pero qué puede hacer, perdida la propiedad y la posesion?

—Recurso de ley no le queda, ni seria ciertamente al que pudiera tenérsele temor, pero su Ilustrísima conoce tambien el carácter de D. Alonso, y como yo comprendo que su mismo silencio, clara señal es de que algo trama.

—Dios dispondrá, pero alcanzo á creer que su Divina Majestad proteje nuestra empresa.

En este momento un familiar penetró á la habitacion, y presentó al Arzobispo en una bandeja de plata cincelada, un gran pliego cerrado y sellado.

—Debe ser sin duda—dijo el Arzobispo á D. Fernando—la contestacion de su Excelencia, al pliego que le envié esta mañana, dándole la noticia de haber tomado la posesion de las casas, y pidiéndole su beneplácito para comenzar la obra.

El Arzobispo abrió aquel pliego, y á medida que iba avanzando en la lectura, D. Fernando podia notar que se ponia alternativamente pálido y encendido, y que un sudor lijero humedecia la raiz de sus cabellos.

Mirad—dijo por fin alargándole el pliego con una mano convulsa.

El Oidor leyó y se inmutó á su vez.

—Orden del Virey para suspender los trabajos, hasta que existan fondos necesarios para la obra.

—Exactamente, ¡pero estas son intrigas de D. Alonso!

—Tal creo, señor.

—¡Fondos necesarios!...... ¿y qué calificará de fondos necesarios su Excelencia?

—Esta es la dificultad: será preciso que haya en las cajas de la fábrica doscientos mil pesos; de lo contrario, siempre pondrán á su Ilustrísima la misma dificultad.

—¡Oh! Cuando á mí me estrañaba el silencio de D. Alonso de Rivera.

—¿Y piensa su Ilustrísima que suspendamos la obra?

—De ninguna manera: es fuerza luchar con todas estas dificultades; pero con la constancia y el trabajo triunfaremos.

—Omnia vincit labor.

—Et constantia vincit omnia—en este momento me voy á palacio; de convencer tengo á su Excelencia, y mañana comenzará nuestra obra.

—Y yo prometo á su Ilustrísima que como su Excelencia no nos niegue su permiso, mañana en la tarde todas esas casas estarán completamente derribadas. Con permiso de su Ilustrísima me retiro á prepararlo todo, porque tengo fé en que su Ilustrísima alcanzará lo que desea.

—Vaya su señoría, que yo le aseguro que el beneplácito de su Excelencia lo tendré esta misma tarde.

El Arzobispo tendió la mano, el Oidor besó respetuosamente el anillo pastoral, y se retiró.

Pocos minutos despues el carruaje del Arzobispo se dirigía á palacio, precedido de un pertiguero montado en una mula blanca, lo cual era indicio que iba dentro del coche su Ilustrísima.

CAPÍTULO 5

En donde se descubre por qué estaba Doña Beatriz tan preocupada con la fundacion del convento de Santa Teresa.

LA silla que á Doña Beatriz conducia, no se dirigió despues de la misa para la casa de la calle de la Celada, sino que tomó el rumbo de Jesus María y se detuvo en la portería del convento. Doña Beatriz entró y llamó en el torno sin detenerse.

—Ave María—dijo.

—Gratia plena—contestó dentro del torno una voz cascada:

—¿Qué se ofrece hermanita?

—Madrecita—contestó Doña Beatriz:—¿pudiera yo hablar á la M. Sor Inés de la Cruz?

—Sí, hermanita; aguárdela que á llamársela van:—¿de parte de quién viene?

—De Doña Beatriz de Rivera.

Beatriz se sentó en una banca de madera sin pintar que habia en la portería: poco despues, desde el torno dijeron:

—¿Quién busca á Sor Inés de la Cruz, que aquí está? La voz que esto habia dicho era muy distinta de la que primero hablara, y Beatriz la conocia.

—Yo soy Sor Inés.

—¡Vos, Doña Beatriz! Esperad un momento que voy á pedir la llave del locutorio.

—Sí Madre, porque tengo que hablaros.

—Vuelvo, vuelvo.

Momentos despues sonó una llave que entraba en una cerradura, y una religiosa abrió á Doña Beatriz la puerta del locutorio.

Los locutorios de los conventos son, y han sido siempre iguales, una sala, mas ó menos grande, pintada de blanco, bancas al derredor, el piso de madera, todo perfectamente limpio, en las paredes un inmenso Crucifijo y algunos cuadros con imágenes de santos, algunas veces en los piés de la banca que ocupa el lugar de honor, una estera larga y angosta.

Dos religiosas estaban en el locutorio cuando penetró en él Doña Beatriz: una de ellas, alta, de naríz aguileña, boca grande, labios delgados, ojos pardos redondos, chispeantes, representaba tener cuarenta y cinco años: la otra, baja de cuerpo y con una fisonomía enteramente vulgar.

Doña Beatriz se sentó al lado de aquellas religiosas.

—¿Podemos hablar? preguntó.

—Hablad—contestó la mas alta de las dos religiosas. Sor Encarnacion es de toda confianza, como sabeis.

—Madre—dijo Doña Beatriz—vengo á participaros que hoy he asistido ya á la primera misa que se ha celebrado, en el que ser debe convento de Carmelitas descalzas bajo la advocacion de nuestra Madre Santa Teresa.

—Doña Beatriz,—contestó la monja—desde anoche lo sabia yo.

—¿Lo sabiais?

—Sí, el alma de D. Juan Luis de Rivera apareció á mi espíritu por permision de Dios, y ya no tenia sobre su pecho esa señal de fuego que ha llevado por tantos años el camino de la celeste Jerusalem comienza á abrirse para él; pero no entrará hasta que su voluntad no sea cumplida, y las hijas de Santa Teresa no oren por él en su casa, y esa alma penará errante y vendrá dia á dia á pedir su descanso, no á D. Alonso, corazon empedernido y contumaz, sino á vos que jurásteis sobre su lecho por Dios y por sus santos; á vos, que guardásteis su última voluntad, que estais en el mundo para poder cumplirla.........

La monja se iba inspirando y exaltando gradualmente, y su voz iba tomando un timbre en el que habia algo de amenazador y de irresistible.

Cualquiera pasion grande que domine el corazon engrandece al alma, bien sea el sentimiento religioso, ó el amor, ó el patriotismo; fanatisado el espíritu, el cuerpo se espiritualiza y llega el éxtasis de Santa Teresa, ó la inspiracion sublime y profética del Dante, ó la elocuencia irresistible de Mirabeau.

Doña Beatriz se inclinaba como anonadada, y estremeciéndose cerraba los ojos. Sor Juana de la Cruz habia tomado una de sus manos, y continuaba diciendo llena de entusiasmo:

—Sí, Doña Beatriz, á vos se dirigirá esa alma sin consuelo, ¿lo oís? A vos, porque yo lo sé, porque vos lo sabeis tambien, en medio del silencio de la noche se os presenta, me lo ha dicho; habeis logrado hasta ahora llegar á un término dichoso, ¡ay de vos, Doña Beatriz, si no se consuma la obra! ¡Ay de vos! ¡y ay de cuántos ameis sobre la tierra! La voluntad de un moribundo es sagrada y vuestros juramentos os ligan con el alma de vuestro tio, con lazos que nadie podrá romper sobre la tierra: esa alma como os ha seguido hasta hoy os perseguirá siempre mientras no se cumpla su última voluntad. Dios nos oye, Dios nos ve, Dios nos juzga.

Doña Beatriz habia caido casi de rodillas: con una de sus manos cubria su rostro, y la otra la tenia en la suya Sor Juana que la oprimia convulsivamente, y le hablaba con el aire inspirado de una profetisa.

Sor Encarnacion elevaba las manos enclavijadas y los ojos al cielo.

—Id, Doña Beatriz, continuad en vuestra santa obra, mucho es lo que habeis alcanzado; pero mucho aún lo que por hacer queda: id, y no falteis á decirme todos los dias cuanto en vuestros trabajos consigais; id, y que Dios os guíe.

Doña Beatriz se levantó, besó la mano de Sor Juana, y luego, como vacilante, salió del locutorio densamente pálida, y profundamente conmovida, subió á la silla, y los esclavos, precedidos del negro, se dirigieron á la calle de la Celada.

Sor Juana de la Cruz, era una muger de un espíritu superior, y dotada de una imaginacion ardiente y apasionada; anhelando ser la fundadora del convento de Santa Teresa, en México, llegó á sentirse llamada á ese papel por eleccion divina. El trato de Doña Beatriz, á quien conocia desde niña, le dió sobre ella esa influencia terrible que la habia hecho convertirse en el instrumento de sus deseos. Doña Beatriz llegó á sentirse completamente dominada por Sor Juana, y aquel espíritu fuerte, y superior, hizo nacer en la alma sencilla y tímida de la doncella, esa alucinacion que le traian entre las sombras de la noche, fantásticas y pavorosas apariciones.

Doña Beatriz estaba como magnetizada, y sentia á inmensa distancia el influjo y la atraccion de Sor Juana, y ni un solo dia faltaba del locutorio del convento, y ni un solo dia dejaba de salir, conmovida y aterrada por aquellas palabras ardientes, proféticas, llenas de fé, y como dictadas por los espíritus que habitaban el mundo de las eternas luces.

El fanatismo religioso era en aquellos tiempos el terrible contagio de todas las almas, y Doña Beatriz era la azucena que se marchitaba con el fuego del fanatismo.

CAPÍTULO 6

En donde el lector conocerá á la verdadera heroina de esta no menos verdadera historia.

SERIAN las cinco de la tarde, cuando una modesta carroza se detuvo en la gran puerta de la casa de la calle de la Celada, un escudero puso el estribo, y una dama seguida de dos dueñas descendió del coche, y se dirigió á la escalera principal.

Los lacayos y los palafreneros que andaban por el patio, se descubrieron respetuosamente, la dama subió las escaleras y penetró en las habitaciones que estaban al estremo de un corredor sombreado por naranjos y limoneros plantados en magníficos tibores de china.

Un lacayo abrió una mampara de terciopelo, y la dama se encontró en un elegante retrete amueblado con sitiales y mesas de ébano, y tapizado de damasco color de fuego.

Doña Beatriz salió á su encuentro tendiéndole los brazos, y la dama se arrojó en ellos llena de placer.

—Blanca, hija mia,—dijo Doña Beatriz—hace tanto tiempo que no te veo, que temiendo por tu salud estaba.

—¡Ah! madrina, sois tan buena conmigo, que no sé ni cómo demostraros mi gratitud.

—Ven, hija mia, siéntate, estás algo desmejorada, acaso habrás estado enferma.

—No, madrina, pero ya sabeis, sufro tanto, tanto, soy tan desgraciada.........

—Don Pedro de Mejía, tu hermano, ¿sigue siendo tan indiferente contigo?

—Pluguiese al cielo, señora, que así fuese, ahora......... ¿pero estamos completamente solas?

—Solas, Blanca; háblame sin temor, ábreme tu corazon.

—¡Ay! hace tanto tiempo que no confio á nadie mis pesares, que tiemblo como si álguien nos escuchara.

—Habla, hija mia, nadie te escuchará.

—Ya sabeis cuán grande ha sido la indiferencia de Don Pedro mi hermano para conmigo desde nuestros mas tiernos años: huérfana de padre y madre, solo en vos encontré cariño y amparo, y he pasado mi vida sola, siempre sola, sin una ilusion, sin un cariño, sin una esperanza, mi hermano procurando siempre alejarme del mundo, impidiéndome siempre que vea á nadie, que hable con nadie, sin consentirme mas amistad que la vuestra. Siempre seguida, siempre cuidada, siempre vigilada por dos dueñas de su confianza, mi existencia era triste, muy triste pero tranquila, cuanto deseaba comprar ó tener, tanto se me daba inmediatamente, con tal de que continuara viviendo en el encierro y en el retraimiento, pero ahora.........

Blanca limpió dos lágrimas que se desprendieron de sus hermosos ojos. Doña Beatriz la abrazó con la ternura de una madre, y besó su frente.

—¿Qué sucede ahora? ¿eres mas desgraciada? ¿te pasa algo de nuevo? dímelo, hija mia, sabes cuánto te quiero.

—¡Ay! sí señora, de algun tiempo á esta parte, Don Pedro usa conmigo de los mas crueles é indignos tratamientos, me obliga ya á no salir de una sola pieza, no me permite ya que me sirvan mas que las dos dueñas, me niega cuanto le pido, mis alimentos son ya escasos y malos, y ha llegado...... á levantar la mano contra mí.

—¿A levantar su mano contra tí?

—Sí señora, porque insistia yo en venir á veros.........

—¡Pobre Blanca!......... ¿pero cómo es que veniste?

—Aproveché el momento en que no estaba, y esponiéndome á todo, he querido hablaros, porque se trata de una persona para vos muy cara.

—¿De quién, hija mia, de quién?

—De Don Fernando de Quesada.

—¿De Don Fernando? ¿le amenaza acaso algun peligro?

—Sí señora, oid y haced de mi noticia el uso que querais, nada me importa que sepan que yo os la he traido, vos habeis sido la única persona que por mí se ha interesado sobre la tierra, á vos debo, señora, el sacrificio de mi vida, si es necesario, oidme: hoy al medio dia, mi hermano Don Pedro y Don Alonso de Rivera, vuestro hermano, han concertado para esta noche, la muerte de Don Fernando de Quesada.

—¿Su muerte, ¡Dios mio! su muerte? ¿y cómo? ¿cómo?

—No podré daros mas pormenores, que solo alcancé á escuchar que mi hermano decia al vuestro:—«¿está convenido?»—y Don Alonso contestaba:—«Don Fernando morirá esta noche, y vos sereis el esposo de Doña Beatriz.»

—¡Él muerto!......... ¡yo su esposa!......... ¡Sangre del Redentor!.........

—No os aflijais así, madrina, ante todo recordad que la noche avanza, enviad á avisar á Don Fernando que se precava, en tanto que yo vuelvo á mi casa, y si algo supiere, os doy mi palabra que lo sabreis, aun cuando entendiese perder la vida.

—¡Ah! gracias, gracias, voy á enviarle un aviso: ¿pero á dónde, á dónde?

—Os dejo, señora, porque en este momento necesitais de todo vuestro tiempo, y de toda vuestra libertad. Adios, adios, señora.

—Adios, Blanca, hija mia, que Dios te guarde.

Blanca descendió las escaleras, y á la mitad de ellas, se encontró con dos hombres que subian. Blanca vaciló y se puso pálida: aquellos dos hombres eran Don Alonso de Rivera y Don Pedro de Mejía.

—Por la carroza he conocido que mi hermana estaba de visita en esta casa,—le dijo Don Pedro,—y deseaba preguntarle si se acostumbra que una jóven salga sin licencia de su casa.

—Deseaba visitar á mi madrina......... contestó la jóven.

—Retírese á su casa la doncella inmediatamente, y espere que sabré reprimirla.

Y diciendo esto Don Pedro, se subió acompañado de Don Alonso, y Blanca, encendida de vergüenza, y con el llanto en las mejillas, subió á la carroza.

No hemos cuidado de describir á Doña Blanca, y es fuerza que el lector la conozca.

Diez y seis años tenia, y era esbelta como el tallo de una azucena, con esas formas que la imaginacion concibe en la Venus del Olimpo, con esa gracia de la muger que amamos, el óvalo de su rostro formaba en su barba uno de esos hoyos que son siempre un hechizo, su pelo y sus ojos negros, como las mugeres del medio dia y su cutiz sonrosado y fresco.

Doña Blanca era un ensueño, una ilusion vaporosa, espiritual, parecia deslizarse al andar, como las náyades en la superficie de los lagos, era de esas mugeres que la imaginacion concibe, pero que ni el pincel, ni la pluma pueden retratar.

Si amais á una muger con todo el fuego de vuestro corazon, procurad describírsela á un amigo, y os desafio á que quedeis contentos de esa descripcion, y á que no os parezca el retrato pálido y triste.

De Doña Blanca casi no podia decirse cómo vestia, porque las mugeres que impresionan parece que van cubiertas con un velo de nubes, y ante una belleza semejante no se piensa en detalles, deslumbra, ciega, preocupa.

—Mal la pasaremos,—decia á Doña Blanca una de las dueñas.—Don Pedro está azás mohino, y vos, Doña Blanca, nos habeis comprometido.

—Callad, Doña Mencia,—contestó Doña Blanca—que muchas son ya mis penas, para que yo os consienta que os tomeis la libertad de reconvenirme; dejad á D. Pedro mi hermano ese trabajo, y cuidad de no meteros sino en lo que á vos atañe.

La vieja no contestó, y la carroza siguió caminando hasta la calle de Ixtapalapa; allí entró en una de esas soberbias casas que tenian y aun conservan todo el aspecto de unos palacios.

La calle de Ixtapalapa, era esa larga y recta calle que hoy tiene en sus cuadras muy distintos nombres, y comprendia todas las que se estienden desde la garita de la Villa, hasta la de San Antonio Abad.

En aquellos tiempos no habia calles del Reloj, ni calles del Rastro, todas se conocian con el solo nombre de calle de Ixtapalapa.

Las calles que ahora se llaman Reales del Rastro, fueron las primeras en donde comenzaron á fabricar sus habitaciones los principales conquistadores, y por eso las casas de esa calle, en lo general tienen ese aire de antigüedad y de fortaleza.

Muchos años despues, cuando se colocó el reloj de Palacio, se les dió el nombre de calles de Reloj, á las que se dirigen al Norte de la ciudad.

Pero volvamos á nuestra historia.

La carroza que conducia á Blanca entró en el patio de una de esas grandes casas de la calle Real de Ixtapalapa, el escudero volvió allí á poner el estribo, y Doña Blanca, seguida siempre de sus dueñas, subió y se encerró en su habitacion, á esperar llorando la vuelta de su hermano D. Pedro de Mejía.

CAPÍTULO 7

En donde el negro Teodoro y el Bachiller ponen en juego todos sus recursos.

APENAS se encontró sola Doña Beatriz, llamó precipitadamente á una de sus doncellas.
—Haced que venga luego Teodoro—la dijo—y que nadie nos interrumpa.

La doncella salió.

En nuestros tiempos y con las costumbres modernas, una muger no se atreveria á encerrarse con un hombre, aunque este fuera un negro, por temor á ese ¿qué dirán?

Pero entonces un negro, un esclavo no era un hombre, y una dama no temia nunca por su reputacion, aun cuando aquel negro pasase la noche en su mismo aposento; ¡tanta era la distancia á que los colocaba el color, que ni la misma calumnia se atrevia á acercarlos!

Teodoro se presentó, Teodoro era el negro confidente de los amores de Don Fernando y de Doña Beatriz, el negro de elevada estatura que hemos conocido al entrar con D. Fernando, por la puerta falsa de la casa de Doña Beatriz.

—Teodoro—dijo la jóven—un peligro de muerte amenaza esta noche á Don Fernando, y si á él le sucediera algo, yo moriria.

—Mande la señora; su esclavo está pronto á obedecerla: ¿qué dispone?

—¿Serás capaz de hacer lo que te encargue?

—La señora sabe que no tengo mas voluntad que la suya, ¿acaso no le debo la vida y la felicidad, no soy su esclavo, mas por la gratitud, que por el dinero en que me ha comprado?

—Pues bien, Teodoro, hoy espero la muestra de esa gratitud; corre al Arzobispado, y dile al Bachiller Martin de Villavicencio, que busque á Don Fernando, que le diga que quieren asesinarle esta noche, que por mi amor se guarde, y dile que le muestre como seña de que el recado yo le envio, esta sortija que él bien conoce.

Doña Beatriz desprendió de uno de sus dedos una hermosa sortija con una cruz de gruesos brillantes, y se la dió á Teodoro.

—¿No mas eso tengo que hacer?—preguntó Teodoro.

—No mas—contestó Doña Beatriz—¿por qué lo preguntas?

—Es que eso me parece hacer muy poco, cuando mi ama está tan afligida.

—¿Pues qué piensas tú?

—Si la señora mi ama me lo permite, yo seguiré á Don Fernando toda la noche, y le responderé á mi ama que nadie tocará uno de sus cabellos, hasta que Teodoro haya espirado.

—¿Harás eso? preguntó conmovida Doña Beatriz.

—Mi ama lo verá si lo permite. ¿Acaso Teodoro el negro no debe á la señora la vida?

—Te lo permito y te lo mando, vé.

El negro se inclinó reverentemente y salió de la estancia.

El Bachiller Martin de Villavicencio dormia en su cuarto, reponiéndose de la mala noche pasada la víspera; el Arzobispo le habia dado, por decirlo así, vacaciones, y el Bachiller las aprovechaba: su Ilustrísima, aunque eran ya las oraciones, no volvia del Palacio del Virey.

Llamaron á su puerta, y el Bachiller se levantó.

—Calle—dijo—me he dormido á las dos y son horas ya de las oraciones—¡adelante!

Habian vuelto á llamar. Teodoro entró con la gorra en la mano.

—Teodoro, ¿tú aquí? ¿qué manda mi señora Doña Beatriz?

—Mi ama, señor, me manda deciros que os sirvais avisar inmediatamente al señor Oidor Don Fernando de Quesada, que por el amor que la tiene, se guarde, porque en esta noche se tiene concertado el asesinarlo.

—¿Asesinarlo? ¿pero quién, cómo, en donde?

—Creo que mi ama tambien lo ignora, porque si no, me hubiera dicho que os lo dijera, para evitar el golpe.

—Pero Don Fernando creerá que es una conseja; ¿por qué Doña Beatriz ni aun escribió?..........

—Don Fernando os creerá, señor, porque para eso me manda deciros mi ama que os envia esta sortija que mostrareis por seña al señor Oidor.

—¿Pero á tí nada te encargó para evitar una desgracia?

—Yo velaré por mi señor D. Fernando toda la noche, y pasarán por el cadáver del negro Teodoro, antes que hacerle mal.

—Muy bien, ¿tienes armas por si se ofrece el caso?

—¿Armas? los esclavos no podemos usarlas, y menos despues del motin del Juéves Santo.

—Tienes razon, pero entonces ¿qué puedes hacer?

—El negro Teodoro no necesita del cuchillo, ni de la espada—dijo Teodoro con desden, y acercándose indiferentemente á uno de los balcones, tomó entre sus manos dos de los hierros del barandal, y sin esfuerzo aparente de ninguna especie, los reunió, como si hubieran sido débiles cañas.

—¡Jesucristo!—esclamó el Bachiller admirado—tienes una fuerza espantosa.

—Poco habeis visto—contestó con frialdad Teodoro—me voy si vos no mandais otra cosa.

—¿Adónde vas?

—A buscar á Don Fernando, para guardarlo toda la noche.

—Acompáñame que voy tambien á buscarle.

—Obedeceré porque así me lo mandais, pero al vernos juntos pudieran maliciar.

—Dices bien, ¿sabes que tienes mucho talento para ser negro?

—Dios me lo ha dado así.

—Bien, vete y cuidado.

El negro salió sin replicar.

El Bachiller se dirijió por su parte á la tienda del Zambo en la plaza, y de donde le vimos sacar una espada. Aquella tienda era un cuartejo de pésima apariencia; no tenia sino un pequeño armazon en donde se ostentaban algunas vasijas de barro y algunas reatas por toda mercancía, y una mesa sucia y vieja que hacia el oficio de mostrador.

Martin entró á la tienda, y se dirijió á tomar asiento en una mala cama que habia detrás del aparador. El Zambo lo seguia humildemente.

—Vamos á ver—dijo Martin—¿sabes que alguno de los nuestros, tenga ajustado trabajo para esta noche?

—Solo el *ahuizote* me ha dicho que esta noche le tenga listas tres espadas buenas y tres dagas.

—¿Y de qué se trata?

—No he podido averiguar.

—¿Quiénes le acompañan?

—Lo ignoro, pero no deben ser de los nuestros, porque él no me dijo nada, sino que me advirtió que vendria él solo por las tres espadas.

—¿Cómo sabremos?

—Solo hablando al mismo *ahuizote*.

—¿Dónde podré hallarle?

—En casa de la bruja Sarmiento á la oracion de la noche.

—Iré allá; tenme preparadas á mí tambien tres buenas espadas y tres dagas para esta noche, toma.

El Zambo alargó la mano, y Martin puso en ella algunas monedas de plata.

Apesar de la riqueza casi fabulosa, de las minas de oro y plata de la Nueva España, los colonos no conocian ni usaban en sus mercados monedas de oro. Los reyes de España habian prohibido su acuñacion, y hasta el año de 1676 se consintió á la casa de moneda de México, labrarla y ponerla en circulacion, pregonándose y celebrándose la real cédula, saliendo á caballo los ministros de la casa de Moneda, con atabales y bajo de arcos, en medio de una gran solemnidad.

Las monedas de plata no eran redondas como ahora, sino de formas irregulares.

El Bachiller Martin salió de la tienda.

—Primero—pensó—iré á dar aviso á Don Fernando y luego me dirijiré en busca del *ahuizote*, me parece que él es el que se va á encargar de este negocio, veremos de advertir al señor Oidor, hay tiempo aunque muy corto, porque la tarde ya pardea.

Martin se dirijió á la casa del Oidor.

Enfrente vió á Teodoro, como un centinela de mármol negro, y pasó casi rozándolo.

—¿Ahí está?—dijo al pasar junto al negro.

—Sí—contestó Teodoro.

Martin entró á la casa, y encontró al Oidor, paseándose en uno de los largos corredores.

—Buenas tardes dé Dios á usía—dijo Martin.

—Así se las dé al señor Bachiller—contestó el Oidor.—¿Qué vientos os traen por aquí á esta hora? ¿El señor Arzobispo ha vuelto ya de palacio?

—Aun no estaba de vuelta su Ilustrísima, cuando he salido yo, pero urjíame ver á usía y hablarle á solas.

—Pues entrad, que aquí podeis estar á vuestro sabor.

El Oidor introdujo al Bachiller á una especie de despacho.

Aunque entónces los libros eran escasos entre la misma jente que por su profesion necesitaba de ellos, se encontraba allí algo que podia llamarse una biblioteca, y que en aquellos tiempos representaba un valor enorme.

Serian dos mil volúmenes, casi todos forrados de pergamino, y colocados en estantes de caoba con alambrados, pareciendo mas bien jaulas de pájaros ó ratoneras, que estantería para libros.

Una gran mesa cubierta de bayeta verde con libros, espedientes y papeles, un inmenso tintero de plata con una verdadera corona de plumas, y un Cristo, con dos candeleros de plata á los lados.

En toda la estancia, repartidos sin órden ninguno, grandes sitiales de madera de roble con asientos y respaldos de baqueta, tachonados de clavos de cobre.

Y sin embargo, aquel era un lujosísimo despacho de abogado en aquellos dias.

—Siéntese el señor Bachiller—dijo el Oidor.

—Poco tiempo tengo ya de que disponer—contestó Martin—que vengo solo á decir á vuestra señoría, que le manda avisar mi señora Doña Beatriz, que sabe de un concierto para asesinar esta noche á usía.

A pesar de su valor y sangre fría, el Oidor se puso mas pálido de lo que habitualmente estaba.

—Para que usía no dude,—agregó el Bachiller,—Doña Beatriz le envía esta sortija como seña.

El Oidor tomó la sortija.

—Suya, en efecto es,—dijo—ni cómo dudar de lo que vos dijeseis. Martin hizo una caravana.

—¿Y no agrega nada mas, mi señora Doña Beatriz?

—Nada, sino que por su amor se guarde usía, que es una cosa que sabe á ciencia cierta.

—Gracias.

—Pues he cumplido mi comision me retiro, que voy á procurar, en esta misma noche, poner en claro quién y cómo atenta contra vuestra señoría.

—Quizá no consigais nada, y sea inútil pues yo me figuro ya, que mano anda en todo esto.

—Sin embargo, suplico á usía que me permita.

—Haced lo que os plazca.

—¿Supongo que usía no saldrá esta noche?

—¿Por qué no? dentro de una hora iré á verme con el señor Arzobispo.

—Pues tome usía sus precauciones.

—Nada temais señor Bachiller, id con confianza, que Dios protejerá su causa.

El Bachiller salió, Teodoro estaba en su mismo punto.

—Va á salir, cuidado—dijo Martin.

—Yo cuidaré—contestó Teodoro.

Y Martin se dirigió al *tianguis* de Juan Velazquez, en busca del *ahuizote*, y de la casa de la Sarmiento.

Martin era un perdido, un truhan, hipócrita en presencia del Arzobispo, en cuya casa habia entrado en la clase de familiar hacia ya tres años, estaba en relacion con la peor canalla de la ciudad, muy jóven, muy valiente, con una gran inteligencia pero lleno de vicios. Martin de Villavicencio Salazar, álias Garatuza, como le decian sus compañeros debia figurar, y figuró como una notabilidad por sus crímenes en el siglo diez y siete.

Pero en medio de todo, era un tipo de lealtad, y de abnegacion para sus amigos, y para él, el Oidor era uno de ellos, cualquier sacrificio estaba dispuesto á hacer en servicio suyo, porque Martin era hombre de corazon.

CAPÍTULO 8

En donde el lector conocerá á la Sarmiento, y le hará una visita en su casa.

POR el lugar en donde ahora existe el Paseo de la Alameda, hubo en aquellos tiempos una especie de mercado miserable, y solo frecuentado por los indios, en un terreno invadido continuamente por las aguas de la laguna.

Se llamaba primero el tianguis de Juan Velazquez, y luego de San Hipólito, y estaba ya fuera de la *traza*.

Como quizá alguno de nuestros lectores, no sepan lo que era la *traza*, procuraremos darles de ella una idea.

Despues de la rendicion de México, la ciudad quedó casi reducida á escombros. Hernan Cortés trató de su reedificacion autorizado por el Emperador Cárlos V, y comenzó por señalar el terreno que en ella debian ocupar las casas de los conquistadores, y el que debia ser para los conquistados.

Los españoles ocuparon el centro de la ciudad, y la línea que marcaba esta parte privilegiada, que era un gran cuadro separado de los demás, por una inmensa acequia, fué lo que se llamó la *traza*.

Dentro de la *traza* no podian vivir sino los españoles, ó algunos de los vencidos que fueran de una muy elevada categoría, como el desgraciado Guatimoctzin, último Emperador azteca.

Una parte del terreno que fuera de la traza ocupaba el mercado de San Hipólito, fué convertida en paseo, veinticuatro años antes de la época de nuestra historia; es decir, en 1592 por el virey D. Luis de Velasco, segundo, en la segunda vez que ocupó el vireinato. Se sembró de álamos y se cercó.

Esto no era sino una parte de lo que se llama hoy la Alameda.

Martin atravesó la acequia de la *traza*, por el Puente de San Francisco, y siguió hasta pasar el tianguis en el lado opuesto al que ocupaba el paseo de Don Luis de Velasco.

Vivia por allí en una miserable casita de adoves, compuesta de tres piezas con un corralon á la espalda, una vieja que tenia fama de hechicera, y que le decian la Sarmiento.

Las tres piezas de la casa eran una sala, una recámara y una cocina, casi desprovistas de muebles.

A pesar de la mala nota de la Sarmiento, nada habia allí que pudiera despertar la vigilante susceptibilidad del Santo Oficio.

La Sarmiento no tenia en su compañía, mas que dos hermanos, un varon de treinta años y una muger de veinte, ambos sordo-mudos; el hombre se llamaba Anselmo, y la muchacha María.

La Sarmiento habia traido consigo estas dos personas en un viaje que hizo á Valladolid, como se llamaba entonces Morelia, y contaba que por caridad las habia recogido.

Anselmo era sombrío, María alegre, bonita y graciosa. La Sarmiento se entendia con ellos perfectamente, y en el mayor silencio sostenian entre los tres una de las mas animadas conversaciones.

Anselmo y María en las noches, que estaban generalmente reunidos, solian enojarse y las señas degeneraban en horribles insultos. La Sarmiento, tranquilamente para cortar la cuestion sin tener que reñirles, apagaba la luz y todo terminaba; á oscuras ni se hacen, ni se reciben insultos por señas.

La vida de la Sarmiento era muy misteriosa, pocas veces salia de su casa, ni ella ni los sordo-mudos trabajaban en nada, y sin embargo, jamas les faltaba dinero; la casa que habitaban era de su propiedad.

Algunas noches se habian visto embozados y damas, llegar á la casa y entrar en ella, los vecinos le tenian una especie de respeto ó de miedo á aquella muger, pero algunas veces se atrevian á ir á espiar por las rendijas de las mal ajustadas ventanas, y nunca lograron descubrir nada.

Alguno llegó á pegar sus ojos á esas rendijas despues de haber visto entrar una dama, y solo vió á Anselmo y á María sentados delante de una vela, haciéndose señas imposibles de interpretarse.

Sin embargo, en aquella casa habia una cosa que no se ocultaba al público, que era quizá lo que mas horrorizaba á los vecinos, y en la cual no cuidaban de intervenir los familiares de la Inquisicion.

Anselmo y María domesticaban y criaban toda clase de animales, pero con mas predileccion víboras de cascabel, de las que tenian una respetable coleccion en jaulitas de madera que ellos mismos hacian.

Algunas veces por las tapias del corral, los curiosos veian que mientras la Sarmiento se dedicaba á sus oficios domésticos, los dos hermanos sentados al sol, y dando gruñidos semejantes á los de los perros, cuando están contentos, se ocupaban en dar de comer á seis ú ocho enormes víboras de cascabel.

Aquellos horrorosos reptiles salian de sus jaulas, subian por los brazos de Anselmo, se acomodaban en el torneado seno de la muchacha, arrimaban sus caras chatas al rostro de María, como un gato que hace fiestas, lanzando un silbidillo agudo, y moviendo su lengua ahorquillada con una rapidez asombrosa.

—Ah descreidos, en esas habeis de morir—decian los vecinos.

Pero no llegaba á sucederles nada, y los mas cristianos les imputaban que tenian «compacto con el diablo.»

Habia entrado ya la noche, cuando Martin llegó á la casa de la Sarmiento y llamó.

—La paz de Dios sea en esta casa—dijo.

—Amen—contestó la Sarmiento—¿qué se os ofrece, caballero?

—Venia en busca del Ahuizote—dijo Martin con un tono brusco.

—No ha venido hoy, pero siéntese usarcé señor Bachiller Don Martin de Villavicencio Salazar.

—Calle, ¿y de dónde conoceis vos mi nombre?

—Si buscais al Ahuizote y sabeis que ellos vienen por acá, ¿qué milagro será que os conozca?

—Teneis razon, y supuesto que entre nosotros no hay misterio, ¿podeis decirme adónde hallaré al hombre que busco?

—Costumbre tiene de venir aquí todas las noches á las oraciones, porque gusta mucho de esa muchacha—dijo la Sarmiento señalando á María, en quien no habia reparado bien el Bachiller.

—Oh, y por mi fé que es una preciosa mulata, buenas noches, hermosa.

—Es sorda y muda—dijo la Sarmiento.

—¡Qué lástima!—esclamó Martin—con que esta es la propiedad del Ahuizote.

—Poco á poco, le gusta y es todo, pero nada mas, que María es niña, y á ella no le hace gracia el indio, vereis.

La Sarmiento hizo una seña á María, que seguia los movimientos de los interlocutores, con sus ojos hermosos y llenos de inteligencia y de vida.

La muchacha contestó con un gesto de profundo desdén. Anselmo alzó los ojos, vió la seña, y una débil sonrisa se dibujó en su boca.

María era una muchacha tan perfectamente formada que parecia una Vénus de bronce, y como solo traia una camisa bastante descotada, su cuello, su pecho y sus hombros ostentaban toda su belleza y su morvidez; el brillo de sus ojos, y el carmin fresco de sus labios tenian una hermosura infernalmente provocativa. Los galanes del rumbo envidiaban á las víboras, y el Bachiller, hubiera sido de la misma opinion, si hubiera sabido las escenas que nosotros conocemos.

—¿Y creeis que vendrá esta noche el Ahuizote?—dijo Martin.

—Si he de decir la verdad, creo que no.

—¡Demonio!—dijo con impaciencia Martin.

—¿Qué quereis?—esclamó la vieja tan inmediatamente, que el Bachiller se espantó como si el demonio de veras hubiera contestado á su llamamiento.

—¿Sois vos acaso el demonio, que así contestais cuando se le nombra?

—No, pero tan impaciente os miro, que os ofrecia mis servicios.

—¿Sabeis qué clase de negocio tiene entre manos el Ahuizote esta noche?

—No lo sé, pero decidme si gustais, cuál es el que á vos os preocupa, que entonces mas fácil me será deciros lo que va á acontecer.

—¿Sereis bruja por ventura?

—¿Sereis vos familiar del Santo Oficio para requerirme?

—Nada menos que eso.

—Pues bien, decidme si quereis saber algo, que yo procuraré serviros, y no os mezcleis en asuntos ajenos.

—Quisiera saber de un hombre á quien se pretende asesinar en esta noche.

—Un vuestro enemigo.

—Por el contrario, amigo mio.

—¿Sois de los nuestros?—dijo la Sarmiento, lanzando el grito de una lechuza.

—Sí—dijo Martin, contestándole con el mismo grito.

—Seguidme.

La Sarmiento encendió un candil de cobre, hizo una seña á los sordo-mudos, y se dirigió á la cocina, seguida de Martin.

En uno de los rincones habia una cuba vacía, que apartó la muger con gran facilidad, y debajo una gran losa con un anillo de fierro oculto por un monton de basura.

La Sarmiento tiró del anillo, se levantó la losa, y á la luz del candil, se descubrió la entrada de un subterráneo y los primeros escalones de un caracol de piedra.

—Bajad—dijo la Sarmiento, mostrando la entrada á Martin.

Martin vacilaba.

—Bajad y no tengais miedo—insistió la vieja.

Para que un hombre resista á la palabra «*miedo*» salida de la boca de una muger, aun cuando esta muger sea una harpía, se necesita que este hombre, esté como se decia en aquellos tiempos: «dejado de la mano de Dios.»

Martin entró sin vacilar al subterráneo, y la Sarmiento le siguió cerrando tras sí la entrada.

Descendieron como veinte escalones, y el Bachiller se encontró en una gran bóveda, que á lo que pudo ver con la escasa luz del candil, daba paso á otras varias de la misma especie.

Entonces la bruja se puso delante de él, y le dijo:

—Aquí sí yo os guiaré, porque no conoceis el terreno, seguidme.

CAPÍTULO 9

Cómo el negro Teodoro probó que no necesitaba de armas.

EL Oidor era hombre de un valor á toda prueba, no de los que se animan ante el peligro, sino de los que lo buscan y lo desafian. Un peligro le amenazaba aquella noche en la calle, y sentia una necesidad, una especie de vértigo para buscarlo y encontrarlo cuanto antes.

Don Fernando estaba enamorado, y todos los enamorados han sido, y serán siempre, lo mismo. Doña Beatriz sabia que se tramaba su muerte, y Don Fernando se hubiera creido deshonrado si hubiera dejado de salir á la calle esa noche; creeria Doña Beatriz que habia tenido miedo.

Además, tenia urgente necesidad de ver al Arzobispo, de saber la resolucion del virey.

El negocio de la fundacion del convento de Santa Teresa, estaba de tal manera identificado con sus amores, que creía servir á Doña Beatriz ayudando al Arzobispo.

Cerró la noche y D. Fernando se dispuso para salir.

Sin embargo de su valor, creyó necesarias algunas precauciones.

Vistióse bajo su ropilla, una ligera cota de maya de acero, perfectamente templado, y que podia resistir el golpe de un puñal sin perder uno solo de sus anillos; y ademas de su espada y de su daga prendió en su talabarte dos pequeños pistoletes, se caló un ancho sombrero adornado de una pluma negra, se cubrió con un ferreruelo de vellorí y salió á la calle.

Registró con la vista por todos lados, pero nada pudo descubrir á pesar de que el cielo no estaba entoldado como la víspera, y la luna alumbraba bastante.

Don Fernando echó á andar, y detrás de él se destacó un bulto que comenzó á seguirle á cierta distancia; pero sin alejarse mucho ni perderle de vista.

El Oidor caminaba de prisa, pero podia notarse que cuidaba siempre que le era posible de ir por la mitad de la calle, y no torcer en las esquinas cerca de los muros de las casas.

El hombre que le seguia debia ir descalzo, porque sus pisadas no producian el menor ruido marchando como los gatos, sin que pudieran sentirse sus pasos.

En esos dias estaba en construccion el templo de la Catedral, y casi todo el terreno que esta ocupa, estaba lleno de andamios, de montones de piedra, de madera, de inmensos bloques de granito, en fin, de todo eso que formando para los profanos un caos inesplicable, es el pensamiento del arquitecto que va con la luz de la inteligencia á moverse, á ordenarse, á colocarse, á formar una maravilla del arte, y á materializar en una mole gigantesca una idea encendida en la pequeña cabeza de un hombre.

Desde allí se descubria la puerta del Arzobispado, y entre aquellos materiales acumulados se perdió, como que se desvaneció, el hombre que seguia al Oidor. Era indudablemente el lugar mas propio para ocultarse, y para vigilar á todos los que entrasen ó saliesen del palacio del Arzobispo.

Don Fernando preguntó por su Ilustrísima, y un familiar le hizo entrar inmediatamente.

—¡Albricias!—dijo alegremente el Arzobispo al ver á Don Fernando.

—De las mismas—contestó el Oidor, siguiendo el humor del prelado.

—El virey da su beneplácito para continuar la obra inmediatamente; aquí está la órden.

—Mil parabienes.—¿Pero cómo logró tan pronto su Ilustrísima.........

—¡Ah! no ha sido poco el trabajo: su Excelencia estaba realmente prevenido, ese Don Alonso de Rivera, y su amigo Don Pedro de Mejía (Dios se los perdone), han trabajado con un teson digno de santa causa.

—Pero al fin.

—Ahora vereis, al llegar al palacio pareciome mas prudente consejo tener vista con mi señora la vireina, que como sabeis, muestra particular empeño en nuestra fundacion porque allá en su mocedad estuvo algunos meses en un convento de Carmelitas descalzas, y su santo celo nos ha dado tambien en sus dos hijas piadosos auxiliares para nuestra empresa. Su Excelencia debia entrar á la cámara de la vireina pocos momentos despues que yo, pero tiempo tuve suficiente para prepararla, así como á las dos niñas; de manera que ellas y yo, tanto instamos y rogamos, y suplicamos, que su Excelencia no pudo menos de darme la órden que yo solicitaba. ¡Ah, señor Oidor! Este ha sido un triunfo que hemos alcanzado, y que es preciso aprovechar sin pérdida de tiempo.

—Yo aseguro á vuestra señoría Ilustrísima, que mañana en la tarde no conocerá el lugar en que las casas existieron.

Y el Arzobispo y el Oidor continuaron, lo menos por dos horas, hablando de sus planes..........................

Teodoro, que seguia á D. Fernando, se ocultó en las obras de la nueva Catedral: buscó un lugar desde donde observar la puerta del Arzobispado, y colocándose á su sabor se quedó inmóbil.

Una hora habia permanecido allí confundido por su color negro con la sombra del naciente edificio, cuando sintió un leve rumor de pasos que se acercaban por el mismo camino que él habia traido.

Con mucha precaucion levantó la cabeza y vió tres hombres que procuraban ocultarse tambien, muy cerca de el lugar que él ocupaba.

—Está seguro—dijo uno de ellos al otro: está en el Arzobispado.

—Tan seguro, que yo le ví entrar desde la pared de enfrente adonde me dijiste que me quedara de vigía.

—Sí debe ser, porque quien nos manda me dijo que debia venir esta noche á ver al Arzobispo, y que por aquí debia pasar al retirarse.

—Seguro es el golpe.

—Ahora esperad, y silencio.

Y todos callaron: Teodoro no habia perdido una palabra.

Mucho tiempo trascurrió así, y Teodoro observaba de cuando en cuando una cabeza que se alzaba muy cerca de él para mirar la calle que venia del Arzobispado: la luna estaba ya en la mitad del cielo.

Por fin sonó una puerta y se percibió un bulto negro que, saliendo del palacio del Arzobispo, se dirigia al lugar de la emboscada.

—¿Es él?—dijo uno de los hombres.

—Debe ser—contestó otro;—pero es necesario estar muy seguros, y sobre todo no precipitarnos, porque anda siempre bien armado, y es diestro.

—Pero solo.

—No le hace.

El bulto se acercaba mas y mas.

—Él es, dijo uno.

—Listos!—contestó el otro.—Y los tres sacaron de la vaina sus puñales sin levantarse.

El bulto se percibia ya claramente; era el Oidor y pasaba por delante de los hombres ocultos.

Entonces sin hacer ruido, y como si hubieran sido unas sombras todos, se alzaron; pero no advirtieron que no eran ya tres sino cuatro.

—¡A él!—gritó uno precipitándose; sobre el Oidor; pero antes que hubiera podido acercársele recibió en la cabeza un golpe terrible, que le hizo caer á tierra sin sentido. Don Fernando tiró de la espada y se puso en guardia; pero la precaucion era inútil: al mirar su actitud, el auxilio inesperado que le llegaba y la caida de uno de ellos, los asesinos echaron á huir.

Ni Don Fernando ni el negro pensaron en seguirles, el Oidor quedó con su espada en la mano, y el negro con su habitual indiferencia, cruzados los brazos, contemplándole y teniendo en medio de ellos el cuerpo de aquel hombre, que no se sabia si estaba muerto, ó privado.

—¿Quién sois, y qué quereis?—preguntó Don Fernando al mirar que el negro no se movia.

—Soy el negro Teodoro, y solo quiero servir á su señoría en lo que me mande.

—¡Teodoro! ¿qué haces aquí?

—Seguir á usía.

—¿Seguirme? ¿y para qué?

—La señora mi ama sabia que esta noche querian la muerte de usía.

Don Fernando se puso pensativo.

—¿Ella te ha mandado?

—No, yo le pedí licencia para acompañar á usía en esta noche.

El Oidor volvió á callar por un rato.

—¿Este hombre está muerto?

Teodoro se inclinó y puso su mano en la boca, y luego en el corazon del hombre.

—Está vivo—contestó.

—¿Con que le heriste?

—Con mi mano.

—Seria bueno llevárnosle.

El negro sin esperar mas, levantó al herido, que gimió débilmente; como hubiera podido alzar á un niño, y se volvió como para esperar una nueva órden.

—Vamos, dijo el Oidor, mirando si en el suelo habia algo.

—Aquí está el arma de éste—dijo Teodoro levantando un puñal del suelo.

Don Fernando guardó su espada y se puso en marcha seguido del negro que llevaba á cuestas al herido, avanzaron un poco y se oyó un rumor de pasos: eran dos hombres que traian la direccion opuesta y con los que debian encontrarse.

—¡Ah de los que van!—dijo uno de los dos.

—¡Alto los que vienen!—contestó Don Fernando sacando la espada.

A la luz de la luna se vieron brillar los estoques de los que venian. Teodoro puso en el suelo con mucho cuidado al herido, y se colocó al lado de Don Fernando.

—¿Quién va?—dijo una voz.

—Oidor de la Real Audiencia—contestó Quesada adelantándose.

—Mi señor Don Fernando de Quesada.

—Señor Bachiller—contestó el Oidor.

—Loado sea Dios, que encuentro á su señoría, porque en alas del temor, hemos venido en su busca. ¿Ha tenido su señoría.........?

—Un mal encuentro; pero á Dios gracias que con el refuerzo de Teodoro, ni yo tuve por qué sentir, ni ellos por qué alegrarse: mirad.

—Teneis un cautivo.

—Es la proeza de Teodoro, pero retirémonos que no seria prudente que así nos viesen.

—Si no le disgusta á usía, me tomaré la licencia de acompañarle.

—No cabe disgusto en lo que causa satisfaccion: acompañadme.

Teodoro alzó su carga y los cinco llegaron á la casa del Oidor.

—Ahora, señor Bachiller, dijo el Oidor, tócame mi turno de ofreceros en esta noche la hospitalidad que á tales horas, témome que no encontreis abierta vuestra habitacion.

—De grado acepto—contestó Martin—y no temo incomodar á su señoría, porque algunas cosas tengo que poder comunicarle.

—Pues pasad.

—Permítame usía despedir á este compañero.

El Bachiller habló algunas palabras con el embozado que le acompañaba, y éste se retiró, haciendo una profunda carabana al Oidor.

El negro habia permanecido firme cargando á su hombre.

Cuando estuvieron dentro ya de la casa y cerrado el zaguan, el Bachiller dirigiéndose al herido, dijo:

—¿Y de éste, qué dispone su señoría?

—Lo veremos.

Un lacayo trajo un candil.

—No lo conozco—dijo Martin.

—Yo sí—agregó el Oidor,—y sobre todo por la librea. Es un paje de la casa de Don Pedro de Mejía; por mi fé que no perdona mi señor Don Alonso medio de oponerse á la fundacion.

—¿Creeis?

—Estoy seguro.

—Encargaos de ese hombre—dijo á sus criados Don Fernando, y subid vosotros conmigo—agregó dirigiéndose á Martin y á Teodoro.

CAPÍTULO 10

Lo que habia visto y sabido el Bachiller en la casa de la Sarmiento.

LA Sarmiento guiaba alumbrando á Martin en el subterráneo; en el fondo de la segunda bóveda habia una mesa cubierta con una bayeta negra, vieja, y llena de manchas y de agujeros.

Las bóvedas eran un confuso depósito de objetos raros y horribles, esqueletos, cráneos, animales vivos ó disecados, cajas y vasijas de figuras estrañas, armas, vestidos, libros, papeles, bolsas y sacos de todos tamaños, hornillos y braceros, yerbas, flores, ramas y troncos de árboles, pero así, como perdiéndose, ocultándose entre sombras sin contornos, sin precision, como desvaneciéndose unos objetos en los otros.

Martin era hombre de talento, y procuró no mostrarse admirado de nada.

—Valiente coleccion de porquerías guardais aquí—dijo á la Sarmiento.

La vieja volvió el rostro para verle, entre admirada y colérica.

—¡Qué entendeis vos de todo esto!—contestó—sentaos.

El Bachiller se sentó en un sillon de baqueta negra sin bra zos, y que tenia un respaldo alto, que casi terminaba en punta.

—Hablemos—dijo la Sarmiento.

—Ante todo, permitidme que os diga que con perdon del Santo

Oficio, tanto creo en las brujas, como creer en el Purgatorio, y así podeis escusaros de intentar conmigo hechizos, que será perder vuestro tiempo.

—Mas convencido quedareis al salir de aquí, de vuestra ignorancia, que yo lo estoy de que teneis que acabar vuestra vida en las cárceles secretas del Santo Tribunal.

—No me digais eso ni de chanza, que de la Inquisicion tengo tanta fé de que existe como de Dios.

—Producciones teneis para salir con el sambenito.

—Dejemos eso y vamos á lo que me habeis prometido.

—Vamos—decis que se trata de asesinar esta noche á un hombre.

—Sí.

—¿Y quereis saber si morirá hoy ó muy pronto?

—Holgárame de saber la verdad.

—Bien, ¿teneis sobre vos alguna prenda suya?

El Bachiller se registró.

—Ninguna.

—Entonces escribid su nombre en este pergamino.

La bruja presentó un pequeño pedazo de pergamino al Bachiller, tomó éste una pluma y puso el nombre del Oidor.

La bruja encendió un candil de forma estraña.

—¿Qué es eso?—preguntó Martin.

—Es un candil que se alimenta con sangre humana, y la mecha está sacada de sudario de un ajusticiado.

El Bachiller se sonrió con desprecio. La bruja tomó el pergamino y lo acercó á la llama, el pergamino se incendió produciendo una luz blanca y hermosa.

—Este hombre está enamorado y correspondido.

—¿En qué lo conoceis?

—En la luz blanca.

Luego se apagó repentinamente.

La Sarmiento recogió las cenizas.

—Este hombre no poseerá á la muger que ama.

—¿Por qué?

La luz se apagó de repente, y las cenizas quedaron negras.

La Sarmiento trajo una gran bandeja de acero y mezcló alli diferentes líquidos, pero siempre quedaban transparentes y limpios.

—Poned cuidado—dijo al Bachiller—si al arrojar las cenizas en esta agua se pone roja inmediatamente, vuestro amigo morirá hoy de mala muerte; si no, cada burbuja de aire que salga será un mes de vida que le quede, hasta que el agua cambie de color y entonces morirá, si el agua se torna verde, su muerte será tranquila; si roja, morirá de mala muerte.

Martin no creia, y sin embargo, estaba trémulo y su corazon latia con una violencia terrible y no se atrevia á separar los ojos de la vasija.

La bruja dijo entre dientes algunos conjuros y arrojó en el agua las cenizas.

Martin contuvo hasta la respiracion; la Sarmiento tenia las manos estendidas sobre la vasija, una víbora silvaba en uno de los rincones de la bóveda, los dos candiles encendidos encima de la mesa producian una especie de chisporroteo siniestro.

El agua permaneció limpia, derrepente se agitó en el medio y una burbuja apareció en la superficie y reventó luego.

—Una—dijo Martin, arrojando su aliento contenido.

Volvió á agitarse el agua y otra burbuja apareció.

—Dos—dijo Martin.

Las burbujas continuaban brotando.

—Tres, cuatro, cinco.

—Cinco—repitió el Bachiller, mirando con ansiedad que no salia otra,—cinco.

El agua parecia querer hervir, arrojó una especie de humo y repentinamente se puso roja como si hubiera sido de sangre.

—¡Jesus!—dijo Martin apartando el rostro espantado.

—Cinco meses de vida, y morir de mala muerte—dijo con solemnidad la Sarmiento.

—Es imposible—dijo Martin—os habeis equivocado.

—Lo desearia, porque tanto veo que os apena, pero temo que no.

—Cinco meses no mas, y morir.........

—Asesinado.........

—¿Asesinado?

—¿Quereis saber quién le matará?

Martin reflexionó.

—¿Podré matarle yo antes?—dijo.

—No, porque entonces faltaria el pronóstico.

—Entonces no.

—Como gusteis.

Martin inclinó la cabeza, y luego repentinamente dijo:

—Sí, sí, probad á decirme quién le matará, ¿¿podeis??

—Haré por conseguirlo.

La Sarmiento puso sobre la mesa un hornillo y comenzó á meter en él trozos de madera que tenian formas y colores raros, y entre los cuales algunos parecian manos, otras cabezas, otros brazos.

—¿Qué leña es esa?—preguntó Martin preocupado.

—Son pedazos de estátuas de santos.

El Bachiller no estaba para objetar aquella profanacion.

La bruja encendió en el candil una pajuela de azufre, y la colocó entre la leña: la llama se alzó.

El humo de la pajuela y el que arrojaba la pintura de la madera que servia de combustible, producian un olor sofocante.

La bruja colocó sobre el hornillo la vasija con el líquido que habia quedado rojo, y comenzó á decir conjuros dando vueltas en derredor de la mesa.

Poco tardó el líquido en entrar en ebullicion y exhalar un vapor luminoso: la Sarmiento mató la luz de los candiles.

Martin creia soñar con el resplandor rojizo de la llama, la casa de la Sarmiento, y los objetos que alcanzaban á alumbrarse tomaban formas fantásticas; parecian animarse y moverse los esqueletos, los animales disecados, todo se agitaba con la vacilante claridad de las llamas, y en medio de todo, la vasija arrojando un vapor luminoso y blanco, en el que Martin nada veia, pero en el que la Sarmiento parecia leer.

—Ese hombre morirá por mano de un amigo suyo.

—Pero ¿quién es? ¿Una seña? ¿Un indicio?

—Es un jóven......... sí, muy jóven......... esta tarde le ha visto......... ahí están......... juntos......... el amigo le da una cosa......... no les veo los rostros......... le da una alhaja, una alhaja de la muger que el muerto ama......... un cintillo....

—¡Muger!

—Sí, le da un cintillo......... y ese......... ese es el que lo matará......... su asesino.

—Mientes, mientes bruja infernal—esclamó el Bachiller precipitándose sobre ella y tomándola de un brazo.—¿Dí que mientes; ó aquí tú serás la que muere.

—Estais loco,—contestó la Sarmiento sin inmutarse,—¿por qué os he de decir que miento? Vos quisisteis saber la verdad; no os agrada; tanto peor para vos.

—¿Pero estás cierta de lo que dices?

—Jamás evocacion ninguna, me ha salido tan clara.

—Pues sácame de aquí; sácame pronto.

—¿No quereis saber nada mas? Esta noche estoy de buenas.

—Nada quiero saber, sácame de aquí.

—Sea como quereis; pero esperad.

La Sarmiento volvió á encender la luz que le habia servido para bajar al subterráneo, apagó el fuego del hornillo y colocó todo en su lugar.

—Vamos—dijo impaciente Martin.

—Vamos: pero antes juradme que ni en el Santo Oficio, puesto en cuestion de tormento revelareis la existencia de este lugar, ni vuestras relaciones conmigo.

—Lo juro á Dios.

—No, no es á Dios á quien debeis jurarlo.

—¿Pues á quién?

—Al diablo—dijo la Sarmiento, haciendo una especie de reverencia.

El Bachiller vaciló:

—¿Qué hay?—dijo la bruja.

—Pues lo juro al diablo.

La vieja tiró de una reata que pendia del techo, y se oyó un rumor como el que produce un carro que rueda en un empedrado.

—¿Qué es eso? preguntó Martin.

—Vuestro juramento ha sido recibido.

A pesar de su valor y de su escepticismo, Martin se estremeció.

—Vamos—dijo.

—Vamos.

Subieron la escalera del caracol y se encontraron en la casa.

Con los sordo-mudos habia un nuevo personaje.

Era un hombre de la raza indígena pura, con su tez cobriza, su pelo negro y lacio, sin barba, y con un escaso bigote.

Vestia una ropilla ordinaria de velludo, con calzon de escudero y unas medias calzas de venado: estaba envuelto en un tabardo gris y conservaba en su cabeza un sombrero de anchas alas.

Al sentirse en otra atmósfera, el Bachiller recobró su sangre fria y le pareció como que todo no habia sido sino una pesadilla.

—Ahuizote—dijo al recien venido—creía que tenias aventura esta noche.

—Sí—contestó el Ahuizote—un riquillo que queria que lo acompañáramos á sacarnos una muchacha, pero le entró miedo y se arrepintió.

—¿Y podrás acompañarme?

—¿A dónde?

—Vamos á impedir que asesinen á un amigo mio.

—Te ayudaré—dijo el Ahuizote, parándose.—¿Quién es él?

—Don Fernando de Quesada—el Oidor.

—No voy—dijo sentándose otra vez el Ahuizote: yo no defiendo gachupines.

—Es un amigo.........

—Aunque.

—Bien, no vayas; pero recuerda que no es él quien te pide compañía, sino yo. Quedad con Dios, señora Sarmiento.

—Él guie á su merced, señor Bachiller.

Martin abrió la puerta.

—Oye—dijo el Ahuizote.

—¿Qué cosa?

—Siempre te acompaño.

—Vamos.

—*Nican timocuepas*—dijo la Sarmiento en idioma mexicano al Ahuizote—que queria decir—vuelve acá.

—*Moztla teotlac*—contestó el Ahuizote—mañana en la tarde.

—*Tlacoyohuac tihuallas, âmo teotlac*—(á media noche vienes, y no en la tarde).

—*Quemâ*—(sí)—contestó el Ahuizote saliendo.

El Bachiller no entendió ni una palabra, pero tampoco preguntó.

Y los dos se dirigieron precipitadamente en busca del Oidor hasta encontrarlo, acompañado de Teodoro que conducia al herido.

CAPÍTULO 11

Doña Blanca y Don Pedro de Mejía.

QUIZÁ no habia en toda la gran estension de la Nueva España un caudal mas rico, que el que al morir legara á sus hijos el padre de Don Pedro y Doña Blanca de Mejía.

Inmensas haciendas en la tierracaliente y la tierra fria: minas, casas, ganados, esclavos, abundantes vajillas de plata y oro, alhajas, incalculables existencias de mercancías, y sobre todo, una fabulosa cantidad de reales.

Por la última disposicion del testador, Don Pedro su hijo, mayor que Doña Blanca, en mas de quince años debia manejar toda aquella colosal fortuna, hasta que ella cumpliera veinte años ó se casara.

Don Pedro y Doña Blanca solo eran hermanos de padre, porque eran hijos de dos matrimonios: Don Pedro habia nacido en España y Doña Blanca en México. De aquí la gran diferencia de edad entre ellos, y el poco cariño que Don Pedro habia tenido siempre á Doña Blanca.

El conocimiento de la voluntad, testamentaria de su padre, y la idea de tener que entregar á Blanca la mitad del caudal, apagaron en el corazon de D, Pedro la última chispa del amor fraternal, el demonio de la codicia sopló en su cerebro, y entonces fué odio lo que concibió por su hermana.

A medida que los años pasaban, Don Pedro veia acercarse el dia tan temido para él: podia evitar que se casara Doña Blanca, pero no que cumpliera veinte años; y en la época á que nos referimos, la doncella tenia ya diez y siete.

Entonces comenzó aquella série de malos tratamientos, de que Doña Blanca se quejaba con Doña Beatriz de Rivera.

Doña Blanca permanecia esperando en su aposento la llegada de su hermano: presentia una tempestad, porque al encontrarse en las escaleras de la casa de Doña Beatriz habia visto á Don Pedro, mas severo y mas sombrío que de costumbre.

Las horas corrian y Don Pedro aún no aparecia por el aposento de Doña Blanca: la jóven sabia que él y D. Alonso de Rivera habian concertado para aquella noche la muerte del Oidor Quesada; pero no conocia los pormenores de la trama, podia ser que su hermano mismo fuese entre los que atacaran á Don Fernando, y esta idea la hacia temblar: ella veía á Don Pedro como á su hermano: le amaba á pesar de todo, y la idea de un combate entre él y Don Fernando, el amante de Doña Beatriz, de su única amiga, la hacia estremecer por el resultado, cualquiera que éste fuese. No se acostó y se estuvo rezando.

A la media noche oyó tocar en la puerta de la calle, luego rumor en los patios y en los corredores, y despues todo volvió á quedar en silencio.

Entonces oyó ruido por el pasillo que guiaba á su aposento, llamaron, y abrió. Don Pedro estraordinariamente pálido y sombrío se presentó.

—Estraño es—la dijo sin saludar—que á esta hora aun no os hayais recogido.

—Rezaba—contestó Doña Blanca tímidamente.

—Horas son estas en que solo las monjas rezan. ¿Os sentis acaso con la vocacion necesaria?

—Yo.........

—Doña Blanca, supongo que no habreis olvidado que os he encontrado fuera de la casa, de donde sin mi permiso habeis osado salir.

—Deseaba ver á mi madrina Doña Beatriz.

—Aun cuando así fuese, esto no volverá á repetirse, os lo advierto.

—Lo prometo.

—Podeis prometerlo ó no, que de mi cuenta corre el impedirlo; desde hoy no saldreis de este aposento, ¿lo entendeis?

—Sí.

—Aquí os servirán la comida.

—Pero.........

—Así lo he dispuesto, y con eso basta—dijo Don Pedro saliendo y cerrando tras sí la puerta.

Doña Blanca llorando, se arrojó vestida sobre su lecho.

—¿Por qué su hermano la trataba así, á ella tan sumisa, tan obediente, tan amorosa?

Muy lejos estaba aquella alma vírgen de comprender las negras pasiones que agitaban el corazon dañado de Mejía.

Don Pedro se encerró en su aposento y se sentó frente á un inmenso pupitre negro que tenia primorosas incrustaciones de marfil, representando aves, flores, hombres y edificios.

Sacó de la bolsa de los gregüescos un manojito de llaves de plata unidas por una argolla de oro, y abrió uno de los secretos del pupitre, buscó, y sacó un papel doblado en forma de carta.

Lo desdobló cuidadosamente y se acercó á la bujía de cera que ardia en un candelero de plata.

El pliego tenia un márgen blanco como se acostumbra poner les á los memoriales, y á guisa de sello ó de membrete, decia: «único dueño de mi albedrío,» y luego una carta.

«Dos dias hace que no venis á calmar mis amorosos anhelos, y estos dos dias hánme parecido dos siglos: ¿por qué me desdeñais? por vuestra vida que es la mia, venid.»

«Hánme dicho (lo que no quisiera ni imaginar) que tratais de vuestra boda con Doña Beatriz de Rivera; mas quisiera morir que creer en ello. Tan hermosa y rica dama, merece bien que en ella fijeis vuestros ojos, ¿pero podrá ella nunca amaros como yo? ¿podreis vos en un dia olvidar mi amor y vuestros juramentos?

«Venid, Don Pedro, mi ánima está triste sin veros, y me atormentan horribles pensamientos, vuestra esclava soy que nací para amaros y serviros, y si me olvidais moriré sin remedio: Venid.

«Quien besa humildemente vuestra mano y será siempre vuestra»

«LUISA.»

Don Pedro puso la carta sobre el pupitre, apoyó su frente en las palmas de sus manos, y quedó meditabundo.

—Pobre Luisa......... me ama......... me ama y ¿yo quiero abandonarla.........? pero mi palabra empeñada con Don Alonso......... y que por otra parte, mi matrimonio no es simplemente un negocio de amor, es el complemento de mi fortuna......... veremos......... ante todo, bueno será calmar á la pobre Luisa......... mañana, mañana; lo del matrimonio despues.

Dobló la carta y volvió á ponerla en el cajon secreto.

—Ahora es necesario ver qué se hace con este malhadado negocio de Don Fernando de Quesada que tan mal salió: ¿quién seria ese demonio que se apareció en su defensa? ¿qué habrá sucedido con Tirol? ¿moriria? lo habrán dejado abandonado? y José que no viene!

En este momento llamaron á la puerta del aposento.

—¿José?—dijo Don Pedro.

—Aquí estoy, señor—contestó un lacayo entrando.

—¿Qué sucedió?

—Nada hemos encontrado, fuimos hasta frente á la Catedral nueva en donde pasó el lance, ni un vestigio, ni un rastro siquiera de sangre.

—¿Y Tirol?

—Nada, señor, nada, si murió se ha recogido su cadáver, si no, se lo llevaron herido.

—Pero pues no habia sangre, no estaria herido.

—No lo comprendo eso, yo lo ví caer, cuando el demonio, que sin duda él fué, se apareció en defensa del Oidor. Tirol cayó sin mover pié ni mano, pero si estaba herido no dejó ni una huella de sangre.

—Está bien, retírate á recoger, mañana tal vez aclararemos este misterio.

Y Don Pedro se acostó vestido sobre su cama.

La víctima y el verdugo bajo el mismo techo no podian conciliar el sueño; el dolor y la ambicion devoraban aquellos dos corazones tan diferentes entre sí.

CAPÍTULO 12

Lo que hablaron el Oidor y el Bachiller y quién era el herido.

—PERMÍTAME su señoría—decia Martin—que le haga una pregunta, no por mera indiscreta curiosidad, sino por saber cuál es su opinion en materia para mí tan delicada.
—¿Y cuál es?
—Dígame usía, ¿se puede creer en las brujas y en sus profecías?
—En tan apurado trance me poneis, que yo á mí mismo no sabria qué contestarme; pero supuesto que el Santo Oficio las persigue y las condena á la hoguera, de existir deben, que de lo contrario ni tal cuidado se tomaria el Tribunal de la Fé, ni nosotros presenciariamos esas ejecuciones.
—¿Pero qué opina usía de lo que ellas predicen?
—Que por diabólicas artes se inspiran, y mas pueden ser engaños y astucias del demonio cuanto digan, que verdades hijas de Dios, y en todo caso mas vale no tener con ellas tratos ni averiguaciones, que eso solo es gran pecado; ¿pero por qué me haceis semejante pregunta? Supongo, señor Bachiller, que no hablaréis con tales personas.
—Líbreme Dios; como cuestion de doctrina háme ocurrido ayer, y me tranquiliza el parecer de usía; pero hablando de otra cosa, usía sospecha de dónde haya partido el golpe de esta noche.
—A no sospecharlo, la librea que viste el hombre que está abajo

herido, me lo diera á conocer muy claro. Ese hombre es de la servidumbre de Don Pedro de Mejía que pretende la mano de Doña Beatriz, y es amigo íntimo de Don Alonso de Rivera enemigo mio, por el asunto de la fundacion del Convento de Santa Teresa.

—¿Quereis que veamos si ese hombre ha vuelto á sus sentidos para examinarlo?

—Sí tal; y si así fuese, hacedle subir.

Martin bajó á ver al herido, y el Oidor se desciñó la espada y se sentó á esperar.

El Bachiller volvió con el herido, no había sufrido mas que una pasajera congestion á resultas del puñetazo que descargó Teodoro sobre su frente.

El hombre entró á la estancia en que le aguardaba el Oidor, todavía atarantado, y sin hacerse bien cargo de lo que habia pasado.

—Venid acá, amigo—le dijo Don Fernando con dulzura.

El hombre se acercó.

—Quereis decirme, pero hablad con franqueza, ¿quién sois, y qué motivo os impulsó para buscar mi muerte, cuando yo ni os conozco, y vos quizá apenas me conoceis?

—Señor,—contestó el hombre—aunque tengo la librea de lacayo, me llamo Tirol, y soy el mayordomo de la casa de mi señor Don Pedro de Mejía.

—Bien, ¿y qué causa os movió para pretender asesinarme?

—No me culpe su señoría, debo muy distinguidos favores á mi amo hace muchos años, como el pan de su casa, y fuí mandado.

—¿Y no comprendéis que despues de lo que ha pasado, puedo mandaros matar, no solo impunemente sino con justicia?

—¡Señor!—dijo arrodillándose cobardemente Tirol.

—Alzad, que solo delante de Dios y de su Magestad debeis estar así; alzad, que nada os haré, pero referidme lo que ha pasado.

—Casi nada sé—dijo Tirol levantándose—esta tarde, mi señor Don Pedro y Don Alonso de Rivera me llamaron y me ordenaron que tomara dos hombres de la casa, que fueran de toda confianza, y que hoy en la noche al salir, como lo tiene usía de costumbre del Arzobispado, lo atacase y le matase sin misericordia.

—¿Y estábais dispuesto á cumplirlo?

—Señor.........

—¿La verdad?

—Señor, por Dios.........
—Contestad.
—La verdad......... sí señor.........
—Bien, ¿y cómo sabíais que estaba yo en el Arzobispado hoy en la noche?
—Uno de los hombres que me acompañaban se apostó en la acera de enfrente hasta ver entrar á usía, y entonces me dió aviso.
—¿Y despues?
—Despues venimos á ocultarnos entre el material de la nueva iglesia, hasta que usía pasó.
—¿Y luego?
—Ya eso lo sabe usía; al quererlo atacar, de entre nosotros mismos salió un hombre á quien no habíamos visto, y ya no sé mas, sino que sentí un golpe terrible en la cabeza y perdí el sentido.
—¿Conoceis á ese hombre?
—No señor.
—Bien, quedaos aquí esta noche, y mañana temprano regresad á la casa de vuestro amo y llevadle esta carta; nada teneis ya que temer, os perdono el mal que habeis intentado contra mí.

El oidor escribió una carta á Don Pedro, que decía así:

—«Os devuelvo á vuestro mayordomo, cuidad de emplear para otra vez hombres mas útiles. Os besa la mano

Fernando de Quesada.»

Tirol besó la mano del Oidor, y recibió la carta que se guardó en el pecho.

—Señor Bachiller—dijo por lo bajo Don Fernando á Martin—hacedme la gracia de que dén habitación á este hombre para que pase la noche, mañana temprano que se vaya para su casa, y traedme á Teodoro sin que se miren ambos.

El Bachiller volvió á salir seguido de Tirol.

El Oidor abrió un armario y sacó de él una bolsa grande de seda que figuraba una piña amarilla con hojas verdes en el cuello, y largos cordones para cerrarla que remataban en pequeñas piñitas formadas de cuentas de vidrio de colores.

Colocó la bolsa sobre la mesa y volvió á sentarse.

Teodoro conducido por el Bachiller entró al aposento.

—Me envía á llamar su señoría—dijo Teodoro cruzando sobre el pecho sus brazos y haciendo una profunda reverencia.

—Sí, te debo en esta noche la vida, y quisiera mostrarte mi agradecimiento.

—Bastante es ya mi recompensa con haber conseguido eso; además, yo lo hice conforme á las órdenes de mi ama.

—Yo no estoy satisfecho con eso; yo te doy en nombre de Doña Beatriz tu libertad; además en esta bolsa hay una gran cantidad de monedas de oro, que por ser escasas en México tienen muy alto valor, tómala para que vivas feliz.

Teodoro se arrodilló á los piés del Oidor y le besó la mano, pero no tomó la bolsa que éste le alargaba.

—Por toda mi vida—dijo—grabaré las palabras de su señoría en mi corazón, pero por ningún dinero dejaré de ser el esclavo de mi señora Doña Beatriz; si ella me despidiera, el negro Teodoro se moriria de tristeza.

—Bien—contestó el Oidor—comprendo tu lealtad y tu cariño para con Doña Beatriz; es un ángel á quien es preciso amar, pero al menos toma este dinero.

—Perdóneme su señoría, quiero tener solo la recompensa del placer por haberle servido de algo; además.. señor......... yo......... soy muy rico.

—¡Muy rico!—esclamó el Bachiller espantado de que un esclavo fuese muy rico, y acercándose como para contemplar mejor aquel ser mitológico.

—¡Muy rico!—repitió el Oidor, que aunque no tanto como el Bachiller, pero estaba admirado.

—Sí, señor—contestó Teodoro inclinando como ruborizado la cabeza.

—Estos pobres se creen poderosos cuando tienen cien reales—dijo Martin.

Teodoro se sonrió con desdén, y Don Fernando lo advirtió.

—¿Cuánto será tu capital, Teodoro?—preguntó.

—Cien veces lo que contiene esa bolsa—contestó tranquilamente.

—¿Sabes lo que dices? esta bolsa contiene mas de mil escudos de oro.

—Así me lo pensaba.

—¡Cien veces mil escudos!—dijo el Bachiller mas asombrado á cada respuesta de Teodoro—¡Cien mil escudos! ¿entonces por qué eres esclavo? ¿por qué no compras á Doña Beatriz tu libertad?

—Ya dije á su señoría que por ningún caudal dejaria de ser el esclavo de mi señora Doña Beatriz, le debo la vida y la felicidad.

Martin abria los ojos como dos patenas, y la boca como una puerta cochera; aquello estaba para él fuera de lo natural, era casi un prodigio.

—A fé mia—dijo Don Fernando, que aquí se encierra un misterio profundo; ¿sabe tu ama, Teodoro, que eres tan rico?

—Mi ama sabe tambien que seria jo libre si quisiese, y que jamas lo seré.

—Dígale usía que nos cuente, que nos esplique todo eso.

—No, señor Bachiller, mucho le debo á Teodoro para obligarlo á que me descubra sus secretos, por mas que me anime el deseo y la curiosidad de conocerlos, principalmente por la parte que en ellos tenga Doña Beatriz.

—No serán secretos para su señoría—dijo el negro—que me basta que su señoría sea quien es, y tan alto lugar tenga en el corazón de mi ama, para que yo le confiara lo que guardo en mi seno, tanto mas que fío en su discreción como en la de mi confesor. ¿Quisiera su señoría conocer mi historia?

—Te confieso que me seria muy satisfactorio.

—Larga es.

—No importa, te permito que te sientes.

El negro se sentó humildemente en el suelo y á los piés de Don Fernando.

—¿Y yo?—preguntó Martin.

—¿Tienes inconveniente en que escuche Don Martin?

—No, señor—dijo Teodoro, volviendo su vista á Martin—quedaos, que yo sé cómo aseguraré con vos mi secreto.

Martin contento de escuchar la historia tomó asiento en un escabel.

El Oidor comenzaba á comprender por todo, que Teodoro no era un esclavo comun, aquel hombre era otra cosa de lo que á primera vista parecia.

CAPÍTULO 13

La historia del esclavo.

MI madre, señor, era esclava de la casa de Don José de Abalabide, comerciante español, que tenia una de las mejores tiendas mestizas que se hallan en la Plaza principal. Mi padre, esclavo tambien de la misma casa, habia servido muchos años á Don José y habia muerto pocos dias antes de mi nacimiento, á resultas de una caida que le dió un caballo.

«Mi padre, señor, lo mismo que mi madre, eran de sangre real; os hago esta advertencia, porque esto viene mucho á esplicar algunos acontecimientos de mi vida que vereis mas adelante.

«Mi amo no tenia familia y vivia solo conmigo y con mi madre: era un hombre muy honrado, buen cristiano y caritativo con los pobres; aunque si he de decir verdad, tenia mucho apego á las riquezas y procuraba atesorarlas, viviendo con sobrada economía.

«Como no frecuentaba amistad ninguna y hacia tantos años que mi madre era su esclava, el Sr. Abalabide me tenia un gran cariño, y así conforme fuí creciendo y ayudaba en los quehaceres de la casa, mi amo se fué interesando mas por mí, y en las noches cuando ya la tienda estaba cerrada se entretenia, despues de rezar el rosario, en enseñarme á leer y á escribir.

«Llegué así á cumplir veinte años y mi amo estaba muy contento de mí: era yo fuerte para el trabajo, y le ayudaba yo en todo.

«Mi amo debia ser rico, pero no sabiamos adonde tenia su dinero porque él lo ocultaba.

«Cerca de la tienda del Sr. Abalabide estaba otra de uno que se decia Don Manuel de la Sosa, y que por motivo sin duda de ser menos conocido, ó menos antiguo, tenia muy pocas ventas que casi todos los marchantes se iban á la de mi amo; esto le causaba á Don Manuel tanto desprecio, que casi nunca pasaba por delante de la casa de Don José de Abalabide sin proferirle alguna injuria; pero como éste era ya hombre de edad y de buen juicio, nunca quiso tomar la demanda.

«Mi madre comenzaba ya á ser inútil para el trabajo, y mi amo se decidió á comprar á un conocido suyo una esclava cocinera, que tenia una hija mulatita que servia de galopina. Llamábase Clara la madre y la muchacha Luisa.

«Luisa era muy jóven, pero muy agraciada: en la casa de sus antiguos amos la trataban muy mal y estaba muy delgada y muy enferma cuando llegó á la casa de Don José.

«Al principio traté á Luisa con indiferencia, pero despues comenzó á engordar y á robustecerse, y se puso tan bonita, que á poco me encontré enamorado de ella. El continuo trato nos hizo entrar en relaciones amorosas y yo iba á pedir licencia á mi amo para unirme con ella, cuando un incidente me hizo vacilar.

«Comencé á observar que Luisa andaba mas alegre y mas compuesta que de costumbre, y que se asomaba frecuentemente á una ventana desde donde se divisaba la casa de Don Ma nuel; yo la amaba con delirio y me empecé á entristecer: ella lo notó y me preguntó la causa: le cobré celos, y se rió.

—«No seas tonto, Teodoro—me dijo—yo te encargo que estés contento; todo esto es cosa que nos va á hacer mas felices: no me preguntes nada, y ya verás.

«Me tranquilicé un tanto y no volví á decirle nada; me puse alegre como de costumbre, y me determiné á hablarle á mi amo.

«Dormia yo en la trastienda con el objeto de estar mas al cuidado: una noche me pareció oir un ruido por el interior de la casa, y me levanté sin encender luz y sin hacer ruido y me entré por las piezas.

«Conforme me iba aproximando al aposento que tenia la ventana para la casa de Don Manuel, iba siendo mas perceptible el rumor, hasta que penetrando en él ví asomada una muger á la ventana hablando con alguien que estaba por fuera; debia haber escuchado, pero la luna que penetraba en el aposento me hizo reconocer á Luisa, y la cólera y los celos me cegaron y me arrojé sobre ella.

«Luisa al verme lanzó un grito, y el hombre de fuera huyó.

—«Traidora—la dije:—¿conque así me engañabas?

«Luisa se desprendió de mí, furiosa como una leona.

—«¿Y qué derecho tienes para reconvenirme?—me dijo.—¿Eres mi amo? ¿Eres ya mi marido?

—«¡Infame! ¿Y tú no me habias dicho que me querias?

—«Te queria, pero ya no te quiero, y no quiero ser esclava: un hombre libre me ama, me va á comprar y á darme mi libertad para que yo sea suya, y tú no harás esto por mí, y tú me dejarás esclava, y mis hijos serán esclavos, y yo no quiero que mis hijos sean tambien esclavos como mis padres.

«En el fondo Luisa tenia razon.

—«¿Pero nunca me has amado, Luisa?

—«Sí, te he amado; pero me tiene cuenta amar ahora al que me da mi libertad: ¿me la puedes dar tú, seré tuya; te seguiré amando; puedes?

«Comprendí toda la fuerza de lo que me decia Luisa, y casi llorando contesté:

—«No.

—«Pues entonces si me quieres, como dices, no me quites lo que no puedes darme.

«No tuve ni que replicar: callé, y me retiré con un puñal de fuego en mi corazon.

«Era esclavo, y no podia ofrecer á esa muger que amaba mas que á mi vida, sino la esclavitud, y no podia dejar á mis hijos sino la esclavitud, y Luisa me habia hecho comprender lo espantoso de mi situacion.

«¿Qué hacer? No tenia mas remedio que perderla para siempre, y verla en brazos de otro. Entonces la tristeza mas profunda se apoderó de mi alma, y casi me enfermé.

«Luisa, á pesar de todo, me amaba; pero su corazon no era bueno.

«Un dia teniendo quizá lástima de mí, me dijo:

—«Teodoro, ¿qué esto no tendria remedio? Porque yo no puedo dejar de quererte enteramente.

—«¿Y qué remedio?—la dije—¿qué remedio hay para un esclavo?

—«Si tú fueras rico y nos pudiéramos ir muy lejos á vivir los dos solos en nuestra casita, queriéndonos mucho, cuidando á nuestros hijitos.

—«¿Pero de dónde tomaria yo ese dinero?

—«El amo es muy rico.

—«Y nada nos dará.

—«Por su voluntad ya lo creo......... pero hay otros modos.........

—«¡Luisa!

—«No, no te alarmes, piénsalo: él duerme solo, no podria resistirse. ¿Por qué él débil ha de ser nuestro amo? Con lo que él tiene, podemos ser muy felices: piénsalo.

—«No Luisa, por Dios no me tientes.

«Luisa no me contestó, pero yo en toda la noche me pude dormir: soñaba yo rios de oro y de plata, pero mezclados con sangre, y veía á mi amo muerto de una puñalada, y despues me sentia yo al lado de Luisa, que era ya mia, que no éramos esclavos; en fin, no sé cuántas cosas, pero pasé la noche mas agitada de mi vida.

«Me levanté y la luz del dia disipó aquellas visiones.

«Luisa estaba cada dia mas bella, y procuraba provocar mi pasion de cuantas maneras podia; ya descubriendo al pasar, y como por descuido, el nacimiento de su pierna torneada y bella; ya desprendiendo de sus hombros el trage como por causa de la fatiga, cuando conocia que yo la espiaba; ya cantando con pasion, de modo que pudiese oirla, coplas y endechas amorosas y provocativas.

«Al decaimiento moral de mi alma sucedió una excitacion verdaderamente peligrosa; pero que ella con una astucia infernal sabia mantener viva y darle la direccion que le convenia; jamás habia vuelto á alcanzar de ella favor de ninguna clase; olvidando la escena que yo mismo habia presenciado, le pedia de rodillas besar una de sus manos; la pasión ahogó los celos; pero era inflexible, y á todo me contestaba:

—«Yo quiero ser libre y rica: yo no me dejo besar de un cobarde.

«Una noche me agitaba inquieto en mi cama, sin poder dormir, sin olvidar un momento á Luisa, cuando sentí el roce de un vestido en la puerta y una escasa claridad alumbró la trastienda en que dormia: me senté creyendo que soñaba y me es tremecí: era Luisa, Luisa que se acercaba con un pequeño candil en la mano, media desnuda, cubierto apenas su hermosísimo seno con una manta que á cada movimiento de sus brazos caia, y que ella volvia á levantar.

«Su negro y rizado pelo se derramaba sobre sus hombros desnudos: brillaban sus ojos con un fuego desacostumbrado.

«Llegó hasta mi lecho y se sentó tomando una de mis manos.

—«Teodoro—me dijo—¿es verdad que me amas?

—«Sí,—le contesté,—te amo tanto, que estoy sintiendo cada dia que mi razon se va; que me vuelvo loco.

—«Pues entonces ¿por qué no quieres la felicidad que te ofrezco?

—«Luisa, porque es un crímen horrible lo que me propones.

—«No te parezco bastante hermosa para obtenerme por ese precio —dijo descubriéndose su seno.

«Atraje su cabeza y nuestras bocas se unieron, los labios de Luisa me abrasaron, pasé mi mano por la piel suave y aterciopelada de su pecho, sentí un vértigo, y abrazé su delgado talle.

—«Teodoro—me dijo retirándose—no seré tuya mientras no seamos libres y ricos: vírgen me encontrarás, y ésta será tu recompensa.

—«Haré lo que me mandes—contesté, comenzando á vestirme precipitadamente.

—«Así te quiero, así, Teodoro: valiente, decidido—y se acercó á mí y puso en mis labios el beso mas lascivo que pudo haber nunca inventado el amor, y el deseo de una muger de la raza negra.

«Estaba yo vestido.

—«Busca una arma—me dijo—Don José duerme, es apenas media noche; cuando amanezca estaremos muy lejos.

—«¿Y tu madre?—le pregunté decidido ya á todo.

—«Nos seguirá á nosotros, ó á Don José, me contestó. «Quedé horrorizado, y dudé.

—«¿Vacilas, amor mió?—me preguntó abrazándome, y poniendo uno de sus pies desnudos sobre uno de los míos, desnudo también.

«Al sentir aquel pié, aquellos brazos, aquel pecho que despedían fuego, volví á encenderme, besé á Luisa y busqué en la tienda una arma para consumar el crímen.

«Luisa me tomó de una mano y me condujo para el aposento de mi amo.

«Temblaba mi mano con el arma, pero aquella muger tan hermosa, tan seductora, tan provocativa, dejándome entrever tantos encantos, oprimiendo mi mano, comunicándome por allí el fuego de su diabólica exaltación, me cegaba, me enloquecia.

«Llegaba á la puerta del aposento en que dormia tranquilamente mi amo y me detuve.

—«Anda—me dijo Luisa dulcemente, levantándose sobre la punta de sus piés, apoyado su cuerpo sobre el mio para darme un beso —anda.

«Puse la mano en el prestillo, iba á abrir, cuando en la puerta de la tienda sonaron acompasadamente tres golpes vigorosamente aplicados.

«Luisa y yo quedamos inmóbiles, y sin atrevernos ni á respirar, no sé qué de pavoroso había en aquellos golpes.

«Trascurrieron así algunos instantes y los golpes volvieron á repetirse tan acompasados como la vez primera, pero aplicados con mas fuerza.

«Entonces Luisa se deslizó á su aposento y yo volví á la tienda.

—¿Quién va?—pregunté, procurando dominar la emocion que hacia vacilar mi voz embargada por la escena que acababa de tener lugar.

—Abrid á la Inquisicion, abrid al Santo Oficio—me contestó desde afuera una voz cavernosa.

«Tan grande fué mi sorpresa que dejé caer el cuchillo que llevaba aun en la mano, y que no me había acordado de poner en su lugar.

«El nombre del Santo Tribunal heló mi sangre; llegaba en el momento en que iba yo á cometer un crímen; me parecia que Dios lo enviaba para castigar mi intencion, que en el rostro iban á conocer mis pensamientos.

«Inmóbil permanecia como clavado en la tierra, cuando aquella voz repitió desde afuera:

—«Abrid á la Inquisicion, abrid al Santo Oficio.

«Volví entonces en mí, y corrí precipitadamente al cuarto de mi amo que habia ya despertado, y que encendiendo luz habia comenzado á vestirse.

—«¿Qué hay, Teodoro?—me preguntó.

—«Señor, señor, el Santo Oficio.

—«¡El Santo Oficio!—dijo dando un salto de la cama.

—«Sí, señor, sí, señor.

«Se levantó precipitadamente y tomó la luz.

«Abrimos la tienda, y un comisario de la Inquisicion seguido de ocho ó diez familiares cubiertos con sus capuchones, estaban en la calle, traian varios faroles y se habian detenido ocupados en levantar las piedras que formaban el quicio de una de las puertas. Hicieron una seña á mi amo que se detuvo mientras terminaba la operacion.

«Levantaron algunas piedras, rascaron un poco la tierra, y mi amo dió un grito de espanto: un Santo Cristo grande de bronce estaba allí enterrado, precisamente en el lugar por donde entraban los marchantes.

—«¿Don José de Abalabide?—dijo con voz solemne el comisario del Santo Oficio.

—«Yo soy—dijo temblando mi amo.

—«Dese preso á la Inquisición.

«Mi amo quedó preso entre dos familiares, y los demas se entraron á registrar la casa, llevándome en su compañía.

«En el cuarto de mi amo, en un rincon, se encontró otro Cristo de madera grande con huellas de golpes y algunas disciplinas de alambre cerca de él, todo tirado en el suelo, y el Cristo aún sucio en el rostro, como de señales de salivas.

«En lo demas de la casa, nada: yo noté con asombro que solo Clara estaba allí, y que Luisa habia desaparecido.

«Un depositario se encargó de todo en nombre de la inquisicion; se pusieron los sellos del Santo Oficio en todas las puertas y ventanas, en todos los cajones y armarios, y mi amo y Clara, y yo, fuimos conducidos presos.

«Luisa estaba en mi pensamiento, sobre toda preocupacion, y al salir, acercándome á Clara, deslizé en su oido estas palabras:

—«¿Y Luisa?

—«Nada sé—me contestó.

—«Agaché la cabeza, y seguí á los familiares que me llevaban.»

CAPÍTULO 14

En que el negro continúa su historia.

«LLEGAMOS á las cárceles del Santo Oficio, y allí nos separaron á los tres.

«Algunos dias trascurrieron sin que se ocuparan de mí; al fin me sacaron á dar mi declaracion.

«Preguntáronme si era esclavo y cristiano—y contesté—que sí.

«Despues me interrogaron—¿si sabia que mi amo en las noches azotaba un Crucifijo y le escupia el rostro, y si sabia que en una de las puertas de la tienda habia enterrado otro Crucifijo, y á los que entraban por esa puerta, y pasando sobre él, les daba los efectos mas baratos; y mas caros á los que penetraban por la otra?

«Nada de esto sabia yo, y debieron conocer mi inocencia en mi rostro, y mis respuestas, porque me dieron libre mandando que fuese yo vendido para ayudar con mi precio los gastos del proceso de mi amo; además, como todos sus bienes estaban confiscados, era la suerte que debia caberme.

«Caminaba yo conducido por dos empleados encargados de llevarme al lugar en que debia vendérseme, cuando al atrave sar la Plaza principal vimos venir hácia nosotros dos mulas desvocadas que arrastraban una carroza: el cochero debia de haber caido, porque los animales iban solos.

«A medida que se acercaban oiamos grandes gritos, y por fin percibimos un caballero anciano y una niña que dentro de la carroza venian, y que sacando por ambos lados la cabeza imploraban auxilio, que nadie se atrevia á darles.

»No sé lo que sentí en aquel momento. Si moria por darles auxilio, me libertaba de una vida que, sin esperanzas de volver á ver á Luisa, me era insoportable: si salvaba aquellas dos vidas, Dios me lo tomaria en descargo del pensamiento de quitar la suya á mi amo, que era el punzante remordimiento de mi corazon.

«El carruaje venia muy cerca: me desprendí de los que me llevaban y me lanzé á su encuentro.

«El choque fué tan violento que perdí casi el sentido; pero me aferré instintivamente á las orejas de una de las mulas: desde muy niño he alcanzado una poderosa fuerza física, y en aquel momento apelé á toda la que Dios me habia concedido.

«La mula quiso desprenderse de mí, sacudió la cabeza y se detuvo conteniendo á su compañera, y luego comprendiendo tal vez que no podia luchar, se humilló y la carroza quedó parada.

El anciano bajó inmediatamente y sacó en sus brazos á la niña casi desmayada. Aquel señor y aquella niña eran Don Juan Luis de Rivera y su sobrina Doña Beatriz, mi ama y señora.

«Los curiosos se rodearon y se encargaron de las mulas.

Los empleados del Santo Oficio llegaron golpeándome con unas varas.

—¡Ladron!—me dijo uno—tú quieres robar al Santo Oficio; tú no te perteneces ni te mandas: si te han matado las mulas ó te han lastimado, ¿con qué pagas el perjuicio de lo que pueden dar por tí? ladron, pillo: toma, toma, y me golpeaban con las varas.

—«Mi sangre hirvió al verme tratado así, y quizá hubiera causado mi perdicion, atacando á aquellos hombres, pero en estos momentos llegó el dueño del carruaje.

—«Haber—dijo—¿quién es el que ha detenido á las mulas?

—«Este esclavo que pertenece al Santo Oficio, y que le llevamos para vender.

—«¿Esclavo es y va de venta? Yo le compro: ¿cuánto vale?

—«Señor, tenemos órden de darlo por mil quinientos pesos; tal vez parecerá muy caro á su señoría, pero es fuerte, sano...

—«Le tomo, le tomo, y decidme si preferís venir conmigo á mi casa, ó dejármele llevar y enviar por el dinero luego.

—«Puede su señoría llevarle, que bien conocemos á Don Juan Luis de Rivera, abonado en todo el comercio de esta Nueva España.

—«Entonces le llevo, y ocurrid por el precio, y para que se tire la escritura de venta.

«Don Juan Luis de Rivera dejó la carroza que las mulas habian roto, y tomando del brazo á la niña echó á andar, diciéndome:

—«Síguenos.

«Y caminamos hasta la casa de la calle de la Celada.

«Allí me hicieron entrar, y Don Luis me preguntó mi vida: contéle lo que habia ocurrido en la Inquisicion, sin mencionar en lo absoluto nada de Luisa, y quedé como esclavo de la casa, pero como propiedad esclusiva de mi ama Doña Beatriz.

«Desde aquel momento mi esclavitud fué solo de nombre, y la dulzura del carácter de mi ama hizo para mí tan amable el yugo, como la libertad.

«Confesé á mi ama el interes que tenia por la suerte de D. José de Abalabide, y me permitió salir á la hora que quisiese de dia ó de noche, con el objeto de averiguar el fin que tendria; y ademas me permitió hacer cuanto fuera de su parte para inquirirlo.

«Usando de esta libertad iba yo algunos dias, y algunas noches, á dar una vuelta por el edificio en que estaban las cárceles, creyendo en mi ignorancia que podria yo así saber alguna cosa de Don José; pero las semanas y los meses trascurrieron y yo no lograba tener ni la menor noticia.

«Una noche que habia yo ido á rondar por la Inquisicion, andaba por la orilla de la acequia de la traza que queda á la espalda del convento de Santo Domingo. Habia una escasa claridad de luna, y alcancé á ver delante de mí á pocos pasos de distancia, á una muger que caminaba con un niño en los brazos.

«Mas adelante habia un caballo muerto que devoraban muchos perros hambrientos: la muger pasó cerca de ellos, y apenas la sintieron todos ellos como rabiosos se arrojaron sobre ella. La muger espantada quiso huir, sin acordarse sin duda de la acequia, y cayó al agua desapareciendo casi en el momento.

«Yo habia precipitado mi marcha con objeto de protejerla contra los perros, y pude oir su grito de espanto al caer y ver bien el lugar en que se habia hundido. Sin vacilar me tiré á la acequia y al momento encontré á la muger, que no habia soltado al niño. ¡Era su hijo!

«La levanté en mis brazos fuera del agua, y ambos respiraron; pero nuestra situación era crítica: yo no podia salir primero que ella, y ella no se atrevia á salir porque la multitud de perros furiosos ladraban y gruñian en la orilla, é indudablemente hubieran despedazado á la madre y al hijo antes de poderles yo valer.

«Y lo mas terrible era que yo me sentia hundir en el fango que formaba la cama de la acequia, y que las fuerzas me iban faltando, mis brazos iban bajando y la muger y el niño se iban sumergiendo: yo no podia gritar porque el agua me llegaba casi hasta la boca, pero la muger comenzó á implorar socorro á grandes voces; nadie acudió, y yo me hundia; ya no podia respirar sino por la nariz, y eso haciendo un esfuerzo, y la muger estaba casi sumergida: cerré los ojos y me encomende á Dios: me zumbaron los oidos: iba á caer cuando senti que alguien se acercaba corriendo, que algunos perros ahullaban como heridos, y que los demás ladraban mas lejos: hice un esfuerzo supremo y me enderecé lo mas que pude y abrí los ojos: un hombre tendia á la muger el cabo de un chuzo. La muger lo tomó con una mano, y ayudada por mí, salió á tierra con su hijo: luego el hombre me tendió el chuzo á mí, me tomé de él y salí casi desmayado.

«La muger se habia sentado, y el recien venido le dijo.

—«¿Qué ha sido esto?

—«¡Santiago!—dijo la muger reconociéndole.

—«¡Andrea!—contestó el hombre arrodillándose á su lado:—¿qué te ha sucedido; qué es de nuestro hijo?

—«Aquí está bueno el pobrecito.

—«Pero, ¿cómo ha sido esto?

—«Buscándote venia cuando esos perros me espantaron y caí en la acequia con mi hijo; y nos hubiéramos ahogado, si este señor no nos salva.

—«Señor, con qué os pagaré tanto—me dijo aquel hombre tendiéndome la mano.

—«No soy señor—le contesté—soy un esclavo de mi ama Doña Beatriz de Rivera.

—«Pues aunque seas esclavo—me dijo—sin tí, mi hijo y mi muger hubieran muerto esta noche: calcula cuánto será mi agradecimiento.

—«Y si vos no llegais tan á tiempo, hasta yo sucumbo.

—«Esperaba á Andrea, oí gritos pidiendo socorro, creí que fuera un pleito, tomé mi chuzo y eché á correr; pero no te habia yo conocido, hija mia.

—«Ni yo á tí—dijo la muger.

—«Pues vámonos para casa, te cambiarás ropa, y le daremos un trago á este amigo, que bien lo necesita, y lo merece.

«Nos dirigimos á su casa que estaba cerca y entramos á ella; la muger se fué á mudar ropa, y yo, tomando un trago de vino, me despedí prometiendo volver á visitarlos.

«Frecuenté la casa de Santiago y de Andrea, y Dios premió el beneficio que yo les habia hecho. Santiago era uno de los familiares de mas confianza en el Santo Oficio, y habia llegado á quererme como á un hermano: yo por mi parte, comprendiendo de cuánto podia valerme su amistad, comuniqué todo lo ocurrido á mi ama Doña Beatriz, que me daba de cuando en cuando algunos regalitos para Andrea, y le ofreció por mi conducto llevar á la pila bautismal al primer hijo que tuvieran. Con todo esto era yo tan apreciable en la casa de Santiago, como si no fuera yo un esclavo.

«Un dia me atreví á preguntarle por mi amo.

—«Si no fuese prohibido el decírmelo—le pregunté—podríais darme razon de un mi amo que fué, español, y llamádose Don José de Abalabide, ¿vive, ó es muerto?

—«Aunque no debia yo dar noticias—me contestó—á tí nada te niego: ese Abalabide vive y está en una de las cárceles secretas, hereje relapso, ha sufrido el tormento ordinario y hasta el estraordinario, y nunca ha querido confesar.

—«¡Pobrecito! quizá será inocente.

—¿Inocente? y nosotros hemos encontrado un Cristo enterrado en la puerta de su casa, y otro azotado y escupido en su aposento; y además denuncia formal de un comerciante honrado, y cristiano viejo, vecino suyo.

—«Quién sabe: el Tribunal sabrá lo que dispone: por mí, lo queria bien, y algo diera por verlo aunque fuera un rato.

—¿Tendrias mucho gusto?

—«Sería mi mayor felicidad.

«Santiago pareció reflexionar, y tuve un rayo de esperanza; comprendia yo que á D. José lo queria como á mi padre.

—«Si me ofrecieras un eterno silencio, quizá yo te proporcionaria el verle.

—«¡Ojála!—le dije conmovido.

—«Bien......... hoy nó......... mañana sí; mañana ven aquí á las ocho en punto.

—«Y podré.........

—«Es algo espuesto; pero probaremos... sobre todo—y puso su mano sobre la boca para indicarme una reserva profunda.

—«Os lo juro.

—«Bueno: mañana á las ocho.

«Puntual estuve á la cita al dia siguiente. Santiago estaba solo en su casa: ni Andrea, ni nadie habia allí. Apenas me vió entrar, me dijo:

—«¿Estás resuelto?

—«Sí.

—«He despachado fuera de casa á mi muger para que nadie se entere de nada: vístete esto.

«Y me entregó un gran saco de sayal con su capuchon.

—«Un compañero que debia ir conmigo esta noche—me dijo Santiago—está enfermo; tú vas en su lugar: encomiéndate á Dios para que nos saque con bien.

«Vestí el saco de sayal y me calé el capuchon que me cubria la cara y la cabeza; las mangas del saco eran tan largas, que ocultaban mis manos.

—«No saques las manos—me dijo—y te desconoscan por ellas.

—«No señor.

—«Ahora, no mas me sigues y callas.

«Santiago cerró su casa, y siguiéndole yo llegamos á la puerta de las cárceles del Santo Oficio.

«Al penetrar debajo de aquellas bóvedas macizas; de aquellos inmensos corredores, tan opacamente iluminados, sentí frio, terror. Muy pocos rostros encontraba descubiertos, á no ser los de algunos presos cuando atravesábamos por los calabozos; pero estos presos eran los distinguidos, los que tenian derecho á ciertas consideraciones.

«Despues de haber caminado bastante, Santiago me dijo al oido:

—«Vamos á ver si penetramos á las cárceles secretas,—y me guió á un aposento en donde estaba un viejo sentado en un sillon de vaqueta y leyendo el Oficio Divino.

—«¿Me toca el registro?—dijo Santiago presentándosele.

—«¿Quién eres?
—«Santiago y su acompañante.
Y Santiago se descubrió el rostro.
—«Toma, le dijo el viejo, dándole un gran manojo de llaves.

«Las tomó, encendió los faroles que estaban en el cuarto, me dió uno y una lanza corta pero aguda y fuerte.

«Descendimos por una escalera á unos espaciosos subterráneos, y Santiago abria y cerraba luego grandes puertas de madera, cubiertas de planchas y barras de hierro, inmensas rejas, cadenas que impedian el paso, y con gran admiracion mia, encontramos carceleros encerrados en los corredores, que no podian salir de allí para tenerlos mas seguros cerca de los presos.

«Comenzamos á registrar los calabozos: casi todos eran unas especies de cuevas labradas en la tierra y revestidas de piedra; todos los reos estaban atados de una gruesa cadena que pendia de la pared ó de un poste; casi todos tenian grillos y esposas, sin cama, sin una silla, desnudos casi, pálidos, con los cabellos y la barba largos y enmarañados; aquellos calabozos tenian un hedor insoportable; allí ví jóvenes, ancianos, hombres y mugeres.

«En uno de aquellos sótanos habia un reo á quien yo no conocí. Santiago me tocó el brazo y me dijo:
—«Este es.
—«Imposible—le contesté.
—«Háblale.

«El hombre no nos habia mirado siquiera: ya habia yo observado que ninguno de los que habiamos visitado se quejaba, casi todos habian caido en un estado de idiotismo y parecian mentecatos.
—«Háblale—me dijo Santiago—yo te esperaré en la puerta, pero no tardes mucho—y salió dejándome solo con el preso.
—«Don José—dije—Don José.

«El hombre levantó la cabeza, y sus ojos brillaron.
—«¿Quién es?—dijo—esa voz la conozco.
—«Yo soy,—contesté arrodillándome á su lado—yo soy, Teodoro el esclavo que ha logrado penetrar aquí solo por hablar á su amo.

«Alcé mi capuchón y Don José me reconoció.

«El pobre viejo se puso á llorar como un niño, quiso pararse y no pudo, lo habian baldado en el tormento; quiso abrazarme y le fué imposible, tenia esposas. Yo le abracé, y él entonces comenzó á besarme, mojando mi rostro con su llanto.

—«Hijo mio, hijo mio,—me decia trémulo y agitado, y no recordaba que yo era su esclavo, y que yo era un negro; nada, nada, no mas que era el primer corazón que se interesaba en su desgracia.

«Así pasó un rato, él llorando y yo acariciándolo; y aunque me dé vergüenza decirlo, llorando tambien.

—«Ya me voy, ya me voy—le dije.

—«Tan pronto.

—«No es posible mas, consideradme.

—«Tienes razon; pero oyeme una palabra, en el pozo de la casa en que viviamos, dejé escondidas mis riquezas, sácalas, compra tu libertad y vive feliz; si llego á salir, te buscaré, y tú me mantendrás, si no, encomiéndame á Nuestro Señor.

—«Adiós, mi amo.

—«Adiós—ah, otra palabra, soy inocente. Don Manuel, nuestro vecino, me ha calumniado por envidia, él enterró al Cristo en la puerta de la tienda.

—«¿Y el que estaba adentro?

—«Luisa, comprada por él, lo introdujo allí.

—«¡Qué horror! ¿será cierto?

—«El que se halla ya casi en el sepulcro te lo jura.

—«Vamos—dijo Santiago desde afuera.

—«Sí—le contesté.

«Besé la frente del viejo, y salí con el corazon traspasado de dolor, por sus sufrimientos y por la revelacion que me habia hecho. Yo conocia á Luisa y la creia capaz de todo.

«Salimos sin novedad de la Inquisicion, y hasta que no me ví libre del saco y del capuchon, no respiré con libertad.

«Casi á la madrugada volví á la casa de mi ama.»

CAPÍTULO 15

Se ve el fin de la historia de Teodoro.

«A PESAR del tiempo que habia trascurrido, la casa de mi amo permanecia sin haberse vendido, cerrada, y selladas sus puertas con las armas del Santo Oficio, al cual ya pertenecia.

«Entrar á la casa y sacar el dinero que habia dejado allí mi amo, y que yo consideraba mio, era para mí cosa sumamente fácil.

«Empecé á rondar por las inmediaciones, y una noche en que todo estaba tranquilo, me introduje por una vieja tapia y me dirigí al interior.

«Se me oprimia el corazon al recuerdo de los dias que habia yo pasado allí, me parecia sentir aun el aliento y la voz de Luisa, me estremecia pensando en ella, y en mi pobre amo á quien habia vuelto á ver en un estado tan deplorable.

«Sin saber por qué, sentí un deseo irresistible de volver á entrar á la casa que habia yo dejado de una manera tan inesperada. Llegué á la cocina que era la primera pieza, entré resueltamente en ella, y al llegar á la siguiente habitacion, sentí helarse de pavor mi corazon, oí ruido en el interior y distinguí una luz, y luego cruzar algunas sombras negras y silenciosas.

«Quise gritar, quise huir, pero era imposible, aquellas apariciones en una casa por tanto tiempo desierta, aquella luz, todo aquello tan sobre natural, me embargó de manera, que no fuí dueño de mí mismo, y sin querer, y como impulsado, avancé algunos pasos vacilando y próximo á caer.

«Repentinamente sentí una mano que se aferraba en mi cuello, y luego unos brazos desnudos y llenos de grasa que me enlazaban, y me sentí empujado silenciosamente hácia el lugar en que estaba la luz, que era la pieza en que mi amo dormia, y la mas apartada de la casa.

«El temor y la sorpresa no me permitian oponer la menor resistencia: creia yo estar entregado á séres sobrenaturales. Los que me conducian, me abandonaron en medio del aposento; entonces miré á mi derredor en las viejas sillas de mi amo, que estaban sentados como diez negros, en los que yo reconocí esclavos de las principales casas de México, y de pié otros veinte; todos estaban enteramente desnudos, sin mas que un pequeñísimo taparabo: todos tenian el pelo cortado hasta la raiz y estaban ungidos desde la cabeza hasta los piés con grasa, pero con tal abundancia, que sus cuerpos negros brillaban como si fueran de azabache.

«En la pieza habia algunas luces, de manera que todo esto lo pude percibir perfectamente.

—«Aquí está éste—dijeron los que me llevaban.

—«¿Quién eres, y qué hacias aquí?—me dijo el que parecia mandar á los otros, y que yo conocí por ser esclavo de la casa de Don Leonel de Cervantes.

—«Habíame quedado callado.

—«Responde—dijo imperiosamente: conocí que lo mejor seria decir la verdad, porque aquellos además de ser como yo, negros y esclavos, parecian no tener que ver con la justicia, sino para ser perseguidos por ella.

—«Soy Teodoro—les contesté—de la casa de Doña Beatriz de Rivera, esta casa fué de mi amo, y esta noche venia á buscar algo que habia ocultado antes de salir.

«Mi respuesta pareció no satisfacer mucho al gefe, porque con un acento despótico y alzado, dijo:

—«Trasas tiene este mas de espía que de otra cosa; nuestra posicion, y el fin que nos proponemos, la libertad de nuestros hermanos, exigen todo sacrificio y todo cuidado: por sí ó por no, que muera éste.

—«Que muera—dijeron unos.

«Ver mi muerte segura, y ser deshonrado como espía delante de mis hermanos, eran dos cosas en verdad muy terribles.

«Entonces una idea me alumbró y quise esponerlo todo.

—«Hermanos,—dije—tratais de nuestra libertad, y nadie tiene tanto derecho como yo, de mandar en el consejo, y así me llamais espía, llevo sangre real pura, y nadie la lleva como yo; que respondan los ancianos y los nobles de entre vosotros, soy un príncipe.

«Entre nosotros, á pesar de vivir en la esclavitud, se conservan la nobleza y las dinastías reales: uno de nosotros arrancado de su patria, será respetado y obedecido de todos los negros de su tribu, ó de su nacion, en donde quiera que se dé á reconocer.

«Tres ancianos, nobles reconocidos, que habia en el consejo, salieron hasta cerca de mí y me examinaron.

«Los demas estaban como esperando su resolucion.

«Los ancianos se inclinaron delante de mí, y dijeron á los otros:

—«Príncipe es y el mas noble de los nobles de nuestra raza, si quiere mandar y tiene valor y fuerza, le obedeceremos.

—«Que mande, que mande,—dijeron todos con el entusiasmo de la novedad.

«Francisco, aquel que me habia hablado y á quien venia yo á sustituir en caso de tomar parte en aquello, que yo comprendia como una conspiracion, quiso oponerse.

—«Serás—dijo—mas noble; pero no mas fuerte para mandar.

«Estaba yo ya orgulloso de mi posesion, y seguro de mi fuerza, y le contesté:

—«Soy fuerte diez veces como tú.

—«Probémoslo—dijo—echándome los brazos al cuello.

—«Sí,—le contesté, y quise asirlo.—Mis manos se deslizaron en su cuerpo, estaba completamente untado de sebo, y no era posible asegurarlo de ninguna parte.

«El objeto de esto, de cortarse á raíz el pelo, y de no llevar vestidos, era porque así se escurririan mas fácilmente de las manos de la ronda, que solo muertos ó heridos podria hacerlos presos.

«Él me apretaba, y casi estaba para derribarme, cuando logré asirle una mano por el puño, y antes que hiciese impulso para retirarla le apreté con todas mis fuerzas.

«Lanzó un grito y se arrodilló: le habia fracturado el hueso.

«Entonces nadie dudó obedecerme, y luego, inmediatamente, pedí esplicaciones sobre el objeto de la conspiracion, y los elementos con que se contaba.

«El objeto era una sublevacion para conseguir nuestra libertad: los elementos un gran número de afiliados entre los negros mansos, como nos dicen á nosotros los esclavos, entre los bozales que viven alzados, y entre los mulatos; solo faltaba dinero para comprar armas. Comenzaba la cuaresma y se habia señalado la Semana Santa para dar el golpe.

«Yo les ofrecí buscar el dinero y dárselos.

«La noche estaba muy avanzada, y nos retiramos.

«Me enseñaron entonces un subterráneo que daba entrada á la casa, y que iba á salir á otra ruinosa y abandonada por cerca de los antiguos fuertes de Joloc, fuera de la traza, por el lado de Coyohuacan.

«Aquella comunicacion me admiró, porque la ciudad está casi toda construida sobre el agua, y sin embargo son aquí de lo mas comunes las vías subterráneas.

«Supe que en la desierta casa de Abalabide no habia reuniones, sino una ó dos veces cuando mas en la semana, y determiné aprovechar el conocimiento del subterráneo para seguir en mis pesquisas, y tenerlo como una retirada segura en caso de peligro.

«A las dos ó tres noches volví á entrar por las tapias, y despues que me cercioré de que estaba solo dí á buscar el pozo; con poco trabajo lo encontré: estaba casi cegado con escombros y basuras: comencé á trabajar en limpiarlo, y poco á poco, en cosa de seis noches, logré llegar al fondo. Encontré allí cajoncitos y baules pequeños, pero en gran cantidad; y sin llamar la atencion trasladé todo aquello al cuarto que mi ama me habia destinado en su casa.

«Mi primer cuidado fué ocultarlo para que nadie entrase en sospechas, mientras veía dónde los dejaba definitivamente, ó qué hacia con todo aquello.

«La conspiracion entre tanto seguia fermentando cada dia mas; y yo, á pesar de que ellos me habian reconocido como digno de ser gefe, concurria muy poco á sus juntas.

«Los datos que habia yo llegado á obtener eran estos. Aquella conspiracion habia sido promovida por una muger de la raza negra, casada con un español de bastantes proporciones, y cuyo nombre no conocian todos; pero que era la accion viva de todos los conjurados, sin descubrirse, guardando siempre un riguroso incógnito y entendiéndose con ellos por medio de cuatro esclavas jóvenes que tenia, y las cuales tenian sus amantes entre los principales de la conjuracion.

«Tuve, como era natural, necesidad de hablar con esas cuatro mugeres, y les pregunté quién era la que las enviaba.

—«Pediremos permiso para decírtelo—contestaron.

—«¿A quién?

—«A mi señora.

«Al otro dia volvieron.

—«Nos lo ha prohibido—me dijeron.

«Y hubo necesidad de conformarse.

«Todo estaba ya dispuesto para dar el golpe, aunque no nos habiamos podido proveer de armas en número suficiente, pero en la ciudad no habia mas tropa que la pequeña guardia de alabarderos del virey.

«Todo marchaba bien, y hubo un incidente que nos hizo concebir lo fácil de nuestro intento.

«Sin saber cómo ni por quién, comenzó á difundirse en la ciudad una alarma sorda, y á zuzurrarse que nosotros tramábamos algo, y que de un dia á otro los bozales vendrian en nuestro auxilio: una noche entró por una de las garitas una piara de puercos que traian para las matanzas; los animales gruñian y chillaban, el vecindario pensó que era la algazara de los bozales, y todo el mundo lleno de terror se encerró, y hasta muy entrado el dia siguiente no se atrevieron á salir los vecinos á desengañarse.

«Era el año de 1612. El Arzobispo Guerra, virey de Nueva España, habia caido al subir á su coche, y habia muerto á resultas del golpe: la Audiencia gobernaba, y el momento era oportuno para dar el grito; aunque mucho se murmuraba en la ciudad, eran voces sueltas sin que nada se hubiese descubierto.

«Pero de repente la alarma se hizo mas notable, y el Mártes Santo en la tarde se dió la órden por la Audiencia gobernadora de suspender todas las ceremonias del Juéves Santo.

«Vivia aún mi amo Don Juan Luis de Rivera, y el Mártes Santo en la noche quiso pasar al palacio á ver al Oidor decano para ponerse de acuerdo con él, respecto á ciertas medidas que habia que tomar.

«Mi ama Doña Beatriz se resistia á que saliera, y al fin condescendió con la condicion de que yo, que era para ella el de mas confianza, lo acompañara; consintió mi amo, y nos dirigimos á palacio.

«Como Don Juan Luis de Rivera era persona de tan alta importancia, llegó sin dificultad hasta la cámara en que habitaba el señor Otalora, que era el Oidor decano, y yo quedé en una de las antesalas esperándolo.

«Hacia media hora que allí estaba, cuando llegó un hombre lujosamente vestido, y dirigiéndose á uno de los criados, le dijo en voz alta:

—«Hacedme favor de pasar recado al señor Oidor, que Don Cárlos de Arellano, alcalde mayor de Xochimilco, desea hablarle para un negocio muy urgente del servicio de Su Magestad.

«El criado entró el recado y el hombre quedó esperando, y paseándose con grandes muestras de impaciencia.

«Poco despues salió el Oidor, habló cortesmente á Don Cárlos, y lo llevó á un aposento inmediato.

«Conversaron allí largo rato y luego salió demudado el Oidor: se despidió de Arellano y volvió á meterse á su cámara.

«Desde este momento comenzaron en el palacio un movimiento y una agitacion estrañas: entraban y salian gentes de justicia, y alabarderos, y personas principales llamadas por el Oidor á palacio; yo comencé á entrar en sospechas.

«Aquella noche habia junta en la casa desierta de Don José, y yo por acompañar á mi amo no habia podido asistir.

«Casi á media noche se retiró mi amo de palacio, y me causó estrañeza encontrar las calles llenas de patrullas de vecinos armados, que hacian la ronda con los alcaldes y corregidores.

«Doña Beatriz esperaba á su tio con gran cuidado, habia sentido tambien el rumor y estaba pesarosa de su tardanza.

—«Cuánto cuidado—le dijo saliendo al encuentro—he tenido por vos.

«Ya lo suponia yo, hija mia—pero no era posible otra cosa; todo se ha descubierto esta noche.

—«¿Y cómo?

—«Ahora te contaré; retírate Teodoro.

«Yo me retiré, y mi ama y su tio se encerraron en su aposento. Como todos dormian ya en la casa, pude sin temor acercarme á la puerta cerrada y percibir la conversacion, porque adentro hablaban alto.

—«Esto ha sido providencial—decia Don Juan Luis de Rivera.— ¡Por estraños caminos dispone la Providencia cumplir sus designios!

—«¿Pero cómo ha estado eso?—preguntaba mi ama.

—«Figúrate, hija mia, que el alcalde mayor de Xochimilco, Don Cárlos de Arellano, tiene en México una dama, que Dios se lo perdone, es una muger casada: esta señora tiene cuatro esclavas jóvenes, y hoy en la noche queriendo salir á la reja para hablar con Don Cárlos, notó que las esclavas habian salido, se alarmó, y logró averiguar que las cuatro salian á la reunion que tienen los negros para tratar de alzarse con el reino; y supo mas, que estas juntas se tenian en la casa abandonada de Don José de Abalabide, preso en la Inquisicion; que esta casa tenia entrada por un subterráneo por una casa del rumbo de Coyohuacan; que esta noche estaban juntos, y que mañana al amanecer debian dar el golpe. La dama, con una caridad y un celo verdaderamente cristianos, en vez de departir de amores con Don Cárlos, contóle de lo que averiguado habia, y le envió al Oidor decano para que le diese parte, autorizándolo, para dar mejor testimonio, á referir sus amorosas relaciones, consintiendo en perder su fama con tal de salvar los intereses de Su Magestad.

«Yo habia escuchado hasta el fin esta relacion, y no necesité mas para comprender que todo estaba perdido, y que quien habia hecho la denuncia era la dama de Don Cárlos de Arellano, y que ésta debia ser sin duda el ama de las cuatro esclavas con quienes yo habia tratado, y que habia sido la que aquella conspiracion habia inventado; solo ella estaba en aquellos secretos, y solo ella podia conocer el lugar y la hora de la reunion: además, la circunstancia de ser cuatro sus esclavas, y ser éstas las mismas mugeres que estaban en el secreto, me hacia tener mas seguridad en mis conjeturas.

«Aquella era la traicion mas horrible que se podia imaginar; promover una conspiracion, animarla, exaltar los ánimos, y despues denunciar á los comprometidos, era infame, inícuo.

«Bajo tan penosas impresiones me retiré á mi aposento sin saber qué hacer de mí; huir, era declararme yo mismo culpable; esperar, era esperar la muerte; aquella muger sabia por sus esclavas que yo estaba en el complot, y podia perderme; una víbora semejante, era capaz de todo. En fin, despues de reflexionar mucho, pensé que lo mejor era quedarme y confiárselo todo á mi ama Doña Beatriz.

«Pasaron los dias santos, las prisiones seguian y yo no me atrevia á salir á la calle.

«En la Pascua Florida la Audiencia ordenó la ejecucion de los reos que habian sido presos en la Semana Santa, y la mayor parte de los amos dispusieron que sus esclavos fuesen á presenciar la ejecucion para que les sirviese de escarmiento.

«El dia fijado fuí yo tambien entre la servidumbre de la casa de Rivera á la Plaza Mayor, adonde debia tener lugar la ejecucion de la sentencia.

«Aquel ha sido el dia mas espantoso de mi vida; aun me parece que lo veo.

«La Plaza Mayor y las calles vecinas eran verdaderamente un mar de gente que se apiñaba por presenciar un espectáculo tan horrible.

«En el frente de palacio se elevaban dos horcas. El concurso inmenso se agitó, se levantó un rumor sordo, y los ajusticiados aparecieron saliendo de la cárcel, que estaba al costado de palacio. Eran veintinueve hombres y cuatro mugeres; las cuatro esclavas que yo habia conocido. Las cuatro eran jóvenes y eran las que debian morir primero: se les habia concedido esto como gracia para evitarles el martirio de ver ajusticiar á los hombres.

«Aquellas infelices, mas muertas que vivas, caminaban, ó mas bien se arastraban al patíbulo, sostenidas por dos hombres que las llevaban de los brazos: al lado de cada una de ellas venian dos sacerdotes exhortándolas en voz alta, á grandes gritos, encomendándolas á Dios: llevaba cada una en la mano un Crucifijo, que apenas tenia fuerzas para llevar á la boca.

«Estoy seguro de que no habia una sola persona en aquel inmenso concurso que no se sintiese horriblemente conmovida: llegaron las dos primeras á la horca y las subieron los verdugos: les ataron los lazos corredizos en el cuello y se apartaron las escaleras que les servian de apoyo; los cuerpos quedaron suspendidos en el aire, agitando convulsivamente las piernas, y dos verdugos enmascarados, con una agilidad verdaderamente infernal, subieron á caballo sobre los hombros de las víctimas, y mientras que con ambas manos les tapaban la boca y las narices, con los piés les aplicaban furiosos golpes sobre el pecho y sobre el estómago.

«Poco á poco fueron quedando inmóbiles aquellos cuerpos, hasta que puesta otra vez la escalera los verdugos descendieron y se descolgaron aquellos dos primeros cadáveres.

«Siguieron las otras dos mugeres. Una subió resignada; pero la otra en el momento de pisar el primer escalon se rebeló.

—«No quiero morir—gritaba la infeliz—por Dios, señores, que me perdonen; no quiero, no quiero; por Dios, por su Madre Santísima, que me perdonen.........

«Y luchaba, y se debatia; los verdugos no podian hacerla subir: otros vinieron en su auxilio, pero aquella muger, la mas jóven de todas, tenia en esos momentos una fuerza terrible: habia logrado desatar sus manos y golpeaba y arañaba; pero á pesar de todo subia, subia arrastrada por los verdugos. Al colocarle el lazo fué necesario emprender otra nueva lucha: estaba casi enteramente desnuda, porque toda su ropa habia caido hecha pedazos: mordia, escupia, gritaba. Aquello era un espectáculo que hacia erizar los cabellos.

«Le colocaron el lazo, se retiró la escalera y quedó en el aire: el verdugo subió sobre sus hombros y quiso taparle la boca; pero ella tenia las manos libres y apartó violentamente las del verdugo: el hombre perdió el equilibrio, quiso sostenerse y cayó á tierra arrancando el último pedazo de lienzo que cubria á la infeliz, que quedó completamente desnuda á la vista del inmenso concurso; pero la escena no dejaba á nadie pensar en esto, á pesar de que aquella muger tendria á lo mas diez y ocho años. Lo que estaba pasando era espantoso: habia logrado meter las manos entre el lazo que rodeaba su cuello, y así se sostenia abriendo con espanto los ojos, é implorando gracia con una voz sofocada.

—«Gracia, gracia, por Dios, por Dios—gritaba, haciendo inmensos esfuerzos para sostenerse en las manos.

«Uno de los verdugos brincó y se abrazó de sus piés; pero como estaban desnudos y ella hacia esfuerzos para desprenderse de él, el hombre se soltó, llegó otro y se aferró con todas sus fuerzas; entonces comenzó para la infeliz muchacha una agonía imposible de describir: como sus manos impedian correr bien el lazo, el nudo no apretaba pronto, y la muerte llegaba, pero lenta, dolorosa: la jóven no gritaba, pero producia una especie de ronquido: no podia mover las piernas porque un hombre estaba suspendido de ella; ni las manos, porque las tenia aprisionadas en el cuello; pero su seno se agitaba rápidamente. No pude soportar aquello: cerré los ojos, y me cubrí la cara con las manos.

«La infeliz, debió hacer algo espantosamente ridículo en medio de las ansias de la agonía, porque sentí un murmullo de horror entre la multitud, y al mismo tiempo unas alegres carcajadas: volví el rostro espantado buscando al autor de aquella profanacion impía, y en una carroza que estaba cerca de mí descubrí tres personas que reían burlándose de la esclava infeliz: eran Don Manuel de la Sosa, (el antiguo vecino de D. José de Abalabide), el hombre que habia ido á denunciar la conspiracion, y que, segun entendí, se llamaba Don Cárlos de Arellano, y Luisa, Luisa la mulata, la esclava de Don José; la muger que me habia inspirado una pasion tan vehemente.

«Los tres estaban ricamente vestidos; terciopelo, sedas, oro, plumas, joyas; aquella carroza parecia de unos príncipes.

«Don Carlos estaba al lado de Luisa, y al frente de ellos D. Manuel.

«Infinitas sospechas se alzaron en mi alma; casi lo comprendí todo; pero quise cerciorarme acercándome al carruaje, sin que ellos, ó al menos Luisa, me conocieran, y alcanzar algunas palabras de su conversacion.

«Descolgaban en estos momentos los cadáveres de las dos esclavas.

—«Eran dos muchachas muy serviciales—decia Luisa.

—«Pero yo respondo de que la Real Hacienda os indemnizará la pérdida, no solo de éstas dos, sino de las cuatro, en recompensa del servicio que habeis hecho á la ciudad—contestó Arellano.

—«Así se lo habia yo dicho á mi esposo, agregó Luisa.

—«Y tal lo creo—dijo entonces Don Manuel, que bien merece el beneficio que á costa de nuestros propios intereses hemos hecho, el que Su Magestad se acuerde de nosotros.

«La multitud volvió á alzar un murmullo que me impidió continuar escuchando: era que comenzaba la ejecucion de los hombres.

«Yo no necesitaba saber mas, y todo estaba claro para mí: el hombre libre que habia hecho libre á Luisa, era Don Manuel: él, sin duda, por envidia era el que habia enterrado el Cristo en la puerta de la tienda de Don José, y lo habia denunciado despues al Santo Oficio para perderlo, y Luisa habia sido su cómplice, y seguramente ella era la que habia introducido furtivamente el otro Cristo al cuarto de mi amo, y ella sabia que aquella noche terrible debian llegar los familiares á la casa de mi amo, y me precipitaba á cometer el delito para librarse tambien de mí, y su fuga estaba ya preparada..........

«Porque era seguro, era Luisa la muger casada que estaba en relaciones con Arellano, y que habia denunciado la conspiracion despues de exaltarla.

«Aquella muger era un demonio, con un rostro tan hechicero y una alma tan infernal.

«Las ejecuciones terminaron: los cadáveres fueron decapitados, y treinta y tres cabezas se clavaron en escarpias en medio de la Plaza.— En la noche de ese dia tenia yo fiebre.

«Un mes estuve luchando entre la vida y la muerte: mi ama nada omitió para salvarme, y gracias á eso la enfermedad cedió.

«Entre las esclavas encargadas por mi ama Doña Beatriz de asistirme, habia una jóven que se llamaba Servia, y que fué la que con mas constancia se dedicó á mi curacion.

«Cuando estuve sano, el recuerdo de Luisa que me venia como un remordimiento, cedió ante el amor puro que concebí por Servia; la jóven inocente me amo tambien.

«Pero yo no podia dejar de ser una amenaza para Luisa, y ella debió comprenderlo, porque apenas estuve sano fui preso de órden de la Audiencia, y conducido á las cárceles de palacio.

«Mi sentencia no era dudosa, y recibí la noticia de prepararme á morir como cristiano.

«Servia desolada se arrojó á los piés de mi ama Dª Beatriz, y le declaró nuestro amor, y mi ama se compadeció de nosotros.

«El dia de mi ejecucion estaba señalado, yo no conservaba ya esperanza ninguna, ¿quién se habia de interesar por este pobre esclavo?

«Pocos dias antes habia tomado posesion del vireinato, segun supe despues, el señor Marqués de Guadalcazar, que vino con su esposa y sus niñas; la fama de virtud y de hermosura de mi ama Doña Beatriz, cautivó á la vireina, que hizo llamar á mi amo Don Juan Luis de Rivera, para conseguir de él que mi ama entrase en palacio en calidad de dama de honor.

«Don Juan Luis llegó á la casa contentísimo con aquel honor, pero temeroso de que Doña Beatriz se rehusase, y acertó á llegar en el momento en que Servia de rodillas le pedia que implorase por mi vida.

«Doña Beatriz escuchó la noticia que le llevaba su tio encareciéndole el empeño de los vireyes; y como alumbrada por un rayo de caridad, se hizo ataviar ricamente y conducir á la presencia de la vireina.

«Mi ama tan bella y tan soberbiamente prendida, fué recibida en palacio con regocijo; pero apenas vió á los vireyes, se arrojó á sus piés.

«En vano la instaron á levantarse.

—«Señora,—dijo dirigiéndose á la vireina—si tanto honor me

haceis escogiéndome entre vuestras damas, hacedme una gracia y servicio distinguido.

—«¿Qué podeis pedir, Doña Beatriz,—contestó la vireina—que estando en mi mano os lo niegue?

—«Señora, interponed vuestro amor y respetos con Su Excelencia, para obtener el indulto de un condenado á muerte, de mi esclavo Teodoro.

—«Y por salvar á un esclavo tomais tanta pena?

—«Señora, le debo mi vida y la de mi tio, que salvó poniendo en riesgo su existencia; aunque era un esclavo, entonces no lo era nuestro, y siempre le debo gratitud.

—«Pero segun sé, Doña Beatriz,—dijo el virey que habia permanecido en silencio—ese esclavo es culpable.

—«Por eso mismo pido el indulto á Su Excelencia, porque el indulto es el perdon, y el perdon se hizo para los criminales y no para los inocentes.

—«Teneis razon de sobra,—dijo el virey—alzad, que yo os lo prometo.

«Cuatro dias despues estaba yo fuera de la prision, mi ama dió su libertad á Servia y me la entregó por esposa, yo no quise nunca mi libertad, referí mi historia toda á mi ama, sin tener para ella secreto, y sigo y seguiré siendo siempre el mas humilde de sus esclavos.

«Ahora su señoría verá cómo tenia razon en decirle que debo á Doña Beatriz, mi vida y mi felicidad.

CAPÍTULO 16

De lo que se decia en la ciudad de la muger de Don Manuel de la Sosa, y de lo que pasaba en la casa de éste.

DOÑA Luisa, la muger del comerciante Don Manuel de la Sosa, era sin disputa una de las mas bellas y elegantes damas de la ciudad.

Nadie habia conocido á sus padres, y de la noche á la mañana, como decia el vulgo, Don Manuel apareció casado con ella, celebrando con gran suntuosidad sus bodas. El marido contaba á sus amigos que Luisa era española, y que al llegar á Veracruz la enfermedad le habia arrebatado en una semana á sus padres, grandes amigos de Don Manuel; que ella le habia escrito, él la habia mandado traer para que no quedase abandonada, y que luego mirándola tan bella y tan buena, la habia hecho su esposa: Luisa además, era al decir de Don Manuel, perteneciente á una familia noble de Estremadura.

Aunque todo esto tenia mucho aire de novela, el público lo creyó, por lo mismo que el público es mas afecto á creer lo maravilloso que lo natural, y además, porque á los ricos se les cree muy fácilmente lo que dicen, y Don Manuel si no lo era, pasaba la plaza de tal.

Vivieron así algunos años sin tener hijos, y Luisa ostententando un lujo asiático. Apenas los ricos cargamentos que llegaban por Acapulco en la nao de China se anunciaban en México, Luisa se apresuraba á comprar.

Soberbios pañuelones bordados, telas finísimas de nipis, tibores y jarrones fantásticos, vajillas de porcelana, adornos y juguetes de plata y de marfil; todo lo mas valioso y lo mas escogido iba con seguridad á parar á la casa de Don Manuel de la Sosa.

Los comerciantes hacian entre sí el balance de los capitales de Sosa, que ellos poco mas ó menos conocian, y aquellos capitales no alcanzaban para el lujo de su muger, pero ella pagaba cada dia mejor, y en atencion á esto, los comerciantes acababan por convencerse de que no es bueno formar juicios temerarios.

El pueblo, menos escrupuloso, comenzaba á murmurar de la honestidad de las relaciones de Luisa con Don Cárlos de Arellano, á quien todos llamaban el mariscal, y con el rico propietario Don Pedro de Mejía.

En este estado iban las cosas en el punto en que volvemos á tomar el hilo de nuestra historia.

En una soberbia cámara, Luisa sentada en un sitial cerca de una ventana, dirigia de cuando en cuando indolentes miradas á la calle. Esperaba, pero sin empeño, sin deseo, sin impaciencia.

Serian las once de la mañana, y un lacayo anunció al señor Don Pedro de Mejía.

—Que pase luego—dijo Luisa, procurando tomar inmediatamente un aire lánguido y triste.

Don Pedro entró en la cámara, y puso sobre un sitial su sombrero adornado con una pluma blanca prendida con una deslumbradora joya de diamantes.

Don Pedro estaba muy lejos de ser un hombre simpático y bien formado, su estatura menos que regular, su barba fuerte y espesa, sus cejas juntas, su mirada torba y sus espaldas anchas y levantadas, le daban el aspecto de un hombre de la clase mas baja del pueblo, parecia mas bien un verdugo que un caballero.

Vestia siempre con ostentacion repugnante, cargado de cadenas y de joyas.

—Querida Luisa—dijo sentándose al lado de ella sin ceremonia y tomándole una mano—¿qué teneis que os encuentro tan triste? ¿Estais enferma?

—Pluguiese á Dios—contestó Luisa afectando una conmocion

profunda, y pasando su pañuelo como para limpiar una lágrima por sus ojos, mas secos que una mañana de Mayo.

—¿Cómo pluguiese á Dios? es decir, Luisa, que deseais enfermaros?

—¡Morirme!

—¡Moriros! ¿Y por qué? ¿No sois feliz?

—Sí, muy feliz, y vos decís eso, vos que habeis encendido en mi alma esta pasion, que me habeis hecho faltar á mis deberes, y que ahora me abandonais quizá cuando mas os amo.........

—¡Abandonaros, Luisa! ¿y quién puede decir que os abandono?

—¿Quién? ¿quién? yo que lo conozco, Don Pedro, yo misma, yo, ¡ah Dios mio! ¡Dios mio! qué desgraciada soy, tú me castigas por mis faltas!

Luisa se cubria el rostro fingiendo la mas profunda desesperacion.

—Calmaos, señora, calmaos—decia Don Pedro—calmaos, y oidme en nombre del cielo, que nunca pensé en abandonaros; y os juro que mi amor por vos es mayor cada dia.

—¿Me amas?—dijo Luisa calmándose repentinamente y sintiendo una alegría infantil é inocente,—¿me amais? ¡ah, sí! ya lo decia yo, que no podiais haberme engañado, jugando con un corazon vírgen como el mio; porque ya os lo he dicho Don Pedro, vos habeis sido mi primer amor; yo casada con Sosa por compromiso casi, sin saber lo que hacia, porque era yo casi una niña, no conocia lo que era una pasion, os ví, me hablásteis de amor, y un sentimiento nuevo brotó en mi corazon, y amé, amé por la primera vez de mi vida, y por vos he sacrificado todo, honor, virtud, religion y tranquilidad.........

—¡Luisa! ¡Luisa! yo tambien os adoro.

—¿Me adorais?—dijo Luisa como volviendo á caer en otra duda—me adorais, y sin embargo, todo el mundo habla ya de que antier habeis pedido formalmente la mano de Doña Beatriz de Rivera.

—Dejad á todo el mundo que diga lo que le plazca, mientras esteis vos segura de mi amor; ¿lo estais?

—Sí, á pesar de todo; pero decidme la verdad, ¿por qué se habla de ese casamiento?

—La verdad, Luisa, porque he tenido necesidad de atraerme así la amistad de Don Alonso de Rivera su hermano, para ciertos negocios de interes; pero os aseguro que nunca se efectuará esa boda.

—¿Y eso es de veras, no me engañais?

—No os engaño.

—Jurádmelo.

—Os lo juro.

—Ahora sí estoy contenta—dijo Luisa alegremente, y tomando una de las toscas y mal formadas manos de Don Pedro entre las suyas,—ahora sí estoy contenta. Ya lo veis, Don Pedro, jugais con mi corazon, con mis sentimientos, á vuestro arbitrio; me poneis triste ó contenta á vuestro antojo. ¿Pero decidme, vos para qué teneis necesidad de halagar á nadie por vuestros negocios? ¿No sois inmensamente rico?

—Por ahora sí.

—¿Por ahora sí? y decís eso con un aire tan triste, como si no dependiera de vuestra voluntad.........

—No depende.........

—No depende, porque no haceis caso de mis consejos. Don Pedro, como en todo el dia no pienso ni me ocupo sino de vos, creedme, mis consejos son el fruto de profundas meditaciones.

—No es posible.........

—Oidme, ¿qué tiempo le falta á vuestra hermana para entrar en el goce de su caudal?

—Cosa de tres años, si no se casa antes.

—¿Creeis que se casará?

—Ah, eso no, porque yo lograré impedirlo.

—¿Pues entonces.........?

—Entonces, yo no veo mas medio sino que ella muriera antes, y goza de una salud admirable.

—¿Y si profesara monja?

—¡Monja! seria magnífico eso, porque desapareceria del mundo como si hubiera muerto.

—No hay mas que obligarla.........

—¿Y cómo, no queriendo ella?

—Querrá, querrá; aun os quedan tres años, ¿quereis seguir mis consejos?

—Dadmelos.

—¿Tiene novio? ¿amores?

—No, que yo sepa.

—Pues bien, en primer lugar, debeis saber que las mugeres, y sobre todo las jóvenes, necesitamos tener el corazon lleno con un gran afecto, con una pasion grande; la religion, el amor, la ternura de un hijo, algo, y la que no lo tiene lo busca, si no, mirad la prueba, yo que no amaba á mi marido, he necesitado de vuestro amor para ser feliz.

Don Pedro besó con deleite la mano de Luisa, que le dirigió una mirada ardiente y provocativa.

—Sentado este principio—continuó Luisa—lo que importa es que vuestra hermana odie el mundo y conciba ese ardiente deseo de profesar, que es á lo que las devotas llaman vocacion.

—¿Y cómo alcanzar eso?

—Muy fácilmente; para que aborrezca el mundo, hacedle insoportable la vida en vuestra casa, para eso vos os dareis modo.

—Comprendo.

—Y luego prevenidle que visite monjas, que estreche relaciones con ellas, dadle gusto siempre que pretenda ir á verlas ú os pida algo para ellas, que las monjas harán lo demás.

—Es decir que yo ganaré á las monjas para que le aconsejen que tome el velo.

—No, no me entendeis, con hablarles á las monjas nada conseguiriais, porque esas pobres mugeres no se prestarian si comprendian alguna maquinacion; pero no hay necesidad, las personas que por impulso de su corazon siguen una carrera en el mundo sea la del vicio y la prostitucion, sea la de la gloria ó la virtud, tienen siempre como principio atraer á sí, y á su circulo á cuantos pueden; por eso las monjas procuraran convencer espontáneamente á Blanca á tomar el velo, y con mas razon y mejor éxito, si ella, como es natural, les cuenta sus penas y se queja con ellas.

—Es verdad, Luisa, teneis un talento admirable.

—No tengo sino mucho amor por vos, y mucho empeño por todo lo que os concierne.

—¿Y á qué convento creeis mejor dirigirse?

—Mirad, se trata de fundar uno de Carmelitas descalzas, bajo la advocacion de Santa Teresa: sé, á no dudarlo, que Doña Beatriz de Rivera, alucinada por la Madre Sor Inés de la Cruz, profesa del de Jesus María, apoya la fundacion. Esta Madre Sor Inés tiene fama de ser inspirada, ha llegado á dominar á Doña Beatriz, ¿por qué no dominaria tambien á vuestra hermana mas débil que Doña Beatriz, hasta obligarla á tomar el velo?

—Pero ni yo, ni Blanca, conocemos á Sor Inés.

—No importa, haced una donacion de reales para la fundacion, que podeis enviar por medio de Blanca á Sor Inés para que la presente al Arzobispo, y es un medio muy gracioso para que comiencen esas relaciones; tanto mas, que Sor Inés es muy protegida de Doña Beatriz, amiga de vuestra hermana.

—Pero eso me costará la amistad de Don Alonso, y pierdo algunos negocios que con él tengo pendientes.

—¿Y esos negocios os producirán lo que perdeis en caso de que Doña Blanca no profese?

—Ni la décima parte.

—Entonces no hay ni que vacilar.

—Cada dia os encuentro mas digna de ser adorada—dijo Don Pedro besando á Luisa en la boca.

—Si pierdo con Don Alonso—pensó Mejía, ganaré tal vez con Doña Beatriz que tiene un rico dote.

—Si Doña Blanca profesara ó muriera—pensó Luisa—Don Pedro seria sumamente rico, y como me ama, y mi marido puede morir en el dia menos pensado, y Don Cárlos no se opondria, yo seria la muger de este hombre.

Los dos habian quedado meditabundos.

—¿En qué pensais?—dijo de repente Luisa.

—¿Y vos?—preguntó Mejía.

—Yo en que os amo.

—Y yo tambien.

Sonaron las doce y Mejía se levantó.

—¿Os marchais, Don Pedro?

—Sí, que son las doce: ¿podreis recibirme esta noche?

—¿A qué horas quereis venir?

—A las doce como siempre.

—Perdonadme, Don Pedro; pero esta noche es imposible: mi marido ha convidado á cenar al alcalde mayor de Xochimilco, Don Cárlos de Arellano, y estarán de sobre mesa hasta muy avanzada la noche, y querrán que les haga yo compañía.

—¡Ay!

—Qué.

—Que ese alcalde mayor me va dando en qué pensar.

—¡Ingrato! ¿Y creeis?.........

—No creo nada; pero todo el mundo dice.

—Don Pedro, os diré como vos á mí hace un momento: «dejad al mundo que diga lo que le plazca, mientras vos esteis seguro de mi amor: ¿lo estais?

—Teneis mucho talento y mucha gracia—dijo riéndose Don Pedro, y abrazando la delgada y flexible cintura de Luisa que se habia parado para despedirse.

Luisa pagó su galantería con un beso lleno de pasion.

Don Pedro salia.

—¡Ah!—dijo Luisa—¿sabeis que llegó ya la carga de la nao de China?

—No.

—Pues ya me avisaron, y dicen que vienen primores, esta tarde iré á ver antes de que vayan á ganarme.

—Enviad á vuestro mayordomo antes á mi casa.

—No, ¿para qué?

—Hacedme ese favor.

—No.

—Os lo suplico.

—¿Pero para qué?

—No me amais, puesto que no me dais gusto.

—Si os empeñais, irá.

—Me empeño.

—¿A qué hora?

—A las dos.

—Irá, caprichoso—dijo Luisa, corriendo adonde estaba Don Pedro detenido cerca de la puerta, y dándole un beso.—No olvideis mis consejos.

—De ninguna manera—contestó saliendo Don Pedro.

Luisa se quedó parada y con la cabeza inclinada, hasta que se perdió el eco de los pasos de Mejía, y entonces se enderezó ligeramente y lanzó una alegre carcajada.

—A pedir de boca—esclamó.

En este momento una puerta que estaba en el lado opuesto á la que acababa de cerrar Don Pedro, se abrió, y un hombre alto, grueso y con el vientre muy voluminoso, se presentó.

—Esposa mia, te veo muy alegre.

—Con razon, se acaba de ir Don Pedro de Mejía.

—Sí, he oido todo; pero vamos á comer que la mesa está puesta.

—Vamos, que como habrás oido es necesario enviar á las dos al mayordomo á la casa.

Luisa tomó del brazo á su marido y entraron al comedor.

Al deredor de una gran mesa cargada con una riquísima vajilla de porcelana de China, con grandes y brillantes botellones de cristal de Bohemia, llenos de vino; con hermosos fruteros, y canastos, y saleros, y cubiertos de plata primorosamente cincelados; habia algunos sitiales de ébano tapizados de cuero carmesí, con figuras de oro estampadas representande aves y mónstruos, árboles y flores, así tan fantásticos y tan estraños, como los conciben solo en su imaginacion los habitantes del Celeste imperio.

Los manteles y las servilletas eran de damasco, y encima de la mesa pendia del dorado arteson del techo una hermosa lámpara de plata, adornada con festones de flores sobre-dorados.

El gordo marido de Luisa, que seria un hombre de cincuenta y cuatro años, se sentó en la cabecera frotándose alegremente las manos y lamiéndose los labios, como un perro hambriento que olfatea la comida.

—¡Bendito sea Dios!—dijo, acomodando bien su plato—que nos ha dado de comer con abundancia y descansadamente, sin merecerlo.

—¿No vendrá hoy el señor Arellano?—dijo Luisa.

—Creo que sí; pero no me parece prudencia aguardarle mas, porque son ya las doce y cuarto.

—Ahí está—dijo Luisa, mirando entrar al comedor á un jóven como de treinta años, rubio, apuesto, y elegantemente vestido.

—Dios sea en esta dichosa morada—dijo el recien venido, con ese despejo propio de los hombres de buena sociedad.

—Él traiga á vuestra merced, señor alcalde mayor; que solo eso esperábamos para comenzar á comer.

—Siento haberos hecho aguardar; pero la señora sabrá disculparme, porque de ella me ocupaba.

—¡Cómo!—dijo Luisa.

—Separando algunos objetos para ella en la tienda de un comerciante amigo mio.

—¿Y qué objetos?—preguntó Don Manuel llevando á la boca una inmensa cucharada de sopa.

—Unos brocados, un tisú de plata, y otras frioleras de las que han llegado en la nao de la China.

—¡Gracias, señor Don Cárlos!—dijo Luisa dirigiéndole una mirada dulcísima.

—Poca cosa vino; pero en fin, como es necesario, aprovechamos lo que ha llegado.

—Vamos, sentaos pues, y comamos que el hambre apura.

Don Cárlos se sentó al lado de Luisa, y los piés de ambos se buscaron y se tocaron, porque aunque se rian nuestras lectoras, ya en el año del Señor de 1615 estaba en uso esa clase de telégrafo, que no ha dejado hasta nuestros dias de aprovecharse por los enamorados.

El amor es como los chinos, no varía de modas, y no se divierte ni se rie como nosotros los que nos llamamos hombres civilizados, de los trages de nuestros abuelos.

No hay mas que un amor: ciego y niño lo pintaron los griegos hace mas de veinte siglos, y despues de dos mil años, ni el niño tiene siquiera bigote ni hace la menor diligencia por quitarse la venda, y á tientas camina en el siglo del telégrafo, del vapor y del daguerreotipo, como en los de Ayax de Telamon, ó de Homero, ó de Temístocles.

Los hombres han inventado cruzar por el viento, y sobre los mares, medir las distancias de los astros y sus revoluciones; pero ni han descubierto otro modo de amar, ni han pensado en representar nunca al amor con ropilla y calzas, ó con frac y bota de charol, como un dandy de nuestra época.

—Acabo de encontrar en la calle al caballero Don Pedro de Mejía—dijo Arellano.

—De acá salia—dijo Sosa.

—¿Vino á veros?—le preguntó Arellano.

—No—contestó Sosa sonriéndose—ha dado en ser, como sabeis, el galan de mi muger.

—¿Sigue, acaso, en sus nécias pretenciones?

—Sí—dijo riéndose Luisa—y mas amartelado cada dia, ha creido que puedo alucinarme por un hombre que de cerca me parece un oso, y de lejos un Huitzilopochtli; el dios de los indios.

Todos se pusieron á reir alegremente.

Y la comida se prolongó hasta muy cerca de las oraciones de la noche.

Entonces Arellano se despidió, mas enamorado que nunca de la gracia de Luisa; pero sin haber notado que ésta habia estado con mucho empeño mirando las horas en una rica muestra de oro guarnecida de brillantes, y á las dos de la tarde habia salido del comedor con cualquier pretesto.

Era que á esa hora habia enviado á su mayordomo á la casa de Mejía.

Una hora despues, Arellano no habia hecho alto en eso tampoco: un lacayo habló en secreto á Luisa, y ésta volvió á salir del comedor.

El mayordomo habia vuelto de la casa de Don Pedro, trayendo dos mil pesos fuertes.

Luisa mandó guardar el dinero y volvió á entrar al comedor, sin mostrar alteracion ninguna.

Cuando Arellano se retiró Luisa salió á despedirse, y la despedida duró, por lo menos, una hora: entre amantes no es mucho.

Don Manuel de la Sosa se habia quedado desde cosa de las cuatro de la tarde, en un estado de somnolencia y de embrutecimiento, que ni hablaba, ni entendia nada.

Hacia como dos años que Don Manuel se iba volviendo cada dia mas estúpido, y solo pensaba en comer; desde las cuatro de la tarde se sentia como amodorrado; solo salia de su estado á las ocho de la noche para cenar, y se acostaba y dormia de un hilo hasta el dia siguiente.

Luisa, su muger, disponia y mandaba sin obstáculo en la casa: Don Manuel era como un niño; comiendo bien, era feliz. Y nada turbaba la inmensa tranquilidad de aquella dichosa pareja.

CAPÍTULO 17

En el que se ve que hasta las piedras rodando se encuentran.

CUANDO Teodoro acabó de contar su historia al Oidor y al Bachiller, comenzaba ya á lucir la mañana, y alegres bandadas de gorriones y de golondrinas cruzaban cantando por encima de los techos y por las calles de la ciudad.

El Oidor se embozó en una larga capa, y seguido del Bachiller se dirigió á las casas en donde debia construirse el nuevo convento de Santa Teresa.

Una muchedumbre de obreros estaban allí esperando el momento de comenzar los trabajos de la demolicion de las antiguas casas. El Arzobispo y Don Fernando se habian ocupado la noche anterior de escribir cartas y excitaciones á los alcaldes y á los curas de los pueblos inmediatos, á fin de que con toda diligencia enviasen trabajadores para la obra: sus exhortaciones no podian haber sido mejor atendidas, porque antes de salir el sol la calle de las Atarazanas estaba llena de cuadrillas de hombres, habilitados cada uno con su respectivo instrumento de trabajo. No faltaban ni las carretas para conducir los escombros.

Los sobrestantes parece que no esperaban mas que la llegada del Oidor para comenzar la obra.

Un sonoro grito de «Ave María Purísima» dado por uno de los

capataces, fué repetido en coro por todos aquellos hombres que se quitaron devotamente el sombrero. Las cuadrillas entraron á la casa, se señaló á cada una su tarea, y media hora despues por todas partes se escuchaban los golpes de las hachas y de las barretas, las caidas de las paredes, el derrumbe de los arcos y de las columnas de los corredores, y una inmensa y pesada nube de polvo se cernia constantemente sobre la manzana en que á poco tiempo debia levantarse el convento de Santa Teresa.

Don Alonso de Rivera que no habia podido dormir pensando en el resultado que tendria el plan concertado con Mejía, para asesinar á Quesada, no despertó al dia siguiente hasta las diez de la mañana, se levantó y encontró á un lacayo que le entregó una carta, y le anunció que un hombre le esperaba en el corredor.

Abrió la carta, era de Mejía, y decia sencillamente:

«Don Alonso. Se erró el golpe anoche y hemos sido descubiertos; pero no hay cuidado. En esta tarde nos veremos, esperadme en vuestra casa. Dios os guarde muchos años.

Pedro de Mejía.»

Don Alonso rasgó inmediatamente la carta.

—¿Quién me busca?—dijo con enfado al lacayo.

—Un hombre, que le urge ver á su señoría.

—Dile que pase.

El lacayo salió, y volvió á poco conduciendo á un hombre del pueblo, que entró respetuosamente con el sombrero en la mano.

—¿Qué se ofrece?—preguntó con altivez Don Alonso en el momento en que Doña Beatriz, sin que él la viera, penetraba en la habitacion por una puerta que quedaba á la espalda de Don Alonso.

—Señor, que vengo á noticiarle á su señoría, que están tirando las casas de su señoría, en la calle de las Atarazanas.

—¿Tirándolas? ¿y quién? ¿cómo?

—¡Una multitud de trabajadores!

—Es imposible—decia Don Alonso—si ayer á las tres dió órden el virey de suspender las obras.

—Pues no lo dude su señoría, que yo lo he visto, y quizá para esta tarde no quede una pared en pié, segun lo recio que se trabaja.

—Bien, ¿y quién os mandó á anunciármelo?

—Nadie, señor, yo que creí que el aviso seria útil á su señoría.

—¿Y quién dió la órden de comenzar?

—No lo sé, pero los trabajos empezaron al llegar allí el señor Oidor Quesadas.

—El Oidor, siempre el Oidor.

Doña Beatriz volvió á salir sin ser notada; al cerrar la puerta pudo verse el alegre rostro de Teodoro que la seguia.

—Está bueno, retiraos—dijo Don Alonso al de la noticia; pero el hombre no se movia.

—No os digo que os retireis, á qué aguardais.

—¿Nada merece mi empeño?

—Es verdad—dijo Don Alonso, dándole algunas monedas—es necesario gratificar al hombre que me avisa que me derriban mis casas, ¿y cómo os llamais?

—Señor, me conocen todos por el Ahuizote, para servir á su señoría.

—Vaya un nombre, retírate.

—Dios guarde á usía—dijo el Ahuizote, y bajó humildemente las escaleras llevando en la mano el dinero que Don Alonso le habia dado.

Al llegar á la calle se erguió, se caló su sombrero, y volviendo á la casa de donde acababa de salir—dijo arrojando al arroyo el dinero:

—Maldito seas tú y tu dinero, y tu dinero y tú; qué crees, que te vine á dar de buena fé la noticia, y que necesito de tu limosna. Garatuza tiene razon, es hombre de talento, y desde hoy tomo decididamente el partido del Arzobispo contra todos estos soberbios. La travesura de Garatuza ha estado buena, y hemos dado por desayuno á este gachupin una soberbia cólera. Vámonos.

El Ahuizote entró al Arzobispado á noticiar al Bachiller que habia ido á dar parte á Rivera del desastre de sus casas. Al salir del cuarto de Garatuza se encontró con el Arzobispo, que acompañado del Oidor Quesada, lleno de polvo pero radiante de orgullo, volvia de las casas de la calle de las Atarazanas. El Ahuizote se puso de rodillas y se quitó el sombrero, el Arzobispo le echó una bendicion, y como venia de buen humor se dirigió á él.

—¿A quién veniais á ver?—le preguntó.

—A Gara......... es decir, al Bachiller Villavicencio, Ilustrísimo Señor.

—¿Y qué negocio teneis con él?

—Le traje una razon, Ilustrísimo Señor.

—¿De quién?—preguntó el Arzobispo.

—De Don Alonso de Rivera—contestó con descaro el Ahuizote.

—¡De Don Alonso de Rivera!—dijo admirado el Arzobispo—¿y qué negocio tiene con él el Bachiller?

La comitiva de su Ilustrísima se agrupaba curiosa de saber lo que iba á contestar el Ahuizote; creian que se iba á descubrir alguna trama nueva de Don Alonso, á quien aborrecia entonces casi toda la gente de la Iglesia.

—Pues si su Señoría Ilustrísima no nos regañara al Bachiller y á mí, hablaria.

—Hablad—dijo el Arzobispo algo enojado.

—Bueno, Ilustrísimo Señor, pues el Bachiller me dijo esta mañana: «Hombre, Ahuizote»—porque ha de saber su señoría que á mí me dicen por mal nombre Ahuizote; pues me dijo—hombre, Ahuizote, yo estoy muy cansado y quiero acostarme, anda tú, y pégale en mi nombre una buena cólera á ese pillo, con enmienda de su Señoría Ilustrísima, Don Alonso de Rivera; pero buena, y antes de que se desayune, cuéntale que ya le tiraron sus casas: y fuí y ahora le vengo á dar la razon.

Todos los que acompañaban al Arzobispo se pusieron á reir, y él mismo no pudo conservar su gravedad.

—¿Y qué dijo Don Alonso?—preguntó el prelado, procurando en vano ponerse sério.

—Se puso rabioso, sobre todo, contra mi señor el Oidor.

—¿Contra mí?—dijo Quesada.

—Sí, señor, me dió una gala y me echó de su casa.

—¿Cuánto os dió?—preguntó el Arzobispo.

—No lo sé, Ilustrísimo Señor, porque al salir lo voté al arroyo sin contarlo ni verlo.

—Bravo tunante sois, idos, y esto no lo voteis al arroyo—dijo el Arzobispo dándole una moneda de oro.

—No, Ilustrísimo Señor, nunca—contestó el Ahuizote besando la mano del Arzobispo y la moneda.

—Ni esta—dijo el Oidor dándole otra.

—Mil gracias.

El Arzobispo siguió, y todos los que le acompañaban por imitar á su Ilustrísima, dieron al Ahuizote una gala.

—Valiente cosecha,—decia el truhan al salir á la calle sonando los bolsillos de sus calzones llenos de pesos.—Viva el Arzobispo.

El Arzobispo seguido del Oidor y de la comitiva, se dirigió directamente al cuarto del Bachiller y llamó.

Martin, que lo que menos esperaba era que fuese su Ilustrísima,—gritó medio dormido.

—Adelante.

Al abrirse la puerta alzó la cabeza y miró su pieza invadida de aquella multitud, al frente de la cual iban el Arzobispo y Don Fernando.

Martin estaba acostado sin zapatos, sin ropilla, con solo la camisa, los calzones y las medias calzas de lana negra, que usaban los servidores del Arzobispo. Su sorpresa fué tal que así se levantó.

—Señor Bachiller—dijo el prelado—buenas visitas teneis.

—Ilustrísimo Señor—dijo Martin atarantado con aquella política.

—He hablado con ese conocido vuestro que os vino á visitar, y que le dicen el Ahuizote, y me ha contado la burla que habeis hecho á Don Alonso.

—Perdóneme su Señoría Ilustrísima, ha sido solo una travesura—contestó Martin alentado con las risueñas caras del Arzobispo y de su comitiva.

—Bien; pero esos amigos son malos.

—Quizá lo sean, pero yo le aseguro á su Ilustrísima, que ese, y otros cien mas como ese que conozco, se dejarán matar por su Ilustrísima el dia que se ofrezca.

—Esos son muchos bríos, señor Bachiller—dijo con cierto orgullo el Arzobispo—la Iglesia no necesita del acero.

—Quién sabe cómo se pongan las cosas, y en todo tiempo cuenta su Señoría con esos hombres á vida ó muerte. Lisonjeándose el Arzobispo, quiso sin embargo cortar aquella escena, y dejando su afectada gravedad, se acercó al Bachiller y le tiró paternalmente de una oreja, mas bien como por cariño que como por castigo.

—Bachiller, Bachiller—le dijo—producciones tienes tú para andar á vueltas con la justicia.

El prelado salió con todo su acompañamiento, y Martin volvió á cerrar su puerta.

—Vaya, qué cosas—decia acostándose otra vez—van dos que amenazan con que tendré que habérmelas con la justicia; anoche la bruja y hoy su Ilustrísima, y á fé que puede que en el fondo tengan razon......... eh......... ya veremos.

Comenzaba á dormirse y bostezaba.

—¿Y cómo diablos se ha encontrado su Ilustrísima con el Ahuizote......... qué bien dicen......... «Las piedras rodando se encuentran»......... ah, qué sueño........ tengo, durmamos.

Martin daba cada bostezo como si hubiera velado diez noches seguidas, y en cada vez se hacia la señal de la cruz frente á la abierta boca, con tanta rapidez y tantas ocasiones, que parecia que trazaba una rúbrica en el aire.

A poco dormia profundamente.

Entre tanto las casas de Don Alonso de Rivera venian por tierra, con una rapidez que causaria envidia en nuestros tiempos al célebre Don Manuel Delgado.

Don Alonso corrió, al saber la noticia, á quejarse con el virey, pero su Excelencia se negó á recibirle, pretestando que despachaba su correspondencia de Madrid, y que no podia interrumpir sus trabajos porque la flota estaba ya aparejada en Veracruz para darse á la vela, esperando solo los despachos del vireinato.

Don Alonso desesperado, se encerró en su estancia, y á las oraciones de la noche el lugar en que por la mañana se levantaban sus casas, era ya una gran plaza dispuesta para comenzar la edificacion del convento y templo de Santa Teresa. En dos dias habia perdido la posesion y la esperanza. El Arzobispo y el Oidor eran personas que lo entendian.

Martin durmió hasta las ocho de la noche, y al despertar, miró al lugar en que estaba su balcon.

—Calle—dijo—pues es ya de noche, he dormido como si no tuviera alma que salvar.

Y comenzó á vestirse, se puso su balandrán y su sombrero y se lanzó á la calle.

Martin sabia que su Ilustrísima no lo necesitaria aquella noche, y que si acaso lo buscaba y sabia que andaba fuera, nada tenia que temer. La servidumbre de la casa del prelado era tan numerosa como la del virey, y los familiares y criados gozaban de una estraordinaria libertad.

Martin se encaminó á la tienda del Zambo, dos ó tres perdidos estaban allí en alegre conversacion, y el Bachiller fué recibido como un hermano.

—¿En qué pensais pasar la noche?—les preguntó el Bachiller.

—Nosotros vamos á una visita, ¿quieres venir?—le dijo uno de ellos.

—¿Adónde?

—Donde la Zurda, que tiene unas sobrinas tan bonitas y tan alegres, ¿has de ir?

—De ir tengo, que me placen las muchachas esas.

—Pues andando, que es tarde; pero poca gracia vas á hacerles con ese vestido de medio clérigo.

—Téngomelo de quitar si me esperais vosotros.

—Te esperamos.

—Zambo, dame unas calzas de venado y un ferreruelo, un talabarte habilitado con sus menesteres, y un sombrero con toquilla y pluma.

Aquella tienda era un estuche de curiosidades, y el Zambo una presea.

A poco tenia el Bachiller lo que habia pedido; pero todas las prendas eran más que elegantes, lujosas.

Martin comenzó á cambiarse el traje.

—Garatuza—dijo un truhan—si no te quitas la loba y el alza cuello, olerás mal que te pese á incienso; todavía los calzones pasan, pero lo demás.........

—Zambo, dame una ropilla.........

El Zambo trajo una lujosa ropilla de terciopelo morado con acuchillados negros.

El Bachiller estaba trasformado, y en verdad que aquel traje le iba á las mil maravillas, era jóven, bien formado, buen mozo, y sabia llevar con garbo la ropa.

—¿Y la tonsura?—dijo un truhan.

—Esa solo con la cabeza—contestó amostazado Martin—vámonos.
—Salieron, y el Zambo cerró y se acostó.

La Zurda era una vieja que acostumbraba tener muchas sobrinas, siempre bonitas; debia aquella vieja haber tenido muchos hermanos y primos de distintas razas, segun lo poco que las niñas se asemejaban entre sí, generalmente eran mulatas, pocas indias, y algunas mas mestizas.

Entonces en México estaban muy marcadas las razas.

Españoles, indios, negros, mulatos: los hijos de español y negra, mulatos; los de español é india, mestizos; los de indio y negra, zambos;

y luego una porcion de subdivisiones, como pardos, coyotes, salta á trás, &c.

Martin y su comparsa entraron á la casa de la tia Zurda.

Las sobrinas tenian algunas otras visitas y aquello era ya una tertulia animadísima, en que dos ó tres salterios tocados unas veces por las visitas y otras por las dueñas de la casa, alegraban los corazones.

Martin se aguardó allí hasta las once, y salió furtivamente para no ser detenido mas tiempo por las obsequiosas sobrinas de la Zurda.

México en aquellos tiempos era una de las ciudades en que la prostitucion era mas escandalosa.

Los hombres mas notables ostentaban públicamente á sus queridas, las esposas eran abandonadas muy á menudo por los maridos que compraban y emancipaban negras y mulatas para tenerlas á su lado por algun tiempo, hasta que cansados de ellas las abandonaban tambien, y ellas iban entonces á aumentar el increible número de mugeres perdidas que pululaban en la ciudad.

Y lo mas notable era que estos mismos hombres gozaban de grande fama de virtud, por sus excesivas limosnas á los templos y á los monasterios, y por las fundaciones piadosas que á cada momento hacian.

El Bachiller no tenia sueño, ni era posible que lo tuviera; habia dormido todo el dia, y pensando á donde acabaria de pasar la noche, tomó el rumbo de la casa de la Sarmiento.

Su última entrevista con la bruja lo habia dejado impresionado, y por mas que pretendia distraerse, las predicciones de la vieja no se borraban de su memoria.

Habia, ademas, otra razon para que Martin gustara de ir á la casa de la bruja: la muchacha sorda-muda le habia hecho gracia, tenia ya deseo de volverla á ver, y á riesgo de tener un lance con el Ahuizote, queria Martin probar fortuna.

Las calles estaban enteramente desiertas; pero al través de las hendiduras de la puerta de la casa de la Sarmiento, se descubria luz.

Martin llamó, y como si le hubieran estado esperando ya, la puerta se abrió inmediatamente y la bruja asomó la cabeza.

—¿Qué venís solo?—preguntó como admirada.

—Pues con quién diablos queriais que viniese—contestó Martin.

—Ah, dispensadme—dijo la vieja algo contrariada—dispensadme, señor Martin, que os tomé al principio por otra persona.

—Señal es esa de que esperais á alguien—dijo Martin entrando á la casa.

—En efecto, espero á quien no debe quizá dilatar.

—¿Os serviré acaso de estorbo?

La vieja reflexionó antes de contestar.

—No—dijo al fin—si consentis en ayudarme.

—Yo ayudaros, ¿y en qué?

—Antes sabré si consentís, que de no ser así nada os diré.

—Consiento—contestó Martin impulsado por la curiosidad.

—¿Y guardareis secreto?

—Sabeis que soy de fiar.

—Entonces venid.

La Sarmiento encendió un candil y descendió al subterráneo que conocemos ya, seguida de Martin.

—Mirad—dijo la vieja al llegar al lugar en que habia predicho la muerte del Oidor—una dama muy principal vendrá esta noche á ciertos negocios; vos os ocultareis allí, detrás de esa puertecilla, venid á ver; en esta jaula está un chivo negro, cuando lo oigais evocar dadlo libre; y cuando vuelva á vos, encerradlo otra vez, y lo mismo hareis con este gato negro.

—¿Y es todo?

—¿Os parece poco?

—No.

—¿Entonces?

—Entonces, es decir que esta noche os voy á ayudar en vuestras burlas.

—Callad, ó me hareis arrepentir de que os haya ocupado: llamais burla á que os encargue abrir su prision á mis *familiares*.

—¿Son estos vuestros espíritus familiares?

—Lo son; pero escuchad.

Se oyó llamar á la puerta de la calle.

—Ocultaos con ellos—dijo la Sarmiento.

Martin se ocultó tras la puerta secreta, en una especie de calabozo pequeño, y la Sarmiento subió á abrir.

Martin sintió miedo; sin creer en nada de aquello, tuvo pavor de encontrarse solo y á oscuras en aquel antro rodeado de objetos tan estraños, que aunque por entonces no los veia, pero los adivinaba.

No queria ni moverse por no tocar algo que le causase mas horror.

La Sarmiento tardó pero descendió al fin ayudando á bajar á una dama vestida de negro, y cubierta con un espeso y largo velo. Martin se volvia todo ojos.

—Podeis aquí separar el velo, señora, que nadie os verá.

La dama se abrió el velo y el Bachiller quedó asombrado de su gracia y hermosura.

—Mucho ha tardado mi señora Doña Luisa—dijo la Sarmiento.

—Estaba en casa de visita el señor Don Cárlos de Arellano, grande amigo de mi marido—contestó la dama.

—Aguardo—dijo Martin—que conozco esta alhaja; nada menos que la Luisa de la historia de Teodoro. Qué bien dice el refran: «que las piedras rodando se encuentran.»

CAPÍTULO 18

En que Martin conoce otros secretos de Luisa.

LUISA se habia sentado en un sitial, y la Sarmiento permanecia á su lado.

—Esta noche—dijo Luisa—vengo á consultar con vos, negocios para mí de mucha gravedad.

—¿Quereis que comencemos?—preguntó la Sarmiento.

—No: dejad para otro dia los negocios, y hablemos; sentaos.

La Sarmiento acercó un taburete y se sentó.

—Os escucho.

—Bien, comenzaré: en primer lugar os debo las gracias por vuestros polvos que son maravillosos.

—Cuando yo os decia.........

—Y teniais sobrada razon: con la dócis que me habeis recetado se ha obtenido un resultado magnífico; mi marido duerme como una piedra desde las cuatro de la tarde hasta el dia siguiente; y para conseguir que se levante á la hora de la cena, para no llamar la atencion, uso de la redomita que me habeis dado, aplicándosela á las narices para hacerlo aspirar su contenido.........

—Y de génio, ¿qué tal sigue?

—Perfectamente: no tiene mas voluntad que un niño.

—¿Y aun teneis de esos polvos?

—Hánseme agotado, y quiero llevarme hoy mas.

—Tomadlos—dijo la Sarmiento, sacando de una caja un pequeño paquete envuelto cuidadosamente en hojas secas de maíz—suponia yo que se os habrian agotado, y los tenia aquí á prevencion.

—¿Y el dia que yo quiera que esto termine?

—Mezclad en el vino de vuestro esposo tres gotas del líquido contenido en la redomita, y lo vereis completamente sano.

—No, no me entendeis, no quiero decir que sane, sino que.....

—Os comprendo: doblad la dósis de los polvos y romped la redoma, y entonces podeis asegurar que estais ya viuda.

—Muy bien......... ahora oidme: necesito que me ame un hombre, lo oís; necesito que me ame, porque yo le amo á él, y le amo como no he amado nunca.

—¿Y qué quereis?

—Quiero algunos polvos, alguna bebida, algo para que él me ame.

—Doña Luisa, tan hermosa sois y tan seductora, que no habeis de necesitar esos polvos: si ese hombre os mira, á menos de estar loco, os amará.........

—Y sin embargo, no me ama.

—¿Os conoce?

—Sí, por mi desgracia.

—¿Es amigo vuestro?

—No: héle visto pasar por mi casa algunas veces; ha reparado en mí, y sin embargo no me ama.

—Pero eso ¿cómo lo sabeis?

—¿Cómo lo sé? Os figurais que una muger deja de comprender cuando un hombre la ama, por oculto y por disimulado que sea su amor: no, él no me ama, y yo necesito su amor; dadme algo para conseguirlo y no os pareis en el precio, así me costara una onza de oro cada gota de ese elíxir.

—¡Ay Doña Luisa! ¿Cómo podrá lisonjearos ese amor que se consigue así?

—Aun cuando no sea mas de una hora que yo le llame mio; aun cuando despues me esperara el infierno, yo lo quiero.......

—Bien, voy á daros un elíxir; pero cuidad de que tome dos gotas todos los dias.

—¿Y en qué debe tomar esas gotas?

—En cualquiera cosa, tanto da que sea en agua, como en vino, como en pan, ó en una fruta.

—¿Y este licor es eficaz?

—Eficaz.

—Ah, gracias, gracias.

—Dadme ahora el nombre de ese hombre, por si viniere á consultarme en algo y ayudaros yo.

—Don Cesar de Villaclara.

—No le conozco.

—Pero no olvideis el nombre.—Y ahora tengo que pediros que interpreteis un sueño que me ha visitado varias noches, y que no puedo comprender.

—Decidlo.

—Era un campo que yo contemplaba desde los balcones de mi casa, y era por demas florido y bello, y habia en él un hermoso pichon blanco: yo tenia en mis brazos una paloma, que solté, llegó á do estaba el pichon, y apenas comenzaron á arrullarse amorosamente retumbó un trueno, y un humo denso y color de sangre eclipsó todo, y no mas; pero yo he soñado ya esto muchas veces.

—Eso es muy fácil de esplicar: el pichon es un caballero, la paloma sois vos, que se irá con él, y el trueno y el humo indicios son de que estos amores serán el principio de grandes y sangrientos trastornos en esta tierra.

—¿Y no son señales de muerte para mí?

—No aparece ninguna.

—¿Podriaís decirme, poco mas ó menos, si me faltará mucho que vivir?

—Con tal que tengais valor para soportar la respuesta, cualquiera que sea.

—Le tengo—contestó Luisa con resolucion.

—Entonces veremos.

—Oíd—dijo la vieja—voy á evocar á mi familiar: si viene en la figura de un chivo, vivireis largo tiempo; si de un gato, morireis pronto.

—¿Qué diablos haré?—pensó Martin, soltaré el gato ó el chivo: vale mas el chivo, que mejor será la paga que la Sarmiento le saque á esta víbora.

En este momento la vieja gritaba palabras en idioma enteramente estraño para el Bachiller, y la dama esperaba con impaciencia.

Martin abrió una jaula y el chivo dando un salto llegó hasta donde la Sarmiento le tendia las manos.

—Viviré mucho—dijo Luisa conmovida—y animándose con el buen éxito preguntó á la vieja—¿y cómo moriré?

La tentacion fué tan grande para Martin, que no pudo resistir, y antes de que la Sarmiento pudiese responder, él, ahuecando la voz y procurando darle un acento estraño—contestó:

—¡Emparedada!

—¿Emparedada?—dijo Luisa trémula.

—¡Emparedada!—repitió Martin—¡emparedada!

La Sarmiento conoció lo que pasaba, pero no le era posible otra cosa sino seguir adelante y darse por engañada ella misma delante de Luisa.

—¿Lo oís, señora?—preguntaba ésta temblando—¿lo oís?

—Lo he oido.

—¿Y qué decís de eso?

—Digo, que yo os exhorto á tener valor, y que lo estais necesitando.

Luisa estaba completamente turbarda.

—Quiero irme—dijo.

—Vamos—dijo la Sarmiento—tomando el candil.

Y sin hablar una sola palabra salieron del subterráneo.

Luisa se cubrió con su velo, puso en manos de la Sarmiento una gran bolsa llena de dinero, y acompañada del Ahuizote que la habia traido, salió de la casa profundamente preocupada y silenciosa.

Cuando la Sarmiento volvió al subterráneo, encontró á Martin riéndose con todas sus ganas.

—Por vida mia, señor Bachiller—dijo la bruja—que no sé en qué pensásteis para haber asustado así á tan amable dama.

—Já, já—decia Martin riendo—os aseguro, señora Sarmiento, que por muchos dias va esa muger á soñar las paredes, y no en pichones ni en palomas.........

—Pero habeis cometido una mala accion.

—Sí, soltándole al chivo, cuando soltar debí al gato para acabarla de espantar.

—No os burleis, que como yo lo he dicho, sus amores producirán grandes trastornos en esta tierra.

—Señora, si antes tenia tan poca fé en vuestras artes y hechicerías, hoy no tengo ninguna; porque ya he representado mi papel de mago, y no es de lo mas peor; si nó que lo diga esa Luisa.

—Es decir que continuais en vuestra incredulidad.

—Mas que nunca—¿y quereis decirme qué elíxir de amor es ese que habeis dado á la dama?

—Eficacísimo.

—Quisiera hacer una prueba.

—Seria capaz de daros una redomita solo por convenceros.

—Dádmela.

—Antes decidme en quién pretendeis probarlo.

—Toma, en vuestra protegida, en la muda.

—Entonces no.

—No, ¿y por qué?

—Porque la verdad, es que sois un libertino, y la arrojariais, saciado vuestro capricho, á pedir limosna.

—Os doy mi palabra de que no.

—Jurádmelo.

—¿Al diablo?

—No, esto á Dios.

—Os lo juro; siempre vos con esos juramentos.

—Bueno, tomad la redomita; si no le hace efecto, será porque ella estará prevenida.

—Tan pronto la disculpa, tretas y engaños serán vuestros lo de la tal redomita.

—Quizá os le niegue si seguís así burlando.

—No, ya no burlo mas, dádmele.

—Tomad, y no olvideis lo prometido.

El Bachiller recibió el pomito igual al que la Sarmiento habia dado á Luisa, conteniendo un licor blanco y cristalino.

Cuando salieron del subterráneo, Martin preguntó á la bruja:

—¿Dónde está María?

—Duerme—contestó la vieja.

—¿Seria bueno despertarla?

—¿Para qué?

—Ansío por probar el elíxir.

—Por probarlo, confesad mejor que os comienza ya á interesar la muchacha.

—No os lo niego.

—¿Y el Ahuizote?

—Yo sabré componerme con él.

—¿Pero qué quereis que tome á esta hora María?

—Entonces esperaremos á la madrugada.

—Impaciente sois, si los hay—¿y quereis que yo me desvele por un antojo vuestro?

—Cuando los antojos se pagan bien, no veo inconveniente, que vuestro oficio es ese.

—Como gusteis; pero seria mejor que durmiérais un tanto.

—No miro en dónde.

—En uno de esos sitiales, arrebujado en vuestro ferreruelo, ¿es verdad que vale mas?

—Puede que tengais razon, acepto, al fin no tengo adonde ir á pasar la noche, y falta poco para que amanezca.

—Pues buena noche, os dejo ese candil.

—No, de nada me sirve que estoy acomodado ya.

La Sarmiento se llevó la luz y se encerró en su cuarto; Martin como hombre precavido, puso su espada desnuda á su lado y al alcance de su mano, y comenzó á dormitar, pero soñando ya en María.

Llamaron en la puerta de la calle, y el primer impulso de Martin fué incorporarse y contestar, pero reflexionó y se quedó callado.

Trascurrió un intervalo, y volvieron á llamar.

Entonces la bruja apareció por la puerta de su cuarto y preguntó.

—¿Quién va?

—Hacedme favor de abrir—contestó de fuera una voz—que necesito hablaros, y os tendrá cuenta.

La Sarmiento se dirigió á la puerta haciendo seña á Martin de que entrase á su aposento; el Bachiller tomó la espada, y caminando sobre la punta de sus piés entró al aposento de la bruja.

Habia allí luz, Martin cerró por dentro y examinó el cuarto; en un rincon estaba la cama de la Sarmiento dando indicio de que ésta no se habia acostado siquiera, en el otro María acostada ya, pero despierta, mirando á Martin con unos ojos tan brillantes, que podia decirse que alumbraban el aposento.

La muchacha se cubria escrupulosamente con las sábanas hasta la barba.

—Preciosa criatura—pensó Martin, y sin darse él mismo la razon de por qué, comenzó á tener alguna confianza en el elíxir de la Sarmiento.

Es que los hombres cuando tienen ilusion por una muger, creen el mayor absurdo con tal que lisonjee sus deseos.

Martin hizo un cortés saludo á María, que le contestó con una sonrisa silenciosa pero hechicera.

—A esta criatura—dijo entre sí el Bachiller—Dios no le dió ni oido ni voz, porque oye y habla con los ojos: pero veamos quién es el nocturno visitador, y aplicó el ojo á la cerradura.

—Vamos, mi señor Don Pedro de Mejía, y qué vientos os traerán por acá, oigamos.

—Tened cuenta—decia Don Pedro, pues era él quien hablaba con la Sarmiento—que pago bien, pero no gusto de que me engañen.

—¿Quiere usía—contestaba la vieja—deshacerse de un hombre?

—Será el Oidor—pensaba Martin.

—Sí—decia Don Pedro.

—Por supuesto sin que se note nada: y dígame usía, ¿es jóven?

—No mucho.

—Lo dicho—pensaba Martin.

—Dadme sus señas—decia la Sarmiento.

—Es alto, grueso, con el vientre abultado, gusta de comer bien y duerme mucho.

—¿Soltero?

—No, casado.

—¡Ah! ya caigo, el triste de Don Manuel de la Sosa debe ser, que se murmura mucho de Don Pedro con Luisa—pensó Martin.

—Bien—contestó la Sarmiento—mañana á esta hora puede usía venir por lo que necesita.

—Pago bien, pero quiero ser bien servido—dijo con orgullo Don Pedro embozándose en una larga capa y disponiéndose á salir—¿vos me conoceis?

—Si señor, que á todos los caballeros principales conozco, y no es uno de los menos mi señor Don Pedro de Mejía.

—Pues guardad el secreto y quedad con Dios.

—Que él acompañe á su señoría.

—Don Pedro tiró un puñado de monedas sobre la mesa y salió.

—¿Qué os parece?—dijo la Sarmiento al Bachiller.

—Paréceme que teneis un crédito muy grande, que estais en un peligro inminente de que os lleve á la hoguera el Santo Oficio, y que algun pecado tiene que purgar en esta vida el marido de Luisa, que tantas asechanzas le tienden.

CAPÍTULO 19

De la conversacion que tuvieron Don Pedro de Mejía y Don Alonso de Rivera, y de lo que resultó en ella.

—SABEIS, señor Don Pedro, que el Arzobispo se ha burlado grandemente de nosotros—decia Don Alonso de Rivera á su amigo Don Pedro de Mejía, paseándose con él en uno de los salones de la casa de la calle de Ixtapalapa.

—Por mi vida, que no hubiera sido así, si no cuenta con el auxilio de Don Fernando de Quesada.

—Tirol fué asaz desgraciado, pero supongo que no habreis echado en olvido nuestros planes.

—Empeñado mas que antes estoy en ellos, que D. Fernando es sin duda el mayor obstáculo que se opone á mi proyectada boda con mi señora Doña Beatriz, vuestra hermana.

—De grado ó por fuerza, preciso será quitárnosle de enmedio, que aun cuando vos no pretendiéseis la mano de Doña Beatriz, mal pudiera yo querer en mi familia hombre que tanto mal me ha hecho.

—Sin él en esta tierra, y con mi hermana Doña Blanca en un convento, os aseguro que seria yo el mas feliz de los hombres.

—Quitar de enmedio á Don Fernando, paréceme mas fácil que conseguir la profesion de vuestra hermana.

—Si vos me respondiérais de lo primero, me encargaria yo de lo segundo.

—¿Y es cierto, perdonad mi indiscrecion que si vuestra hermana se casara, llevaria la mitad de vuestro caudal?

—Cierto es Don Alonso, que á vos que tan cercano pariente mio debeis ser, no quiero ocultar nada por mas que para evitar tentaciones, lo haya tenido esto siempre como un secreto, asegurando que Doña Blanca no tiene sino el necesario dote para profesar.

—Entonces el peligro es mayor de lo que yo creia.

—No os lo dije, la cosa es grave.

—Bien, en todo caso contad conmigo—dijo Don Alonso tomando su sombrero.—Os dejo, que es hora en que tengo un negocio de importancia.—Don Alonso salió preocupado.

—Yo soy soltero—pensaba—Doña Blanca tiene una herencia colosal......... pedírsela á Don Pedro seria locura. Este negocio me conviene......... pero como hacerlo......... visitar á la muchacha, además de que seria dificil, Don Pedro maliciaria......... ¿cómo? ¿cómo?—Y caminaba pensativo.

De repente se dió una palmada en la frente.

—Ya tengo el hilo—dijo—ya tengo el hilo—y se puso en precipitada marcha hasta llegar á una casa de gran vecindad que habia en la plaza de las Escuelas, que era adonde está hoy el Mercado principal.

Aquellos rumbos eran muy concurridos de estudiantes troneras y de mozas alegres, y estos formaban la mayor parte de la vecindad de la plaza.

Don Alonso se dirijió á un hombre sumamente viejo, encorvado, cojo, y cubierto de harapos, que sentado en el suelo, comia unos pedazos de tortilla de maíz, duros y secos.

—¿Sabes si vive aquí Cleofas la beata?—le dijo.

—Entre su Señoría, que debe encontrarla en el cuarto de enfrente.

Don Alonso entró y en efecto á poco andar, descubrió dentro de uno de los cuartos á la beata que conocen ya nuestros lectores, desde las primeras escenas de esta historia.

—¡Ave María Purísima!—dijo la beata al ver entrar á Don Alonso.

—En gracia concebida—contestó Rivera quitándose el sombrero.

—Qué milagro Señorito, que andais por esta pobre casa.

—Milagro debiera ser, y vos Doña Cleofas debíais agradecerlo mas á la Providencia que nadie, si recordais lo que conmigo habeis hecho.

—¿Y que os he hecho Señorito?

—Una de las mayores y mas grandes traiciones de la vida.

—Alabado sea el Santísimo Sacramento.

—Amen—contestó Rivera tocándose el sombrero—dejad señora Cleofas de hipocresías que mal sientan palabras de alabanza á su Divina Magestad en bocas que usan del engaño.

—¿Del engaño? ¿qué quereis decir señorito?

—Oidme, señora Cleofas, y no os hagais de las nuevas, que mas agravais vuestro delito, contestadme ¿no os habeis criado en casa de mi tio Don Juan Luis de Rivera?

—Sí señorito.

—¿Y no le habéis comido su pan antes y despues de que hicísteis voto de ser beata descubierta de nuestro Padre San Francisco, viviendo hasta hoy con la limosna que yo os envío cada mes?

—Fuera ingratitud el negarlo.

—¿Entonces cómo llamareis á esa conducta que habeis conmigo observado, uniéndoos con mis enemigos y facilitando á media noche la entrada á los criados y familiares del Arzobispo que pusieron el altar en mis casas, en donde se celebró la misa que sabeis.........?

—Señorito—dijo la vieja completamente turbada.

—Negad vos, que me habeis traicionado, que me habeis vendido, que sin vuestro auxilio aun no tomaria el Arzobispo posesion de mis casas.

—Por el Sagrado nombre de Jesus.........

—¡Eh! callad, que no vengo ahora ni á reconveniros ni á escuchar vuestras disculpas, necesito que me ayudeis en un negocio.

La beata respiró con el nuevo giro de la conversacion.

—Mandádme, señorito.

—¿Conoceis á Doña Blanca de Mejía, hermana de Don Pedro?

—La conozco, que muchas veces me ha dado mi caridad.

—¿Entrais á menudo á su casa?

—Tanto de á menudo no, pero sí algunas veces.

—Bien; necesito que vayais á ver á Doña Blanca lo mas pronto posible.

—¿Y cuándo quereis que vaya?

—Esta misma tarde si se puede.

—Iré, señorito.

—Y le hablareis.

—¿Y qué le diré?

—Toma, eso lo sabeis vos, que las viejas saben mas de esos asuntos que el diablo.

—Jesus, y qué cosas me decís, ¿pero indicadme siquiera?

—Pues qué mas claro, decidla que un caballero jóven, acaudalado, español, en fin, como yo, pena por ella, y desea con ansia saber si podrá alentar esperanza de ser correspondido.

—¿Y si preguntare vuestro nombre?

—Segura vos de su prudencia, dádselo.

—Convengo, solo por serviros, que bien conoceis que yo no me mezclo en estos negocios, pero supongo que vuestros fines.........

—Son tan honestos como cristianos.

—Bien, iré; pero no os respondo del buen resultado.

—Id, que es lo que importa, ¿cuándo tendré razon?

—Pues yo os avisaré.

—No me atengo á que vos me aviseis, esta noche estaré aquí, cuidad de que me abran la puerta.

—¿Tan pronto?

—Sí, que por mí, ya quisiera estar en gracia con Doña Blanca; con que despachad, y hasta la noche.

Salió Don Alonso sin esperar respuesta, y la vieja beata se colocó sobre los hombros un manto de lana negro, se cubrió la cabeza, y cerrando su puerta con una llave de madera, se dirigió á la casa de Doña Blanca, á cumplir su comision.

La buena Cleofas sabia que el arreglo de aquel matrimonio podia producirle un resultado maravilloso; ella no tenia voto perfecto de pobreza, y calculaba cristianamente que no ofendia ni á Dios ni al Seráfico Padre San Francisco, ayudando á Don Alonso; además ella habia oido algo de que el matrimonio podia considerarse como un estado perfecto para servir á Dios en el mundo.

Pensando en esto llegó hasta la puerta del aposento de Blanca; los criados la habian visto allí otras veces ocurrir por su limosna, y no le pusieron obstáculo.

Llamó y entró en la cámara de Blanca sin esperar respuesta.

Doña Blanca y una de las dueñas cosian cerca de una ventana que caia á un patio.

—Que la paz de Dios sea en esta casa—dijo la beata.

—Amen—contestó la dueña.

—Madre Cleofas—dijo Doña Blanca—¡qué dichosos ojos los que os miran por acá, despues de tantos dias de ausencia!

—¡Ay hija! no sabeis cuántos trabajos he pasado para mudarme ahora que su Ilustrísima nos pidió que desocupásemos las casas.........

—¡Ah, y es verdad! que vos viviais en las casas que se han derribado.

—Sí, y que no sabia adónde mudarme; pero gracias á su Divina Magestad, ya estoy muy tranquila en mi casita, á lo pobre, pero Dios no me abandona.

—Vaya, cuánto me place.

—¡Gracias á Dios!

—¿Quereis tomar algo?

—Si me haceis ese favor, chocolatito.

—Doña Mencia—dijo Blanca dirigiéndose á la dueña—¿quereis mandar que sirvan chocolate á la madre Cleofas?

—Sí señora—¿aquí ó en el comedor le quereis?

—Aquí, si me haceis esa merced.

Doña Mencia salió, y la beata quiso aprovechar el tiempo para su negocio.

—¡Ay hija mia qué cansada estoy!—dijo.

—¿Pues qué andais haciendo?

—Qué he de andar haciendo, este corazon que Dios me ha dado que no puedo ver lástimas sin condolerme, y tengo ahora el alma en un puño, hija mia, en un puño.

—¿Qué es lo que tanto os afecta, madre Cleofas?

—¡Ay! la desgracia de un pobre hombre, que solo vos podeis remediar.

—¡Yo!

—Sí, solo vos, y nadie mas en el mundo.

—¿Y cómo es ello?—preguntó inocentemente Blanca.

—Este es el secreto—contestó la beata, para excitar la curiosidad de la jóven.

Pero Blanca aun no despertaba á la malicia, y no se movió á curiosidad, cayó y se puso á coser.

A Cleofas no le convenia esto y volvió á la carga.

—¡Pobrecito!—dijo—causa de veras compasion, tan jóven, tan bien presentado, y luego tan triste que ni come ni duerme.

—¡Está enfermo!

—¡Ay! peor que eso, hija mia, peor que eso.
—¿Pues qué tiene?
—Si me guardarais secreto os lo diria.
—¿Cosa tan grave es?
—Muy grave, ¿me prometeis secreto?
—Sí, decidlo, que nada cuento yo, y aunque quisiera no lo diria, que á nadie veo.
—Pues bien, ese pobre jóven está enamorado, apasionado.
—¡Jesus! pues el remedio es muy fácil, ¿por qué no se casa?
—¡Alma mia de él! qué bien quisiera, pero hay un gran obstáculo.
—¿Es pobre? ¿se opone alguien á su boda?
—Mejor fuera, ni es pobre ni se opone nadie á su boda, que es rico y libre, lo mismo que la dama á quien sirve.
—¿Entonces?
—Es que él no sabe si ella lo amará.
—¿Ya se lo dijo?
—No.
—¿Pues qué aguarda?
—Que ella le dé permiso que tan enamorado es, como respetuoso.
—Si tan delicado se muestra que pida el permiso á la dama.
—¿Creeis vos que se lo dará ella?
—No la conozco.
—¿Pero á juzgar por vos?
—De concederlo tiene, siendo él tan respetuoso como galan.
—¿Esa es vuestra opinion?
—Sí ¿pero esa opinion de que os sirve?
—De mucho, que la dama sois vos.
—¿Yo!.........
—Sí, vos hija mia, ¿de que os espantais? ¿no sois jóven y hermosa?
—¡Madre Cleofas!
—Hija mia, no os enojeis, que no os digo un pecado, yo se y sabe Dios que sus fines son lícitos y honestos, que es un caballero principal, y que os quiere de veras, ¡pobrecito! si lo vierais beberse sus lágrimas, triste, pálido, que no come, que no duerme, pensando en vos, y luego tan apuesto, tan garboso, tan buena presencia; ¡ay hija mia! creedme por Dios que nos oye, que parece que nació para ser vuestro esposo.
—Pero si yo no pienso en eso—dijo Blanca temblando y emocionada como si hubiera visto un espectro.

—Vos no pensais, pero él sí, y á fé que si no alcanzara de vos una esperanza, se moriria; sí, se moriria, que yo lo he visto, con estos ojos que se ha de comer la tierra, quedarse así como estático, pensado en vos y diciendo vuestro nombre, ¡criatura del Señor! quiere enviaros una esquela.

—¡Ay! no! Jesús! no, madre Cleofas, no, que ni lo conozco, ni pienso en él, ni está bien en una doncella recatada recibir recados y esquelas de amor.

En este momento entraron á servir el chocolate.

Doña Mencia no volvió á separarse ya de Blanca, y á la oracion se despidió Cleofas sin haber podido hablar mas con ella.

—Doña Mencia—dijo Doña Blanca cuando salió la beata.

—¿Señora?

—Si vuelve la Madre Cleofas, no la consintais entrar hasta mi aposento.

—¿Os ha disgustado?

—No, la pobre, pero hace unas visitas tan largas y quita tanto el tiempo..........

—Avisaré á los criados.

—Sí, pero que no le vayan á faltar en nada: ¿lo oís?

—Sí señora.

Y Doña Mencia salió á dar la órden.

—¿Quien podrá ser ese jóven?—pensaba Blanca.

Y sin querer quedó profundamente preocupada; sentia ya su corazon la necesidad de amar, y era la primera vez que sabia que ella inspiraba amor.

Luisa habia tenido razon en lo que habia dicho á Don Pedro de Mejía. El corazon jóven necesita amar.

CAPÍTULO 20

Don Cesar de Villaclara.

UN jóven como de veinticinco años, pero que representaba indudablemente menos edad, ricamente vestido y seguido de dos escuderos, montado en un soberbio caballo negro de raza andaluza, enjaezado con una silla de corte y con arreos adornados de hebillas y botones de oro, atravesaba por una de las calles de la Alameda.

Al llegar á la puerta de San Hipólito un hombre que venia á pié se dirijió á él cortesmente y con el sombrero en la mano. El jóven detuvo su caballo.

—¿Sois por ventura,—dijo el de á pié—Don Cesar de Villaclara?

—El mismo—contestó el jóven.

—Entonces quisiera deciros algo en secreto.

—¿A dónde iremos para que me hableis?

—Aquí, que no es asunto largo; mandad solo alejar á vuestros lacayos.

Don Cesar hizo una seña á los lacayos, y se retiraron.

—Podeis hablar.

—Pues oídme.—Don Cesar se inclinó sobre el arzon hasta estar cerca del hombre que le hablaba.

—Una dama principal, jóven, hermosa y rica, tiene por vos un gran amor, que ella no me ha autorizado para deciros, pero que yo os lo declaro porque creo en esto daros placer.

—¿Y quién es?

—No me exijais tanto; id mañana á Jesus María á la misa de diez, podeis allí adivinarla.

—¿Pero entre tantas?

—No son muchas las que hay tan bellas y tan principales; además, su amor os la denunciará, poned gran cuidado y mañana en la tarde venid si quereis, que en este mismo lugar os espero á las cinco: puedo seros muy útil, porque tengo entrada libre en su casa.

—Pero.........

—Nada mas os puedo decir: id con Dios.

—¿Cómo os llamais? Al menos.........

—Mañana si encontrais á la dama, y os place, lo sabreis.

Y el hombre dejando á Don Cesar admirado, se internó en el bosquecillo que formaban los árboles de la Alameda.

Seguiremos á este hombre, que no es ni mas ni menos, que el Ahuizote, hasta la casa de Don Manuel de la Sosa.

Luisa leía y Don Manuel dormia profundamente.

—Buenas tardes—dijo el Ahuizote.

—¿Ah, eres tú?—contestó Luisa dejando el libro.

—Sí señora, y tengo una cosa que deciros.

—Ven, pues, por aca, que aunque Don Manuel duerme, pudiera despertar é interrumpirnos.

—Es negocio breve—dijo el Ahuizote, siguiendo á Luisa á otra estancia—acabo de hablar á Don Cesar.

—¿A Don Cesar?—dijo Luisa poniéndose encendida.—¿Le hablaste? ¿Qué le dijiste? ¿Qué te dijo? ¿Cómo estuvo eso?

—En el paseo iba á caballo, yo venia, y pensé para mí esta es la ocasion, y lo detuve—¿sois Don Cesar?—le pregunté—sí—me contestó —pues una dama tiene amor por vos; id á buscarla mañana en misa de diez á Jesus María: al verla la conocereis, y os espero en la tarde aquí á las cinco—muy bien, me dijo—y nos separamos.

—Pero supongo que ni le dijiste mi nombre, ni que ibas de mi parte.

—¿Por quién me habeis tomado? Pruebas y bien claras teneis de mi discrecion.

—Es verdad.

—Bueno, ya yo dí el primer paso: ahora vos ved como os aprovechais: id mañana á Jesus María lo mas hermosa que podais, y que él os vea; yo me encargo de lo que siga.

—Eres muy hábil—contestó Luisa—y te debo una gala, toma—y desprendió de su cuello una gruesa cadena de oro, que el Ahuizote sin la menor ceremonia se plantó.

Luisa estaba emocionada en aquel momento porque habia llegado para ella el tiempo de amar, y amaba con toda la fuerza de su alma á Don Cesar, con quien no habia logrado, hasta entonces, tener relaciones de ninguna clase.

En toda la noche Luisa no pensó sino en la cita del dia siguiente, y apenas durmió.

En otra parte tambien una muger velaba: era Doña Blanca que preocupada con la hipócrita relacion de la beata, no podia alejar de su imaginacion al hombre que Cleofas le habia delineado, pero al que ella le daba el colorido mas poético y la figura mas romancesca.

En honor de la verdad, ni el nombre de Don Alonso de Rivera cruzó por la mente de Doña Blanca: ella conocia á Don Alonso, y era en él en quien menos hubiera pensado la jóven para fijar su amor.

Al dia siguiente muy temprano, Don Pedro de Mejía entró á los aposentos de Doña Blanca.

—Perdonadme, Doña Blanca, que tan temprano os incomode—dijo Don Pedro con una amabilidad inusitada en él.

Blanca lo estrañó, pero tuvo mucho gusto con aquel cambio que estaba tan lejos de esperar.

—Podeis mandar—contestó—que bien sabeis que me place obedeceros.

—Pues escuchadme. Dias hace que ando pensando cuán mal hice, ayudando á Don Alonso de Rivera en los obstáculos que puso á la fundacion del nuevo convento.

—Gracias á Dios que pensais así.

—Y esto á pesar de que yo veia el particular empeño que en esa fundacion tenia vuestra madrina, mi señora Doña Beatriz, con quien sabeis que tengo designio de casarme, ¿os agradaria?

—Sí, hermano mio.

—Pues bien, hablaremos de eso mas adelante; por ahora os acabaré de decir á lo que mi visita viene.

—Decid, que os escucho.

—He pensado, pues tan clara ha sido la voluntad del Señor, para que se lleve á efecto la fundacion del convento de Santa Teresa, que para descargo de mi conciencia necesito hacer algo por mi parte, en auxilio de tan santo fin.

—Muy cambiado os miro.

—Así es en efecto, y no creo sino que Dios con su infinita misericordia ha tocado mi corazon; pero necesito que vos seais mi intercesora, quiero hacer una donacion en reales al nuevo monasterio.

—Cuánto placer me dais en eso, y cuánto recibirá mi madrina.

—Pero es necesario que esta donacion seais vos la que la presenteis.

—¿Y por qué no vos?

—Porque despues de lo ocurrido, no me pareceria digno hacerlo con el Arzobispo ni con el Oidor, y seria mas prudente y mejor que lo hiciérais vos en mi nombre, á la madre Sor Inés de la Cruz, que es, ó al menos se considera hasta hoy, como la fundadora: además, que no me conviene por la amistad que me une con Don Alonso, y por el deseo natural de que no se oponga á mis proyectos de enlace con Doña Beatriz, que él se entere de que yo protejo al convento de Santa Teresa. ¿Quereis, pues, ayudarme?

—Con mucho placer.

—Entonces, tomad, aquí está una escritura de dos mil pesos, y entregadla en mi nombre á Sor Inés de la Cruz, encargándole la reserva.

—Haré cuanto me decís, y hoy mismo, y en esta misma mañana voy á vestirme y á llamar á las dueñas que me acompañen.

—Y yo voy á mandar que enganchen una carroza.

Doña Blanca, alegre por la conversacion de su hermano, entró á vestirse para ir al convento, y Mejía contento por el giro que tomaban las cosas, salió á dar órden de que dispusiesen una carroza.

A las diez de la mañana llegaba á la puerta de la iglesia de Jesus María Don César de Villaclara, en busca de su hermosa desconocida. Luisa se habia adelantado, y estaba ya dentro del templo.

Don Cesar se detuvo en la puerta mirando curiosamente á todas las damas que entraban, pero ninguna se turbaba, ni le parecia capaz de merecer los elogios del hombre de la Alameda: por fin, se decidió á penetrar en el templo, pero en los momentos de entrar, oyó el ruido de una carroza. Quizá será ella—pensó y se detuvo—pero para no llamar la atencion se volvió buscando á alguien para fingir negocio, y junto á sí observó á una beata de hábito de San Francisco, que era nada menos que la Cleofas.

La carroza se acercaba.

—Madre—dijo Don Cesar—perdonadme que os detenga, pero si no lo tomais á mal os preguntaré si podré yo sin ofenderos, ofreceros una limosna que cada mes me he impuesto por devocion dar.

—La humildad que debo imitar de mi Padre San Francisco, me obligaria á aceptar vuestra limosna.

—Entonces tomadla—dijo Don Cesar—dando á la señora Cleofas un puñado de monedas.

—Dios y mi Padre San Francisco os premiarán; ¿cómo os llamais?

En este momento habia llegado la carroza y bajaba de ella Doña Blanca radiante de hermosura. Don Cesar la vió y su corazon se agitó con violencia: ¿seria la muger que esperaba? esto hubiera sido su mayor felicidad; fijó sus ojos ardientes en Blanca, y dijo con marcada intencion y en voz alta:

—Me llamo Don Cesar de Villaclara.

Doña Blanca miró á Don Cesar hablando con Cleofas, y pensó inmediatamente que aquel era el hombre que la amaba.

Don Cesar correspondia al ideal que Blanca se habia formado escuchando á la beata.

Habia pronunciado su nombre con marcada intencion, y ademas, le habia simpatizado á primera vista. Luego era él.

Lógica de enamorados.

Con estas reflexiones, Blanca se turbó, se puso encendida y pisó la orla de su vestido al entrar al templo.

Nada de esto se escapó á la penetracion de Don Cesar; dejó á la beata, entró al templo detrás de Blanca, y se colocó de manera que pudiese verla.

Durante la misa Blanca levantó dos ó tres veces los ojos, y Don Cesar la miraba siempre: la jóven no pudo entender ese dia las oraciones de su devocionario. Estaba enamorada.

Luisa vió entrar á Don Cesar y tosió y se movió, y procuró llamar su atencion; él la miró, pero como buscaba un lugar para ver á Blanca, se perdió entre la muchedumbre que llenaba el templo.

Al terminarse la misa los tres se volvieron á ver.

Luisa no se retiró completamente satisfecha.

Doña Blanca subió á su carroza, profundamente preocupada.

Don Cesar, contento, orgulloso, satisfecho, tomó el camino de su casa, anhelando la llegada de la tarde para hablar con el hombre de la Alameda.

Doña Blanca llegó á su aposento, y aunque habia dado órden de que no dejaran entrar á la beata, preguntó por tres veces si no habia venido, y cada vez que la decian que no, sentia una sensacion estraña de disgusto y de satisfaccion, que no sabia cómo esplicarse ella misma.

Cuando dieron las cinco de la tarde, el Ahuizote, que habia estado en espera de Don Cesar, lo vió aparecer caballero sobre un arrogante alazan, y buscando inquieto por todas partes.

—Aquí estoy—le dijo presentándosele.

—Os buscaba con impaciencia.

—¿Vísteis á la dama?

—Sí, que la ví, y mi corazon ha quedado prisionero, es tan hermosa, que daria mi vida por besar siquiera la orla de su vestido.

—Pronto os encendeis, ¿pero no la habreis equivocado?

—¿Puede esa muger confundirse con otra? ¿puede equivocarse mi corazon? no, ella era, yo lo siento, lo adivino, apenas me vió se puso encendida como las amapolas de nuestros lagos, se turbó visiblemente, y durante la misa me miró varias veces á pesar de la gente y el respeto del lugar. ¡Oh! decidme su nombre, decídmelo, por Dios, cuanto querais pedidme, pero ayudadme á conseguir su amor.

—Os diré solo que se llama Luisa.

—Luisa, oh, qué nombre tan dulce, Luisa, Luisa mia, ¿y su condicion?

—No, hasta que ella no me lo permita, no os lo diré.

—¿Pero cómo volveré á verla, cuándo?

—Ella os ama, es lo que debe consolaros, le diré que vos la amáis, y quizá muy pronto os lleve adonde verla podais en vuestros brazos.

—Me hareis el mas feliz de los mortales: decidla que la amo, que la adoro, que desde el punto feliz en que la he visto, no puedo ser mas que para ella.

—Mañana venid á este mismo lugar.

—¿De veras? ¿y cómo os llamáis?

—Juan Correa—dijo el Ahuizote.

—Pues bien; Correa, guardad este recuerdo de mi gratitud—Y Don Cesar desprendió de sus dedos un rica tumbaga.

—Gracias—dijo el Ahuizote—no lo hacia yo por tanto.

—Pues hasta mañana á esta hora, aquí.

—Aquí.

Y Don Cesar, como todo hombre que va á caballo y recibe una buena noticia, sintió la necesidad de andar aprisa, y comenzó á galopar.

—Yo no entiendo bien esto, decia el Ahuizote, Doña Luisa me cuenta que el galan apenas le hizo caso, y él viene tan entusiasmado como nunca me lo hubiera yo figurado, es sin duda, que como las mugeres enamoradas son tan exigentes, ella queria que él hubiera hecho mil locuras; lo cierto de todo esto es, que ella me ha regalado una cadena y él una tumbaga, y apenas comenzamos.................

Doña Blanca siguió muy preocupada en la tarde, y cerca de las oraciones oyó en la pieza anterior á la suya, un ligero altercado.

—¿Qué hay?—preguntó.

—La beata—contestó Doña Mencia—empeñada en entrar.

—Dejadla que pase—dijo Blanca, poniéndose encendida.

—Santas y buenas tardes—dijo Cleofas entrando.

—Así se las dé Dios—contestó Doña Mencia.

—Siéntese vd. madre—agregó Blanca.

Cleofas se sentó y comenzó á platicar de cosas indiferentes, pero la dueña no se salia, y Doña Blanca tenia miedo de quedarse sola con la beata.

Por fin, la beata arresgó una indirecta.

—Hoy ví al enfermo de que os hablé ayer.

Entonces Blanca se puso pálida, y se agachó para ocultar su turbacion.

—¿Y qué dice?—preguntó tímidamente.

—Cada dia peor.

—Pobrecito.

—¿Quién es?—preguntó Doña Mencia.

—Un viejecito ciego—contestó Doña Blanca.

La beata pensó—esto va muy bien—y luego agregó recio—¿Hija mia, no os dá lástima?

—Y tanto que ya deseo que sane.

—Se lo diré así.

—No, ¿para qué?
—Siempre es un consuelo.
—Entonces, si creeis que es un consuelo, decídselo.
—Qué contento se va á poner.
—Pero no dejeis de venir á darme razon de cómo se encuentra.
—No faltaré.

La beata, impaciente por referir sus adelantos á Don Alonso, se despidió pronto, y Doña Blanca quedó como arrepentida de lo que habia dicho, pero el recuerdo del jóven que habia visto con la señora Cleofas y que era para ella su amante, le volvia el valor.

—Pronto cambiásteis, Señora, de resolucion con la beata—dijo Doña Mencia.

—Es que toda la noche pensé en el pobre enfermo de que me habló ayer, y tanto me condolió su situacion, como me cayó en gracia la caridad de la señora Cleofas.

—Es una muger muy virtuosa, ¡quién cómo ella!—esclamó hipócritamente Doña Mencia.

CAPÍTULO 21

De cómo la beata y el Ahuizote, Luisa y Doña Blanca, y Don Cesar y Don Alonso, se estaban todos engañando.

LUISA creia apenas lo que el Ahuizote le contaba de Don Cesar, y á pesar de todo, no le era posible convencerse del amor del jóven. Sin embargo, la violencia de sus pasiones la precipitaba, y aquella misma noche encargó al Ahuizote que citara para la siguiente á D. Cesar.

Por supuesto que á las cinco de la tarde Don Cesar estuvo puntual en la Alameda, y lleno de placer escuchó que la muger á quien amaba queria en esa noche hablarle por una de las ventanas bajas de su casa.

La hora de la cita era las once de la noche, y Don Cesar, conducido por el Ahuizote, llegó hasta la espalda de la casa de Don Manuel de la Sosa.

La calle estaba desierta y sombría.

—¿Veis aquella ventana?—preguntó el Ahuizote á Don Cesar.

—Sí.

—Pues id y llamad, ella os aguarda.

Don Cesar llegó á la ventana, llamó suavemente, y á poco se abrió con gran precaucion.

—¿Sois vos Don Cesar?—dijo Luisa con una voz dulcísima.

—¿Quién si no yo podria ser, ángel mio? yo que tan alto favor alcanzo de vuestra hermosura.

—¡Ay!

—¿Qué teneis?

—Tengo miedo: ¡si alguien nos sorprendiese!

La oscuridad de la noche no permitia á Don Cesar salir de su error: apenas distinguia el rostro de Luisa, que era en verdad muy hermosa, y se embriagaba con el eco de su voz melodiosa y con el dulce perfume de su aliento.

Si hubiera brillado en aquel momento una luz, quizá Don Cesar no se hubiera sentido triste por el cambio.

Si hubiera podido contemplar el alma de aquella muger, se hubiera horrorizado de su engaño.

—Don Cesar ¿es cierto que me amais?

—¿Que si os amo, señora? ¿eso me preguntais? Preguntadle al sol si alumbra, preguntad á los rios si corren, preguntad á las aves si vuelan y trinan ¡Oh Luisa! os amo, como si todo el vigor de mi corazon y toda la fuerza de mi espíritu se hubieran reconcentrado en esta sola pasion: desde que os ví, señora, mi misma alma me abrasa, mi mismo corazon me ahoga. Luisa, Luisa, quisiera hacer salir de mí el espíritu que me anima, para confundirlo eternamente con el vuestro.

—¡Ah! Don Cesar, qué feliz me haceis con vuestras palabras, y qué feliz soy en amaros, porque yo os amo, como quizá vos no alcanceis ni á comprender: mi corazon es de fuego, y quisiera morir en este momento que soy tan dichosa, antes que cruce el tiempo sobre esas palabras, que á fuerza de hacerme gozar, destrozan mi cerebro. ¡Ah, Don Cesar, solo Dios puede comprender lo intenso del placer que gozo en estos momentos!

—¡Alma de mi alma, tanto es mi amor, que este momento lo trocara por una eternidad de penas!

—Don Cesar, dadme vuestra mano—dijo Luisa—trémula de placer y de emocion.

Don Cesar tendió su mano dentro de la reja.

—Guardad esto—dijo Luisa, poniéndole en un dedo una riquísima sortija de brillantes—y esto—agregó, dando un apasionado beso en aquella mano.

—¡Luisa!—dijo Don Cesar, dando á su vez un beso en la mano de la jóven—esta sortija no se apartará jamas de mí.

—Ahora, idos Don Cesar, idos, que es ya mucho gozar; idos, que yo os prometo que muy pronto nos volveremos á ver.

—¿Cuándo?

—Mañana á las diez en Jesus María: hasta mañana.

—Adios, ángel mio, adios.

Don Cesar se incorporó con el Ahuizote que le esperaba.

—¿Qué tal?

—Soy el hombre mas feliz de la tierra—contestó Don Cesar, y á vos lo debo todo.

—Váya me alegro, y que no lo olvideis.

Luisa, pálida de placer, volvió á su alcoba: Don Manuel dormia profundamente.

—¡Qué feliz soy, qué feliz!—decia—cuánto me ama, y cuánto le amo yo: tan hermoso, tan valiente, tan apasionado, y yo que pedí á la Sarmiento el elíxir, ¡qué tonta! para nada lo necesito, y voy á romper la redomita.

Luisa sacó de un armario dos pequeños frascos.

—Este es—dijo—y abriendo una vidriera lo arrojó á la calle.—Ahora llegó el caso de usar la otra receta de la bruja con este hombre—y agregó, mirando con un profundo desprecio á Don Manuel que dormia—«doblar la dósis de los polvos y romper esta otra redoma»—la dósis la tomará este hombre mañana, y la redoma se romperá esta noche.

El segundo frasco fué arrojado tambien á la calle.

—Ahora sí—dijo Luisa, metiéndose en su cama—si la Sarmiento no me engaña en esta vez, como no me ha engañado nunca, ya puedo considerarme viuda, porque éste es ya un cadáver....

Doña Blanca estaba completamente entregada á las ilusiones de su primer amor en medio de su soledad y de su aislamiento: la imágen de Don César, de quien se creia amada, flotaba á su lado como un ángel; ella lo habia poetizado tanto, y tanto habia pensado en él, que ya no podia sino ocuparse de él.

La beata volvió al dia siguiente por la mañana, y aunque habló de cosas indiferentes, deslizó en las faldas de la doncella un papel cuidadosamente doblado.

Doña Blanca no pudo resistir, amaba y no podia luchar contra su corazon: tomó el papel y se levantó para disimular su emocion: era la primera carta de amor que recibia en su vida.

Se encerró un momento en su cámara y vaciló para abrir aquella esquela; pero el amor triunfó: estaba concebida así:

«Señora: ¿Conque no os soy indiferente? Me volveis la vida: quisiera de rodillas mostraros mi pasion y mi gratitud. Quizá no sea yo digno de osar á tanto, pero esta pasion me enloquece y me atrevo, señora, á preguntaros: ¿me amais? Temblando espera vuestra respuesta el mas humilde de vuestros apasionados.»

Don Alonso que veia aquello como negocio, no habia querido poner su firma hasta no estar seguro de la correspondencia de Doña Blanca, por temor de que ella mostrase la carta á su hermano Don Pedro, estando para ese caso decidido á negarlo todo.

Doña Blanca, temblando se acercó á la mesa, y con mano insegura puso al pié de la carta que habia recibido:

«Sí, yo tambien os amo.»

Volvió á doblarla, procuró serenarse y salió adonde la esperaba la beata.

En un momento en que Doña Mencia estaba distraida, Blanca entregó la esquela y la beata se retiró.

Don Alonso la esperaba. Cleofas no habia leido lo que escribió la dama, y creyó que le devolvia la carta.

—Mal estamos—le dijo—me volvió vuestra carta.

—Sin leerla.

—Eso sí no lo sé.

—Dádmela para romperla—dijo Don Alonso—mas valia no haberme dado tan risueñas esperanzas.

—No fué culpa mia, que os dije la verdad.

Don Alonso tomó la carta para romperla, y la dividió por la mitad, iba á seguir haciéndola pedazos, cuando notó las letras de Blanca, leyó, y dió un grito de placer.

—¿Qué hay?—dijo la beata.

—¿Qué ha de haber? que me ama, mirad, y yo que iba á romper esta carta, vamos, soy feliz, este negocio que creia tan dificil es hecho, hecho; y ahora sí ya no tengo para qué volver á pensar en la fundacion del convento de Santa Teresa.

LIBRO SEGUNDO : LAS DOS PROFESIONES.

CAPÍTULO 1

De cómo dentro de un templo, y junto á la pileta de la agua bendita puede un hombre sentirse hechizado.

DON Cesar llegó al templo de Jesus María antes de las diez, y se colocó cerca de la entrada, seguro de que todas las damas llegarian allí á tomar agua bendita.

En efecto, á pocos momentos Blanca entró á la iglesia.

Comenzaba á tener grande amistad con Sor Inés de la Cruz, porque el plan que Luisa habia indicado á Don Pedro de Mejía, era tan sabio, que no podia menos de surtir sus efectos; solo que Luisa no habia contado con el amor de Blanca por Don Cesar.

Cuando un hombre ó una muger han encontrado por casualidad aunque sea, á una persona por quien conciban una pasion violenta en alguna calle ó en algun lugar público, propenden siempre á volver á ese lugar, porque piensan encontrar allí al objeto de su amor.

Esto era lo que pasaba á Doña Blanca, y por eso volvia al templo de Jesus María, á pesar de que no tenia allí cita con Don Cesar. Al verle palideció y se turbó: estaba ella segura de que la beata le habria llevado ya la respuesta á la carta que suponia haber recibido de él.

Don Cesar por su parte creía que la dama con quien habia hablado la noche anterior era Blanca.

Los dos creían haberse entendido, y en realidad no habia mediado entre ambos mas que el amor adivinado.

Don Cesar ofreció á Blanca el agua bendita en la punta de sus dedos, y le dijo muy bajo:

—¿Me amais?

—Sí—contestó Blanca con una voz apenas perceptible; pero que sin embargo, fué oida lo mismo que la pregunta por otra persona que entraba al templo en aquel momento; por Luisa.

Luisa sintió el fuego de los celos, se soñaba tan feliz, habia llegado tan llena de ilusiones, que aquel desengaño era para ella terrible.

La pasion la cegó, y acercándose á Don Cesar le dijo con un acento trémulo por la ira, procurando no ser oida por los fieles que estaban entrando al templo:

—Mal caballero sois, Don Cesar.

Don Cesar se volvió espantado para mirar quién le dirijía aquel insulto, y vió á Luisa encendida por el furor, y mas hermosa que nunca.

—¿Por qué señora?—preguntó mas admirado al ver que clase de persona era la que le insultaba.

—¿Cumplis así los juramentos que me hicisteis anoche?

—¡Anoche! ¿Juramentos á vos, señora?

—Sí, anoche, en las rejas de mi casa.

—No comprendo.

—Lugar es este en que no podemos esplicarnos; salid:

—Pero, señora.

—Os lo ruega una dama..........

—Pues salgamos.

Y Don Cesar salió de la iglesia siguiendo á Luisa, con no poco escándalo de los fieles que lo advirtieron, y que conocian á la dama.

—Afectais aún no comprenderme—dijo Luisa cuando estuvieron en la calle.

—Por mi fé de caballero que no os comprendo, señora.

—¡Ah, Don Cesar! Mal hace una dama en fiar su honra á persona que no conoce.

—Señora, me insultais sin yo merecerlo.

—¿No lo mereceis? Y os miro requiriendo de amores á una dama, cuando anoche en mi reja me habeis jurado amor y fidelidad.

—¿Yo?

—Sí, y lo negais mal caballero, precisando á una señora como yo, á recordaros favores que en mala hora se os han concedido, ¿no me habeis dicho anoche que no érais sino mio? ¿No os he puesto en el dedo esa sortija que me jurásteis no apartar de vos nunca? ¿No habeis puesto vuestros labios en mi mano?

—¿Conque érais vos?—preguntó espantado Don Cesar.

—Era ella—dijo detrás de Don Cesar una voz—era ella, ella que yo mismo os he conducido.

Don Cesar volvióse á ver quién le hablaba, y reconoció al Ahuizote: Entonces comenzó á comprender.

—Señora, anoche he creido hablar con esa dama á quien ahora ofrecia el agua en el momento en que vos entrábais al templo.

—¿Conque es decir que no me amais? ¿Qué he sido un juguete para vos? ¿Un chasco? ¿Conque á quien vos amais es á esa Doña Blanca? Decidme, ¿á ella es á quién amais?

Don Cesar estuvo silencioso.

—Pero yo me vengaré, me vengaré de vos, y de ella; ¡ah! no sabeis lo que habeis hecho, no lo comprendeís todavía: me vengaré, me vengaré de ella, de ella y de vos, que os habeis burlado de mí.

Don Cesar era al fin jóven, y Luisa por demas hermosa, y á él no le hubiera pesado que los amores hubieran seguido adelante.

—Pero, señora—se atrevió á decir—si vos me amais, si tan bella sois, qué impide que siga yo amandoos, que al fin con esa dama aun no tengo nada, y vos podeis perdonarme lo que por mi culpa no ha sido.

—¡Perdonaros, seguiros amando! nunca, ya no os amo: haced cuenta Don Cesar que no me habeis conocido.

Y diciendo esto se separó de Don Cesar y se entró en su carruaje que la esperaba á poca distancia.

La beata Cleofas que, como de costumbre, estaba en el atrio de la iglesia habia escuchado la despedida de Luisa, y como ella conocia á Don Cesar y le estaba agradecida por su limosna, se interesaba ya por él.

—¡Pobre jóven!—pensaba Cleofas—qué triste se ha quedado con el enojo de su amada; pero en fin, ella se contentará que así son las mugeres; y si no se contenta, mejor, porque es un escándalo á Dios que una señora casada, como Doña Luisa, ande en galanteos.

Don Cesar se habia quedado pensativo y sin saber qué hacer, y permaneció así inmóbil como un cuarto de hora: le parecia todo un sueño, creia sériamente que estaba hechizado.

La cita con Luisa la comprendia perfectamente; pero la turbacion y el rubor de Blanca, y aquel «sí» tan dulce, tan espresivo, esto era lo que él por mas que hacia no podia llegar á entender.

Doña Blanca advirtió como otras varias personas, que Don Cesar despues de hablar con Luisa, habia salido con ella del templo; pero aunque sintió su salida, no malició que se trataba de amores.

La misa terminó; Don Cesar no volvia, y Blanca salió de la iglesia.

La primera persona con quien se encontró fué con la beata, y se dirijió á hablarla.

—Le he visto—le dijo.

—¿A quién?—preguntó la beata.

—Cómo á quién, á él.

—¿A él? Si no ha venido.

—Sí, que ha venido, y me ha hablado.

—No lo creais.

—Miradle, allí está—dijo Blanca, señalando á Don Cesar.

—No le veo—contestó la beata, creyendo que trataba de Don Alonso de Rivera.

—Allí está parado, miradle, ahora vuelve el rostro.

—Estais equivocada: ese es Don Cesar de Villaclara.

—¿Pues no es el que os dió para mí el billete ayer?—preguntó espantada Blanca.

—Ni pensarlo, que fué Don Alonso de Rivera; este es Don Cesar de Villaclara, el amante de Doña Luisa, con quien acabo de oirle departir de amores en este momento.

—¡Jesus me ampare!—esclamó Doña Blanca, poniéndose pálida y vacilando.

—¡Ave María Purísima!—dijo la beata, sosteniéndola, esta niña se pone mala—Doña Mencia, Doña Mencia.

La dueña llegó corriendo, los curiosos rodearon á Blanca, que comenzó á volver en sí.

—¿Qué ha sido eso, qué ha sido eso?—decia la beata.

—Nada, nada, contestó Blanca, reventando por llorar.

—Cómo nada, y estais pálida como un difunto.

—Ha sido un desmayo, pero ya pasó, vamos Doña Mencia que me siento muy débil.

La beata y la dueña sosteniendo á Blanca la llevaron hasta su carroza, y la ayudaban á subir cuando llegó Don Cesar.

—¿Me permitireis que os ayude á subir?—dijo.

—Caballero—contestó Blanca con indignacion—no sé con qué derecho os atreveis..........

—Señora, yo creia—murmuró Don Cesar.

—Hacedme la gracia de retiraros.

Don Cesar se retiró, y el carruaje partió lijero.

El jóven tenia aún esperanza de ver asomarse por la portezuela el rostro de Blanca, pero nada.

—¿Qué tiene esa señora?—preguntó á la beata.

—Lo ignoro—contestó Cleofas.

—¿La conoceis vos?

—Y bien.

—Decidme, ¿pudiera yo hablar con vos á solas?

—¿De qué negocio?

—De uno que pudiera conveniros.

—Esta tarde á las cuatro, en la casa del Santo Entierro, en la plaza de las Escuelas.

—¿Cómo os llamais?

—Cleofas, humilde sierva de nuestro Padre San Francisco.

—Iré, pero esperadme.

—Id, y me vereis.

—Hasta la tarde.

—Que Dios os guié.

CAPÍTULO 2

Donde el "diablo tira de la manta."

SEIS dias después de los acontecimientos que referimos en el capítulo anterior, en el comercio circulaba la noticia de que Don Manuel de la Sosa habia muerto de una manera estraña, y cada uno comentó la cosa á su manera, y la honra de su viuda andaba en lenguas, buenas ó malas, y todos acudian á la casa del difunto á dar el pésame á Luisa, que los recibia con muestras de profundo pesar, cubierta con negras tocas, en un lujoso aposento colgado de negro.

De los primeros en acudir allí, fué como era de suponerse, Don Pedro de Mejía. Don Pedro amaba á Luisa y al saber que estaba viuda pensó en lo que ella tantas veces le habia dicho, y creyó que á partir desde aquel momento Luisa seria enteramente suya; pero Luisa no pensaba sino en Don Cesar, y el amor y el orgullo ofendido de aquella muger, la hacian no pensar sino en su venganza.

—Luisa—le dijo Don Pedro—ya sois libre.

—Y bien—contestó.

—Que ya nada se opone á que seais mia, no mas que mia.

—Don Pedro, aun el alma de Don Manuel vaga y pena tal vez por estos lugares.

—Pero ¿no me dijísteis mil veces que me amabais, que solo esperabais ser libre?

—Sí, pero.........

—¿Pero qué, Luisa?

—¿Me amais, Don Pedro?

—Mas que á mi vida.

—¿Estais dispuesto á hacer por mí cuanto yo os diga?

—Cuanto querais.

—Pues bien, casaos conmigo, soy libre y vos tambien.

Todo podia esperar Don Pedro, menos eso. La reputacion que Luisa tenia en la ciudad no le habia impedido amarla, pero hacerla su muger era ya otra cosa, y vaciló.

—¿Casarnos, y para qué? ¿nos hemos de amar mas por eso? ¿hemos acaso de ser mas felices así?

—Pues de otra manera, nada alcanzareis de mí.

—Luisa, por Dios, no seais exigente.

—Lo quiero.

—Pero tan pronto.

—Si he de ser vuestra esposa, necesito por vos y por mí que sea pronto.

—Seria un escándalo.

—Mas lo será que sepan que soy vuestra querida, acabando de morir mi esposo; además, entonces vuestros intereses serán los mios, y por vos y por mí, os lo repito, conviene que el matrimonio se verifique inmediatamente que pasen los primeros dias de luto, de esto depende la salvacion de la mayor parte de vuestra fortuna.

—¿De mi fortuna? ¿qué quereis decir?

—Quiero deciros que he descubierto un secreto que os vale la mitad de vuestra fortuna, y que solo os diré el dia en que me deis formal promesa de casamiento.

—¿Y qué secreto es ese?

—Hacedme la promesa y os lo digo.

—Pero.........

—Mirad que os digo la verdad de Dios, dadme formal promesa de casamiento y os doy el secreto, y si me decís que no os importa la mitad de vuestro caudal, conforme estoy en que se rompa.

Don Pedro comenzaba á alarmarse sériamente; su gran vicio era la avaricia, y la pérdida de la mitad de su caudal era para él negocio muy grave.

Pensó en engañar á Luisa para arrancarle aquel secreto, estaban solos, ¿qué prueba tendria ella despues de aquella conversacion?

—Sí—dijo resueltamente—os doy mi palabra de casarme con vos tan pronto como pasen los primeros dias del luto de vuestro esposo.

—Entonces—dijo solemnemente Luisa—firmad aquí.

Y sacó de su seno un pergamino en el que constaba una formal promesa de matrimonio, á la que no faltaba mas requisito que la firma de Don Pedro.

—Eso no—dijo Don Pedro, retrocediendo como si hubiera visto un escorpion.

—Lo que quiere decir, que quereis engañarme, ¿es verdad?

—Lo qué quiere decir, que basta mi palabra, y desconfiais de ella.

—Bien, no firmeis: entonces Don Pedro de Mejía, os quedareis sin la muger que puede haceros tan feliz con su amor, y sin la mayor parte de vuestro caudal, ¿lo dudais? os doy tres meses de plazo, entonces vereis que Luisa tenia razon, y entonces, ¡ay de vos, que no habrá remedio!

—Firmaré—dijo Don Pedro espantado.

—Firmad—contestó Luisa, estendiendo el pergamino, al pié del cual Don Pedro puso su nombre con mano trémula.

—Ahora el secreto—dijo limpiándose el sudor que brotaba de la raiz de sus cabellos—El secreto.

—Oidlo—dijo Luisa doblando el pergamino y guardándolo en su seno, el dia que vuestra hermana se case, tendreis que entregarle la mitad de vuestro caudal, ¿es verdad?

—Sí, es cierto.

—Pues bien, vuestra hermana Doña Blanca, tiene un amante.

—Mentira—dijo Don Pedro, levantándose como impulsado por un resorte.

—Poco galante sois con vuestra esposa; pero os lo perdono por la situacion en que os pone la noticia.

—¿Pero quién es ese amante, ¿cómo lo sabeis?

—Lo sé, porque los he sorprendido en una conversacion amorosa, porque he procurado averiguarlo todo, porque á pesar de la resistencia que oponeis para ser mí marido, yo velo por vos y por vuestros intereses, para probaros cuánto ganais uniéndoos conmigo.

—Pero su nombre, señora, el nombre de ese hombre.

—Se llama, Don Cesar de Villaclara.

—¡Don Cesar! ¡Don Cesar! ¡ah! lo conozco, infame, pero no logrará lo que desea.

—Don Cesar, sí, protegido por vuestra dama, por la madrina de Doña Blanca, por Doña Beatriz de Rivera; he ahí, cómo mira por vos la que queriais hacer vuestra esposa, abandonándome á mí.

—¿Por Doña Beatriz?

—Sí, por Doña Beatriz, y para que mas os agrade, de acuerdo con vuestro afortunado rival el Oidor Don Fernando de Quesada.

—Pero esto es iníduo, Luisa, ¿y cómo sabeis todo eso?

—Y aun mas, os diré que debe andar en esto, cierta beata llamada Cleofas.

—Es cierto, es cierto, la he visto en casa estos últimos dias con mucha frecuencia.

—Lo veis.

—¿Pero en dónde habeis averiguado.........?

—Eso se lo diré á mi marido; por ahora creo que confesareis que os he hecho un servicio tal, que á no ser por él, hubiérais sufrido un golpe terrible, ¿os arrepentís de haber firmado?

—Nunca, Luisa, nunca, me habeis salvado, y sois digna de ser mi esposa.

Don Pedro tomó su sombrero y salió casi sin despedirse; la infernal comedia inventada por Luisa, tenia todo el carácter de la verdad, y el hombre habia sentido el golpe en el corazon.

Luisa se quedó sola, y sacó entonces el pergamino, lo volvió á leer, y dijo con una sonrisa de orgullo:

—Ahora sí soy rica.

Luisa salió de aquella estancia, y pocos momentos despues una de las puertas se abrió suavemente y asomó la cabeza de un hombre que paseó su mirada inquieta por todas partes.

La estancia estaba desierta y el hombre aquel penetró con confianza en ella; era Don Cárlos de Arellano: su fisonomía estaba descompuesta y pálida, oprimia convulsivamente con su mano izquierda el puño de su espada, y maltrataba con la derecha el sombrero que se habia quitado al penetrar allí.

Se detuvo en la mitad de aquella sala, con la cabeza inclinada y como meditando, y luego alzó su frente sacudiendo con cólera su cabellera.

—Con que es decir, Luisa, que me engañas, con que es decir que ese amor de tantos años, y esos juramentos de tantos dias los olvidas por el vil interes del dinero; vive Dios Luisa, que te engañas tú, si crees poder convertirme en el torpe juguete de tus pasiones: me has dicho que eres mia para siempre, y mia serás mal que te pese; lo veremos.

Y como armado de una violenta resolucion, se dirijió á una de las pantallas que en el salon aquel habia, apartó la negra gaza que la envolvia, y se puso tranquilamente á componerse los pliegues del fino encaje de su gola, y de las mangas de su ropilla.

—En esta operacion le encontró Luisa.—Muy bien le dijo con una ternura encantadora—muy bien, los galanes tan apuestos como Don Cárlos de Arellano deben cuidar de su persona en cualquiera parte.

—Luisa mia—contestó Arellano imitando perfectamente el tono de Luisa—cuando hay que presentarse ante una dama como vos, ningun cuidado, ni ningun esmero son por demás; que ante la deidad los adoradores deben llegar lo mejor que les sea posible.

—Adulador—dijo Luisa enlazando sus brazos al cuello de Arellano, y colgándose en él con negligencia.

Arellano inclinó la cabeza y besó los ojos de Luisa.

—Os encuentro preocupado, Don Cárlos.

—Ilusion vuestra, que en verdad, jamás he estado mas tranquilo.

—¿De veras?

—Os lo aseguro.

—Pues entrad, hacedme compañía, es tan triste estar sola.

—Luisa, volveré si me lo permitis, que en estos momentos necesito ir al palacio.

—Haced lo que os plazca mejor, ¿pero me dais vuestra palabra de volver pronto?

—Es mi mayor anhelo.

—Entonces os doy licencia de salir, pero antes tomad—y estampó un beso en los labios de Arellano.

Don Cárlos tiene algo—dijo cuando quedó sola—algo grave y que trata de ocultarme; veremos si lo descubro.

Y saliendo violentamente dió órden á un lacayo de seguir á Arellano hasta donde fuese, y volver con una exacta razon.

El lacayo volvió diciendo que Arellano habia entrado á su casa, y no mas.

Él habia dicho á Luisa que iba á palacio, y esto no era cierto, las sospechas de aquella muger comenzaban á tomar cuerpo: ¿tendria él otros amores?

Luisa estuvo inquieta toda la tarde, tenia ya comprometida su boda con Mejía, y sin embargo una falta de Arellano la preocupaba: era que aquella muger amaba, sin ser correspondida á Don Cesar, y necesitaba ahogar su pena con la disipacion.

En la noche Arellano llegó mas alegre que nunca y mas amable con Luisa, y conversó con ella sobre cosas indiferentes, pero festivas, hasta que la aguja de su reloj marcó las once.

—Hora es de retirarse—dijo.

—Esperad algo mas; estamos tan contentos.

—¿Sois feliz á mi lado, Luisa?

—Muchísimo.

—¿Y quisiérais no separaros de mí?

—Seria mi mayor ventura.

—Casaos conmigo.

—Que ocurrencia—dijo riéndose Luisa—¿y para qué? ¿No soy vuestra? ¿No os amo? ¿No me amais vos?

—Es decir que no pensais casaros otra vez.

—Nunca: ¿perder mi libertad?

—¿Con nadie?

—Cuando no quiero con vos, suponed si estaré dispuesta á unirme con otro.

—¿Ni con Don Pedro de Mejía?

—¡Vah! ¿Con Don Pedro de Mejía?—contestó Luisa, procurando mostrarse completamente indiferente—¿con ese ogro?

—Pero ¿por qué no quereis concederme vuestra mano?

—¿Para qué? vuelvo á preguntaros.

—Es que los hombres que como yo amamos, quieren tener todas las seguridades.........

—Pues buscad otras que no sean el matrimonio; le tengo una aversion.........

—Bien; os comprendo, yo buscaré otro medio de estar mas seguro de vuestro amor, y os respondo que ya lo he encontrado.

—¿Cuál es?

—Miradlo—dijo Arellano, llevando á sus labios un pequeño silbato de oro que pendia de su cuello.

—¿Y qué es eso?

—Vereis que efecto tan rápido, y qué medio tan seguro.

El silbato produjo un sonido agudísimo, é inmediatamente una de las puertas del aposento se abrió, penetrando por allí violentamente cuatro hombres que se arrojaron sobre Luisa, y antes que ella hubiera podido dar siquiera un grito, sus manos y sus piés estaban ligados con bandas de seda, y en su boca habian colocado un pañuelo como una mordaza.

Don Cárlos se acercó á ella, y abriendo el justillo de su trage sacó de allí el pergamino en que constaba la palabra de casamiento empeñada por Don Pedro de Mejía.

—Luisa, mirad que he encontrado el medio, que aunque es algo violento me lo perdonareis, porque las circunstancias me han obligado, ya lo veis—dijo mostrando el pergamino—era necesario ganar con ventaja á este Creso; de lo contrario estaba yo derrotado: vamos, señores, la silla.

Dos de los hombres salieron, y volvieron á entrar conduciendo una lujosa silla de manos, con cortinillas de seda que impedian ver el interior de ella.

Luisa, incapaz de moverse ni de gritar, fué colocada adentro.

—Alumbrad, y vámonos—dijo Arellano.

Dos hombres alzaron la silla, y otros dos tomaron sus dos faroles que habian dejado á prevencion en la puerta, y la comitiva se puso en marcha seguida de Don Cárlos.

Los lacayos y los porteros estaban acostumbrados á ver salir en las altas horas de la noche á su señora, acompañada de hombres casi siempre desconocidos para ellos, y abrieron el zaguan sin decir nada y sin estrañeza tampoco.

—La señora no volverá en la noche, dijo Arellano á los lacayos que estaban en el portal de la casa—cerrad todas las puertas y apagad las luces.

Y luego, embosándose en su capa echó á andar tras la silla de manos en que llevaban á Luisa.

A poca distancia de la casa habia esperando un carruaje con seis mulas. Los que conducian la silla se detuvieron. Luisa fué trasportada al carruaje, Arellano subió con ella y el carruaje echó á andar por el camino que conducia á Xochimilco.......

Don Pedro salió furioso de la casa de Luisa; nada le importaba la obligacion que habia firmado; porque él se creia bastante poderoso para no cumplirla, pero lo que allí habia descubierto era para él de suma importancia.

Blanca tenia un amante, es decir, un enemigo de Don Pedro, y era necesario impedir á toda costa aquella union.

Don Fernando y Doña Beatriz protegian aquellos amores, la muger en quien él habia pensado para darle su nombre, y el hombre que le arrebataba aquella muger.

Rugia en el corazon de Don Pedro una tempestad, y en aquel momento comprendió su aislamiento: á pesar de su colosal fortuna advirtió entonces que todo se lo habia dado la riqueza menos un amigo.

Don Alonso era quizá el que mas merecia este nombre entre sus conocidos, y á él pensó D. Pedro dirigirse en aquellos instantes en que tenia tanto que combatir y tanto que vencer.

En los momentos en que se acercaba á la casa de la calle de la Celada advirtió que en frente del zaguan habia una carroza de palacio.

—¿Será—pensó—el virey en la casa de Don Alonso?

Se fué acercando, y vió descender la escalera á Doña Beatriz seguida de una persona que parecia un alcalde de casa y corte, y de una de las doncellas de la casa. Don Pedro se detuvo, y delante de él, inclinándole apenas altivamente la cabeza, pasó Doña Beatriz acompañada del alcalde y de la doncella, y subió á la carroza que partió luego.

Don Pedro subió con rapidez las escaleras y se encontró con Don Alonso pálido y demudado.

—Don Pedro—dijo Don Alonso—el cielo sin duda os envía.

—¿Qué hay, pues?

—Doña Beatriz, á despecho mio, y de vos que me habeis pedido su mano, se empeña en casarse con Don Fernando de Quesada.

—¿Es decir que ahora va?.........

—En depósito á la casa de la vireina.

—¿Y vos qué haceis?

—Yo os juro que el matrimonio no se efectuará, aunque se empeñara el Arzobispo, y la Audiencia, y toda la jente de golilla de Nueva España.

—Os ha burlado Don Fernando por segunda vez.

—Pero os juro que le costará caro, ¿me ayudareis?

—Tanto mas, cuanto que necesito yo de vuestra ayuda para un caso igual.

—¿Cómo?—dijo Don Alonso inquieto.

—He descubierto que Doña Blanca mi hermana tiene un amante.

—¡Un amante!—esclamó Don Alonso, temiendo que se tratara de él.

—Un amante, sí, que se entiende con ella por medio de la beata Cleofas, ya sabeis, la que os vendió en el negocio de la fundacion.

—Don Alonso creyó que todo se habia descubierto, y palideció espantosamente. Mejía era un hombre cuya enemistad podia temerse.

—Pero ¿cómo sabeis?

—Vuestra hermana Doña Beatriz protejia estos amores, así como el Oidor.

Pero ¿quién es el amante?

—Vos sin duda lo conoceis.

—¿Yo? preguntó Don Alonso, resuelto ya á todo supuesto que todo estaba descubierto.

—Sí, Don Cesar de Villaclara.

—¿Qué me decís?

—Lo que habeis oido: Don Cesar es el amante de Blanca. Luisa les ha sorprendido en una conversacion amorosa.

—Esto es increible—pensaba Don Alonso—Beata de los infiernos, por segunda vez me la pegas; pero yo me vengaré de tí.

—Y bien, ¿qué pensais?—dijo Mejía.

—Que dos hombres deben á toda costa desaparecer de la tierra, Don Cesar de Villaclara y Don Fernando de Quesada: se interesa en ello nuestro honor y nuestra felicidad.

—Soy de vuestra opinion; pero debe ser pronto.

—Sí, pronto, y será.

—Yo comienzo por impedir á Blanca toda comunicacion con las personas de fuera.

—Muy bien; ¿y si ella muriera ó profesara?

—Yo soy el único heredero; el testamento de mi padre dispone que nos heredemos mútuamente.

—Bien, entonces es necesario trabajar mucho; yo voy en busca de la beata Cleofas para averiguar algo.

—Y yo á mi casa á encerrar á Doña Blanca.

Y cuando salieron á la calle, cada uno tomó su rumbo.

—Beata infame—murmuraba con cólera Don Alonso—venderme así otra vez, pero aun tiene remedio todo, yo conozco á Don Cesar, él debe morir para que no haya obstáculo á mi boda con Doña Blanca, y despues el caudal es tan crecido, que es lástima que se divida; siendo mi esposa Doña Blanca será muy bueno que muera Don Pedro, y así se habrá hecho verdaderamente un buen negocio.

Don Alonso tocó en la puerta de la casa de Cleofas, y encontró á Don Cesar hablando con la beata.

Don Alonso tiró del estoque, y Don Cesar tomando su sombrero, desenvainó su espada, la vieja dando un chillido se precipitó entre los dos.

D. Alonso era valiente, y además aquel hombre era el primer obstáculo para la realizacion de sus grandes planes: en un momento así no le hubiera sido posible contenerse; la sangre subió á su rostro, y se arrojó sobre Don Cesar.

Un momento despues Don Alonso caía atravesado de una estocada, gritando:

—Confesion, confesion.

—Huid, D. Cesar—dijo la beata—huid, aun es tiempo, salid de la ciudad; mirad que habeis muerto á D. Alonso de Rivera.

El jóven sin esperar mas salió de la casa.

—Cleofas, Cleofas—dijo el herido.

—Señorito—dijo Cleofas.

—Mira, acércate antes que pidas auxilio, óyeme un secreto por si muriere.

—Decid.

—Arrodíllate aquí, acércate.

La beata se arrodilló.

—Me voy á morir—dijo Don Alonso—porque me siento muy mal herido, tú tienes la culpa, por segunda vez me has burlado.

—Señorito—dijo la beata queriendo levantarse.

—Quieta ahí—dijo el herido sujetándola del cuello con la mano izquierda, mientras con la derecha sacaba la daga.

—Cleofas, yo voy á morir, pero tú no quedarás sin castigo.

Brilló la hoja de la daga, se oyó un golpe seco, y la vieja lanzó un gemido y cayó al lado de Don Alonso, que se incorporó y volvió á hundir su daga en aquel cuerpo dos veces.

Luego, como agotado su espíritu con aquel esfuerzo, se dejó caer en tierra, gritando:

—¡Socorro, socorro, confesion!

Cleofas estaba inmóbil en un charco de sangre.

CAPÍTULO 3

De cómo las brujas solian tener razon.

EN una estancia pobre pero decentemente amueblada, y alumbrada por dos bujías de cera, un hombre y una muger jóvenes ambos, y ambos hermosos, se miraban amorosamente y de cuando en cuando unian con ardor sus labios, pero en medio del mayor silencio.

El hombre vestia ropilla, gregüescos y capa corta de terciopelo envinado y calzas de seda blancas; la jóven estaba lujosamente ataviada.

Tenia una especie de justillo sin mangas de rica tela de holanda blanca con jaldetas y ajustado con un ancho cinturon de oro, una saya de seda azul recamada con randas de oro, con mangas perdidas que llegaban casi hasta la orla de la basquiña.

Sus negros y hermosos cabellos estaban sujetos por una escofieta de infinitas y graciosas labores, encima de la cual tenia una redecilla de seda del color del vestido, atada con una cinta de oro que cruzaba por encima de su frente, y en la que bordada de seda encarnada se leía «amor me da la vida.»

Sus pequeños piés estaban aprisionados en unos altos zapatitos de tafilete, con las zuelas guarnecidas por fuera con una delicada varilla de plata.

En su cuello ostentaba ricos collares de perlas, y en sus hermosos brazos pulseras de oro, anchas, lisas y perfectamente bruñidas.

Aquella jóven era María, la muda de la casa de la Sarmiento, y el hombre el Bachiller Don Martin de Villavicencio, nuestro antiguo conocido.

Cinco meses habian pasado desde los acontecimientos que referimos en el capítulo anterior, y nosotros no podemos asegurar si María se enamoró de Martin por los hechizos de la Sarmiento, ó lo que es mas seguro, porque era él un buen mozo.

Lo indudable era, que la jóven se habia tomado todo el elíxir que la bruja dió á Martin, pero todo junto y no en gotas: contaremos á nuestras lectoras el lance para que ellas calculen si el tal elíxir tendria alguna parte en el amor de la muda, porque entonces cosa seria de ponerse á llorar por la pérdida de la receta, si el cronista de esta verdadera historia no la hubiera conservado en su poder.

Martin comenzó á frecuentar la casa de la Sarmiento á pesar de su mala nota, y procurando estar siempre cerca de María, se esforzaba por comprender sus señas y darse él por su parte á entender.

María desde el principio le miró con cariño, y no huia de él como del Ahuizote. Martin sostenia perfectamente su papel de hombre valiente, aun en los momentos en que la muchacha sentada á su lado comenzaba á sacar de sus jaulas sapos, culebras é iguanas para darles el alimento y hacerles algunas caricias. Cuando alguno de estos animales se atrevia á subirse por las manos ó las piernas del Bachiller, éste se estremecia á su pesar; pero entonces María con una esquisita delicadeza tomaba aquel animal con sus blandas manecitas, como si hubiera tomado un canario ó un gorrion, y lo volvia á su jaula.

Sin embargo, á pesar de todo, Martin no habia llegado á declararse porque aun no estaba perfectamente seguro de la seña que debia hacer en ese caso, y temia ser ó demasiado corto, ó demasiado esplícito, y determinó esperar.

No habia tenido oportunidad de probar el elíxir.

Una mañana llegó á la casa de la Sarmiento en los momentos en que María estaba sola, y se preparaba á desayunarse.

Martin se sentó á su lado, pero de repente alguna cosa tuvo que hacer María fuera y se paró. Martin creyó que era la oportunidad, sacó la redoma y virtió dos gotas en el agua que debia tomar la jóven.

Pocos instantes despues entró María, y sin mostrar alteracion alguna en su rostro se dirijió á Martin, que la dejaba hacer admirado de aquello, y le sacó de la bolsa de los gregüescos la redomita del elíxir, la destapó, virtió dentro del vaso su contenido hasta la última gota, y luego con una sonrisa encantadora arrojó lejos el frasco vacío y apuró el vaso de agua.

Martin la miraba espantado. María dejó el vaso sobre la mesa, sonriendo siempre, y echando sus brazos al cuello de Martin, besó su boca.

El Bachiller lo comprendió todo.

María tomando el elíxir le probaba la charlataneria de la bruja, admitia las gotas que el Bachiller habia vertido como una declaracion, y correspondia ese amor con todo el ardor de su alma.

Ocho dias despues la jóven desapareció de la casa de la Sarmiento, y quizá solo la bruja comprendió la causa pero á nadie dijo nada. El sordo mudo hizo á la Sarmiento una seña que ésta contestó con otra, y no volvió allí á darse otro indicio de que habia pasado tal acontecimiento.

Martin pasando aun la plaza de servidor del Arzobispo, tenia á la muda en una casa que para ella habia tomado y la trataba perfectamente. El amor no necesita de la palabra, aquellos dos jóvenes se entendian perfectamente, y cada dia el Bachiller se sentia mas enamorado de María.

Para poder comprender los acontecimientos que van á tener lugar es necesario poner al corriente á nuestros lectores de lo que habia ocurrido en los cinco meses que hace que dejamos á nuestros personajes.

Los vecinos de la casa de la Plaza de las Escuelas atraidos por los gritos que habian escuchado en el cuarto de la madre Cleofas, entraron á ver lo que allí pasaba, y encontraron á Don Alonso de Rivera atravesado de una estocada y á la beata con cuatro puñaladas, los dos desmayados en un lago de sangre.

Nadie se atrevió á intervenir y la justicia con todo su aparato, vino en auxilio de los vecinos, y los dos heridos fueron levantados.

A Don Alonso como caballero tan principal, se le condujo á su casa, y en cuanto á la beata como era pobre, fué á dar á uno de los hospitales que tenia entonces ya la ciudad de México.

La noticia circuló con la velocidad de la luz, y los menos maldicientes atribuyeron aquello á Don Fernando de Quesada, de quien se sabia la enemiga que tenia con Don Alonso, ya por el ruidoso asunto de la fundacion del convento, ya por oponerse Rivera al casamiento de Doña Beatriz con el Oidor.

Por una coincidencia notable, tan pronto como estuvo Don Alonso en disposicion de declarar, se le interrogó por la justicia, y él se obstinó en ocultar, dando con esto mayor pábulo á los comentarios del vulgo.

La beata no estaba capaz de declarar, porque aunque dando esperanzas de vida, quedaba en un estado tal de insensates, que nada se podia sacar de ella.

La justicia se calló, y todo se pasó ya sin nuevas averiguaciones.

Don Fernando y Doña Beatriz determinaron suspender todas las diligencias de su enlace, hasta el completo restablecimiento de Don Alonso.

Pero Don Alonso, como todos los hombres que tienen un enemigo, lo culpan de todo mal que les acontece, porque encuentran cierto placer en fomentar su encono, y justificar ante su conciencia la causa de su odio: culpaba á Don Fernando de todas sus desgracias, y no meditaba mas que en su venganza.

La única visita que tenia era Don Pedro, el menos á propósito para calmar sus pasiones.

—Don Pedro—le decia una tarde el herido—no parece sino que Dios nos ha dejado de su mano, segun la lluvia de males que ha caido sobre nosotros.

—En efecto, que mas comprometida no puede ser nuestra situacion, aunque creo que hay cosas que podrán tener eficaz remedio.

—Véngueme yo de Don Fernando y lo demás se remediará muy fácilmente.

—¿Creereis, Don Alonso, que yo he llegado á persuadirme de que es él la causa de nuestros infortunios?

—Os lo he dicho, y me alegro de que hayais llegado á convenceros.

—Es necesario que deje de existir.

—Tal creo, pero la violencia de su muerte en estos momentos, á nadie seria atribuida mas que á nosotros, porque clara es ya nuestra enemistad con él.

—¿Entonces qué pensais?

—Ante todo es necesario impedir su boda con Doña Beatriz.

—¿Pero cómo, si veis que está ya depositada en palacio, aunque en clase de dama de la vireina?

—Robémonosla.

—Robárnosla.

—Si, un rapto que aun en el caso de ser descubierto, poco importaria, siendo como sois su hermano.

—Teneis razon, ¿y cómo haremos?

—Dejad eso á mi cargo, que solo necesito de vuestro consentimiento.

—Os le doy.

—Entonces desde este momento comienzo á trabajar, y ya vereis.

Y Don Pedro se separó de Rivera para comenzar á poner en planta su proyecto.

En esa noche la Sarmiento oyó llamar á su puerta, y Don Pedro se presentó á ella.

—Señora, buenas noches—dijo Don Pedro.

—Así se las dé Dios á su señoría—contestó la vieja.

—¿Os acordais de mí?

—Su señoría es mi amo Don Pedro de Mejía que.........

—Bien, vengo á proponeros un negocio.

—Mande su señoría.

—Podéis ganar en él mucho dinero.

—Dígame su señoría.

—Se trata de robarse una dama.........

—Yo no entiendo en esas cosas.........

—Ea, callad, se trata de robarse una dama que está depositada en palacio para casarse.

—Ya, Doña Beatriz de Rivera.........

—La misma, ¿quién os lo dijo?

—Nadie, yo lo adivino.

—Bien, ojala tan astuta seais para lo que voy á confiaros; se trata de robarse á Doña Beatriz.

—¿Para vos?

—No, para su hermano mismo.

—Es decir, quiere mi señor Don Alonso impedir á todo trance la boda.

—Cabalmente, y como Doña Beatriz no sale de palacio, es fuerza que vos entreis allí y la hagais salir con algun engaño.

—Empresa dificil me encargais.

—Pagaré bien.

—Probaré á encontrar un arbitrio, volvod dentro de cuatro dias.

—Está bien, y pensad en que esto puede haceros rica.

—Descuidad.

Don Pedro salió, y la bruja se puso á meditar; á las diez de la noche tomó un manto de lana negro, hizo una seña al sordo-mudo para que la siguiese, y cerrando su casa se puso en marcha con direccion á las calles del Factor.

El sordo-mudo llevaba un farolillo y seguia á la bruja, y así llegaron hasta una casa que habia en la calle del Factor, á la que llamó la vieja con mucha prudencia.

La puerta se abrió y la Sarmiento penetró en la sala en que hemos visto á Martin y á María al comenzar este capítulo.

Los dos jóvenes estaban como les hemos descrito, sentados amorosamente el uno al lado del otro.

La entrada de la Sarmiento fué para ambos una sorpresa. María se quedó sentada, pero Martin se paró precipitadamente como para defenderla.

Era la primera vez que la bruja penetraba allí.

—Sosegaos, hijos mios—dijo la bruja—que no vengo á causaros ningun mal, por el contrario, á veros, señor Bachiller, que puesto que os dí el elíxir con la única condicion de que no me abandonarais á María, y la habeis cumplido, nada os puede alarmar de mi parte.

—Teneis razon, que mal hice en alarmarme al veros, ¿qué teneis qué mandarme?

—Hacedme favor de oir dos palabras á solas.

—Pasad por acá—dijo el Bachiller indicándole la puerta de otra habitacion.

La Sarmiento y el Bachiller pasaron en tanto que los dos mudos emprendian una acalorada conversacion.

—¿Aun estimais tanto á vuestro amigo el Oidor Quesada? preguntó la bruja.

—Como siempre, que cada dia mas obligado le estoy á sus favores.

—¿Y él está siempre enamorado de Doña Beatriz de Rivera?

—Mas que nunca.

—Pues bien, de eso tengo que hablar con vos: ¿viene acá algunas veces?

—Nunca, no sabe que tengo aquí á María.

—¿Pero supongo que vos le vereis?

—Todos los dias.

—Entonces observad bien su conducta y vigilad por su vida, porque mas amenazada está ahora que nunca: Doña Beatriz le es infiel.

—Imposible.

—Sois un niño y no conoceis á las mugeres: Doña Beatriz le es ya infiel, yo os lo probaré mas adelante; por eso hay que cuidar mas á Don Fernando: el hombre que galantea á Doña Beatriz, y que es correspondido, mira al Oidor como un obstáculo del que es preciso deshacerse, para libertar á Doña Beatriz de la palabra empeñada: ¿comprendeis esto?

—Sí; pero es imposible que Doña Beatriz.........

—¿Quereis convenceros mañana?

—Sí.

—Bien: á las once os espero en mi casa, y mirad si podeis llevarme alguna prenda del Oidor, como una sortija, una cadena, para hacer un conjuro y os diré mil cosas; sobre todo, si es prenda que haya pertenecido tambien á ella.

—Iré y llevaré la prenda: ¿quién es el rival de Don Fernando?

—¿Guardareis el secreto, y nada direis al Oidor hasta que yo os lo permita?

—Sí.

—Pues se llama Don Pedro de Mejía.

—¡Jesus!

—No hay que espantarse, que peores cosas hemos visto: «Dádivas ablandan peñas,» y sobre todo—agregó la vieja con aire de burla—es un tonto el que cree en la fidelidad de la muger.

—¿Qué quereis decir?

—Nada, ya lo sabreis mas tarde.

La bruja salió, se cubrió con su manton y se dirijió á su casa.

Martin quedó pensativo, preocupado y diciendo á cada momento.

—Con esto de Doña Beatriz tiene razón la Sarmiento: «es un tonto el que cree en la fidelidad de las mugeres:» tiene razon. ¿Pero á qué me lo diria á mí? ¿Acaso María?......... ¡Jesus, qué horor, ni pensarlo! Pero en fin, la bruja tiene razon.

CAPÍTULO 4

En que se ve que la Sarmiento sabia lo que entre manos traia.

AL dia siguiente Don Pedro de Mejía recibió un recado de la Sarmiento, suplicándole que en esa noche no faltase á su casa á las oraciones; y en efecto, al cerrar la noche Mejía llegó á la casa de la bruja.

—Habéisme enviado á llamar—dijo Mejía.

—Sí—contestó la bruja—porque para cumplir con lo que su señoría me ha encargado, fuerza será que su señoría me ayude.

—¿Qué es lo que quereis de mí?

—Sencilla cosa: que esta noche á las once esteis aquí y me consulteis el modo de deshaceros de Don Fernando, bajo el supuesto de que Doña Beatriz os ha correspondido vuestro amor.

—Pero eso no es cierto.

—Lo conozco, por desgracia vuestra; pero supuesto que tratais de robar á Doña Beatriz, y por consiguiente de deshaceros de los dos, no supongo que os pareis en tan poco, como en representar una comedia.

—Lo que puede producirme grandes compromisos.

—Si teneis fe en mí, dejadme hacer y nada temais.

—Quiere decir que debo consultaros el modo de deshacerme del Oidor, supuesto que Doña Beatriz no tiene mas impedimento para ser mia que su compromiso con Don Fernando.

—Exactamente; pero sin dar á entender que hemos hablado nada de este negocio.

—Ya se deja entender.

—Entonces retiraos, y venid á las once.

Mejía se alejó, y la vieja se quedó en espera de Martin, á quien habia citado para aquella noche.

A las diez se presentó el Bachiller.

—Creí que no veniaís—dijo la vieja.

—¿Falto yo acaso á mi palabra nunca?—contestó Garatuza.

—¿Me habeis traido lo que os encargué?

—Sí, precisamente es una sortija que Don Fernando recibió de Doña Beatriz.

—¿Él os la dió?

—No, yo logré estraerla sin que él lo conociera, al fin pronto volveré á ponerla en su lugar.

—Dadme acá.

—Tomádla, y no vayais á perderla.

La Sarmiento tomó la sortija y la guardó en su seno.

—Ahora—dijo—lo primero que me queda que hacer, es probaros que Doña Beatriz ama á otro, que engaña al Oidor, y que este es ya un obstáculo, una carga para ella y para su nuevo amante; que tratan de deshacerse de él como de Don Manuel de la Sosa, ¿os acordais? bien, venid y poneos en asecho como lo habeis hecho otra vez, pero cuidad de no ir á cometer alguna imprudencia.

—No.

La Sarmiento bajó con Martin al subterráneo, y le colocó en donde mismo le habia ocultado para escuchar la consulta de Luisa.

A las once en punto Don Pedro de Mejía embozado en una ancha capa negra, llamaba á la puerta de la casa de la Sarmiento.

Condújole la bruja al subterráneo y lo hizo sentar en un sillon de manera que nada perdiese Martin de la conversacion que iba á tener lugar allí.

—¿Con qué podria su señoría—dijo la Sarmiento—decirme á qué debo tan alto honor?

—Trátase—contestó Don Pedro—de que me deis algo para deshacerme de un hombre.

—¿Enemigo de usía?

—Así es en efecto, pero mas que enemigo, es un estorbo para mi felicidad.

—Puede hablar usía con confianza y con franqueza, pues en estos casos es necesaria.

—Bien, os diré toda con sus nombres y señales.

Podian oirse en estos momentos los latidos del corazon de Martin.

—Es el caso—dijo Don Pedro—que amo y soy correspondido de una hermosa y principal señora que se llama Doña Beatriz de Rivera.

—¿Qué no es libre?—preguntó hipócritamente la bruja.

—Sí, y no, porque no es casada, pero tiene contraido compromiso de dar su mano á un hombre á quien no ama, y es el Oidor Don Fernando de Quesada, el cual ha llegado al estremo de llevar depositada á mi señora Doña Beatriz á la casa de la vireina.

—Pues si no ama al hombre á quien prometió su mano, ¿por qué se la prometió?

—¿Es preciso decíroslo?

—Sí.

—Entonces os diré que se la prometió.......... por..........—Mejía no encontraba qué decir, porque no venia preparado para esta respuesta, pero de repente se sintió como iluminado y agregó—se la prometió por hacerle su aliado en cierto negocio de la fundacion de un convento, en que Doña Beatriz tenia un capricho de esos que solo las mugeres suelen tener.

—¿Pero ella no le ama ya?

—Bah, nunca le ha amado.

—¿Y á usía?

—Como á su vida.

—¿Y quereis ambos.........?

—Apartar el obstáculo á cualquier precio.

—¿Estais decididos?

—A todo.

—Bien, tome usía estos polvos, compre á un criado de la casa de Don Fernando que los haga tomar á su amo, y estareis libre de él.

—¿De veras?—dijo con alegría Don Pedro, que se habia poseido de su papel hasta olvidar que todo era una comedia preparada por la bruja.

—Como estar aquí usía.

Mejía recibió los polvos de la bruja, y salió del subterráneo alumbrado por ella.

Al llegar á la puerta de la calle la Sarmiento, dijo á Don Pedro.

—Tirad esos, y no hagais uso de ellos.

—Es decir.........

—Es decir que me habeis prometido dejarme obrar.........

—Pero.........

—Tened un poco de paciencia, tirad los polvos y guardad el mas profundo silencio, de cuanto aquí ha pasado.

—Bien, ¿pero hasta cuándo?

—Cuatro dias os puse de plazo, y vá uno.

La Sarmiento cerró la puerta, y volvió á buscar al Bachiller.

Martin estaba horriblemente pálido.

—¿Qué direis ahora? preguntó sonriéndose la bruja.

—Digo que sois una muger infame.

—¿Porque os he descubierto este secreto?

—No, sino porque habeis dado un veneno para Don Fernando, que es mi amigo.

—Si es ese vuestro cuidado, podeis estar tranquilo, que soy mejor amiga vuestra que lo que parece: los polvos que le he dado á Don Pedro no harán mas daño al amigo vuestro, si á tomarlos llega, que á vos que no los probareis: son polvos de pan.

—¿Es verdad eso?

—Ya lo vereis, y supongo que ya tendreis completa seguridad en cuanto os diga, con lo que habeis oido y presenciado en esta noche.

—¡No me hableis de eso!

—Por el contrario, de ello tengo que hablaros: ¿qué pensais de Doña Beatriz?

—Pienso que todo eso es increible.

—¿Persistís aún en vuestra duda?

—No; pero os aseguro que hay para volverse loco un hombre: ella que me hablaba de él con tanta pasion.........

—Porque sabia que vos íbais á referírselo á él.

—Pero ella lo salvó de la muerte una noche.........

—Es verdad; pero debe haber sido por no perder el aliado en el negocio de la fundacion del convento: ¿á que no le salva hoy?

—Quizá sean calumnias de Don Pedro.

—Y ¿á qué venia habérmelas dicho á mí, cuando se creia solo conmigo, y podia simple y sencillamente haberme pedido un tósigo para libertarse de un enemigo?

—Teneis razon—dijo Martin pensativo—¿quién lo creyera de Doña Beatriz?

—¿Quién? cualquiera que no tuviera como vos, ideas tan absurdas respecto de las mugeres.

—¿Realmente creeis que no debe fiarse de ninguna muger?—preguntó Martin.

—Si he de contestar la verdad, de ninguna.

—¿Ni de María?—dijo apasionadamente el Bachiller.

La Sarmiento en vez de contestar lanzó una burlona carcajada.

—¿Qué quereis decir con eso?—esclamó Martin con furor, tomando con violencia una de las manos de la bruja.

—Vamos—dijo con enfado la bruja—veo que abusais de mi amistad. Bastante hago por vos, cuidad vos un poco mas de María, si quereis que no se rian de vos, y dejadme.

—Pero.........

—Harto os he dicho, dejadme.

Martin hizo ademan de salirse.

—Oidme, Bachiller—dijo la Sarmiento—no digais al Oidor nada de Don Pedro de Mejía, porque seria precipitar las cosas: yo os pondré al tanto de todo lo que ocurra, para aprovechar una ocasion.

—Muy bien: ¿y cuándo vuelvo?

—Mañana á la oracion.

—¿Nada puedo decir al Oidor?

—Si quereis, indicadle que Doña Beatriz le engaña, para que él procure averiguar; pero ni le hableis de Don Pedro, ni le digais de donde hubísteis la noticia: una imprudencia puede costaros á vos y á ellos muy caro.

—Decís bien, hasta mañana.

—Felices noches.

Y Martin se retiró pensativo por lo que habia oido decir á Don Pedro, y con el veneno de los zelos en el corazon, por lo que le habia dado á entender la Sarmiento.

Martin estaba apasionado, era susceptible; creia haber encontrado una joya en María, y la menor sospecha le volvia feroz; era capaz de haber matado en aquel momento á cualquier hombre que le hubieran indicado como rival suyo, y á medida que se alejaba mas de la casa de la Sarmiento, oía mas clara la burlona carcajada de la bruja, y el furor hervia en su pecho.

Cuando llegó á la casa de la calle del Factor, María le esperaba risueña; pero Martin estaba sombrío, y la pobre criatura se puso triste.

CAPÍTULO 5

De cómo los zelos son malos consejeros.

GOBERNABA á la sazon y en los dias en que pasan los acontecimientos que vamos refiriendo, el Escmo. Sr. Don Diego Fernandez de Córdoba, Marqués de Guadalcazar, VIII virey de Nueva España que tomó posesion del gobierno en 18 de Octubre de 1612, que fundó la ciudad de Lerma, dándole ese nombre en honor del duque de Lerma, privado de Felipe III. La Villa de Córdoba con el apellido de su familia, y que dió su título al Mineral de Guadalcazar, en la entonces provincia de San Luis Potosí.

El marqués de Guadalcazar llegó á México, trayendo consigo á su esposa Doña María de Riederes y á sus hijas, dos de las cuales eran ya unas hermosas damas.

Desde la llegada á México de la vireina, tuvo empeño particular, como hemos visto, en llevarse á palacio á Doña Beatriz y hacerla su dama; pero tantas atenciones le dispensaba la familia del Marqués, y tanto cariño la tenia, que á pesar de ser ya considerada como dama de Doña María de Riederes, no llegó á vivir en el palacio, hasta que por motivo del disenso de Don Alonso de Rivera al matrimonio de su hermana, fué esta á quedar depositada en palacio, en las habitaciones de la vireina.

Doña Beatriz tenia allí una habitacion independiente, y vivia como en su propia casa, pudiendo recibir á sus visitas con entera libertad, y sin embargo, se pasaba los dias al lado de las hijas de la vireina.

Preparábanse en palacio con grande alboroto las damas, porque se esperaba una suntuosa solemnidad el dia en que las fundadoras entrasen al nuevo convento de Santa Teresa.

La obra iba muy adelantada; de un dia á otro debia llegar el Breve de su Santidad, único requisito que faltaba, y las monjas fundadoras que debian ser Sor Inés y Sor Encarnacion, á quienes ya conocen nuestros lectores, habian convidado por sus madrinas á las dos hijas de la vireina.

No se hablaba mas que de esto en palacio, ni se ocupaban de otra cosa allí las gentes, á pesar de que el gobernador de Durango, Don Gaspar Alvear, habia escrito al virey dándole noticias de que comenzaba un alzamiento de los indios tepehuanes: porque en todas las córtes se olvida y desprecia el peligro y la desgracia, con tal que estén lejanos, sin pensar mas que en los goces que están cerca.

Doña Beatriz y las hijas del virey hablaban de la festividad en uno de los salones de palacio, cuando una camarera entró á dar parte á Doña Beatriz que una muger anciana y enlutada deseaba hablar con ella un momento.

Beatriz creyó que seria algun recado del Oidor, y pidiendo permiso á Doña María, llegó hasta donde la esperaba la enlutada, á quien no pudo conocer.

La muger se levantó al ver á Doña Beatriz.

—En qué puedo serviros—le dijo ésta, tomando un asiento á su lado.

—Señora, vengo para hablar con vos de un asunto, que temo va á desagradaros.

—¿A desagradarme?—dijo inquieta Doña Beatriz.

—Sí, por desgracia.

—Hablad, pues.

—¿Estamos enteramente solas?

—Enteramente.

—Pues entonces dignaos escucharme. Segun he sabido por algunos de mis deudos de casaros tratais con Don Fernando de Quesada, Oidor de la Real Audiencia.

—Es verdad, pero no alcanzo á qué pueda conducir.........

—Perdonadme que no os lo diga por mera impertinencia, sino por ser eso lo principal que á mi negocio concierne. Habeis de saber, señora, como yo soy viuda de Don Bernal de Soto Mayor y Trueba, y soy para serviros, Doña Catarina de Pizarro de Soto Mayor y Trueba, una vuestra servidora.

La vieja hizo una reverencia.

—Gracias—contestó Doña Beatriz inclinándose.

—Pues, como os decia: soy viuda de Don Bernal de Soto Mayor y Trueba, regidor perpetuo del cabildo de esta ciudad. A la muerte de mi difunto quedé con una niña, que es ya moza de diez y siete años y que se llama María, y tan rica en dones de perfecta hermosura, como desgraciada en su vida, por haberle negado la Providencia el uso de la palabra y del oido. Por mis negras desdichas, mi hija fué vista por el Oidor Don Fernando de Quesada que gustó de ella, y se encaprichó por hacerla suya, lo que ha conseguido, sin ser bastante á impedírselo ni mi llanto ni mis amenazas............

Un rayo que hubiera caido á los piés de Doña Beatriz, no hubiera hecho en ella mayor efecto.

—Y como se valió—continuó diciendo la vieja—para conseguir sus malos efectos del engaño de dar palabra de casamiento á mi María.........

—Basta, señora, no me digais mas; nada quiero saber.

—Es fuerza que lo sepais, porque tal vez mi hija, ó yo, no nos resignemos á ver casarse á Don Fernando, y pudiéramos poner algun impedimento, y quién sabe.........

Doña Beatriz no podia ya contenerse: los zelos, el despecho, su amor propio humillado, todo se conjuraba para trocar aquella paloma en una leona.

—Pero todo eso que me contais, ¿es cierto?—preguntó con un acento ronco y trémulo.

—Tanto lo es, que si vos podeis conseguirme que se abra esta noche vuestra habitacion, ó podeis salir en esta misma noche, vereis á mi pobre hija.

Doña Beatriz reflexionó.

—Saldré mejor: ¿á dónde debo ir?

—Esta noche á las doce, al tianguis de San Hipólito; yo tendré una persona de confianza allí para que os guíe: podeis llevar cuanto acompañamiento os plazca, si desconfiais.

—Esperadme en esta noche, y hacedme ya el favor de retiraos: necesito estar sola.

—Me voy, pero os suplico que nada digais al Oidor, por Dios; sobre todo, no le descubrais mi nombre ni que os vine á ver, seria capaz......... de no sé qué......... y yo le tengo miedo.

—Id sin cuidado.

La vieja que no era otra sino la Sarmiento, como habrán conocido nuestros lectores, salió, y Doña Beatriz se encerró á llorar y gritar á solas como una loca.

Martin anduvo en todo el dia pensativo, sobre si le diria ó no á Don Fernando cuanto habia descubierto por la bruja: algunas veces le parecia una mala accion dar al Oidor tan funesta noticia; otras creía de conciencia el hacerlo, atendiendo al riesgo que corria su vida; en fin, por la tarde se decidió y entró resueltamente á la casa de Don Fernando.

El Oidor sentado frente á una mesa, registraba con atencion un grueso *in folium* forrado en pergamino; y tan embebido estaba en su lectura, que no oyó los pasos del Bachiller hasta que no estaba ya muy cerca.

—Oh, amigo Don Martin—dijo cerrando el libro—tanto bueno por esta casa.

—Dispénseme usía si le he interrumpido y molestado.

—En manera alguna: tome asiento el señor Bachiller, que me alegrará su compañía.

Martin se sentó, y á pesar de la agudeza de su ingenio, no sabia por dónde comenzar: tosió varias veces, se compuso otras tantas el alzacuello que nada tenia de mal puesto, y al fin se decidió á hablar, pero, como sucede en casos semejantes, comenzando, despues de pensar mucho, por una torpeza.

—Permítame usía que me tome tal libertad—dijo.—¿Está usía decidido á enlazarse con mi señora Doña Beatriz?

—Estraño tanto más esa pregunta de vuestra parte—contestó el Oidor—cuanto que vos, como ninguno, conoce los pormenores del asunto; y francamente no sé á qué viene todo esto.

—¡Adiós!—pensó Martin—me hundí, por querer hacerlo todo muy bien; pero, ¿qué remedio? adentro—y luego dijo en voz alta:

—Pues......... quiero decir......... si no temiera......... en fin.........

—Hablad; ¿qué teneis esta tarde? nunca os he visto así; hablad, os lo suplico.

—Pues bien y claro es, que yo no quisiera que usía se casara con Doña Beatriz porque he sabido cosas terribles.

—La solté—dijo entre sí Martin.

—¿Cosas terribles?—preguntó espantado el Oidor.—¿Y qué cosas? Decid, no me alarmeis, por Dios.

—Pues señor: que Doña Beatriz engaña á usía y ama á otro.

—¡Las pruebas! ¡las pruebas!—dijo el Oidor, arrojándose como un tigre sobre Martin.

—Señor, por Dios, mirad que yo no tengo mas que ver en ello, que el dar una noticia á su señoría.

—Pero esa noticia destroza la honra de una dama: decidme, ¿quién os lo ha dicho? ó de lo contrario, caro os podrá costar....

En este momento llamaron á la puerta.

—¿Quién va?—dijo con enfado Don Fernando.

—Esta carta para su señoría.

—Bien, vete.

El Oidor abrió la carta, era un anónimo que decia:

«Si el Oidor Don Fernando de Quesada aprecia en algo su honra, que esta noche á las doce vaya á palacio, y verá cómo se la guarda su futura esposa.»

Don Fernando se puso densamente pálido.

—Mirad, señor Bachiller, mirad—díjole mostrándole la carta.

El Bachiller la leyó.

—¿Y qué piensa hacer su señoría?

—Irémos á palacio á las doce, es preciso apurar el caliz.

Y se arrojó sobre un sillon, llorando como un niño.

CAPÍTULO 6

En donde se acaba de probar que los zelos son malos consejeros.

A LAS doce de la noche Doña Beatriz llegaba á la casa de la Sarmiento, y á la misma hora Don Fernando se presentaba en palacio acompañado del Bachiller.

Se dirigió á las habitaciones de la vireina, y con poco trabajo supo por medio de las camareras que Doña Beatriz habia salido.

Nada mas quiso saber y volvió á su casa sombrío como una noche de tempestad. Martin no le quiso abandonar y permaneció á su lado procurando calmarle, hasta muy avanzada la mañana, en que el Oidor, fatigado, se durmió sentado en un sitial.

En ese intermedio habia pasado una escena semejante en la casa de la Sarmiento.

La bruja habia hecho ir á su casa, á esa hora en que sabia que Martin acompañaba al Oidor, á la muda María lujosamente vestida, y procuró dar á la casa todo el aspecto de una casa pobre; pero cristiana y decente.

Doña Beatriz seguida de Teodoro y de dos esclavos mas, llegó á la puerta, conducida por el Ahuizote, cómplice ciego en todas las maldades de la bruja.

—Señora—dijo levantándose la Sarmiento, al ver á Doña Beatriz—pasad á esta vuestra humilde casa, conoced á mi María.

Doña Beatriz al contemplar la belleza de María, sintió un agudo dolor en el corazon.

María se paró y tendió con un aire encantador, la mano á Doña Beatriz que lanzó un grito.

Habia reconocido en los dedos de la muda una sortija, que ella habia regalado al Oidor: esta era para ella la prueba mas terrible.

Nada mas quiso saber, nada mas quiso averiguar, todo le pareció entonces cierto, y despidiéndose violentamente, se volvió á palacio, pocos momentos despues que el Oidor habia salido de allí.

La Sarmiento recogió la sortija que tenia la muchacha y que era la misma que ella le habia pedido al Bachiller, y condujo en compañía del Ahuizote á María á su casa del Factor, de la que solo la habia hecho salir para hacerla inocente cómplice de aquella infernal trama.

A la mañana siguiente la primera persona que llegó á la casa de la Sarmiento, fué el Bachiller: acababa de dejar al Oidor.

—Buenos dias, señora.

—Dios os guarde, señor Bachiller, ¿tan temprano por acá?

—Vengo por la sortija que os dí anoche.

—Cómo, ¿no quereis que se haga el conjuro?

—Mirad, en primer lugar, que solo por no daros un disgusto, iba yo á presenciar el tal conjuro, que saldria tan cierto como lo que me dijísteis, que Doña Beatriz correspondia el amor de Don Fernando.

—Y le correspondia.

—Pero le engañaba.

—Bien, por eso os agregué que nunca poseeria él á la muger que amaba.

—Para todo teneis una salida; dadme el anillo, que ahora ya todo se descubrió: es fácil que el Oidor rompa su promesa y busque el anillo.

—Tomad la sortija y decidme, ¿por qué creeis que romperá la promesa?

—Ay, es nada, porque Doña Beatriz le es infiel, y mientras él piensa en ella, la dama sale á media noche á la calle.

—Vaya, pues son escrúpulos, porque conozco yo otros á quienes pasa lo mismo, y creo que no lo malician—dijo sonriéndose la bruja.

Los zelos volvieron á encenderse en el corazon de Martin, mas terribles con lo que habia presenciado.

—Supongo que eso no lo direis por mí, que un ángel es María.

La bruja volvió á soltar la carcajada que tanto habia irritado á

Martin la noche anterior, y él por no poderse contener salió sin despedida de la casa de la Sarmiento.

—Ahora sí, ya está en sazon la cosa—dijo—bueno será avisar á Don Pedro de Mejía, despertaré al Ahuizote que duerme y le encargaré su papel.

—Hombre—dijo entrando á la cocina, en donde el Ahuizote roncaba sobre un mal jergon—levántate, que tengo que hablarte.

—¿Qué me quereis?—dijo el Ahuizote levantándose.

—Oyeme bien, ¿qué dieras tú por saber á dónde esta María y quién se la robó?

—Cuanto tengo—dijo el Ahuizote.

—¿Y por vengarte de él?

—Mi vida.

—Bueno, yo te voy á dar el medio de vengarte sin esponer uno solo de tus cabellos, y además, serás el poseedor de María, ¿te conviene?

—Mandadme.

—Solo que es necesario que hagas ni mas ni menos cuanto te voy á decir, ¿lo entiendes? sin apartarte de todo ello un solo punto.

—Lo haré.

—Bien, acompáñame á la casa de Don Pedro de Mejía, y te diré en el camino.

Aquella tarde el Ahuizote encontró á Martin en la calle.

—Garatuza—le dijo—¿á dónde vas?

—A la casa de Don Fernando.

—Siempre tú con esos gachupines que te han de pagar mal; ven, echaremos un trago de pulque y hablaremos, que tengo mucho que contarte.

—No es posible, el Oidor tiene una afliccion y necesito acompañarle.

—¿Y el dia que tú la tengas te acompañará él?

—Calculo que sí.

—No lo pienses: vamos, vente conmigo que te importa.

—Imposible—dijo Martin separándose.

—Bien, Garatuza, vete; si se rien de tí las gentes, recuerda que yo he tratado de impedirlo.

—¿Cómo? ¿qué quieres decir?—dijo volviendo precipitadamente Martin y recordando las indirectas de la bruja.

—Si no quieres saberlo, si te empeñas en ignorarlo.

—No me empeño, pero no creia que era cosa grave.
—Lo es.
—Dímela.
—Pues vamos andando, ante todo quiero que me confieses que me hiciste una mala accion.
—¿Cuál?
—Sabias que estaba yo enamorado de María y te la llevaste.
—Hombre, yo ignoraba..........
—No mientas, al fin ya pasó y te la perdono, si tú me hubieras hablado con franqueza, te habria dicho que hacias mal en llevártela, porque la conocia yo mejor que tú; pero ya lo hiciste y ahora adelante con la cruz.
—Entonces cree lo que quieras.
—Yo no soy rencoroso, y te lo voy á probar, pero prométeme que no harás escándalo, y me oirás con paciencia y seguirás mis consejos.
—Si me parecen buenos............ pero dime, ¿de qué se trata?
—Pues bien, se trata de que no seas niño, de que no te dejes engañar.
—¿Engañar, de quién?
—De María.
—¡De María!—esclamó pálido Martin.
—De María: óyeme, yo he tenido amores con esa muchacha, y que diga la Sarmiento lo que quiera, me correspondió, me dejó por tí, bueno, le pareciste mas jóven, mas galante, mas rico, no importa, pero otro le puede á su tiempo parecer mejor que tú.

El Bachiller se habia detenido y escuchaba con la cabeza inclinada, al Ahuizote que continuaba diciendo.

—Te voy á confesar, como zeloso yo, y despues de haber averiguado en dónde tenias á la muchacha, vine á rondar una noche por tu casa, seguro de que tú no estabas porque te habia yo dejado en el Arzobispado, me detuve frente á la puerta de la casa, la noche estaba oscura, y observé que un hombre llegaba, llamaba, y entraba; aquel hombre no eras tú, quise cerciorarme y permanecí así en atalaya, hasta que pasado algun tiempo el hombre volvió á salir: casi estaba seguro de que tú no eras, pero quise estar aun mas, le seguí, y al pasar por delante del farol del Cristo que hay en las casas de Don Leonel de Cervantes, me cercioré de que verdaderamente no eras tú; volví algunas noches, y observé que cuando tú no ibas él entraba siempre á casa de María.

La rabia se apoderó del corazon de Garatuza, pero no estalló, su furor reconcentrado era aun mas espantoso.

—¿Y dices?—preguntó con una voz cavernosa—¿qué aún va ese hombre á la casa de María?

—Y tan seguro estoy, que si quieres avisa á María que esta noche no vas, y nos ponemos á vigilar la casa y lo veras con tus propios ojos.

—¿Me acompañarás?

—Te acompañaré.

—Vamos á avisar á María que no voy á verla en esta noche.

—Vamos, y ya no nos separaremos.

La Sarmiento no descansaba, y ya hemos visto las lecciones que dió al Ahuizote y lo bien que él desempeñaba su papel.

Fuese luego á visitar á la muda y le dió á entender, que un amigo de Martin, que tenia un negocio con él, vendria á las once á esperarle para hablarle en secreto, y ordenó á la criada que cuidaba la casa, que un caballero llamaria á las once con cuatro golpes, que no tardase en abrirle.

Don Fernando de Quesada que no habia tenido ánimo para salir en todo el dia de su casa, recibió en la tarde otro anónimo con la misma forma de letra que el anterior, y que decia:

«El oculto amigo de Don Fernando de Quesada le avisa que si quiere mejores datos sobre la infidelidad de Doña Beatriz, ocurra, *(si no tiene miedo)* esta noche, á las once en punto, á una casa baja en la calle del Factor, y que tiene por señas una puerta alta y angosta con dos ventanas de cada lado. Cuatro golpes en la puerta para llamar, no hay por qué desconfiar.»

El Oidor leyó y releyó esta carta mil veces; estaba concebida con tan infernal astucia, que hasta el amor propio del Oidor se ponia en juego con aquella frase subrayada, *«si no tiene miedo.»*

—¿Deberia ir? Cualquiera desengaño era preferible á la situacion en que se encontraba, era preciso, era indispensable salir de aquella angustia.

—Iré, iré—dijo resueltamente—aun cuando me costara la vida, aun cuando no fuera sino para presenciar mi desgracia, y humillar á la ingrata.

A las once el Oidor salió de su casa embozado en una gran capa, y se dirigió á la calle del Factor.

La noche estaba oscura y pavorosa, pero el alma de aquel hombre estaba mas negra; con facilidad encontró la casa que buscaba y dió cuatro golpes en el zaguan, que se abrió inmediatamente.

—¿Lo ves?—dijo el Ahuizote á Martin desde la acera de enfrente, en donde se habian puesto en acecho.

—¡Infame!—contestó Martin, queriendo lanzarse á su casa.

—Calma—dijo el Ahuizote—tiempo hay para todo; espera que salga, ahora alborotarias la vecindad, no te abririan y él podria huir sin que tú lo conocieras siquiera.

Martin se contuvo y se puso á observar: su respiracion era agitada, su corazon latia de una manera espantosa, y sus oidos zumbaban, y enmedio del vértigo que se habia apoderado de él, le parecia oír de cuando en cuando la burlona carcajada de la Sarmiento, que en aquellos momentos comprendia cuanto tenia de cruel y de sangrienta.

Así pasó una hora mortal para Martin.

El Oidor habia entrado y encontrádose con María, á la que nada pudo entender, y á la que no pudo tampoco hacer comprender el objeto de su visita.

Don Fernando esperó una hora, al cabo de la cual creyendo que la persona que le debia dar la luz que buscaba no vendria, pensó en retirarse y esperar nuevo aviso, y se despidió silenciosamente de María.

La puerta de la calle se abrió destacándose en su claro la figura del Oidor.

Martin desnudó su daga y oyó en este momento muy cerca la burlona carcajada de la bruja.

Esta vez el Ahuizote no le detuvo.

Martin vió cruzar ante sus ojos una nube de sangre, y se lanzó sobre el Oidor, y antes que éste hubiera tenido tiempo siquiera de bajarse el embozo, la daga del Bachiller habia atravesado su corazon.

Don Fernando lanzó un gemido y cayó muerto; la criada cerró espantada la puerta, y el Bachiller sombrío se quedó de pié al lado del cadáver.

—Vámonos—dijo el Ahuizote—tomándole de un brazo; vámonos, ponte en salvo; has matado á un hombre y no sabemos ni quién será.

Y esa muger—dijo con ronco acento Martin—¿se queda sin castigo?

—Mas tarde será: por ahora salvémonos.

Y casi arrastrando se llevó á Martin y se perdieron entre las sombras. La mañana siguiente Doña Beatriz estraordinariamente pálida, conversaba con Doña María la vireina y con sus hijas.

—Pálida estais—decia la vireina—¿qué teneis?

—Puedo asegurar á V. E. que yo misma no lo sé, he pasado tan mala noche.

En este momento se oyeron las campanas de algunas iglesias que tocaban á muerto.

—Tocan á muerto—dijo devotamente la vireina.—¿Quién será? Pobre: *Requiem æternam dona eis, Domine.*

—*Et lux perpetua luceat eis*—contestaron las señoras.

Una camarera entró y la vireina le dirijió la palabra.

—¿Por quién doblan?

—Señora, contestó la camarera—un caballero acaba de dar la noticia de que es, porque en la calle del Factor, en la casa en que vivia una muchacha muda se ha encontrado hoy atravesado de una puñalada el cadáver del Oidor Don Fernando de Quesada.

—¡Jesus me favorezca!—esclamó Doña Beatriz, desplomándose en un sillon desmayada.

—¡Imprudente!—dijo á la camarera la vireina, apresurándose á socorrer á Doña Beatriz.

CAPÍTULO 7

De cómo se hicieron las ceremonias para la fundacion del convento de Santa Teresa.

SE practicaron activísimas diligencias para averiguar el autor de la muerte de Don Fernando, y nada pudo sacarse en limpio: la pobre María y la criada fueron puestas en estrecha prision, pero tampoco pudo obtenerse de ellas una confesion que diese alguna luz en el proceso.

Entre tanto las obras del convento de Santa Teresa seguian con increible presteza, y todo estaba ya preparado cuando llegó el Breve de Su Santidad para la fundacion del convento, incorporándole en la Orden de Carmelitas descalzas de la nueva reforma, concediéndole todas las gracias y privilegios que á los conventos de España, y nombrando por fundadoras á Sor Inés de la Cruz y á Sor María de la Encarnacion.

Se determinó la traslacion de las fundadoras á su convento para el 1º de Marzo, y se comenzaron á hacer espléndidos preparativos.

Doña Beatriz, en silencio y triste, continuaba tambien preparando sus galas para acompañar á la vireina, como su dama, en el dia de la ceremonia.

Llegó el dia último de Febrero del año de 1616.

El templo de Jesus María estaba profusamente iluminado, los

altares cubiertos de plata, y en ricos sillones recamados de oro, y en bancas cubiertas de terciopelo carmesí, con flecos y borlas de oro, se sentaba una escogida y noble concurrencia.

El Virey, el Arzobispo, el Obispo de Michoacan, que estaba en México, la real Audiencia y los tribunales, el Cabildo eclesiástico, y el de la ciudad, y un sin número de damas y caballeros de las primeras y mas ricas familias de la ciudad.

Se iba á verificar la ceremonia del cambio de hábito de las dos monjas fundadoras.

El Arzobispo y el Virey ocupaban los dos asientos inmediatos á los dos lados de la reja del coro bajo.

Se hizo la bendicion de los nuevos hábitos, y despues entonó el Arzobispo las vísperas, que se cantaron con toda solemnidad.

Las dos fundadoras se presentaron entonces en la reja acompañadas de las hijas de la vireina, que habian entrado á servirlas de madrinas y se arrodillaron. Se leyó el Breve de Su Santidad, y el Arzobispo, despues de una corta y elegante plática, recibió de ellas los nuevos votos de la religion de Santa Teresa; y entonces las madrinas, desnudándolas de los antiguos hábitos, las vistieron los nuevos que en dos fuentes de plata tenian Fr. Nicolás de San Alberto, y Fr. Rodrigo de San Bernardo, carmelitas descalzos del convento de México.

Durante toda la ceremonia Doña Beatriz lloraba sin levantar la cabeza, y Don Pedro de Mejía y Don Alonso de Rivera la observaban desde lejos.

Terminada la ceremonia que hemos procurado pintar con la misma sencillez que refieren los antiguos escritores, (por no faltar á la verdad histórica) comenzaron á salir del templo y á dispersarse por todas partes los fieles que habian asistido á la solemnidad.

Doña Beatriz subió en uno de los carruajes de palacio, y Don Pedro y Don Alonso en una rica estufa, que les llevó á la casa de la calle de la Celada.

—Profundamente triste está Dª Beatriz—dijo Don Pedro.

—Es natural, que el golpe que ha recibido no es para menos, pero descuidad, que el tiempo la consolará y de pensar tiene en otro hombre á quien dar su mano: que no vive bien en la sociedad una dama sin la sombra de un marido.

—¿Y creeis que alguna vez pudiera llegar á aceptarme por esposo?

—No lo dificulto, removido el obstáculo del Oidor que tanto

perjuicio nos ha causado, y que gracias á vos no ha podido ver su triunfo.

—Gracias á mí, no, Don Alonso, sino gracias á la Sarmiento, que se ha manejado de manera tal, que no tenemos aun en nuestra conciencia el peso de la muerte de Don Fernando.

—¡Bendito sea Dios! ¿Y no sabreis decirme, que se ha hecho del tunante Bachiller, Martin de Villavicencio?

—En verdad que no me será fácil daros una razon exacta: que desapareció de México la misma noche de la muerte del Oidor, y nadie de él mas ha vuelto á saber.

—Es una desaparicion milagrosa, y á propósito de desapariciones: ¿y aquella vuestra famosa viuda?

—¿Cuál?

—Luisa, la muger que fué de Don Manuel de la Sosa.

—Con gran cuidado me tiene su pérdida, y el no haber sabido mas de ella.

—¿Tanto así la amábais?

—No es precisamente por amor por lo que me preocupa, sino por otra cosa que ocultaros no debo, tanto porque entre nosotros no debe ya de haber secretos, cuanto porque en esto necesito de vuestra ayuda y consejo.

—¿Qué es, pues?

—Mirad: yo tenia, como sabeis, amorosas relaciones con Luisa desde hacia ya muchos meses, cuando su marido murió: entónces me exijió Luisa para continuar en ellas, que le firmase formal promesa de matrimonio.

—A lo que vos por supuesto os negasteis.

—Por el pronto negueme; pero la violencia del deseo de saber un secreto importante, que á precio de aquella firma me ofreció Luisa, me obligó á condescender, y dí por escrito la promesa.

—Malo estuvo ese paso; ¿pero el secreto valia lo que el sacrificio?

—Sí, que era nada menos que la noticia de los amores de Doña Blanca mi hermana con Don Cesar de Villaclara, que iban á decirme la mitad de mi caudal.

—Afortunadamente para vos, á resultas de la herida que me infirió Don Cesar, el virey lo ha desterrado á Filipinas por ocho años.

—Y yo he puesto en clausura tal á Doña Blanca, dentro de mi casa, que á no ser para el convento ó para el Campo Santo, no saldrá nunca.

—Pero volvamos á Luisa: ¿qué hicísteis luego?

—Al otro dia volví á buscarla, pero ya no estaba en su casa: todos los criados habian sido despedidos y las habitaciones estaban cerradas, y una familia que cuidaba de ellas no tenia conocimiento de lo que habia pasado con Luisa, porque ese mismo dia la habian llamado para que se encargase de la casa.

—Entonces podéis estar tranquilo.

—Os engañais, Don Alonso, porque no conoceis vos á esa muger; se ha ocultado sin duda para asegurar mas el golpe; la temo y por eso estoy preocupado.

—En ese caso, si os parece, busquémosla.

—Seria lo mas prudente.

—Pues desde mañana haremos comenzar las pesquisas.

El coche habia llegado á la casa de Don Alonso, y los dos se apearon, y subiendo pausadamente las escaleras, entraron á las habitaciones, tristes y sombrías, desde que faltaba de allí Doña Beatriz.

Amaneció el 1° de Marzo de 1616, y el mismo numeroso y lucido concurso que el dia anterior, invadió las naves del templo de Jesus María.

El Arzobispo Don Juan Perez de la Cerna llamó á las fundadoras del nuevo convento, y para hacer su traslacion rompió sus antiguos votos de clausura en Jesus María.

Era un espectáculo curioso y tierno, ver la salida de aquellas dos religiosas, que habian vivido tantos años bajo el techo de aquel santo asilo y al lado de sus hermanas, dejar todo eso para siempre, y arrojarse á la nueva empresa con toda la fé de los apóstoles.

Todos los ojos brillaban con el llanto y todos los corazones latian de emocion.

Sor Inés de la Cruz y Sor Encarnacion, vestidas ya con el modesto sayal de las carmelitas, fueron rodeadas por aquella deslumbradora concurrencia, y salieron á montar en las carrozas con sus madrinas, las hijas de la vireina, como arrebatadas en una nube de oro y de seda, de tisú y de plumas, de joyas y de flores.

Era la humildad y la pobreza, llegando al cielo entre un coro de arcángeles.

Sor Inés rezaba, y sin embargo al pasar por frente á Doña Beatriz se detuvo.

—Doña Beatriz—dijo con su acento inspirado—vos habeis sido el medio que su Divina Majestad eligió para llevar adelante sus misteriosos fines; pero Dios ha querido heriros con la tribulacion y el dolor, para que encontreis el consuelo en donde mismo lo habeis sembrado vos: el Señor os ha visitado.

Doña Beatriz se inclinó y lloró.

La comitiva siguió adelante, y todos subieron en las carrozas, que siguiendo la del palacio, llegaron á la iglesia Catedral.

No era entonces la Catedral la misma que hoy es: aquella, comenzada á formar en tiempo de Hernan Cortés, no contentó con toda su magnificencia el alma grande del sombrío Felipe II, y queriendo para la primera ciudad de Nueva España un templo digno de la opulencia de la colonia y del poder de la metrópoli, despachó cédula á la real Audiencia y al virey Don Luis de Velasco I, para que se construyese la Catedral que hoy existe.

Entonces, es decir, en los dias á que se refiere nuestra historia, las sagradas ceremonias tenian lugar en el antiguo templo que estaba cerca del moderno, y que fué derribado para que su recinto sirviera de atrio.

Las fundadoras del convento de Santa Teresa llegaron á la Catedral, conducidas por una inmensa muchedumbre, y allí el Arzobispo vestido de pontifical, celebró el sacrificio de la misa.

Tratóse luego de la advocacion que debia darse al nuevo convento, y en una soberbia urna de plata ricamente cincelada, se depositaron cédulas con los nombres que debian entrar en este sorteo de devocion.

Un niño bello y rubio como un ángel, llevado de la mano por el Arzobispo, sacó una de las cédulas—«Señor San José»—dijo el prelado leyéndola, y volvió á introducirla adentro.

Dos capellanes de coro movieron violentamente el ánfora, y por dos veces se repitió la operacion y por dos veces resultó Señor San José.

Decididamente la suerte se habia puesto de acuerdo con el esposo de María, ó la suerte en ese dia trabajaba de órden suprema.

Entonces las fundadoras acompañadas de toda la concurrencia, y cubiertas con sus grandes velos negros, se dirigieron en solemne procesion á su nuevo convento, cuya iglesia estaba en la misma manzana que hoy, pero en la esquina que mira para la calle del Hospicio de San Nicolás.

La vireina, sus hijas y Doña Beatriz, entraron á los claustros con las fundadoras, y allí el Arzobispo mandó á Sor Inés y á Sor Encarnacion que levantaran sus velos para dar gracias á la vireina y su familia por haberlas acompañado.

La vireina se despidió, y se preparaba ya á salir, cuando repentinamente Doña Beatriz se arrojó llorando á sus piés.

—¿Qué es esto Doña Beatriz?—preguntó Doña María de Riederes—¿qué repentino mal os acomete?

—Señora, no me alzaré de aquí hasta no conseguir el permiso y la proteccion de V. E. para tomar el hábito de novicia en este convento.

—Bien, Doña Beatriz, pero eso no es cosa de resolverse de repente, pensad, meditadlo, no os precipiteis.

—No señora, por Dios y por sus santos, por la vida de su Excelencia el señor virey, no me negueis esta gracia en que vais á darme mas que la vida, la salvacion de mi alma y la calma de mis últimos años.

—Pero Doña Beatriz, reflexionad.

—Nada puedo reflexionar ya que no haya pensado desde antes—decia Beatriz abrazando las rodillas de Doña María y besando sus manos—no, no me arranqueis ya, señora, de esta santa morada, á la que Dios me destina y á la que hace tiempo me siento llamada.

—Doña Beatriz—dijo solemnemente la vireina—considerad que el dolor de la muerte de Don Fernando os ciega hasta haceros confundir la vocacion con la desesperacion.

—Señora, si no encuentro amparo ni consuelo sino en el claustro y con Dios, ¿por qué me lo quereis cerrar, señora, sin tener compasion de mí?

—Dentro de pocos años el tiempo habrá curado el dolor, y quizá os arrepentireis de vuestra imprudente profesion.

—Dentro de pocos años el sepulcro se habrá cerrado sobre mí, y partir quiero de la vida muriendo esposa de Cristo.

—Señora, dijo el Arzobispo terciando en el diálogo—permítame Vuesencia que le diga, que seria ya cargo de conciencia impedir mas á esta dama que se consagre á Dios.

—Sea como querais.

Doña Beatriz, radiante de gozo besó las manos de la vireina y del Arzobispo, y se arrojó llorando en los brazos de las hijas del virey.

Como si ya todo estuviera preparado, trajeron en el momento un hábito de novicia que el Arzobispo vistió á Doña Beatriz.

Sor Inés de la Cruz estaba encantada con la milagrosa vocacion de la primera novicia de su convento.

El virey y su familia salieron tristemente del templo, y en la ciudad corrió inmediatamente la nueva de que habia tomado el velo como la primera novicia del convento de Santa Teresa, la hermosa dama Doña Beatriz de Rivera, bajo la advocacion de Sor Beatriz de Santiago.

CAPÍTULO 8

En donde se prueba que tanto valian los polvos de una bruja, como el chupamirto de un nahual.

DON Cárlos de Arellano habia llevádose á Luisa á su casa de Xochimilco, que se conocia allí con el nombre de la Estrella.

Al salir ya de la capital Arellano quitó á Luisa el pañuelo que le impedia hablar, y las ligaduras de las manos y de los piés, pero durante el tiempo que habia durado aquel forzado silencio, Luisa había tenido tiempo de reflexionar maduramente su situacion.

Estaba á merced de Don Cárlos y por fuerza nada conseguiria; la palabra empeñada por Mejía para hacerla su esposa, le habia sido arrancada mas bien por compromiso, que admitida por un ofrecimiento espontáneo, y él quizá se alegraria de la desaparicion de una muger con quien le ligaba ese vínculo.

Por parte, pues, de Don Pedro, no podia tener esperanza tampoco de auxilio, era preciso usar de la astucia, fingirse mas que resignada, contenta con su nueva posesion, y ganar la confianza de Arellano para huir el dia menos esperado y escapar de su poder.

Con esta resolucion al sentirse libre, en vez de reconvenciones frases de cariño, y graciosas chanzas fueron las que dirigió á Don Cárlos, que quedó encantado de aquella amabilidad inesperada.

La casa de la Estrella era un hermoso edificio, pero enteramente aislado y rodeado de altísimas y fuertes paredes, y coronado de almenas y de baluartes pequeños.

Durante el primer siglo de la dominacion española en la Nueva España, los conquistadores temerosos siempre de una sublevacion, daban á todos sus edificios, principalmente á los que se fabricaban fuera de México, todo el carácter de una fortaleza coronada de almenas, y disponiendo sus ventanas mas bien de una manera á propósito para hacer fuego desde ellas que para iluminar el interior. De aquí, ese aspecto de castillos feudales que tienen la mayor parte de las antiguas iglesias.

Luisa comprendió que la libertad de que gozaba dentro de la casa de la Estrella, era no mas dentro de la casa, porque le hubiera sido imposible realmente salir de allí, pero no se desanimó.

Don Cárlos era cada dia mas sumiso, mas solícito y mas cariñoso, y sin embargo, no daba esperanzas de permitir la salida de Luisa, estaba realmente cautiva.

El jardinero de la casa era un indígena jóven, inteligente, robusto, que se llamaba Presentacion, él salia y entraba á la casa, se quedaba algunas noches fuera de ella, y los domingos generalmente no se aparecia para nada. Era sobre todo, el sirviente de confianza de Don Cárlos. Hacerse de aquel hombre hubiera sido la salvacion de Luisa, ¿pero cómo? apenas la hablaba, y en cuanto á comprar su fidelidad era casi imposible, porque Presentacion tenia todo lo que necesitaba y se distinguia entre todos los sirvientes por su lujo.

Un calzon corto de escudero ajustado á la rodilla, con dos mancuernillas de oro, sin calzas, pero con unos zapatos de grandes alas bordados de seda de colores, una camisa de lana finísima, y un ancho sombrero color de canela; este era el traje de Presentacion en los dias ordinarios, porque en los de gala tambien se ponia jubon y calzas, y cuanto mas usaban los ricos de los alrededores.

Luisa observó un dia que mientras ella cortaba unas flores, el jardinero la contemplaba arrobado, dejó entonces olvidada una rosa, y á poco él vino y la levantó con respeto y la besó.

—Bueno—pensó Luisa—este hombre me sacará de aquí, ya es mio.

Y como al descuido, dirijió á Presentacion una mirada que hizo ruborizarse hasta la punta de los cabellos al pobre muchacho.

En todo aquel dia Presentacion no hizo nada bueno; se puso á regar y se quedó tan pensativo, que el agua inundó los sembrados, porque no se acordó de cortarla, y equivocó todo lo que tenia que hacer, y por fin en la tarde se salió de la casa sin concluir su tarea diaria.

En un pequeño jacal vivia un viejo que parecia pertenecer á la raza española pura, pero estaba tan miserable y tan abyecto, que nadie trataba con él: era cojo, no porque le faltara ninguna de las dos piernas, sino porque las tenia torcidas y débiles; las gentes del país le llamaban El *Ñor Chema*, y se decia por allí que el *Ñor Chema* era nahual.

Los nahuales son los compañeros de las brujas que saben hechizar, que se convierten por las noches en perros, en guajolotes, en lobos, &c., que como las brujas, atraviesan por los campos volando en las noches oscuras convertidos en globos de fuego, y dejando escuchar ruidosas y alegres carcajadas, y que luego se introducen á las casas y chupan la sangre de los niños.

Estos son los nahuales y las brujas en las leyendas y en las tradiciones del campo, que no han llegado á desaparecer completamente á pesar de los adelantos de la civilizacion.

El Ñor Chema estaba declarado nahual, y en esto no habia remedio, que una declaracion así era bastante para que la cosa se tuviera en aquellos tiempos como artículo de fé.

Rasgos maravillosos se contaban de él; quien, le habia visto entrar al cementerio en figura de un gato (reconociéndole sin duda por su buena educacion), quien atravesar una noche en los aires por encima del tejado de la casa, llevando entre sus brazos á un niño que lloraba, y quien le habia oido esclamar, como se contaba entonces que decian las brujas:—«Sin Dios y sin Santa María»—y convertido en el instante en un globo de fuego rojo, escapar por la ventana, riéndose sin duda de su misma habilidad.

Lo cierto es que aquel hombre no tenia relaciones en el pueblo, todos le miraban con terror, los chicos huian de él, y por las noches nadie pasaba á cien varas siquiera de su casa sin hacer la señal de la cruz.

Pero Ñor Chema de nadie hacia caso, y vivia con tanta tranquilidad, como si el mundo no se ocupara de él, y como si no hubiera en el mundo un tribunal que se llamaba la Inquisicion.

Es verdad que llegó á tanto la fama de Ñor Chema, que una vez se alarmó el Santo Oficio, y llegó á su jacal un comisario con dos alguaciles; todo el pueblo se alborotó porque creyeron que habria una novedad, y se pusieron todos en observacion; pero el comisario entró á la casa de Ñor Chema y se estuvo allí un largo rato, saliendo despues y retirándose sin meterse mas con el nahual.

La gente al principio se escandalizó de esto, pero al fin se calmaron los ánimos, porque los mas *sabiondos* del pueblo dijeron—que el Ñor Chema sin duda ejercia *la mágica blanca y no la negra*, y tal vez con privilegio del Santo Oficio.

Una tarde Presentacion se encaminó al jacal de Chema y llegó hasta la puerta; vaciló entonces, pero el viejo le habia visto, le habló, y le fué ya preciso entrar.

—Buenas tardes, Ñor Chema.

—¿Qué andas buscando por aquí?

—La verdad, Ñor Chema, yo venia á veros.

—¿A verme? ¿Y para qué querias verme?

—Pues la verdad—decia Presentacion rascando con una uña la pared y sin despegar la vista de allí—porque estoy enamorado.

—Y bien, ¿qué tengo yo que ver con eso?

—Que quiero que me deis un chupamirto—y Presentacion seguia rascando la pared.

—¿Pero es posible, hijo mio, que tú tambien creas que yo tengo algo de brujo?

—Yo no sé: lo que sé es, que si quereis podeis darme un chupamirto, que ningun trabajo os costará, y yo no dejaré de recompensaros.

—Ya te digo que no tengo ningun animal de esos, que tú lo puedes tomar en el campo á la hora que quieras.........

—Pero, ¿será lo mismo el que lo coja yo?

—Sí, anda.

—Entonces está bien: ¿conque es lo mismo?

—Sí, exactamente.

Al dia siguiente habia matado uno de los lindos chuparosas que volaban por el jardin, y lo habia envuelto cuidadosamente en una bolsa de lienzo y lo traia en la cintura, porque en aquellos tiempos el cadáver de ese pajarito era, segun la opinion general, un remedio eficaz para ser querido de todas las mugeres bonitas.

Y parece que la casualidad se empeñaba en probar que aquello era cierto. Presentacion cada dia iba ganando mas en el afecto de Luisa, segun las muestras de cariño que ella le prodigaba, y que él no podia atribuir á otra cosa mas que á la benéfica influencia del chupamirto.

Presentacion estaba mas adelantado cada dia, y por fin se atrevió una vez á hablar á Luisa. Luisa no deseaba otra cosa, y sin sentirlo, el pobre indígena quedó completamente prisionero de la astuta mulata.

Luisa no pensaba sino en escapar del lado de Arellano, pero llevándose la promesa de matrimonio de Mejía que Arellano tenia encerrada en una de sus cajas.

Para lograr esto era necesario astucia y perseverancia, y Luisa, como todas las personas de resoluciones firmes, contaba con la perseverancia.

Don Cárlos habia hecho trasportar á la casa de la Estrella, todos los muebles y el equipaje de Luisa, y ella en uno de sus baules logró encontrar algunos restos de los polvos de la Sarmiento. Entonces sí se consideró libre.

—Presentacion—dijo un dia al jardinero—¿y si yo me quisiera salir contigo, tendrias valor para llevarme?

—¿Por qué no?—dijo Presentacion temblando de placer—cuando querais, pero es necesario preparar caballos.........

—No, mejor es un coche, que mi deseo es entrar á México.

—¿Pues para cuándo lo disponeis?

—Para pasado mañana en la noche.

—Bueno.

—Mira, me asomaré por aquella ventana á las oraciones, si pasas y me das las buenas noches, es señal de que no has podido arreglar nada, si por el contrario no me hablas, es señal de que todo está preparado y entonces á media noche me esperas en este lugar.

—Muy bien.

—¡Ah! ¿podrás proporcionarme un traje de hombre? Aquí tienes dinero para todo.

—Le haré traer de México.

—Silencio, y hasta pasado mañana; el traje aquí tambien á la media noche.

Llegaron las oraciones de la noche del dia fijado por Luisa, y Presentacion comenzó á rondar por el jardin frente á la ventana hasta que la vió aparecer: se acercó mucho á ella y pasó por allí silenciosamente; todo estaba listo.

Luisa estaba á las once de la noche en el jardin: entre los rosales divisó un bulto y se dirijió á él; era Presentacion que temblaba como un niño.

—¡Cobarde! ¿Por qué tiemblas?—dijo Luisa que estaba enteramente serena.—¿Trajiste la ropa?

—Sí señora.

—Dámela y espérame aquí mientras voy á vestirme.

Luisa tomó la ropa que le traia Presentacion, y se dirijió otra vez á su aposento con tanta tranquilidad, como si solo tratara de pasearse en el jardin.

Don Cárlos dormia, pero su sueño era pesado y sus cabellos estaban pegados á su frente por un sudor viscoso; era el mismo sueño de Don Manuel de la Sosa.

Luisa sin tomarse el trabajo de mirarle siquiera, comenzó á vestirse el traje de hombre, y no debia ser la primera vez que vestia de aquella manera, porque no se mostró embarazada en el uso y colocacion de sus prendas, y muy pronto quedó convertida en un precioso adolescente.

Sacó de un armario algun dinero y ocultó bajo la ropilla un puñal pequeño y primorosamente trabajado, se caló un sombrero y se embozó perfectamente en una capa oscura; y con un garbo que le hubiera envidiado cualquiera de los guapos de la ciudad, volvió á incorporarse con Presentacion.

—Vamos—dijo imperiosamente Luisa.

—Vamos señora—contestó humildemente Presentacion—pero no podemos salir por la puerta.

—¿Por donde entonces?

—Por un agujero que he practicado en las tapias que dan á la espalda de la casa.

—Bien está—guíame.

En el fondo de la huerta y pegado á una tapia habia un inmenso monton de yerbas.

Presentacion las apartó y apareció en el muro una gran entrada, por donde pasó Luisa siguiendo al jardinero.

Se encontraban entonces en el campo.

Presentacion habia llegado á soñar que tenia amores con aquella muger; se habia comprometido y espuesto á todo por ella, y se encontraba en aquel momento en que creia que la sacaba de la casa del alcalde mayor, Don Cárlos de Arellano, para que fuese enteramente suya con que no se atrevia á tocarla una mano, ni aun á dirijirle una palabra de amor, y ella mandaba como señora, y él obedecia humilde como un esclavo.

Cerca de allí esperaba un carruaje con cuatro mulas. Presentacion abrió la portezuela, y Luisa en el acto de montar llevó la mano á la bolsa de los gregüescos, sacó un pergamino y aunque no podia ver la escritura por la oscuridad de la noche, no quiso sin duda mas que satisfacerse de que no lo habia perdido, porque volvió á guardarle diciendo con cierta especie de tranquilidad:

—Aquí está.

El carruaje comenzó á caminar. Los cocheros debian sin duda saber el término del viaje, porque sin recibir órden ninguna tomaron el camino de México.

Luisa iba silenciosa y meditabunda en uno de los rincones de aquel amplio carruaje, y Presentacion á su lado procurando, si no verla, adivinarla en la completa oscuridad que allí reinaba.

Así caminaron como una hora; pero el pensamiento y la imaginacion del jardinero debian ir en gran actividad, porque muy poco á poco fue acercándose á Luisa hasta que tomó una de sus manos: ella le dejaba hacer como si estuviera durmiendo, ó lo consintiera. Presentacion oprimió suavemente aquella mano y la fue llevando paulatinamente á su boca, y puso en ella sus labios una y muchas veces: Luisa no se movia.

Presentacion cobró ánimo, se acercó mas y echó su brazo izquierdo al cuello de Luisa, mientras con su mano derecha estrechaba la de ésta; pero aun no bien habia ejecutado esta accion cuando aquella mano se desprendió violentamente, desapareció de la del jardinero, y éste la volvió á sentir devuelta, pero ya en su rostro y menos pasiva que antes.

Presentacion dió un salto y volvió á su rincon.

Antes de amanecer entraba el carruaje por las calles de México.

—Que se detengan aquí—dijo Luisa.

Presentacion mandó á los cocheros detenerse.

Luisa y él bajaron del coche.

—Págales y que se vayan—dijo Luisa dándole una bolsa con dinero.—Contó Presentacion una cantidad y la entregó á uno de los cocheros que volvió á montar en la mula, y á poco el coche desapareció de las calles.

Luisa y su compañero se habian quedado solos.

Luisa se embozó en su capa y echó á andar por unas callejuelas sombrías y tortuosas; de repente se detuvo cerca de una esquina.

—Presentacion—dijo al jardinero—en este lugar espérame un

momento, á la vuelta debe vivir una mi conocida, que creo que nos consentirá de huéspedes mientras encontramos casa; aquí te estás sin moverte, y cuando oigas un silbido es señal de que todo está arreglado: ¿lo oyes?

Presentacion no tenia voluntad ante aquella muger y se contentó con decir—sí señora.

Luisa torció la esquina, y Presentacion se apoyó contra la pared..........................

Algunas personas que pasaron por allí á las dos de la mañana pudieron ver á Presentacion que esperaba aún.

CAPÍTULO 9

Otra vez con la Sarmiento.

EL Bachiller Martin de Villavicencio, alias Garatuza, no pensó despues de la muerte del Oidor, y cuando el Ahuizote le arrancó del lugar del acontecimiento, sino en buscar un paraje seguro en donde escapar de las garras de los alguaciles y corchetes, en caso de que algo se llegase á descubrir, y ni á él ni al Ahuizote les ocurrió lugar mas á propósito, que las cuevas de la Sarmiento, y para la casa de esta se dirigieron.

Verdaderamente el Bachiller ni sospechas tenia de quién habia sido el hombre muerto por su mano; el Ahuizote no habia recibido de la Sarmiento mas que instrucciones para llevar allí á Martin, y él tampoco podia sacarle de dudas.

Cuando llegaron los dos á la casa de la bruja, esta tambien acababa de llegar, tambien ella habia ido á presenciar la escena, y por eso Martin escuchó su carcajada en el momento en que vió abrirse la casa de María.

—¿Qué andáis haciendo?—preguntó la bruja haciéndose de las nuevas.

—Señora Sarmiento—contestó Martin—acabo de matar á un hombre por justos motivos, y témome mucho que la justicia dé sobre mí, si algo sospecha, y vengo á pediros asilo.

—Lo tendréis, que ya esperaba yo que por eso vendriais de un día al otro.

—¿Luego vos sabiais ya algo de María?

—Nada.

—¿Entonces?

—Sencillamente, porque en estos dias se han cumplido los cinco meses que os anuncié que pasarian, para que un amigo vuestro muriese asesinado por mano de un su amigo, ¿recordáis?

—¿Es decir que el hombre que yo he muerto?

—Es el Oidor Don Fernando de Quesada.

—¡Maldita sea mi suerte!—esclamó Martin, dándose una palmada en la frente, y quedándose luego en una especie de estupor, que por largo tiempo respetaron la bruja y el Ahuizote.

—Voy á denunciarme yo mismo—dijo de repente Martin, dirigiéndose á la puerta.

—Si yo te lo consiento—contestó el Ahuizote apoyándose de espaldas en la puerta cerrada, y tomando á Martin de los brazos.

—Quiere decir—preguntó Martin con una calma espantosa—que despues de que tú me has señalado la víctima para herir, me impides vengarme de mí mismo por crimen tan atroz.

—Yo no sabia de quién se trataba.

—Sí, tú lo sabias lo mismo que la Sarmiento que me ha dicho á quien yo maté, cuando aun yo mismo lo ignoraba.

—Pero tú estás cierto de que ese hombre ha estado en la casa de tu querida en altas horas de la noche, y yo no te llevé sino á desengañarte de lo que tú me negabas.

—Ahuizote—dijo Martin con la misma calma que antes—¿me dejas salir ó no?

—Martin—dijo la bruja—¿queréis que os dejemos salir, cuando estamos ciertos de que vuestra denuncia nos conduce á mí á la hoguera y al Ahuizote á la horca?

—No soy yo capaz de denunciar á nadie, y menos á vosotros, á quienes estoy unido por los juramentos de la *Compañía negra*: voy á declararme culpable yo solo; á que me juzguen y me castiguen á mí solo, porque no puedo ya soportar la vida, tras lo que ha pasado.

—Pero eso es un suicidio, una locura que nosotros no podemos consentir de ninguna manera.

—Por última vez, ¿me dejan el paso libre?

—No, no, y no—dijo en esta vez con resolucion el Ahuizote.

Garatuza se hizo un poco atrás y sacó su daga para lanzarse sobre el Ahuizote; pero en el momento de alzar el brazo sintió que se lo tomaban como entre dos tenazas de hierro, volvió el rostro, y era el sordo-mudo Anselmo que durante la disputa habia venido acercándose á una señal de la Sarmiento.

El Ahuizote le tomó los pies y la bruja la cabeza, y en un instante el Bachiller quedó completamente sujeto y con una mordaza.

—Bachiller—le dijo la Sarmiento—tenemos que mirar por nosotros mismos, estais loco, os perdeis y nos vais á perder á todos; ya os entrará la calma y entonces agradecereis todo esto que por vos hacemos—y luego agregó dirigiéndose al Ahuizote y haciendo una seña al sordo—Al subterráneo.

Anselmo y el Ahuizote se acercaron al Bachiller y le tomaron entre los dos, la vieja con un farol guiaba y descendieron así la escalera del subterráneo, solo que esta vez, no siguieron de frente como habia visto siempre Martin, sino que tomaron á la izquierda, y la bruja abrió una puerta sumamente gruesa y pesada, y penetró á otra bóveda en la que habia algunas camas y jergones en desorden.

La Sarmiento puso en el suelo la luz, arregló uno de aquellos lechos, y allí colocaron á Martin sus conductores.

La bruja le quitó la mordaza que lo fatigaba, dejó la luz en el suelo y salió seguida del Ahuizote.

El sordo-mudo se sentó sobre un cajon al lado de Martin y á poco comenzó á dormitar.........

El Bachiller á pesar de sus ligaduras y de su desesperacion, llegó á dormirse, y durmió mucho, pero á él le pareció un instante, porque al abrir los ojos el mismo candil ardia puesto en el suelo y Anselmo dormitaba en el mismo lugar, y sin embargo, habian pasado seis horas.

Martin estaba completamente calmado y comprendió que le habia ido mejor con la agarrotada que le habian dado la bruja y el Ahuizote, que si se hubiera ido á denunciar voluntariamente, y casi, casi, comenzó á agradecérselos. Pero ya se sentia muy incómodo y deseaba que llegara la Sarmiento.

Como aunque hubiera gritado mucho no habria logrado hacerse oir de Anselmo, determinó esperar con paciencia hasta que él le viese, para poder hacerle aunque fuese con la cabeza una seña.

Anselmo no se hizo esperar, volvió la vista, miró que Martin se movia, y se levantó inmediatamente y salió.

El Bachiller quedó pensando qué iria á hacer el mudo.

A poco la puerta volvió á abrirse y se presentó la Sarmiento.

—Buenos dias, señor Bachiller—le dijo—¿qué tal os sentís?

—Bien, pero me incomodan mucho, me lastiman estas ligaduras.

—Os libraré de ellas si estáis ya mas calmado y no pensais en la locura de iros á denunciar.

—De ninguna manera, que con un corto rato que he dormido, estoy completamente variado.

—¡Eh, si habeis roncado como seis horas! ¿y llamáis á eso corto rato?—esclamó la vieja comenzando á desatar á Martin.

—Seis horas—decia Martin, estendiendo los brazos con deleite, ¿pues qué horas serán?

—Son como las siete de la mañana.

—¿Y tan oscuro?

—¿Olvidais que este es un subterráneo?

—Es cierto, y ¿podré salir de aquí?

—No, no me pareceria prudente hasta no saber lo que se dice en la ciudad respecto á lo pasado anoche, y entonces ya podreis libremente pasearos si la razón es buena, y largaros si es mala.

—Me parece muy bien, ¿sabeis que tengo hambre?

—Anselmo os traerá pronto el desayuno.

—Pero no vayais á mezclarle algunos de vuestros infernales menjurges.

—Si yo tuviera malas intenciones contra vos, ¿quién me impedia haberos *despachado* anoche, que os tenia entre mis manos como un corderito, y que nadie os habia visto entrar? no seais desconfiado, ni insulteis de esa manera á los buenos amigos.

Martin se desayunó con grande apetito.

En la tarde llegó el Ahuizote, contando la prision de la criada de María, sin decir nada de esta, y refiriendo las activas pesquisas de la justicia, y se acordó entre los tres que Martin seguiria escondido hasta ver el resultado que tenian aquellas indagaciones.

Así se pasaron muchos días, sin atreverse el Bachiller á salir á la calle, y viviendo en la casa de la Sarmiento.

Una madrugada oyó la bruja golpes repetidos en la puerta, y el corazón le dió como ella decía, una vuelta; levantóse precipitadamente, y acudió á abrir.

—Buenos dias—dijo entrándose bruscamente un joven, casi un niño, hermoso y elegantemente vestido.

—Dios os guarde, niño—contestó la bruja prendada de la gallardía y belleza del mancebo, que sin ceremonia tomaba asiento en uno de los sitiales.

—Señora Sarmiento—dijo el adolescente, bajándose el embozo y acercando á su rostro el candil encendido que tenia la bruja.

—Solo para serviros—dijo mas y mas admirada la Sarmiento.

—Miradme bien: ¿qué me advertís?

—Mas os miro, y no os conozco, y solo veo—dijo con cierta salamería la bruja—un niño como un ángel.

—Poned mas cuidado—¿qué notais?

—¡Ah! ¡las orejas agujeradas!

—¿Entónces?

—¡Una dama!

El muchacho hizo una señal afirmativa con la cabeza. La bruja reflexionó, mirándole con suma atencion, como si quisiera tener un recuerdo de aquella fisonomía á fuerza de mirarla.

—¡Ah!—volvió á esclamar.

—¿Qué?

—Ya caigo—dijo acercándose y hablando muy bajo—La señora Doña Luisa.

—La misma—dijo Luisa.

—¿Pero á esta hora? ¿en ese traje?

—Las circunstancias lo exigian así, por ahora, necesito en primer lugar que me deis posada esta noche y mañana durante todo el dia.

—Pero si.........

—No hay disculpa, que siempre te he pagado muy bien: en segundo lugar, que para mañana en la noche me tengas preparadas saya y tocas negras de viuda, y en tercer lugar, que mañana en la noche esté aquí el Ahuizote: ¿lo entiendes?

—Sí, Doña Luisa.

—Pagaré como de costumbre; comenzaremos por lo primero: ¿á dónde me acuesto, que estoy sumamente cansada?

—Pues si os place, en mi mismo aposento, y en la cama que era de María.

—¿Qué le sucedió á esa muchacha?

—Se huyó de aquí sin saberse con quién.

—Muy bien hizo.

—La trataba yo como cuerpo de rey.

—Pero no querria estar en casa, á donde tan de continuo visita el diablo; vamos, despachad.

La bruja condujo á Luisa á su aposento y le mostró la cama que habia sido de María.

Luisa se tendió en ella sin desnudarse, y poco después su respiración dulce y tranquila indicaba que dormia.

Durante todo el dia siguiente el Bachiller, advertido por la Sarmiento, no salió de su escondite.

Luisa llamó en la tarde á la bruja.

—Señora Sarmiento—la dijo—quisiera contar contigo para un negocio que traigo entre manos.

—Decidme cuál.

—Soy viuda como tú sabes.

—Y demasiado.

—Bien, no te pregunto mas; quiero casarme por segunda vez, y he elegido á Don Pedro de Mejía para mi esposo.

—Soberbio casamiento, ¿pero él querrá?

—Le obligarémos, pero fuerza es que tú me ayudes, y que por supuesto cuentes con una magnífica recompensa.

—Haré de mi parte cuanto pueda.

Oyeme, tengo en mi poder una promesa formal de matrimonio, firmada por Don Pedro.

—Oh, entonces sobra.

—No sobra, porque tengo que combatir con que Don Pedro está enamorado de Doña Beatriz de Rivera, y que tal vez quiera meter pleito para anular esa obligación y como es hombre tan rico, ¿quién sabe?

—Desechad esos temores porque Doña Beatriz de Rivera se ha metido á monja desde la muerte del Oidor Don Fernando de Quesada.

—¡Muerto el Oidor! ¡Monja Beatriz!

—Estráñame que no sepais nada, cuando tanto ruido han hecho esos acontecimientos en la ciudad.

—Desde la muerte de Sosa no he salido para nada de una quinta, cerca de aquí.

—Entonces ignorareis también que Don Cesar de Villaclara, para quien me pedisteis un elíxir, ha sido desterrado á Filipinas por haber dado una terrible estocada á Don Alonso de Rivera.

—También lo ignoraba—dijo Luisa—sintiendo calmarse sus zelos por Doña Blanca con la ausencia de Villaclara.

—Pues todo eso ha pasado, de manera que ya Doña Beatriz no es obstáculo para vos en cuanto á que Don Pedro intente un pleito; no lo hará si le amenazais con revelar la parte que tuvo en preparar el asesinato del Oidor Quesada.

—¿Y qué parte fue esa?

—Os lo voy á referir para que os sirva de una arma, segura yo de que nunca de esto hablareis á la justicia, por la parte que en ello me pudiera tocar, y porque una vez presa yo por vuestra causa, me veria en la necesidad de dar mi declaracion en todo lo relativo á la muerte de vuestro marido Don Manuel de la Sosa.

—No temas, y háblame con franqueza.

La bruja entonces refirió á Luisa todo lo relativo á la muerte del Oidor, sin ocultarle ni aun lo que el lector no sabe, que al otro dia de la muerte de Don Fernando recibió una fuerte suma.

CAPÍTULO 10

En que se verá cuán cierto es aquello de que "nunca la prudencia es miedo."

DOÑA Blanca de Mejía vivia verdaderamente en un duro cautiverio, y sin embargo su persona era objeto de profundas cavilaciones, por parte de su hermano Don Pedro para obligarla á tomar el velo; por parte de Don Alonso para obtener su amor y su mano, y en el fondo, ni el uno la aborrecia de corazon, ni el otro la amaba; el interes movia tan solo á aquellos dos hombres. Blanca sufria resignada como un ángel todas aquellas persecuciones sin quejarse siquiera porque la única persona á quien podia abrir su corazon era su madrina Doña Beatriz, y ésta habia entrado al convento.

Doña Blanca se consumia sola con su infortunio, como se marchita con los rayos del sol una flor en una playa arenosa.

Don Pedro solo contra ella se ensañaba, porque era el único obstáculo que encontraba á su paso; pero para Don Alonso el obstáculo principal era Don Pedro, y aunque mintiéndole amistad no pensaba sino en hacerle desaparecer para dirijirse con mas franqueza á Doña Blanca.

La noche siguiente á los acontecimientos que referimos en el capítulo anterior, á las ocho y media Don Alonso llegaba á la casa de Don

Pedro, seguido de Teodoro que llevaba un farol para alumbrar el camino á su señor.

Doña Beatriz antes de profesar dió á Teodoro carta de libertad pero el negro juró á su señora averiguar todo lo relativo á la muerte del Oidor, y con su natural sagacidad comprendió que aquel golpe habia salido de Don Pedro y Don Alonso, y conoció tambien que ganando la confianza de su amo muy pronto se haria dueño de aquel secreto: en su interior habia jurado vengar á Doña Beatriz y á Don Fernando, y Teodoro era hombre que sabia cumplir sus juramentos.

Don Alonso entró á los aposentos de Don Pedro, y Teodoro apagó su farol y se sentó en el corredor en la puerta de la antesala, no tenia ni con quién platicar, porque como era de noche no habia allí mas visita que Don Alonso, no habia tampoco ni lacayos ni esclavos esperando con faroles á sus amos.

Comenzaba ya á dormirse cuando oyó pasos por la escalera y apareció una dama encubierta con un escudero por detrás.

Aquella debia ser alguna aventurera.

Al llegar cerca de Teodoro, que procuraba ocultar su rostro y que se fingió dormido, la dama dijo á su rodrigón.

—Debe de estar aquí álguien de visita, porque miro un esclavo aguardando con un farol.

Teodoro sintió helarse su sangre, aquella voz era demasiado conocida para él, era Luisa; ¿Luisa en la casa de Don Pedro de Mejía?

—Si quereis que pregunte á este esclavo—contestó el Ahuizote, que era el que acompañaba á Luisa.

—Es inútil, me haré anunciar, y hablaré á solas con Don Pedro de Mejía.

Luisa entró, y el Ahuizote comenzó á pasearse por el corredor mirando las plantas y los tibores de china, y el reverbero formado de pedacitos de vidrio con mechero de aceite, que alumbraba la escalera, hasta que cansado se sentó.

Teodoro se sentia devorado por la curiosidad; cualquiera cosa hubiera dado por saber á qué venia Luisa, pero le era imposible.

Esperaba ver salir muy pronto á Don Alonso, pero no fué así; ni Luisa ni Don Alonso salian, era una conferencia sin duda muy larga.

Nosotros mas felices que Teodoro vamos á ver lo que pasaba en el interior de la casa de Don Pedro.

Luisa se dirigió á un lacayo y le dijo.

—Hacedme la gracia de decir á vuestro amo, que una dama desea hablarle á solas.

El lacayo pensó prudente pasar inmediatamente el recado.

—¡Una dama!—dijo Don Pedro admirado.

—Sí señor—contestó el lacayo—cubierta y enlutada.

—Me retiro para dejaros en la mas completa libertad—dijo Don Alonso.

—Oh, de ninguna manera, que otra sala hay donde pueda hablar yo con esa señora, y como me figuro que no será asunto muy largo....

—Entonces os esperaré.

—Que pase esa dama—dijo Don Pedro al lacayo—á la sala encarnada.

El lacayo hizo una reverencia, salió y condujo á Luisa á una sala cuyos muebles estaban tapizados de damasco de seda encarnada.

Luisa quedó allí sola, pero á pocos momentos se presentó Don Pedro.

Luisa inclinó graciosamente la cabeza, levantándose un poco del sitial para saludar á Don Pedro.

—Señora—le dijo galantemente Mejía porque el talle de aquella muger y sus manos eran hechiceras, y al través del tupido punto de su velo se adivinaba el brillo de sus ojos—permitidme que antes de preguntaros en qué tendré la dicha de seros útil, me felicite por la fortuna de veer en esta casa, dama que debe ser tan principal como bella.

—Don Pedro—dijo Luisa levantándose el velo—¿me conoceis?

—¡Luisa!—esclamó Mejía sorprendido.

—Sí, Luisa, á quien sin duda habiais olvidado ya.

—¿Olvidado? no, pero vuestra desaparicion.

—Segura ya de vuestro amor, quise huir de la imprudente solicitud de tantos que llamándose amigos, no van á la casa de una viuda jóven y hermosa, sino con la esperanza de tener parte en la herencia del difunto.

—Bien, ¿pero sin avisarme? sin decirme siquiera adios?

—Para hacer una accion que es buena no es preciso avisar; deciros adios, ¿y para qué, cuando tan poca pena tomásteis por mi ausencia? si hubiérais querido, pronto me hubiérais encontrado.

—¿Pero en qué puedo ahora seros útil—dijo Mejía queriendo cortar aquella conversacion, y saber definitivamente cuáles eran las intenciones de Luisa?

—Vengo nada mas á preguntaros, ¿para cuándo habeis fijado el dia de nuestra boda?

—¿De nuestra boda?—preguntó Mejía haciendo un gesto de disgusto—¿aun insistís en eso?

—¿Que si aun insisto? pues qué olvidais que tengo una formal promesa vuestra?

—¿Y si yo me resistiera á llevarla á efecto?

—No creo que lo hiciérais.

—Por qué, ¿no estoy en mi derecho?

—En ese caso yo me presentaria pidiendo justicia, y os obligarian á casaros.

—O no, que mi obligacion no puede subsistir cuando habeis desaparecido por tanto tiempo, sin saber yo á dónde habeis ido.

—Probaria yo que he estado en un convento.

—Bien, veremos quién obtiene la palma; os advierto, señora, que haré uso de todo mi influjo.

—Admito el desafio, y os advierto á mi vez tambien, que será entonces necesario que la Audiencia y el Santo Oficio sepan vuestras relaciones con la bruja Sarmiento, y vuestro participio en el negocio de la muerte de Don Fernando de Quesada.

—¿Qué decís?—esclamó espantado Mejía.

—Nada, os indicaba lo que pudiera descubrirse en el caso de que tengamos que llegar hasta la justicia.

—¿Pero vos cómo sabeis?

—Yo sé mas de lo que podeis vos suponeros, y lo probaré.

—¡Luisa!

—Me retiro—dijo Luisa levantándose de su asiento.

—Esperad, esperad un momento, hablaremos.

—Decid, que es ya tarde.

—¿No habria una manera de que quedásemos en paz?

—Sí la hay, y muy fácil.

—¿Y cuál es? decidla.

—Casaos conmigo.

—¡Pero Luisa!

—No retrocedo.

—¿Habeis traido el documento que os otorgué?

—No, pero si quereis volver á verle convendreis en que no os deja arbitrio, está puesto por un escribano.

—¿Quereis que aplacemos para mañana la conversacion?

—Sí.

—Pero no en esta casa.

—¿Pues en dónde?

—En la calle de la Celada, en la casa de Don Alonso de Rivera á las ocho de la noche, ¿ó preferís que yo vaya á veros?

—No, iré á la casa de Don Alonso.

—¿Y llevareis el documento?

—Le llevaré.

—Estamos conformes.

—Adios—dijo Luisa levantándose y tendiendo la mano á Don Pedro—adios, esposo mio.

—Todavía no, todavía no—contestó Don Pedro con galantería, besando la mano de Luisa.

—Pero ya casi es seguro, hasta mañana.

Luisa se envolvió con su velo, y acompañada de Don Pedro atravesó en silencio, pero magestuosa como una deidad, aquellas antesalas hasta llegar á la escalera. Don Pedro le dió la mano para bajar y la dejó hasta la puerta de la calle. Habia en él mas amabilidad que la que era de esperarse.

Luisa salió á la calle seguida del Ahuizote, y Don Pedro volvió á subir en busca de Don Alonso.

Teodoro observaba todo sin moverse.

—Don Pedro—dijo Rivera, al verle entrar.—Estais demudado.

—¡Ay amigo mio! es que puedo deciros que casi he visto al diablo.

—¿Cómo?

—Luisa acaba de llegar á reclamarme el cumplimiento de mi promesa de matrimonio.

—¿Supongo que os habreis negado redondamente?

—No, porque esa muger es un enemigo terrible, y tiene armas poderosas.

—¿Y habeis cejado por temor?

—No Don Alonso, por prudencia. Oíd lo que ha pasado con ella..........

—Por mi fé que la cosa está mas séria de lo que yo creia, dijo Don Alonso despues de escuchar la relacion de Don Pedro—y lo peor del caso es, que segun se ve, esa muger sabe cuanto ha pasado y nos puede envolver á los dos en la misma ruina.

—Así es en efecto—dijo Don Pedro—por eso es que ahora mas que nunca debemos disponernos á combatirla.

—Quizá no haya, mas medio que condescender con ella, y despues mirar como nos libramos de su presencia.

—Eso será para el último caso, mientras probaremos á vencerla, mañana la he citado para vuestra, casa y me ha prometido llevar el documento: si pudiéramos disponer las cosas de manera que nos apoderásemos de su persona, le quitariamos ese documento y luego.........

—Pero, ¿suponeis que ella no sospecha ya que se trata de tenderle una celada?

—No, nada sospecha, os lo aseguro.

—Entonces prepararé las cosas de manera que si hubiese necesidad del rigor.........

—Eso es, eso es.........

—¿A qué hora es la cita?

—A las ocho de la noche.

—Os esperaré.

～

Luisa seguida siempre del Ahuizote llegó á la casa de la bruja.

—¿Qué tal?—dijo la Sarmiento al verles entrar.

—Así, así—contestó con indiferencia Luisa—me ha citado Don Pedro para mañana en la noche, y espero que allí se arreglará todo.

—¿Para dónde os citó?

—Para la calle de la Celada, á las ocho, y me encargó que no deje de llevar el documento.

—¿Y cumplireis?

—Cumpliré, aunque la cita en la calle de la Celada tiene traza de ser una verdadera celada, pero tomaré mis precauciones.

—Y hareis perfectamente.

—Sí, que en todo caso no es miedo la prudencia, y nunca cuando se trata con personas de esta clase.—Ahuizote te espero mañana á las oraciones, y cuida de buscar tres ó cuatro compañeros de confianza, y bien armados que vengan también contigo: puedes retirarte.

El Ahuizote saludó y se retiró.

—Ahora nosotras á descansar—dijo Luisa.

—A descansar—replicó la Sarmiento—que mañana será otro dia.

CAPÍTULO 11

Como en donde menos se piensa.....

DON Pedro y Don Alonso esperaban con impaciencia la hora de la cita con Luisa, en la casa de la calle de la Celada.

Todo estaba dispuesto por ellos de la manera mas á propósito para apoderarse de aquella muger, si la ocasion se presentaba favorable para hacerla desaparecer.

Don Alonso no queria tener mas auxiliar en la empresa que á Teodoro, á quien no conocia sino por su lealtad con Doña Beatriz, y su discrecion.

Teodoro tenia ya en toda forma su carta de libertad, otorgada por Doña Beatriz; pero ni habia querido mostrarla, ni hacer uso de ella, como hemos visto, con el solo objeto de seguir la pista á los que habian causado la muerte del Oidor, y la desgracia de Doña Beatriz.

Sonaron las ocho de la noche en un inmenso reloj que habia en la sala en que Don Pedro y Don Alonso esperaban, y los dos dirijieron instintivamente la vista á la puerta por donde debia aparecer Luisa.

Teodoro habia recibido órden de ocultarse en el alféizar de una ventana, cubierto por el cortinaje, y de no aparecer hasta que fuese llamado.

Era llegado el momento, y una silla de manos penetró en la casa de

Don Alonso conducida por dos robustos mocetones, y escoltada por otros dos que llevaban luces para alumbrar el camino.

Los hombres con la silla llegaron hasta la antesala, y allí la colocaron cuidadosamente en el suelo: uno de los escuderos, que era el Ahuizote, abrió la portezuela y Luisa enlutada como en el dia anterior salió de la silla.

Un lacayo esperaba ya en la antesala para anunciar á su amo la esperada visita: el lacayo era un hombre de toda confianza para Don Alonso, que habia tenido cuidado de alejar á todos los demas criados, para que nada advirtiesen de lo que allí podia tener lugar.

—Anunciad á unos señores, que deben estar adentro—dijo Luisa al lacayo—que aquí está la dama á quien aguardan.

El lacayo hizo una reverencia y entró.

—Es un hombre solo—dijo Luisa precipitadamente al Ahuizote—nadie mas hay por aquí.

—Todo va bien, saldrá como lo habeis dispuesto.

El lacayo volvió.

—Señora—dijo á Luisa—podeis pasar—y abriendo la puerta se inclinó respetuosamente, dejando pasar á la dama.

—Decid á mis criados que se retiren al pié de la escalera, á esperar que se les llame—dijo Luisa al entrar; pero de manera que esta órden fuese escuchada por los que estaban esperándola, y por los que la habian traido y estaban en la antesala.

—Muy bien señora—contestó el lacayo cerrando la puerta por donde habia entrado Luisa.

El hombre se volvia á dar á los conductores la órden de la señora, cuando repentinamente todos ellos, sacando los puñales que traian ocultos, se lanzaron sobre él y le rodearon.

—Si das un solo grito, eres muerto—dijo el Ahuizote.

—Pero, señores—contestó el lacayo temblando.

—Nada te haremos—agregó el Ahuizote—pero obedece, y en primer lugar desnúdate de la librea; pero inmediatamente.

El lacayo sin replicar se desnudó.

—Ahora entra en esta silla.

El hombre obedeció, y la silla fué colocada en un rincon.

—Si haces el menor ruido mueres en el acto—dijo el Ahuizote—ahora tú vístete esta librea—agregó dirijiéndose á uno de los que lo acompañaban.—Con ella podrás esplorar sin temor de que por el traje vayas á infundir sospechas.

Aquel otro hombre se vistió la librea, y en un momento quedó trasformado.

—Ahora mira en los cuartos de aquí cerca si hay álguien.

El hombre salió con precaucion y volvió diciendo:

—Nadie.

—Bueno—dijo el Ahuizote—á cualquiera que venga, tú lo despedirás como lacayo del señor Don Alonso: ahora á nuestros puestos.

Y todos se agruparon en la puerta á escuchar lo que pasaba adentro.

—¿Habeis traido con vos la escritura? decia dulcemente Don Pedro.

—Sí que la traje; pero antes prudente seria que hablásemos—contestó Luisa—que al fin solos podemos considerarnos, porque Don Alonso está tan interesado como vos en el asunto.

—¿Por qué decís eso? preguntó Don Alonso.

—Para esplicarlo, ¿me permitireis contaros una historia, que será corta pero interesante?

—Hablad, señora—dijo Don Alonso—que en todas partes la belleza y el talento tienen derecho mas de mandar que de pedir.

—Verdaderamente sois muy galan, pero escuchadme.

—Habia en una ciudad una hechicera que se llamaba, como vos querais llamarla, supongamos la Sarmiento, y me ocurre este nombre porque he oido mentar mucho en México á una que lleva este nombre: ¿vosotros la conoceis?

—No, no—dijo mostrando indeferencia Don Alonso.

Don Pedro no se atrevió á contestar.

—Pues bien—continuó Luisa—eso no importa, pues esa muger tenia los secretos de muchos y ricos señores de aquella ciudad: una vez supo ella que una dama muy protectora suya, estaba en un muy grande trabajo, porque un sugeto se negaba á cumplirla, una palabra que la habia empeñado, y como él era poderoso y fuerte, y la dama débil y desvalida, creía él que podria burlarla con solo querer. La hechicera fué á la casa de la dama, y la dijo—Buena señora, sé lo que os pasa, y no os apeneis, que vos me habeis hecho beneficios, y yo me precio de agradecida, tomad este amuleto, y con él lograreis dominar la voluntad, no solo de vuestro rebelde amigo, sino de un compañero suyo tan identificado con él en suerte, que lo que á uno quepa, en virtud de este amuleto, cabrá tambien al otro.

—¿Y qué amuleto fué ese?—preguntó Mejía, procurando disimular su turbacion.

—El velo de una novicia, teñido con la sangre de un Oidor, que debia haber sido su esposo.

Don Alonso y Don Pedro quedaron sombríos.

Teodoro se estremeció en su escondite, y Luisa con una terrible sangre fria, continuó.

—Pues la hechicera esplicó á la dama como aquel velo, tinto con aquella sangre, se habia comprado con dinero que los dos enemigos de la dama habian prodigado, y le esplicó todas las circunstancias que habian mediado para conseguirlo. Ahora que tal vez comprendereis la moral de mi cuento, comenzaremos á tratar de nuestro negocio.

—Está bien—dijo Don Pedro tratando de sobreponerse á su malestar—¿cuánto exijis por devolverme mi palabra de casamiento?

—¡Exijir! yo nada pido por ella, ni mi intencion ha sido nunca la de venderla. Don Pedro, desde anoche he creido inútil esta conferencia, porque no exijo mas sino que me contesteis si estais dispuesto á cumplir vuestra palabra ó no, y yo no saldré de esta pregunta.

—Señora—dijo Don Alonso.

—Caballero, os suplico que á mí nada me digais; aconsejad á vuestro amigo, en el concepto de que si se niega iremos ante los tribunales, y podré referiros delante del alcalde, ó de la misma Audiencia, el cuento de la Sarmiento con todos sus pormenores: ¿lo entendeis?

Luisa calló y los tres quedaron en silencio: de repente Don Pedro, con una mal fingida alegría, esclamó:

—¡Luisa mía! habeis vencido; vuestro será mi nombre, como mia será vuestra hermosura: dama de tal ingenio y tal belleza, digna es de un monarca.

—Gracias á Dios—dijo hipócritamente Don Alonso.

—Al fin Don Pedro ¿reconoceis vuestra injusticia conmigo?

—Sí, Luisa mia, sí, venid á mis brazos, y séllese nuestro eterno amor.

Don Pedro estrechó entre sus brazos á Luisa dulcemente.

—Esposa mia, ¿en dónde está esa promesa? que ahora mas que nunca me alegro de haber firmado, porque va á hacer mi felicidad.

—Aquí está esposo mio, aquí—dijo Luisa sacando de su seno un pergamino—ingrato, que habeis hecho padecer tanto á mi corazon.

—Me arrepiento, me arrepiento de todo eso—dijo Don Pedro verdaderamente contento, por tener en su mano el pergamino objeto de tantas ansias—y en prueba de ello, mirad cómo voy á destruir esta escritura para que veais que este matrimonio no mas que á mi amor lo debeis.

—Lástima—decia candorosamente Luisa, mirando arder con gran dificultad el pergamino en una bujía—lástima, ya se consumió todo, ¿y cuándo será la boda?

—Ya veremos, ya veremos—contestó Mejía menos amoroso que antes.

—Es que yo quiero que sea muy pronto—insistió Luisa.

—No puede ser, tengo mil negocios que arreglar antes, y no podrá ser la boda hasta dentro de un año.

—¿Un año? no, imposible, no me espero.

—Entonces no esperéis, haced lo que os plazca.

—Lo que me place es que sea en este mes, ó de lo contrario me presentaré.

—Presentaos—dijo sonriéndose Mejía—y llevad á la Audiencia esas cenizas, no dejarán de haceros caso.

—¿Conque para eso quisísteis la escritura?

—¿Os figurais que soy un niño, que habia de tenerla en mis manos y habia de dejar que volviera á las vuestras, conociéndoos?

—¿Os figurais, vos, Don Pedro—dijo sonriéndose Luisa, que yo soy acaso una niña, que conociéndoos á mi vez, os hubiera entregado la escritura?

—¿Qué decís?

—Lo que habeis oído, Don Pedro; ese pergamino que os he dado, y que vos tan traidoramente habeis entregado al fuego, no era vuestra promesa de matrimonio.

—¿Qué era, pues?

—Un pergamino cualquiera que traje a prevencion, porque suponia ya esta jugada de parte vuestra.

—Pero eso es una traicion.

—¿Y cómo llamais á la vuestra?

—No, eso no puede ser cierto, el pergamino quemado era mi promesa, y quereis espantarme, porque no os queda ya otro recurso.

—¿No lo creeis? Pues mirad vuestra promesa—dijo Luisa retirándose y mostrando á Don Pedro el documento original, mirad.

—Luisa, habeis cometido una imprudencia enseñándome ese pergamino que necesito quitaros, y que viva ó muerta os tengo de arrancar, porque lo que es hoy, lo he jurado, que no saldreis de aquí con él, y vive Dios que hombre es Don Pedro de Mejía para cumplir lo que una vez ofrece.

—Probad á quitármele—dijo Luisa.

Don Pedro y Don Alonso hicieron intencion de lanzarse sobre Luisa, pero ésta dió un paso atrás y sacó de su seno un puñalito agudo y brillante.

—Si os atreveis á acercaros, sois muertos.

—Luisa, entregad ese documento—dijo Don Alonso—ó nos obligareis á usar de la fuerza.

—¿Creeis que tendré miedo á los asesinos de Don Fernando de Quesada?

—Luisa—dijo Don Pedro.

—Teodoro—gritó Don Alonso.

—Entrad—dijo Luisa al mismo tiempo, dirigiéndose á la puerta.

Don Pedro y Don Alonso retrocedieron espantados, al ver entrar por la puerta de la antesala á tres hombres con puñales.

Luisa á su turno cobró valor y se dirigió sobre ellos.

—Don Pedro—dijo Luisa—ya veis que mal os ha..........

La palabra de Luisa se heló en sus labios. Teodoro mudo y sombrío con los brazos cruzados les contemplaba.

Luisa se quedó enteramente turbada; muerto Don Manuel de la Sosa, Teodoro era el único hombre que la conocia sobre la tierra.

Don Alonso observó el efecto que la presencia de su esclavo obraba en Luísa, y sin meterse á averiguar la causa, quiso aprovecharse de él.

—Teodoro—le dijo—has que salgan esos hombres, y conduce á esta señora allá dentro.

—Señor—contestó Teodoro—no seré yo el que sobre esta dama ponga mi mano, á pesar de que mas que vosotros tenia yo el derecho de hacerlo.

Habia pronunciado Teodoro estas palabras con tanta dignidad, que Don Alonso le miró espantado, sin creer casi que él hubiera sido.

—Es decir—le preguntó—que te revelas contra la voluntad de tu amo.

—Aquí, señor, ya no hay ni amo, ni esclavo, sois un caballero y mi señor; pero yo soy libre por escritura otorgada por mi señora Doña Beatriz de Rivera, ante el escribano Félix de Matoso Salavarría.

—Pero entonces ¿por qué no te has separado de mi servidumbre?

—Esperaba solo lo que he alcanzado á conseguir hoy.

—¿Y qué has conseguido?

—Saber quiénes son los culpables de la muerte de Don Fernando de Quesada, y de la desgracia de mi ama Doña Beatriz.

—¿Con que tú me traicionabas?

—No señor, servia yo á mi bienhechora.

Don Pedro y Don Alonso se miraron entre sí.

—Luisa—dijo Teodoro—podeis retiraros si os parece mejor.

—Señor Don Pedro—esclamó Luisa—mañana enviaré á pediros por escrito vuestra resolucion acerca de nuestro enlace, y vos me dareis por escrito la que os pareciere mejor—y salió seguida de los que le acompañaban.

El lacayo preso en la silla de manos, dejó su lugar á la dama, y no se atrevió ni á reclamar su librea.

Cuando la comitiva llegó á la casa de la Sarmiento, habia una persona de mas. Era Teodoro que habia seguido á Luisa hasta las habitaciones de la bruja.

CAPÍTULO 12

De lo que Luisa y Teodoro trataron y de lo que éste hizo después.

LA comitiva se detuvo en la puerta de la casa de la bruja. El Ahuizote pagó algo á los que le habian acompañado, y se retiraron llevándose la silla. Luisa y el Ahuizote entraron seguidos de Teodoro, á quien no habian visto hasta aquel momento, porque los habia seguido cautelosamente.

El Ahuizote le miró con estrañeza, pero Luisa le reconoció al punto.

—¿Por qué me seguís, qué pretendeis de mí?—le preguntó.

—Quiero hablar con vos á solas—dijo Teodoro.

—Entrad.

La Sarmiento que esperaba, se retiró al interior de la casa con el Ahuizote para dejar en completa libertad á Luisa y á Teodoro.

—Ya estamos solos—dijo ella—¿qué quereis?

—Quiero que me digais, cuanto habeis alcanzado á saber acerca de la muerte de Don Fernando de Quesada.

—Os lo diré.

—¿Quién le mató?

—El Bachiller Martin de Villavicencio Salazar.

—¡El Bachiller! ¡su amigo, su protegido!—esclamó Teodoro espantado—¡imposible! Martin hubiera dado su vida por el Oidor.

—Así es en efecto; pero ese Bachiller ha muerto á Don Fernando, ciego por los celos, y sin conocerle; habia sido una escena preparada para que diese este resultado.

—¿Podeis referirme todo eso?

—Sí, que puedo, oid.

Y Luisa contó á Teodoro cuanto sabia, y cuanto habia inferido de la muerte del Oidor, por las relaciones de la Sarmiento y del Ahuizote.

El negro la escuchó con profunda atencion hasta que concluyó de hablar.

—¿Conque es decir—preguntó entonces—que vos no creeis que fué culpable ese Bachiller?

—De ninguna manera.

—¿Y vos le conoceis?

—Ayer le he visto aquí, que aquí está oculto, huyendo de la justicia.

—¿Podríais conseguir que hablase conmigo?

—Fácil será, si quereis bajar al subterráneo en donde está oculto.

—Bajaré si me conducís.

—Entonces esperadme.

Luisa dejó un momento solo á Teodoro, habló con la Sarmiento y volvió trayendo la bruja un candil encendido.

—Seguid á esta señora, y os guiará hasta donde podais hablar con el Bachiller.

—¿Es la señora Sarmiento?

—La misma—contestó la bruja.

—Por muchos años—dijo Teodoro, mirándola como si quisiera grabar profundamente en su memoria aquella fisonomía.

Bajaron por el caracol que conocemos, y la vieja se dirigió á la puerta de la bóveda en que estaba Martin.

—Señor Bachiller, señor Bachiller.

—¿Qué se ofrece?—dijo desde adentro Martin.

—Levántese su merced y mire que aquí le traigo una visita, que mucho empeño ha tenido de verle.

Martin se levantó apresurado, y al mirar al negro favorito de Doña Beatriz casi dió un grito.

Teodoro quedó en silencio hasta que la Sarmiento se retiró.

—Teodoro—dijo Martin—¿venis á echarme en cara mi conducta? ¿A matarme, acaso, de órden de vuestra ama?

—No, señor Bachiller, no; yo no tengo ya ama: desde que Doña Beatriz ha tomado el velo, no seria capaz de pretender una venganza:

vengo á veros, á consolaros, á sacaros de este sepulcro, en donde estais ya casi desconocido.

Y era verdad: Martin no era ya el joven rubicundo, ni el garboso Bachiller de otros tiempos: la oscuridad, el aire húmedo y mal sano del subterráneo, y sus padecimientos morales, le habian cambiado enteramente.

No habia envejecido, pero estaba pálido, su cabello y su barba habian crecido en desórden, y sus ropas estaban hechas pedazos; el pobre de Martin daba lástima.

A la Sarmiento no le convenia que saliese aún por desvanecer las últimas sospechas, y Martin se secaba en aquel antro de tristeza, de fastidio, de falta de aire, de luz, de libertad.

—Quiero sacaros de aquí—continuó Teodoro—llevaros conmigo para que me ayudeis á perseguir y á castigar á los asesinos de Don Fernando.

—Pero Teodoro, si el asesino soy yo, yo el culpable.

—Vos no, Don Martin, vos no habeis sido, sino el instrumento ciego é inocente de esa maldad: hay una trama infernal que yo revelaré, porque yo lo sé todo.

—Una trama, ¿y cuál?

—Paciencia y prudencia por ahora; solo puedo deciros que ni vuestra María era infiel, ni el Oidor iba á visitarla, ni nada de todo aquello; que fué una comedia preparada para que diese el resultado que dió, y en caso de ser descubierta, vos resultarais el único culpable, y vuestros zelos dieran bastante causa al asesinato y no se buscaran otros motivos que pudieran comprometer á alguien.

—¿Conque María es inocente?

—Inocente, os lo aseguro.

—Cuánto os agradezco esta noticia—decia Martin casi llorando, y abrazando el cuello de Teodoro.

—Ahora, salid de aquí y vámonos.

—¿Pero la justicia?..........

—Nadie ha pensado en atribuiros la muerte de Don Fernando: yo mismo que queria saber con tanto empeño quién le habia dado el golpe, no pude hasta esta noche averiguarlo; con que así nada temais y seguidme.

El Bachiller tomó su capa, su sombrero y el candil que le servia para alumbrarse en su escondite, y echó á andar conduciendo á Teodoro.

Llegaron hasta la trampa que cerraba la bóveda del subterráneo, Martin empujó, estaba cerrada, llamó y nadie contestó; hizo esfuerzos, y la puerta no cedia.

—Nos han encerrado—dijo á Teodoro.

—¿Será casualidad?

Un fuerte olor de azufre que se iba haciendo mas denso á cada momento, comenzó á percibirse en el subterráneo.

—Aquí hay alguna nueva maldad—dijo Teodoro.

—¿Pero contra mí y contra vos? ¿Quién?.........

—Luisa—dijo tranquilamente Teodoro.

—Es verdad, ¿esa muger os ha visto? ¿Sabe que estais aquí?

—Sí.

—Entonces ella ha preparado todo esto, quieren dejaros morir aquí, y á mí con vos tambien.

El humo del azufre era insoportable.

—¿Y este humo?—preguntó Teodoro.

—Es sin duda para apresurar nuestra muerte.

Martin que estaba mas débil, comenzaba ya á sentirse desvanecido, á toser mucho, y apenas alcanzaba respiracion................

—Están ya conversando los dos—decia la Sarmiento á Luisa, despues de haber dejado á Teodoro con Martin en el subterráneo.

—Pues seria bueno que nunca mas salieran de ahí, ninguno de los dos.

—¿Por qué?

—¡Cómo! ¿Olvidais que el Bachiller puede de un dia al otro averiguar lo que aconteció con el Oidor, y tornarse en vuestro enemigo, y haceros él solo mas perjuicio que todos los familiares de la Inquisicion, si es que no le acompañen ellos entonces para perjudicaros tambien?

—Pero eso está largo.

—No tanto, que el negro que sabe tambien graves secretos mios, trae el objeto de hacer causa común con el Bachiller, para perseguir á los que prepararon la muerte de Don Fernando; y ese negro sabe mas cosas de las que vos podeis suponeros: os lo aseguro, y en cuanto hablen los dos dejan todo mas delgado que un pelo, y témome que si vos acabais en la hoguera, yo corro peligro de no salir muy bien librada.

—Entonces ¿para qué me habeis hecho juntarlos?

—Porque juntos es mas fácil saber qué hacemos con los dos.

—Os comprendo, ¿pero qué podemos dos mugeres? ¿Será necesario llamar al Ahuizote?

—No, mirad, ¿tiene llave la entrada del subterráneo?

—Sí, y muy fuerte.

—¿Y tiene otra salida?

—No.

—Pues en primer lugar cerrad la boca del subterráneo.

La Sarmiento cerró con llave la entrada.

—Ya está dijo.

—Bien, ahora como les falta aire y que comer, ellos acabarán sin que tengamos porque apurarnos.

—Pero eso será cosa de tres ó cuatro días, y en ese tiempo necesito yo entrar ahí.

—Podemos precipitar el lance, si gustais.

—¿Cómo?

—¿Hay alguna ventana ó claraboya, que dé para esos subterráneos?

—Sí, hay una, pero muy pequeña.

—No importa, enseñádmela.

La bruja llevó á Luisa á la recámara, y debajo de la cama en que ella dormia levantó una pequeña losa que descubrió un agujero que comunicaba con el subterráneo.

—¿Teneis unas pajuelas de azufre?

—Sí.

—Traedme cuantas tengáis.

La Sarmiento trajo dos ó tres gruesos paquetes de pajuelas de azufre.

Luisa comenzó á dividirlos en azecillos, y luego encendiéndolos en el candil los fué arrojando unos en pos de otros por el agujero, hasta que cayó el último y tapó con la losa: todos ardieron y formaban en el fondo un montoncillo que producia nubes especísimas de humo.

—¡Ah! entiendo—dijo la Sarmiento—como hacemos con las casas enratonadas. ¿Pero mis animales que también están allá abajo?

—Esos ya se murieron—contestó sonriéndose Luisa—pero al fin

que dinero sobrará despues para todo, y que mas vale que mueran esas zabandijas que no que vayamos á dar nosotras al Santo Oficio.

En ese momento se escucharon los golpes que daba Martin en la entrada del subterráneo.

—A otra puerta señores—dijo Luisa riéndose—lo que es por esa no saldreis ni con los pies por delante, porque yo supongo, señora Sarmiento, que les daremos honrosa sepultura en las mismas bóvedas.

—Por supuesto.

—Entonces pueden morir en paz.........

El Bachiller se sentia espirar.

—Estamos perdidos—dijo á Teodoro.

—Veremos—contestó el negro, y pasando delante de Martin comenzó á examinar la trampa.

El humo hacia llorar.

Teodoro examinó la fortaleza de la cerradura, y luego con mucha calma bajó al subterráneo y tomó una viga que allí habia y volvió á subir con ella.

Luisa y la Sarmiento no habian contado con la fuerza titánica de Teodoro.

El negro tomó con sus dos manos la vigueta, y balanceándola dos veces para darle impulso, la levantó violentamente para abrir la puerta que estaba sobre su cabeza: á los tres golpes la puerta saltó hecha pedazos, y Martin y Teodoro salieron del subterráneo.

Las dos mugeres los veian espantadas desde un rincon.

Sin decirles nada, sin inclinarles siquiera la cabeza, Teodoro y Martin atravesaron delante de ellas, y salieron á la calles.

CAPÍTULO 13

De como Luisa fué la muger de Don Pedro de Mejía, y de lo que Doña Blanca determinó hacer por esta causa.

EL lacayo de Luisa, es decir, el Ahuizote, acudió á buscar la respuesta que debia de dar Don Pedro de Mejía, y recibió un pliego que le llevó inmediatamente.

Luisa abrió la carta y la leyó.

—Estaba yo segura de esto—dijo con desden, y dobló la carta, que nosotros leeremos tambien, y que así decia:

«Luisa, en esta vida de acechanzas no es posible que vivamos, ni vos ni yo: helo pensado bien: hoy mismo correré todas las diligencias y en la semana que entra serás mi esposa. No mas desconfianza. Vuestro hasta la muerte:

Pedro de Mejia.»

¿Qué habia obligado á Don Pedro á tomar esta resolución? Es muy fácil inferirlo. Comprendió que Luisa tenia armas poderosísimas para causar un escándalo y entre ellas era la principal, la promesa de matrimonio estendida á los tres días de la muerte repentina casi de Don Manuel de la Sosa. El mundo que tantos comentarios habia hecho de aquella muerte, no dejaria caritativamente de atribuirla á Don Pedro, sabiendo lo de la promesa, como ya le atribuian también la de Don Fernando de Quesada.

Una vez casado con Luisa, aquella arma desapareceria, y aunque aquel matrimonio era una especie de desafio á muerte entre los dos, sin embargo estaban ya ambos de tal manera empeñados en aquella lucha, que no podian cejar ni retroceder.

Don Pedro había conferenciado largamente con Don Alonso sobre lo que mejor se podria hacer, y Don Alonso apoyó la idea de la boda.

Allí tambien habia en juego otro interes. Don Alonso no desistia de su proyecto de enlazarse con Doña Blanca, y de hacer desaparecer á Mejía para que ella y él, como su marido, quedasen enteramente dueños de la inmensa fortuna de los Mejías.

El matrimonio de Luisa venia en auxilio de su empresa.

Luisa, por la misma razón que Don Alonso deseaba deshacerse de Don Pedro, desearia deshacerse ella de Doña Blanca, y ésta perseguida y hostigada por la muger de su hermano, buscaria un amparo, y entonces era la sazon de ofrecerla su mano.

Luego Luisa tendria por matrimonio un combate eterno con Don Pedro, y si Don Alonso la ayudaba algo, la pérdida de Mejía era indudable.

En los intereses de Don Alonso estaba pues, facilitar la boda de Don Pedro con Luisa, y hacer comprender á aquel que despues del matrimonio, seria muy fácil pretestar un viaje á cualquiera parte, y en ese viaje la muerte podria sorprender á la confiada esposa.

Convenido, pues, todo, no tardó en verificarse el matrimonio, que si no fué secreto, sí se cuidó de que se hiciera lo menos público que fuera posible.

Desde el dia que Luisa recibió la carta que contenia el consentimiento de Don Pedro para la boda, dejó la casa de la Sarmiento y volvió á ocupar su antigua habitacion, en la que habia muerto Don Manuel de la Sosa; avisó á sus amistades que estaba ya de vuelta, y les contó que habia pasado en el campo todo el tiempo de su ausencia, y á donde se habia retirado, para poder, sin testigos, dar rienda suelta á su dolor.

Lo acontecido con Don Cárlos de Arellano era tan secreto, que si ella ó él no lo descubrian, nadie mas podia hacerlo, y era seguro que ninguno de los dos cometeria esta indiscrecion.

Era ya la víspera del dia en que Don Pedro debia tomar estado, y á pesar de que Doña Blanca permanecia encerrada, creyó necesario darle noticia del casamiento por instigaciones de Don Alonso, y para evitarse una escena desagradable, el mismo Don Alonso se comprometió á llevar la noticia á Doña Blanca.

La jóven bordaba una palia, sentada enfrente de una alta ventana que daba á los patios interiores; estaba pálida y consumida, sus ojos indicaban que continuamente lloraba.

Oyó el ruido de la puerta, volvió la vista y reconoció á Don Alonso.

—Doña Blanca—dijo él—¿si me dais vuestro permiso?

—Pasad, Sr. Don Alonso, que sereis bien recibido.

—Gracias, y perdonadme que á interrumpiros me atreva en vuestras ocupaciones.

—No tengo que perdonaros, que muy al contrario, la presencia de alguna persona en este aposento me es muy grata: siempre estoy tan solitaria.

—En efecto, Doña Blanca, vuestra vida debe ser muy triste, que jamás poneis un pié en la calle, ni os visita persona alguna; no comprendo cómo Don Pedro puede llegar con vos á tanto rigor.

—Oh, no creais que mi hermano sea el que me tiene en esta reclusion; no, por el contrario, él siempre procurando que yo salga, que visite, que me distraiga.

Doña Blanca mentia por salvar la reputacion de Don Pedro, pero sentia que su garganta se anudaba y que el llanto iba quizá á venderla.

—No, Doña Blanca, no me engañeis, yo estoy en los secretos de vuestra familia, y sé cuán desgraciada sois, y cuán digna de mejor suerte.

Blanca se puso á llorar.

—Vuestra situacion es ahora muy triste, pero la verdad es que me temo mucho que en lo de adelante se ponga peor.

—Peor, ¿y por qué?

—Porque Don Pedro vá á casarse, y me encarga que os lo anuncie.

—¡Vá á casarse! ¿y con quién?

—Con una muger cualquiera, con una mulata, con una aventurera, sin reputacion y sin ninguna clase de virtudes, hermosa y pecadora como una Magdalena antes de arrepentirse.

—¡Jesus! ¿pero cómo mi hermano?.........

—Eso seria muy largo de contaros, pero lo que sí os diré que la entrada de esa dama en esta casa, será la señal de una nueva vida de disipacion y de escándalos, que os vereis obligada á seguir, ó que sereis la víctima de la esposa de Don Pedro.

—¡Ave María Purísima! ¿tan mala es esa señora?

—Tan mala, que su primer marido ha muerto envenenado por su mano, y que durante la vida de ese desgraciado, ella mantenia ilícitas relaciones públicamente con varios caballeros de esta ciudad.

—¿Pero mi hermano ignorará todo esto?

—Lo sabe, Doña Blanca, lo sabe todo, y á pesar de esto, ni él mismo es capaz de impedir que este enlace se lleve á efecto.

—Sea por el amor de Dios.

—Pero vos, Doña Blanca, ¿cómo vais á vivir así, en medio de este infierno?

—¿Y qué quereis que yo haga?

—¿Cómo? separaros de aquí.

—¿Pero á dónde y cómo me iré?

—Casaos.

Doña Blanca se sonrió tristemente.

—Sois hermosa, noble, discreta—continuó Don Alonso con exaltacion creciente—sois rica, no puede faltaros un hombre que os ame, que se interese por vuestra suerte, que sea digno de vos, que os haga tan feliz como mereceis.........

—Don Alonso, yo no puedo ya ser feliz sobre la tierra.

—¿Por qué no? Señora, pensad en el matrimonio.

—Pensaré, os lo prometo; pero hacedme la gracia de decir á mi hermano D. Pedro, que deseo hablar á solas con él.

—Por Dios, que no vayais á decirle nada de cuanto os tengo dicho.

—No temais, haced cuenta, Don Alonso, que lo habeis dicho en un sepulcro.

—Entonces diré á Don Pedro vuestro empeño, y tendré la dicha de volver á veros: pensad en lo que os dije.

Don Alonso salió, y Blanca fué á arrodillarse en su reclinatorio, delante de una imágen de la Vírgen.

Don Pedro no pudo ver á su hermana hasta en la noche. Doña Blanca, como siempre, le recibió temblando.

—Habeisme mandado llamar, Doña Blanca—dijo D. Pedro.

—Queria hablaros: esta vida que llevo no me es posible soportarla ya por mas tiempo, y tanto mas, ahora que sé que vais á casaros.

—Ya os he dicho, Doña Blanca, que está en vuestras manos el salir de esa situacion tan pronto como querais, y todo depende de que os resolvais á tomar el hábito é ir á hacerle compañía á vuestra madrina Doña Beatriz de Rivera, hoy Sor Beatriz de Santiago, al nuevo convento de carmelitas descalzas.

—Pero Don Pedro, si yo no me siento con vocacion para profesar.

—Eh, boberas y tonterías, vuestra madrina se sentia menos abocada á la vida religiosa, puesto que se iba á casar, y que todas las desgracias acontecieron segun cuenta el vulgo, porque además del Oidor su novio, tenia un querido á quien visitaba ella á media noche.

—¡Don Pedro!—dijo indignada Doña Blanca—no toqueis la honra de mi madrina que es una santa.

—Será, y en buen lugar está hoy para irse al cielo, pero veis cómo sin tener vocacion de monja, sino mas de casada, ha tomado el velo.

—Pero no me siento con valor.........

—Desengañaos: por última vez, si no os decidís á tomar el velo, no saldreis de aquí sino muerta, y no habrá poder humano que os saque de mis manos ni os lisonjeis con los amores del Don Cesar de Villaclara que ha pasado ya aguas de mar, que está en Manila, y que hasta dentro de ocho años no vendrá, para cuyo tiempo estareis vos ó muerta ó en el claustro; con que supuesto que no hay esperanzas, decidios y entrad al noviciado con vuestra madrina.

Doña Blanca quedó pensativa: Don Pedro la contemplaba en silencio.

—Está bien—dijo la jóven de repente—mañana mismo entraré de novicia al convento de Santa Teresa.

—¿Mañana mismo?

—Sí, mañana, disponedlo todo, vos lo quereis, vos me obligais, se hará: pero Dios os tomará estrecha cuenta si mi alma se pierde por culpa vuestra.

Don Pedro se puso á reir.

—No tengais cuidado, Doña Blanca, que nada se perderá, ni menos vuestra alma, entrad al convento, que allí cuando mas tendreis el riesgo de las tentaciones que con agua bendita os serán quitadas, que tan seguro estoy de que allí no se perderá vuestra alma, que dispuesto estoy á responder de ella á Dios.

—Bien, mañana mismo seré novicia.

—Cuánto me alegro, y os felicito por ello.

Don Pedro salió radiante de gozo, y Doña Blanca se puso á gemir.

Don Alonso de Rivera al ver á Don Pedro tan contento tuvo miedo; aquella alegría era de mal agüero para Blanca, y por consecuencia para él.

—Os veo muy satisfecho—le dijo.

—Sí, Don Alonso, por fin hemos triunfado.

—¿Cómo?

—Doña Blanca entrará mañana de novicia á hacer compañía á Sor Beatriz de Santiago.

—¡Es posible!—dijo Don Alonso palideciendo.

—La verdad pura.

—Entonces, ¿me permitireis que entre á felicitarla?

—No, Don Alonso, vale mas que no, ella parece que hace un gran sacrificio, y cualquier cosa seria para ella una burla, dejadla llorar sola, vale mas.

CAPÍTULO 14

Lo que pasó en las bodas de Luisa y de lo que le aconteció á la Sarmiento.

A LA mañana siguiente Sor Beatriz recibia en el convento de Santa Teresa, á su ahijada Doña Blanca de Mejía, que entraba de novicia.

Doña Blanca deshecha en lágrimas contaba sus desgracias á Sor Beatriz que procuraba consolarla, pero que comprendia que en realidad solo el tiempo podia curar aquel pobre corazon.

Al mismo tiempo se celebraban las bodas de Luisa con Don Pedro, no se habian hecho grandes preparativos ni se habia convidado mucha gente, pero la casa de Mejía estaba sin embargo muy concurrida.

Eran aquellos dias las fiestas del Carnaval, y hombres y mugeres andaban en las calles con máscaras y antifaces haciendo lujosas y elegantes comparsas.

En aquellos tiempos el lujo en los vestidos, en los carruajes y en las casas era tal, que á decir de los historiadores y viajeros que concurrieron á México en aquella época, no habia ciudad que no pudiera envidiar en esto á la naciente capital de la Nueva España; una inmensa cantidad de carrozas invadia las calles y los paseos en los dias de fiesta, y con tanta magnificencia que los caballos tenian las herraduras de plata, y en sus guarniciones se usaba el oro, la plata y hasta las piedras mas preciosas.

La clase baja del pueblo vestia con tanto lujo, que un artesano no se distinguia en un dia de fiesta de uno de los oficiales reales ó de un hidalgo rico.

Las fiestas del Carnaval eran libres y espléndidas, y en los dias en que pasa nuestra historia, si bien no habia bailes públicos, las calles, y los paseos y las casas particulares, estaban alegres y animadas.

La noticia del casamiento de la bella Luisa y de Don Pedro se esparció en la ciudad, y en la noche varias damas de todas clases comenzaron á llegar á la casa á felicitar á los nuevos esposos.

Don Pedro aparentaba una alegría que estaba muy lejos de sentir, y recibia á todos con muestras de cariño y de delicadeza, sentado al lado de Luisa que brillaba como un sol, cubierta de diamantes.

A la media noche se oyó un gran rumor en los patios y se precipitó por las escaleras arriba una comparsa de estudiantes, con sus panderos y sus guitarras, y con todos sus medios de hacer ruido y meter bulla.

Bailaban, cantaban, se entraban por todas las piezas riendo y enamorando á todas las criadas, y chanseando con todos los hombres y alborotándolo todo.

Uno de los estudiantes de elevada talla, se entró hasta una de las últimas piezas.

La Sarmiento dormitaba en un sitial porque habia querido concurrir tambien á la boda de Luisa; en el gran desórden que reinaba en la casa de Mejía en aquella noche, ninguno cuidaba sino de sí mismo, y la bruja cansada, se retiró á descansar un momento.

El estudiante la vió y comenzó á acercársele por detrás con precaucion, volviendo á todos lados la cara para ver si estaba solo. Nadie lo observaba.

Llegó hasta el lado de la Sarmiento que seguia durmiendo tranquilamente.

El estudiante tapó con su mano derecha herméticamente la boca y las narices de la bruja, y con la izquierda le sujetó la cabeza para que no pudiera moverse.

La bruja quiso levantarse y abrió los ojos espantados, sentia que le faltaba la vida, metió con angustia sus manos para apartar la del estudiante que la ahogaba, pero era imposible, aquellas manos y aquellos brazos parecian de acero.

La bruja se retorcia haciendo esfuerzos inauditos para desprenderse, sus ojos querian salirse de sus órbitas. La bruja se moria.

El estudiante acercó su boca al oido de la Sarmiento.

—Bruja infernal, tú mataste á mi amo Don Fernando y has hecho la desgracia de mi ama Doña Beatriz, me quisiste matar y yo te castigo.

Poco á poco fueron cesando la resistencia y los esfuerzos de la bruja hasta que se quedó inmóbil. Todavía Teodoro conservó su mano sobre la boca de la Sarmiento, hasta que al fin la retiró. La bruja habia muerto, y el cadáver quedó en el sitial como si estuviera durmiendo.

Teodoro salió y se mezcló entre la turba de los bailadores.

Uno de los otros estudiantes se acercó á él, y le dijo muy quedo.

—¿Ya nos vamos?

—Ya—contestó Teodoro.

El estudiante que le habia hablado dió un silbido con un pito de oro que colgaba de su cuello y luego toda la estudiantina se rodeó de él y se organizó como una tropa á cuya cabeza iba el que habia silbado.

Así se dirigieron hasta el estrado principal en que estaba Don Pedro con su esposa, rodeado de las principales damas y caballeros de la reunion.

Los estudiantes se colocaron frente á los nuevos esposos, tocando y cantando alegres endechas. Todo el mundo reia y palmoteaba.

De repente pitos y panderos y cantos cesaron como por encanto, y el estudiante que hacia de jefe se dirigió cortesmente á Don Pedro para dirigirle, á lo que parecia, una arenga.

Como todo lo gracioso se esperaba de aquella comparsa, aun de los otros salones llegó gente para escuchar.

El aposento estaba lleno. Todos los estudiantes tenian la mano derecha metida en la abertura del pecho de su ropilla.

—«Señor Don Pedro de Mejía, muy señor nuestro»—dijo el estudiante haciendo una ridícula caravana que hizo reir á todo el mundo—«Esta estudiantil comparsa que con mano firme dirijo y guio, me comisiona para felicitaros por la eleccion de una esposa que llamarse puede, bella entre las bellas, y se huelga de ver elevada á vuestro tálamo á la hermosísima Luisa esclava de Don José de Abalabide, que confiscada por el Santo Oficio con todos los bienes de su amo, huyó á pasar como muger de Don Manuel de la Sosa á quien envenenó; á la preciosa querida de Don Cárlos de Arellano, de cuyo lecho ha huido para venir á daros su mano; á la compañera de la bruja Sarmiento por muchos años.»

—Por muchos años—repitió la comparsa.

La concurrencia estaba atónita y nadie se atrevia á hablar. Don Pedro hizo un impulso para lanzarse sobre el estudiante, pero en aquel momento todos ellos sacaron de dentro de sus ropillas un puñal, y aquella falanje de cuarenta hombres, todos decididos, atravesó poco á poco en medio de la concurrencia, llevando todos en la mano el puñal desnudo.

El que cubria la retaguardia era Teodoro.

El que habia hablado era Martin. Nadie les habia conocido.

Luisa habia quedado desmayada de rabia y de vergüenza en el estrado.

La comparsa de los estudiantes, seguida al principio por algunos curiosos, se perdió por fin en las calles oscuras y tortuosas de los barrios fuera de la traza.

Don Pedro de Mejía hubiera dado cualquier dinero por enmudecer las cien lenguas que salieron por todas partes á predicar el acontecimiento de la casa; pero era mas fácil aprisionar el viento, y guardar en sus cofres un rayo de la luz del sol, que cortar el escándalo.

La concurrencia fué desapareciendo poco á poco, y como por encanto, y á poco tiempo, no quedaban en los salones mas que Luisa sentada en un sitial con la cara oculta entre sus manos, y Don Pedro paseándose en el mismo aposento con aire triste y meditabundo.

Las bujías alumbraban aún con todo su esplendor los desiertos salones, y los lacayos y los esclavos temerosos no se atrevian á apagar aquellas luces, por temor de que estallase la tempestad que presentian. Nadie ignoraba lo que acababa allí de acontecer, y por eso remaba en la casa el mas profundo silencio; nadie osaba decir una palabra ni atravesar siquiera por un salon; parecia como que el dueño de aquella casa habia muerto repentinamente, y se hacia el duelo á su honor, á su reputacion y á su felicidad.

Don Pedro comprendia que iba á ser en lo de adelante el ludibrio de la ciudad, y á verse espuesto á la vergüenza de que le reclamara el Santo Oficio á su esposa, como esclava fugitiva.

Luisa conocia que su secreto estaba ya á la merced del vulgo: temblaba al considerar que la Inquisicion la arrebataria del lugar á que habia llegado, á fuerza de constancia y de trabajo, y sentia contra Teodoro un odio tan grande, que no es para descrito.

Por otra parte, no era ya la muger ni la viuda del débil Don Manuel de la Sosa; pertenecia al terrible Don Pedro de Mejía, y su enojo la espantaba. Una vez dado el escándalo, ¿qué podia contener á su marido? Nada.

Don Pedro sombrío, seguia paseándose, y Luisa permanecia con la cabeza reclinada en sus manos; sus collares, sus pendientes y sus tembeleques de brillantes, formaban como una cascada de luz entre sus negros cabellos, y sobre su bellísimo y torneado cuello.

De repente Luisa se paró, sin hacer el menor ruido, y se arrojó á los piés de Don Pedro esclamando:

—¡Perdon!

Don Pedro se detuvo, la miró con los ojos encendidos y como despidiendo llamas de furor, hizo intencion de hablar, llevó la mano al puño de oro guarnecido de piedras preciosas de su espadin, y luego sacudiendo la cabeza siguió con sus meditabundos paseos, procurando evitar el contacto con Luisa, que se habia quedado arrodillada en el mismo lugar.

—¡Perdon, esposo mio!—volvió á esclamar aquella muger á poco rato, abrazando una de las piernas de su marido.

—¿Vuestro esposo?—rugió, por decirlo así, Don Pedro—que el cielo me contenga, porque al oiros decir esa palabra, con ánimo me siento de atravesaros con mi estoque el corazon.

—¡Perdonadme! ¡Perdonadme!

—Soltad, señora, soltad, que me ahoga la indignacion.

—No, no, perdonadme.

—¡Suéltame esclava vil! Sal de esta casa………

—¡Don Pedro, por Dios!

—Suéltame………

—¡Por Dios!—repetia Luisa arrastrándose de rodillas por el pavimento y siguiendo á Don Pedro que hacia esfuerzos terribles para deshacerse de ella.

—¡No me sueltas! Pues bien, morirás, que harto escándalo somos ya los dos en esta tierra.

Don Pedro tiró de su espadin, pero Luisa le asió la mano, y comenzaron entre los dos una lucha horrorosa. Mejía habia perdido ya enteramente la cabeza con el furor, y la excitacion que le causaba la resistencia de aquella muger.

—¡Piedad! ah! piedad! Don Pedro, no me mateis, no por Dios, me iré, me iré.

—No, no; ya no quiero que te vayas, ya no, quiero que mueras, y morirás.

El espadin salió por fin de la vaina, y Luisa lanzó un grito de angustia al verlo brillar á la luz de las bujías; en aquel momento una multitud de lacayos y esclavos invadió el salon gritando:

—Señor, señor.

—¿Qué hay?—dijo Don Pedro reportándose, y procurando impedir que los criados viesen el estoque desnudo—¿por qué entrais todos aquí sin mi permiso?

—Señor—dijo uno de los lacayos—hemos encontrado en uno de los aposentos interiores á una muger muerta.

—¡Cómo!—esclamó Don Pedro—¿quién es ella?

—Una anciana.

—¡Ah! la maldicion de Dios ha venido á mi casa con esta muger—dijo Don Pedro, y luego dirigiéndose á su mayordomo agregó—Tirol, á esa señora la echas en este momento á la calle, ¿lo oyes? en este momento, porque si no, no seré capaz de contenerme y la mataré.

—¡Señor!—dijo el mayordomo.

—Obedece—esclamó fieramente Don Pedro.

Luisa se levantó y comenzó á seguir humilde y resignada á Tirol, pensando que no tenia mas recurso que la casa de la Sarmiento.

En el instante en que salia oyó á un lacayo decir á Don Pedro.

—Aquí está la muerta.

Luisa volvió la cara y reconoció el cadáver de la bruja.

—¡Jesus, Hijo de David!—esclamó vacilando y apoyándose en el hombro de Tirol.

—Vamos pronto, señora—dijo con altivez el mayordomo, retirándose un poco para que Luisa no se apoyase en él.

Llegaron al zaguan de la calle que abrió el mismo Tirol. Luisa se detuvo un momento, pero el mayordomo la empujó hasta afuera con tal violencia, que fué tropezando hasta la mitad de la calle.

Desde allí se descubrian los balcones de la que estaba dispuesta recámara nupcial, profusamente iluminada.

Luisa estaba sola en medio de la noche, en una calle desierta, y vestida de baile y cubierta de joyas.

Entonces le volvió su antigua resolucion, miró á los balcones por última vez y echó á andar esclamando con una voz ronca.

—Yo me vengaré.........

A los dos dias de este acontecimiento tomaba solemnemente el hábito de novicia en el convento de Santa Teresa, Doña Blanca de Mejía.

LIBRO TERCERO : MONJA Y CASADA

CAPÍTULO 1

De lo que habia acontecido en la Nueva España desde el dia que dejamos esta historia hasta el dia en que volvemos á tomarla.

ESTAMOS en el año de 1623.
El virey Don Diego Fernandez de Córdoba habia pasado á gobernar el Perú, cosa que en aquellos tiempos se tenia como ascenso en la carrera pública, por lo mas pingüe de aquel vireinato en que se gozaban treinta mil ducados de sueldo, es decir, diez y seis mil quinientos pesos, y la Nueva España era un vireinato de veinte mil, que hacen diez mil quinientos.

Felipe III habia enviado al marqués de Guadalcazar al Perú, á pesar de las muchas acusaciones de sus enemigos, y habia dejado para que gobernase la Nueva España con arreglo á la ley, á la real Audiencia.

Felipe IV que heredó la corona de España por muerte de su padre Felipe III, desde el 21 de Marzo de 1621, envió á México como décimo quinto virey al Exmo. Sr. Don Diego Carrillo de Mendoza y Pimentel, marqués de Gelves y Conde de Priego, hijo segundo de la casa de los marqueses de Tabira, del Consejo de Guerra de S. M., que con el renombre de valeroso Capitan y rectísimo Gobernador, habia en los últimos años regido en Aragon.

Como el marqués de Gelves tiene que hacer un papel importante en el resto de nuestra historia, nos detendremos un poco para contemplar esa figura, que sin duda es la mas notable entre los vireyes de la Nueva España despues de la del célebre conde de Revillagigedo.

El marqués de Gelves, inteligente, impetuoso, rígido, escrupulosamente justiciero, valiente y acostumbrado desde su juventud á la severidad de la disciplina militar, llegó á Nueva España con órden espresa del rey para reformar las costumbres y reparar los daños que la negligencia de sus antecesores habia causado en el reino.

En aquellos momentos la situacion de Nueva España era verdaderamente triste.

Los pobres, oprimidos, no encontraban amparo ni justicia; el monopolio de los ricos, encarecia de tal manera los efectos de primera necesidad, que las gentes se morian de hambre.

La justicia se administraba al mejor postor como una mercancía; los caminos y las ciudades estaban llenas de ladrones, salteadores y bandoleros, cuya audacia llegaba hasta el hecho de haber sido robados diez y ocho mil pesos de las cajas reales, horadándose las paredes y fracturándose las cerraduras.

Los ricos fuera del alcance de la ley y de la autoridad, se constituian en señores feudales con derechos de vida y haciendas, asombrando al reino con su soberbia y disolucion.

Por las noches nadie podia ya salir de su casa, porque cuadrillas de hombres armados andaban por las calles robando á todo el mundo, é insultando á todos, sin perdonar al mismo Arzobispo de México que lo era aún Don Juan Perez de la Cerna.

El marqués de Gelves, con una voluntad firme y con una resolucion indomable, comenzó á poner en todo el remedio.

Los monopolios de las semillas y de los demás efectos de primera necesidad cesaron, bajando así los precios y comenzando á remediarse las necesidades de los pobres, que habian llegado á un estremo increible, por esos que se llamaban «regatones» que erán compradores y revendedores, entre los cuales se contaba el mismo Arzobispo, que tenia en su casa una carnicería que le hizo quitar el virey.

La justicia comenzó á administrarse á todo el mundo, y comenzaron á verse castigados ricos, y nobles, caballeros y jueces, alcaldes y abogados, por las faltas en su administracion.

El Arzobispo, los Oidores y los Ministros de la Audiencia, perdieron su antigua soberbia y poderío, y por último las cuadrillas que salian por todas partes en persecucion de los delincuentes, ladrones y salteadores, habian logrado aprehender y castigar á muchos, dejando limpios los caminos y devolviendo la tranquilidad á los pacíficos vecinos de las aldeas y de las ciudades.

El marqués de Gelves era por tanto el blanco de los odios de los ricos, de los nobles, del Arzobispo y de sus partidarios y de la gente perdida.

CAPÍTULO 2

Don Melchor Perez de Varais.

EN la portería del convento de Santa Teresa, un caballero y una señora esperaban con impaciencia el momento en que se pudiera hablar á las religiosas.

Debian ser personas las dos de mucha distincion, porque ademas de ir ambos ricamente vestidos, el caballero ostentaba insignias de nobleza, y era saludado con profundo respeto por cuantos al pasar acertaban á verle.

Muestras daban ya de impaciencia aquellas personas, cuando al traves del torno se escuchó una voz que decia:

—Señor Corregidor.

—Madre—contestó el que esperaba.

—Dice vuestra señoría que trae órden de su Ilustrísima para hablar á solas con Sor Blanca.

—Sí que digo, y aquí está la órden.

—¿Podeis mostrárnosla?

—Aunque desconfianza es esa que ofenderme pudiera, por ser vos como sois, esposas de Cristo y retiradas del mundo, no se os puede tener á mal; tomad la órden del Señor Arzobispo.

El Corregidor puso un pliego en el torno, que jiró, y la monja que estaba en el interior tomó el pliego.

—Que sea permitido—dijo la monja en voz alta—al Señor Alcalde Mayor de la provincia de Metepec y Corregidor de esta ciudad de México, el Caballero de la Orden de Santiago, Don Melchor Perez de Varais, hablar á solas con Sor Blanca del Corazon de Jesus.

—Exactamente—dijo Don Melchor.

—Pero aquí agrega Su Ilustrísima, que debe acompañar al Señor Corregidor en esta visita, la señora su esposa Doña Isabel de Santiestevan, para que no cause escándalo al público ni á la Comunidad, el que una religiosa hable á solas con un mundano.

—Y aquí estoy, Madrecita—dijo la señora, que habia permanecido en silencio—yo soy Doña Isabel de Santiestevan, esposa de Don Melchor Perez de Varais.

—Entonces, hacedme la gracia de esperar un poco, que voy á que os abran un lugar á donde podais hablar con Sor Blanca.

—Muy bien—dijo el Corregidor.

—Verdaderamente, estoy ansiosa de arreglar el negocio de esa pobre criatura—dijo Doña Isabel á su marido.

—¿Conoceisla?

—No, pero me interesa sin haberla visto nunca.

—Pobrecita; la fortuna es que casi todo le ha salido á pedir de boca.

En este momento se abrió una de las puertas que estaban inmediatas al lugar en que hablaban Don Melchor y su muger, y una monja les hizo seña de que pasaran. Entraron ambos, y la monja se retiró.

Poco despues apareció Sor Blanca.

Aunque iba completamente cubierta habia algo en su modo de andar, en su talle, en todo, que indicaba, que denunciaba por decirlo así, que era una muger tan hermosa como desgraciada.

Los dos esposos se levantaron con respeto al verla entrar.

—¿Conque sois vos?—dijo la monja, con un acento dulcísimo—¿mi noble protector Don Melchor Perez de Varais?

—Sor Blanca, nada me teneis que agradecer, porque vuestras desgracias os hacen acreedora á todo género de consideraciones, y ademas porque mi esposa Doña Isabel es quien por vos ha tomado particular empeño desde que leyó la primera de vuestras epístolas.

—Sí, Sor Blanca—dijo Doña Isabel—la relacion que haciais de vuestras penas á mi esposo, buscando su proteccion me interesaron de tal manera, que desde entonces no he cesado de trabajar hasta que ya lo veis, estamos á punto de conseguirlo todo.

—¡Dios lo permita para la salvacion de mi alma!—esclamó Sor Blanca.

—Ahora—agregó Doña Isabel—mi esposo, que es grande amigo del señor Arzobispo, ha conseguido una órden para que podamos hablaros á solas, con el objeto de que digais á mi marido cuánto mas os parezca necesario para que el señor Arzobispo resuelva.

—Ya sabeis, Sor Blanca—dijo Don Melchor—que nuestras cartas á Roma han producido muy buen efecto, y Su Santidad ha enviado un Breve al señor Arzobispo de México, facultándole para que dentro de un año pueda relajar y anular vuestros votos.

—Lo sé, y os viviré, Don Melchor, eternamente reconocida: de edad de diez y seis años he tomado el velo impulsada por la tirana voluntad de mi hermano Don Pedro de Mejía, que tan gran empeño mostraba por verme profesa. Sin vocacion para esta santa vida, mi existencia aquí es el tormento mas agudo y mas continuado que verse pueda; ni pienso mas que en mi libertad, ni anhelo mas que en dejar estos respetables hábitos, que pesan para mí como si fueran de bronce. Siete años he pasado tras estos muros; siete años de lágrimas y casi de desesperacion: Dios me ha deparado á un hombre á quien me atreví á escribir porque sabia el favor que gozaba con el señor Arzobispo; este hombre habeis sido vos, señor Don Melchor, y mi corazon no me engañó y me habeis protejido, y me sacareis de aquí, porque si yo perdiera esa esperanza no sé adónde me podria conducir mi desesperacion.

—¿Tan exaltada estais así, Sor Blanca?—dijo Doña Isabel.

—Ah señora, vos no podeis ni aun comprender lo que se siente cuando se miran estos muros, que no se han de franquear nunca, cuando se considera que el sepulcro se ha cerrado ya sobre nosotras que hemos muerto estando vivas, que no tenemos de comun mas que el aire y la luz con ese mundo del que se nos aleja, del que se nos priva, pero que por eso mismo nos parece mas bello y mas encantador. Ah, señora, ¡la libertad! ¿sabeis vos, lo que es la libertad? no, no podeis comprenderla porque siempre la habeis gozado; no podeis vos alcanzar cuánta es la dulzura de esa palabra, porque vos, señora, cuando quereis ver el cielo, y los pájaros, y los árboles, y el rio, y la pradera, y las lagunas, las veis, y á los vuestros y al mundo en fin, y yo estoy lejos, lejos de todo eso, condenada á no ver sino estas sombrías paredes, sintiendo el rumor de las gentes que pasan del otro lado de nuestras tapias, oyendo algunas veces ecos de músicas lejanas que me parecen armonías escapadas del cielo, adivino las pasiones entre los que miro venir al templo, sorprendo en mis libros de devocion frases de amor, que yo no quiero dirijir solo á Dios. Ah, señora, yo procuro disipar estos pensamientos, ahogar en la religion estos mundanos impulsos de mi corazon, pero me es imposible, no puedo, no; ni mis lágrimas apiadan al cielo, ni encuentro en mi alma la resolucion necesaria para vivir así. El llanto ha hecho surcos en mis mejillas, y mirad, señora, á pesar de nuestras reglas os voy á mostrar las huellas que el dolor y la desesperacion imprimen en mi rostro, porque vos y vuestro esposo sois las únicas personas que se interesan por mí sobre la tierra.

Sor Blanca levantó convulsivamente su velo, y Don Melchor y su esposa quedaron asombrados de su belleza.

Sor Blanca no era ya la niña tímida que hemos conocido en la casa de Don Pedro, era una jóven perfectamente desarrollada, el dolor y el llanto habian borrado los colores encendidos de su rostro, pero su palidez, el brillo casi febril de sus ojos y la sombra dulcemente azulada que rodeaba sus párpados, aumentaba el interes y la belleza de su fisonomía.

Don Melchor no habia soñado nunca que pudiera haber una muger tan hermosa y tan interesante.

Doña Isabel, á pesar de su sexo, encontró á Sor Blanca como un ángel.

—En verdad—dijo Doña Isabel—que se conoce que habeis llorado mucho en vuestra vida.

—Y tanto, señora, y tanto, que si el llanto fuera una redencion ante Dios, yo estaria ya libre en el mundo: Dios os libre, señora, de soñar siquiera una noche que estais en el convento contra vuestra voluntad, porque os ahogariais, es preferible ser emparedada.

—No digais eso—dijo Doña Isabel palideciendo.

—Sí, lo diré; porque entonces lo que llega es la muerte, lenta, pero llega, dos dias, tres, cuatro, ¡ay! ¿y qué son cuatro dias comparados con esta eternidad de sufrimientos, sin esperanza, sin esperanza; y un dia, y un mes, y un año, y otro, y lo mismo, y vivir en un sepulcro, sin esperanzas, sin ilusiones, sin amor, ¡sin amor! ha de ser muy hermoso el amor ¿es verdad?—dijo Sor Blanca como fuera de sí, tomando una mano á Doña Isabel—contadme por Dios, señora, ha de ser muy bello, amar, y ser amada, tener padres, ó hermanos, ó hijos, ó esposo, ó álguien que nos ame, ¡ay! yo nunca he tenido quien me ame mas que mi madrina Doña Beatriz, y esa murió tan pronto.

—¿Murió Doña Beatriz?—preguntó con interes Doña Isabel.

—¿La conocísteis? qué buena era; murió tres años despues de profesar, era tan desgraciada como yo, aunque no tanto, porque al fin consiguió su familia del Sr. Arzobispo que no se enterrara dentro del convento, y logró salir aunque fuera despues de muerta.

Aquel arranque probaba el grado de desesperacion en que vivia Sor Blanca; Doña Isabel miró á su esposo, y éste sacudió la cabeza murmurando entre dientes.

—¡Pobrecita!

—Sor Blanca—dijo Doña Isabel—confiad en nosotros que saldreis.

—¡Ah! solo de pensarlo creo que voy á volverme loca. ¡Salir, salir de aquí! aunque tenga yo que vivir de esclava, de limosnera, tullida en una cama, pero quiero ser libre.

—Y lo sereis—dijo Don Melchor levantándose—os dejamos, porque comprendo que hablaros mas seria exaltar mas vuestra alma: adios Sor Blanca, confiad en nosotros.

—Que Dios os bendiga, señores—dijo Sor Blanca, y se retiró al interior del convento halagando por la primera vez la esperanza de libertad por el influjo de Don Melchor, ó la firme resolucion de hacerse libre por cualquier medio.

El Corregidor y su esposa subieron en su coche y se dirijieron á su casa.

—Don Melchor—dijo Doña Isabel—¿habeis comprendido cómo no solamente me cumplís vuestra palabra sino que haceis una accion meritoria librando á esa jóven del cautiverio en que gime?

—Lo conozco—contestó Don Melchor—no me arrepiento de haberos complacido.

—Tanto mas—agregó Doña Isabel sonriendo—cuanto que el dia que esa jóven esté libre de sus votos, creo yo, y debeis creerlo vos, que puede reclamar la mitad de la fabulosa fortuna de su hermano; ella es hermosísima. ¿No es verdad?

—Sí, tal.

—Y entonces era fácil que el mundo creyera que habiais enviudado y podriais casaros con ella.

—Pero.

—No andemos con hipocresías, Don Melchor, vos sabeis bien que yo no os amo, y yo conozco que no habeis tenido por mí mas que un capricho que se ha prolongado merced á nuestro pacto y á nuestro aislamiento en vuestra residencia de Metepec.

—Luisa, os engañais.

—No, ni me engaño ni vos os engañais tampoco, echada de mi casa por mi marido el miserable de Don Pedro de Mejía, la noticia del escándalo, os avivó el deseo de conocerme, y me queristeis de amores; yo, tanto por vengarme de Don Pedro como por huir de Don Cárlos de Arellano, consentí en seguiros á Metepec y pasar allí por vuestra esposa con el nombre de Doña Isabel de Santiestevan, con la condicion de que me ayudariais á vengarme, y mientras yo meditaba esa venganza y esperaba el momento de realizarla, he querido *jugar* á muger honrada y de bien, y lo habeis visto, ninguna esposa de hacendado ó de encomendero, ha podido por mas beata y rígida que haya sido, poner mancha en mi conducta: nadie iba con mas puntualidad á la iglesia á confesarse y á misa que yo, ni marido alguno ha sido mas mimado y acariciado que vos.

—Es cierto, y por lo mismo soy feliz, os amo cada dia mas, y no quisiera por nada deshacer estos vínculos.

—Don Melchor, yo os estoy agradecida y os quiero, aunque no os amo con ilusion, pero mi venganza comienza ya á realizarse. Doña Blanca va á quedar libre de sus votos y el anhelo de que esto se realice cuanto antes, me ha dado valor de venir á México á riesgo de ser conocida y de que llegue á noticia de Don Pedro que aun vivo, cuando por muerta me ha tenido, y si él llegara á averiguar que aun existo, no pararia hasta hacerme desaparecer de la tierra. Oidme, Don Melchor, y sed justo y racional: he sido vuestra tanto tiempo y tan sin limitacion, que por vos, á quien no amaba, he hecho lo que por nadie, ni por mi mismo marido Don Manuel de la Sosa, he sido económica, retirada y hasta beata, he consentido en vívir en un pueblo tan triste como Metepec, pero ya no puedo sufrir esto por mas tiempo, ya no puedo representar este papel que no es el mio; aun soy, si no jóven, hermosa y de buena edad, necesito gozar porque mis instintos y mi naturaleza me lo exigen, y los placeres son mi elemento como el aire que aliento: os he sacrificado seis años, dejadme gozar la hermosura y la juventud que me quedan, dejadme apurar ya el cáliz del mundo, cuando está para mí tan próxima la edad de los desengaños, del olvido, del desprecio.

—Pero ¿qué pretendeis hacer?

—Consumada mi venganza, libre y rica Doña Blanca, arruinado ó muerto Don Pedro de Mejía, entonces nos separaremos, Don Melchor, y yo me lanzaré para sumergir en los placeres los últimos resplandores de mi juventud, aun cuando despues me aguarde la miseria y la muerte en los malos jergones de un hospital.

—¡Jesus!—dijo espantado Don Melchor.

—Sí, vos sois rico, podeis encontrar una esposa noble y virtuosa y rica como Doña Blanca, si quereis, ó comprar tantas cuantas veces se os antoje mugeres ardientes y voluptuosas de mi raza, que á vuestro sabor podreis arrojar de vuestro hogar sin escrúpulo y sin remordimiento.

Don Melchor Perez de Varais habia quedado pensativo.

—Vaya—continuó Luisa—aun no teneis por qué apuraros, aun falta algun tiempo para esa separacion, aun tengo que arrastrar yo mas dias de los que quisiera, las negras ropas de la hipocresía; pero tengamos los dos paciencia y resignacion mientras llega el instante.

—Teneis razon, tengamos paciencia.

Luisa hizo una graciosa caricia á Don Melchor, y se entró para el interior de la casa.

—Es raro—decia el Corregidor—una muger que conozco su mala índole, y sus costumbres y sus instintos depravados, y que la amo tanto: aberraciones del corazon humano......... ¿Qué se ha de hacer? Vamos á visitar al Arzobispo, que es necesario trabajar para que este demonio encarnado del conde de Gelves, no acabe con nosotros y con su Ilustrísima.

CAPÍTULO 3

Como se conspiraba en el palacio del señor Arzobispo de México, en fines del año de 1623.

DON Melchor Perez de Varais entró al Arzobispado, y se encaminó á la cámara en que celebraba sus consejos el prelado.

El Arzobispo Don Juan Perez de la Cerna estaba allí en compañía de otras dos personas, y todas hablaban con tanto calor, que se conocia que de cosas harto graves é importantes se trataba.

Recibieron todos al Corregidor con muestras de grande cordialidad y aprecio, y continuaron su interrumpida conversacion.

—Decia el señor Oidor Lic. Don Pedro de Vergara y Gaviria—dijo el Arzobispo al Corregidor—que nada es posible adelantar con la vuelta de los galeones de Castilla, por cuanto Su Magestad está completamente decidido por el marqués de Gelves.

—Por eso proponia—dijo el licenciado Vergara—mi compañero el señor doctor Galdos de Valencia, que era ya preciso consentir en que el pueblo obrase libremente, para obligar á la Córte de España á enviar un Visitador y mudar la residencia del marqués de Gelves.

—No me parece mala esa idea, tanto mas, que sobran personas que quieran tomar parte en cualquier tumulto contra el virey—dijo Don Melchor.

—Creo—agregó el doctor Galdos—que contamos con tales elementos, que nunca ocasion alguna puede haberse presentado mas propicia: en primer lugar, el apoyo de su señoría Ilustrísima, que es ya mas que bastante por su sagrado carácter y por el cariño que todos los fieles le profesan.

El Arzobispo hizo una caravana.

—Despues—continuó el Doctor—todas las clases de la colonia están heridas por el marqués de Gelves en lo mas sensible, y todas con ánimo y voluntad firme de vengarse: el comercio con esa prohibicion de los tratos y regateos que ha inventado, le aborrece de muerte, porque mas de cien familias ricas están quedando por eso en la miseria.

—Si—dijo el licenciado Vergara—mas el pueblo entiende que en esto le resulta un favor.

—En poco os parais—contestó el doctor Galdos—¿teneis mas que hacerle entender al pueblo, que estos regateos los prohibe y persigue para dejar como único abastecedor y obligado á su amigo Don Pedro de Mejía?

—¡Qué brillante idea!—dijo Don Melchor, pensando que esto iba á facilitar los proyectos de Luisa—es una idea soberbia, porque aun me duelen las doce mil cargas de maíz que me hizo llevar á la Alhóndiga, y la causa que con tanto empeño me sigue………

—Tambien hablaremos de vuestra causa—dijo el Arzobispo—que buen pretesto nos dará, según va ella para mas de cuatro cosas.

—Continuaré si me lo permitís—dijo el doctor Galdos—pues además de los resgatadores, contamos con todos los portugueses y estrangeros, que son muchos, á quienes el virey ha apartado de los asientos de minas, y que estarán dispuestos para todo contra él.

—Pero estos—objetó el Arzobispo—como estrangeros, será mal mirada por el rey nuestro señor su intervencion en los negocios de las colonias.

—No tema por eso su Ilustrísima—contestó el licenciado Vergara, que habia comprendido la idea del Doctor—porque esos no serán los que por delante se presenten, sino que en caso de confusion ó tumulto, servirán de auxiliares sin mostrarse ni ser conocidos, ni invitados tampoco.

—Así es en verdad—continuó el Doctor, y no necesitaremos de ellos mas que, como dice el señor Oidor, de auxiliares: contamos, además, con los negros y gente de color, que siendo libres les ha obligado á que se registren y paguen tributo, y no vivan de por sí sino en el servicio.

—En efecto—dijo Don Melchor—por mi fé que sois señor Doctor, hombre de muy grande ingenio.

El Doctor hizo á su vez una reverencia, y continuó:

—Cuéntase tambien en esta empresa, con gran cantidad de indios naturales del país ofendidos por el esceso del donativo que el virey les exije, para enviar á España y congraciarse con su Magestad; y aunque es cierto que ellos con gran contento lo darian por las artes que para ello emplea el marqués de Gelves, pero si su Ilustrísima desaprobase todo lo practicado en una de sus pláticas ú homilías, todos esos naturales serian aliados nuestros.

—Y lo haré—dijo el Arzobispo que habia estado oyendo al doctor Galdos, sin perder una sílaba—lo haré, y de manera que los indios comprendan que de nuestro lado, y no de el del virey, están sus intereses.

—Muy fácil es para el prestigio y el talento de su Ilustrísima—dijo el licenciado Vergara.

El Arzobispo inclinó la cabeza como dando las gracias.

—La gente toda de la curia, tanto civil como eclesiástica—continuó el doctor Galdos—se moverá y debe ser la que todo lo inicie, porque además de las ofensas que tiene recibidas, obedece, y con justa razon, las inspiraciones de la lumbrera de nuestro foro, del señor Oidor licenciado Don Pedro de Vergara Gaviria.

En esta vez al licenciado le tocó hacer una reverencia.

—Y finalmente—dijo Galdos—no sé si lo que voy á decir merecerá la aprobacion de su Ilustrísima y de los demas señores; pero si no la merece, fácil nos será suprimir esta parte.

—Hablad, señor Doctor—le dijo el Arzobispo.

—Pues, señor, como gente aparejada para la pelea, en el caso de que hasta allá llegásemos, que Dios no lo permita, podremos echar mano de tantos hombres perseguidos por las partidas del virey con pretesto de que son ladrones y bandoleros; es cierto que entre ellos no todos son gente muy de bien, pero no pueden encontrarse tan fácilmente hombres perfectos: de muchos de estos perseguidos, tengo noticia de que para huir del virey se han repartido en los montes y héchose hermitaños, con lo que viven con su cruz y su rosario en una cueva. ¿Conque si no os parecieren mal?.........

—Que han de parecer—dijo Don Melchor.—Siempre cosa sabida es, que los soldados y demas gente de guerra son viciosos, y poco dados á los devotos ejercicios, que los que por la virtud dan, retíranse á los monasterios, ó buscan el servir á Dios en los altares.

—Y mas agregaré—dijo el Arzobispo—que esto siendo para el servicio de Dios y de su Religion, y para la guarda de estos reinos de Su Magestad que de otra manera serian perdidos, no es obstáculo que así en las santas cruzadas fueron torios los que habian recibido las aguas del bautismo á la reconquista de los Santos Lugares de Jerusalém, sin que se esceptuaran los pecadores, y quizá camino será éste de salvacion para muchas almas perdidas ó dormidas en la culpa.

—¿Y cuántos hombres calculais en todo eso que nos habeis enumerado?—dijo Don Pedro de Vergara al Doctor Galdos.

—Por no parecer exajerado no os diré mas, sino que fácilmente podria segun mis averiguaciones, tenerse un cuerpo como de quince á veinte mil hombres.

—¡Tanto así!—dijo espantado el Arzobispo.

—Y mas, si la necesidad apurase.

—Eso está muy bueno—dijo el licenciado Vergara—pero vamos ahora á meditar cómo se han esos elementos de aprovechar.

—En primer lugar, es necesario que el virey sea el que dé lugar al escándalo y al tumulto, y nunca que nosotros ni el pueblo de por sí lo provoquemos—dijo el Arzobispo.

—Así debe ser en efecto—agregó el licenciado Vergara—pero sin embargo, antes que el motivo ó el pretesto lleguen, es preciso tenerlo todo preparado, porque no vaya á suceder que se pierda sin poder utilizarse un momento oportuno.

—Muy bien pensado—dijo el Arzobispo—y como si Dios protejiese nuestros intentos, ha venido hoy á visitarme y está ahí fuera en mi biblioteca esperándome un mozo Bachiller que fué mi familiar, y que abandonó la carrera de las letras y la de la Iglesia, que se llama Martin de Villavicencio Salazar, el cual mozo me es muy adicto y tiene grande influjo y relaciones con toda la jente perdida y de accion de la ciudad, y por ese medio mucho podremos conseguir.

—¿Pero será de valor, de confianza y de actividad?

—A faltarle alguna de esas condiciones ni le propusiera ni yo le admitiera tampoco; bástame deciros que fué mi brazo derecho en el célebre negocio que tuve con Don Alonso de Rivera en la posesion de las casas que son ahora convento de Santa Teresa.

—Cuyo negocio costó la vida del buen Don Fernando de Quesada que santa gloria haya—dijo el Doctor.

—Como que á mí—agregó el Arzobispo—nadie me quita de la cabeza que esa muerte grava las conciencias de los dos grandes amigos del marqués de Gelves, Don Pedro de Mejía y Don Alonso de Rivera.

—Seguro estoy yo de ello y jurarlo pudiera—esclamó Don Melchor —que por ignorados caminos he venido en descubrir la verdad: ya otro dia hablaré de esto.

—Como que de castigar tenemos ese delito—dijo el licenciado Vergara.

—¿Os parece que haga entrar á Martin?—preguntó el prelado.

Los otros tres se vieron entre sí, como consultándose mútuamente, y el Arzobispo agregó:

—Yo os respondo de él.

—Entonces que entre y le hablaremos—dijo el licenciado Vergara.

Su Ilustrísima sonó una campanilla de oro que tenia sobre la mesa, y un familiar entró.

—Que pase á esta sala el caballero que me espera en la biblioteca— dijo el prelado.

El familiar salió otra vez.

—Podeis, señores—continuó diciendo el Arzobispo—fiaros enteramente de este hombre aunque le veais tan mozo, que yo os respondo de él como de mí mismo, en discrecion, en valor y en actividad.

En este momento se presentó en la puerta Martin de Villavicencio.

Martin no era ya un jóven como le hemos visto al principio de nuestra historia; su barba tupida y negra y las profundas arrugas de su entrecejo, al mismo tiempo que su aire resuelto, le daban ya el carácter de un hombre formal.

Vestia un traje de terciopelo negro con acuchillados de raso y con sombrero y medias calzas del mismo color, podia quien le viese haberle tomado por un marqués ó por un correjidor. Saludó con desembarazo, y á una indicacion del Arzobispo se sentó en un sitial cerca de Don Melchor Perez de Varais.

—Martin—le dijo el prelado—te he mandado introducir en esta sala, porque sé que puedo contar con tu adhesion y tu valor lo mismo que en otros tiempos cuando eras el consentido de nuestro difunto amigo, que en paz descanse, Don Fernando de Quesada.

Martin palideció lijeramente y contestó:

—Su Señoría sabe que una vez le he prometido que podia contar conmigo á vida ó á muerte, y estoy dispuesto siempre á cumplir mi palabra.

—Bien, sé que eres un buen amigo y un escelente caballero para cumplir tus promesas; se trata ahora de que nos ayudes en un negocio que nos preocupa en estos momentos. ¿Querrás ayudarnos?

—Sí señor.

—¿Cualesquiera que sea el riesgo á que te espongas?

—Sí señor.

—Señores, lo oís, éste es el jóven tal cual yo os le pinté, ningun riesgo le detiene ni ningun peligro le aterra. Martin, tú ves la situacion en que está el reino, que no puede ser peor, vivimos sobre un volcan que debe estallar de un dia á otro, ó que nosotros debemos hacer reventar para bien de las almas, porque de otra manera no se pondrá remedio en esto por Su Magestad, cuya augusta mirada no alcanza hasta estas tierras.

El Arzobispo quedóse mirando á Martin que le escuchaba atento con los ojos bajos y sin pestañar, y continuó:

—Es preciso prevenir los ánimos y disponerlos para todo acontecimiento, y que puedan valernos en un lance desgraciado los amigos todos del rey y de la religion. ¿Que te parece?

—Es decir—preguntó con cierta brusquedad Martin—¿que quiere su Ilustrísima que yo y mis amigos nos encarguemos de preparar un tumulto, un motin contra el virey?

—Eso es—dijo el Arzobispo, cuyo carácter impetuoso le hacia huir de ambajes y rodeos—eso es, que tú te encargues de prepararlo todo, para que cuando llegue el momento una sola chispa baste á encender la hoguera.

—¿Y cuál será el pretesto?—preguntó Garatuza.

—El pretesto nosotros le buscaremos y te daremos aviso oportuno si hay tiempo, y si no, tú lo comprenderás y arrojarás el fuego.

—En nada de eso veo dificultad—dijo Garatuza.

—Por ahora—dijo el Doctor Galdos—es preciso que os pongais de acuerdo con vuestros amigos, para propalar entre el vulgo el rumor de que el Sr. Arzobispo trata de excomulgar al virey, porque este proteje á su favorito Don Pedro de Mejía, para que este abarque y compre todo el maiz de la plaza, impidiendo que haya otros resgatadores, con el objeto de subir luego los precios, teniendo con esto, ambos á dos, una riquísima ganancia á costa de la miseria de los pobres, y luego fomentar la murmuracion y el descontento, preparando la alarma y predisponiendo los ánimos al combate.

—Todo haré, como disponen sus señorías—dijo Martin—y todo tendrá un buen verificativo; pero permítanme sus señorías una simple pregunta: ¿qué voy ganando yo y qué puedo ofrecer á mis amigos?

—En cuanto á vos—contestó sin vacilar el Doctor Galdos—tendréis ó una cantidad gruesa en dinero, ó un empleo en las oficinas reales.

—Acepto mejor la cantidad.

—Diez mil pesos, si lograis levantar al pueblo.

—¿Y en cuánto á mis amigos?

—Saldrán ganando el no ser perseguidos en lo de adelante como lo son hoy, y además tendrán por ganancia lo que pudieren ganar en el conflicto.

—Comprendo—dijo Garatuza—¿y en cuanto á los que tienen prision, sentencia ó causa pendiente por el virey?

—Todos ellos serán libres, y las causas quemadas.

—Conforme: ¿á quién debo dar cuenta de lo que ocurra y pedirle órdenes?

—A mí—dijo el licenciado Vergara—que sabeis que vivo en la calle á que el vulgo le da mi nombre.

—Muy bien—dijo Martin—¿ahora podré retirarme?

—Sí, Martin—contestó el Arzobispo.

Garatuza besó el pastoral de Don Juan Perez de la Cerna; hizo una reverencia á los oidores y al Corregidor, y se retiró.

—¿Qué os ha parecido mi recomendado?—dijo alegremente el Arzobispo.

—Buenísimo—contestaron los otros.

—Ahora, pronto vendrá el pretesto—esclamó gravemente el doctor Galdos de Valencia.

CAPÍTULO 4

En que el lector volverá á ver algunos antiguos conocidos; y tendrá que conocer algo de los antiguos mágicos.

HEMOS llegado otra vez á la casa de la Estrella, en Xochimilco, á donde aún vive nuestro antiguo conocido Don Cárlos de Arellano; pero no le volvemos á ver jóven, disipado, elegante; ahora los ocho años que han pasado sobre su cabeza le han dado ya el aspecto, no de un hombre de la edad viril, sino casi la apariencia de un viejo.

Don Cárlos no tiene aquel bigote fino y atusado; larga y espesa su barba cae sobre su pecho, blanqueada como el escaso pelo de su cabeza por la nieve de los años, y profundas arrugas surcan su frente.

La casa de la Estrella se resiente de esta variacion; los jardines están incultos, la malesa los ha convertido en una especie de bosque, los salones están abandonados, los murciélagos, las palomas, y las golondrinas hacen allí sus nidos, y por las rotas y desencajadas puertas entran la lluvia y el viento, cubriéndose de musgo los pisos.

En los patios dos ó tres viejos criados se ven entrar algunas veces, y han desaparecido ya los escuderos, los palafreneros y los esclavos que como un enjambre de avejas entraban y salian todo el dia en las cuadras y en las habitaciones interiores.

Referirémos brevemente la causa de aquella variacion.

El dia siguiente al de la fuga de Luisa con el jardinero Presentacion, Don Cárlos de Arellano comenzó á buscarla por todas partes, encontró la horadacion en las tapias del jardin, faltaba el jardinero, y Arellano supo que le habian visto ir una vez á la casa del brujo Ñor Chema.

Quizá Chema podria dar una luz sobre aquella desaparicion. Arellano ni creia bien á bien en los nahuales ni les tenia miedo; en fin estaba colérico, y no reparaba en lo que el vulgo podia decir al mirarle entrar en la casa de un hechicero.

Don Cárlos se dirigió sin temor ni vacilacion á la casa del nahual, y al llegar ya muy cerca le descubrió sentado á la puerta con los pies al sol, y leyendo un grueso libro forrado en pergamino.

La presencia de aquel hombre de quien se contaban tantas consejas, y la soledad en que se encontraba, no dejaron de preocupar al alcalde mayor, pero ya habia emprendido aquello y era fuerza llevarlo adelante. Don Cárlos era tenaz en sus empresas, aun en las mas insignificantes.

—Buenas tardes—dijo Don Cárlos al viejo.

—Que así se las dé Dios al caballerito—contestó el viejo.

—Vos á lo que parece no me conoceis.

—Solo ahora, y para serviros.

—Soy Don Cárlos de Arellano, alcalde mayor de esta ciudad de Xochimilco.

—Por muchos años—dijo el anciano levantándose y saludando.

—Sentaos, que vengo solo á preguntaros de un negocio que me interesa.

—Mande su señoría.

—El vulgo dice que sois hechicero.

—Sabe muy bien su señoría que el vulgo es vulgo, y siempre se engaña.

—Sin embargo—dijo Don Cárlos tratando de lucir su erudicion—*Vox populi, vox Dei*.

—Es cierto, señor alcalde; pero el vulgo no es el pueblo: el vulgo no es mas que el vulgo.

—Bien, dejemos eso, tengan ó no razon, lo que es cierto es que á consultaros vienen cuando traen alguna empresa entre manos.

—Y crea su señoría que se van lo mismo que han venido.

—Lo que no quita que vos conozcais sus intentos.

—Cierto es eso.

—¿Hace poco os ha venido á ver un natural y á consultaros sobre un proyecto de fuga con una dama principal?

—No, en verdad, que el último que vino trajo por objeto solicitar un remedio para ser querido de las mugeres.

—¿Y se lo dísteis?

—Eso equivaldria á ejercer yo la mágia. Preguntóme si el chupamirto serviria para su objeto, y quitémele de encima diciéndole que hiciera lo que quisiese.

—¿Y creeis que lo usaria y que le serviria de algo?

—En cuanto á que ha de haber usado del pajarito lo creo indudable, que el mozo parecia decidido.

—¿Y en cuanto al provecho que de ello le resultaria?

—¿Pregutaisme eso como el señor alcalde?

—No, sino como caballero particular.

—Pues entonces contestaré á su señoría, que si bien es cierto que virtudes raras y maravillosas tiene el chupamirto como otras muchas aves, y esto por la naturaleza, preciso es el auxilio de la ciencia cabalística para que esas virtudes y propiedades se desarrollen.

—¿Conoceis vos esa ciencia?—preguntó con curiosidad Don Cárlos, y olvidando en presencia de lo maravilloso que creia descubrir la causa de su visita al viejo.

Ñor Chema vaciló, y por fin no contestó nada.

—Respondedme con franqueza—dijo Don Cárlos—que no soy yo capaz de denunciaros, y por el contrario, tanto empeño he tenido desde niño en conocerla y estudiarla, que á ser vos adepto, labrariais á mi lado vuestra suerte.

—Conozco esa ciencia: la desgracia de haber estado preso muchos años en las cárceles secretas del Santo Oficio me ha dado la fortuna de poseer libros y manuscritos preciosos: un desgraciado que murió en las mismas cárceles me confió el secreto del lugar en que él habia ocultado sus libros, llegué á verme libre, y de opulento que entré á la Inquisicion salí miserable y viejo, y desconocido; fuí á buscar aquella herencia de la desgracia, la encontré, y hace algunos años que paso mi vida estudiando las ciencias ocultas, aunque no las practico, y vivo con el poco dinero que encontré junto con los libros.

—¿Y creeis vos en los secretos y en las maravillas de la ciencia cabalística, y de la mágia y de la alquimia?

—¿Y cómo no creer en lo que han palpado los hombres, en lo que ha sido ya el fruto de largos siglos de esperiencia y de inmensos tesoros consumidos, para arrancar un secreto á lo desconocido, para tener la gran *clavícula* de Salomon que hace obedecer á los espíritus malignos? ¿Habrán escrito y meditado en vano Alberto de Saninguen, llamado Alberto Magno, y Raymundo Lulio? ¿Ignorais las inmensas riquezas atesoradas, merced á esta ciencia por Nicolás? ¿Los discípulos de Paracelso no han esparcido y predicado en el Occidente estas ideas y estas luces? ¡Oh! la trasmutacion de los metales, en virtud de la alquimia, el descubrimiento de los tesoros ocultos por medio de la ciencia cabalística, la adivinacion del porvenir por la nigromancia, por la astrología, por quiromancia, por la catoptronomancia, por la theurgía y por otros mil medios, es una cosa indudable para los que, como yo, han logrado conocer libros tan sabios como el «Dragon Rojo.» El sabio doctor Joaquin Tancke ha propuesto ya á las universidades establecer cátedras para comentar y esplicar públicamente las obras de Cebes y Raymundo Lulio. ¿Tanceby, Kirkeby y Ragy no recibieron del rey Enrique VI de Inglaterra en 1440, permiso para fabricar el oro y el elíxir de larga vida? ¿No se concedió lo mismo en 1444 á Juan Cobler y á Tomás Fraffard y á Tomás Asheton, y despues á Roberto Bolton y á Juan Metsle agregando en la concesion *que era porque ellos habian encontrado el modo de cambiar indistintamente todos los metales en oro*? ¿Y así queréis que dude de la ciencia? Poco hace hemos sabido que el gran Rodolfo II educado en la Córte de Su Magestad D. Felipe II, y elevado despues á emperador de Alemania, se ha desprendido de los negocios públicos para dedicarse á las ciencias ocultas encerrado en su castillo de Praga, con sus maestros Tycho Brahe y Kepler, el doctor Dee que le abrió el mundo de los espíritus, Miguel Mayer, Martin Ruland y Tadeo de Hayec, que dieron á su sabio emperador el renombre del Hermoso de Alemania, ¿y queréis que aun dude? No: la ciencia es cierta, existe, y en mis preciosos libros y manuscritos puede beberse como en una fuente purísima, como la he bebido yo por tantos años.

El viejo habia hablado como inspirado, y Don Cárlos lo habia escuchado con religioso silencio.

—¿Quereis venir á vivir á mi casa y conmigo?—le dijo Arellano—nada os faltará y estudiaremos.

—A pesar de que nada me dicen contra vos ni la ciencia ni el corazon, dejadme pensarlo y mañana os resolveré.

—Bien, mañana en la noche vendré, y entrareis á mi casa sin que nadie os vea, y todo estará ya dispuesto.

—Hasta mañana.

—Hasta mañana.

Don Cárlos se retiró tan preocupado, que en toda la noche no pensó ya en Luisa; dueño de los secretos de la alquimia las reinas buscarian su amor. Aquella noche soñó que tornaba en oro el Popocatepetl y el Iztaccihuatl.

Tres dias despues el viejo Chema desapareció, y su casa se quedó abandonada: unos dijeron que *el maligno* se lo habia llevado una noche, porque habia espirado el plazo del pacto que con él tenia; otros, que la tierra se lo habia tragado por castigo de Dios, y otros que el Santo Oficio lo habia arrebatado secretamente para remover el escándalo: la verdad era que se habia trasladado á la casa de Don Cárlos de Arellano.

Desde aquel dia se observó un cambio notable en la casa de Don Cárlos, y en la vida de éste; apenas salia á la calle, no montaba ya á caballo, y en las horas mas avanzadas de la noche se observaba luz por las ventanas de su habitacion.

Es que Don Cárlos se habia entregado con furor al estudio de la mágia, y sin embargo, el vulgo decia «que Dios le habia tocado el corazon, y que se habia metido á santa vida,» y cuando veian la luz en las noches las viejas esclamaban: «Estará resando, Dios le haga un santo.»

Todo esto habia acontecido en la casa de la Estrella durante el tiempo que hemos dejado de ver á Don Cárlos.

En el momento en que volvemos á encontrarle, su habitacion presenta un cuadro curioso.

Arellano sentado en un sitial delante de una gran mesa cargada de libros, de frascos y de retortas, escribia en un gran pergamino, y á su lado y como dormitando en otro gran sitial, estaba el viejo Chema con todas las señales de la decrepitud marcadas en su rostro, en su cuerpo, en sus movimientos y hasta en su voz.

Don Cárlos acabó de escribir, dejó la pluma, y levantando el pergamino para poder leerlo mejor y acercándolo á una bujía—dijo:

—Don José.

—Em—contestó el viejo como despertando.

—He terminado ya.

—¿Qué cosa?

—Las fórmulas para llamar á los espíritus consignadas en los antiguos códices de la ciencia.

—¿Haber?

—¿Quereis que os las lea?

—Sí, será bueno.

Don Cárlos comenzó su lectura.

Nuestros lectores perdonarán que les copiemos aquí algunas de las antiguas fórmulas que servian para entrar en contratos con el diablo, porque además de ser documentos curiosos, prueban hasta dónde llegaba la ignorancia y la preocupacion en aquellos tiempos.

Ante todo, no podemos resistir al deseo de dar á conocer las grandes potestades infernales y ministros de Lucifer que reconocian los mágicos y los hechiceros, y eran segun ellos:

Lusifuge Rosocale, dueño y dispensador de riquezas y tesoros.

Satanachia, poderoso para someter y disponer de todas las mugeres de la tierra.

Agaliarept, poseedor de todos los secretos y misterios.

Flourety, capaz de construir ó arrazar cualquier cosa, durante una noche.

—Sayatanás, con el poder de trasportar y volver invisible á un hombre, y con las llaves de todas las cerraduras. Y Nevivos, sabio en todas las ciencias naturales.

A toda esta córte ocurrian en aquellos tiempos los hechiceros y encantadores, y pagaban estas imaginarias amistades, muriendo en una hoguera y en medio de los tormentos mas espantosos.

Don Cárlos comenzó á leer:

—«Llamamiento á Lucifer. Emperador Lucifer príncipe y amo de los espíritus rebeldes, yo te ruego que abandones tu morada en cualquier parte del mundo que esté para venir á hablarme: te mando y conjuro de parte del Dios vivo, Padre, Hijo y Espíritu Santo, que vengas sin causar ningun mal olor, y me respondas en alta é inteligible voz artículo por artículo, cuanto yo te preguntare; y de no hacerlo así, serás obligado por el poder del grande Adonay, Eloim, Ariel, Jehova, Tagla, Mathon, y todos los otros espíritus superiores á tí, y que te castigarán.»

«*Venite, venite.*»

—¿Qué os parece?—dijo Don Cárlos acabando de leer.

—Muy bien; pero no es ese el pacto sacado de la gran clavícula del sabio rey Salomon.

—No, que aquí le tengo aparte.

—Leedmele.

—Arellano tomó otro pergamino y comenzó á leer.

—«Emperador Lucifer, amo de todos los espíritus rebeldes, yo te ruego que me seas favorable en el llamamiento que hago á tu gran ministro Lucifuge Rosocale, con quien deseo hacer pacto, y te ruego príncipe Belzebú que me protejas en mi empresa, ¡oh conde Astarot! séme propicio, y haz que en esta noche el gran Lucifuge se me aparezca en forma humana sin ningun mal olor, y me conceda por medio del pacto que le ofrezco todas las riquezas que necesito.»

«Gran Lucifuge, abandona te ruego tu morada en cualquier parte adonde esté, si no yo te obligaré por la fuerza del Dios vivo, de su querido Hijo y del Espíritu Santo; obedece pronto, ó serás atormentado por la fuerza de las poderosas palabras de la gran clavícula de Salomon de la cual se servia él para obligar á los espíritus rebeldes á recibir sus órdenes.»

«Aparece inmediatamente, ó yo voy á atormentarte con la fuerza poderosa de estas palabras de la clavícula: *Agion tetagran vaycheon stimulamaton y espures retra grammatan oryaram iriau esytian, existian eryana anera brassim mayna mesria sater Emanuel Sabaot, Adouay, te adora et invoca.*»

—Perfectamente dijo Chema, y volvió á entrar en su estado de somnolencia.

Don Cárlos se puso á estudiar sus invocaciones.

Ni una sílaba hemos querido borrar de las fórmulas, ni de la intrincada clavícula de Salomon, para dar una completa idea de los conjuros y de los pactos.

Arellano permaneció mucho tiempo entregado á sus estudios, cuando unos golpes terribles aplicados en el zaguan de la casa, le hicieron volver á la vida real.

Se abrió la puerta y Arellano oyó en las baldosas del patio el ruido de un caballo herrado y la voz de un hombre que preguntaba:

—¿Aún no dormirá su señoría, Don Cárlos de Arellano?

CAPÍTULO 5

La compañía del Bachiller Martin Garatuza comienza á tomar cartas en los negocios políticos.

MARTIN salió de la casa del Arzobispo y se dirijió á la de nuestro viejo conocido Teodoro.

Teodoro libre por la voluntad de Doña Beatriz y rico con el dinero de Don José de Abalabide, vivia cerca de la traza, pero fuera de ella, por el rumbo de San Hipólito, que era donde desde el principio comenzaron á fundarse algunas casas de campo.

Teodoro vivia completamente tranquilo y tenia ya dos hijos; nada habia interrumpido por mucho tiempo su quietud y le consideraban todos los negros libres como su protector y su jefe; allí ocurrian en cualquiera desgracia y estaban seguros de ser socorridos.

Pero la jente negra que habia libre en la Nueva España era muy inquieta y daba constantemente grandes escándalos, teniendo en alarma las ciudades, y por eso el marqués de Gelves dictó severas providencias contra ellos; desde entonces su disgusto fué cada dia en aumento, y todos ocurrian con sus quejas á Teodoro. Martin que sabia esto, comprendió que la conquista del antiguo esclavo de Doña Beatriz era el primero y mas importante de los trabajos que tenia que emprender para conseguir aquella sublevacion que anhelaban el Arzobispo y la Audiencia.

Cuando Garatuza llegó á la casa, Teodoro en el jardin seguido de sus hijitos regaba y componia unas plantas, su muger cosiendo bajo un emparrado les miraba con un placer indecible de cuando en cuando.

Era el cuadro de la felicidad doméstica.

—¡Ola! Don Martin—dijo alegremente Teodoro saliéndole al encuentro y estrechando su mano—¿qué fortuna es veros por acá?

—No tanta, que mi ausencia antes y mi presencia ahora son motivadas por causas harto desagradables.

—¿Pero qué os ha acaecido?

—A mí precisamente, nada; pero los negocios del reino van tan mal.........

—¿Y creeis que seamos nosotros bastante poderosos á impedir que así sigan?

—¿Y por qué no?

—Somos muy débiles y muy pequeños.

—Nadie es débil ni pequeño cuando tiene el corazón grande y la resolucion firme.

—¿Y qué se ganaria con tener eso?

—Friolera, figuraos en el caso presente, con unos cuantos hombres como vos, yo me comprometeria á hacer que se variase el jiro de los negocios, y aun mas si cuento con vos, me comprometo á hacerlo.

—¿Y cómo hariais aun cuando contáseis conmigo?

—Escuchadme. Los negocios públicos van mal, y todos están disgustados: ¿es cierto?

—Verdad.

—Su Magestad, Felipe IV, pudiera cambiar la suerte de estos reinos con solo cambiarnos de virey: ¿es verdad?

—Cabalmente.

—Pero él no quiere y se empeña en sostener aquí al de Gelves, que Dios confunda.

—Y como nosotros nada podemos contra la voluntad del monarca, resulta que no tenemos mas remedio que sufrir.

—Os engañáis, todo el mundo dice lo mismo, y sin embargo, nada es menos cierto.

—¿Pues cuál es el remedio?

—Obliguemos á Su Magestad á cambiar de virey.

—¿Y cómo?

—Muy sencillamente, promoviendo una sublevacion por cualquiera motivo, todo el mundo nos seguirá y todos estarán con nosotros, desde la Audiencia y el Arzobispo hasta la jente mas pobre y mas infeliz.

—¿Y si no nos ayudasen personas de alta categoría?

—Si vos os comprometiérais yo os lo aseguraria.

—Si me lo asegurarais yo me comprometiera.

—Pero esto es un círculo vicioso en que no hacemos sino perder el tiempo: mirad, ¿no tendriais inconveniente en ayudarme con todo vuestro influjo entre la gente de color, para una sublevacion contra el de Gelves?

—No, si hubiera personas de respeto mezcladas en el negocio.

—Las hay; vengo de hablar con el señor Arzobispo y con la Audiencia, y ellos mismos me han invitado.

—¿Es verdad, eso?

—Por mi fé de cristiano.

—Entonces contad conmigo: ¿cuál es el plan?

—Preparar á la jente y á los amigos: el Arzobispo y la Audiencia darán el pretesto ó el motivo, principiará el alboroto y adelante; las cosas seguirán solas.

—Me parece muy bien pensado, contad con que os ayudaré.

—Y yo os pondré al corriente de lo que ocurra; entre tanto no hay que dormirse porque tal van los acontecimientos, que el lance puede ser mañana mismo.

—Estaré listo, descuidad.

Martin se retiró contentísimo, y Teodoro en vez de seguir en su trabajo se puso su sombrero y salió tambien á la calle.

Martin empleó el restó de la tarde en visitar á sus principales compañeros de aventuras y que estaban como en receso á causa de las terribles persecuciones del virey á toda la jente perdida: todos ellos acogieron con entusiasmo la idea de un motin, y cada uno de ellos se convirtió en ajente. La rebelion fermentaba sordamente y no se necesitaba mas que la chispa que encendiera aquel combustible.

Don Melchor Perez de Varais volvió á su casa, y Luisa le esperaba ya con impaciencia.

—¿Hablásteis al Arzobispo del negocio de Sor Blanca?

—La verdad es alma mia, que se me olvidó.

—Pasos llevais de no sacar jamás á esa desgraciada de la cárcel.

—Negocios tan graves tuvimos que tratar que tiempo nos ha faltado, y sin embargo, hay para vos una buena noticia.

—¿Cuál es?

—Sabeis que entre el virey y la Audiencia y el Arzobispo, median grandes y profundos disgustos; que el Arzobispo y la Audiencia tratan de recrudecer para dar motivo con ello á un tumulto.

—¿Y bien?

—Que uno de los pretestos será el de hacer creer al pueblo, que Don Pedro de Mejía ha monopolizado las semillas para ganar á costa de la miseria de la clase pobre: naturalmente la primera víctima será si hay un motin, Don Pedro de Mejía, y para hacer todo esto mas visible, ya al salir del Arzobispado me ha dicho su Ilustrísima, que se procurará medio de excomulgar á Don Pedro fijando su nombre en las iglesias.

—Muy bien.

—Como sabeis, el virey me persigue por la denuncia que se hizo de mí, imputándome que vendia la justicia en la provincia de Metepec, y luego por esa causa que ha mandado formar para probarle á la Audiencia que no puedo ser Corregidor de México y alcalde mayor de Metepec.

—Temóme, Don Melchor, que si antes de que estalle el motin sois aprisionado, ni se hará nada y vos las pagareis todas.

—Decidido estoy á todo antes que á dejarme prender.

En este momento se presentó el licenciado Vergara, pálido y fatigado.

—Don Melchor—dijo entrando sin saludar á nadie—acaba de proveerse auto en vuestra causa para que seais arraigado y asegurado.

—¿Cómo?—esclamó Don Melchor demudado.

—Tan cierto es que dentro de un momento estarán aquí para notificaros.

—¿Qué haremos?—dijo Don Melchor.

—Ante todo—contestó él licenciado—importa que no os prendan, porque todo seria perdido.

—Huiré.

—Ya no es tiempo—esclamó el licenciado Vergara—mirad á la justicia que viene.

—Don Melchor—dijo Luisa—oidme; armaos, que se arme tambien

la servidumbre, entrad en una carroza é idos á refugiar al convento de Santo Domingo que es el mas cercano.

—Bien pensado, bien pensado—dijo vivamente Vergara, pero que sea pronto, he visto allá abajo de la puerta una carroza.

—Voy por mis armas—dijo Don Melchor, y salió por un lado mientras por el otro desapareció Luisa.

Pocos momentos despues Don Melchor con la espada desnuda en una mano y un broquel en la otra y seguido de varios lacayos armados, se precipitó por la escalera que estaba, así como el patio y la calle, invadida por jente de justicia.

Lo menos que esperaban el escribano y los alguaciles era este ataque rudo, de manera que la confusion fué espantosa.

—¡Favor al rey! ¡Favor á la justicia!—gritaba el escribano tratando de animar á su jente.

—¡Favor al rey! ¡Ténganse á la justicia!—gritaban los alguaciles, procurando resistir y detener á Don Melchor.

—¡Atrás la canalla!—decia furioso Don Melchor—¡muera el hereje!

Así llamaban ya al virey por su choque con el Arzobispo.

Los alguaciles retrocedian y Don Melchor llegó así hasta la portezuela de la carroza. El cochero prevenido de antemano, estaba ya listo para marchar; un lacayo abrió el coche y Perez entró á él con tres criados mientras los demás acuchillaban á los alguaciles.

La carroza partió á todo el trote de los caballos, atropellando á cuantos encontró, porque una gran multitud habia llenado la calle atraida por el escándalo.

Don Melchor sin soltar la espada saltó á tierra y se entró apellidando «asilo» al convento de Santo Domingo.

La justicia habia seguido tras de la carroza, pero solo consiguió ver la entrada de Perez al convento.

Inmediatamente se ocurrió á dar parte al virey, sin procurar mas que llevarse á los alguaciles que habian quedado mal parados en el combate.

Dos personas habian presenciado todo desde los corredores de la casa: el Oidor Vergara y Luisa.

—Señora—dijo el Oidor—no os espanteis, que quizá esto será principio de grandes hechos y remedio del reino.

—Señor Oidor—contestó Luisa con una sonrisa burlona—creo que mas susto tiene su señoría que yo: lo que importa es aprovechar esto para llevar adelante vuestros planes.

—Es verdad, pero ahora es necesaria mucha precaucion para hablar al Corregidor, y estando en Santo Domingo creo que para vos será casi imposible: ¿quereis que le envie algun recado de parte vuestra?

—Os lo agradezco, pero mas desearia ver que tomabais con empeño la causa general del reino, que la de mi marido.

—Voy á dar parte de todo á su señoría Ilustrísima, y veremos lo que se dispone. Estoy á vuestros piés, señora.

—Que Dios lleve al señor Oidor.

El licenciado Vergara se dirijió al Arzobispado, y Luisa quedó pensativa.

—Pobre Sor Blanca, esto viene muy mal para su negocio; mañana le avisaré. En cuanto á Don Melchor, si solo los hombres pueden entrar al convento, no creo que me sea muy dificil parecer hombre....... ya veremos, no será la primera vez.

CAPÍTULO 6

Como Luisa dió unas malas noticias á Sor Blanca, y lo que ésta determinó hacer.

A LA mañana siguiente Luisa se presentó en el convento de Santa Teresa para hablar con Sor Blanca, y despues de algunas dificultades lo consiguió.

—Sor Blanca—le dijo Luisa—tengo que comunicaros una mala noticia.

Sor Blanca palideció horriblemente. Aquella jóven estaba de tal manera afectada, que todo lo que tuviera relacion con el negocio de su libertad, le hacia un efecto estraordinario.

—¿Y qué noticia es esa?—preguntó, pudiendo hablar apenas.

—Ayer mi esposo Don Melchor Perez de Varais, huyendo de la venganza del virey que le persigue por ser amigo del Arzobispo, ha tenido que tomar asilo en el convento de Santo Domingo.

—¿Y entonces?

—Entonces vos, pobre jóven, quedais por culpa del virey sin protector y sin amparo.

—¿Pero el señor Arzobispo nada hará?

—Oídme, Sor Blanca, no quiero engañaros: es preciso que procureis personas que hablen al Arzobispo, á fin de que pronto despache vuestro asunto: van corridos ya siete meses del término dentro del cual puede relajar vuestros votos: en estas turbulencias con el virey es muy fácil que os olvide, y en ese caso ya os podeis suponer lo que será de vos.

Sor Blanca con la cabeza inclinada lloraba.

—Señora—dijo—pero si no tengo mas amparo que Don Melchor, vuestro esposo. Mi hermano Don Pedro de Mejía se opone á que yo salga de aquí; es poderoso, tiene gran influencia con el virey, y si él llegara á saber que el Arzobispo tiene facultades de Su Santidad y que vuestro esposo me ha protegido, seguramente echaria por tierra todos nuestros planes, apoyándose en su valimiento. Esta es, señora, la razon de porque no puedo ocurrir á nadie, y porque temo tanto la publicidad.

—Y teneis razon: ¿qué haremos?

—Es para mí, señora, una sentencia de vida ó de muerte. De cualquier modo, yo saldré de el convento.

—Pronunció estas palabras Sor Blanca con tanta exaltacion y demostrando tan terrible fuerza de voluntad, que Luisa misma se admiró, y comprendiendo que la monja tenia ya tomada de tal manera su resolucion, que arrostraria por todo antes que permanecer en el convento.

—Haced lo que mejor os parezca, Sor Blanca—dijo—pero en todo caso os ruego que conteis conmigo.

Luisa se volvió á su casa, y Sor Blanca profundamente preocupada se dirijió á su celda.

—Es necesario—esclamó—es necesario salir de aquí, sí, saldré, y si al fin el Arzobispo relaja estos vínculos que yo por mi voluntad no he formado, mejor, si no, viviré ignorada, desconocida, pero libre, yo no tengo ya obligacion de estar aquí, el Pontífice ha dicho que si los votos me fueron arrancados por la fuerza y contra mi voluntad, sea yo libre, y nadie mejor que yo sabe cuánto esfuerzo me ha costado tomar el velo. La condicion del Papa está cumplida, y yo soy libre aunque mil obstáculos se pongan por los hombres: el derecho de salir de aquí me lo da Su Santidad, el verificarlo corre de mi cuenta, y será. Veamos qué tales están mis preparativos.

Sor Blanca cerró por dentro la puerta de su celda, abrió una alacena que estaba embutida en una de las paredes y corrió la última tabla.

Una especie de caja oculta apareció, y Sor Blanca comenzó á sacar de allí algunos objetos.

Todo aquello, el secreto, la caja, la tabla con que se cerraba, lo que allí se contenia, todo era obra de la misma Sor Blanca, fruto de su perseverancia y de su firme resolucion de escapar del convento.

Sor Blanca tomó de entre los objetos que habia sacado del secreto, un espejo. Lo puso encima de su reclinatorio y colocó en frente de él dos bujías de cera.

Se arrodilló enfrente del espejo y comenzó á quitarse la toca. Una maravillosa trasformacion pareció entonces verificarse. De debajo de la toca de la religiosa una negra y rizada cabellera desprendió sus brillantes anillos de ébano, y vino á formar como una cascada que corria por los blancos y torneados hombros de Blanca, por sus espaldas y por su cuello. Aquella no era ya una monja, era una deidad. Mucho tiempo hacia que con un cuidado y una paciencia admirables, Sor Blanca dejaba crecer y cuidaba su hermosa cabellera: era como la esperanza cierta que alimentaba del dia de su libertad.

Sor Blanca se despojó despues de los sayales y se vistió un soberbio traje de brocado blanco; cubrió sus manos y su cuello de soberbias alhajas; oprimió sus delicados piés en unos borceguies de tafilete rojo bordado de oro, y sus cabellos en una redecilla de seda y oro, y luego como una niña comenzó á pasearse gravemente por su celda, procurando mirarse en su pequeño espejo.

Si las otras monjas hubieran logrado verla al través de una cerradura, sin duda que hubieran dicho que un arcángel visitaba por las noches la celda de Sor Blanca.

—Verdaderamente soy hermosa—decia la pobre mirándose en su espejo—¡ay! ¡qué papel tan brillante podria yo hacer en el mundo! ¡Ha de ser tan bello tener un hombre que nos ame, que siempre se esté mirando en nuestros ojos! ¡qué grato será oir en su boca palabras dulces, amorosas, así como dice en el cantar de los cantares, «amada mia!» Jamas he tenido quien me diga «amada mia.» Si este santo deseo es pecado, ¿por qué Dios permite que no se aparte de mí? Además, yo soy libre, el Papa lo manda, y el Papa representa á Jesucristo sobre la tierra. Qué gusto dará oir las once por ejemplo, á esa hora viene el que nos ama, Dios mio, y lo que deberá sentirse al verle llegar: en las noches las músicas, las serenatas, nuestro galan rondando embozado frente á nuestras ventanas, esperando una flor, un suspiro, una palabra. Con qué placer se le dirá, «yo os amo!» ¡Ah! yo quiero amar á alguno que me ame, aunque sea un esclavo, aunque sea un mendigo, pero no puedo vivir sin amor; aquí mi corazon me quema, me abraza, se me figura que me apasiono de cualquiera que veo dos ó tres veces en el templo, y quisiera hablarle y que me hablara, y cuando deja de venir estoy triste, y luego amo á otro y me sucede lo mismo; y esos hermosos ángeles que están en los cuadros del claustro me parece que me miran algunas veces con aficion, que se animan, y paso delante de ellos muchas veces para verles porque de repente me parece que viven. Uno de los cuadros que representa á Gabriel, lo bajaron de la pared y lo pusieron en el suelo, y en mi delirio creí que era providencial, milagroso, que él mismo se habia bajado para estar mas cerca de mí, y entonces pasé á su lado, nadie me observaba, me acerqué al cuadro y puse mi boca en los lábios del Arcángel y le besé: yo no comprendo lo que sentí, me pareció que tambien él me habia besado y me puse encendida, y tuve miedo de pasar por allí otra vez, entre tanto me figuré que un jóven que venia á la iglesia veia al coro y me veia á mí, creo que le amé y olvidé á mi Arcángel, pero el jóven no volvió mas. Dios mio, yo necesito salir de aquí porque siento necesidad de amar y de ser amada, es fuerza, y saldré.

Sor Blanca comenzó á quitarse el traje y sus galas, y á guardar todo en el cofrecito en que las tenia ocultas, cuando se oyeron en la puerta cuatro golpecitos seguidos, pero aplicados con suma precaucion. Sor Blanca ocultó apresuradamente todos los objetos, se cubrió con sus tocas y abrió.

—Buenas noches, madrecita—dijo entrando una muger como de treinta años, que por su traje parecia una criada.

—Buenas noches, Felisa—dijo Sor Blanca, volviendo á cerrar por dentro la celda—¿qué te pasa?

—Madrecita, que todo está preparado ya, y esta misma noche nos podemos salir del convento.

—Pero ¿cómo? ¿de qué manera?

—Óigame su reverencia: ya su reverencia sabrá como yo soy hija del tio Nicolás; que el tio Nicolás es cochero del Sr. Arzobispo, que en el Arzobispado vivia yo con mi señor padre, y viniendo dias me pretendió uno de los señores colegiales que venian á ver á su Ilustrísima, creo que decia mi señor padre que para que los *desaminaran*, y como yo tuve que decirle que sí, y mi señor padre cayó en la cuenta, dispuso su merced meterme aquí de criada, porque me cojió en mi baul letras del colegial; y cierto y verdad que nos queriamos, pero no pasó de allí. Pues ha de estar su reverencia para saber que me encajó aquí mi señor padre, como su reverencia recordará, hace mas de cuatro años, y ni mas razon de mi colegial, hasta que hace cosa de ocho dias que supo su reverencia que habia sacristan primero nuevo y cátese su reverencia que voy viendo al sacristan nuevo, ¡y que ni mas ni menos que mi colegial! me conoció, me hizo señas, nos hablamos cuando me mandaban las madrecitas á llevar algunas cosas á la Iglesia, y él me dijo:—por qué no te sales y nos vamos, al cabo no eres monja.—y me convenció, y le dije yo que otra criada tambien queria salirse conmigo —no será monja—me preguntó—porque eso es de riesgo—no, le dije— es criada—bueno—me contestó—que salga; pero con la condicion que llegando á la calle, cada uno por su lado, y nosotros no pararnos hasta las Chiapas, en donde tengo unos tios.—Ya tenemos todas las llaves desde aquí hasta la calle, y en desta mañana me dijo—que esta misma noche á las doce nos esperaba en la Iglesia—conque alístese su reverencia.

—Tengo miedo.

—Tiene miedo, y hace mas de un año que no hace mas que platicarme de salirse de aquí y contarme lo bonito del mundo, ¡vaya esa era buena, que yo me saliera, y se quedara su reverencia! Pues si se desperdicia esta ocasion, no hay otra.

—Dices bien—dijo derrepente Blanca—van á ser las doce, ¿dónde están las llaves?

—Aquí las traigo.

—¿Las conoces y las has probado?

—No tenga vd. cuidado.

—Toma, llévame esta cajita, déjame vestir.

Sor Blanca entregó á Felisa la caja de sus alhajas, y en un instante se vistió una saya y una toca negra de viuda, se cubrió con un velo, y ocultó en el secreto de la alacena lo que no pudo llevar.

—Vamos—dijo Sor Blanca.

Felisa caminaba por delante, llevando una linterna y la cajita de las alhajas de la monja, que la seguia temblando.

A cada momento se detenian espantadas y ocultaban la luz. El ruido del viento que movia un cuadro ó una puerta, que arrastraba una hoja ó un papel, les parecia el eco de unos pasos que las seguian; aplicaban el oido á las cerraduras de las celdas, y nada, todo estaba tranquilo.

Atravesaban con precaucion los claustros, abrian y volvian á cerrar con cuidado las puertas, y así llegaron hasta la Iglesia.

Santa Teresa no era aun ese templo suntuoso que hoy vemos, era una capilla grande, pero bastante humilde.

Las dos mugeres avanzaron en la nave, y de repente un bulto se encaminó hácia ellas.

Sor Blanca estuvo á punto de gritar, pero Felisa le tapó la boca.

—Es él, no tengais miedo.

—Felisa, Felisa—dijo el hombre que se acercaba.

—Yo soy—contestó la criada.

—¿Vienen las dos?

—Sí.

—Pues vámonos, dejen el farol.

El sacristan tomó de la mano á Felisa, y esta á Sor Blanca, y así, casi entre las tinieblas avanzaron hasta la puerta del templo, el sacristán abrió, y Sor Blanca se encontró en la calle, y sintió el aire de la libertad en su rostro, alzóse el velo para respirar mejor, y lanzó un suspiro que ella misma no sabia si era de pena ó de contento.

Mil pensamientos confusos luchaban en su cerebro, ¿seria este paso el principio de su felicidad ó de su desgracia? ¿habia hecho bien ó mal? Habia momentos en que se arrepentia y momentos en que se sentia mas animada.

Caminaron los tres unidos hasta llegar á la esquina de la calle del Hospicio de San Nicolás, llamada de las Atarazanas.

—Aquí cada uno por su lado—dijo el amante de Felisa.

—Adios—decia la muchacha á Sor Blanca, cuando el sacristan esclamó:

—¡Una ronda, huyamos!

Y echó á huir seguido de su novia, que sin pensarlo siquiera, se llevaba las alhajas de la monja.

Sor Blanca se quedó parada un momento, y luego le faltaron las fuerzas, y se sentó en una puerta.

La ronda oyó el ruido que hacian en la fuga Felisa y su amante, y echó á correr tras ellos, gritándoles: «ténganse á la justicia,» y pasando cerca de Sor Blanca sin mirarla siquiera.

Sor Blanca permaneció allí mucho tiempo, y luego se levantó y tiritando de frio y temblando de miedo, comenzó á caminar procurando alejarse del centro de la ciudad.

La mañana comenzó á aclarar y la primera persona que vió Blanca, fué un muchachito pobre que caminaba descalzo, y envuelto en una pequeña manta.

—Oye, niño—le dijo Blanca—¿á dónde vas?

—A comprar el desayuno para mi padre.

—Díme: ¿qué no conoces ninguna casa por aquí, de señoras solas y que me pudieran recibir?

—Sí—dijo el niño con una viveza encantadora—¿quieres que te lleve en casa de Doña Cleofitas?

—¿Quién es Doña Cleofitas?—preguntó Sor Blanca.

—Una señora pobrecita, muy fea, que vive solita, aquí adelante.

—¿Me recibirá?

—Cómo no; vamos, que no quiero que me regañe mi padre.

Sor Blanca siguió al niño, y llegaron á una accesoria pobre, pero que estaba ya abierta, á pesar de ser tan temprano.

Una muger muy vieja, y con el aire de limosnera barria el interior.

—Esta es—dijo el muchacho, y ya me voy, y sin esperar mas, echó á correr.

—¿Qué se os ofrece?—preguntó la muger á Sor Blanca.

—Que me ampareis, que me deis un asilo en vuestra casa; un rincon......

—Soy muy pobre—contestó la vieja.

—Mas pobre soy yo, que no tengo ni donde guarecerme del sol, ni de la noche.

—Pero.........

—Por Dios, no me arrojeis así, os lo pido por vuestra salvacion.

—Vaya, entrad, que Dios os envía aquí, y Él sabe lo que hace.

CAPÍTULO 7

En que se ve lo que trataba el marqués de Gelves con sus amigos, y otras cosas que verá el lector.

EN una de las estancias del palacio vireinal, ricamente amueblada, el audaz marqués de Gelves hacia su despacho con su secretario, y le hacian compañía Don Alonso de Rivera y Don Pedro de Mejía.

En un gran sitial, y debajo de un gran dosel de damasco encarnado, en cuyo centro recamados de oro y plata se ostentaban los blasones de la monarquía española, y enfrente de una mesa cubierta de espedientes, libros y pergaminos, el virey dictaba sus autos y sus acuerdos.

Del otro lado de la mesa su secretario escribia, y al lado de él estaban Don Pedro y Don Alonso.

El marqués de Gelves hablaba el lenguaje violento y apasionado, propio de los hombres de su carácter, y mas en aquellos momentos en que la audacia de los oidores, amigos del Arzobispo, le habia hecho exaltarse.

—Necesario será probarles—decia el marqués de Gelves, que en toda la Nueva España no deben imperar sino la voluntad de nuestro augusto soberano y las leyes; si quieren romperlas, sea en buena hora, que eso no me arredrará, ¡vive Dios! que á correjir las costumbres y á cortar los abusos me ha enviado Su Magestad, y no será ese puñado de villanos, por mas que porten la mitra ó la golilla la que me haga faltar á mis deberes: ¿no es verdad, Don Pedro?

—Cierto, Exmo. Sr. Pero es necesario que V. E. una á la energía y justificacion, las precauciones necesarias para un caso estremo, porque segun he sabido no estarán satisfechos hasta provocar una sedicion y un gran tumulto.

—¿Lo creeis así?

—De creerlo tengo, cuando sus ajentes dia y noche caminan y trabajan; y lo que mas prueba su audacia, es el lance en que Don Melchor Perez de Varais ha hecho armas contra la justicia del rey nuestro señor, que muchos años goce, atropellando por todos respetos hasta tomar asilo en Santo Domingo.

Villano ha sido el comportamiento, qué poco valor muestra, y pocas señales de tener noble sangre, quien arremete con espada en mano contra pobres corchetes y alguaciles; que si armas llevaban serian unas malas espadas, ó unas varas de justicia.

—Y lo que notan algunos—dijo Don Alonso—es que la justicia pudo ver en los corredores de la casa de Don Melchor, cuando él escapaba, al Oidor licenciado Don Pedro Vergara Gaviria.

—Tambien es el tal Oidor—dijo el virey—uno de los mas ardientes conspiradores desde que le hice prender por sus desacatos; que nombrado por mi asesor quiso ser el virey, y su Majestad (que Dios guarde muchos años) tuvo por tan justa mi determinacion, que le condenó á pagar una multa de dos mil ducados, pero á fé de Marqués de Gelves que no jugarán mucho tiempo conmigo: ¿Qué leis, señor Secretario?

—«El acusador del Alcalde de Metepec, Don Melchor Perez de Varais, ha presentado queja á los jueces del negocio, diciendo: que desde el convento en que está retraido el dicho Alcalde, prepara su fuga y viaje á España por haber sabido que se le ha sentenciado á pagar sesenta mil ducados, y ofrecen prueba.»

—¿Y dice lo que hayan proveido los jueces?

—Hanse mandado poner guardias en el Convento para evitar la fuga del reo.

—Y no se irá: ¿qué horas teneis?

—Van á ser las siete—dijo el Secretario.

—Bien, dejad por ahora el despacho, que quisiera salir esta noche, y venid temprano mañana.

El Secretario hizo una reverencia y salió.

Don Pedro y Don Alonso se despidieron tambien y se retiraron.

Al salir Don Pedro, en uno de los aposentos del mismo palacio, recibió un pliego que comenzó á leer, y lanzó un grito de furor.

—¿Qué es eso?—preguntó Don Alonso.

—Mirad, esto es inaudito, Doña Blanca se ha fugado del convento.

—¡Fugado! ¡pero cómo!

—¿Qué voy á saber? Nada me dicen porque tambien lo ignoran en el convento, pero yo lo averiguaré; pondré cuanto pueda de mi parte, moveré medio mundo, á la justicia, á la Inquisicion.

—Don Pedro, no digais eso, con eso no se juega: ¿sabeis lo que seria de Doña Blanca si la Inquisicion llegara á tomar cartas en el asunto?

—Y qué me importa lo que suceda: esa muger me ha burlado, me ha deshonrado; mi nombre va á ser el objeto de todas las conversaciones. Apenas se ha logrado despues de tantos años desvanecer el escándalo que provocó aquella Luisa, y ahora esto viene á despertar todos esos recuerdos. ¡Maldita sea mi suerte!

—Reportaos, Don Pedro, reportaos, y cuidemos de buscar á Doña Blanca que no debe de estar muy lejos.

—¡Oh! si yo llegara á encontrarla la mataria.........

—Y hariais muy mal; dejad ese furor y vamos á vuestra casa á meditar lo que en este caso debe de hacerse: ved que hay quien nos observe y nuestros enemigos se reirian de nosotros.

—Teneis razon, vamos, pero no me abandoneis porque necesito de un amigo; esta noticia me ha afectado mas de lo que os podeis figurar.

—Vamos.

Y los dos se encaminaron á la casa de Don Pedro.........

Habia cerrado la noche y estaba oscura y pavorosa.

Pocas jentes andaban por las calles, nada habia que pudiera aun hacer desconfiar de que la tranquilidad pública se altérase, pero los pueblos y las ciudades se alarman como por instinto, como por una especie de espíritu profético, y pocas veces dejan de tener razon.

México estaba en esas noches triste y sus calles casi desiertas.

Por una de las puertas de palacio salió un hombre embozado en una capa oscura, con el sombrero calado hasta el entrecejo y enteramente solo.

Caminaba resuelto por las calles con el aire de un hombre que á nada teme, pero con la precaucion del que quiere observarlo todo.

Al mirarle venir los muy pocos transeuntes que de casualidad encontraba, se hacian á un lado para dejarle pasar, respetando aquel continente marcial y la larga espada que se descubria bajo su capa cuando atravesaba frente á la luz que salia de una tienda, ó de la lámpara de alguna imágen de esas que tan comunes eran en las calles.

Algunos alcanzaban á verle brillar algo en el rostro, eran unos anteojos, y entonces decian entre sí:

—¡El virey!

El marqués de Gelves como todos los gobernantes de genio y de corazon, gustaba de salir solo por las noches á rondar la ciudad y estudiar por sí mismo las necesidades del pueblo, sin encastillarse dentro de los muros de su palacio.

El marqués aborrecia á los fuertes que humillaban á los débiles, á los ricos que oprimian á los pobres y á los sábios que esplotaban (aunque entonces no se usaba la palabra) á los ignorantes.

CAPÍTULO 8

En donde se verá lo que pasó á Sor Blanca, y lo que aconteció al marqués de Gelves en su ronda nocturna.

SOR Blanca entró en la casita de la vieja, y en aquellos momentos no sabia que hacer ni que decir; estaba en una situacion verdaderamente embarazosa. El dia iba aclarando y la vieja comenzaba á disponer su pobre desayuno.

Era el primer tormento de Blanca: todo lo que ella tenia de valor sobre la tierra, que eran las joyas que habia sacado de su casa y ocultado en el convento, se las habia llevado la criada Felisa, al ponerse en fuga con su amante. Sor Blanca no tenia nada absolutamente que ofrecer á la pobre anciana que la habia dado hospitalidad.

Sor Blanca se sentó en un banquillo, y no teniendo que hacer se puso á rezar y á llorar.

La vieja la dejaba sin decirle ni una palabra, y continuaba preparando su desayuno. Cuando todo estuvo dispuesto se acercó á Blanca, y le dijo con dulzura.

—Venid á desayunaros, hija mia.

Sor Blanca alzó los ojos y lloró de gratitud: aquella muger miserable y llena de harapos la habia llamado su hija, esto era para ella el colmo de la felicidad.

La rica heredera de la casa de Mejía, la hermana del orgulloso Don

Pedro, esa jóven que era en el mundo la esposa mas codiciada, y en el claustro la monja mas aristocrática y mas respetable, sentia un placer desconocido cuando una infeliz limosnera la llamaba «hija mia.»

—Venid—volvió á decirle la anciana—estoy segura de que anoche nada habreis comido, ¿quereis que os traiga vuestro desayuno aquí? Voy porque estareis tal vez muy fatigada—y la pobre acompañando la accion á las palabras, llevó en unos humildes trastos un limpio desayuno.

Blanca sollozaba de ternura.

—¡Ay hija mia! ahora estoy muy pobre, pero no siempre he sido lo mismo, en otros tiempos nada faltaba en mi casita, como que hoy me mantengo, y no os espanteis, de pedir limosna por las calles, y antes tenia yo muy buenos protectores, como mi señora Doña Beatriz de Rivera (que en paz descanse) mi señora Doña Blanca de Mejía.

—¡Doña Blanca de Mejía! ¿pues quién sois vos?

—A mí me han conocido siempre por la beata Cleofas.

—¡Cleofas!—gritó Sor Blanca, dejando caer el pozuelo en que se desayunaba.

—¿Qué es esto niña? ¿qué os dá? ¿os desmayais? Dios mio, Dios mio, ¿qué haré?

—No Cleofas, no os espanteis, nada me sucede, pero miradme bien, miradme, yo soy la desgraciada, yo soy Doña Blanca de Mejía.

—¡Doña Blanca! ¡Sor Blanca!—dijo Cleofas espantándose á su vez, —¿vos? ¿pero como? ¿No habiais profesado? ¿no erais ya monja?

—Sí, pero he huido de esa vida que no me era posible soportar......

—¿Entonces habeis quebrantado la clausura? ¡estais escomulgada! ¡lo estoy yo tambien por daros asilo! ¡por ocultaros! ¡Dios de los cristianos! *Miserere mei.*

—Calmaos, calmaos.

—¡Calmarme, y estoy escomulgada por vuestra causa! no, yo necesito dar parte de esto al Comisario del Santo Oficio, para descargo de mi conciencia!

—¿Pero vos quereis perderme, cuando he sido siempre tan buena para vos?—dijo con angustia Sor Blanca.

—Como vos quereis perder mi alma, nó; primero mi salvacion, primero mi salvacion, primero mi salvacion.

Y Cleofas repetia esto casi maquinalmente, y tomaba su manton.

—Por Dios—decia Sor Blanca, procurando impedirle que saliera.

—Primero mi salvacion, primero mi salvacion,—repetia la vieja, y salió apresuradamente á la calle.

Sor Blanca la miró alejarse: era para ella un momento de angustia: quedarse allí seria entregarse en las manos del Santo Oficio; era necesario huir, ¿pero adónde? A nadie conocia y tal vez en cualquiera otra parte la denunciarian. Blanca, sin embargo, no vaciló, tomó otra vez su velo, se cubrió con él, tomó de encima de la mesa algunos panes, porque no sabia si llegaria á encontrar algo que comer en el dia, y salió resueltamente de la casa comenzando á caminar lo mas aprisa que le era posible; y hacia bien, porque una hora despues llegaron los familiares del Santo Oficio conducidos por la beata y registraron todo el barrio.

Era cerca del medio dia y Blanca no habia dejado de andar, sin saber por dónde, pero ella seguia adelante, estaba cansada y tenia hambre, se comió dos de los panecillos y bebió agua en una fuente, pero no tenia dónde descansar, porque con el traje que llevaba se hubiera hecho sumamente notable sentándose en una puerta.

Entonces se acordó de la Alameda.

No sabia por qué rumbo estaria, pero buscó con la vista, y á su izquierda divisó un grupo de árboles, comenzó á caminar en aquella direccion y á poco reconoció que no se habia engañado.

La Alameda estaba desierta. Sor Blanca se sentó á la sombra de un árbol y se alzó el velo para respirar con mas libertad. Los recuerdos de su convento se unieron con las penas que la esperaban, y la jóven comparó, y sin vacilar miró el porvenir dulce, comparándolo con los sufrimientos que habia tenido en el claustro.

Oyó por una de las calles de árboles que estaban cerca de ella, los pasos de un hombre, se cubrió precipitadamente y esperó. Era un negro de los muchos que habia en México, que se acercaba, y que segun la direccion que traia debia pasar á su lado.

Al mirarle de cerca, Sor Blanca se estremeció y sin poderse contener esclamó:

—¡Teodoro!

El negro se volvió con viveza y se acercó á ella.

—¿Quién sois, señora?

—Teodoro—dijo Blanca—¿has olvidado ya á Doña Beatriz de Rivera?

—¿Seriais acaso?—dijo Teodoro temblando, como si la misma Doña Beatriz se le hubiera aparecido.

—A tí no te lo ocultaré porque eres bueno y tienes el corazon grande, y tú sí no me venderás: soy Doña Blanca de Mejía.

Y Blanca se apartó el velo.

—¡Doña Blanca! ¡Doña Blanca! la ahijada de mi ama ¡pobrecita! La otra víctima de Don Pedro y de Don Alonso. ¿Pero habeis huido del convento.........?

—Sí, Teodoro, y no tengo un asilo.........

—Cómo que no; ¿pues habeis creido que yo vivo en las plazas? mi casita tengo, y para allá nos vamos en este momento.........

—Pero me persiguen, quizá te comprometas por mí.

—¿Comprometerme? No os encontrarán en mi casa, y además, ¿qué me importa, no estais en la desgracia? vaya, niña, venid, venid.

—¿Y la Inquisicion.........?

—No tengo yo miedo á nada en el mundo. Vámonos.

Y Teodoro se atrevió á tomar á Blanca de una mano para levantarla del asiento.

Blanca comenzó á seguir á Teodoro y muy pronto llegaron á la casa de éste, que era cerca de San Hipólito.

La muger de Teodoro le miraba llegar á la casa con una tapada.

—¿Qué será esto?—pensaba la negrita.

—Sérvia—le dijo su marido—esta señora es mas que si fuera nuestra ama, es casi la sombra de Doña Beatriz, y viene á vivir con nosotros, cuidala y quiérela mucho: que nadie sepa que está aquí.

Sor Blanca entró en la casa de Teodoro, recibida como una persona de la familia que volviera de un largo viaje, inmediatamente le destinaron una bonita habitacion que tenia para la calle una hermosa ventana.

Sor Blanca tenia sueño y debilidad; en toda la noche no habia dormido, y apenas habia comido los panecillos que sacó de la casa de Cleofas.........

El marqués de Gelves comprendia, presentia que se tramaba contra él una terrible conspiracion, y conocia quienes eran los directores, pero ignoraba en lo absoluto sus elementos, sus recursos y quienes eran sus agentes.

En las noches salia por las calles á rondar la ciudad, y á seguir aquella pista, que desgraciadamente perdia á los primeros pasos.

La noche en que lo hemos visto desprenderse de Don Pedro y de Don Alonso en el palacio, y salirse á la calle, era sin duda alguna, la noche de uno de los dias mas agitados de su gobierno: por todas partes habia recibido denuncias y anónimos, y la parte de la audiencia que no estaba de acuerdo con los revoltosos, habia estado á darle aviso de que se observaba en la ciudad algo que indicaba una próxima tempestad.

El de Gelves anduvo en las calles: al principio de la noche no encontró nada que llamase su atencion; iba ya á retirarse, cuando alcanzó á ver por la calle de San Hipólito unos hombres que salian furtivamente de una casa, y que se iban como recatando. El virey creyó que habia encontrado un rastro, se ocultó á cierta distancia y advirtió que á poco, otros hombres salian de la misma casa, pasaron cerca de él y pudo notar que eran negros libertos.

Observó el marqués luz en una de las ventanas de aquella casa y pensó acercarse para ver si algo lograba descubrir desde allí que aclarase sus sospechas.

El pequeño postiguillo de una de las ventanas estaba abierto, y aunque era alto, el marqués subió por la reja y miró para adentro.

Dos mugeres hablaban sentadas en dos sitiales frente una de otra. Una de ellas tenia la espalda vuelta á la ventana pero por la forma de la cabeza, y por la figura del peinado se conocia que era una negra, la otra cuyo rostro podia ver perfectamente el virey, porque lo bañaba completamente la luz de las bujias, era una de hermosura maravillosa.

El virey no era un jóven, y sin embargo se sintió arrebatado, enamorado por aquella belleza, y no pudo apartarse de su observatorio, ni desprender sus ojos de aquella muger cuyos movimientos todos eran tan encantadores.

Un negro, alto y robusto, vestido con elegancia y sencillez entró en el aposento y la muger que tenia vueltas las espaldas á la ventana se levantó.

El de Gelves no se habia engañado, era una negrita.

Hablaron entre sí los tres y la negrita se dirijió á la ventana, el marqués se alejó para no ser descubierto y á poco el postigo se cerró.

El virey permaneció allí pensativo y preocupado hasta que la luz del alba y los cantos de los gallos, le anunciaron que era necesario retirarse.

Habia encontrado en aquella noche dos cosas, que no se apartaban de su imaginacion, y que no podremos decir cual le afectaba mas: una conspiracion de negros y la casa adonde se tramaba esta, la muger mas hermosa que habia visto en la Nueva España.

El marqués de Gelves era hombre que no se quedaba nunca á la mitad de un camino, pensaba averiguar quien era aquella muger, y saber lo que se trataba en las reuniones de los negros; pero comprendió que debia comenzar por la muger por que si comenzaba por el asunto de los negros, podia desaparecer ella, en caso de que no lograse prenderles á todos, y que la familia que ocupaba la casa se espantase.

El hombre de las confianzas del virey era un jóven acaudalado de México, que habia vuelto de Filipinas muy rico, despues de un destierro que se le impuso á causa de un duelo, por el antecesor del marqués de Gelves. Este joven, en quien sin duda conocerán nuestros lectores á Don Cesar de Villaclara, se habia hecho el amigo de confianza del virey por su talento, su audacia y su carácter franco y amable.

Jamas faltaba á la hora del almuerzo en Palacio, porque el marqués de Gelves no podia pasarse sin él, y aquella era para el virey la hora de verdadero descanso y en que olvidaba los negocios del gobierno y de la política y se entregaba á sus alegres conversaciones familiares.

El dia á que nos vamos refiriendo, Don Cesar encontró al virey, triste y pensativo.

Concluyó el almuerzo, sin que hubiera pasado aquella nube, y entonces el virey condujo á Don Cesar á un aposento interior y se encerró con él.

CAPÍTULO 9

Lo que hablaron el virey y Don Cesar de Villaclara, y lo que aconteció despues.

—TENGO que haceros una confidencia, Don Cesar—dijo el virey—que á no tener de vos tanta confianza, no os abriera mi pecho tan francamente.

—Puede V. E. depositar en mí su secreto, que solo en un sepulcro pudiera estar mejor guardado.

—Lo sé, y por eso os le fio: oíd.

—Hable V. E., que es para mí mucha honra.

—Don Cesar, anoche he salido á rondar como sabeis que tengo de costumbre en algunas noches, y en la calle que está derecho de San Hipólito he visto una muger, Don Cesar, cuya imágen poco tiempo presente ante mis ojos, no se borrará, ni se ha borrado un instante de mi mente.

—¿Tan bella es?

—Tan bella como un ángel, luz despiden sus brillantes ojos, perlas son sus dientes, coral sus labios, rizos de negra seda juegan sobre sus espaldas y sobre sus hombros, que envidiara la hembra mas hermosa de Castilla.

—Pero ¿quién es tan peregrina belleza?

—Pluguiese al cielo, que alcanzado hubiera la dicha de saber su nombre; esa muger no debe tener nombre sino entre los ángeles: muchos años han cruzado ya sobre mi frente, y la nieve de la edad blanquea mi cabeza ya sin que el fuego de los arcabuces haya podido derretirla, pero ni nunca tal garrida belleza he visto, ni nunca impresion tan estraña se ha apoderado de mí; este es el favor que os exijo; este es el servicio que espero de vuestra amistad, saber el nombre, la clase y el estado siquiera de esa dama.

—Señor, procuraré ayudar á V. E., pero ¿á dónde vive?

—No podré deciros mas, sino que la he visto en una ventana que está cerca de San Hipólito, de donde ví tambien salir varios negros, y en donde creo habita un negro alto y fornido con traza de rico.

—¡Ah! entonces ya sé adonde es.

—¿A dónde?

—En la casa de Teodoro, el negro liberto de la difunta Doña Beatriz de Rivera—yo respondo á V. E. que sabrá quién es esa dama.

—Me hareis un distinguido favor; me hareis, que mas os puedo decir, me hareis feliz. ¿Cuándo creeis saber algo?

—Mañana mismo lo sabré ya todo.

—Bien, id Don Cesar, y Dios os guie en vuestras investigaciones.

Aquella misma tarde rondaba ya Don Cesar por el frente de la casa de Teodoro.

Pero las ventanas permanecieron obstinadamente cerradas, llegó la noche y sucedió lo mismo.

—Volveré á la media noche—pensó Don Cesar, y se retiró.

Sor Blanca no salia á sus rejas durante el dia por temor de ser vista y conocida; sin embargo, al través de algunas hendiduras de las puertas miraba la calle.

Don Cesar pasaba en la tarde y Blanca alcanzó á verle. Don Cesar estaba algo variado, pero habia sido la única ilusion y el único amor de Blanca, y le reconoció; habia pensado tanto en él que no era posible que le hubiera olvidado.

Blanca se sintió desfallecer al mirarle, y luego se apoderó de ella un desaliento horrible: tal vez Don Cesar la habia olvidado, estaba ya unido, amaba á otra, y aun cuando no fuese así, ¿no habia entre ellos ya el abismo inmenso de sus votos monásticos, que el Arzobispo aun no habia relajado?

Don Cesar volvió á pasar y Blanca advirtió que miraba para la casa y que se detenia enfrente, y luego aquellos paseos se repitieron, y no habia duda: Don Cesar rondaba aquella habitacion. ¿La buscaria á ella? ¿Sabria que allí estaba?

En una de las veces Don Cesar pasó junto á la ventana, y se detuvo buscando un modo de ver para adentro.

Blanca le veia, no estaban divididos mas que por la reja y por la puerta, tenia el rostro de aquel hombre á una distancia tan corta, que podia haber escuchado un suspiro, sintió un vértigo, quiso abrir y presentarse, pero en aquel momento D. Cesar convencido sin duda de que nada conseguia, se retiró.

Toda la tarde penó Blanca en lucha con su deseo, por fin llegó la noche y no vió ya á Don Cesar.

Don Cesar salió á cosa de las once á proseguir sus investigaciones; no solamente su amistad con el virey, sino su amor propio y su curiosidad estaban interesados en descubrir á la dama misteriosa.

La noche no estaba completamente oscura, y al llegar cerca de la casa de Teodoro creyó notar un bulto.

Como acostumbrado á esta clase de aventuras, se dirijió al bulto para reconocer si era un hombre y alejarle de allí, aun cuando tuviese que andar para ello á estocadas.

Por su parte el hombre que estaba frente á la casa, se puso en guardia al ver acercarse á Villaclara.

—¿Quién va?—preguntó el hombre.

—¿Su Excelencia aquí?—contestó Villaclara descubriéndose.

—Callad, Don Cesar, que no seria prudente que nadie me conociera —dijo el virey.

—¿Ha descubierto algo esta noche V. E.?

—Nada, á pesar de que se descubre luz, las ventanas han permanecido cerradas; ¿y vos habeis alcanzado algo?

—Nada tampoco, toda la tarde he permanecido por aquí.

—¿Y qué pensabais hacer ahora?

—Venia á continuar mis rondas hasta descubrir algo.

—Bien, entonces quedaos, que yo tengo que hacer en palacio.

—Como lo mande V. E.

—Quedaos, adios, y mañana os espero.

El virey se embozó y echó á caminar, perdiéndose á poco entre las sombras densas de los árboles de la Alameda.

La noche se pasó tambien, y á la hora del almuerzo contaba Don Cesar al virey que se habia perdido el tiempo.

—Pero supongo que no desmayareis—dijo el marqués de Gelves.

—Imposible, contestaba Don Cesar, yo cumpliré á V. E. lo prometido, y sabremos quién es esa dama.

En la tarde Blanca esperaba, y Don Cesar no tardó en venir y comenzar sus paseos.

Blanca luchó algo, pero al fin no pudo resistir, y abriendo su ventana se mostró á la vista del joven.

—Es un ángel, es una diosa, es algo que no pertenece al mundo sino al cielo—esclamó Don Cesar—y este rostro no me es desconocido, lo he visto, vive en mis recuerdos: ¡me mira! ¡me sonrie! ¡Dios mio, alúmbrame! ¡alúmbrame! ¿Quién es esta muger?

Don Cesar entre el torbellino del mundo habia perdido la imágen de Blanca, que como un recuerdo volvia á levantarse delante de él.

Si Blanca hubiera comprendido que Don Cesar no la recordaba, su corazon hubiera sangrado de dolor porque la pobre jóven soñaba con su candor de niña, que como ella amaba así era amada.

Un grupo de jente venia por la calle y Blanca cerró precipitadamente su ventana, y en vano esperó el jóven toda la tarde que no volvió ya á abrirse.

Llegó la noche y se retiró sin poder olvidar á la dama, y sin recordar tampoco en dónde la habia visto.

—Dios mio—decia—¿quién es esta muger tan bella y que me mira de una manera para mí tan estraña?

El virey en cuanto pudo desprenderse de sus negocios en la noche, volvió á la calle de San Hipólito.

Serian las diez y la calle estaba desierta, y el de Gelves creyó observar la primera vez que pasó, que la ventana de su bella desconocida estaba abierta y el aposento oscuro.

Volvió á pasar y se confirmó en su observacion, y se detuvo entonces en frente de la reja: oyó ruido en el interior, los pasos de una persona que se acercaba á la ventana, y luego una voz hechicera que decia:

—¿Sois vos?

—Yo soy—contestó el de Gelves comprendiendo que en todo caso decia una verdad.

—Os he visto rondar mi casa, y vos debeis comprender que vuestro amor y vuestras pretensiones son imposibles.

—¡Imposibles! ¿Por qué?

—Porque Dios ha puesto entre nosotros una inmensa barrera, que una muger cristiana no puede salvar; idos, y si me habeis amado, si me ameis aún, no trateis de perder una alma que en gran riesgo está ya por desgracia.

—Señora......

—Os lo ruego, olvidadme, que harto sabeis que no puedo ser vuestra. Adios.

Y la ventana se cerró con violencia antes que el marqués hubiera podido articular una palabra.

—¡Dios mio, Dios mio!—decia Doña Blanca sollozando en el interior de su aposento—acepta mi sacrificio en descargo de mis grandes culpas; tú ves, mi Dios, qué inmenso esfuerzo me ha costado despedirle para siempre; pero que no vuelva, que no vuelva, Dios mio, porque entonces, sí, no me sentiria con resolucion para tanto.

El marqués se quedó un momento reflexionando, y luego casi en alta voz pensó:

—Tiene razon esta dama; á mi edad, un hombre casado como yo, porque ella debe saberlo, y conocer á la vireina como casi toda la ciudad....... tiene razon, aún es tiempo de cortar esta pasion que, quizá mas tarde, me hubiera avergonzado.... pero yo la iba queriendo demasiado......... no, no volveré mas; mucho tengo en que ocuparme para andar á mis años en rondas y en amoríos.........

El marqués seguia caminando, y vió á un embozado que se acercaba.

—Debe de ser Don Cesar.

En efecto era él, que venia á seguir por su parte la comensada empresa.

—Don Cesar—dijo el virey aproximándose.

—Señor—contestó Don Cesar.

—¿A dónde vais?

—A la calle de San Hipólito.

—No es necesario ya, acompañadme á palacio y os referiré lo que me ha pasado con esa dama misteriosa.

—¿La ha visto V. E?

—Aun mas que eso: la he hablado.

—¿Hablado?

—Sí, venid, y os contaré.

Don Cesar se sintió contrariado, pero tuvo necesidad de acompañar al virey y escuchar toda la relacion de su boca, y comprendió que la dama habia hablado al marqués creyendo que era él, y sintió renacer sus esperanzas.

—¿Es decir que V. E. prescinde de la empresa completamente?

—Sí, Don Cesar, esa dama me ha recordado lo que yo nunca debiera haber perdido de vista.

Don Cesar guardó silencio, pero se alegró en su interior y juró ser él quien continuara persiguiendo á la jóven.

Aquella noche comprendió ya que era infructuoso su paseo, y se retiró.

Pero á la siguiente tarde pasó y volvió á pasar, hasta que volvió á abrirse la ventana y Blanca volvió á presentarse.

Ella lo habia dicho: si él volvia, quizá no podia resistir.

Don Cesar procuró aprovechar la ocasion, y pasando junto á la ventana dejó caer, por decirlo así, estas palabras:

—Hasta la noche.

—Sí—dijo Blanca encendida de rubor y cerrando, y luego agregó en su interior.

—¿Cómo será posible no amarle? ¡Oh, Dios mio! tú me abandonas á mis propias fuerzas, y yo me siento débil para luchar con este amor.

—¿Quién será esta dama, que cada vez que la miro me parece que estoy mas seguro de haberla conocido? ¿Lo habré soñado quizá? Esta noche saldré de esta penosa duda, y si S. E. ocupó anoche mi lugar, es justo que yo me aproveche de la conversacion que él habia comenzado: pagar es corresponder.

Cuando Don Cesar volvió en la noche, Doña Blanca esperaba ya.

Aquella imaginacion ardiente, aquella naturaleza vigorosa y pura, aquel corazon vírgen y amante, no habian podido resistir el encanto de un primer amor. Blanca estaba apasionada de Don Cesar, porque era el único hombre que la habia manifestado su amor, y porque ella habia soñado en ese amor como en un imposible durante los largos años de su encierro en el cláustro.

Blanca estaba resuelta á todo; pero temerosa con la escena que le habia pasado con Cleofas, queria declarárselo todo á Don Cesar para saber si él tambien arrostraba por todo.

Don Cesar se iba acercando; sus pasos resonaban en el silencio de la calle, y Blanca le adivinaba, vacilante y conmovida, apoyándose en las rejas de su ventana.

El jóven llegó, y como es natural que se apoyase en la misma reja, su mano tocó por casualidad la mano de Blanca, que se estremeció con aquel contacto, pero que no se retiró.

Don Cesar lo advirtió, y contó ya segura su conquista.

Hay cosas que parecen insignificantes, pero que entre personas que se aman equivalen á una declaracion, ó á una correspondencia: una mirada fija, ó á escusas; una mano que se detiene ó que oprime mas de lo comun á otra; dos brazos que se tocan y no se separan; cualquiera cosa es para los amantes una declaracion mas larga que un libro, mas clara que la luz del medio dia.

—Señora—dijo cortesmente Don Cesar—perdonadme si por desgracia he tardado mas de lo que quisiera.

—No, Don Cesar, siempre llegareis á tiempo.

—¿Conoceis mi nombre?—dijo Don Cesar asombrado.

—¿Acaso no conoceis vos tambien el mio?

—¿Creeis que si vuestro corazon no me olvida, el mio pudiera haberos olvidado?

Don Cesar naufragaba en un mar de conjeturas: ¿quién era aquella muger que así le hablaba? ¿Qué iba á hacer, si, como era natural, se prolongaba la conversacion sin que él pudiera recordar su nombre? Era preciso esquivar aquel escollo.

—Señora—dijo Don Cesar para dar otro jiro á la conversacion, y recordando lo que le habia contado el virey—¿Por qué me habeis rechazado tan cruelmente anoche?

—Don Cesar, porque hay entre nosotros un abismo que puede arrastrarnos á infinitos males, y no quiero esponeros por mi causa.

—¿Y creeis señora, que tema yo algo, tratándose de vos? ¿creeis que sacrificio alguno me parezca grande por obtener un amor como el vuestro?

—Es que quizá hasta la salvacion eterna de vuestra alma puede peligrar.

—Habladme señora, decidme que peligros son esos, ya ansio por arrostrarlos, para probaros cuanto os adoro.

—Don Cesar, sabeis que mi hermano Don Pedro de Mejía me hizo entrar en un convento, y profesar por fuerza, soy monja, vínculos de acero me átan al claustro, y si yo los he roto y he escapado de allí huyendo de una vida que no puedo soportar, buscando aire y libertad, y esponiéndome á todas las calamidades que esto podria atraer sobre mi cabeza, no quiero por mas que os ame envolveros en mi desgracia, y comprar mi dicha á costa de vuestra felicidad.

—Doña Blanca—dijo Don Cesar, que la habia reconocido, Doña Blanca ¿eso decis? ¿Eso podeis pensar de mí? Yo os amo, vuestra imágen me siguió á mi destierro y me acompañó siempre al traves de los mares, si vuestro hermano os condujo al convento, si allí pronunciasteis esos votos que vuestro corazon rechazaba, Dios no puede haber recibido esos votos, no Blanca, vuestro corazon era mio, nada mas que mío y Dios no puede haber querido que dos de sus criaturas fuesen desgraciadas, por un sacrificio que su misma bondad desaprueba y rechaza.

—¡Oh Don Cesar! cuanto bien me haceis; seguid, seguid, decidme que me amais, que no os espanta mi situacion.

—¿Espantarme? Alma de mi alma, espantarme? ¿y por qué? Os amo con toda la pasion de mi alma, y si los hombres nos persiguieran, si tubiera yo que sufrir los mas horribles tormentos, los aceptaría contento, feliz, porque era por vos, por vuestro amor; Dios no se ofenderá porque en vos le amo á Él, porque nunca pudo su grandeza exigir que se ahogase el amor en el corazon de sus criaturas que Él formó destinadas para el amor. ¡Oh Blanca! os adoro, pero decidme, ¿vos me amais?

—Don Cesar todo el amor de mi vida, toda la pasion de que soy capaz, todo es para vos, desde que os ví en Jesus María, no se aparta vuestro recuerdo de mí, os amo, y si es necesario ser desgraciada, morir en la hoguera por vuestro amor, moriré contenta y feliz. Oidme, ayer aun tenia temores, aun guardaba remordimientos, porque iba á atropellar con mis deberes, pero hoy ya nó, haced de mí lo que querais, no soy mas que vuestra, enteramente vuestra.

Y Blanca en su exaltacion acercó su rostro á la reja, y los labios de Don Cesar recibieron su primer beso de amor.

—Blanca—dijo Don Cesar—es preciso que salgais de aquí. ¿Estais resuelta á todo?

—A todo.

—Pues bien, el virey os ha visto aquí, pueden buscaros, voy á procurar una casa, en donde vivireis oculta, y en donde sereis para mí, y nada mas para mí. ¿Os agradaría?

—Sí, Don Cesar: vuestro amor, y despues venga lo que Dios quiera.

La conversacion se prolongó por mucho tiempo entre dulcísimos requiebros y alegres planes para el porvenir, y entre frases de amor y besos de pasion.

El alba comenzaba ya á despuntar cuando Don Cesar se apartaba de la reja llevando la felicidad en el corazon, y dejando á Blanca en medio de un paraiso encantado.

Todo estuvo entre ellos convenido; Blanca se iria á la casa que debia tomar Don Cesar á ocultar su nombre y su pasion.

Entre amantes se arreglan en una hora cosas mas difísiles y atrevidas, que en los congresos y en las asambleas en un año.

CAPÍTULO 10

De lo que pasó con Don Cárlos de Arellano, y cómo volvió él á ver á Luisa.

Don Cárlos de Arellano, á quien hemos dejado en el momento en que un criado que venia á caballo preguntaba por él, recibió con ese criado dos cartas de México.

La una era del virey, y la otra de Don Pedro de Mejía.

Con el virey cultivaba corta amistad á pesar de ser uno de sus grandes partidarios, y con Don Pedro de Mejía, á resultas de todo lo acontecido con Luisa, no tenia relaciones de ninguna especie.

Don Cárlos se admiró de recibir aquellas dos cartas, y sobre todo, la de Mejía: en ambas lo solicitaban para que fuese á la capital.

Arellano antes de resolverse quiso consultar con Chema, que era su maestro, y á quien habia llegado á tener en alta estimacion.

—Don José, Don José—dijo Arellano despertando al viejo, que habia quedado durmiendo.

—¿Que hay?

—Dos cartas que tengo aquí de México, sobre las que quisiera saber vuestra opinion.

—¿Y qué dicen?

—Me invitan á ir para allá, y ambas por razones bien distintas; oíd, la una es del virey.

Don Cárlos leyó la primera carta.

«Para el mejor servicio de Su Majestad (Q. D. G.) deseara que viniéseis á México á tener vista conmigo, para tratar de algunos negocios importantes del reino, y de la provincia de que sois Alcalde Mayor; esto es de la mayor urgencia.

Dios os guarde muchos años.

El Marqués de Gelves.»

—¿Y bien?—preguntó Don José—¿qué habeis pensado hacer?

—Queria consultaros, si supuesto el estado en que se hallan las cosas, debiera yo de ir.

—Creo que seria una imprudencia, cuando no una locura, el iros á meter así en el fuego, estando aquí tan libre. «El que busca el peligro en él perece.»

—Teneis razon, no iré.

—¿Y la otra carta?

—Es un negocio particular que tengo ya casi olvidado, y que no seria por sí solo capaz de obligarme á emprender un viaje. Escuchad, es de un caballero rico de la ciudad llamado Don Pedro de Mejía.

«Señor Don Cárlos de Arellano.

«Muy respetado amigo y señor. Hace ya algunos años que dejé de cultivar vuestra amistad por motivos que espero hayais echado en olvido, pero que son los mismos que ahora me obligan á dirijiros ésta.

«Es el caso que entonces por razones que alguna vez os diré, tuve de contraer matrimonio con Luisa, la viuda de Don Manuel de la Sosa ignorando que habia estado en vuestra casa de donde se fugó, y que era una esclava antigua de un Don José de Abalabide. Súpelo despues de la boda y la arrojé de mi casa.

«Hoy ha vuelto esta muger pasando por esposa legítima del correjidor de México Don Melchor Perez de Varais, enemigo encarnizado del virey y uno de los mas ardientes trastornadores de la pública paz.

«Os ruego que vengais para ayudarme á confundir á esa muger que es el ajente mas poderoso y mas activo del Correjidor.

«Dios os guarde por muchos años, como se lo pide vuestro amigo y servidor

«Don Pedro de Mejía.»

Chema habia escuchado esta carta con un interes y una escitacion creciente, su semblante se habia puesto encendido, sus ojos brillaban y su respiracion era desigual y fatigosa.

—¿Qué pensais?—dijo Don Cárlos—A la verdad que para castigar á esa muger basta su marido, que si buena y juiciosa le hubiera salido á Don Pedro, nada me hubiera tocado á mí, como ahora que es mala é inquieta me viene á querer perturbar.

—Os engañais—dijo Chema con una voz ronca—es preciso que vayais, ó mejor dicho, que vayamos para confundir á esa víbora, yo os acompañaré.

—¡Vos! ¿la conoceis acaso?

—Ojala no la hubiera conocido, ella ha sido la causa de todas mis desgracias, porque yo soy Don José de Abalabide.

—¡Vos Don José de Abalabide! el rico comerciante que desapareció una noche arrebatado por el Santo Oficio, y de quien se cuentan tantos padecimientos?

—El mismo, Don Cárlos, el mismo, y en el camino os instruiré de todo y os convenceré de que es un deber nuestro castigar á esa muger. Disponed, os ruego, vuestro viaje, y salgamos mañana mismo de esta casa.

—Saldremos—dijo Don Cárlos.

A la siguiente mañana una pesada carroza de camino se dirigia á la capital de la Nueva España. Ocho poderosas mulas tiraban de ella, y en el interior se veian á Don Cárlos de Arellano y á Don José de Abalabide que hablaban con mucho calor; era que el viejo referia su historia.

A las dos de la tarde los viajeros habian llegado á México y se alojaban en una casa que Don Cárlos habia conservado amueblada y dispuesta en la ciudad, porque solia antiguamente pasar allí algunas temporadas.

Don José fué bajado de la carroza en los brazos de los lacayos.

En aquellos momentos la ciudad estaba en alarma, grupos de gentes de todas clases cruzaban por las calles, bulliciosos los unos, graves y taciturnos los otros; allí se preparaba algo: eran aquellos para el menos inteligente presagios de una tempestad.

Don Cárlos se dirigió inmediatamente á palacio para averiguar qué era aquello, y encontró allí la misma confusion que en las calles; pero allí ya comprendió todo.

Don Melchor Perez de Varais retraido en el convento de Santo Domingo, no pretendia hacer fuga como decian sus enemigos, pero sí auxiliado del Arzobispo que lo visitaba diaria y secretamente, atizaba el fuego de la sedicion y provocaba un alzamiento. Sus jueces como hemos visto, mandaron ponerle guardias en el convento.

Don Melchor se quejó de esto al Arzobispo diciendo, que se violaba la inmunidad del asilo, y el prelado que no esperaba sino una oportunidad para dar un escándalo, miró esta como venida del cielo.

Con el juicio de censuras se dió principio á este escándalo, y el Arzobispo por medio de su Provisor procedió contra los guardias y contra los jueces hasta declararlos excomulgados.

El Provisor comprendia y secundaba perfectamente las ideas del Arzobispo, y las notificaciones á los excomulgados se hacian con el mayor escándalo posible á todas horas, sin distinguir las del dia de las de la noche.

El clerigo que hacia de notario iba de una á otra casa y de uno á otro tribunal, y atravesando las calles seguido de un concurso numerosísimo ocasionando por toda la ciudad alarma y tumulto.

La Audiencia absolvió á los excomulgados, y el Arzobispo entonces se volvió contra la Audiencia.

Don Cárlos de Arellano llegó á palacio á la sazon que entraba tambien á él un clérigo notario del Arzobispo, que seguido de una multitud inmensa entre la cual se veian muchos clérigos, iba á notificar al secretario de dicha Audiencia la entrega de los autos de este ruidosísimo negocio.

El virey estaba en la Audiencia con los oidores, y el notario del arzobispado llegó con su acompañamiento hasta la puerta de dicha audiencia, en donde habia quedado esperando tambien Don Cárlos.

—¿Qué ruido es ese?—Preguntó adentro el virey.

—Señor—contestó pálido el oficial mayor—El notario del provisorato me notifica que se entreguen los autos sobre absolucion de las censuras de los jueces y guardias de Don Melchor Perez de Varais, bajo pena de escomunion y publicacion en las tablillas de las iglesias.

—Vive Dios, y perdonadme señores mi violencia—dijo el virey—que mucha es la audacia y desacato de ese notario.—Decid señor oficial mayor, á ese notario, que aguarde hasta que termine la audiencia.

El oficial mayor salió inmediatamente á llevar el recado de S. E.

Apenas el notario oyó el recado, cuando sin respeto de ninguna clase, y atropellando al oficial mayor, se dirijió á la puerta de la audiencia. Los alguaciles trataron de impedirselo y entonces allí mismo se trabó la lucha.

Como por encanto salieron á lucir multitud de armas, que llevaban ocultas los clerigos que acompañaban al notario, y comenzaron á caer heridos algunos de los dos bandos.

Don Cárlos tiró de su espada, y se puso del lado de la justicia.

En medio de aquel tumulto, un jóven elegantemente vestido con un sombrero hundido hasta el entrecejo y adornado con hermosas plumas blancas, animaba y exaltaba á los partidarios del arzobispo y con el estoque en la mano, procuraba herir al oficial mayor.

Arellano se arrojó sobre este jóven en el momento en que un movimiento de la multitud hacia caer su sombrero, dejando complemente descubierta su cabeza. Dos esclamaciones se escucharon en aquel acto, la una era de Don Cárlos de Arellano que gritó.

—¡Luisa!

La otra partió de la boca de Don Cesar, que llegaba al lugar del escándalo, y que tambien la reconoció.

En este instante se abrió la puerta de la audiencia, y la figura severa del marqués de Gelves, apareció calmando la tempestad.

Los alborotadores huyeron espantados, y solo quedaron allí Don Cesar, Arellano, y los alguaciles, unos buenos y otros heridos.

Don Cárlos levantó el sombrero que Luisa habia abandonado en su fuga.

El virey con los brazos cruzados contempló á la turba que huia, y luego con una calma inconcebible en su carácter violento y altivo, dijo á Don Cesar y á Don Cárlos de Arellano.

—Pasad Señores.

Los dos caballeros siguiendo al marqués, entraron á la sala de la audiencia.

Los Oidores estaban pálidos, pero serenos; la Audiencia se habia dado por terminada y se hablaba ya en confianza.

—Admírome señor—dijo Don Cesar—como S. E. ha podido contener su natural fogoso ante semejantes desacatos.

—Creed Don Cesar, que he necesitado hacer un grande esfuerzo, porque los gobernantes muchas veces tenemos necesidad de disimular nuestros naturales instintos é inclinaciones.

—Tiene V. E. mucha razon—dijo Don Cesar.

—Pero ya la justicia tendrá su lugar alguna vez, que ahora conozco que solo de precipitarme se trata, para dar motivo á culparme de cualquier desgracia, y no lo conseguirán.

—Quizá no ignore V. E.—dijo Don Cárlos de Arellano, la cabeza y el brazo que dirigen estos disturbios.

—¿Y quién los desconoce? solo vos Don Cárlos que venis tan pocas veces á México, y os pasais la vida encerrado en vuestra casa de la Estrella, y sin embargo, ved como os favorece la fortuna, acabais de llegar y ya teneis en vuestras manos un trofeo.

—Es verdad, E. S.—contestó Arellano, levantando por lo alto el sombrero de Luisa que llevaba en la mano—este trofeo tiene la doble recomendacion de pertenecer á una dama.

—¿A una dama?

—Que venia entre la multitud vestida de hombre, y que se daba tambien su modo de acuchillar á los alguaciles.

—¿Y quién era, esa mi hermosa enemiga?

—Hermosa verdaderamente, y que segun entiendo, es la que pasa por esposa de Don Melchor Perez de Varais.

—He oido hablar de ella, ¿pero por qué decis que pasa por su esposa, acaso no lo es realmente?

—Ni puede serlo; bien pronto conocerá V. E. lo que es esa muger por las pruebas que tendré el honor de presentarle. Entre tanto, permítame V. E. que no le diga mas.

—Como gusteis.

Don Cesar no dió para nada á entender que conocia á Luisa y el virey y los Oidores siguieron comentando á su manera los acontecimientos que habian tenido lugar..........

Aquella misma noche el Arzobispo entraba al aposento que ocupaba en Santo Domingo Don Melchor Perez de Varais.

Luisa con su traje de hombre acompañaba á Don Melchor. El prelado debia ya conocer quién era, porque la saludó como á señora.

Luisa besó respetuosamente el pastoral del Arzobispo.

—En esta tarde—dijo Don Melchor—creí que el marqués hubiera hecho una de las suyas acuchillando al pueblo, lo que hubiera precipitado ventajosamente para nosotros el lance.

—Así debió de suceder—contestó el Arzobispo—y no comprendo qué pudo detenerle.

—Mi esposa que estuvo presente, me ha contado que el virey no hizo siquiera impulso de arrojarse á la pelea.

—¿Será cobarde?—dijo el prelado.

—No lo piense V. S. I., pero está muy prevenido.

—¿Conque vos anduvísteis, señora—dijo el Arzobispo—en medio del peligro?

—Cuando se trata de la causa de Dios y de la Iglesia—contestó hipócritamente Luisa—la criatura mas débil es fuerte.

—Sois digna imitadora—dijo el Arzobispo—de Judit, de Estér y de Dévora.

—Señor Ilustrísimo.........—esclamó Luisa fingiendo ruborizarse.

—Y no crea Su Ilustrísima—agregó Don Melchor con cierto orgullo—no cesa de trabajar; esta noche me ha dado parte de que se ha encontrado á un antiguo criado suyo de gran influencia entre el pueblo, y muy útil, á quien llaman por mal nombre el Ahuizote.

—¡El Ahuizote! ¡el Ahuizote!—yo recuerdo ese nombre.

—Tal vez le haya conocido en otro tiempo Su Señoría.

—Puede, ¿con que es muy útil?

—Para todo.

—Pues va ya á necesitarse pronto porque el virey me exige que le envie al notario que en esta tarde fué á notificar al secretario de la Audiencia.

—¿Y qué hará Su Señoría Ilustrísima?

—¿Qué puedo hacer? entregarle, pero esto dará el motivo que se necesita para poner el entredicho y excomulgar al virey.

—¡Excomulgarlo!—esclamaron á un tiempo Luisa y Don Melchor.

—Sí, ya vereis que naturalmente van para allá las cosas y muy pronto.

—Y nosotros entre tanto ¿qué haremos?

—Seguir excitando y preparando al pueblo para la hora del combate.

—Estamos dispuestos—dijo Don Melchor—¿nos avisará Su Ilustrísima?

—Sí, si es posible; si no hay tiempo, las campanas que toquen el entredicho serán la señal.

Pocos momentos despues Luisa se despidió, en la puerta por donde ocultamente entraba y donde la aguardaba ya el Ahuizote. Luisa subió en su carroza y el Ahuizote trepó á la saga.

CAPÍTULO 11

Cómo los celos hacen adivinar á las mugeres.

—RECUERDAS—dijo Luisa al Ahuizote al llegar á la casa—¿á aquel Don Cesar de Villaclara?
  —¿Y cómo olvidarlo si tan malos dias nos hizo pasar? pero creo que lo enviaron á Manila y no ha vuelto á parecer.
  —Te engañas, porque hoy le he visto en el palacio.
  —Puede, pero al fin que ya no nos importa.
  —Sí, sí nos importa, ha jugado ese hombre conmigo y me ha despreciado por Doña Blanca.
  —Pero ahora de nada le servirá eso, porque á esa Doña Blanca, segun me dijeron, la metió monja su hermano Don Pedro.
  —Es verdad, pero se ha fugado del convento.
  —¡Calle! y qué picarona—dijo sonriéndose el Ahuizote—pero ahora se juntarán los dos, y el Santo Oficio dará cuenta final de esos amores.
  —Eso es lo que pienso, y lo que trato de evitar.
  —¿Qué? ¿Que los quemen? ¿Pues no los aborreciais tanto?
  —No, lo que no quiero es que se vean, que se amen, que sean felices, y estoy segura de que así está sucediendo porque el corazon me lo avisa. Don Cesar es el único hombre á quien verdaderamente he amado, y no será de esa muger aunque me cueste el dolor de verle

entre las llamas. Oyeme, es preciso que mañana mismo averigües en dónde vive Don Cesar, que pongas personas que lo vijilen, que vean adonde vá, con quien habla, todo lo que hace en el dia y en la noche, porque estoy segura de que visita á Doña Blanca, que la ama, y ¡hay de ellos! yo me sabré vengar.

—¿Pero si eso no es mas que una suposicion vuestra?

—No, estoy segura de que así sucede. Ya oyes lo que te he prevenido, y sabes que pago bien.

—Sereis obedecida de la misma manera.

—Mañana en la noche tendremos razon exata, ¿es verdad?

—Muy pronto es.

—No importa, lo quiero.

—Está bien.

—Por ahora puedes retirarte, pero ya lo sabes, no tienes mas comision que esa.

—Está muy bien.

—No te me presentas hasta traer las noticias que te pido, pero mañana en la noche estás aquí.

Y sin esperar respuesta, Luisa se entró en su habitacion.

El dia siguiente se pasó con grande alarma en la ciudad, y circuló en la noche la noticia de que el virey tenia ya preso al clérigo que habia ido á notificar la excomunion, á Osorio el secretario de la audiencia, y que privado dicho clérigo de sus temporalidades, iba á ser remitido á San Juan de Ulua para ser embarcado para España.

El arzobispo estaba furioso y sus partidarios llenaban de pasquines las puertas de los templos y hasta las de Palacio.

Todo el mundo esperaba un conflicto por momentos, porque todos conocian el caracter impetuoso y enérgico del marqués de Gelves, y el genio altivo é indomable del arzobispo Don Juan Perez de la Cerna.

México entero estaba conmovido se había hecho correr el rumor de que el virey que habia obligado á todos á traer sus semillas á la alhóndiga para abastecer al pueblo, se habia puesto de acuerdo con Don Pedro de Mejía, para monopolizar el maíz y venderlo á precios escesivos, y que la causa de los disgustos del virey con el arzobispo, era que este habia tomado la defensa de los pobres, amenazando á Mejía y al de Gelves con la excomunion si no abarataban los granos.

Esto se referia públicamente en los mercados, y por consecuencia crecian á la par, el prestigio del arzobispo y el odio al virey y á sus amigos.

Las cosas estaban ya en sazon, para hacer un tumulto, pero el de Gelves apesar de su caracter arrebatado, y de las provocaciones del prelado, caminaba con mucha prudencia.

Luisa esperó toda la tarde que llegara el Ahuizote porque conocia su diligencia y su actividad, y aunque la cita era por la noche creia que el hombre se anticiparía.

En la tarde el Ahuizote no pareció, pero á la oracion de la noche estaba ya en la casa de Luisa con el semblante del que viene satisfecho.

—¿Averiguaste?—le dijo Luisa luego que le vió.

—Todo.

—¿Y qué hay?

—Lo mismo que vos pensabais. Don Cesar ha encontrado á Doña Blanca, y se han entendido, de manera que vuestro corazon no os engañó.

—Pues entonces, no hay mas sino denunciarles al Santo Oficio..........................

—No me parece prudente, porque aun esos amores no pasan de conversaciones por la reja de Doña Blanca, despues porque está ella en la casa de Teodoro el esclavo que fué de Doña Beatriz.

—Tanto mejor. Teodoro es mi enemigo y puedo perderle tambien, entregando á los amantes á la Inquisicion.

—Entonces no sabeis que Teodoro es uno de los partidarios mas importantes del señor arzobispo, porque cuenta con toda la gente de color, de la que es el gefe; de manera que si se hiciese lo que vos pensais, en primer lugar le quitabais un grande apoyo al arzobispo y en segundo lugar tendria que defender á los amantes defendiendo á Teodoro, y vos tendrias que habéroslas con un enemigo muy poderoso.

—Tienes razon, pero ¿qué debo hacer?

—Mirad, que conque tengais un poco de paciencia todo se arregla. Don Cesar ha preparado una casita, para llevarse allí á Doña Blanca, y entonces es tiempo de caerles, que serán envueltos en el proceso del Santo Oficio, mientras que hoy solo Blanca seria condenada.

—¿Y cuando pensará Don Cesar mudar á Doña Blanca?

—Creo que esta misma noche.

—¿Luego ya mañana?..................

—Ya mañana podeis hacer la denuncia.

—¿A donde está la casa?

Eso sí no he podido saber, y tal vez mas tarde me lo dirán, porque estas noticias las tengo de un criado de Don Cesar, íntimo amigo mio, á vos nada os importa saber la casa dad la denuncia, que los familiares sabrán husmear y no haya cuidado que pierdan la pieza.

—Bueno, tú sin embargo, prosigue en tus averiguaciones.

Luisa pensó ya, que habia llegado el momento de su venganza, y el Arzobispo le pareció un buen medio. Su Ilustrísima deseaba y aprobaba todo lo que era no solo contra el virey, sino contra sus amigos: él ayudaria á perseguir á la hermana de Don Pedro de Mejía, y á Don Cesar de Villaclara, los dos favoritos del de Gelves.

A las once de la noche, los amigos de Don Melchor Perez de Varais y su Luisa, estaban con él, en Santo Domingo, combinando sus planes de revolucion.

—Si su Señoría Ilustrísima quisiera, dijo Luisa al Arzobispo—manera tengo yo de quitar al virey, á uno ó dos de sus principales amigos.

—Por fuerza tengo de querer—contestó el prelado—que mas perjudican sus amigos que él mismo. ¿Y de quiénes tratas?

—De Don Cesar de Villaclara, y de Don Pedro de Mejía.

—¡Pollos son de cuenta!—esclamó el Arzobispo—¿Y cómo pensáis que nos deshagamos de ellos?

—Muy fácilmente: pero siendo caso de conciencia, espero que su Ilustrísima me escuche como en sigilo de Sacramento.

—Bien entonces mañana.................

—Urgente es la medida.

—En ese caso................

—Si su Señoría gusta—dijo Don Melchor—puede pasar al inmediato aposento, que está enteramente solo.

—Me parece—contestó el Arzobispo, dirijiéndose al otro aposento seguido de Luisa.

El prelado se colocó en un sitial, y Luisa tomó asiento á su lado.

—Comenzad—dijo gravemente el Arzobispo.

—Pues sabrá S. S. I., que Don Pedro de Mejía tiene ó mas bien tenia una hermana en el convento de Santa Teresa, llamádose Blanca.

—Sí, eso es, Sor Blanca la que se fugó dias pasados; ya caigo.

—Aun hay mas, Sor Blanca tenia antes de entrar al convento amores con Don Cesar de Villaclara.

—¡Hum!—hizo el prelado, que comenzaba á maliciar de lo que se trataba.

—Sor Blanca fugada del convento, ha encontrado á Don Cesar y han vuelto á entablar sus relaciones, y él la tiene ya viviendo como su muger.

—¿Pero adonde?

—Eso es lo que le toca averiguar á la justicia.

—Mañana mismo dictaré mis órdenes.........

—Permitame su Ilustrísima, que le diga que todo eso vendria mejor de la inquisicion y no tendria el carácter de persecucion de partido.

—En efecto, y la cosa tanto mas llana es, cuanto que el inquisidor mayor es grande amigo mio, y conseguiré que mañana mismo se publiquen los edictos contra la hermana de Mejía y contra el tal Don Cesar.

—¿Parece bien á su Ilustrísima?

—Perfectamente, mañana se publicarán los edictos, ó á mas tardar pasado mañana.

—Y si algo sé yo de nuevo, avisaré á su Ilustrísima.

El Arzobispo y Luisa salieron del aposento á cual mas alegre.

—Lo dicho Sr. Don Melchor—dijo el prelado—vuestra esposa es una de las mugeres fuertes de la Biblia, y el de Gelves caerá como los filisteos, atacado por todos lados.

—Lo que desearia que fuese muy pronto—contestó Don Melchor—que me enfado ya de estar aquí prisionero.

—Muy pronto caerán al sonido de las trompetas las murallas de la soberbia Jericó.

—Dios lo permita.

—Amen.

La reunión se disolvió. Luisa se fué á soñar con su venganza, y el Arzobispo á preparar con el inquisidor mayor la persecucion de Doña Blanca.

CAPÍTULO 12

Como era un edicto del Santo Oficio.

POR la calle de Ixtapalapa, y fuera ya de la traza en los suburbios de la Ciudad habia una pequeña y aislada casa, en la que nadie habitaba hacía ya mucho tiempo, de manera que aquella casa se iba destruyendo rápidamente.

Una mañana los vecinos advirtieron gran cantidad de trabajadores, que casi en un solo dia, la pusieron en estado de servir. Durante la noche, se observaron criados y esclavos, que alumbrados por hachones traian muebles, que á lo que con aquella escasa luz podia mirarse, eran de mucho lujo.

A la mañana siguiente, todo movimiento habia cesado, y nadie entraba ni salia á la casa.

Dicen algunos que el animal mas curioso de la creacion es la muger. —Yo opino que el vecino es mas curioso que la muger—y los vecinos de aquellos rumbos observaron: (lo que prueba que estaban en acecho) que á las diez de la noche del siguiente dia, se iluminó la casa por dentro.

La curiosidad creció y comenzaron á formarse mil comentarios, y á fastidiarse porque trascurrian dos horas y no se veia mas que la luz.

A las doce y media se oyó á lo lejos el ruido de una carroza que se aproximaba, y que vino á pararse frente á la puerta de la casa.

Quién salió de aquella carroza nadie lo supo, pero ella permaneció allí hasta que comenzó á salir la luz, y entonces se retiró. Como habia modo ya de percibir quién la ocupaba, todos se empeñaron en descubrirlo creyendo encontrar, lo menos al diablo, pero solo pudieron alcanzar á ver una mano negra que se apoyaba en una de las portezuelas.

La curiosidad del caritativo vecindario, no satisfecha, se contentó con decir:

—Estas son cosas del enemigo malo: Dios nos saque con bien—y luego santiguarse.

Vamos nosotros á retroceder un poco, para que el lector sepa lo que contenia aquel misterio.

Don Cesar, como habia dicho muy bien el Ahuizote á Luisa, tenia ya dispuesta su casa y debia trasladar á ella á Blanca. Teodoro instruido por esta, era su auxiliar y su protector.

Pero á una muger como Blanca le hubiera sido imposible ser la querida de un hombre, y aunque á trueque de un sacrificio, ella queria santificar si esto era posible, su union con Don Cesar de Villaclara.

Doña Blanca creia que su deshonra y su castigo seria menor si al descubrirse todo se publicaba que teniendo voto de castidad habia contraido matrimonio, que si se hubiera referido en público pura y sencillamente que era la manceba de Don Cesar de Villaclara. El orgullo de su sangre y sus ideas religiosas se sublevaban contra esta idea y pensaba que el Sacramento del Matrimonio atenuaba su falta.

Por otra parte con el Breve del Pontífice que autorizaba al Arzobispo para relajar sus vínculos, se creia enteramente libre, y tanto en aquello habia llegado á pensar, que no tenia ni el menor remordimiento de que alguna vez pudieran llegar á decir de ella que era *Monja y Casada*.

Los argumentos que favorecen nuestros planes toman tales visos de certidumbre y se visten por la conciencia de tales apariencias de verdad y de justicia, que llegan á parecernos sólidos y esactos, y el hombre que se empeña en convencerse á sí mismo de que una cosa es buena, llega mas tarde ó mas temprano á conseguirlo.

La mejor prueba de esto es el suicidio.

No hay quizá una cosa que repugne tanto á la naturaleza como la idea del «no ser.»

La muerte vista de cerca y á la luz del dia, aterra aun á los mas fuertes, y sin embargo, séres débiles y almas tímidas llegan á persuadirse á sí mismas, de que el suicidio, la muerte, el no ser, son medios para dejar de padecer, y se quitan la existencia esos mismos séres, que en otro caso temblarian ante el menor peligro.

Don Cesar comprendió lo que pasaba en el alma de Blanca y se persuadió también. No hay argumento sin fuerza cuando viene de boca de una persona á quien se ama con pasion.

Don Cesar comenzó á dar los pasos necesarios, y dando á Blanca un nombre y una parentela supuestas y valiéndose de su influjo y de su dinero, logró sacar una dispensa de «publicatas ó amonestaciones» y el permiso para casarse en el domicilio de su futura Doña Carolina de Sandoval, que fué el nombre con que se presentó Blanca.

La toma del dicho se hizo en la casa de Teodoro por notarios ignorantes, que á no ser tan torpes, lo hubieran parecido con las dádivas de Don Cesar, y todo quedó dispuesto para la celebracion del matrimonio, fijada para el dia siguiente de la traslacion de Blanca á la casa que tomó y mandó comprar Don Cesar por el rumbo de la calle de Ixtapalapa y que ya conocen nuestros lectores.

Se preparó todo en aquella casa, se tomaron criados y esclavos para el servicio de Doña Carolina, y la noche que los vecinos vieron por primera vez luz en el interior, Don Cesar y Teodoro condujeron á Blanca y la instalaron en su nueva habitacion.

Blanca estaba verdaderamente loca por el placer y no pensaba en nada, en nada mas, sino en que iba á ser ya del hombre á quien amaba tanto.

Teodoro y Don Cesar acompañaron á Blanca hasta el amanecer, y á esa hora como hemos visto se retiraron............

El Arzobispo debia haber arreglado las cosas á su modo con el inquisidor, porque al dia siguiente en todos los templos á la hora de la misa mayor, se leia un edicto de la Inquisicion.

Perdónennos nuestros lectores si á riesgo de fastidiarlos les insertamos un edicto del Santo Oficio, para que tengan una idea exacta de cómo eran éstos, y las curiosas prescripciones que contenian.

†

«*NOS LOS INQUISIDORES APOSTOLICOS, CONTRA la Herética pravedad y Apostasía, en esta Ciudad de México, Estados y Provincias de la Nueva España, Goatemala, Nicaragua, Filipinas y su Distrito y cercanía, &c. Por Authoridad Apostólica.*

«Hacemos saber á Vos los Vicarios, Curas, Capellanes y Sacristanes de las Iglesias de todas las Ciudades, Villas y Lugares de este dicho nuestro distrito; y especialmente á los de esta Ciudad, y á cada uno, y qualquier de vos, que esta nuestra Carta dada á pedimento del Señor Promotor Fiscal de este Santo Officio, que sea ley dada y publicada en esta dicha Iglesia.

«Son exortadas y amonestadas todas, y qualesquier personas de qualquier estado, grado, condicion y preeminencia que fuessen, que uviessen visto, ú oido decir, que alguna, ó algunas personas, vivos, presentes, ausentes ó difuntos uviessen prestado auxilio, ocultado, protegido, ó en qualquier manera ayudado é dado amparo á la llamada Doña Blanca de Mejía en el siglo, ó Sor Blanca del Corazon de Jesus, profesa en el convento de Santa Teresa de la Orden de Carmelitas descalzas, de donde con gran escándalo y perturbacion ha uido, y viviendo en relajada vida, pretende contraer ó ha contraido ya sacrílego matrimonio, así como algo de lo relativo á la dicha Sor Blanca, su pretendido esposo y demas que le acompañen á él y á ella.

«Y les mandamos en virtud de Santa obediencia, y so pena de Excomunion, *Trina Canónica monitione præmissa*, que dentro de seis dias primeros siguientes, despues que la dicha nuestra Carta sea leyda, y publicada, los quales les damos é assignamos, por tres plazos y terminos peremptorios, vengan y parescan ante Nos, personalmente en la Sala de nuestra Audiencia, á decir y manifestar lo que supiessen uviessen hecho, visto hazer, ó oido decir cerca de las cosas, en esta nuestra Carta dichas y declaradas, y otras qualesquiera que fuessen contra nuestra Santa Fee Catholica, ó contra el recto y libre exercicio del Santo Officio.

«E filo que Dios nueftro Señor, no quiera ni permita, por los feis dias figuientes, las dichas perfonas, q' affi han hecho, ó dicho, faben û oyeron decir, quien haya hecho, ô dicho alguna cofa, ó cofas de las contenidas en la dicha nueftra Carta primera, ú otras cofas contra nueftra fanta Fee Catholica, ô contra el recto, y libre exercicio del Santo Officio de la Inquificion, ô de fus Ministros perfiftiendo en fu contumacia, y rebelion, y no lo vinieren á decir, y manifeftar ante Nos por la prefente los defcomulgamos, anathematizamos, maldecimos, y apartamos del gremio, ê union de la Santa Madre Iglefia Catholica, participacion, y comunion de los Fieles, y Catholicos Chriftianos, como á miembros pofeydos del demonio. Y mandamos á los Vicarios, Curas, Capellanes, y Sacriftanes, y á otras qualefquier perfonas Eclefiafticas Seglares, y Religiofos, q' los ayan, y tengan á todos los fufodichos (q' affi fueren rebeldes, y contumaces) por tales publicos defcomulgados, maldecidos, y anatematizados, y vengan fobre ellos, y á cada uno de ellos, la ira, y maldicion de Dios todo poderofo, y de la Gloriofa Virgen Santa Maria fu Madre, y de los Bienaventurados Apoftoles S. Pedro, y S. Pablo, y de todos los Santos del Cielo. Y vengan fobre ellos todas las plagas de Egypto, y las maldiciones q' vinieron fobre el Rey Pharaon, y fus gentes porque no obedecieron, y cumplieron los Mandamientos divinales; y fobre aquellas cinco Ciudades de Sodoma, y Gomorra, y fobre Datán, y Abirón, que vivos los tragó la tierra, por el pecado de la inobediencia, que contra Dios nueftro Señor cometieron; y fean malditos en fu comer, y beber, y en fu velar, y domir; en fu levantar, y andar; en fu vivir y morir; y fiempre eftén endurecidos en fu pecado: el diablo efté á fu mano derecha; quando fueren en juizio fiempre fean condenados; fus dias fean pocos, y malos; fus bienes, y hazienda fean trafpaffados en los eftraños; sus hijos fean huerfanos, y fiempre eftén en neceffidad; y fean lanzados de fus cafas, y moradas, las quales fean abrafadas, todo el mundo las aborrezca; no hallen quien halla piedad de ellos, ni de fus cofas fu maldad efté fiempre en memoria delante del Acatamiento divinal, y maldito fea el pan, y el vino, la carne, y el pefcado, y todo lo que comieren, y bebieren, y las veftiduras q' viftieren, y la cama en que durmieren, y fean malditos con todas las maldiciones del Viejo, y Nuevo Teftamento; malditos fean con Lucifer, y Judas, y con todos los demonios del Infierno, los quales fean fus feñores, y fu compañia. Amen.

Y mandamos, que entre tanto q' eftas nueftras cenfuras fe leen, y publican, los Clerigos hagan tener dos Cyrios de cera encendidos, cubierta la Cruz con velo negro en feñal de luto que la Santa Madre Iglefia mueftra con los tales malditos, y defcomulgados, encubridores, y favorecedores de Hereges. Y acabadas de leer las cenfuras, mandamos â los dichos Curas, Clerigos, y Sacriftanes, y â cada uno de ellos, que maten los dichos Cyrios ardiendo, en el agua bendita, diciendo: Affi como mueren eftos Cyrios en efta agua, mueran fus animas, de los tales rebeldes, y contumaces, y fean fepultadas en los Infiernos; y hagan repicar, y tañer las campanas; y luego canten en tono el Pfalmo que comienza: *Deus laudem meam ne tacueris*. Y el Refponfo que dice: *Revelabunt cœli iniquitatem Iudæ*. Y no cefeys de lo affi hazer, y cumplir hafta que los tales rebeldes vengan á obediencia de la Santa Madre Iglefia, y digan, y declaren lo que faben, han vifto, y oîdo decir, como dicho es, y fean abfueltos de las dichas cenfuras, en que affi han incurrido. En teftimonio de lo qual mandamos dar, y dimos la prefente firmada de nueftros nombres, y fellada con el fello de efte Santo Officio, y refrendada del Secretario infracfcripto.

CAPÍTULO 13

De cómo Doña Blanca se casó y de lo que sucedió entonces.

EL clérigo oidor que habia notificado la excomunion al secretario Osorio, en la Audiencia, habia sido como indicamos, remitido á Veracruz para embarcarse para España.

En vano le reclamó el Arzobispo, y en vano amenazó á la Audiencia; la parte de esta que era fiel al virey permaneció inflexible, y el prelado determinó dar un grande escándalo para precipitar definitivamente las cosas.

La ciudad estaba en grandísima alarma. El Arzobispo exijia que en las tablillas de las puertas de las iglesias estuviesen los nombres de los que él habia excomulgado, á pesar de que era pasado el tiempo que debian permanecer allí, y que además estaban ya absueltos por los jueces á quienes habian ocurrido; pero el Arzobispo se empeñaba en que allí subsistiesen, y los comisionados por la justicia para quitarlas luchaban en cada templo para conseguirlo.

Cerraban los curas y los vicarios las puertas de las iglesias, é intervino entonces «el brazo secular» y se hacian abrir por fuerza, y esto con escándalo tan grande, que ya nadie atendia á sus negocios ni á sus naturales ocupaciones, sino que andaban todos por todas partes inquiriendo noticias y tomando partido.

Así duraron las cosas todo el dia, que lo pasó Don Cesar al lado del de Gelves, atendiendo solo á las disposiciones que se dictaban para evitar un tumulto, y prevenir sus resultados en caso de que lo hubiese.

A las oraciones de la noche Don Cesar, Teodoro, su muger, y un anciano sacerdote llegaron á la casa en que vivia Doña Blanca.

La dispensa obtenida por Don Cesar, contenia, como era natural que él lo hubiera procurado, la autorizacion á un sacerdote particular y que no era el cura de su parroquia, para celebrar el matrimonio de Don Cesar de Villaclara y de Doña Carolina Sandoval, como se llamó Blanca.

La jóven esperaba ya con impaciencia, estaba vestida de blanco, y su belleza resaltaba mas con aquel traje vaporoso sin adornos y sin alhajas.

En la sala de la casa debia celebrarse la boda, y el sacerdote se revistió en una de las piezas inmediatas. Teodoro y Sérvia eran los padrinos.

Blanca, trémula y confusa, pronunció sus nuevos votos y la bendicion del anciano sacerdote vagó sobre aquellas dos hermosas cabezas.

Blanca era por fin la esposa de Don Cesar de Villaclara.

Eran las ocho de la noche, y repentinamente se escuchó á lo léjos el clamor triste de las campanas de la catedral, y luego el de todas las iglesias de la ciudad, que se elevaba en el silencio de la noche como un presagio sombriamente siniestro.

—¡Jesus nos ampare!—Esclamó el anciano religioso cayendo de rodillas.

—¿Pues qué es eso señor?—preguntó Blanca mas pálida que un cadáver.

—La maldicion de Dios sobre esta ciudad desgraciada—contestó el religioso.—Tocan entredicho.

—¡Entredicho!—Repitieron todos espantados.

—¡Jesus nos valga!—dijo Blanca desmayándose.

El anciano salió precipitadamente de la casa y los demas rodearon á Blanca desmayada.

Las campanas seguian, tocaban pavorosamente á entredicho, y el tumulto en las calles era espantoso, todos salian á la calle atraidos por la novedad y la noticia de que la ciudad estaba en entredicho, circulaba por todas partes helando de espanto á aquellos corazones religiosos y tímidos.

—Dios mio—decia Blanca volviendo en sí—yo soy quizá la causa de tanta desgracia. ¡Dios mio, perdóname!

Tres golpes sonaron en la puerta de la calle y todos se miraron entre sí como espantados. Blanca se refugió en los brazos de Don Cesar.

Un criado abrió la puerta y un comisario del Santo Oficio se presentó en la estancia seguido de sus familiares.

—¿Quién es aquí—dijo severamente el comisario—Doña Blanca de Mejía?

Todos callaron espantados.

—¿Doña Blanca de Mejía?—volvió á decir el comisario.

El mismo silencio.

—Por última vez y en nombre del Santo Tribunal de la Fé, preséntese Doña Blanca de Mejía, si no quiere que pare en su mayor perjuicio.

Doña Blanca dió un paso adelante, el comisario se aproximó para prenderla; pero en este momento Don Cesar se arrojó entre los dos.

—No la tocareis—dijo resueltamente.

—Prended á esa muger—dijo el comisario del Santo Oficio.

D. Cesar tiró de la espada y los familiares se lanzaron sobre él.

—Pensad á lo que os esponeis resistiendo á la Inquisicion—gritó el comisario.

—Aunque me cueste la vida—contestó Don Cesar—sálvala, dijo á Teodoro.

El negro tomó entre sus robustos brazos á Blanca que habia vuelto á desmayarse, y se entró á los aposentos interiores seguido de Sérvia.

Los familiares quisieron ir tras él, pero Don Cesar cubrió la puerta con su cuerpo y espada en mano, y comenzó una lucha desigual pero terrible.

Los gritos de ¡favor á la Inquisicion! ¡favor al Santo Oficio! se escuchaban en la calle entre el pavoroso clamoreo de las campanas que continuaban tocando á entredicho.

Los lacayos habian huido, y en el combate las bujías habian caido y se habia incendiado una de las colgaduras del aposento en que Don Cesar se resistia tan valientemente.

En un momento el fuego se apoderó del aposento, y los dependientes del Santo Tribunal que no querian tener la suerte de sus víctimas, huyeron por un lado y Don Cesar por otro.

Las llamas lo invadian todo con una rapidez asombrosa; Villaclara recorrió toda la casa buscando á Teodoro y á Blanca, pero toda estaba desierta.

Salvó entonces una de las tápias y echó á caminar con rumbo á palacio.

La noche estaba sombría; las campanas seguian tocando, las calles y las plazas llenas de gente.

Don Cesar volvió el rostro y miró una inmensa columna de fuego que se levantaba; unas viejas que pasaron á su lado decian:

—Seguramente no quisieron salir los brujos y la Inquisicion los ha quemado con todo y casa.

Don Cesar se dirigió inmediatamente para la casa de Teodoro, para donde además de la distancia tenia que atravesar por multitud de grupos que invadian las calles y las plazas, haciéndole mas dificultoso el camino. Don Cesar creia que Teodoro conduciendo á Blanca se habria dirigido como era natural suponerlo, para la casa de la calle de San Hipólito. Caminó mucho tiempo y al llegar á la esquina del tianguis de San Hipólito, encontró á uno de los negros que mas frecuentaban la casa de Teodoro y que reconociendo á Don Cesar ó creyendo reconocerle entre la oscuridad de la noche á la luz de algunas antorchas y faroles que traian algunos de los muchos que andaban en la calle, se dirigió hácia él.

—Señor—le dijo.

—¿Qué se ofrece?—preguntó Don Cesar deteniéndose.

—¿Vais á la casa de Teodoro?

—¿Por qué me lo preguntas?

—Es porque acaba de ser ocupada por una multitud de gente que todo lo embarga y todo lo registra.

—¡La Inquisicion!—esclamó Don Cesar preocupado.

—No señor, son gentes de justicia que han llegado en nombre del virey.

—¿Y Teodoro?

—Nada sé, sino que tienen presos á cuantos han sido encontrados en la casa y aun están allí.

Desprendióse violentamente Don Cesar de aquel hombre y se dirigió á la casa de Teodoro; si no era el Santo Oficio y sí gentes del virey, Don Cesar nada tenia que temer y podria salvar á Blanca y á Teodoro en el caso de que estuviesen allí.

Pensando en esto y apretando el paso, en un momento se encontró en la casa.

En efecto, numerosas rondas dirigidas por un alcalde ocupaban el edificio, y en nombre del virey practicaban el mas escrupuloso registro.

El alcalde conocia á Don Cesar, le dió razon de cómo habia venido allí de órden de S. E. porque varias denuncias habian corroborado la idea que ya S. E. tenia de antemano, de que se trataba allí de una conspiracion de las gentes de color indispuestas con el virey por las enérgicas disposiciones que contra ellas habia dictado.

Teodoro no estaba allí, algunos criados que tenia presos la ronda, nada sabian de él, ni de su muger, ni por supuesto de Doña Blanca.

Mil conjeturas ocurrieron á Don Cesar, y se disponia ya á marcharse para continuar en sus pesquisas, cuando en aquellos momentos otro comisario del Santo Oficio se presentó en la casa seguido de gran número de familiares y en busca tambien de Doña Blanca de Mejía.

El alcalde pretendia que la casa ocupada en nombre del virey y de la justicia de S. M. el Rey de España, no podia ser atropellada.

El comisario insistia por su parte, y Don Cesar miraba con cierto placer aquel conflicto que le daba ocasion de vengarse del Santo Oficio, acuchillando con un pretesto legal á sus familiares.

Como es de suponerse, Don Cesar animaba la cuestion, y ya todos enardecidos habian echado mano á los estoques preparándose á acometer al grito tan necesario en todas aquellas circunstancias de «favor al rey» «favor á la Inquisicion» y «ténganse á la justicia» y «ténganse al Santo Oficio,» cuando repentinamente todas las espadas se bajaron, todas las lenguas enmudecieron y se descubrieron todas las cabezas.

El marqués de Gelves apareció en medio de aquel improvisado palenque.

A pesar de los gritos de sedicion, á pesar del desprecio con que aparentaban tratarle sus enemigos, el marqués de Gelves era la arrogante figura ante la cual se inclinaban las frentes mas altivas de los grandes señores de Nueva España, y el Arzobispo mismo no se atrevia en su presencia ni á arrugar siquiera el entrecejo.

Vestia el virey en aquella noche mas bien un traje de combate que de Corte.

Bajo su negro ferreruelo se percibia el brillo de la coraza y de la gola y la ancha tasa de la empuñadura de su espada, que no era indudablemente la que llevaba de ordinario en su bordado talabarte.

Cubria su cabeza una especie de capacete de acero, y sus calzas de cuero y sus brillantes espuelas de oro, indicaban que estaba dispuesto á montar á caballo en el momento que lo creyese necesario. El virey tenia el continente altivo del antiguo batallador.

—¿Qué pasa aquí?—preguntó el virey.

Nadie se atrevió á contestarle.

—Ea, responded, señor Alcalde.

El Alcalde se adelantó temblando.

—Señor—dijo—por órden de V. E. hemos venido á registrar esta casa, y á poner en prision á sus moradores.

—¿Y por eso causais este escándalo?

—Señor—contestó el Alcalde—los ministros del Santo Oficio han despues venido y querídose apoderar de la casa con desprecio de la justicia de Su Majestad y de las órdenes de V. E.

—¿Habeis encontrado algo?

—Nada, señor, no hemos encontrado mas que algunos sirvientes que ignoran el paradero de sus señores.

—Entonces retiraos, y dejad que el Santo Oficio cumpla con sus deberes, y cuidad que en lo de adelante llegueis á provocar semejantes escándalos.

El Alcalde, humilde y cabizbajo, se retiraba seguido de los alguaciles; pero al llegar á la puerta se volvió preguntando al virey.

—¿Y los criados?

—Si vos los aprehendisteis—contestó el virey—llevadlos, que son los prisioneros de quien los toma.

Ni una palabra se atrevió á decir el comisario del Santo Oficio.

A la salida de los alguaciles el virey descubrió á Don Cesar, que habia permanecido oculto tras ellos en uno de los ángulos de la habitacion.

—¿Vos tambien aquí, Don Cesar?—dijo el virey.

—Sí, señor, contestó Don Cesar—advertí el tumulto en esta casa y me llegué á ella, atraido por la curiosidad.

—Hacedme favor de acompañarme.

El virey salió embozándose en su ferreruelo y se encaminó á palacio acompañado de Don Cesar, que rabiaba por separarse de él para volver á emprender su peregrinacion en busca de Blanca.

El comisario y los familiares convencidos de que no encontrarian á la persona que buscaban, porque la casa estaba enteramente desierta, tornaron á dar cuenta de su comision sin meterse en mas averiguaciones, porque la única mision que llevaban allí era procurar la aprehension de Doña Blanca.

La casa de Teodoro quedó enteramente sola y abierta.

Dos horas despues un hombre se deslizaba cautelosamente entre las tinieblas hasta llegar á la casa, y á poco llegó tambien otro que le seguia.

—Señor Martin—dijo el primero que habia llegado—á no haber sido por la fortuna que tuve de encontraros, estoy seguro que en este momento me tendria el virey en las cárceles de palacio.

—Sí, Teodoro—contestó el otro, que como podrá suponerse era Garatuza—desde las ocho de la noche tenia yo la noticia de que debia venir aquí la justicia, y casi estoy seguro de quién es el que nos ha denunciado.

—¿Y de quién sospechais?—preguntó Teodoro.

—De un caballero muy principal que he visto rondar por estas calles algunas noches; grande amigo del virey, y que se llama Don Cesar de Villaclara.

—Os engañais Don Martin—replicó Teodoro—mas seguro estoy yo de ese Don Cesar, que de mí mismo.

—Lo mismo da; ya veremos mas adelante: por ahora lo que importa es que no volvais á presentaros por esta casa, y que permanezcais oculto por algunos dias, que supongo que serán muy pocos, porque esta tragedia poco ha de tardar en desenlazarse: cerrad vuestras puertas y retirémonos, que así lo aconseja la prudencia.

Teodoro cerró cuidadosamente todas las puertas de la casa, y acompañado de Martin, se perdió entre la muchedumbre, que aun no se retiraba de las calles.

Las campanas de todas las iglesias, no habian cesado en su pavoroso clamoreo.

CAPÍTULO 14

De lo que combinaron el Corregidor Don Melchor Perez de Varais y el Arzobispo Don Juan Perez de la Cerna.

EL Arzobispo de México usaba de las armas de la Iglesia contra sus enemigos, excomulgando á los jueces, y á los guardas de su protegido el Corregidor de México Don Melchor Perez de Varais, objeto ó mas bien dicho pretesto de todas aquellas grandes discuciones; pero sus enemigos, encontraron tambien en la misma Iglesia, armas que volver contra el pecho del Arzobispo, tornando golpe por golpe, censura por censura, y anatema contra anatema.

El Papa Gregorio XIII, por Bula especial, habia nombrado para casos semejantes, en los que alguno se sintiese agraviado por la autoridad del Arzobispo, Juez Apostólico delegado al Obispo de la Puebla de los Angeles.

A él acudieron los quejosos.

El Arzobispo se reveló contra su autoridad, y el Delegado confirió por delegacion todo su poder á un religioso de Santo Domingo.

El Sub-delegado Apostólico se armó de energia y escudado con su nombramiento, y seguido por los religiosos de su Orden, y apoyado por el virey, y por la Audiencia y por sus partidarios, comenzó á luchar contra el Arzobispo.

Las censuras se cruzaban de un púlpito al otro, y cada iglesia se convertia en un palanque en que desde lo alto de la cátedra del Evangelio, se anatematisaban los contendientes, se alzaban ó se imponian excomuniones á los jueces, y se predicaban doctrinas en pró y en contra de la potestad de las jurisdicciones, de lo cierto y falso de las proposiciones que cada parte defendia.

Los fieles estaban aterrados y cada uno seguia el bando á que le inclinaban sus pasiones, mas bien que los razonamientos, que sin comprender escuchaba en los púlpitos.

El Arzobispo predicó su entredicho en la Misa Mayor despues del Evangelio, haciendo salir una procesion con muchos clérigos revestidos, llevando una cruz alta, cubierta con un velo negro, y, al decir de un cronista de aquellos tiempos, «haciendo otras ceremonias nunca vistas,» destilando en el corazon de todos *un horror inquieto, lleno de confusion y desconsuelo, provocándolos con esto, á una general indignacion contra quienes les daban á entender eran causa de ello.*

El toque de entredicho continuaba todos los dias y todas las noches, y el Arzobispo á pesar de su desavenencia con los religiosos de Santo Domingo, insistia todas las noches en sus visitas á Don Melchor, retraido en aquel mismo convento.

Luisa con su disfraz de mancebo no faltaba jamas allí.

La noche del miércoles 10 de Enero estaban reunidos, en el aposento que ocupaba Don Melchor, éste, el Arzobispo, el Oidor Don Pedro de Vergara Gaviria y Luisa, que por la costumbre de acudir allí, y por su decision en la causa, se la atendia en todas las deliberaciones.

Los dias se pasan—decía Don Pedro de Vergara,—sin que hállamos hasta ahora logrado encontrar oportuna coyuntura para levantar al pueblo.

—Coyuntura no ha faltado—decia Su Ilustrísima—que mas favorable nunca pudo haberse presentado; pero, ó vuestros agentes no cumplen, ó este pueblo necesita como Santo Tomas, ver para creer.

—Perdóneme V. S. Ilustrísima—contestó Luisa interrumpiendo al Arzobispo—que nuestros ajentes han cumplido lealmente, porque yo, que en todos los grupos me he mezclado, y que estoy al tanto de todas sus operaciones, asegurar puedo á Su Ilustrísima que todo está dispuesto, y que se espera solo una señal para comenzar el tumulto.

—Con demasiada prudencia camina el de Gelves—dijo Don Melchor—y si Su Señoría Ilustrísima no le compromete á dar un paso que le desconcierte, pasos llevamos de seguirnos entendiendo perpetuamente con jueces y con notarios.

—Tal es mi opinion—agregó Don Pedro de Vergara Gaviria—y si su Ilustrísima quisiera, en momentos estamos de poder llegar al fin.

—¿Y cómo?—preguntó el Arzobispo.

—El subdelegado ha levantado las censuras, ha mandado cesar el toque de entredicho, y Su Ilustrísima ha mandado que en lo sucesivo no se dé ningún toque, ni aun el de oraciones; ¿es verdad?

—Sí—contestó el Arzobispo.

—Este silencio profundo de las campanas—continuó Gaviria, aterra y alarma mas á los fieles que el mismo toque de entredicho; si mañana Su Ilustrísima sale de su palacio aparentando ir en secreto, pero caminando en realidad de manera que todo el mundo le conozca, y se dirije á la Audiencia á pedir públicamente justicia sin separarse de la sala, hasta que la obtenga, cosa que no llegará nunca á suceder, el pueblo, la audiencia y el virey se verán precisados á dar un paso, y nuestros ajentes aprovecharán la oportunidad. ¿Parece bien á Su Ilustrísima?

—Perfectamente: lo haré mañana tal como lo decis.

—Y yo—agregó Luisa—respondo de que todo se hará como está prevenido.

Separáronse aquella noche, quedando todo dispuesto y arreglado para el escándalo que se esperaba al dia siguiente.

La noche estaba pavorosa, el profundo silencio de las campanas como habia dicho muy bien Don Pedro de Vergara Gaviria, producia efectos mas terribles en la ciudad que el clamoreo del entredicho, y así como antes la gente se precipitaba en las calles en busca del objeto que causaba la novedad, al cesar el tañido, todo el mundo se recojió en su casa y apenas se miraba una que otra persona que atravesaba temblando por la plaza principal.

Luisa caminaba á pié acompañada del Ahuizote.

—Mañana—decia Luisa—es necesario que estés dispuesto, y no vayamos á dar el golpe tan en vago, como la noche que trataron de aprehender á Doña Blanca.

—Por culpa mia no fué—contestó el Ahuizote—que yo como denunciante de la casa fuí entre los familiares y solo sentí no haber llevado una espada, porque puede que entonces no se hubiera resistido tanto el tal Don Cesar, que con aquellos pobres cuervos de familiares, se puso á sus anchas. Figuraos que muchos de ellos no han en su vida tentado mas arma que el rosario.

—Bien ¿pero ahora, qué hacemos?

—Ni el mismo Don Cesar sabe hasta ahora en donde está Doña Blanca, porque yo le he hecho seguir por todas partes, y por mas que ronda no encuentra absolutamente lo que busca.

—Si tu no abandonas el hilo, darás con el ovillo.

—Tan no lo abandono, que por ser Don Cesar el que me debe guiar en este laberinto, porque á él mandarale avisar mas tarde ó mas temprano su habitacion Doña Blanca, y de esta manera yo también la sabré, no os he vengado ya de él, que buenas oportunidades se me han presentado.

—Apruebo tu conducta, y sigue como hasta aquí.

Y los dos entraron á la casa de Luisa.

CAPÍTULO 15

De donde se habia refugiado Doña Blanca y de lo que aconteció con Teodoro, la misma noche del 10 de Enero.

TEODORO al sentir que comenzaba el combate entre Don Cesar y los familiares, llegó hasta las tapias de la casa que daban al campo, y valido de su hercúlea fuerza, pasó primero á Blanca y luego á Servia, y huyó con ellas hacia el centro de la ciudad.

Blanca estaba tan débil que podia apenas caminar, y habia ratos en que Teodoro tenia que llevarla acuestas como un niño.

Tardaron por esto mucho para llegar hasta cerca de la alameda, porque Teodoro habia pensado llevar á Blanca á que se refugiase en su casa.

Caminaban así lentamente y sin llamar la atencion, porque en medio del gran tumulto que habia en las calles á consecuencia del toque de entredicho, las gentes no paraban la atencion unas en las otras.

Cerca del puente de San Francisco, Teodoro sintió que le tocaban un hombro, volvió el rostro y reconoció á Garatuza.

—Don Martin—le dijo deteniéndose.

Teodoro—contestó Martin—¿qué andais haciendo así, sin sombrero, á estas horas y con esas dos damas?

—Me ha pasado—contestó Teodoro, no queriendo decir la verdad—un lance desagradable con una cuadrilla de amigos del virey, que encontré por esas calles adonde salí por la novedad del entredicho: perdido mi sombrero me dirijia para mi casa, y esto es cuanto ha sucedido.

—Pues oidme—dijo Martin hablando muy bajo—seria prudente que no fueseis allá.

—¿Por qué?—preguntó Teodoro.

—La justicia—contestó Garatuza—ha allanado vuestra casa, os busca.

Teodoro quedó pensativo.

Si quereis seguir un consejo, esperemos un poco, ó vamos á dejar á estas damas, que será lo mejor, á mi casa y luego vendremos los dos solos á rondar por la vuestra á inquirir lo que ha sucedido.

—¿Y vivis lejos?

—No, muy cerca de aquí, y á un lado del monasterio de San Francisco.

—Vamos.

Teodoro refirió á Blanca y á Sérvia lo que le habia contado Garatuza, y todos se dirijieron á la casa de éste, adonde llegaron á pocos momentos.

En la casa de Garatuza no estaba mas que la muda María, todavía jóven; pero mas bella y mas graciosa que antes, y un niño, hijo de ella y de Martin, hermoso como un ángel y que podia tener unos cinco años.

¿Cómo habia vuelto á unirse María con Martin? La cosa es muy fácil de comprender.

Martin al salir de la casa de la Sarmiento, en donde estuvo oculto por la muerte del Oidor Quesada, estaba ya convencido de que él y el Oidor, y Doña Beatriz y María, habian sido víctimas de una infernal comedia preparada por la Sarmiento: buscó á María y cuando esta salió en libertad, por no habérsele podido probar culpabilidad alguna en la muerte de Don Fernando la volvió á llevar á su lado, y la trató en lo de adelante con mas cariño que antes.

Teodoro y Garatuza permanecieron como media hora en la casa de éste, y luego dejando allí á Sérvia y á Blanca se dirijieron á ver lo que habia pasado con la justicia en la casa de Teodoro.

Desde una esquina ocultos en la sombra estuvieron observando, y cuando ellos llegaron allí, el alcalde, la ronda, el virey y Don Cesar habian salido, y solo quedaban dentro el comisario y los alguaciles del santo oficio que á poco rato salieron de la casa y pasaron casi rosándose con Teodoro y con Garatuza.

El comisario decia á uno de los familiares:

—Si roban la casa por haber quedado abierta, culpa será de los del virey............

Y no pudo escucharse mas, porque se alejaban.

—Esta no es la justicia ordinaria—dijo Teodoro.

—Nó—contestó Martin.—La inquisicion que tambien ha tomado parte, segun parece, vamos á ver.

—Nó, esperemos un poco mas.

Y despues de estar en acecho cerca de una hora, y mirando que nadie se movia, se decidieron uno en pos de otro á entrar á la casa...................

Por mas que Teodoro procuró buscar á Don Cesar no le fué posible encontrarle.

Teodoro no podia salir libremente á la calle, por temor de ser conocido y aprehendido.

Don Cesar en aquellos dias de alarma, no podia separarse del virey, la amistad le obligaba á no abandonarle ni un momento. Allí supo que el virey habia encargado la prision de Teodoro, del cual ademas de lo muy conocido que era en México, se dieron á los alcaldes señas muy especiales. Teodoro era reputado como el gefe de toda la gente de color, adicto y comprometido en la causa del Arzobispo y muy á propósito para causar una sedicion.

Una de las noches en que el virey salia á rondar y que era precisamente la del 10 de Enero, Teodoro salió tambien en busca de Don Cesar.

La casualidad ó la desgracia hizo que el virey descubriese á Teodoro en una de las calles, y que á pocos pasos encontrase una ronda.

El virey no hubiera descendido hasta prender personalmente á un hombre, pero era muy natural que viéndole tan cerca, y teniendo á mano á la ronda, hubiera dado la órden para prenderle, y así sucedió; y Teodoro que iba completamente desprevenido se encontró á pocos momentos rodeado de alguaciles, y conducido á las cárceles de palacio.

Garatuza y todas las mugeres de la casa, pasaron la noche mas inquieta esperando á Teodoro.

Martin salió varias veces con objeto de averiguar su paradero, y lució por fin la mañana sin que nada hubiera podido saber.

En esa misma mañana Don Cesar supo en el palacio que en la noche anterior, habia sido conducido á las cárceles el pobre Teodoro, y que el virey estaba dispuesto á hacer con aquel hombre uno de los ejemplares que acostumbraba, mandándole ahorcar en medio de la plaza.

Don Cesar conocia el carácter inflexible del marqués de Gelves, y no concebia ni la mas remota esperanza de salvarle, porque todo el mundo le señalaba como al hombre mas peligroso entre los negros y la gente de color, y en aquellos tiempos una sublevacion de la gente de color ó de los indios hacia estremecer á todo el inundo.

—¿No cree V. E.—dijo Don Cesar al virey afectando la mayor naturalidad—que el preso de anoche pueda hacer algunas revelaciones importantes?

—Lo dudo—contestó el virey—pocas veces se consigue saber nada en los juicios.

—Pero quizá el temor de la muerte.

—No lo creais, porque todos convienen en que este preso es hombre de una resolucion indomable, y de una energía verdaderamente salvaje.

—Quizá con buen modo podria sacársele algo.

—¿Pero quién vá á probarlo?

—Yo, si V. E. me lo permite.

—¿Y por qué no? ¿Teneis alguna esperanza?

—Sí tengo, que le conocí, siendo yo muy jóven y puede muy bien suceder que alcance yo algo de él.

—Bien, id á probar, y aquí tenis una órden.

Y el virey con su misma mano puso su sello en un papel, y escribió con su puño y letra la órden para que se permitiese á Don Cesar hablar con Teodoro que estaba rigurosamente incomunicado.

Don Cesar guardó la órden bajo de su ropilla, y se dirijió á la cárcel en busca de Teodoro..................

Don Pedro de Mejía y Don Alonso de Rivera, conversaban en la casa del primero en la misma noche en que acontecia la prision de Teodoro.

—En verdad—decia Don Pedro—que mi situacion no puede ser

mas espantosa y no me queda mas recurso que realizar aquí todos mis intereses, aunque sea con gran pérdida, y marcharme á España.

—No calculo yo que sea la cosa tan urgente, y tan mala, como la quereis suponer.

—Sí Don Alonso, el edicto de los inquisidores contra mi hermana Doña Blanca por su fuga del convento, y por su matrimonio, me deshonran, y esas voces esparcidas por todas partes y que me hacen aparecer como causa de la miseria pública por mi codicia, me han causado tal número de enemistades que ya lo veis, no me atrevo ni á salir á la calle, sin contar con que el virey sabiendo lo que se dice de mí, y que á él se le culpa tambien de protejerme, con su genial franqueza me ha ordenado, que no vuelva á poner los piés en palacio. En todo esto descubro las manos de mis enemigos, de Luisa, de esa muger infernal á quien es preciso castigar, de una manera terrible.

—¿Y ha llegado á veros Don Cárlos de Arellano, á quien enviasteis á llamar?

—Sí, y el me ha propuesto un medio de venganza, que aun cuando á mí no me parece tan terrible, como yo deseara, sin embargo, él me asegura que lo será.

—¿Y cuál es?

—Permitidme, que no os le diga, prometiéndoos solamente que asistireis á la ejecucion.

—Y hablando de otra cosa, ¿sospechais quién pueda ser el hombre que se atrevió á casarse con Doña Blanca?

—No, pero para mayor deshonra nuestra, creo que será algun villano, quizá un mulato de esos que no tienen temor ni á Dios, ni al diablo.

—Pues mirad lo que son las cosas, que yo héme fijado sin saber por qué, en Don Cesar de Villaclara.

—Si fuera así, necesitariase castigar á Don Cesar terriblemente; pero mas me figuro, que mas os habeis fijado en eso á causa del rencorcillo que le guardais, por aquella estocada de marras.

—De ninguna manera, que al volver de su destierro, nos hemos encontrado y apesar de que ni él ni yo hemos olvidado el lance, os juro que hablamos como si nunca de antes nos hubiesemos conocido.

—¿De manera, que le perdonais aquella mala pasada?

—Tanto así no podre aseguraros, que me la pagará tan luego como pueda, pero lo que sí os respondo es, que en nada me ha preocupado aquel recuerdo para sospechar que él es el marido de vuestra hermana, quizá muy pronto llegue á averiguarlo, y entonces vereis como el corazon no me ha engañado: entretanto no os descuideis vos con las asechanzas de Luisa, que ciertamente es el mas poderoso de vuestros enemigos.

—Perded cuidado, que muy pronto la vereis castigada.

CAPÍTULO 16

Lo que aconteció en México al Arzobispo Don Juan Perez de la Cerna el Juéves 11 de Enero de 1624.

LA cárcel pública en aquellos tiempos estaba en el mismo palacio de los vireyes y ocupando una gran parte del edificio.
El de Gelves, ardiente perseguidor de los salteadores, ladrones, rufianes y demas canalla, que abundaban entonces en toda la Nueva España, tenia encerrados en las cárceles, á multitud de hombres y de mugeres.

Don Cesar atravesó aquella muchedumbre de gente, que estaba como hacinada sin órden y sin cuidado alguno, en inmundos patios, ó en hediondos calabozos, llegó hasta el pequeño separo, en que Teodoro se encontraba preso.

La pesada puertecilla se abrió, y Don Cesar descubrió á Teodoro, sentado en uno de los rincones, y con esa mirada torva y hozca, que tienen todos los que han permanecido encerrados en un lugar oscuro, cuando les hiere la luz por primera vez.

Teodoro deslumbrado por la repentina claridad no reconoció á Don Cesar hasta que este le habló, y la puerta volvió á cerrarse: entonces Don Cesar era el que no podia ver á Teodoro, y este habituado á la oscuridad, le distinguia perfectamente.

—¿Pero qué ha sido esto Teodoro? Preguntó Don Cesar.

—El demonio, que se empeña en perseguirme: anoche saliendo á buscaros, he encontrado con el virey á quien conocí, pero de quien ya no pude huir; me hechó encima la ronda y me trajeron aquí.

—¿Y Blanca?—Preguntó Don Cesar.

Libre y segura en la casa de Martin, ese á quien le dicen Garatuza, cerca del monasterio de San Francisco; podeis ir á verla, y arreglar vuestras cosas, porque segun tengo entendido y vos comprendereis conociendo el carácter del virey y como andan las cosas de la tierra, yo no saldré de aquí sino para la horca.

—¿Quién sabe? No debeis perder la esperanza.

—Si de Dios no viene el remedio, lo que es del virey, no lo espero que tan me cuelgan como ser hoy de dia. Hacedme el favor de avisar la suerte que he corrido á mi muger, que está con Doña Blanca y no la abandoneis: en cuanto á mí, perded todo cuidado que lo mismo me dá morir en la horca, que de un tabardillo.

—Quizá una revelacion vuestra, pudiera salvaros.

—Ni soy yo el que ha de cantar, ni el virey el que ha de atemorizarme con su justicia; dejad eso y ocupaos de Doña Blanca y del favor que os he pedido.

En estos momentos habia cesado repentinamente el espantoso rumor que habia siempre en los patios de la prision: los presos habian quedado en un silencio profundo, y por el lado del despacho de la Audiencia, se percibia un ruido inmenso, como el de diez mil voces que se levantasen juntas, como de una multitud de gentes que caminasen hablando, disputando, gritando.

—Alguna cosa estraña debe pasar—dijo Teodoro—porque hay un silencio en la prision, como no le hay ni á la media noche.

—Y á lo lejos—agregó Don Cesar—se escucha un rumor como si hubiera en el palacio un gran tumulto.

—Alguna cosa grave pasa en el palacio, en este momento.

—Voy á informarme—dijo Don Cesar saliendo precipitadamente—volveré á veros que tengo una órden amplísima del virey.

Todos los presos estaban en los patios y en los corredores en el mayor silencio, apiñados y procurando escuchar, el rumor de las calles que parecia acercarse mas y mas á cada momento.

El patio, la escalera y la sala de la Audiencia presentaban el espectáculo mas estraño.

El Arzobispo en una silla de manos se habia hecho conducir á la

Audiencia, y aunque no llevaba por delante la cruz, tal era el acompañamiento que le seguia, y tal el escándalo con que marchaba, que cuando en la silla llegó á la puerta de la sala de la Audiencia, un inmenso y alborotado concurso invadia ya los patios, las escaleras y los corredores de palacio. Hombres y mugeres de todas clases; beatos, clérigos y seculares todos mezclados, confundidos, irritados, hablaban y gritaban sin que nada pudiera entenderse.

Dos personas iban á los lados de la silla del Arzobispo hablando con él, animándole y exaltándole, el uno era nuestro conocido Martin Garatuza que vestia una sotana y una turca, como gente de iglesia, y la otra una muger enlutada y cuidadosamente cubierta con un velo negro. Era Luisa que no abandonaba al prelado en aquellos momentos.

Estaban en Audiencia pública los oidores Don Paz de Vallecillos, Don Juan de Ibarra y Don Diego de Avendaño, los tres al presentarse el Arzobispo en la sala, seguido de aquel numeroso concurso, se levantaron de sus asientos y bajaron de los estrados adelantándose á recibir al Arzobispo.

—¿Qué manda su Señoría Ilustrísima?—preguntó cortesmente el oidor Vallecillos.

—Justicia pido—respondió á grandes voces el Arzobispo—justicia pido, y espero obtener de S. M. el rey mi Señor y de vos que sois sus representantes, y hasta obtenerla cumplida no me moveré ni me separaré de aquí, aunque entendiese que me costaba la vida y que vos me mandabais hacer pedazos; aquí están mis peticiones, recibidlas y proveereis en justicia.

Los gritos de ¡viva el Arzobispo! y ¡¡justicia! atronaban el palacio: los tres oidores estaban confundidos; aquello era una verdadera sedicion.

—Señor—dijo Don Diego de Avendaño—ni la Audiencia ha negado jamas la justicia, á quién la tiene, ni es esta la manera en que debiais pedirla, ni seria honroso para la Audiencia recibir así vuestras peticiones, retírese Su Ilustrísima, y ocurra como debe, con la seguridad de que nadie le negará la justicia.

—No me retiraré—contestó á gritos el Arzobispo sentándose en uno de los sillones que habia en la Audiencia—y antes me hareis pedazos que consigais el que yo me retire, sin que hayais provisto mis peticiones.

Otro nuevo aplauso de la muchedumbre, cubrió las últimas palabras del Arzobispo.

Los oidores mandaron consultar con el virey.

El de Gelves les contestó que entrasen á tratar con él del negocio, y el Arzobispo quedó dueño de la sala de Audiencia con la multitud que le acompañaba.

—Fieles que me acompañais en estas persecusiones y tribulacion de nuestra santa madre iglesia, os cito por testigos ante Dios y S. M. el rey, de que las peticiones que he traido, no me son admitidas por la Audiencia, y las deposito bajo el dosel y en la mesa de sus acuerdos.—Y levantándose majestuosamente atravesó el salon, y en medio de los gritos y de los aplausos, depositó bajo el dosel y en la mesa, las peticiones que traia.

La puerta que comunicaba con el aposento del despacho del virey se abrió en este momento, y el secretario apareció notificando al Arzobispo, por ruego y encargo de la Audiencia, que se retirase porque se proveeria en justicia, y para esto no era alli necesaria su presencia.

—Justicia pido, y no me retiraré de aquí hasta que no se me haga cumplida.

El secretario se retiró y el Arzobispo volvió á su sillon.

—Valor, Ilustrísimo Sr.—dijo Luisa por lo bajo al Arzobispo—que las cosas marchan perfectamente, y todos los vuestros están aquí para defenderos.

—No temais—contestó el Arzobispo—que no me faltará.

El secretario volvió á presentarse á notificar al Arzobispo la pena de cuatro mil ducados si no se retiraba, y no obtuvo mas que la misma contestacion.

El tumulto crecia, y las cosas que entre las gentes se decian, anunciaban que la tempestad estaba pronta á estallar.

El secretario volvió á aparecer con el tercer auto de la Audiencia, en que se declaraba que el Arzobispo habia incurrido en la pena de los cuatro mil ducados, y que cumpliese con retirarse «so pena de las temporalidades y de ser habido por estraño á los reinos de Su Majestad, y que seria sacado luego de ellos por inobediente á sus reales mandatos.

El Arzobispo, sin moverse de su silla, contestó lo que á los anteriores, y poco despues el cuarto auto de la Audiencia le hizo saber que el virey quedaba encargado de ejecutar las anteriores prevenciones, si él insistia en no retirarse del salon.

Entonces el Arzobispo comenzó á vacilar y hacia como un impulso para levantarse de su asiento, cuando Luisa, como su ángel malo, se acercó á él.

—¿Vacilaria Su Señoría Ilustrísima?—le dijo—¿en estos momentos supremos, y cuando la suerte de estos reinos está pendiente de sus labios? Vuelva el rostro Su Ilustrísima y contemple el inmenso número de amigos que le rodean, y está dispuesto á defenderle:

El Arzobispo contestó entonces con la misma insistencia que antes; pero en esta vez la multitud no aplaudió y quedaron todos en un pavoroso silencio.

Era la una de la tarde. La puerta del despacho del virey volvió á abrirse, pero no fué el secretario el que apareció en esta vez sino el Alcalde de la Audiencia y el Alguacil mayor de ella, seguidos de unos cuantos alabarderos.

El Arzobispo, á pesar de su audacia, palideció espantosamente.

El Alcalde y el Alguacil mayor pálidos tambien, pero serenos, se acercaron á él.

—En nombre de la justicia de Su Majestad—dijo el Alcalde, dése preso Su Ilustrísima, y síganos.

Todo el mundo estaba helado de espanto: el silencio era tan completo, que podia escucharse el vuelo de un insecto.

El Arzobispo se levantó y el Alguacil le tomó de la mano.

Luisa quiso acercarse, pero uno de los alabarderos que habian rodeado inmediatamente al Arzobispo, la rechazó bruscamente.

El Alcalde y el Alguacil mayor conducian al Arzobispo en medio de la muchedumbre, que se abria, silenciosa y espantada, para dejarles paso.

En el patio estaba dispuesta una carroza, se hizo montar en ella al Arzobispo, subieron tambien algunos de sus guardas, y sin que se dejase escuchar un grito ni una amenaza, salió el coche á la Plaza Principal y tomó el camino del Santuario de Guadalupe.

Dentro del palacio todo el mundo habia visto en silencio la prision del Arzobispo, porque al través de los muros á cada uno le parecia tener fijas en sí las chispeantes miradas del marqués de Gelves, pero ya en la calle los llantos, las quejas y las maldiciones seguian por todas partes al prisionero y á sus guardas.

Detras de la carroza en que iban el Arzobispo, el alcalde Don Lorenzo de Terrones, el alguacil mayor Martin Ruiz de Zavala, y el secretario de la Audiencia Cristóbal Osorio, seguian á caballo el sargento mayor Don Antonio de Ocampo y algunos alguaciles.

Aquella misma tarde el Arzobispo Don Juan Perez de la Cerna, desde el Santuario de Nuestra Señora de Guadalupe, declaraba solemnemente excomulgados al virey, á los oidores, y á los ministros que le sacaron de la ciudad: les mandaba fijar en las tablillas y publicar el entredicho.

La tempestad del dia pareció calmarse durante la noche, los partidarios del Arzobispo parecieron desalentarse ó calmarse, y ya cerca de las diez Don Cesar creyó oportuno salir en busca de la casa en que Teodoro le habia dicho que podia encontrar á Doña Blanca.

Las calles estaban desiertas y silenciosas.

Don Cesar salió de palacio y se dirigió rumbo al monasterio de San Francisco.

Al llegar á la esquina de la calle en que vivia el oidor Vergara Gaviria, y que la mayor parte del pueblo conocia con el nombre de calle de Vergara, Don Cesar se encontró con un hombre que venia embozado, y como sucede en esos casos, los dos tuvieron que detenerse.

El embozado se inclinó cortesmente y dejó pasar por delante á Don Cesar, y éste preocupado con sus pensamientos, siguió adelante sin parar la atencion en él, pero el embozado se puso en el momento y cautelosamente en seguimiento de Don Cesar.

Asi atravesaron frente al monasterio de San Francisco, sin advertir el de adelante que alguien le seguia, y sin perder el de atras ni un paso en la distancia que llevaba del otro en su persecucion.

Don Cesar no tardó en encontrar la casa de Teodoro, no habia por allí entonces esa multitud de habitaciones que ahora se miran.

Las tapias del convento ocupaban gran parte de la manzana, y comenzaban á levantarse apenas algunas casas por las cercanias.

Villaclara entró en la casa de Garatuza é inmediatamente reconoció á Blanca que se arrojó en sus brazos, la pobre jóven habia sufrido mucho, separada de Don Cesar, perseguida por sus enemigos, y con la repentina desaparicion de Teodoro, el porvenir se habia puesto para ella verdaderamente sombrio.

La casa de Garatuza era una casa en donde se notaba inmediatamente la escaces de los recursos.

Garatuza no tenia ni profesion, ni ejercicio lucrativo, ni bienes, y sus amistades compuestas de la gente perdida estaban en mala situacion, merced á las constantes persecuciones del marqués de Gelves.

A Villaclara se le oprimió el corazon al mirar á Blanca en aquella casa y en aquel estado, porque aun cuando Teodoro podia haberles dado todo lo necesario, Teodoro estaba preso y sin esperanza de libertad.

Sérvia recibió la noticia de la prision de Teodoro con una resignacion admirable, y convinieron en que Don Cesar buscaria al dia siguiente una casa adonde pudiera irse á vivir ella, acompañando á Doña Blanca.

Don Cesar permaneció cerca de dos horas en aquella casa.

Garatuza habia salido fuera de la ciudad, con objeto de procurarse una entrevista con el Arzobispo, así es que Blanca, Maria, y Sérvia estaban enteramente solas.

Don Cesar se retiró á la media noche y entonces pudo observarse, que el hombre que le habia seguido, permanecia en acecho todavía de él, y que al verlo retirarse tomó precipitadamente el camino de la inquisicion.

Serian las tres de la mañana, cuando un grupo de hombres embozados en negras capas llamaban á las puertas de la casa de Garatuza.

Las mugeres despertaron sobresaltadas.

—¿Han llamado?—Dijo Sérvia.

—Debe ser Martin—contestó Doña Blanca despertad á María, indicándole por señas lo que ella se figuraba.

Los golpes entretanto se habian repetido.

María se levantó precipitadamente y abrió la puerta, y los embozados apoderándose de ella inmediatamente, se entraron á la casa, registrándola toda.

Blanca y Sérvia no se habian levantado, y vieron con espanto á aquellos hombres llegar hasta cerca de su mismo lecho.

Uno de ellos con un farol en la mano les alumbró el rostro, y otro preguntó solemnemente.

—¿Quién es aquí Doña Blanca de Mejía?

—Yo soy—contestó temblando Blanca y comprendiendo que aquellos eran los ministros del Santo Oficio.

—Levantaos, y seguidme en nombre de la inquisicion, y vos tambien dijo—á Sérvia.

Blanca vacilaba en comenzar á vestirse, el miedo la dejaba sin movimiento, el pudor le impedia tambien el levantarse, porque aquellos hombres no se separaban de cerca de ella.

—Ea, despachad pronto—dijo el que habia hablado—de lo contrario, tendremos que llevaros sin vestir.

Aquella amenaza volvió las fuerzas á la pobre jóven, y tímida y ruborizada procuró vestirse lo mas violentamente que le fué posible.

Todo se hacia en medio del mas profundo silencio.

Cuando las tres mugeres estuvieron dispuestas, los ministros de la inquisicion recogieron cuantos objetos les parecieron sospechosos, y cerrando la casa, y poniendo en las puertas los sellos del Santo Oficio, se encaminaron para la inquisicion llevándose presas á María á Servia y á Doña Blanca.

Así llegaron hasta las puertas de la cárcel del Santo Oficio sin haber encontrado en las calles á una sola persona.

Blanca fué encerrada en un estrechísimo calabozo, en donde no habia ni una silla, ni un banco, ni nada enteramente, ni siquiera un monton de paja.

La pobre jóven se sentó en el suelo y comenzó á llorar con desesperacion................

Los curas, los vicarios y todos los clérigos de la ciudad de México, aplaudieron y publicaron á porfia la excomunion del virey y de los oidores, volvió á tocarse el entredicho y volvió la alarma y la inquietud en la ciudad.

Con la salida del Arzobispo quedó necesariamente como centro de toda la conspiracion, Don Pedro de Vergara Gaviria, y ya con el pretesto de la excomunion se propagaba mas descaradamente el fuego de la rebelion.

Los pasquines y los libelos infamatorios llovian por todas partes; en las esquinas, en las puertas de Catedral, en las de palacio, y en las mismas casas de los oidores: Don Pedro de Vergara Gaviria les animaba y les exaltaba.

Pero el último paso que faltaba que dar, era dividir á la Audiencia del virey y hacer que se chocasen entre sí, y Don Pedro de Vergara comprendió que aquello era muy fácil.

Los oidores que habian decretado las medidas estremas tomadas contra el Arzobispo, estaban espantados de su obra. La excomunion y el entredicho habian hecho en ellos un efecto terrible, y Don Pedro de Vergara Gaviria tuvo muy poco trabajo para convencerles y arrancarles la revocacion del auto dado contra el Arzobispo, y la órden para que éste pudiera volver á la ciudad. Pero el virey no dormia. Inflexible en sus resoluciones y convencido de que la vuelta del Arzobispo seria para él un golpe terrible, entró á la Audiencia con objeto de impedir la publicacion del auto en que se mandaba volver al Arzobispo, pero era ya tarde; Don Pedro de Vergara habia hecho estender del auto dos ejemplares originales, uno que se quedó en la Audiencia, y otro que tuvo él cuidado de llevarse, y cuando el marqués de Gelves se presentó en la Audiencia ya Don Pedro de Vergara Gaviria se habia retirado.

El virey furioso declaró que aquel auto, y aquella órden en que se mandaba volver al Arzobispo debian de haberse consultado con él, y debian haber sido dados con su acuerdo porque se trataba de un negocio importante á la gobernación del reino, en la que él era el solo competente, y de la cual era el solo responsable.

Los oidores se disculparon pero no quisieron ya volver á revocar la órden en que se mandaba volver al Arzobispo.

El virey declaró formalmente presos en palacio á los tres oidores, y á dos de los relatores de la Audiencia.

CAPÍTULO 17

El gran tumulto de México.

EL Arzobispo habia llegado en su viaje hasta el pueblo de San Juan Teotihuacan, y allí recibió, por conducto de sus amigos, la órden de la Audiencia para que se volviese á México; pero aquella órden no hubiera sido acatada ni obedecida por el alcalde Don Lorenzo de Terrones y por Don Diego de Armenteros, encargados de su custodia y conduccion, y el prelado creyó mas prudente no mostrar aún aquella órden, pero sí conservarla consigo.

Don Pedro de Vergara Gaviria hizo llegar á manos de el prelado, una esquela en que le decia sencillamente:

«Procure por cualquier motivo su Señoría Ilustrísima no alejarse.»

«Don Pedro de Vergara Gaviria.»

El Arzobispo comprendió cuánto esto queria decir, y determinó llevar adelante el consejo.

Durmió en la noche en San Juan Teotihuacan, y á la mañana siguiente á la hora de comenzar su marcha se metió violentamente á la iglesia, y subiendo las gradas del presbiterio tomó en sus manos la custodia que estaba en el altar, y se volvió á sus guardas diciéndoles.

—No me apartareis ya de este lugar sin tocar con vuestras manos al Divinísimo Señor Sacramentado.

Los guardas vacilaron y se resolvieron al fin á esperar á que cansado el Arzobispo de estar alli dejase al Divinísimo en su tabernáculo, porque nadie se atrevia á tocarle.

Era natural suponerse que el prelado no pudiese estar en el altar y con el Divinísimo en las manos por muchas horas, y que no tuviera necesidad de comer, de tomar agua ó satisfacer cualquiera otra necesidad; pero al Arzobispo no le faltaban partidarios en ninguna parte.

Allí mismo le llevaban de comer y de beber, le leian cartas, escuchaban y llevaban recados suyos, y cuando él se cansaba dejaba sobre el altar al Divinísimo y volvia á tomarle en sus manos cuando veia que habia entre sus guardias algun movimiento.

Trascurrió así un dia entero, y el Alcalde de la Audiencia y Don Diego de Armenteros determinaron mandar una consulta al virey sobre cómo debian salir de aquel paso, que para ellos era sumamente comprometido.

El correo salió y el Arzobispo y sus guardas quedaron inquietos por saber cuál seria la resolucion del violento marqués de Gelves.

Pero estaba de Dios que aquella resolucion no habia de venir...

Cuando Martin volvió á su casa, encontró las puertas cerradas y selladas, y á su hijito llorando en la calle. Los familiares del Santo Oficio no tenian órden de llevarse al niño, y así es que solo determinaron y llevaron á efecto la prision de todas las personas grandes.

Por lo que pudo entender del niño, por lo que le dijeron los vecinos, y por lo que pudo inferir de los sellos colocados en las puertas, Martin se convenció de que María, Blanca y Sérvia estaban presas en el Santo Oficio. Entonces comprendió cuánta era la falta que le hacia el Arzobispo, con cuyo patrocinio podia haber adelantado algo, y determinó poner cuanto estuviese de su parte para encender el fuego de la rebelion en la ciudad.

Dirijióse á la casa del Oidor Don Pedro de Vergara Gaviria; éste por su parte habló con Don Melchor Perez de Varais y con todos los amigos y demas comprometidos, y se fijó el lúnes 15 de Enero para dar el golpe.

Las cosas estaban verdaderamente en sazon, y todos los ánimos dispuestos para una gran novedad cuando amaneció el dia señalado para el tumulto.

Desde muy temprano una inmensa cantidad de clérigos se repartió por todas las iglesias de la ciudad, y entrando en ellas predicaban y publicaban las excomuniones; procurando para causar mayor escándalo, interrumpir las misas y los oficios que se celebran, consumiendo el Sacramento y echando fuera de la iglesia á los fieles con mucho ruido y alboroto, y diciendo á gritos por todas partes que el marqués de Gelves habia mandado dar garrote al Arzobispo.

En Catedral publicaron solemnemente el edicto en que se declaraba excomulgado al virey, y el clérigo que daba lectura exclamó despues de haber terminado.

—¡Hermanos mios! ¿Consentireis por mas tiempo á este hereje luterano, y no le hareis pedazos para ejemplar y castigo de sus culpas?

La multitud, entre la cual estaban mezclados Luisa y Martin, y el Ahuizote y los principales partidarios del Arzobispo, empezó á gritar:

—¡Viva la Fé, viva la Iglesia, viva el Rey! ¡Muera el mal gobierno, muera el hereje excomulgado!

Martin atravesó desde la sacristia, llevando en la mano la tablilla de los excomulgados y en la que estaba en grandes letras el nombre del virey, y la colocó en la puerta de la iglesia.

Entonces eran ya espantosos los gritos de la muchedumbre, y Martin, seguido de un gran número de gente, se lanzó á la plaza.

En aquellos momentos atravesaba por allí en su carroza el secretario Cristóbal de Osorio, que habia acompañado al Arzobispo en su destierro de órden de la Audiencia hasta el Santuario de Guadalupe.

Martin conoció á Osorio, y dirijiéndose á uno de los que iban á su lado:

—Mirad—les dijo—ahí va el secretario del hereje, excomulgado tambien por el señor Arzobispo.

Inmediatamente la turba se lanzó tirando piedras sobre la carroza de Osorio.

El cochero que la dirijía espantado avivó los caballos, y á toda carrera se entraron á palacio. No se detuvo allí el furor de la gente, sino que se arrojaron tambien sobre los que guardaban la puerta del mismo palacio y habian amparado y favorecido al secretario Osorio.

El tumulto creció, algunos pocos entraron en auxilio del palacio, y el virey ordenó que salieran algunos caballeros con alguna de las guardias para despejar la plaza.

No hicieron sino presentarse en la calle, y delante de la multitud, cuando ésta se volvió fieramente sobre ellos y les hizo huir, obligándoles otra vez á encerrarse.

Mas y mas crecia á cada momento el tumulto, y hacian fuego contra las ventanas y las puertas.

Entonces el virey mandó que desde una de las azoteas se tocase el clarin, que era la señal que se acostumbraba para llamar á la caballería á palacio en cualquier acto público. Al sonido del clarin sosegó por un momento la sedicion; los de afuera temiendo el auxilio que los de adentro esperaban con tanta necesidad como impaciencia. Pasó un rato, y nadie acudió al llamamiento, y entonces los sediciosos comprendieron que el virey en palacio no tenia esperanza alguna de auxilio.

Entonces cobraron nuevo brio, y entre los gritos de «muera el hereje» y «viva la fé cristiana» volvieron á arrojarse sobre palacio.

La bandera es casi una necesidad entre los soldados que combaten, y por eso sin duda uno de los que defendian á palacio sacó de la armería una de las flámulas que habian servido en el túmulo de Felipe III en las solemnes honras que se le hicieron en México, y la colocó en una ventana.

Un grito inmenso de los sitiadores acojió la presentacion de aquella bandera, pero poco despues rompiendo la multitud un grupo conduciendo una gran escalera, salió de la Catedral y llegó hasta el pié de los muros de palacio.

La escalera se colocó, y en medio de los aplausos y de los gritos de los sediciosos, Martin cubierto con una rodela y con una espada desnuda subió hasta arrancar aquella flámula.

En honor de la verdad deberemos confesar que los defensores de palacio no hicieron gran cosa para impedirlo.

Entre gritos de triunfo y llevando en la mano el trofeo de su victoria, Martin fué llevado en brazos de los mas entusiastas hasta dentro de la misma Catedral y recibió allí las felicitaciones de todo el clero, que no se atrevia á declararse militante, pero que desde el templo animaba y escitaba la insurreccion.

A cada momento llegaban á la plaza nuevos grupos de gente, capitaneados por clérigos á caballo, que llevaban un Crucifijo en una mano y una espada en la otra.

La gente comenzó á pedir á gritos la libertad de los tres Oidores presos por la revocacion de los autos dictados contra el Arzobispo, y éstos prometiendo al virey calmar la sedicion salieron de palacio por la puerta de la Acequia.

En medio de uno los grandes grupos que habia en la plaza, el Ahuizote subido sobre un poste, hablaba á la multitud: Luisa á su lado con su traje de hombre, le indicaba lo que debia de decir.

El Ahuizote vestia como Martin en aquella ocasion, una especie de traje clerical. El Ahuizote indicó al pueblo, que era preciso acudir á la inquisicion en busca del pendon de la fé, porque supuesto que la fé era lo que se defendia, su pendon era de todo punto necesario.

No hay cosa que acoja con mas exaltacion una muchedumbre irritada que un absurdo; por eso la idea del Ahuizote pareció soberbia á todos los que llegaron á oirla, y una gran parte de la gente que habia en la plaza se dirijió á la inquisicion atravesando por las calles de Santo Domingo.

Las turbulencias públicas preocupaban de tal manera á los inquisidores, que habian abandonado las causas de la fé, por estar en espectativa de lo que acontecia entre el virey y el Arzobispo, sin haber querido aparentemente protejer á ninguno de los dos.

Los sediciosos que venian de la plaza llegaron hasta las puertas de la inquisicion pidiendo á grandes voces que se les entregase el pendon de la fé, para ir contra la casa del hereje.

No era el Santo Oficio un tribunal capaz de dejarse acobardar por una sedicion; conocia su fuerza y su poder contra el que apenas se hubieran atrevido á luchar los reyes y los papas, y por toda contestacion mandaron los inquisidores que todo el mundo se retirase de allí, bajo la pena de excomunion y de doscientos azotes al que tardase en obedecer.

Todo el mundo calló y comenzaron á retirarse.

—Este es el momento—le dijo Luisa al Ahuizote—de poner en libertad á Don Melchor.

El Ahuizote se hizo eco de estas palabras, y la gente se dirigió al convento de Santo Domingo. Los religiosos espantados habian cerrado las puertas, pero el pueblo las hizo pedazos, y dirigido por Luisa y por el Ahuizote llegaron al aposento de Don Melchor Perez de Varais.

Don Melchor se arrojó en los brazos de Luisa, y todos los que le seguian entusiasmados por aquel abrazo que ellos tomaban por un rasgo de gratitud, del Corregidor de México hacia sus salvadores, le sentaron en un sillon; y como en triunfo, en medio de los gritos y aclamaciones, le condujeron hasta Catedral.

En el entretanto Garatuza no habia descansado tampoco. Conocia que aquel movimiento necesitaba una cabeza, y determinó comprometer á Don Pedro Vergara Gaviria á presentarse decididamente en la escena. Con este objeto se dirijió á su casa con otra gran parte de los sediciosos que habian quedado en la plaza.

Garatuza dejó á la gente en la calle, y subió hasta los aposentos del Oidor Gaviria que temblaba al escuchar los gritos, temia las consecuencias y se espantaba de su misma obra.

—Que el cielo os guarde, Don Martin—dijo Vergara, viendo aparecer á Garatuza—¿qué venis á hacer por aquí?

—Hácese ya tan necesaria vuestra presencia en la plaza, contestó Garatuza—que de no acudir vos en auxilio nuestro, fácil será que otros acudan en el del virey, y que la gente que nada alcanza se retire dejando al de Gelves dueño del campo.

—¿Pero qué pretendeis?

—Que vengais á poneros á la cabeza de todo el movimiento, que intimeis al virey á quedar preso, y que reuniendo á la Audiencia os encargueis del gobierno de la Nueva España.

—¿Pero vos tratais de perderme? Sí, me perdeis sin duda; el Arzobispo ausente, preso Don Melchor Perez de Varais, todos los demas oidores tan pocos de ánimo que en nada me querrán auxiliar: ¿qué suponeis que pueda yo hacer?

—Señor—contestó Martin—si vos tomais decididamente un partido, muy pronto Don Melchor Perez de Varais estará libre y á vuestro lado; muy pronto su Señoría Ilustrísima habrá vuelto á México, y los oidores no vacilarán en hacer con vos causa comun, si comprenden que teneis la energía suficiente para resistir á la tempestad siquiera por seis horas.

—¡Don Pedro de Vergara!—¡que salga Don Pedro!—gritaba en la calle la impaciente muchedumbre.

—¿Lo oís señor?—¿lo oís?—decia Garatuza.—El pueblo os aclama, la ciudad os pide, ayudadla á salvarse.

—Pero si salimos mal........... si nada se consigue............

—¡Que venga Don Pedro!—seguia gritando la turba.

—Vamos señor, vamos, ya no es posible escusarse, vos nos habeis traido á este terreno, y vos mismo podeis comprender qué será de la ciudad si las cosas siguen, y falta una cabeza que dirija, un brazo que enfrene á esa multitud.

—Pero...

—Nada de obstáculos, todavía ahora es tiempo, quizá dentro de poco ya no lo será. Vamos.

Y Martin casi á fuerza sacó á Don Pedro de Gaviria de su casa.

—Me vais á perder, me vais á perder—repetia el Oidor en medio de las atronadoras esclamaciones con que fué recibida su presencia.

Don Pedro vacilante y pálido llegó hasta la puerta de palacio, allí se adelantó solo, llamó, le abrieron, penetró en el interior y la puerta volvió á cerrarse despues pesadamente.

Los sediciosos quedaron en espectativa del resultado que daria aquella conferencia del Oidor Don Pedro de Vergara Gaviria con el marqués de Gelves.

Se habian suspendido las hostilidades..........................

CAPÍTULO 18

Como siguió el gran tumulto de México.

DON Pedro de Vergara Gaviria subió las escaleras de palacio y en busca del virey, mas bien con el deseo de observar el número y el ánimo de los defensores, que con el de procurar el remedio del tumulto.

Con poca gente contaba el marqués de Gelves para la resistencia; sin prevencion alguna para un lance de aquella naturaleza, el parque para los arcabuces era escasísimo, y en lo que se llamaba armería no existian mas que algunas alabardas y picas rotas, y algunas ballestas y arcabuces completamente inútiles, de tal manera, que el virey no habia podido ni armar á la servidumbre de palacio.

El Oidor Vergara penetró hasta el aposento del virey.

El marqués de Gelves se paseaba pálido y sombrío en el salon de su despacho, sin hablar una palabra á nadie, y apretando de cuando en cuando los puños convulsivamente.

La situacion del marqués de Gelves no podia ser mas violenta ni mas comprometida. Satisfecho de la justicia de su causa; seguro de las torcidas intenciones de sus enemigos; dotado de un valor indomable y de una resolucion á toda prueba, se encontraba reducido á una cruel estremidad, que lo ponia en la disyuntiva de hacer una capitulacion vergonzosa con sus enemigos, ó sucumbir abrumado por las fuerzas de sus contrarios.

Consideraba el pequeño número de los defensores de palacio, y luego asomándose tras de una cortina contemplaba la inmensa muchedumbre que, semejante á un mar irritado, se agitaba llenando la plaza, y todas las calles de los alrededores hasta donde alcanzaba la vista.

De cuando en cuando, de aquella multitud, se levantaban gritos y rujidos atronadores como el estampido de un rayo, y en las ondulaciones de aquella inmensa masa humana, el brillo de las armas venia á penetrar por las ventanas de palacio.

El marqués de Gelves sentia entonces no el desaliento del cobarde que tiembla del peligro, sino la desesperacion del hombre de valor que se convence de su impotencia.

El Oidor Vergara se dirijió al virey casi temblando. Aquel hombre imponia á sus enemigos respeto aún en medio de su desgracia.

—¿Qué anda haciendo en medio de esta tempestad, el señor licenciado Don Pedro de Vergara Gaviria?—dijo el virey tendiéndole la mano.

—Venia con el objeto de hablar con Su Excelencia para procurar un medio de calmar esta tempestad—contestó el Oidor,—y luego dijo dirijiéndose á Don Cesar de Villaclara y al secretario Cristóbal de Osorio, que conversaban en la misma pieza en el alfeizar de una ventana.—Dios guarde á vuestras mercedes.

Osorio y Villaclara le contestaron con una ligera inclinacion de cabeza.

—¿Qué me decia el señor Oidor?—preguntó el virey, ofreciendo un asiento á Don Pedro, y sentándose él á su lado.

—Señor—dijo el Oidor, sin saber verdaderamente por donde comenzar aquella conferencia—venia á ofrecerle á S. E. mis servicios para calmar esta sedicion.

—¿Creeis vos poder calmarla?

—Estoy casi seguro de conseguirlo.

—En tal caso, mal habeis hecho en no haberlo ya verificado; que ofensa es á Dios y á Su Majestad el permitir desacatos como los que ahora se cometen, pudiendo impedirlos, y tan culpable será quién los promueva, como el que pudiendo no los evite.

—Señor—tartamudeó el Oidor.

—Si vuestro ánimo es á lo que decis evitar ese escándalo, creo que debiérais apresuraros, que no será á mí á quién tal servicio presteis, sino á Su Majestad (que Dios guarde) con la calma y pacificacion de sus reinos.

—Entonces, si me dais permiso, saldré á procurar que todo el mundo se retire á su casa.

—Id, señor Oidor, que hace tiempo que esto mismo debiérais haber hecho.

El Oidor se levantó y salió de la sala, haciendo mil reverencias al virey.

—¡Villanos!—Esclamó el de Gelves, cuando le vió desaparecer—tiemblan como unos criminales á la presencia de su juez, porque su conciencia está turbada y con hipócrita falsedad quieren hacerme creer en su lealtad, y en sus buenas intenciones. ¡Ah! si yo pudiera contar aquí siquiera con cien jinetes................

El virey lanzó un suspiro y volvió á continuar en sus paseos.

Entretanto el Oidor Vergara habia llegado á la plaza, agitando su pañuelo blanco como señal de paz.

Todos los que estaban en las ventanas y con los ojos fijos en las puertas de palacio vieron las señas de Don Pedro, y en todas partes comenzaron á agitarse lienzos blancos, y por todas partes comenzaron á escucharse los gritos de «paz,» «paz.»

La gente se abria para dejar pasar á Don Pedro de Vergara, y á otros oidores que con él se habian reunido, formándoles una ancha calle, y ellos en vez de continuar aquietando el tumulto, se entraron á las casas consistoriales.

El pueblo comprendió que los oidores tomaban partido contra el virey; desde aquel momento la sedicion se creyó amparada por la ley.

La flámula arrancada de las ventanas de palacio fué quitada de Catedral, y ofrecida á los oidores como pendon real.

Los sediciosos habian hecho un empuje y comenzaban á arder las puertas de palacio.

En estos momentos por una de las calles desembocó en la plaza una soberbia cabalgata, á la cabeza de la cual iba el poderoso marqués del Valle, descendiente por línea recta del conquistador de México Don Hernando de Cortés.

El influjo de la familia del conquistador habia sido y era muy grande en toda la Nueva España, pero principalmente en la capital.

El marqués del Valle atravesó seguido de su comitiva, y habló al pueblo.

Los sediciosos se calmaron, se apagaron las puertas del palacio, y el marqués entró en el interior de él, dejando á su comitiva como de guardia en dichas puertas.

El virey y el marqués del Valle conferenciaron largo tiempo, y el del Valle consiguió por fin una órden del virey para que el Arzobispo volviese á México.

Con esta órden se creyó calmar al pueblo y sosegar el tumulto. El marqués envió una carroza y unos criados en busca del Arzobispo despachándole la órden para su regreso, y salió él mismo á su encuentro seguido de su comitiva.

La noticia de estas novedades circuló en el pueblo, pero ni un solo individuo se separó de la plaza, á pesar de que vieron atravesar al marqués del Valle, al marqués Montemayor, y al inquisidor mayor Don Juan Gutierrez Flores, que iban al encuentro del Arzobispo.

Los frailes de San Francisco quisieron ayudar al virey, y entraron en la plaza gritando:—«Paz,» y levantando como bandera un hábito de San Francisco.

Los clérigos se arrojaron sobre ellos, y los franciscanos volvieron á su convento llevándose sin embargo á una gran cantidad de indios que les seguian.

Todo el dia permaneció la gente en la plaza, y ya en la tarde parecia comenzar á calmarse, cuando se circuló la noticia de que la Audiencia habia mandado intimar prision al virey.

Por una de las ventanas de la casa de cabildo asomó Don Pedro de Vergara Gavina, é hizo seña de que queria hablar.

Todos quedaron en profundo silencio.

Don Pedro dijo al pueblo—que el virey estaba destituido por la Audiencia, que él habia sido nombrado Capitan general de la Nueva España, y con esa investidura ordenaba á todos que se reuniesen con sus armas en la Plaza principal de la ciudad.

Los que no tenian armas corrian inmediatamente por ellas, y los que las tenian, mostrándolas, alzaban una inmensa vocería, que se escuchó en todos los ángulos de la ciudad.

La campana mayor de la iglesia Catedral tocaba á rebato.

El virey contemplaba tristemente aquella escena, oculto tras una de las cortinas de las ventanas de palacio.

Una hora despues, el nuevo Capitan general Don Pedro de Vergara Gaviria, llevando en la mano el baston de general, se dirijia para el rumbo del convento de San Francisco á la cabeza, de una gran columna de hombres armados, que segun el decir de algunos cronistas de aquellos tiempos, ascendería en su número á doce mil.

A la cabeza de esa columna iban los hermanos de la tercera Orden de San Francisco, llevando en lo alto un Cristo cubierto con un velo negro, y gritando á grandes voces—«muera el hereje.»

Pero no toda la gente que estaba en la plaza siguió al nuevo Capitan general, mucha quedo allí, y apenas vieron desprenderse la columna, se lanzaron sobre palacio llevando el pendon de la ciudad y gritando.

—«Guerra, guerra, cierra, cierra, viva el rey, y muera el mal gobierno.»

Entonces comenzó verdaderamente el combate. Ardieron las puertas de palacio, el fuego se comunicó á la cárcel, los presos tomaron parte en la sedicion, y rompiendo sus prisiones se mezclaron con los asaltantes.

Entre los gritos del combate, se escuchaban las detonaciones de los arcabuces.

La multitud invadia ya á palacio.

El Ahuizote caminaba por delante matando á cuantos encontraba dentro.

El virey pensó entonces en su salvacion, y embozándose en una capa negra y seguido de Don Cesar, salia por una de las puertas en el momento en que el Ahuizote iba á entrar.

—Aquí está......... gritó el Ahuizote conociéndole.

—¡Silencio, miserable!—contestó Don Cesar atravesándole la garganta de una estocada.

El Ahuizote cayó en tierra, y espiró entre los piés de la multitud, que no se detuvo al verle allí.

El virey se confundió entre los grupos, y aprovechándose de la oscuridad de la noche atravesó la plaza y fué á tomar asilo al convento de San Francisco....................

Teodoro condenado á muerte por el virey, y que debia haber sido ejecutado aquel mismo dia, salia libre entre los brazos de Martin que habia roto los cerrojos de su prision.

El palacio de los vireyes fué completamente saqueado, sin que el nuevo Capitán general hubiese hecho nada, ni procurado siquiera sofocar el incendio que habia consumido casi la mitad del edificio.

Desde una de las torres de la Catedral, Luisa y Don Melchor contemplaban alegremente los efectos de su venganza.

A las nueve de la noche, enmedio de los repiques y de multitud de cohetes que poblaban el aire, hacia solemnemente su entrada en México el Ilustrísimo Señor Arzobispo, Don Juan Pérez de la Cerna.

CAPÍTULO 19

Lo que pasó á dos personas que quizá baya olvidado el lector.

COMO dicen vulgarmente, que cuidados mayores quitan menores, por seguir el hilo de nuestra historia hemos abandonado desde hace mucho tiempo á dos personas que no por su poca representacion dejan tambien, como dicen los modernos políticos, de haber contribuido con su «grano de arena.»

Tal vez el lector no recuerde ya á Felisa, la muchacha del convento de Santa Teresa, y al sacristan su novio, á quienes abandonamos en los momentos mismos en que la ronda se cansaba en su persecucion.

Les abandonamos en el momento del peligro, pero esto es en estos tiempos cosa muy comun.

Los dos fugitivos eran jóvenes, fuertes, y agitados por el miedo parecian tener alas en los piés como Mercurio: los corchetes que no tenian mucha prisa por dar con su humanidad en tierra, y que iban estorbados por las capas y las espadas y las varas, perdian ya las esperanzas de hacer la presa.

El sacristan y su adorada dieron vuelta por la calle del Arzobispado y llegaban ya cerca de la entrada de Santa Teresa, cuando de la plaza vieron venir otra ronda.

Los perseguidores comenzaron á gritar «atajen á esos» «atajen á esos» y el refuerzo se puso en movimiento.

Los fugitivos esquivaron el encuentro tomando por la calle cerrada de Santa Teresa, y llevando no muy de cerca á sus enemigos, lograron llegar á la puerta del templo por donde habian salido con Blanca hacia poco.

Felisa no podia ya correr, el cansancio y la fatiga, unidos con el terror, no la permitian dar un paso.

Por mas que su amante la instaba, la pobre muchacha no podia moverse.

El sacristan creia ya llegada su última hora cuando una idea luminosa cruzó por su cerebro, buscó en sus bolsillos y sacó precipitadamente una llave—era la de la iglesia.

En esos momentos abrió la puerta, y empujando para dentro del templo á Felisa se entró detras de ella y cerró cuidadosamente procurando no hacer ruido.

La ronda pasó por frente á la iglesia sin pensar siquiera que allí se habian refugiado los fujitivos.

El sacristan miraba por una hendidura de la madera, y Felisa habia caido de rodillas. Así trascurrió cosa de media hora.

—Se han ido ya—dijo muy bajo el sacristan—vámonos.

—No—contestó Felisa—Dios me ha hecho volver milagrosamente á su casa de donde habia yo huido, y no saldré ya de ella.

—Pero mi vida, por Dios, ¿y tanto trabajo para que salieras, y las llaves?

—Las llaves que por fortuna no he perdido, me servirán para volverme por donde vine, y si Dios permite que nada hayan observado las madres, me guardaré por siempre el secreto de lo que ha pasado en esta noche como si fuera un sueño. Dios haga muy feliz á Sor Blanca, ya que me hizo á mí tan dichosa de haber podido volver aquí sin que otra novedad me lo hubiera impedido. Adios, y ojalá que á tí te sirva esto de leccion como á mí.

Y Felisa con toda la resolucion de las pasiones fanáticas que en cada acontecimiento miran un aviso de la Providencia, no quiso detenerse y sacando un manojo de llaves, se entró al interior del convento, dejando al amante sumerjido en la meditacion mas profunda.

—¡Quizá sea mejor así!—dijo el sacristan, no hay mal que por bien no venga; aun es casi media noche, bueno será dormir ya que salimos con bien. Abrió uno de los confesonarios y se acomodó dentro. Media hora despues roncaba.

Felisa entró temblando al convento, felizmente para ella nadie habia notado aun su falta. Reinaba en el convento el mismo silencio.

Felisa se dirijió á la celda de Sor Blanca, y dejó en ella la caja de las alhajas que se habia traido, y luego cerró la puerta.

Nadie supo nunca que aquella muger habia pasado unas horas fuera del convento.

El sacristan siguió como siempre siendo muy del agrado de sus monjitas por su actividad y limpieza.

LIBRO CUARTO : VÍRGEN Y MÁRTIR.

CAPÍTULO 1

En donde hacemos conocimiento con el inquisidor mayor, Don Juan Gutierrez Flores, y volvemos á ver á Doña Blanca.

HEMOS llegado á la sala de Audiencia del Tribunal de la Fé.
    Era un salon como de veinte varas de largo y ocho de ancho y magníficamente adornado, rodeado de columnas del órden compuesto; con ricas colgaduras de damasco encarnado. En el centro de una de las cabeceras, un gran dosel de terciopelo carmesí con franjas y borlas de oro; debajo de él y sobre una plataforma rodeada de una barandilla de ébano negro, y á la que se subia por una gradería, la mesa de los inquisidores y sus tres sillones de terciopelo carmesí, con borlas y franjas, y recamos de oro.

En el dosel bordadas las armas de la monarquía española, y apoyado en el globo de la corona con que remata el blason un Crucifijo, y en derredor el terrible lema de la inquisicion: *Exurge Domine, judica causam tuam.* A los lados de la cruz dos ángeles, uno con una oliva en la mano derecha, y una cinta en la izquierda que decia: *Nollo mortem impii, sed ut convertatur, et vivat*: en el otro lado el otro ángel con una espada en la mano derecha y en la izquierda una cinta con este mote: *Ad faciendams vindictam, in nationibus increpationis, in populis.*

Cerca del dosel habia una pequeña puertecilla llena de agujeros para que el denunciante y los testigos pudieran desde dentro ver al reo, sin ser vistos por él.

A la derecha del salon estaba la puerta que conducia á las prisiones, y un poco mas adelante, pero cerca de ella, en el mismo muro, otra puerta que tenia encima este rótulo: *mandan los señores inquisidores que ninguna persona entre en esta puerta para dentro, aunque sean oficiales de esta inquisicion, si no lo fuesen del secreto; pena de excomunion mayor.*

Don Juan Gutierrez Flores estaba sentado bajo el dosel, el escribano notario del Santo Oficio le daba cuenta con una multitud de causas.

—Denunciaciones—dijo el escribano—tomando uno de los procesos—contra Sor Blanca del Corazon de Jesus, monja profesa del convento de Santa Teresa de esta capital, por herejía y pacto con el demonio.

—¿Qué hay de nuevo en esa causa?—preguntó el inquisidor mayor.

—Los testigos y denunciantes hance citado para venir, y no se les ha podido encontrar á todos, porque el principal, que es el denunciante, hace encontrado muerto despues del asalto que se dió á palacio; pero su declaracion debe hacer grande fé porque ese hombre segun el entierro que se le mandó hacer por el Illmo. señor Arzobispo, tenia muy grandes merecimientos.

—¿Y hay, además, otros testigos?

—Una señora principal, aunque ésta tampoco ha podido ser hallada.

—Entonces podeis hacer que entre, ó que sea conducida á mi presencia la llamada Sor Blanca, para proceder á tomarle su declaracion.

El escribano puso el auto y la órden para la comparecencia de Sor Blanca, y agitó una campanilla de plata que habia sobre la mesa.

Un familiar se presentó, y el escribano le entregó la órden.

Trascurrió un cuarto de hora cuando se abrió la puerta de las prisiones, y Blanca conducida por dos carceleros, que tenian las caras cubiertas con sus capuchones, penetró en la sala de Audiencia.

Blanca estaba sumamente pálida, sus ojos brillantes y enrojecidos por el llanto, se fijaban espantados en la figura del inquisidor, y en el estraño adorno de la sala.

La jóven se adelantó vacilando, y casi sostenida por los carceleros, hasta llegar cerca del escribano.

Entonces los carceleros se retiraron y Doña Blanca tuvo que apoyarse contra la barandilla para no caer.

—Tomadle el juramento—dijo el inquisidor.

—¿Jurais á Dios y á su Madre Santísima—dijo solemnemente el escribano—y por la señal de la cruz, decir la verdad y todo cuanto se os preguntare, á cargo de este juramento?

—Sí juro—contestó Blanca, llevando á sus labios su mano derecha, con la que habia formado la señal de la cruz.

—Estais acusada y denunciada de herejía, y de tener pacto con el demonio—dijo el inquisidor.

—Señor—contestó Blanca, otras serán mis culpas por las que Dios tendrá que castigarme; pero ya tengo declarado que sobre esos capítulos en nada me remuerde mi conciencia.

—Sentaos, dijo el inquisidor.

Blanca se sentó en un banquillo sin respaldo, que estaba cerca de ella.

—¿Persistís en no confesar?—prosiguió el inquisidor—puede eso traeros fatales consecuencias.

—Dios dispondrá de mí, segun su voluntad; pero yo no soy culpable de esos delitos de que se me acusa.

—Vamos, inútil es con vos la dulzura y el convencimiento: si no teneis pacto con el diablo, ¿cómo habeis logrado salir del convento en donde estabais encerrada?

—Ya he dicho que con una depositada que tenia las llaves de todas las puertas.

—¿Insistís aún en vuestra falsedad? Porque ya se os ha dicho que segun las declaraciones de todo el convento, esa muger á quien haceis referencia, y que segun dijísteis se llama Felisa, no ha faltado del convento ni una sola noche, ni el sacristan de la iglesia ha dejado un solo dia de cumplir exactamente con su obligacion, y hance encontrado en vuestra celda las alhajas que dijísteis haberse llevado la Felisa; asi es que solo por artes diabólicas pudisteis haber salido del convento estando todas las puertas cerradas, y haber inventado esa fábula con que quisisteis engañar al Santo Tribunal de la Fé.

—Juro por Dios que nos escucha—contestó Blanca—que todo lo que he referido es lo que aconteció, y no mas; y aunque no podré esplicar cómo esa muger estaba dentro del convento y no ha faltado de allí ni una sola noche, me afirmo en que es ella quien de allí me ha sacado.

—Haced constar señor escribano—dijo el inquisidor—que esta muger se obstina en su negativa, en cuanto á tener pacto con el diablo.

El escribano estendió la declaracion.

—En cuanto al capítulo de herejía—dijo el inquisidor—declaradamente no podreis negarlo, porque habeis confesado haber contraido matrimonio con Don Cesar de Villaclara, habiendo hecho voto de castidad y de clausura, por lo que él y vos, asi como todas las personas que os ayudaron, estais declarados herejes y relapsos y dignos de las mayores penas con que nuestra Madre la Santa Iglesia, y el Santo Tribunal de la fé en nombre de Dios ofendido, castigan á los que tales estremos tocan.

—¡Ah señor!—dijo Blanca, temblando con la sola idea de que Don Cesar podia llegar á caer en manos de la inquisicion—haced conmigo lo que querais, condenadme al tormento, mandadme á la hoguera, destrozad mis carnes y mis nervios, reducid á cenizas mi cuerpo; pero por Dios, señor, por la religion de Cristo, por la memoria de vuestros padres, por el alma que teneis que salvar, no envolvais á Don Cesar en mi culpa ni en mi castigo. Él es inocente, os lo juro, es la verdad; miradme aquí pronta, dispuesta á sufrirlo todo, pero á él no, no, por Dios, os lo repito, es inocente, yo le he engañado, le he burlado, yo le oculté que era religiosa; le hice creer que era libre porque le amaba, por eso me he arrojado en este abismo. ¡Ah, señor inquisidor! ¿Vos no sabeis lo que es una pasion? Entonces no me juzgueis, porque no podeis comprenderme, yo soy aquí la culpable, pero él no, él no; os lo juro en nombre de Dios que nos oye.

—¿Confesais pues?—dijo con la misma indiferencia que antes el inquisidor y sin inmutarse ni afectarse con la creciente exaltacion de Blanca.

—¿Y qué quereis que confiese?

—Vuestra herejía al haber contraido tan sacrílego matrimonio, estando ligada á Dios por vínculos tan sagrados.

—¿Y cómo quereis que yo confiese semejante cosa? Yo he pronunciado esos votos de consagrarme á Dios en el claustro por fuerza, contra toda mi voluntad, y Dios no puede haberme aceptado ese sacrificio, porque Él estaba leyendo en mi pecho y en mi pensamiento; porque Él sabia que aquellas palabras, que al salir de mi boca quemaban mis labios, no eran la verdad, no eran lo que sentia el corazon: que yo le amaba sobre todas las cosas de la tierra, pero no estaba dispuesta, no era mi voluntad, no queria pertenecer al claustro. Si yo he abandonado el convento, era porque me sentia libre, porque como ya he declarado, el Pontífice disolvia los vínculos que me ligaron; por eso pude entregar mi mano á Don Cesar, por eso pude darle mi corazon, él es mi esposo verdadero ante Dios y ante los hombres, y aunque el mundo crea lo contrario, y aunque juzgue indisolubles los lazos que antes me ataban, yo sé, porque Dios me lo dice en mi conciencia, que Don Cesar es mi esposo, y que no he ofendido á la Divinidad con haberme unido á él.

Blanca había dicho todo esto como presa de una fiebre, como delirando.

—Inútil será proseguir esta diligencia—dijo el inquisidor, asentad, señor escribano, que esta muger ni reconoce sus crímenes, ni abjura de sus errores, é insiste en negar su confesion, y que en consecuencia se le sujete por su contumacia á la cuestión de tormento ordinario y extraordinario hasta obtener su confesion.

—¡Piedad señor!—esclamó Blanca, cayendo de rodillas—¡piedad!

La energia que habia sostenido á la muger amante, desapareció ante la idea del tormento.

Las relaciones de los dolorosos sufrimientos que servian al Santo Oficio, como el medio infalible para arrancar de la boca de sus víctimas una confesion, las mas veces falsa, circulaban por todas partes.

La palabra tormento no sonaba entonces como ahora, vaga y sin despertar en el alma un verdadero sentimiento de terror: en aquella época el hombre mas enérgico y mas dispuesto á arrostrar la muerte, sentia helarse de espanto su corazon á la sola idea de verse en la cuestion del tormento; y muchos desgraciados se confesaron culpables de crímenes que jamás se habian cometido, prefiriendo morir en el garrote ó en la hoguera, á pasar por aquella sucesion de dolorosas y sangrientas pruebas.

Blanca sintió todo el horror de su situacion, y su energía la abandonó.

El escribano tocó la campanilla y volvieron á aparecer los dos carceleros.

—De órden del señor inquisidor esta muger á la sala del tormento.

—Por Dios, señor inquisidor, ¡piedad! yo diré—decia Blanca,

queriéndose arrodillar á los piés del inquisidor—dejadme, dejadme rogarle—y hacia esfuerzos por desprenderse de los carceleros, ó por conmoverlos; pero aquellos hombres acostumbrados á ver esta clase de escenas, no se inmutaban siquiera.

Y tomando á Blanca entre los dos, á pesar de sus ruegos y de sus lágrimas, y de su desesperacion, la condujeron hasta la puertecilla que tenia encima escrita la prohibicion de entrada *para los que no fuesen del secreto*.

Abrieron violentamente, y metiendo por ella á Blanca volvieron á cerrarla despues.

El inquisidor y el escribano como si nada estuviera pasando allí, seguian tratando de otros negocios.

CAPÍTULO 2

Cuestion de Tormento.

POR un corredor sombrío y angosto fué conducida Sor Blanca por seis carceleros, hasta llegar á un aposento grande y cuadrado, que tenia de la bóveda suspendidos algunos mecheros que derramaban una rojiza é incierta claridad sobre las negras paredes sobre la estraña multitud de estraños objetos que habia allí, hacinados por todas partes, y sobre la figura sombría de dos hombres que estaban sentados silenciosamente en un banco. No seria posible describir con exactitud aquel antro de la crueldad humana.

Una atmósfera pesada, fria y húmeda se respiraba en aquella especie de caja formada de rocas, y de donde el mas agudo gemido de una víctima no podria ser escuchado.

Por todo el aposento se veian instrumentos horribles de tortura; ruedas, garruchas, sogas, tenazas, braseros, pero todo tan amenazador, tan sombrío, que se presentiria para todo lo que aquello servia aunque no se supiera.

Doña Blanca fué introducida al cuarto del tormento por sus guardas que la sentaron en un banco.

Los otros dos hombres que allí habia, no se movieron siquiera.

Así trascurrió una media hora, hasta que en el pasillo que conducia á la sala de Audiencia se oyeron pasos.

Los familiares se pusieron de pié y entraron á la sala del tormento el inquisidor y el escribano que llevaban consigo su respectivo tintero y la causa de Doña Blanca.

En el fondo de la sala habia un dosel rojo, con un Cristo debajo en una plataforma, un sitial para el inquisidor, y mas abajo la mesa y el sitial para el escribano, de tal manera, que el inquisidor, lo mismo que el escribano, tenian el rostro vuelto hácia á la víctima, quedando uno mas elevado que el otro.

Por la misma puerta que habia dado entrada al inquisidor, penetró despues en la sala el fraile que entonces hacia de confesor de los reos, que era, por decirlo así, como el jefe de los demas frailes ó clérigos que acompañaban al suplicio á todos los criminales, y cuya verdadera mision era atormentar moralmente, y aterrorizar á los desgraciados que caian en poder del Santo Oficio.

—Acercad á esa muger—dijo el inquisidor, cuando hubo tomado asiento.

Los familiares condujeron á Doña Blanca cerca del juez.

—Mira lo que vas á padecer—le gritaba el confesor que se llamaba Fray Diego—tus carnes se abrirán, tu sangre goteará y correrá, tus músculos se harán pedazos, y sentirás todos los tormentos del infierno en esta vida y en la otra; confiesa desgraciada.........

—Acercaos, y decid ¿continuais sosteniendo lo que habeis dicho, é insistiendo en vuestra negativa?—Preguntó el inquisidor.

—Señor, por Dios—contesto Blanca—no tengo otra cosa que decir.........

—Basta, comenzad—dijo el inquisidor.

Todos los familiares rodearon á Doña Blanca y el confesor se apartó un poco.

Doña Blanca no comprendia por donde iba á comenzar el tormento, pero temblaba de tal manera que se sostenia en pié, merced al apoyo de los carceleros.

Con una velocidad increible, y como acostumbrados á esa clase de operaciones, comenzaron entre todos á desnudar á Blanca: el pudor de la muger, la indignacion de la vírgen, el orgullo de la señora de alto rango, todo se sublevó en el corazon de Doña Blanca, cuando comprendió que se trataba de dejarla enteramente desnuda á presencia de tantas personas, y de profanarla de aquella manera.

—¡Oh!—esclamó—eso sí que no lo conseguireis nunca, desnudarme, monstruos; eso no, martirizadme, matadme, pero no me desnudeis ó ¡no! ¡no! ¡eso no! yo no quiero que me descubran, que me desnuden, ¡matadme mejor! ¡matadme!

Y la desgraciada hacia esfuerzos inútiles, porque casi sin dificultad iban cayendo una tras otras las piezas que componian su traje y á cada una de ellas el escribano repetia:

—*Se le amonesta que diga la verdad si no quiere verse en tan gran trabajo.*

Solo quedaba la camisa á aquella pobre muger, y en entonces acudió á la súplica.

—Señor inquisidor, por Dios que me dejen siquiera esto, por Dios, señor, por su Madre Santísima, que no me desnuden enteramente señor, señor; es una vergüenza tan grande, ¡ay! que me la quitan, ¡ay! ¡ay! señor, señor, señor, por Dios, ¡ay!....

Y lanzó un agudo grito porque los carceleros habian arrancado el último cendal de su cuerpo y se encontraba enteramente desnuda en medio de tantos hombres.

Tal vez ni un pensamiento impuro cruzó por la cabeza de aquellos hombres al contemplar á Blanca, porque estaban muy acostumbrados á esas escenas, y porque hay cierta especie de lascivia en la crueldad que ahoga todos los demas sentimientos.

—El ordinario—dijo el inquisidor—y los familiares tomaron á Blanca que estaba casi desmayada de la vergüenza y en peso la llevaron hasta uno de los aparatos del tormento.

Era una gran mesa en donde la acostaron, y en los brazos y en las piernas le pasaron unas sogas, que apretaban conforme daban vuelta á una de cuatro ruedas que habia á los lados de la mesa, y que correspondian á cada uno de los brazos ó de las piernas.

En un instante quedó Doña Blanca enteramente sujeta: entonces le parecia que soñaba, veia á aquellos hombres tocarla por todas partes con sus toscas manos, sin respeto, sin decencia, sin miramiento alguno, y no sentia ya ni encenderse su rostro por el rubor: habia casi perdido la sensibilidad del alma.

El escribano no cesaba de repetir:

—*Se le amonesta á que diga la verdad si no se quiere ver en tan gran trabajo.*

Pero ella no escuchaba nada.

Todos rodearon aquella mesa en donde estaba tendida Blanca,

mirando para todas partes con ojos, no ya de asombro, sino de estupidez.

El inquisidor hizo una seña, llamó á los atormentadores, dió la primera vuelta á una de las ruedas, y Blanca como volviendo repentinamente en sí se estremeció y lanzo un grito de dolor.

—Se le amonesta que diga la verdad si no quiere verse en tan duro trance—dijo impasiblemente el escribano.

Blanca no contestó, estaba espantosamente pálida, volvió los ojos á donde estaba el inquisidor y dos lágrimas como dos diamantes rodaron de sus ojos.

El segundo verdugo dió una vuelta á la rueda del brazo izquierdo.

—¡Jesus me acompañe!—esclamó la desgraciada arrojando la voz como de lo mas hondo de su pecho.

—Se le amonesta que diga la verdad—volvió á repetir el escribano, y esperó la respuesta.

Los inquisidores no daban un tormento agudo; pero pasagero, se prolongaba el dolor, se hacia lento, se iba aumentando en intensidad, y todo para hacerlo mas cruel para conseguir una confesion.

Blanca seguia llorando.

La rueda de la pierna derecha dió una vuelta.

—¡Dios mio! ¡Dios mio! qué dolor tan horrible—decia Blanca.

Pasó un momento y la rueda de la pierna izquierda dió tambien la vuelta.

—¡Madre mia! ¡madre mía!—gritaba Blanca—aquellos cuatro dolores intensos, horrorosos, hacian temblar sus carnes y comenzaban á agitar su respiracion.

La rueda del brazo derecho jiró por segunda vez, y entonces la jóven no pudo contenerse.

—Señor, señores, por Dios, ¡ay! ¡ay! que me rompen los brazos: por Dios, ¿qué he hecho yo? ténganme compasion ¡ay!

Y sus lágrimas corrian sin cesar.

—Se le amonesta que diga la verdad.

—Pero si ya dije, ya dije, por Dios, por su Madre Santísima—¡ay! ¡ay!—en este momento daba la segunda vuelta la rueda del brazo izquierdo—me rompen los brazos—gritaba la infeliz—por Dios, déjenme porque la he dicho la verdad, lo juro—lo juro.

—Se le amonesta á decir la verdad..........

—Pero si ya lo he dicho todo.

La rueda de la pierna derecha jiró segunda vez.

Y jiró tambien la de la izquierda.

Imposible fuera describir la agonia de aquella desgraciada criatura, sus lágrimas, sus gritos, sus sollozos, sus ruegos y sus lamentos.

Cuando las ruedas acabaron de dar la tercera vuelta, habia trascurrido media hora de tormento, y Blanca no era ya la jóven hermosa y cándida que hemos conocido.

Sus ojos estraviados parecian quererse saltar de sus órbitas; rodeados sus párpados de un círculo morado y azul daban á su rostro espantosamente pálido un aspecto que horrorizaba; con los labios y la lengua enteramente secos, con una crispatura repugnante en la boca que hacia dejar descubiertos sus dientes blanquísimos, con la frente inundada de un sudor frio y viscoso que hacia pegarse allí sus cabellos —Blanca que era una hermosura, en aquel momento causaba espanto.

Su pecho se agitaba como un fuelle, arrojando un aliento pequeño y entre cortado.

Y nada habia declarado.

Pero tambien ¿qué habia de decir?

Habia quedado ya como desmayada, no gritaba, no se estremecia, no se quejaba; apenas unos gemidos débiles se escapaban de cuando en cuando entre su jadeante respiracion.

—Se ha desmayado—dijo el escribano.

—Tal vez sea una astucia, de las que acostumbran tan comunmente los reos—contestó el inquisidor—Que se dé otra vuelta entera para probar.

Doña Blanca habia cerrado un instante los ojos como vencida por el sufrimiento.

A la voz del inquisidor las cuatro ruedas giraron simultáneamente.

Los huesos de Blanca produjeron una especie de crujido siniestro. La jóven como un cadáver galvanisado, se estremeció hasta en sus cabellos, abrió los ojos estraordinariamente y volvió á todos lados la mirada, como si fuera á perder la razon y esclamó con una voz que nada tenia de humana.

—¡Jesus me ampare!

Y quedó desmayada.

—Veis como no estaba desmayada—dijo el inquisidor.

—Se le amonesta á que diga la verdad—repitió el escribano.

Blanca no se movió, y las ruedas volvieron á girar.

Entonces la jóven no dió indicio de haber sentido nada.

—Ahora sí puede suspenderse la diligencia—dijo el inquisidor—para continuarla cuando vuelva en sí.

Los verdugos soltaron las ligaduras y Blanca continuó insensible.

—Dad fé señor escribano—dijo el inquisidor—de que no tiene ningun miembro roto ni descompuesto.

El escribano y los verdugos pasearon sus impuras manos por todo el cuerpo de la infeliz víctima.

El escribano asentó que en la diligencia del tormento no habia Doña Blanca perdido ningun miembro y se retiraron á descansar al fondo de la sala mientras que podia continuarse la diligencia.

Blanca quedó abandonada sobre la mesa; desnuda como un cadáver en el anfiteatro y mostrando las señales de su horrible tormento. Si Don Cesar pudiera haberla visto habria muerto de dolor.

CAPÍTULO 3

De lo ocurrido en la ciudad despues del motin.

GRAN parte de la noche, del dia en que aconteció el motin, siguió ardiendo el palacio y se enviaron allí algunos hombres para cortar el fuego que se habia apoderado, de lo que él llamaba las cajas reales.

El saqueo y la destruccion habian sido completos; en las habitaciones del virey nada se respetó, y apellidando «religion, y muera el hereje» los sublevados no dejaron de robarse ni los vasos sagrados, ni los ornamentos de la capilla.

El marqués de Gelves se refugió con Don Cesar en el convento de San Francisco, pero el licenciado Don Pedro de Vergara hizo rodear todo el convento de tropa para impedir que el fugitivo tuviese comunicacion con algunas personas.

Luisa se retiró con Don Melchor en cuanto hubo cerrado la noche, y les llegó la noticia de que el pueblo habia allanado palacio y que el virey se habia retraido á San Francisco.

Luisa ignoraba aún lo que habia acontecido al Ahuizote, y estrañaba que no hubiera cumplido con sus prevenciones, segun las cuales, si el tumulto tenia el éxito que se aguardaba, el Ahuizote debia conducir á la plebe á la casa de Don Pedro de Mejía, incendiarla y buscar á éste para matarle.

A cada momento Luisa esperaba saber que estaban ya los sediciosos en la casa de Don Pedro, porque se sabia que ya habian atacado varias, y entre ellas la de Cristóbal de Osorio el secretario, pero pasó la noche y nada hubo.

A la mañana siguiente el tumulto habia cesado, pero la alarma era espantosa en la ciudad, á cada momento habia carreras en las calles, y portazos y gritos porque circulaban mil noticias á cual mas alarmantes, ya de que los indios de Santiago venian en son de guerra contra la ciudad, ya de que los negros bozales bajaban de los montes sobre México.

Luisa vistió muy temprano su traje de hombre, y seguida de cuatro lacayos, se dirijió á palacio á procurarse noticias del Ahuizote, y saber porque no habia cumplido con sus órdenes.

Multitud de curiosos invadian la plaza y todo el lugar del combate, y aun no habia cuidado nadie de hacer levantar los cadáveres que yacian tirados en las escaleras, en los corredores, y en los mismos aposentos, entre su misma, sangre; algunos conservaban sus ropas y otros habian sido desnudados.

Las gentes formaban círculos en derredor de estos cadáveres procurando averiguar sus nombres si no les conocian, ó comunicándoselos en caso de saberlos.

Luisa pensó.

—Puede que haya muerto, y comenzó á rejistrar los cadáveres.

Se retiraba ya segura de que no estaba entre ellos el Ahuizote, cuando oyó decir que en la misma cámara del virey habia otro muerto, y hácia allá se dirijió.

Una multitud de curiosos rodeaba el desnudo cuerpo de un hombre que tenia la garganta atravesada por una terrible estocada.

No hizo mas que verle Luisa y le reconoció; pero aquella alma de fiera, no tuvo ni un dolor, ni un suspiro para el hombre que habia muerto sirviéndola. Se tapó con disgusto las narices y se retiró diciendo en su interior:

—¿De quién me valdré ahora?

Al salir de palacio atravesaba el Arzobispo llevado en una silla de manos, y seguido de muchos clérigos y pueblo que le victoreaban; conoció á Luisa, y con esa espancion que sienten todos los hombres despues de un triunfo, la hizo una seña para que se acercase.

—Completo ha sido el triunfo—dijo el prelado.

—Sí señor, completo—contestó Luisa.
—Y con pocas pérdidas.
—Sí señor, aunque yo he tenido una muy grave.
—¿Cuál?
—¿Recuerda Su Ilustrísima aquel hombre de confianza de que le hablé que le llamaban el Ahuizote?
—Sí que le recuerdo.
—Pues ha muerto.
—Murió, (R. I. P.) ¿y en dónde?
—En la cámara misma del virey, atravesado de una estocada que quizá, el de Gelves mismo le haya dado.
—Es muy posible; pero ahora es necesario hacer por ese hombre cuanto sea dable, voy á dar órden de que se le hagan unas honras suntuosas y un entierro régio; ya vereis si soy agradecido. Dad órden á vuestros criados de que recojan el cuerpo y le pongan en una caja y le lleven á depositar á la capilla del Arzobispado: ya vereis señora, ya vereis. Adios, no se os olvide, y decid á vuestro esposo que le espero esta tarde para hablar de negocios que importan á la salud del reino.

El prelado sonó la caja de la silla con la mano, y los lacayos que la llevaban echaron á andar.

Luisa dió órden á sus criados de recojer el cuerpo del Ahuizote, y como era dia claro y no temia ya el andar sola, quizo por, sí misma ver cuál habia sido el destrozo en la ciudad.

—Quién podría sustituir al Ahuizote—pensaba, y caminaba tan distraida que no advirtió en una de las calles solitarias que atravesaba, que una puerta se entreabria y que una cabeza medio oculta tras ella la observaba.

Luisa seguia caminando pero al llegar frente á la puerta, ésta se abrió de repente, dos manos asieron á Luisa del brazo y la atrajeron hacia adentro, y antes que ella hubiese tenido tiempo de dar un solo grito se encontró ya en un aposento completamente oscuro, porque la puerta de la calle habia vuelto á cerrarse.

Todo esto se habia verificado con tanta rapidez, que nadie podria haberlo observado en la calle aun cuando no hubiera estado desierta............

El virey habia seguido retraido en San Francisco, y sin embargo comenzaba á efectuarse una reaccion en todos los ánimos, y, ó bien por el temor de lo que podia venir de España, ó bien porque todo el mundo temblaba por el giro que podian tornar las cosas; lo cierto es, que el comercio y todas las principales personas trabajaban porque el virey volviese á gobernar.

El primer dia ninguna de las personas que acompañó al de Gelves, se atrevió á salir del convento de San Francisco; pero al siguiente comenzaron á animarse mas.

Los frailes de San Francisco para dar una prueba pública del disgusto con que habian visto el tumulto del dia 15, castigaron á los hermanos de la Tercer Orden, que como hemos visto, marchaban á la cabeza de la columna de los sublevados, que mandaba el licenciado Vergara, y les quitaron el uso del hábito. Nadie murmuró de esta medida, y los partidarios del virey comenzaron á alentarse.

El convento de San Francisco continuaba rodeado de centinelas, pero que no impedian á los amigos del de Gelves la entrada ni la salida.

Don Cesar se habia retraido tambien con el virey, pero la impaciencia le devoraba, y cuanto antes queria salir en busca de Blanca.

Como no habia podido separarse del de Gelves, ni hablar con Martin, ni volver á ver á Teodoro, ignoraba completamente lo acontecido con Blanca, y la creía, si no con mucha comodidad, sí al menos muy tranquila en la casa de Garatuza.

Despues de meditar mucho, se decidió por fin una noche á salir del convento, procuró disfrazarse lo mejor que pudo, y envuelto en una larga capa y con un gran sombrero, salió á la calle atravesando la línea de los centinelas, sin que nadie, al parecer, le hubiera notado.

Cerca estaba del monasterio de San Francisco la casa que habia servido de habitacion á Doña Blanca; de manera que podia decirse que los que vigilaban el monasterio cuidaban tambien de aquella casa.

Don Cesar se dirijió á la puerta, la encontró cerrada y sobre ella vió, con el mayor espanto, los sellos del Tribunal de la Fé.

En aquel momento no supo ni qué hacer; buscar á Teodoro ó á Garatuza que debian estar entre los sublevados, era entregarse él mismo en poder del enemigo; preguntar á los vecinos era hacerse sospechoso; volverse al convento en aquella incertidumbre, era para él peor que caer en manos de sus enemigos: inclinó la cabeza y quedó pensativo.

Poco á poco, y sin que él lo sintiera, un grupo de embozados habia llegado hasta cerca de él y le habia rodeado. Uno de ellos sacó de debajo de la capa una linterna sorda, que al abrirse bañó con su luz el rostro de Don Cesar.

El jóven dió un paso atrás y llevó la mano á su espada, creyendo habérselas con una ronda de los sublevados; pero el hombre del farol sin hacer uso de sus armas, le dijo gravemente, y tomándole de la mano.

—En nombre del Santo Oficio, Don Cesar de Villaclara, daos á prision.

—¿Yo?—preguntó Don Cesar espantado—¿Y por qué?

—Allá lo sabreis; entregadnos vuestras armas.

Don Cesar no pensó siquiera en resistir: entregó humildemente su espada, y siguió al comisario rodeado de los familiares. Pensaba en el camino que quizá podria encontrar á Blanca en las cárceles del Santo Oficio, servirla de algo, hablarla, verla siquiera; y distraido en estos pensamientos no volvió en sí hasta que oyó el ruido que hacian al abrirse las puertas de las cárceles de la inquisicion.

CAPÍTULO 4

De como Luisa sufrió una gran desgracia.

EN uno de los aposentos de la casa de Arellano se encontraban reunidos el viejo Don José de Abalabide, Don Pedro de Mejía, y Don Cárlos de Arellano.
En las facciones del anciano Don José podia advertirse una agitacion febril, volvia con impaciencia las hojas de un grueso libro forrado en pergamino que tenia colocado en una mesa delante de sí; á su lado á pocos pasos en una gran retorta de cristal, colocada dentro de una vasija de agua, que hervia al fuego lento de un brasero, habia un líquido negro, pero trasparente y que daba, de cuando en cuando, herido por los rayos de luz que penetraban por una gran ventana, destellos rojos ó dorados. Don Pedro y Don Cárlos le contemplaban casi con respeto.

—Este secreto es un tesoro—esclamó por fin el viejo.—La receta es infalible, y solo una inspiracion pudo habérmela hecho encontrar.

—De manera—dijo Don Cárlos—que vos la juzgais infalible.

—Y tanto como juzgais vos, que habrá luz siempre que haya sol.

—Pues entonces—dijo Don Pedro—estando todo dispuesto, ¿hay sino aplicarlo? ¿En qué nos detenemos?

—Creo que nada debe detenernos—dijo el viejo.—¿En dónde está Luisa?

—Allá abajo—contestó Don Cárlos—desde ayer en la mañana esta ahí.

—¿Duerme ya?—preguntó el viejo.

—Profundamente—contestó Don Cárlos—no supo ni adonde habia entrado, ni quien la habia metido allí; encerrada todo el dia en un aposento oscuro, se negó tenazmente á tomar alimento, hasta que hoy en la mañana vencida por la sed, ha bebido un vaso de agua, en el que yo habia mezclado de antemano el licor que vos me habiais dado; pocos momentos despues se recostó en el suelo y se durmió profundamente.

—Muy bien—contestó Abalabide—ese sueño, segun la cantidad, que os dije que mezcláreis en el agua, debe durar veinticuatro horas, tiempo mas que suficiente para terminar nuestra operacion que debe hacerse en esta misma sala; de manera que creo que debemos comenzar.

—¿Me permitireis que esperemos á Don Alonso de Rivera, á quien he prometido que presenciaria esta ejecucion?—dijo Don Pedro.

—¿Tardará mucho?—preguntó Don Cárlos.

—Allí está—contestó Mejía.

La puerta se abrió y Don Alonso de Rivera entró al aposento.

—Ahora sí, cuando gusteis—dijo Mejía.

—Pues vamos agregó Arellano—Don Pedro y yo, iremos á traer á Luisa, Don Alonso, nos hará favor de quitar todo lo que hay sobre aquella gran mesa, para que allí se verifique la operacion, y entretanto Don José preparará lo necesario.

Mejía y Arellano salieron y Don Alonso comenzó á quitar de encima de una gran mesa, que estaba en la mitad del aposento, todo cuanto habia en ella.

Abalabide aunque con suma dificultad se paró, sacó la retorta que contenia el líquido negro de la vasija de agua, la acercó á la mesa y trajo en seguida una gran palangana de plata y dos gruesas brochas como las que sirven á los pintores, sacó despues una gran cantidad de lienzos blancos, y los colocó tambien al pié de la mesa.

Don Pedro y Arellano volvieron conduciendo á Luisa, y la colocaron encima de la mesa sin que ella hubiese hecho el menor movimiento.

Luisa estaba en un estado de insensibilidad tan completo, que á no haber sido por su respiracion tranquila, y por el calor y la flexibilidad de sus miembros, se hubiera creido que era un cadáver.

Los cuatro hombres rodearon la mesa.

—Es preciso desnudarla—dijo Don José.

Todos sin hablar una palabra comenzaron á desnudar á Luisa, y muy pronto quedó terminada la operacion.

—Ahora—dijo Don José tomando unas grandes tijeras—despeinadla.

Don Cárlos de Arellano deshizo el sencillo tocado de Luisa, y los negros cabellos de ésta quedaron flotando á un lado de la mesa. Don José cortó aquella hermosa mata de pelo de un solo tijeretazo, y despues siguió recortando hasta dejar aquella cabeza como la de un lego de convento.

—Ya está esto—dijo el viejo—vamos á la otra operacion: cada uno de vosotros, Don Pedro y Don Cárlos tomareis una de estas brochas que empapareis en el líquido, que voy á verter en esa palangana, y untareis todo el cuerpo de esa muger. Don Alonso nos hará favor de ir envolviendo con esos lienzos conforme se vaya untando el cuerpo. Cuidado señores con que os caiga una sola gota, porque esa mancha Dios solo es capaz de borrarla.

Don José vertió cuidadosamente el líquido que habia en la retorta, y Mejía y Arellano tomaron cada uno su brocha. Luisa seguia profundamente dormida.

—Vamos en nombre de Dios—dijo Don José.

Las dos brochas se empaparon en el líquido y comenzaron á recorrer el cuerpo de Luisa.

—Hermosa muger—dijo Don Cárlos.

Don José volvió á mirarla, y sus ojos parecian de fuego. Don Cárlos se calló y continuó la operacion.

No parecia sino que se trataba de barnisar una estátua, segun el cuidado y la delicadeza con que trabajaban aquellos dos hombres.

Los torneados miembros de Luisa tomaban el color negro y brillante del ébano, el líquido se secaba inmediatamente, y Don Alonso iba envolviendo en los lienzos, que le habia dado Don José, todas las partes del cuerpo.

Llegó por fin la pintura al rostro y á la cabeza y entonces se observó que el pelo se retorcia y se encrespaba, y que la nariz se recojia un poco, dilatándose mas sus poros. Don Alonso cubrió la cabeza y Mejía y Arellano dejaron las brochas.

—Os advertí—dijo Abalabide á Don Pedro—que cuidárais mucho en no mancharos, y la brocha seguramente os ha salpicado, porque teneis tres lunares nuevos en la frente.

Don Pedro se acercó á un espejo y se miró en efecto tres manchas de aquella tinta encima de la ceja izquierda, sacó su pañuelo y procuró limpiarse.

—Es inútil cualquiera diligencia, vuestro cadáver llevará todavía esas tres manchas—dijo Don José.

Media hora despues Abalabide dijo á los demas.

—Es necesario volver á vestir á esa muger.

Se acercaron á la mesa, y separando los lienzos volvieron á ver á Luisa. Era imposible figurarse un cambio mas completo; no solo su color habia variado, sino que tenia todo el aspecto de una negra: su pelo pequeño, crespo y duro, sus labios hinchados y salientes, su nariz gruesa y achatada, todo le daba un aspecto estraño.

—¡Negra!—dijo Arellano.

—Y para siempre—contestó Abalabide—vestidla.

Sin replicar volvieron todos á vestir á Luisa.

—¡Horrible castigo!—esclamó Don Alonso.

—Y que nunca sabrá ella de dónde le ha venido—contestó Don Pedro.

Luisa estaba completamente vestida.

—Llevadla—dijo Don José—y cuidad Don Cárlos de ponerla en la calle, tan pronto como sea de noche, procurando conducirla lo mas lejos que sea posible.

—Me parece bien—contestó Don Cárlos—ahora que vaya á acabar de dormir por allá abajo.........

A la mañana siguiente una ronda que venia ya de retirada percibió con la escasa claridad de la aurora á un hombre acostado en una de las aceras de palacio.

—¿A ver quién es ese?—dijo el alcalde.

Uno de los alguaciles se bajó á examinarle.

—Es un negrito que duerme—contestó.

—Pues muévele—dijo el alcalde—no vaya á ser que esté muerto.

El alguacil movió á aquel hombre que volvió en sí, como atarantado de un sueño penoso y largo.

—¿Qué sucede?—le dijo el alcalde—¿qué haces aquí?

—Pues no sé—contestó levantándose.

—¿Cómo te llamas?

—Luisa—contestó instintivamente—soy la muger del corregidor Don Melchor Perez de Varais.

Una alegre carcajada del alcalde y de los alguaciles fué la única respuesta.

—Vamos—dijo el alcalde—ó éste negro está loco, ó quiere burlarse de nosotros, le llevaremos á que vuelva en sí á la cárcel, no vayan á decir que no hemos hecho nada en toda la noche.

Luisa creía volverse loca al mirarse tratada así.

De repente miró sus manos y lanzó un grito de espanto.

Estaba negra, completamente negra, se descubrió un brazo. se tentó la cabeza, y no habia duda, alguna cosa horrible la habia pasado; ó estaba soñando ó se habia vuelto loca.

El alcaide que nada comprendia se volvió á los alguaciles y les dijo.

—Lo dicho, este negrillo está loco y furioso á lo que parece, aseguradle antes de que vaya á correr.

El alcalde no hablaba con sordos, ni los alguaciles habian echado en olvido su oficio, y antes que Luisa comprendiera lo que iba á pasar, ya tenia los brazos fuertemente atados por detrás, ó como se decia en el lenguaje de los corchetes, «codo con codo» y caminaba á empujones para la cárcel de cíudad.

CAPÍTULO 5

Como Luisa conoció que su situacion era desesperada.

ATADA llevaron los alguaciles á Luisa, y como ciertamente no creyeron que fuese una muger, la pusieron en la parte de la cárcel destinada á los hombres, y la encerraron por calcularla como un loco furioso, en un calaboso solitario.

Luisa no recordaba sino que habia estado en una pieza oscura y que no habia comido en mucho tiempo, y despues nada.

En aquella época el diablo era á quien de todo se culpaba, los hechizos y los encantamientos entraban en todo; y como era caso tan raro en el que aquella muger se encontraba, juzgose hechizada ó encantada por sus enemigos.

La historia de aquel nuevo preso referida por los alguaciles á los que estaban en la cárcel, voló de boca en boca y poco despues todos sabian que habia allí un negrito que tenia la locura de decirse «la esposa del corregidor,» y todos los pillos de la cárcel ansiaban por conocerlo y por reír un rato á su costa dirvirtiendo así el fastidio de la prision.

Luisa tenia hambre, y hasta el medio dia no se abrió la puerta del calaboso, y dos hombres muy sucios y medio desnudos entraron siguiendo al carcelero; el uno llevaba un saco grande henchido de trozos de carne de res cocida, y el otro un canasto de pan.

El carcelero entregó á Luisa una torta y una racion de carne, sin ceremonia de ninguna especie.

El carcelero y los que le acompañaban se reian maliciosamente, y en la puerta se apiñaban los otros presos mostrando en sus semblantes la curiosidad y la burla.

—Tomad, señora correjidora—dijo con marcado sarcasmo el carcelero.

—Oyeme—le dijo Luisa atrayéndolo de una mano—si me consigues que hable yo siquiera un momento con el Capitan general Don Pedro de Vergara, y si envias á llamar á Don Melchor Pérez de Varais, prometo hacerte tan rico como no lo has soñado nunca.

—¿Será muy rica mi señora correjidora?—preguntó el carcelero sonrriéndose.

—Sí—contestó Luisa—muy rica soy.

—¿Pero muy rica?

—Mucho, mucho—tú lo veras, te daré oro, piedras preciosas, cuanto quieras, pero envia á llamar de mi parte al Capitan general, y á mi esposo.

—¿Y vendrán?

—Inmediatamente.

—Bueno, pues ahora mismo voy á llamarles yo.

—¿De veras?

—Ya lo vereis, esperadlos.

El carcelero salió y cerró la puerta. Luisa quedaba muy consolada, pero sintió helarse su sangre, cuando al través de la puerta oyó que aquel hombre decia á los que habia allí:

—Este pobre negrito está loco de remate; pero mientras lo tengan aquí fuerza sera *llevarle el barreno* para que no se ponga furioso.

A pesar del hambre que la devoraba, Luisa no pudo probar un bocado: se sentó en un rincon y se puso á llorar de rabia.

La anécdota circuló por la ciudad, y llegó, como era natural, á los oidos de Don Pedro de Vergara, que gobernaba en nombre de la Audiencia.

Don Melchor creyó que Luisa satisfecha con su venganza, se habia separado ya de él, segun se lo habia ofrecido, y esperó dos dias; Luisa no pareció y D. Melchor, de acuerdo con la Audiencia, determinó volverse á su provincia de Metepec.

Quizo dar su despedida al Capitan general, á quien tanto debia, y se encaminó á palacio.

Don Pedro de Vergara Gaviria estaba con su secretario en el acuerdo cuando Don Melchor se presentó.

—Señor Don Melchor—dijo alegremente Don Pedro—cuánto me alegra el veros por aquí, que hace poco que de vos nos ocupábamos.

—Venia á despedirme y á tomar órdenes de V. E., que pienso salir mañana, Dios mediante, para la provincia de Metepec.

—Cuánto me alegro—contestó Vergara—y supongo que no llevareis con vos á vuestra esposa.

Vergara hacia referencia á la anécdota del negro, que suponia al alcance de Don Melchor; pero éste preocupado con la desaparicion, supuso que estaba en conocimiento del Capitan general aquel lance, y le turbó de manera que apenas pudo contestar.

—No......... no señor, me voy solo.........

—Pues es lástima, porque os ha pasado en esto, el lance mas divertido de que haya memoria: supongo que conocereis todos los detalles del asunto.

—No......... no señor......... contestó Don Melchor sudando de congoja.

—¡Oh, pues sentaos, que esta historia por curiosa merece que la sepais de la cruz á la fecha, porque es la de moda en México. Figuraos que vuestra pretendida esposa—y Don Pedro reía.

—¡Jesús!—pensó Don Melchor—ya averiguaron que Luisa no es mi muger legítima.

—Pues figuraos—continuó Vergara, dejando de reír—que como os iba diciendo, vuestra pretendida esposa, que dice llamarse Luisa, tambien es en este momento la diversion de todos los presos.

—¡Está en la cárcel pública!—esclamó espantado Don Melchor.

—Sí, en la cárcel de los hombres.

—¡De los hombres!—dijo mas asombrado el Corregidor.

—¿Pues en dónde, si ha resultado que es un hombre?

—¡Ave María Santísima!—dijo Don Melchor levantándose, y luego pensó—¿es un hombre? El demonio anda en esto.

—Sentaos, sentaos, razon teneis para semejante espanto; pero yo creía que ya lo sabriais todo.

—Nada absolutamente, nada.

—El señor secretario os lo referirá, que aunque yo oí la relacion por curiosa, me place volver á escucharla, y si quereis luego iremos á la cárcel á ver á vuestra esposa.........

Y al decir esto el licenciado Vergara reía con todas sus ganas, y Don Melchor comenzaba á sentirse amostazado.

El secretario tosió, se acomodó bien en su sitial y comenzó á contar al asombrado Don Melchor cuanto sabia de la historia del negrito que se decia esposa del Correjidor de México, y Alcalde mayor de la provincia de Metepec.

Crecia el espanto de Don Melchor al par que la risa de Don Pedro y del secretario, y lo que para ellos era solo una locura graciosa, para el Correjidor era una cosa misteriosa é incomprensible, que coincidia con la desaparicion de Luisa.

El secretario terminó su relacion y Don Melchor quedó pensativo.

—¿Qué os parece?—preguntó el licenciado Vergara.

—Estraño lance—respondió distraido Don Melchor—estraño lance..........

—Vamos, veo que os preocupa esa tontera.

—No puedo negarlo: hay en todo esto algo de misterioso que yo no puedo comprender.

—Iremos, si gustais, á la cárcel para ver de cerca á ese negrito.

—Tendria en ello mucho placer, quizá se disiparia esta nube que envuelve mi pensamiento.

—Pues vamos, seguidme.

El licenciado Vergara se levantó, y seguido del secretario y de Don Melchor se dirijió á la cárcel que se habia formado en las casas de cabildo, porque el incendio del dia del tumulto habia destruido la que estaba en el palacio de los vireyes.

Don Melchor y el licenciado Vergara, llegaron hasta la puerta de la prision: entonces Don Melchor pensó que tal vez iba á pasar alguna escena ridícula, que iba él también á servir de diversion á los carceleros y á los presos y se detuvo.

—Sabe V. E.—dijo al licenciado Vergara—que no creo conveniente entrar.

—¿Por qué?

—He pensado que quizá algo vaya á pasar y sea yo tambien la fábula de la ciudad.

—¿Pero qué pudiera ser eso?

—Cualquier lance ridículo. Si V. E. me lo permite prefiero esperar aquí á que vuelva.

—Como gusteis, pero no veo inconveniente..........

—Esperaré á V. E.

Don Melchor quedó en la puerta, y el licenciado Vergara penetró en las prisiones.

En medio del silencio mas profundo y respetuoso de los presos, el Capitan General llegó hasta el calabozo que ocupaba Luisa y que le fué abierto con mil ceremonias.

Quizá á la luz del dia, sin prevencion, y con los conocimientos de estos tiempos, Vergara y cualquiera tal vez, hubieran conocido que el color de Luisa, no era el de un negro, y que aquel color no podia ser natural.

Pero en la penumbra del calabozo, y ya preocupados con la historia del alcalde y de los alguaciles, todo el mundo se empeñaba en que Luisa era un negro y se habrian incomodado si se les hubiese querido convencer de lo contrario.

Ahora tambien, pero mas entonces, era mas fácil convencer al pueblo de que existia un hecho milagroso, que sacarle de un error, y preferian buscar la esplicacion de una cosa mejor en lo maravilloso que en las causas naturales.

Luisa conoció inmediatamente á Don Pedro de Vergara y se arrojó á sus pies.

—Señor, señor, amparadme, defendedme; me pasa una cosa espantosa, de la que no hay ejemplo.

—Álzate hijo mió—dijo con venevolencia el licenciado Vergara— ¿qué quieres? ¿qué te pasa?

—Señor, ¿no me reconoceis? yo soy Luisa, Luisa la esposa de Don Melchor Perez de Varais..........

—Pero hombre como puedes tu ser la esposa de Don Melchor.

—Señor, soy muger, no sé lo que me ha pasado pero soy Luisa, señor.

—¿Tú eres muger?—dijo sonriéndose el licenciado Vergara.

—Os lo juro señor—contestó con desesperacion Luisa.

El licenciado seguia sonriendo.

—Mirad—dijo ella de repente y en un rato de desesperacion abriendo su ropilla y mostrando al licenciado su seno desnudo ¿dudais aún?

—No en verdad—contestó Vergara, comenzando á vacilar entonces.

—Pues bien, señor, soy Luisa; os daré señas mas exactas, que solo siendo quien soy puedo saber; ¿recordais nuestras reuniones en el aposento en que estaba retraido Don Melchor? ¿recordais que os dijo una noche el señor Arzobispo que era yo una de las mugeres fuertes de la Biblia, la noche que entré á hablar á solas con él? ¿lo recordais señor?

—Sí—dijo el licenciado Vergara espantado de aquellas reminicencias.

—¿Os acordais señor, tambien, que allí acordamos el modo de promover el tumulto, y la excomunion del virey, y la presencia de Su Ilustrísima en la audiencia?

—Sí, sí, ¿pero cómo sabeis vos eso?

—Porque yo soy Luisa, porque allí estaba yo siempre.

—Pero entonces ese cambio de color y de cara ¿cómo me lo esplicais?

—No lo sé, no puedo esplicarlo, se pierde mi razon, recuerdo solo que me metieron á un aposento oscuro, allí estuve sin comer, dormí y al despertar estaba yo ya como me veis.

El licenciado quedó pensativo y de repente dijo.

—Que llamen á Don Melchor Perez de Varais que estar debe á la puerta, y que se le diga que es aquí de suma importancia su presencia.

—¡Ah!—esclamó Luisa, Don Melchor está ahí, que venga, él me conocerá, yo os lo aseguro.........

—Esperad un poco—dijo el licenciado.

—¿Os vais?—preguntó Luisa tristemente.

—No, afuera esperaré.

Vergara salió á esperar á Don Melchor y Luisa quedó encerrada en el calabozo.

—¿Qué manda V. E.?—dijo llegando el Corregidor.

—Os he enviado á llamar porque ese que dicen ser negro es una negra, y no sé qué pensar acerca de ella segun me ha hablado. Tales cosas me refiere y tales noticias secretas, que fuerza será que esa muger tenga pacto con el demonio, sino fuera la misma Luisa, pero yo estoy seguro de que no es ella porque la conocí bien en los dias que estuvisteis en Santo Domingo.

—¿Y qué dispone V. E.?

—Entrad solo con ella y que os hable, que secretos tales podrá deciros, que os convenza y vos me direis lo que as parece, que quizá solo vos podais hallar el hilo de este ovillo.

Don Melchor entró solo al calabozo y la puerta volvió á cerrarse; el licenciado Vergara quedó afuera esperando con impaciencia el resultado.

Trascurrió así largo tiempo, y comenzaba ya Vergara á impacientarse, cuando Don Melchor salió del calabozo estraordinariamente pálido y espantado.

—¿Qué hay?—preguntó Don Pedro.

—Dispénseme á solas una palabra V. E.

Se apartaron los dos de los que les rodeaban, y Don Melchor dijo conmovido.

—Señor, si Dios no me ayuda creo que voy á volverme loco. Creo que esta muger no es Luisa, y sin embargo me ha recordado cosas tan secretas de mi vida íntima, que ella sola podria saber. ¿Dígame V. E. puede una persona tener pacto con un demonio que le rebele secretos tan ignorados?

—Evidentemente, ¿pero estais seguro de que no es Luisa?

—Sí señor, y aun que algunas veces creía yo reconocer sus facciones, su voz, sus maneras, todo, todo, temblaba al considerar que pueden estas ser tambien artes y amaños del demonio.

—Puede ser así.

—Entonces, señor, ¿qué hacemos?

—Pues lo mas prudente me parece irnos de aquí á consultar directamente con el señor inquisidor mayor, para descargo de nuestra conciencia y mejor servicio de Dios.

—Tiene razon V. E.

—Pues vamos.

Y los dos se dirijieron á la inquisicion, y el calabozo volvió á cerrarse á pesar de los gritos de Luisa que se oian en toda la prision.

CAPÍTULO 6

De cómo Tirios y Troyanos, iban todos á parar á la Inquisicion.

DOÑA Blanca volvió de su desmayo, y se sentó espantada sobre la mesa.

Casi no recordaba nada de lo que le habia pasado, miró á su alrededor, y sintió lleno de dolores su cuerpo, bajó los ojos y advirtió su desnudez. La memoria le volvió tambien y dió un grito, y buscó algo para cubrirse porque á pocos pasos estaban sus verdugos contemplándola.

—Ha vuelto en sí—dijo uno de los carceleros.

El inquisidor y el escribano se dirijieron á ella: Blanca los miraba espantada.

—Recuerde lo que ha sufrido por su obstinacion en no confesar—dijo el escribano, y piense que la misericordia de Dios y la bondad del Santo Tribunal de la fé son tan grandes que tiempo la dan aún de arrepentirse, y de confesar sus culpas antes de verla padecer mas de lo padecido.

Doña Blanca callaba.

—Reflexione que nada ha sufrido en comparacion de lo que le falta, continuó el escribano; que aun puede libertarse con la franca confesion de sus pecados y la abjuracion de sus culpas.

—Doña Blanca estaba como fuera de sí, miraba sucesivamente á todos los que la rodeaban y permanecia muda.

—Por última vez—dijo el escribano—considere que va á sufrir la cuestion del tormento estraordinario si no confiesa, y que á sí, y no á la justicia, debe imputar lo que padeciere.

Sus exhortaciones no obtuvieron respuesta alguna, se volvio á ver al inquisidor y éste con gran solemnidad, dijo:

—Pues ella lo ha querido, á cargo sea de su conciencia, que se proceda á la diligencia.

Los verdugos se apoderaron de Doña Blanca que apenas hizo resistencia, pero que exhalaba quejas sintiendo renovarse los dolores de su cuerpo con aquellos tratamientos bruscos; y la colocaron encima de otra mesa que era una especie de plano inclinado y en el que la cabeza quedaba un poco elevada respecto al cuerpo. Habia en la mesa porcion de argollas clavadas, y con ellas aseguraron á Blanca de tal manera que no tenia libertad para hacer el menor movimiento.

El escribano comenzó con la formula de costumbre: Se le amonesta á decir la verdad si no quiere verse en tan duro trance.

Pero como Blanca no contestaba, se procedió á darla el tormento.

Uno de los verdugos trajo una especie de embudo que introdujeron en la boca de la víctima, y otro vertió en él una medida de agua que contendria como dos cuartillos.

Los ojos de Blanca se abrieron de una manera horrorosa, su rostro se puso encendido, y su pecho y su vientre se ajitaron espantosamente, y sin embargo, tragó toda el agua sin que una sola gota cayese fuera.

Los verdugos retiraron el instrumento de la tortura.

—¡Jesus!—esclamó Blanca—respirando penosamente—señor, ¡por Dios! me van á ahogar, me sofoco, me muero.

—Se le amonesta á que diga la verdad.

—Pero si no tengo que decir, por María Santísima, por Dios—gritaba con todas sus fuerzas Blanca, ¡por Dios! ¡piedad señores! ¡por Dios, por Dios!

El escribano hizo una señal y volvieron á acercar el aparato á la boca de la infeliz, ella apretó los dientes de una manera terrible pero los verdugos con una espantosa serenidad la taparon la nariz, y la introdujeron en la boca una delgada palanca de acero.

Blanca desesperada no queria abrirla pero la palanca obró su efecto, y Blanca tuvo que ceder.

La sangre corria por sus mejillas, sus lábios estaban hechos pedazos, y los verdugos la habian roto los dientes. Sin apartar de su boca la palanca que destrozaba tambien su lengua, volvieron á colocar el embudo y á vaciar en él otra medida.

Entonces pudo verse materialmente crecer el vientre de aquella desgraciada, y pudo oirse un ruido siniestro en el interior de aquel cuerpo.

El tormento del agua era uno de los mas horribles, porque aquella cantidad que apenas podia contener el estómago, maltrataba, destrozaba el interior del cuerpo, causando dolores espantosos, ansias mortales.

—Se le amonesta á que diga la verdad..........

—¡Oh! sí, la diré—esclamó Blanca—la diré porque no es posible resistir, pero por Dios que me quiten de aquí que me dejen sentar porque me ahogo, tengo la boca hecha pedazos prometo decir todo, todo, pero que me quiten de aquí; que me quiten.

El inquisidor hizo seña á los verdugos y desataron á Blanca y la sentaron.

—Comience su declaracion.

—¡Ah! dejadme respirar, mañana lo diré todo.

—No, ahora mismo.

—Si no puedo ahora ni recordar.

—Atadla otra vez, y que siga la diligencia.

—¡No! ¡no! ¡no! voy á hablar, voy á hablar.

—Pues diga, ¿confiesa tener pacto esplícito con el demonio?

—Sí señor, sí señor.

—Y cómo lo hizo, por escrito, ó de palabra.

—De palabra.

—¿Y cómo?

—No recuerdo bien.

—Mirad que si no decís todo sigue la diligencia.

—¡Ah! no señor yo os diré todo.

—Referid sin olvidar nada.

—Pues bien señor, una noche estaba yo en mi celda enfadada de vivir en el convento, y dije, le daria mi alma al diablo por salir de aquí, y en ese momento se me presentó el diablo en figura de un caballero jóven de barba y pelo negro, vestido de encarnado, con sombrero de plumas, solo que sus piés eran como los de un gallo—y me dijo, «aquí estoy ¿qué me quieres?» y como me espanté, nada le dije, pero seguí enfadándome y él visitándome hasta que una noche le declaré mi deseo y él me dijo «si me das tu alma te sacaré y te haré feliz» y yo le dije que sí; entonces me hizo dormir y cuando desperte estaba ya en la calle.

—¿Y no la hizo renegar de Dios y de sus santos?

—No señor.

—Diga la verdad y recuerde que solo con la verdad se libra del tormento.

—¡Ay! no señor, la verdad es que me dijo «que yo esclamara— Reniego de Dios y de todos sus santos» y yo no queria, pero al fin renegué.

—¿Y ha vuelto á verle despues?

—No señor.

—¿Y confiesa su herejía por haberse casado teniendo tan sagrados votos?

—Sí señor.

—¿Y confiesa haber cometido este pecado con entero conocimiento de lo que iba á hacer?

—Sí señor.

—Dad fé, señor escribano, de esta confesion: que firme la culpable, y que se asiente que no ha perdido miembro alguno en el tormento.

El escribano asentó por diligencia que Blanca no habia perdido ningun miembro, firmaron todos, y el inquisidor y el escribano se volvieron á la sala de Audiencia, encargando á los carceleros que vistiesen á Blanca, y la condujesen á su calabozo.

Con gran trabajo la pobre jóven logró vestirse, sus piés y sus manos estaban terriblemente hinchados, sus labios hechos pedazos, y podia apenas hablar por la fractura de sus dientes. Como no podia dar un paso, dos carceleros la levantaron entre sus brazos, y la fueron á dejar á su calabozo, en donde teniendo en consideracion que era ya confesa, la pusieron una cama de paja, una luz y algunos alimentos.

Despues que confesaban los reos, fuera voluntariamente, ó fuera por razon del tormento, comenzaba á tenérseles mas consideraciones, cualquiera que fuese el resultado que debia tener la causa.

Cuando el inquisidor mayor Don Juan Gutierrez Flores volvió á sentarse bajo el dosel de la sala de Audiencia, uno de los ministros del Santo Oficio, le anunció que solicitaban hablarle en lo reservado el

Exmo. Señor licenciado Don Pedro de Vergara Gaviria, y el Corregidor Don Melchor Perez de Varais.

El inquisidor mayor hizo salir al escribano, y quedando enteramente solo recibió á aquellos dos señores.

—El asunto que aquí nos trae—dijo el licenciado Vergara, despues de los saludos de costumbre—es, si no grave para los asuntos temporales de estos reinos de Su Majestad, sí muy importante para la causa de la Fé, cuya defensa ha sido encomendada á ese tan sagrado tribunal.

—Perplejo estoy—contestó el inquisidor porque muy grave debe ser ese negocio, que á V. E. obliga á venir hasta acá, en compañía de mi señor Corregidor.

—Escuche su señoría, que el lance por lo estraño, es muy digno de ser conocido. Es el caso que siendo casado Don Melchor Perez de Varais, con una jóven de estimables dotes, desapareció una mañana de su casa sin que Don Melchor hubiera podido saber á que atribuir aquella desaparicion. Dos dias despues la ronda encuentra en las calles, una negrilla con un traje de caballero, que fué al principio tenida por hombre, y que decia ser la esposa misma de Don Melchor; él y yo hemos ido al calabozo en que está la negrilla, y aunque por la figura corporal no hemos podido reconocerla, por tal esposa de Don Melchor, sin embargo, díjonos cosas tales de secretos, que solo la dicha señora podia saber, que causando grande confusion en nuestro ánimo, hemos convenido de concierto, en veniros á consultar por vuestro conocimiento y práctica, en estos negocios sobrenaturales, sí creeis que por permision divina, puede el demonio apoderarse de los secretos de una alma cristiana para entregarlos á alguno de sus secuaces, ó si por algún hechizo ó encantamiento proveniente de malas artes, puede ser trasformado, de tal manera el cuerpo de alguna criatura, que desconocido sea aun de los mas íntimos amigos, y de las personas de mas trato y familiaridad.

—Graves cuestiones son esas que me habeis propuesto, y aunque no se ha tratado ese caso espresamente por los autores, sin embargo quieroos decir mi opinion á reserva de estudiar el punto mas detenidamente. En primer lugar preguntáisme, que si el demonio pudiera dar á alguno de sus secuaces conocimiento de secretos que parecieran enteramente ocultos. Debo deciros que conforme á las mas sabias doctrinas recibidas en este Santo Tribunal, el demonio puede comunicar gran copia de secretos, y gran vigor á las potencias intelectuales del hombre;

así, pues, nos lo ha enseñado recientemente el eminente Don Francisco de Torreblanca en su célebre tratado de mágia, y tenemos las pruebas en Roman Ramirez condenado á la hoguera en Toledo, en el año del Señor de 1600, que conocia todos los secretos de la medicina por artes diabólicas; y que el demonio puede enseñar artes y ciencias no solo por internas sujeciones, sino apareciendo en forma visible y hablando con los hombres, lo enseña el divino maestro Santo Tomás en la cuestion 96 artículo 1º; y el demonio puede sin duda alguna volver mas sutíl y mas perfectas las operaciones del ingenio y del juicio: lo enseña el sabio Rafael de la Torre en su tratado de vicios contrarios á la religion. Plinio asegura que Mitridates sabia veinte idiomas, y que Cesar dictaba cuatro cartas á un mismo tiempo; de la misma manera que los demonios pueden destruir ó quitar las facultades intelectuales, como aconteció á Mesala Corvino, orador que perdió repentinamente hasta la memoria de su mismo nombre, segun dice el mismo Plinio y el gran Damaceno; de manera que en verdad os digo, Excmo. Sr., que no veria yo grave inconveniente en que el demonio hubiera comunicado á esa negrilla conocimientos tales, que pudiera saber cosas que para vosotros fueran enteramente ocultas.

—Pero dígame su señoría—dijo Don Melchor—¿posible habrá sido que por artes del demonio, se haya mudado el aspecto de mi esposa, hasta quedar completamente desconocida?

—Ciertamente que no solo tornar á una muger de blanca en negra, seria cosa fácil para el malo, sino que aun tornarla en bestia y cambiarla el sexo pudiera hacerlo muy facilmente.

—¿Qué?

—Infinitos ejemplos nos citan los autores de éstas trasformaciones, Marcelino Donato en su historia de cosas maravillosas, y Ponsan en su libro de cosas celestiales, hablan de la muger de un pescador que á los catorce años de casada, se trasformó en hombre, y de otra que habiendo tenido un hijo se tornó en hombre despues.

Miguel de Montano nos habla de Magdalena Muñoz, monja en la ciudad de Húbeda, y otros mil ejemplos de esta clase; ahora el diablo puede tambien hacer aquellas trasformaciones de blanco en negro aun en los mismos cabellos como lo enseñan Aulo Gelio y otros, de lo cual estoy muy dispuesto á deciros: que supuesto el prodigio y la maravilla que me contais, no sabria yo hasta examinar detenidamente á la negrilla, á quien haceis referencia, si tiene conocimientos de ajenos secretos ó si ha desfigurado su natural persona para tomar ajena representacion. En todo caso, negocio es este en el que manifiestamente tiene que estar mezclado el demonio, que ni por causas naturales, ni con la divina intervencion, pudo haberse verificado cosa que tanto repugna á la armonía de los universales efectos, y debeis enviar á esa muger á este Santo Tribunal.

Edificados salieron Don Melchor Perez de Varais y el licenciado Vergara con la respuesta del inquisidor, y dispuestos por no gravar su conciencia á hacer que aquella misma noche trasladasen á Luisa á las cárceles del Santo Oficio, para dejarla entregada al brazo de su justicia.

Aquella misma noche al paso que por un lado llegaba Luisa conducida á la inquisicion por órden del Capitan general, entraba por otro á las mismas cárceles, Don Cesar á quien se habia perseguido y aprehendido de órden tambien del Santo Oficio, por complicidad en la causa de Sor Blanca.

La inquisicion tenia un modo de sustanciar los juicios tan enteramente contrario al de los tiempos modernos, que en vano por lo que vemos ahora, quisieramos juzgar de lo que pasaba entonces. A los complices de un mismo delito, se les juzgaba separadamente, de tal manera, que cada uno de ellos tenia su causa particular; se procedia contra un hombre por cualquier denuncia, aun cuando esta fuese hecha en un anónimo. El acusado ni conocia á sus acusadores, ni á los testigos que deponian contra él, ni tenia la libertad de la defensa, si negaba, la cuestion del tormento le haria confesar, á no ser que prefiriese morir en la tortura, porque á pesar de que todos los autores que servian de norma en sus juicios á los inquisidores, opinaban, que el que resistia la prueba del tormento sin confesar, debia ser absuelto, no por eso se llevaba esto á efecto, sino que acumulándose una á otra tortura, llegaba al fin el momento en que ó la víctima espiraba por la fuerza de los dolores, ó incapaz ya de resistir, confesaba prefiriendo consumirse en la hoguera á seguir sosteniendo aquellos bárbaros combates entre el dolor y la conciencia.

El Tribunal de la inquisicion, llegó hasta el grado de arrojar á los reos á profundos estanques metidos en un saco, y atados á una gran piedra, y declarando, que el que se hundia y se ahogaba era culpable.

El mas leve indicio, la menor sospecha, bastaba para prender á un hombre, y para hacerle atormentar hasta que confesara, y el silencio se tenia por confesion y era algunas veces el principal motivo para aplicar la tortura.

El mundo debe al Papa Inocencio III la creacion de este Tribunal en 1216, cuyo primer inquisidor fué Santo Domingo de Guzman, y México en el año de 1571 recibió del cardenal Espinosa, inquisidor general de España esa institucion, siendo primer inquisidor Don Pedro Moya de Contreras, que fué despues Arzobispo de México.

La inquisicion tomaba como modelo de sus juicios, y con arreglo á eso procedia, del juicio que, segun ellos, formó Dios contra Adan y Eva, y así lo probaba con mil copias de razones Don Luis de Páramo Boroxense, Arcediano y canónigo de la santa iglesia de Leon é inquisidor del reino de Sicilia, cuyo libro gozaba de gran crédito y servia como de texto para la resolucion de grandes dudas.

Los que niegan que la inquisicion en México quemara multitud de personas, no tienen sino que ocurrir á los autos de fé que corren impresos por todas partes. Y se procedia con tanta diligencia, que habiéndose fundado la inquisicion en México en 1571, en 1574 se celebró ya el primero y solemne auto de fé, al que se llevaron ochocientos penitenciados de ambos sexos, quemándose unos en efigie y otros en cuerpo; unos vivos y otros despues de ajusticiados.

En los límites de una novela no se puede tratar una cuestion de esta clase; sin embargo, si álguien levantase la voz negando los hechos que referimos, y defendiendo al Tribunal de la inquisicion, documentos irreprochables tenemos para confundirles.

CAPÍTULO 7

En donde se prueba que un Arzobispo podia sacar una ánima del Purgatorio, pero no un acusado de la Inquisicion.

POR dar una muestra de simpatía á sus partidarios, y por exaltar mas los ánimos en el pueblo, el Arzobizpo se aprovechó de la noticia de Luisa. Dispuso hacer magníficas exequias al Ahuizote, probando con esto el alto aprecio en que tenia á los que habian tomado parte contra el virey.

El entierro del Ahuizote fué verdaderamente escandaloso.

El cajon en que iba el cadáver fué llevado en hombros hasta el cementerio por los principales amigos del Arzobispo, marcharon tras él las hermandades, las comunidades religiosas, multitud de personajes del clero, y la misma carroza del Arzobispo acompañó aquel duelo.

Cualquiera persona que hubiera llegado aquel dia á México, hubiera creido, cuando menos, que aquel cadáver era el de un obispo.

Con menos pompa se enterraron tambien en sagrado, todos los que murieron en el motin, peleando del lado de los sublevados, pero el Arzobispo negó sepultura eclesiástica á los que habian perecido en la defensa de palacio; y solo alcanzaron sus deudos sepultarles en un cementerio á costa de algunos sacrificios pecuniarios.

El pueblo creyó firmemente que el Arzobispo libraba de culpa y pena en la otra vida, á aquellos de sus partidarios que habian muerto en su defensa, y el prelado celebró una solemne funcion de honras, con la que sacó á todas aquellas ánimas del purgatorio.

Teodoro y Martin no quedaron satisfechos con esto, el santo oficio se habia apoderado de sus mugeres y ellos necesitaban sacarlas de sus garras.

La influencia del Arzobispo no era dudosa, y ellos tenian derecho de usar de esta influencia, para conseguir lo que deseaban.

Martin conduciendo á Teodoro entró al Arzobispado, y conocedor de los usos y costumbres del palacio y del prelado, no tardó en encontrarse cerca de Don Juan Perez de la Cerna.

Martin podia serle todavía muy útil al Arzobispo, y por eso éste procuraba grangearle; así es que apenas le vió le llamó, y le hizo sentar á su lado.

—¿Qué andas haciendo tú por aquí?—dijo el Arzobispo.

—Venimos—contestó Martin—Teodoro y yo, á ver á V. S. Ilustrísima, para un negocio muy grave que nos ha ocurrido.

—¿Y quién es Teodoro?

—Aquel negro que fué esclavo de Doña Beatriz de Rivera, (que en paz descanse) y de quien su Señoría Ilustrísima ha de haber oido hablar mucho, porque mucho tambien es lo que ahora nos ha ayudado.

—En efecto, valiente muchacho; ¿conque necesitais hablarme?

—Sí señor, y quisiera que su Señoría Ilustrísima le permitiera entrar y nos concediera un rato de audiencia.

—¿Y por qué no? hasle que pase, y decidme ambos á lo que venís.

Martin salió á llamar á Teodoro, y entrando despues los dos á la cámara en que estaba el Arzobispo, entornaron cuidadosamente la puerta.

—Ahora, decidme—les dijo el prelado, haciéndoles seña para que se sentasen.

—Pues señor, es el caso—dijo Martin—que el santo Oficio tiene en prisiones á mi muger y á la de Teodoro, y queriamos valernos del respeto de su señoría, para ver si conseguiamos su libertad.

—¿Y por qué están presas?—preguntó el Arzobispo.

—Si se ha de decir la verdad—contestó Martin—toda la culpa es nuestra, por haber dado asilo, en nuestras casas, á una monja que se habia fugado de su convento.

—Gravísima falta es ella—dijo el prelado—pero calculo, que si no es mas que eso, facilmente podré conseguir lo que deseais á condicion de que hayan pasado las cosas, tales como me las habeis referido.

—Para no engañar á su señoría Ilustrísima—dijo Teodoro, debo advertirle que la dicha monja tuvo un novio.

—¡Ah! entonces ya la cosa es mas séria.

—También es preciso contarle á su señoría, que la dicha monja contrajo matrimonio con el tal novio.

—¡Oh! entonces la cosa es grave.

—Y finalmente—dijo Teodoro—sabrá vuestra señoría Ilustrísima como el tal novio, llegó á hacer armas contra los ministros del Santo Oficio para impedirles en una vez que prendiesen á la monja.

—Vamos, el caso es sumamente grave; sin embargo, no hay que desesperarse que aun supuesto todo eso, poca culpa deben tener en ello vuestras mugeres. ¿Cuánto tiempo hace que están presas?

—Desde la víspera del dia del tumulto.

—¿Y cómo se llama esa monja y ese amante?

—La monja—dijo Martin—es Sor Blanca, la hermana de Don Pedro de Mejía, y el amante Don Cesar de Villaclara.

—¡Ah!—pensó el Arzobispo—conozco esta historia perfectamente, es la que me refirió Luisa la muger de Don Melchor, y la misma que yo denuncié al inquisidor mayor, creo que no me costará trabajo dar gusto á estos hombres, y luego dirijiéndose á ellos, les dijo.

—¿Cómo se llaman esas muchachas presas?

—María, una muda que es mi muger, y Sérvia la esposa de Teodoro.

—Bien—dijo el Arzobispo, apuntando los nombres—esta noche hablaré con el señor inquisidor mayor y mañana me vereis temprano, creo que todo se consiguirá.

Martin y Teodoro, se levantaron y se retiraron llenos de esperanza.

El Arzobispo se preparaba en la noche para salir en busca del inquisidor mayor Don Juan Gutierrez Flores, cuando éste se hizo anunciar en el Arzobispado.

El prelado vió como milagrosa su venida, saludáronse cortesmente, y el Arzobispo entró en materia temeroso de que álguien llegase á interrumpirle.

—En busca de su señoría—dijo el prelado—iba á salir en estos momentos, que le necesito á su señoría para el empeño de unos mis servidores, á quienes trato de favorecer en un negocio.

—Su Ilustrísima debe estar satisfecho—contestó el inquisidor—que es para mí buena ocasion toda la que sea de servirle.

—Se trata—dijo el Arzobispo—de suplicar á su señoría, en favor de dos jóvenes, negra una y muda la otra, que segun he sabido por sus maridos están en las cárceles del Santo Oficio, por haber dado asilo á Sor Blanca, la monja prófuga del convento de Santa Teresa.

—¿Y qué deseaba Su Ilustrísima, respecto de esas dos mugeres?

—Aun cuando yo no las conozco, pero hánme servido muy bien sus maridos, y con verdadero riesgo de sus vidas, que son ellos quienes positivamente han sostenido á la Iglesia contra los desmanes del marqués de Gelves.

—Méritos grandes, en verdad—contestó hipócritamente el inquisidor—y en cuanto valga mi humilde persona con Su Majestad, que Dios guarde, me empeñaré, si así lo dispone su señoría Ilustrísima, porque á esos dos hombres se les premie como merecen; pero respecto á las mugeres, aunque de riguroso secreto son las causas que están sometidas á nuestro conocimiento, por respeto y atencion al carácter de su señoría Ilustrísima, le descubriré que no es tan sencilla la acusacion que pesa sobre esas dos mugeres.

—¿De qué se las acusa pues?

—En cuanto á la negrilla, es seguro que no solo prestó auxilio á la llamada Sor Blanca, sino que ha sido el principal agente y cómplice en el sacrílego matrimonio que celebró ella con Don Cesar de Villaclara; de tal manera que esa consideracion sola podrá convencer á Su Ilustrísima de que no es fácil, aunque se deseara, concederle su libertad. En cuanto á la otra, es decir la muda, esa sí efectivamente no hizo sino dar entrada en su casa á Sor Blanca sin conocer sus antecedentes, y ya despues de celebrado el matrimonio sacrílego.

El Arzobispo pensó, que supuesto que la muda era la esposa de Martin, que era por quien abrigaba verdadero interes, y ya que no podia sacar á las dos de las garras del Santo Oficio, por contento deberia darse si conseguia la libertad siquiera de una, y así determinó dejar á Sérvia que corriese la suerte que Dios le deparara, y hacer todo el esfuerzo posible en favor de María.

—Pues siendo así como dice su señoría—dijo—creo que la pobre muda puede muy pronto ser dada por libre.

—Lo seria, en efecto, pero hay que advertir que la tal muda ha sido denunciada ante el Santo Oficio como hechicera.

—¿Cómo hechicera?—¿Pero de dónde pueden inferirlo?

—Viósela de muy jóven amansar y tratar con suma confianza, serpientes y otros animales venenosos.

—Lo cual no prueba maleficio de ninguna especie, que las serpientes son fáciles de amansar por artes naturales, por ejemplo con el canto y la música; recuerde su señoría que dice Petronio: *Hircanique Tigres etc.*, y Virgilio, en la Egloga octava, *Frigidos impratis* cantando, etc. Lucano en su Farsalia, libro sesto dice: *Hunanoque cadit serpens*, etc.; y finalmente, Silius Italico ha dicho: *Serpentes dico exarmare veneno*.

—En verdad que Su Ilustrísima tiene razon; pero autores son esos profanos cuyas doctrinas no pueden valer en la Iglesia. La muda por su propio defecto no puede haber cantado á las serpientes, y el encantamiento y mansedumbre de estos animales debe tenerse siempre por sospechoso, como se infiere de lo que enseña el gran padre San Agustin en el lib. 11 In Génesis, cap. 28. Jeremías en el cap. 8° dice aquellas célebres palabras: «Yo os enviaré serpientes, basiliscos, contra los cuales no valdrán los encantamientos,» y el Salmo LVII espresa: «que hay una que no escuchó la voz de los encantadores.» Todo esto es una robustísima prueba de que el comercio con esta clase de animales, indica el ejercicio de artes reprobadas por la religion, como juzga muy bien el sabio Martin del Rio en su libro 6° de las artes mágicas.

—Efectivamente que puede ser sospechosa esa conducta de la muda, pero quizá sin conocimiento de causa ejerceria tales actos, siendo por ellos inculpable, y esto puede saberse por las declaraciones que de ella hayan podido conseguirse.

—Ningunas declaraciones se han obtenido hasta hoy; que á ella nada se le ha podido sacar, y por razon de su misma enfermedad no se le ha aplicado el tormento: que conforme á las doctrinas de Ghirlando Carerio y del maestro Antonio Gomez, citados por el licenciado Don Francisco de Torreblanca y Villalpando, á los mudos no puede ni aplicárseles el tormento, ni aun aterrorizarles; de manera que nada ha podido conseguirse en este punto.

—Crea su señoría que tengo para mí que quizá sea esta pobre muda mas bien víctima de alguna ilusion, que verdaderamente culpable, que ya su señoría sabe á cuánta discusion y argumento ha dado lugar aquel párrafo del Concilio de Ancira en el cap. 26, cuest. 5ª en que casi se declara que estos delitos de mágia, mas son sueños é ilusiones del demonio que consistencia de verdad y materia de juicio, y está condenado por el mismo Concilio y refutado por Alciato en el libro 8°, cap. 22.

—No puedo condescender con la opinion de usía Ilustrísima, porque aun confesando que el tal capítulo citado, fuera del Concilio de Ancira, solo habla de algunas mugeres ilusas, y éstas tambien deben ser castigadas con el mismo rigor; de manera que la pena se les aplicará no porque corporalmente hayan tenido tratos con el demonio, que el Santo Oficio *está convencido muchas veces de que no lo han tenido, sino porque han creido tenerlo y han gozado con esta creencia.*

El Arzobispo comprendió que nada podria obtener, y varió la materia de la conversacion; persuadido firmemente de que era mas fácil sacar una ánima del Purgatorio, que un acusado de las garras del Santo Oficio.

CAPÍTULO 8

De lo que pasó en las cárceles del Santo Oficio.

EN las celdillas de la cárcel de la inquisicion se encerraban siempre uno ó dos presos, cuidando de que fuesen de aquellos cuyos delitos tuvieran alguna semejanza.

Luisa fué introducida á un calabozo, en uno de cuyos ángulos, observó á una muger acostada que se quejaba dolorosamente.

Al principio su situacion no le permitió pensar mas que en sí misma. Apartada del mundo vió lentamente y de un modo tan inesplicable, y para ella tan maravilloso, que era muy natural que si en aquello intervenia algo de encantamiento ó hechicería tuviera necesariamente que venir á desenlasarse todo en el Tribunal de la Fé; pero ella se consideraba víctima inocente. ¿Porqué se la trataba allí como á culpable? esto era lo que tampoco podia llegar á comprender, y en aquellos momentos, la muger perdida que solo habia pensado en saciar todas sus pasiones, se acordó de Dios, se volvió creyente y cayó de rodillas y sollozando en el ángulo opuesto del calabozo al que ocupaba la muger que se quejaba dolorosamente.

Mas de una hora permaneció Luisa con la cara cubierta con sus manos orando y llorando al mismo tiempo, y dejando correr al través de sus dedos, el torrente de lágrimas que brotaba de sus ojos.

Un gemido mas fuerte y mas agudo la sacó de aquella situacion.

Volvió la cara y vió á la pobre muger que dando señales de sufrir horriblemente, procuraba incorporarse en el húmedo lecho de paja para tomar un jarro de agua que estaba cerca de ella.

Luisa enmedio de sus sufrimientos se habia vuelto caritativa.

¡El corazon mas empedernido se ablanda con el dolor y con la desgracia!

La caridad es la flor que brota en el corazon llagado por los pesares; donde ya ningun humano sentimiento ha dejado el fuego de la desgracia, viene la caridad á cubrir las heridas, como la yerba que brota sobre el campo arrasado por una tormenta.

Luisa se levantó precipitadamente para auxiliar á la pobre enferma.

Aquella muger estaba devorada por la fiebre. Debajo del sucio y roto lienzo que le servia de abrigo, descubria un brazo blanco y torneado, pero lleno de manchas moradas, azules, cárdenas y rojas, y de escaras sangrientas ó negras.

Luisa se horrorizó al mirar aquel brazo; sin que nadie se lo dijera comprendió que aquella desgraciada habia sufrido el tormento, y se estremeció de pavor considerando que quizá aquella misma suerte le estaba preparada.

—¿Quereis agua?—le preguntó arrodillándose á su lado.

—Si—murmuró penosamente la enferma abriendo apenas los ojos.

Luisa la sostuvo con una mano mientras que con la otra tomó la pequeña vasija que contenia el agua, y la levantó para darle á beber.

Entonces aumentó mas su horror y al mismo tiempo su compasion, los labios de la enferma estaban hinchados y abiertos por muchas partes; en su rostro se conservaban aun señales de sangre que habia corrido sobre él, quiso tomar el agua y Luisa observó que algunos de sus dientes estaban rotos, y que su lengua estaba herida y comenzaba á hincharse.

Poco á poco y con trabajo aquella desgraciada pudo beber algunos tragos, movió después la cabeza y Luisa dejando la vasija en el suelo, volvió á acostarla con tanta delicadeza, como podria haberlo hecho una madre con un hijo enfermo, la cubrió cuidadosamente, se quedó contemplándola por un instante, y volvió á llorar pero aquellas lágrimas eran ya de compasion.

Era la primera vez que el corazon corrompido de la esclava de Don José de Abalabide, sentia la inspiracion de ese santo dolor que hace llorar al hombre sobre las desgracias de sus semejantes.

Aquellas primeras lágrimas eran precursoras de una redencion; aquella alma comenzaba á purificarse en el martirio.

Sonó la cerradura de la puerta del calabozo, y Luisa tembló, era seguramente á ella á quien venian á buscar.

Tres hombres enteramente cubiertos con sus capuchones, penetraron al calabozo, y Luisa se refugió en uno de los ángulos.

Uno de los hombres llevaba una linterna, los otros dos algunas piezas de ropa de muger.

—Vamos negra—dijo con desprecio el del farol—aquí están estos trapos para que te quites esas indecentes ropas de hombre, que ya verás lo que te van á costar.

—Bueno—dejádmelas ahí—contestó Luisa temblando—que yo me mudaré dentro de un momento.

—¿Cómo se entiende?—dijo el del farol—cambiarás ahora mismo el traje que no estás aquí para hacer tu voluntad.

—¿Pero delante de vosotros?—dijo Luisa casi indignada de lo que se atrevian á proponerle.

—Vaya, y por qué no, bonitos remilgos son esos para una negra hechicera; mugeres hermosas de veras han tenido que quedarse delante de nosotros completamente desnudas, y si no pregúntale á esa buena moza que duerme en aquel rincon; con que vete acostumbrando, que pronto te llegará la hora del tormento, y no andarás entonces con esas niñerías.

—¡Dios mio! ¿qué me darán tormento? ¿por qué? ¿yo qué he hecho?

—Yo no sé, ni venimos aquí á esplicaciones, ¿te desnudas, ó no?

—¿Pero cómo?...

—Cambiadle la ropa dijo el del farol á los que le acompañaban.

Los dos asieron á Luisa de los brazos.

—No, por Dios, dejadme, yo me vestiré sola—gritó Luisa. La enferma alzó la cabeza, y dijo con una angustia profunda.

—¿Qué? otra vez el tormento, yo diré, yo diré todo, pero que no me vuelvan á atormentar.

—Cállate bruja—dijo bruscamente el carcelero, miren á la monja casada como escarmentó.

La enferma habia vuelto á acostarse.

Luisa se desnudaba precipitadamente, y recibia en cambio de sus ropas de hombre, otras de muger viejas y maltratadas.

Una camisa y unas enaguas de manta, un vestido de vellorí pardo, y un justillo semejante, viejos y llenos de agujeros, que no eran ni con mucho de las medidas de su cuerpo.

—Vaya—dijo el carcelero—ni mandada hacer está la ropa, era de una bruja que mandó quemar el santo oficio, en el último auto de fé, á ver si á tí te toca la misma suerte.

Luisa se estremeció y el carcelero despues de aquella infernal chanzoneta, salió con sus compañeros, cerrando el calabozo, y dejando á Luisa mas aterrada que antes.

Con el vestido que la habian dado no traia calzado, y hacia mucho tiempo que ella no habia andado descalza; sus piés se habian vuelto delicados, y el piso frio, disparejo y húmedo del calabozo, comenzó á molestarla, pero no habia remedio, era preciso acostumbrarse. La idea del tormento y de la hoguera, no se apartaban un momento de su imaginacion, y naturalmente al pensar en el tormento, pensaba en la muger que gemia en su calabozo; y al pensar en la hoguera, recordaba á la desgraciada que habia llevado el vestido, que ahora le servia de abrigo.

—Debe ser una cosa horrible la hoguera—pensaba Luisa—el fuego, el humo, ardores espantosos, sofocacion, ¡Dios mio! ¡Dios mio! que dichosos deben ser los que no mueren en la hoguera, ¡Jesus! que miedo tengo, que pavor; y luego el tormento......... ¿cómo será? ¿qué le harán á uno?

Deben sentirse cosas horrorosas, ¡ay! ¿qué haré yo, qué haré para que no me vayan á atormentar? ¿confesaré todo? ¿pero qué? si no he sabido lo que me pasa, si no tengo que confesar y entonces no me creerán, y me atormentarán, ¿qué haré? ¿qué haré?

¡Oh! Le preguntaré á esa muger, quizá ella sabrá, quizá podrá aconsejarme, me dirá al menos lo que se siente, veremos, porque es tan horrible lo desconocido, ¿qué será muy grande el dolor? ¿podré yo resistirlo? A ver probaré, probaré.......

∽

Y Luisa tomaba una de sus manos con la otra, y procuraba torcérsela hasta causarse dolor, para probar su sufrimiento, pero la dejó caer tristemente esclamando:

—¡Dios mio! ¡Dios mio! soy muy débil, y muy cobarde para el dolor, mándame la muerte, antes que el tormento, y que la hoguera.

La enferma devorada por la ardiente sed de la calentura, volvia á incorporarse en su lecho, para buscar agua.

Luisa quiso aprovechar aquel momento para hablarla, y despues de darla el agua, le dijo dulcemente.

—¿Cómo os llamais señora? ¿por qué estais aquí?

La enferma abrió los ojos, y miró á Luisa, largo rato, casi sin pestañar, pero sin contestarle tampoco.

Luisa volvió á repetir su pregunta.

Entonces la enferma le contestó penosamente.

—Yo no sé nada, nada, nada mas, que lo que os he dicho.

—Volved en vos señora, es una voz amiga la que os habla: ¿cómo os llamais? ¿por qué estais aquí? ¿por qué os dieron tormento?

—¡Tormento!—repitió la enferma estremeciéndose y enderesándose con una rapidez increible, en el estado de postracion en que se encontraba.

—¡Tormento! ¡tormento! no, yo os diré todo, todo lo confesaré.

—Espantoso debe ser el tormento—pensó Luisa.

—Tengo sed—dijo la enferma—dadme de beber y hablaré.

Luisa volvió á darle agua, y antes de acabar de beber apartó la boca del jarro, y dijo, con una voz que parecia salir de su corazon.

—Yo soy Doña Blanca de Mejía, y cayó desmayada.

—¡Doña Blanca!—gritó Luisa, dejando caer en el suelo la vasija del agua, que se hizo mil pedazos, con que es decir ¿qué yo soy la causa de las desgracias de esta muger? ¿con que estoy encerrada aquí, al lado de la víctima de mi denuncia, y mirando en ella, los tormentos que me esperan? ¡Dios mio! ¿cómo puedo esperar compasion si aun está vivo mi delito? ¡Oh! yo no sabia lo que era un remordimiento, y es peor, sí, es peor, que todos los tormentos de la inquisicion.

¡Ah!—dijo arrodillándose cerca de Blanca y tomando una de sus manos—Perdóname, perdóname, pobre criatura, ¡cuánto te he hecho padecer! Yo he sido una pantera, pero me arrepiento. ¡Dios mio! me arrepiento, quisiera mil veces sufrir lo que sufre esta desgraciada, primero que haber cometido los crímenes que llevo sobre mi conciencia: ¡Jesus, y qué negra está la noche de mi conciencia, y cuántos cadáveres he regado en mi camino! Don José Abalabide, Don Manuel de la

Sosa, los esclavos ajusticiados en la Pascua......... quizá por eso Dios me ha castigado, y mi color se ha vuelto negro..................

—Agua, agua, que me ahogo, que me abraso—dijo Doña Blanca volviendo en sí—agua.

—¿Agua?—dijo Luisa—¿agua? y yo he roto la vasija en que estaba ¿conque yo he de atormentar á esta infeliz en todas partes?

—Agua—decia Blanca—agua. Luisa como una loca se lanzó á la puerta del calabozo, y comenzó á golpear con las manos furiosamente, pero el ruido que sus manos delicadas, producian sobre aquella macisa puerta se escuchaba apenas dentro del mismo calabozo.

Blanca volvió á quedar en silencio, y Luisa con las manos hechas pedazos, cayó de rodillas junto á la misma puerta.

CAPÍTULO 9

En donde se verá que hubo un "meeting" en el año del Señor de 1624.

EL de Gelves permanecia retraido en San Francisco, y mas podria decirse prisionero que libre. La Audiencia tenia destinados trescientos hombres solo para la guarda del convento, y nadie podia hablar con el virey, y cuanto él escribia era leido por los oidores.

La Audiencia no le permitia salir de la Nueva España como él pretendia para ir á la Corte y presentarse al rey, y aunque reclamaba que de no permitírsele la salida se le volviese el gobierno de la colonia, los oidores se negaban á todo tenazmente con palabras y comunicaciones altaneras y poco corteses.

El de Gelves se valió como para intermediarios de aquella negociacion, de su confesor el guardian de San Francisco, y del inquisidor mayor Don Juan Gutierrez Flores; pero nada pudieron éstos conseguir, y solo obtuvieron por única respuesta «que la Audiencia esperaba la resolucion de Su Majestad á quien habia enviado ya en comision á uno de los rejidores de la ciudad de México.»

Sin embargo, los oidores comenzaron á temer lo que se diria en España de que ellos retuviesen tan violentamente el gobierno, é hicieron correr la voz de que iban á entregárselo otra vez al de Gelves.

Como era natural, conocido el rigor y la severidad del marqués, todos los comprometidos en el tumulto comenzaron á temer, y volvió la alarma en la ciudad, y volvieron los gritos sediciosos y los preparativos para otra nueva tempestad. Esto era precisamente lo que deseaba la Audiencia, que determinó llamar á una gran junta á todas las autoridades civiles y eclesiásticas, y á todas las personas notables de la ciudad, con el objeto de consultarles el caso, seguros, como estaban los oidores, de que todos habian de opinar porque no se volviese el gobierno al de Gelves, sino que lo conservase la Audiencia hasta la definitiva resolucion de Su Majestad.

El dia destinado para la gran reunion llegó por fin. Los oidores esperaban ya en su sala de audiencia, y poco á poco comenzaron á llegar los invitados.

Alcaldes, regidores, clérigos, frailes, abogados, comerciantes, en fin, gentes de todas clases y estados; aquello era una torre de Babel, era una inmensa confusion, todos hablaban, todos discutian entre sí, y nadie llegaba á entenderse.

Don Pedro de Vergara presidia aquella reunion, y no lograba poner órden en la multitud.

Hablaron los oidores esplicando el objeto de la reunion, y pidiendo parecer á los circunstantes; tomaron la palabra algunos padres graves, nadie les escuchó, y terminó todo con decir que todos habian aconsejado á la Audiencia que retuviese el gobierno de la Nueva España, para evitar mayores desórdenes y escándalos.

La reunion se disolvió, volviéndose sin duda, cada uno tan enterado de lo acontecido, como si nada hubiera pasado.

Los amigos mismos del de Gelves fueron invitados á asistir, porque los oidores comprendian que no podian oponerse, y que pasarian como aprobando la conducta de la Audiencia. Por esto los amigos del marqués se vieron, mas que nadie comprometidos á presentarse.

Don Pedro de Mejía no faltó, el viento no soplaba ya del lado del virey, y era preciso que él comenzara á ver por donde se acomodaba: siempre en política ha habido esta clase de hombres, que están, como ellos mismos dicen, «al sol que nace.»

Por el éxito de aquella reunion podia conocerse, que en muchos meses el de Gelves no podria salir de San Francisco, y si de tantas personas principales iban á España informes, mal debia salir la causa del virey.

La reunión se disolvió y todos comenzaron á retirarse. Mejía con el protesto de despedirse, quiso hacerse notar por el licenciado Vergara.

—Dios guarde á V. E. muchos años.

—Adios, mi señor Don Pedro, ¿os retirais?

—Háse acabado la junta, y solo esperaba despedirme de V. E.

—Muy bien: ¿pero qué nuevos lunares teneis sobre una ceja?

—Son unas gotas de pintura—contestó imprudentemente Mejía.

—Pintura muy negra debe ser y muy firme, porque supongo que no os ha caido en estos momentos.

—No señor, aunque sí hace pocos dias, dos ó tres despues del tumulto.

—Es estraño—pensó el licenciado Gaviria comenzando á sospechar, y luego queriendo inquirir mas, dijo distraidamente—¿y que pintábais?

—Um—contestó como sorprendido Mejía—una mesa, una mesa..........

Vergara acostumbrado á tratar á los criminales y á formar procesos desde su juventud, adivinó una historia en la turbacion de Mejía que venia á ayudar sus sospechas, y variando repentinamente de tema de conversacion, y como si estuviera no despidiéndose Mejía, sino departiendo con él en su aposento y con la mayor tranquilidad, le preguntó:

—¿Y no habeis sabido vos, Don Pedro, lo que aconteció á Luisa la muger de Don Melchor Perez de Varais?

Mejía se puso encendido, cruzó por su cerebro la idea de que el licenciado Vergara lo sabia todo, y se turbó completamente.

—No señor, no,—balbutió—y luego agregó queriendo cortar la conversación—si V. E. no manda algo, me retiro, que tengo muy grandes ocupaciones.

—No señor Don Pedro, puede V. S. retirarse.

Mejía se retiró, y el licenciado Vergara se quedó pensando:

—O mi larga práctica forense ha sido inútil, ó cómo haber Dios que he dado con el hilo en el negocio de la muger de Don Melchor, y éste Don Pedro no está en todo de lo mas inocente; lástima que se haya ido ya Don Melchor, él podria saber qué motivos haya ¿seria una venganza?.......... ¿por qué? quizá por sus trabajos en contra del marqués, que este Don Pedro era muy su amigo: verémos, verémos, si no puede ser hoy, mañana iré á ver al inquisidor Don Juan Gutierrez Flores que conoce de este negocio.

El licenciado Vergara se habia engolfado tanto en sus pensamientos, que ni contestaba las ceremoniosas carabanas que le hacian los que se iban retirando, y siguiera así á no haberle llamado la atencion el doctor Galdos de Valencia que estaba cerca tocándole en la mano.

—Muy distraido está V. E.—dijo el doctor.

—Sí que lo estaba—contestó el licenciado, pero ya os hablaré de esto en que pensaba, que es un curioso caso de derecho.

—¿De qué se trata?

—Aun no es tiempo de que os lo refiera; mas adelante, mas adelante.

La sala estaba completamente despejada, y los oidores se encerraron para acordar entre sí......

Entre tanto, habia comenzado en el Santo Oficio el juicio de Don Cesar de Villaclara.

Don Cesar acusado de haber contraido matrimonio con una religiosa y á sabiendas, era naturalmente culpable para la inquisicion, de sacrilegio por el matrimonio, y de herejía, porque segun los sábios autores que se consultaban en aquellos tiempos, el matrimonio de un religioso ó religiosa profesos, envolvia el desprecio de los votos, y esto importaba un desprecio á Dios, y por consiguiente una herejía.

La cosa era tan clara como la luz del dia, al menos para los consultores del Santo Oficio.

Don Cesar fué llamado á dar su declaracion, y con el mismo aparato que siempre, se le tomó juramento y se comenzó el interrogatorio.

Jóven, orgulloso, valiente, y además enamorado, Don Cesar era incapaz, por temor, de decir una mentira, ni aun en presencia de la inquisicion; y á la primera pregunta confesó que se habia casado con Blanca, que sabia cuando lo hizo que era religiosa profesa, y que la amaba aun.

—¿Y no sabias—le dijo el inquisidor—lo feo de vuestro delito, y las terribles concecuencias que podia traeros?

—Lo sabia—contestó Don Cesar.

—¿Y así insistias en él?

—Así.

—Cuando de tanta obcecacion haceis gala, quizá os hayan dado algun filtro para turbar vuestra razon.

—Estoy cierto de que nada me han dado, ¿y quién podria haber hecho semejante cosa?

—La misma Sor Blanca.

—Ella ¡ah! no la conoceis, tan pura, tan cándida, incapaz de hacer mal á nadie, si ella ha caido en esta profunda desgracia, nadie sino yo tiene la culpa, nadie sino yo merezco el castigo.

—Y sin embargo, jóven—dijo bondadosamente el inquisidor, vuestra misma exaltacion, y vuestro ardor prueban que nada tiene de natural vuestra pasion; y cosa es mas segura para quien tiene antecedentes contrarios á lo que decis.

—¿Contrarios señor, y por qué?

—Sí, porque Sor Blanca ha confesado tener pacto esplicito con el demonio.

—¡Jesus!—esclamó espantado Don Cesar, ¿ella pacto con el demonio? ¿ella tan buena? ¡imposible! no lo creais.

—Mirad vuestra obstinacion: Sor Blanca lo ha confesado todo en el tormento.

—¡Oh! ¿la habéis atormentado?—dijo Don Cesar como fuera de sí, al considerar que Blanca habia sido atormentada por los inquisidores —¿la habeis atormentado? sois unos tigres, unos infames, y así es preciso, habrá dicho cuanto vos hallais querido, infames.........

El inquisidor y el escribano estaban solos con Don Cesar, y aunque ellos eran dos y el reo tenia esposas de fierro en las manos, sin embargo, el lance les comenzó á parecer comprometido, porque Don Cesar estaba como un furioso.

El inquisidor agitó la campanilla violentamente, y los carceleros se presentaron.

—Llevad á ese reo á su calabozo—dijo el inquisidor.

Dos carceleros se apoderaron de Don Cesar que habia caido en una profunda meditacion despues del acseso de furor, y sin que él dijera una palabra lo condujeron á su calabozo.

Los carceleros recibieron órden de conducir á Luisa ante el inquisidor.

CAPÍTULO 10

Salvarse en una tabla.

LUISA quedó casi desmayada junto á la puerta del calabozo. Con el silencio que allí reinaba podia escucharse su débil suspirar, y la respiracion agitada y penosa de Doña Blanca.

Así permanecieron largo tiempo las dos, hasta que el ruido de la llave que entraba en la cerradura hizo volver en sí á Luisa, que se levantó precipitadamente: los carceleros le causaban horror, hubiera preferido morir á sentirse tocada por ellos.

Se abrió la puerta y dos familiares cubiertos con sus capuchas, penetraron en el calabozo.

—La llamada Luisa—dijo uno de ellos.

—Señor—contestó Luisa temblando.

—Síganos.

—¿A dónde?

—No le importa; obedezca.

Luisa siguió sin replicar mas á sus guardianes, no sin volver el rostro tristemente hácia el rincon en que estaba la pobre Sor Blanca; quizá no volveria á verla.

En aquel momento recordó que la pobre no tenia agua, y que por razon de la fiebre que la devoraba debia de tener una sed intensa:

olvidó por un instante el pavor que le causaban los carceleros, y se detuvo antes de salir del calabozo.

—¿Qué sucede?—preguntó uno de los hombres.

—Que esta pobre señora no tiene agua y se muere de sed.

—Que se muera, á ella le importa solo: deje de cuidar vidas agenas.

—Pero mirad que está muy enferma.

—Vamos—contestó bruscamente uno de los hombres.

—Agua, agua—murmuró débilmente Blanca.

—¿Lo oís?—dijo Luisa—dadle agua, está enferma.

Sin contestarle volvieron los carceleros á cerrar la puerta del calabozo, y llevaron á Luisa al través de largos y oscuros callejones hasta la sala de audiencia, en que esperaban el inquisidor y el escribano.

Luisa estaba mas espantada ante el aparato de aquella sala, que en el anterior de su negro calabozo; algo de terriblemente siniestro veia en aquellos rostros frios y severos; aquellos eran para ella algo mas que hombres: comprendia instintivamente que en aquellos corazones se embotaria la súplica y el llanto; que no tenia esperanza sino en Dios.

Como siempre, el nombre de Dios y la señal de la cruz fueron el principio del interrogatorio.

Luisa pensó que si el tormento era para arrancar la confesion, ella debia confesarlo todo para huir del tormento, aunque tuviese segura la muerte; que la misma muerte le parecia dulce despues de haber visto el estado que guardaba Sor Blanca.

Sin vacilar, sin turbarse, Luisa refirió toda su historia al inquisidor, no omitiendo ni el menor detalle ni la mas pequeña circunstancia; pero cuando llegó al cambio de su color, á los acontecimientos que precedieron inmediatamente á ese cambio, no pudo esplicar nada, porque ella misma no los comprendia.

El inquisidor escuchó atentamente la relacion de aquella vida tan estrañamente tejida entre los crímenes y los placeres, y con su natural desconfianza y suspicacia, no quizo creer ni por un momento en que Luisa no tenia parte en su transformacion.

—Supuesto que habeis confesado—la dijo—todos vuestros crímenes, ¿por qué os deteneis? ¿cómo no decis tambien el diabólico artificio de que os habeis valido para cambiar el color de vuestra piel, con objeto sin duda, de engañar al mundo y libertaros de la justicia, ó tener mas facilidad de seguir en el camino de vuestras maldades?

—Señor, juro á su señoría, por Dios y por su Santísima Madre, que ignoro como ha pasado esto, que ha sido obra sin duda de mis enemigos, ó castigo de su Divina Majestad.

—No pretenda engañar con falsos juramentos, declare la verdad, y mire que ello le importa mas de lo que cree.

—Señor, cuanto tengo dicho es la verdad, nada sé; si he declarado cosas que puedan costarme la vida, ¿por qué habia de ocultar eso que no seria por cierto el peor delito de los que yo hubiera cometido?

—¿Insiste en no decir la verdad?

—La verdad he dicho, señor.

—Entonces, á vuestra obstinacion culpad si se os sujeta por este santo Tribunal á cuestion de tormento.

—¡Oh, no señor!—dijo Luisa cayendo de rodillas—no, por Dios, no me atormenteis, no, yo sé lo que es el tormento; ¿pero qué puedo deciros allí, señor, por mas que me hagais pedazos mi cuerpo, si nada mas sé, y lo mas que consiguireis será que os diga una mentira?

—¡Una mentira!—esclamó furioso el inquisidor—ésta muger se burla del Santo Oficio; haber, llevadla á la sala del tormento.

Al sonido de la campanilla, dos carceleros se presentaron y se apoderaron de Luisa.

—¡Perdon! señor, no quise decir lo que vos entendisteis perdon............

Pero sin escuchar sus quejas la arrastraron fuera de la sala de la Audiencia, por la puerta que daba entrada á la sala del tormento.

En el momento en que desapareció Luisa, el inquisidor quedó tan sereno como si nada hubiera pasado, y el escribano con la misma impasibilidad siguió dando cuenta con otra causa.

Llamaron á la puerta suavemente, y luego un portero se presentó anunciando, que su Excelencia el señor Licenciado Don Pedro de Vergara Gaviria deseaba hablar con el señor inquisidor general.

—Que pase Su Excelencia—dijo el inquisidor.

—¿Me retiro?—preguntó el escribano.

—Nó, que ser debe algun negocio de los que median entre la Audiencia y el marqués de Gelves, que no pueden tener el carácter de secretos.

Don Pedro de Vergara entró y el inquisidor le hizo sentar á su lado.

—Si el negocio de que quiere V. E. que hablemos, es secreto, puede retirarse el señor escribano—dijo el inquisidor.

—Nó—contestó Don Pedro—que de autos debe constar el asunto que traigo, y que sin duda va á pareceros muy estraño.
—Dígame V. E.
—¿Recuerda su señoría, la negrita de que venimos á hablarle Don Melchor Perez de Varais y yo, y que fué remetida por mí á este Santo Tribunal?
—La tengo tan presente que en este momento acabo de recibir su declaracion.
—¿Y dijo algo respecto al cambio de su color?
—Permitiéndome V. E. que no le refiriera pormenorizadamente su declaracion, solo le diré que respecto á ese punto permanece en el mas obstinado silencio.
—¿Pero cómo lo esplica?
—Nada dice, protesta su ignorancia, y ni reflexiones ni amenazas pueden nada con ella; y dice á todo que nada sabe que será obra tal vez de sus enemigos.
—Puede que tenga razon.
—¿Cómo? sabe algo V. E.
—Un indicio que para otro cualquiera que no tuviese la práctica que yo en los negocios, seria insignificante, á mí me ha impresionado de tal modo que vengo á comunicároslo, á vos que sois el juez y podeis tener antecedentes del caso.
—¿Pues qué ha sabido V. E.?
—Escuche su señoría: en la mañana de hoy celebrose junta para consultar los ánimos de las principales personas y corporaciones de esta ciudad, y para conocer su disposicion respecto á la vuelta del marqués de Gelves al gobierno, á cuya junta tuve el honor de invitar á su señoría.................
—Mis graves ocupaciones me privaron de asistir............
—Está bien, pero en esa junta ocasion tuve de hablar con Don Pedro de Mejía, persona de gran caudal y amigo íntimo y favorito del de Gelves.
—Le conozco—dijo el inquisidor comenzando á interesarse en el relato del licenciado por lo que Luisa le acababa de referir.
—Pues como os iba diciendo, hablé á este Don Pedro, y le advertí sobre una de las cejas, no sé si sobre la izquierda ó la derecha, tres manchas ó lunares negros, que no le habia yo visto nunca; tuve la

indiscrecion de preguntarle que cosa era aquello, y me contestó sencillamente que era una pintura; como estaba yo preocupado con la historia de la negrilla, no sé por qué, pero cruzó por mi alma la sospecha de que aquellas manchas tenian algo que ver con esta historia, y variando de conversacion repentinamente, preguntéle si sabia de Luisa la esposa de Don Melchor Perez de Varais. Tal fué la turbacion que noté entonces en su semblante, que mis sospechas se convirtieron en certidumbre, y no lo dudeis, esa señora ha sido víctima de un crímen; si esas manchas no han podido borrarse de la frente de ese hombre, la tinta que las produjo debe ser muy firme, capaz de cambiar el color de una persona en donde quiera que se la aplique, y Luisa puede haber sido de alguna manera privada de sentido y desfigurada de ese modo; y Don Pedro si no ejecutó la operacion debe por lo menos, haberla presenciado. ¿No parecen racionales á su señoría estas inducciones?

—Verdaderamente V. E. me dá en que pensar, porque yo tengo mis razones para pensar que Don Pedro de Mejía, esperaba un momento para vengarse de esa muger.

—Como que fué esta señora una de las personas que mas activa parte ha tomado contra el de Gelves, amigo y protector de Mejía como sabeis.

El inquisidor no contestó, estaba pensativo; por fin, despues de un rato de silencio dijo al licenciado Vergara.

—¿Sabe V. E. que la ocasion de salir de nuestras dudas no puede tardar?

—¿Por qué?

—Don Pedro de Mejía está citado para venir aquí á tratar de negocios relativos á su hermana Blanca que está presa en las cárceles del Santo Oficio.

—¿Y á qué hora?

—No tardará, si es que aun no viene, y le haremos entrar, y entonces no creo muy dificil que deje de arrancársele el secreto si existe verdaderamente, veremos.

El inquisidor agitó la campanilla.

—Que si ha llegado Don Pedro de Mejía pase á esta sala, dijo á un portero que se presentó—y vos, señor, escribano, salid, pero no os alejeis que podemos necesitaros.

Don Pedro de Mejía entró á pocos momentos, y el escribano se retiró.

Mejía fué recibido con mucho agrado.

—Os he hecho venir—dijo el inquisidor—que hablaros necesito acerca de la causa de vuestra hermana, presa en las cárceles de este santo Tribunal.

—Y aquí me tiene su señoría.

—Supongo que sabreis que esa señora está convicta y confesa del delito de sacrílego matrimonio, de herejía y de pacto esplícito con el diablo.

—Su señoría me lo dice.

—Y que como es natural, tenga que sufrir la última pena.

—El santo Tribunal de la Fé sabe lo que hace, y mi hermana, (que por desgracia lo es) culparse debe á sí de lo que le acontezca, que yo ponerla he procurado siempre en el buen camino.

—Es verdad, pero en obsequio vuestro he querido llamaros, porque siempre en una familia, grave cosa es y dura para la descendencia, tener una persona que haya sido ajusticiada publicamente por un delito.

—Pena es esa que no me ha dejado descansar hace muchos dias, y que diera algo por quitármela de encima.

—Doña Blanca vuestra hermana podria muy bien ser ejecutada dentro de las mismas cárceles, escusándose el bochorno de verla salir en el auto general de fé; pero esto demandaría costas y gastos que deseaba yo saber si vos abonariais, porque el Santo Oficio no puede hacerlos hoy.

—Su señoría dispone de mi hacienda, y no tiene si no que decirme el monto total, que satisfaré luego y antes que ver el nombre de mi familia con semejante mancha.

—Muy bien, y ahora que decis mancha, permitidme que os pregunte, ¿esas que teneis sobre la ceja, son naturales?

Tentado estuvo Don Pedro de contestar que sí, pero estaba allí el licenciado Vergara que le habia preguntado lo mismo y no quiso caer en contradiccion.

—No señor—dijo—es una tinta.

—Muy firme debe ser supuesto que no os las habeis podido quitar, siendo como me habeis dicho, que las teneis hace varios dias.

—En efecto es muy firme tinta—dijo contrariado Don Pedro, del giro que tomaba la conversacion.

—Conozco esa tinta—dijo el inquisidor, y tambien el remedio con que se quita y vuelve el natural color.

—¿Conoce su señoría el remedio?

—Sí, y es muy sencillo y probado; con él volví á su natural figura y color á Dª Luisa la muger de Don Melchor Perez de Varais que estaba manchada así como vos, con la misma tinta.

Mejía se demudó, y comenzó á moverse como indicando que estaba para retirarse.

—¿Y sabeis quién pintó á Doña Luisa?—preguntó con torbo ceño el licenciado Vergara.

Mejía mas y mas turbado contestó:

—No señor, lo ignoro.

—Pues ella asegura que fuisteis vos, en venganza de antiguos agravios—agregó con dureza el inquisidor.

Mejía perdió el aplomo.

—Señor, no la creais.

—Dice haberlo visto todo—dijo el licenciado Vergara.

—Imposible, si estaba privada—contestó imprudentemente Mejía.

—Señor Don Pedro—dijo el licenciado Vergara, en vano negais; vuestra conciencia os denuncia, vuestro delito os vende.

—Yo aseguro á V. E.................

—Estais preso de órden del Santo Oficio—dijo con severidad el inquisidor.

Don Pedro dejó caer el sombrero que tenia en las manos, y se cubrió la cara.

El inquisidor sonó la campanilla y se presentó el portero.

—Don Pedro de Mejía queda preso de órden del Santo Oficio, entregadle en las cárceles—dijo el inquisidor.

El portero hizo seña á Don Pedro que le siguiera, y él completamente anonadado le siguió, sin recojer siquiera su sombrero y como maquinalmente.

—Tenia razon Su Excelencia—dijo el inquisidor, esa muger ha sido víctima de una venganza.

—Supongo que saldrá en libertad.

—Tiene algunos pecadillos, pero corresponde su castigo al brazo secular; mande por ella V. E. esta noche á una ronda, yo la entregaré y V. E. dispondrá de ella.

—Muy bien.

El licenciado se retiró radiante de placer, salvaba á una amiga y perdia á un enemigo.

El inquisidor decia sentenciosamente al escribano:

—Son inescrutables los designios de la Providencia.

CAPÍTULO 11

En que se sabe cosa que es increible, pero muy verdadera.

LUISA fué sacada de la sala del tormento en el momento en que esperaba que iba á comenzar su martirio, y conducida ante el inquisidor, oyó con verdadera sorpresa que aquella misma noche saldria de la inquisicion.

Haberse salvado así milagrosamente del tormento, y luego recibir la noticia de que esa noche saldria libre, eran para Luisa mas de lo que podia esperar; de manera que volvió á su calabozo verdaderamente feliz.

Al llegar allí encontró á Sor Blanca que habia vuelto en sí, y que sentada en su lecho esperaba que álguien llegara por su calabozo para pedir agua.

Los carceleros trataban á Luisa ya con algunas mas consideraciones, porque el cambio operado en el inquisidor venia tambien á efectuarse en ellos. Luisa consiguió que trajesen agua á Sor Blanca; la pobre jóven estaba menos mala, la fiebre era menos intensa y podia hablar y conocia.

—Señora, dijo Luisa, presentándola el agua, aquí está la agua que hace tanto tiempo deseais.

—Dios os lo premie—contestó Blanca tomando el agua, y despues

—señora, ¿qué os han traido nuevamente aquí, ú os han cambiado solo de calabozo?

—No señora, hace poco que me han traido porque voy á salir.

—¡Dichosa sois, quién estuviera en vuestro lugar!

—¿Quién? Vos estareis si os decidis—dijo Luisa herida por una idea repentina—vos.

—¿Cómo?

—Sí, Sor Blanca, vos no podeis conocerme en este momento; pero yo estoy en obligacion de hacer por vos cuanto me sea posible; yo os salvaré, ó lo intentaré al menos: si quereis seguir mi consejo esta noche saldreis.

—Salir, ¡Dios mio! salir: solo el pensarlo me da la vida.

—Pues oídme que me ha ocurrido un medio; pero es preciso que os armeis de resolucion.

—Decidlo.

—Esta noche debo ser puesta en libertad; pues bien, vos tomareis mi lugar y saldreis.

—¡Imposible!

—¡Imposible! ¿Por qué? Mirad, somos casi de la misma estatura y teniendo cuidado de cubriros es muy fácil; además si se descubre quedais como ahora, y nada habeis perdido.

—Pero dejar así que una persona se pierda por salvarme, y cuando á esa persona apenas la conozco, ¡oh, imposible! ¿qué seria de vos?

—Mirad, Doña Blanca, no me pierdo, porque sé que hago una buena accion y que Dios no me abandonará; además, aunque vos apenas me conoceis yo sí os conozco, ¡ay! demasiado para los remordimientos de mi alma. Aceptad, aceptad, y vamos á probar fortuna, os lo ruego por vida de Don Cesar.

—¡Ah, Don Cesar! ¿Vos conoceis á Don Cesar? ¿Sabeis que le amo? ¿Quién sois, decidme, decidme?

—Dejad por ahora eso, que lo que importa es que os decidais á partir; mas adelante si Dios nos hace volvernos á encontrar en este mundo, os contaré mi historia que es bien triste, por ahora preparaos, vamos.

Luisa hizo levantar á Blanca de su lecho y procedió á hacerla andar un poco dentro del calabozo: la sola esperanza de libertad habia vuelto de tal manera á la vida á aquella pobre jóven, que le parecia que no sentia los dolores de su cuerpo.

Luisa cambió traje con ella, le cubrió la cabeza con un pañuelo y la envolvió en una de las sábanas de la cama, para que no pudiesen descubrir que no era negra.

Entonces se pusieron á esperar. Luisa con aquella alegría propia del que por primera vez hace una accion noble en su vida; Blanca con el temor consiguiente al paso que iba á dar.

Pasaron en espera mucho tiempo, debia ser ya muy noche, cuando se oyeron pasos en el pasillo de la prision. Luisa y Blanca se abrazaron, Luisa se acostó precipitadamente en el lugar que ocupaba Blanca, y ésta quedó en medio del cuarto cubriéndose el rostro.

Los carceleros entraron y sin mas ceremonia, creyendo que era Luisa, dijeron á Blanca:

—Vamos.

Blanca sin hablar echó á caminar tras ellos con la cabeza inclinada.

Luego que hubo salido, el segundo carcelero cerró la puerta del calabozo.

Luisa se estremeció, su sacrificio estaba consumado, se levantó entonces temblando y con las lágrimas en los ojos se puso de rodillas en el suelo.

—¡Dios mio! esclamó: recibe este sacrificio en descargo de mis culpas.

Cuando el corazon siente el arrepentimiento es capaz de todo lo bueno, como lo ha sido de todo lo malo, porque de la pecadora Magdalena á la santa, no hay mas que el paso de la noche á la aurora.

Blanca siguiendo á los carceleros llegó á la puerta de la calle, allí creyó que la pondrian libre, pero se encontró con algunos embozados que traian una silla de manos.

—Aquí está—dijo uno de los que llevaban á Blanca.

—Acercad la silla—contestó uno de los que aguardaban.

Acercaron la silla, y el que habia hablado al último le dijo: entrad.

Blanca sin replicar entró en la silla y se puso en marcha aquella comitiva.

Blanca no comprendia adonde podrian llevarla, pero en todo caso á cualquier parte era mejor con solo salir de la inquisicion.

De repente se detuvieron y penetraron en un edificio grande y sombrío; Blanca creyó que era la misma inquisicion.

Subieron una escalera y llegando á un aposento oyó que sus conductores hablaban con otras personas, luego se dirijieron á ella:

—Bajad—dijo un hombre—y seguidme.

Blanca obedeció, la condujeron por un corredor largo, se detuvieron frente á una pequeña puerta, la abrieron, Blanca entró y la puerta volvió á cerrarse. Blanca se encontró en otro calabozo y en otra cárcel, pero en fin, siquiera ella comprendia que no estaba ya en la inquisicion.

Luisa permaneció despierta gran parte de la noche, y temiendo á cada momento escuchar el ruido de la puerta, y ver entrar á Blanca, descubierto todo el engaño: ya cerca de la madrugada la venció el sueño y se durmió.

Muy avanzada la mañana despertó, cuando entraba á su calabozo el carcelero, trayendo el alimento y el agua que se llevaba allí todos los dias para Blanca.

Luisa se cubrió la cabeza mientras estuvo el hombre allí, para que no advirtiese nada; cuando salió y volvió á cerrar, Luisa se levantó y comió con apetito.

Desde la víspera sentia ella tan variado su corazon, tan diversos sus sentimientos, que se creía feliz en medio de todas sus desgracias; hasta entonces no comprendió ni lo que se sufre con un remordimiento, ni lo que se goza con una buena accion.

Segun sus cálculos, si Blanca no era descubierta, el carcelero no debia volver al calabozo hasta el dia siguiente por la mañana, y en este intermedio Blanca podria salvarse, y Luisa á la hora en que el inquisidor saliese del error, diria sencillamente que los familiares habian sacado á Blanca y dejádola á ella en el calabozo, en lo cual no tenia culpa.

Pensando en esto, y saboreando por decirlo así, el orgullo de su accion, Luisa permaneció todo el dia, hasta que en la tarde, y contra todo lo que ella esperaba, escuchó el rumor de los cerrojos y de las llaves del calabozo.

Temerosa de que todo se hubiera descubierto, se acostó violentamente y se cubrió la cabeza.

Penetraron en el calabozo, un escribano y tres ó cuatro familiares, y el escribano dirijió la palabra á Luisa llamándola «Sor Blanca.»

Luisa comprendió que aun seguia el engaño, se obstinó en cubrirse la cabeza, y contestó débilmente:

—Mande su señoría.

—¿Me escucha?—dijo el escribano.

—Sí, señor.

—Pues atienda con recojimiento, que va á escuchar su sentencia.

Luisa tembló, aquello se iba poniendo serio.

El escribano se caló unas enormes gafas, sacó unos autos y comenzó a leer la sentencia á la luz de un farolillo que acercó uno de los testigos.

El santo Tribunal condenaba á Sor Blanca, por los enormes delitos de herejía y pacto esplícito con el demonio, segun *su espontanea* confesion á ser quemada en la hoguera; pero en atencion á ser confesa, y que habia abjurado de sus herrores, ésta sentencia se ejecutaria despues de haberse dado garrote á Sor Blanca y en su cadáver: además, para probar la benevolencia y misericordia de aquel santo Tribunal, se dispensaba á Sor Blanca de salir en el solemne auto de fé que se preparaba, y la sentencia se ejecutaria aquella misma noche en las cárceles del Santo Oficio.

Luisa sintió helarse de pavor su sangre al escuchar aquella sentencia; pero era por Sor Blanca, porque no creía jamás que en ella se ejecutara.

Sin embargo, habia llegado el momento, y era preciso hacer entender al Santo Oficio que ella no era Blanca.

Al terminar la lectura de la sentencia, Luisa se incorporó en el lecho y dijo al escribano:

—Creo que hay en esto una equivocacion, que ni yo soy Sor Blanca, ni mi conciencia me remuerde de cosas como las que V. S. ha dicho.

El escribano se volvió á mirar al carcelero que asombrado, comenzaba ya á comprender lo que habia acontecido.

—¿No me dijisteis—dijo el escribano, que aquí estaba Sor Blanca y ésta era?

El carcelero vaciló, su pérdida total era aquello, y pensó que un rasgo de audacia podia salvarle.

—Sí señor—contestó—he dicho que aquí está Sor Blanca y aquí la teneis presente.

—Pero ella niega que lo es, ¿no lo habeis oido?

—Señor si venis á creer lo que os digan todos los reos, encontrareis en estas cárceles puros inocentes.

—Pero sin embargo, esta muger sostiene que no es ella la acusada.

—Y yo sostengo que es ella y tengo fé en virtud de mi oficio, y vos no teneis sino notificar la sentencia; ahora si otra cosa haceis esto sera bajo vuestra responsabilidad, que yo daré parte.

—Teneis razon.

—No señor, por Dios, que no tiene—dijo Luisa, levantándose, miradme yo no soy Sor Blanca, yo soy Luisa la esposa de Don Melchor Perez de Varais.

—El carcelero tiene razon, y estais notificada, preparaos á sufrir vuestra pena.

—Pero señor por Dios que es una gran injusticia, sino soy Doña Blanca ¿tengo yo de sufrir la muerte por ella?

—¿Qué decis?—preguntó al carcelero el escribano.

—Señor, si vais á escuchar sus tonterias no saldremos de aquí jamás.

—Vaya, bien dicho, vámonos.

—Señor, señor, por vuestra vida—decia Luisa asiéndose al escribano, no consintais semejante injusticia.

—Ea dejadme.

—No os dejaré, no por Dios...............

—Apartad á esta muger.

—El carcelero y un ayudante apartaron á Luisa y la retuvieron mientras salió el escribano.

—Señor, señor, gritaba con desesperacion la infeliz, me asesinan, me asesinan injustamente señor, señor, señor.

Pero el escribano habia salido ya.

—Sí creo que de veras no es esta—dijo el ayudante.

—¿Y qué nos importa? tenemos que ejecutar una ésta noche, si la otra se fué por culpa nuestra es preciso cubrir el espediente, sino, lo menos nos cuesta el destino.

Luisa seguia gritando y forcejando.

—Vamos—dijo el carcelero, al fin esto no tiene ya remedio, conformidad y encomiéndate á Dios.

—Pero esto es una infamia.

—Infamia ó no, no tiene remedio y lo peor es que sino te sosiegas te pongo esposas y grillos, con que ya te digo, resignacion y encomiéndate á Dios.

Luisa vió que nada conseguiria sino que le pusieran esposas, y se tranquilizó, repentinamente pensaba que no era posible que aconteciera semejante cosa. Esperaba que Dios hiciese un milagro con ella, porque olvidaba la cadena de crímenes de su vida, y le parecia imposible que la hiciesen morir en manos de un verdugo.

Los carceleros salieron dejándola mas tranquila.

—Ahora—dijo el carcelero al ayudante, lo que importa para nosotros es que nadie pueda ya hablarla, y que ésta noche solo el verdugo y sus ayudantes entren.........

—Y si quiere confesarse, y por el confesor se sabe todo......

—Diremos que se rehusa á recibir al padre, y es mejor.

—¿Pero si se condena?

—Que mas condenada ha de estar una hechicera como lo es esta negra, sino por esto por otra cosa merece el garrote, ya la deberia.

CAPÍTULO 12

Dios lo ha dispuesto.

LUISA quedó gimiendo en su calabozo: veamos ahora lo que habia acontecido con Blanca y con Don Pedro de Mejía.

El licenciado Vergara tan luego como salió de la inquisicion se dirijió á la Audiencia y envió á llamar al alcalde, ordenándole que á la media noche enviase á la inquisicion una ronda que fuese á recojer una muger que en aquellas cárceles debian entregar, y que esa muger fuese puesta en un separo y con toda clase de consideraciones. Despues de esto escribió á Don Melchor Perez de Varais todo lo acontecido, preguntándole, supuesto que tenia tanto deseo de servirle, qué queria que se hiciese con su Luisa.

La carta salió inmediatamente «con un propio» como se les llamaba á los correos particulares, y Don Pedro de Vergara tranquilo ya, y teniendo segura á Luisa segun creia, determinó no perder ya mas su tiempo en aquel negocio y dedicarse á los asuntos del gobierno de la Nueva España.

El alcalde cumplió exactamente con el encargo del Capitan general, y aquella misma noche Blanca quedó en uno de los separos de la cárcel de la ciudad.

Como ninguno de los carceleros ni de los empleados de la prision tenia antecedentes del negocio, porque el licenciado Vergara nada les habia dicho, no hubo objecion ninguna respecto á la persona de Blanca, y conforme á las órdenes recibidas se comenzó á tratarla con todo género de consideraciones.

El estado de su salud era delicado, pero el cambio de habitacion, de alimentos y de trato, produjo en ella resultados tan satisfactorios, que muy pronto se sintió aliviada y comenzó en ella el estado de convalescencia.

Lo único que le preocupaba era el desenlace que podia tener todo aquello, y los resultados que tanto para ella como para la pobre Luisa que se habia mostrado tan generosa, vendrian en el dia en que tarde ó temprano llegase todo á descubrirse.

Cuando pensaba en esto tenia miedo, pero procuraba olvidarlo y entregarse ciegamente á su destino.

El inquisidor habia llamado á Don Pedro de Mejía, que estaba detenido en la inquisicion.

—En verdad señor de Mejía—dijo el inquisidor, que estais envuelto en negocio que puede llegar á tener fatales concecuencias.

—Puedo asegurar á V. S.—contestó Don Pedro que si he de hablar lo que siento, cuando tengais conocimiento de todo lo que ha ocurrido, su señoría se convencerá de que si algo hay aquí punible, es sin duda el que yo no haya dado parte á la justicia de todo lo que me ocurrió en mi matrimonio.

—Ciertamente, pero ¿cómo podeis esplicarme? porque vos sois sin duda alguna, el autor de todo ese cambio en el color de Doña Luisa, que nos ha hecho pensar en que fuera por artes mágicos y reprobados.

—¡Oh! señor, nada menos que eso, su señoría debe creer que en esto no hay mas mal, que el uso que se hizo de una pintura, compuesta con yerbas y metales y en cuya combinacion para nada intervinieron ni las hechicerias ni el demonio, que si algo hay en ella de notable es la firmeza con que se adhiere á la piel.

—¿Podríais probar eso?

—Tan facilmente, que bastariame enviar á V. S. un frasco con esa tinta, que tan útil puede ser para el uso malo, que yo le dí, como para escribir.

—Bien, ¿y qué teneis que decir en vuestro abono respecto de lo que hicisteis con Luisa?

—Respecto de eso, señor, Luisa por medio de mil intrigas, hízose mi muger, y en la misma noche de mi boda, descubrí su conducta indigna y sus infamias, arrojela de mi casa, y ella en vez de ir á ocultar su vergüenza, se unió publicamente, á Don Melchor Perez de Varais, y procuró tomar venganza contra mí, atizando el fuego de la sedicion contra el virey, y así queriéndola yo castigar he tomado la justicia por mi mano, en lo que confieso humildemente á V. S. que hice mal, pero si V. S. estuviese en pormenores, conoceria que soy muy disculpable.

—Conozco estos antecedentes y toda esa historia, Don Pedro, y creo que en efecto mal habeis hecho en quereros, ó mas bien dicho en haceros justicia por vuestra mano, pero supuestos vuestros antecedentes, y pura ascendencia cristiana, os dispenso por lo que á la fé toca, pero os aconsejo que deis alguna limosna digna de ser agradable á los ojos de Dios.

—Señor ¿os parece que funde una ó dos capellanias?

—Sí, y si quereis mayor seguridad haced esa fundacion dando el patronato, de ellas á la santa inquisicion.

—Haré como decis.

—Y en cuanto á vuestra hermana Blanca supuesto que en lo humano no hay ya remedio, yo os libertaré del deshonor del escándalo, haciendo que la ejecucion se verifique dentro de las mismas cárceles del Santo Oficio.

—Gracias señor, y yo para mostrar mi gratitud ofrezco para la fábrica de la nueva casa que se va á fabricar al santo Tribunal la suma de diez mil duros.

—Dios os premiará por ello, podeis retiraros.

El inquisidor hizo una reverencia y Don Pedro salió contentísimo, porque viviendo Blanca aun era fácil que consiguiera que el Pontífice relajara sus vínculos con la Iglesia y que saliera al mundo, y que le reclamara la parte de su herencia, pero muerta ella toda su fortuna estaba asegurada.

Como el inquisidor ignoraba lo acontecido en el calabozo de Blanca, y el carcelero tuvo muy buen cuidado de no decir una palabra, la sentencia se mandó ejecutar con presencia solo del escribano y testigos que debian de dar fé de la ejecucion.

Siendo el escribano de diligencias distinto del secretario del tribunal que daba cuenta con las causas, de aquí resultaba que si éste conocia á Blanca y á Luisa, aquel no podia guiarse si no por lo que le decian el carcelero y los demas empleados de la prision.

Luisa esperaba en la tarde que volvieran á verla, que se hubiera dado cuenta de lo ocurrido á los inquisidores, en fin, algo, algo, aun cuando no fuera sino un confesor para arreglar su conciencia; comenzaba á temblar ante la muerte, y á arrepentirse de su ligereza al haber cambiado de papel con Doña Blanca.

La tarde pasó entre angustias y esperanzas, entre llanto y desesperacion, no sabia si el tiempo corria demasiado lento ó con mucha precipitacion; hubiera querido salir, presentarse ante el inquisidor, pedir justicia, pero nadie venia.

En vano golpeó la puerta del calabozo y gritó hasta enronquecerse, nadie vino, nadie la hizo caso.

Entonces pegó el oido á la puerta para escuchar algo, para convencerse de si alguien venia.

Algunas veces oia pasos en el corredor, los pasos se iban acercando, el corazon de Luisa palpitaba violentamente, parecia que le iba á ahogar; se escuchaban distintamente las pisadas en el corredor, y hasta parecia detenerse en la puerta una persona. Luisa se retiraba pensando que iban ya á abrir, pero nada, el rumor de los pasos se alejaba y se perdia, y todo volvia á quedar en silencio.

Pasó tambien así una gran parte de la noche: serian las doce, cuando Luisa sintió un gran ruido en la puerta, que se abrió, y penetró en el calabozo una estraña comitiva.

Varios hombres enmascarados, con cirios encendidos en las manos y conduciendo un aparato, que tenia algo de siniestro: era un sillon que depositaron en el centro del calabozo.

Aquel sillon tenia una forma estraña, era de madera, toscamente fabricado y pesado en estremo, el respaldo era maciso y alto, y en el centro tenia á diversas alturas agugeros por donde pasaba un cable delgado, que correspondia á una especie de cruz de aspas iguales que estaba sujeta por detrás al respaldo del sillon.

Toda aquella comitiva murmuraba salmos y oraciones y fué invadiendo el calabozo paulatinamente.

Luisa aterrada de aquello se refugió en uno de los ángulos del cuarto.

CAPÍTULO 13

De lo que arregló Teodoro, y de lo que hizo Martin.

COMO Martin y Teodoro se convencieron de que nada habia de hacer por ellos el Arzobispo, determinaron por sí mismos y á toda costa libertar á sus mugeres.

Teodoro pensó en Santiago, su viejo conocido, el que lo habia introducido en las cárceles para ver á Don José de Abalabide, y se dirigió en su busca.

Santiago vivia aún, y seguia siendo uno de los miembros del secreto.

Teodoro comenzó á conversar con él, indicándole su objeto y ofreciéndole cuanto quisiese.

—Quizá se descubra, ¿y qué me sucederá?

—Pero si yo os prometo que vos no os mezclareis para nada si no solo para aconsejarnos.

—Bien, pero si os pillan, y os dan tormento cantais de seguro.

—¿Y si os damos lo suficiente para huir muy lejos de aquí?

—Aun cuando lograra escapar, siempre la conciencia.......

—Tanto dinero os dariamos que podriais emprender viaje hasta Roma, para pedir el perdon del mismo Papa.

—No, siempre yo no os he de decir nada de que podais echarme la culpa; mirad, yo que estoy en un riesgo y con el Jesus en la boca por falta de seguridad en las prisiones. ¡Dios quiera que pronto se arregle el edificio como debe estar! figuraos que hay una gran atargea que sale debajo del convento de Santo Domingo hasta la calle, y que por allí puede meterse un hombre y salirse cualquier preso.

—¿Y mi muger en dónde está encerrada?

—Precisamente está con la mudita, encima de esa atargea, en el calabozo que queda encima, no mas que no es en el primer piso si no en el segundo.

—Y en el calabozo del primer piso ¿quién está?

—Un caballerito que se llama Don Cesar.

—Y á ese Don Cesar podria yo hablarle ó escribirle.

—En cuanto á eso sí no me pareceria dificil.

—¿Cuándo me llevais?

—Esta noche.

—¿Cómo la otra ocasion?

—Así.

En la noche Teodoro estuvo puntual: al pasar por la espalda de la cárcel del Santo Oficio, Santiago dijo á Teodoro:

—Mirad—del otro lado de esta acequia está la atargea que os dije, y detrás de ese muro, sin estar dividido de la calle mas que por el mismo muro, están arriba los calabozos de tu muger y de la muda, y abajo el de Don Cesar.

Teodoro marcó perfectamente el lugar; conoció que lo que Santiago queria era enseñarle todo aquello indirectamente, y que él pudiese sin comprometerse, salvar á su muger.

Entraron sin dificultad hasta la prision de Don Cesar, y Santiago dejó á Teodoro solo con él.

—Don Cesar—dijo Teodoro.

—Teodoro, ¿vos aquí?

—Sí, pero silencio—vengo á libertaros, y á libertar á mi esposa.

—¿Cómo?

—Mirad, la noche de mañana si sentís golpes aquí en el pavimento, procurad rascar tambien por encima vos; y nada mas, adios.

—Pero.........

—Nada mas; adios.

Teodoro volvió á salir y ya desde ese momento Don Cesar no pudo estar tranquilo ni un instante. Le parecia eterno el dia, y hubiera comenzado á oradar si no hubiera sido una imprudencia.

Sí procuró encontrar con que ayudarse, y solo encontró un hueso; pero un hueso en sus manos podia servir de mucho.

Pasó por fin el dia, y luego la noche.

Entonces sí que ya no pudo contenerse, y determinó comenzar su tarea. Pero ¿por dónde? ¿Sabia él por qué lado llegarian sus libertadores?

—Si vienen tarde no alcanzará el tiempo—pensaba Don Cesar ¿qué hacer?

De repente se estremeció, habia sonado en el piso un golpesito subterraneo, y luego otro.

Don Cesar se arrojó contra el suelo y comenzó á rascar con desesperacion con el hueso, con las manos; en un instante consiguió apartar la tierra hasta llegar á unas grandes lozas que servian de bóveda á la atargea por donde se habia introducido Teodoro.

Don Cesar, le quito cuanta tierra y escombros tenia encima y procuraba levantarla cuando la vió moverse, y alzarse, Teodoro con sus robustas espaldas la hacia salir de su centro y dejar una ancha entrada.

Don Cesar le ayudó á separar la loza, y salieron de aquel agujero, Teodoro y Garatuza, casi desnudos y llenos de lodo.

—¡Vámonos! dijo Don Cesar.

—Aun falta que hacer otra cosa—contestó Teodoro.

Entre Martin y Teodoro, hecharon á la puerta del calabozo para impedir la entrada, cuantos escombros habia en el cuarto; y luego como los techos eran muy bajos Teodoro se subió sobre la mesa que habia en el calabozo, y con una pequeña barra de acero, comenzó á horadar el techo.

La operacion era difícil, pero Teodoro era muy fuerte, y trabajaba con entusiasmo, el sudor bañaba ya su frente y por la parte de arriba se percibia que tambien le ayudaban. Pasó una hora en esta fatiga, y por último la horadacion se comunicó de un calabozo al otro por el techo.

—Sérvia—dijo Teodoro por el agujero.

—Aquí estoy—contestó Sérvia.

Continuó el trabajo con mas actividad y media hora despues ya Sérvia y María habian bajado por allí al calabozo de Don Cesar.

Se habia hecho todo procurando el mayor silencio.

—Ahora sí vámonos—dijo Teodoro—yo guiaré.

Teodoro entró por delante en la atargea que salia para la calle y todos le siguieron.

Aquella atargea era un conducto subterraneo, por donde apenas podia comunicarse un hombre casi arrastrándose: estaba húmeda y fria, y en algunas partes se habian formado depósitos de arena y agua corrompida.

Al salir de allí estaba la acequia que pasaba por la espalda de la inquisicion y era adonde salia á desaguar aquella atargea.

Era preciso atravesar aquella acequia con el agua mas arriba de la cintura.

Teodoro salió el primero, y tomó á María que le seguia inmediatamente sobre sus espaldas, luego Martin que hizo lo mismo con Sérvia, y en seguida apareció Don Cesar.

La noche estaba tan oscura que estando todos tan inmediatos apenas se distinguian unos á los otros.

Atravesaron la acequia y salieron del otro lado, entonces sin hablar Martin echó á caminar por delante y los demás en su seguimiento; y por calles solitarias y estraviadas lograron salir hasta fuera de la traza á un gran edificio que tenia el aspecto de una vieja casa de campo.

Allí estaba ya todo dispuesto, habia caballos ensillados, y hombres á propósito para esa clase de caminatas.

Desde que el marqués de Gelves, habia dejado el gobierno de la Nueva España, los ladrones, habian vuelto á sus antiguas costumbres, y habia cesado la seguridad en las ciudades y en los caminos, y toda la clase de gente perdida estaba contentísima y se cantaba por todas partes una cancion que comenzaba:

Vivimos en nuestra ley,
Que ya se acabó el virey.

A Martin indudablemente no le podian faltar auxiliares de esta clase, y á ellos debia ocurrir en semejante lance.

Los fugitivos comenzaron á disponer y arreglar sus planes.

Martin determinó tomar el camino de Acapulco, llevando en su compañía á Don Cesar.

Y Teodoro prefirió ocultar á Sérvia dentro de la ciudad, y permanecer él en ella como si nada hubiera acontecido.

Todo esto se determinó en un momento, y poco tiempo despues, salian de la casa todos, Martin, María, y Don Cesar á caballo para comenzar la peregrinacion, y Teodoro y su muger á pié para buscar un refugio en donde ocultar á esta última.

Serian las tres de la mañana y era seguro que la evasion no se advertiria en las cárceles del Santo Oficio hasta las siete, que era la hora en que se acostumbraba entrar á los calabozos para llevar á los presos el alimento y agua para todo el dia, y hacer el registro de costumbre.

Los fugitivos contaban con cuatro horas cuando menos de tranquilidad, y en cuatro horas se puede hacer mucho.........

Santiago, habia ayudado y favorecido como hemos dicho la fuga de Don Cesar y de las dos mugeres, y habia recibido una fuerte suma de mano de Teodoro, pero su conciencia de carcelero, y de hermano de la cofradía del glorioso San Pedro Mártir no estaba enteramente tranquila, y á medida que avanzaba la noche, y que se figuraba, que ya llegaba el momento de la evasion, comenzaban á ser mas y mas fuertes sus remordimientos y sentir miedo por los resultados.

Santiago no podia sosegar, no se acostaba, ni podia estar un momento tranquilo; á cada instante se acercaba á la puerta de su casa esperando algo nuevo, temiendo que lo mandasen llamar del Santo Oficio, que todo se hubiese descubierto allí, y en fin que los inquisidores conocieran la parte que habia tenido él en todo.

Era ya la media noche, y Santiago no pudo resistir, tomó su capa y su sombrero y se dirijió á la inquisicion.

Como allí nunca dejaba de estar en pié una guardia de familiares que de dia y de noche asistian al Tribunal, Santiago tuvo con quien hablar inmediatamente.

El hermano que estaba de guardia vió entrar á Santiago, y en el rostro demudado del antiguo ministril, conoció que algo extraordinario le acontecia.

—¿Qué pasa?—le preguntó.

—Una novedad—contestó Santiago: acaban de hacerme la denuncia de que unos reos quieren hacer fuga en esta misma noche.

—¿Cómo?

—No lo dudeis, que así será como me lo han referido, que de persona muy veraz tengo la noticia y me he apresurado á traerosla, por lo que pudiera importar.

—¿Pero en qué parte de la prision se intenta esa fuga? ¿por quiénes? ¿qué pormenores teneis de eso?

—Nada mas os puedo decir, que otra cosa no sé—dijo Santiago, no atreviéndose á dar mayores datos contra sus amigos.

—Entonces, ¿qué os parece que hagamos?

—Pues creo, que debia comenzarse por pasar ahora mismo una visita á todos los calabozos.

—Seria alborotar la prision, y si no hay nada.........

—¿Y si por desgracia hubiere, y vos por negligencia fuerais culpable?

—Os sobra razon—acompañadme, y vamos á practicar la visita.

El hermano comisario de guardia y Santiago tomaron dos faroles, y avisando á los carceleros comenzaron á esa hora un escrupuloso registro general en todos los calabozos.

Todos los reos despertaban espantados: allí donde se temia la muerte y el tormento á cada instante, un rumor á media noche, una visita inesperada de los carceleros y del comisario, eran para estremecer á cualquiera.

Los reos se incorporaban en sus pobres lechos de paja y con ojos inquietos miraban á esas horas que los ministros del Santo Oficio buscaban por todas partes, removian la paja de las camas, tocaban en las paredes, y luego que estaban satisfechos, se retiraban sin hablar una palabra.

Llegaron por fin las pesquizas hasta el calabozo que ocupaba Don Cesar.

El carcelero dió Vuelta á la llave y Santiago se puso á temblar porque habia llegado el momento supremo, iba ó á descubrirse la fuga, ó á impedirse que tuviera efecto y Santiago no sabia que era lo que deseaba que sucediera mejor.

El carcelero dió vuelta á las llaves, corrió los cerrojos y empujó la puerta, pero la puerta no cedió, redobló sus esfuerzos y la puerta permaneció cerrada; indudablemente habia por dentro un fuerte obstáculo que impedia abrirse.

—¿Qué sucede?—preguntó el comisario.

—No puede abrirse—contestó el carcelero—aquí sí hay alguna cosa sospechosa.

—¿Quién está preso aquí?

—Don Cesar de Villaclara—contestó Santiago.

—Es preciso abrir y pronto—agregó el comisario.

Y todos reunieron sus esfuerzos y empujaron aquella maciza puerta que tenia por el interior nada menos que la loza que le habia puesto Teodoro.

Resistió por mucho tiempo la puerta, pero al fin cedió abriéndose con extraordinaria violencia.

Los familiares penetraron y reconocieron el calabozo.

—¡Vacio! dijo uno.

—¡Vacio! contestaron todos.

El comisario se puso á examinar el agugero que habia en el suelo.

—Por aquí fué la fuga—esclamó; y luego mirando horadado el techo: ¡y los de arriba tambien, esto es muy sospechoso!

Santiago no podia ni respirar del miedo.

CAPÍTULO 14

Dios lo ha dispuesto.—Concluye.

COMO nuestros lectores estarán impacientes por saber lo que habia acontecido á Luisa, y nos hemos adelantado un dia por seguir á Teodoro y á Martin, vamos á volverlos á llevar á la inquisicion.

El estraño cortejo se colocó en derredor del sillon, y sin interrumpir su rezo.

Un hombre con el mismo saco y capucha de los familiares, pero con los brazos descubiertos, atravesó el círculo que formaban los de las velas, y acompañado de otros dos que lo seguian, se dirijió al ángulo en que se habia refugiado Luisa y se apoderó de ella.

Hasta aquel momento Luisa no se habia atrevido ni á pronunciar una palabra, le parecia que soñaba; aquellos hombres entraron y se colocaron sin fijarse al parecer en ella, como si ella fuera estraña á lo que iba á pasar allí.

Cuando Luisa se sintió asir por aquellos tres hombres, lanzó un grito y quiso desprenderse de ellos, pero fué imposible; quiso resistirse, pero en vano.

—¿Qué se va á hacer conmigo? tengo miedo señores, por Dios, ¿qué me van á hacer?—decia procurando resistir.

Nadie le contestaba, y los tres hombres la arrastraban con extraordinaria facilidad hasta el fatal sillon.

—Pero por nuestro Señor Jesucristo, ¿qué pretendeis? ¿Es acaso para darme tormento? ¿Quereis matarme? Yo lo diré todo, todo, contestadme siquiera señores; á un cristiano no se le niega el habla; ¡por Dios! siquiera que me respondan.

Los de las velas continuaban rezando en voz alta, y en un tono triste y monótono.

Habian sentado á Luisa y comenzaban á atarla fuertemente contra el aparato los piés, los brazos y la cintura, sin que valieran en nada sus esfuerzos.

—¡Ay!—decia Luisa, ¡ay Dios mio, que me matan! ¡Señores que vais á cometer una grande injusticia! Señores, por la salvacion de vuestras almas, yo no soy la muger destinada á muerte, yo no soy Doña Blanca, yo soy Luisa, soy Luisa.....

—Ponle una mordaza—dijo por lo bajo un carcelero á otro, no vaya á ser la desgracia que se aparezca el inquisidor, ó alguno de estos hermanos vaya á creer lo que dice esta loca y vayamos á tener que sentir.

El carcelero sacó violentamente de debajo de su hábito una mordaza de esas que tenian la figura de una pera, y cuando Luisa abrió la boca para gritar, se la introdujo tan perfectamente y con tanta rapidez que podria asegurarse que tenia gran práctica en aquella operacion.

Los verdugos nada dijeron, pero la voz de Luisa se apagó repentinamente, y solo por los lados de la mordaza se escapaba una especie de silbido.

Los hermanos de la «cofradía de San Pedro Mártir» seguian en su rezo como si nada estuviera pasando allí.

Luisa estaba completamente asegurada, y solo tenia movimiento en los ojos que volvia suplicantes á todos lados, sin encontrar ni un rostro ni una mirada compasiva; al través de los capuchones se adivinaban rostros feroces, ó sonrisas sarcásticas.

En aquel momento quizá pensó Luisa en la esclava ejecutada en la plaza mayor, y de quien ella se habia reido.

Los verdugos pasaron una cuerda al derredor del cuello de Luisa y por detrás la aseguraron al centro de las aspas.

Uno de los hermanos hizo una seña y todos se arrodillaron; los verdugos con una rapidez extraordinaria, comenzaron á voltear las aspas.

Luisa abrió por un instante los ojos espantosamente, su seno se agitó con extraordinaria violencia, gruesas gotas de sudor se desprendieron del nacimiento de sus cabellos, se estremeció convulsivamente, inclinó la cabeza dejando salir de su boca la lengua larga y amoratada, y luego no se movió mas.

Estaba muerta.

Los verdugos seguian volteando las aspas, y los hermanos rezando, hasta que á una señal del gefe de aquellos hombres todos se pusieron de pié y en silencio.

En este momento se presentó en la puerta el inquisidor mayor, Don Juan Gutierrez Flores.

—¿Habeis concluido?—preguntó.

—Todo ha pasado—contestó el escribano.

—Dios la haya perdonado—agregó el inquisidor, haciendo un movimiento para retirarse; pero de repente miró la cara de la muerta que le habian ocultado intencionalmente los hermanos, y lanzando una esclamacion se dirijió á ella.

—¿Qué habeis hecho? ¡Esta no es Doña Blanca!

—Señor—contestó el escribano—es la misma á quien he notificado en esta mañana la sentencia.

—Pero esta muger debia estar libre, ó por lo menos en poder de la justicia ordinaria; esta era Luisa.

—Señor, eso decia ella—dijo el escribano.

—Pero ¿por qué no me avisásteis nada?

—No podia yo mas que asentar la apelacion si interponia el recurso; pero no admitir escepciones, ni dilatorias, ni perentorias..........

—¿Pero cuando esta infeliz os hacia notar vuestro error?

—No hacia fé en juicio su declaracion.

—¿Y á dónde está Sor Blanca, la otra muger que estaba presa con ésta?

—Recibí órden de su señoría para que fuera entregada á la ronda que debia venir por ella.

—¿Conque es decir que todo lo habeis trastornado? Mañana mismo es preciso levantar sobre todo esto un proceso, porque no puede quedarse así. ¡Pobre muger! agregó mirando á Luisa. La Providencia te ha castigado: debias estar muy lejos de aquí. En fin, Dios lo ha dispuesto así...

~

Al dia siguiente el inquisidor envió á llamar muy temprano al licenciado Vergara Gaviria, para un negocio muy importante.

Aunque Vergara tenia la investidura de Capitan general, con la inquisicion se andaba muy sumiso, tanto por el poder y la influencia que tenia ese Tribunal, como por lo que los inquisidores podian informar al rey bien ó mal del tumulto contra el marqués de Gelves.

Don Pedro de Vergara asistió muy puntual al llamado del inquisidor.

—¿Ha visto V. E.—le dijo éste—á la muger que le remití?

—No—contestó Don Pedro—que tanto me preocupan los negocios del Estado que no he tenido tiempo para ello.

—Pues de saber tiene Su Excelencia que ha pasado aquí un lance, que me ha parecido en estremo desagradable y me obliga á llamaros.

—¿Qué hay, pues?—dijo espantado Vergara.

—Que los encargados de cumplir las órdenes no enviaron á Luisa, sino que en su lugar dejaron salir á una muger sentenciada á la pena de garrote vil.

—Pues nada hay perdido, porque la muger está segura en las prisiones de la ciudad.

—Pero es que en el lugar de ella quedó Luisa y.........

—¿Y qué?.........

—Que ha sufrido anoche la última pena.

—¡Jesus nos ampare! esclamó pálido como un muerto Vergara. ¿Y qué hacemos?

—Reflexione V. E. que no se puede hacer aquí otra cosa sino guardar silencio respecto á Luisa, y que me remita V. E. la muger que le mandé entregar para que sufra la pena á que fué condenada.

CAPÍTULO 15

En donde se vé como volvieron á encontrarse dos antiguos conocidos.

LOS sabuesos de la inquisicion se pusieron en movimiento. Los fugitivos no podian ir muy lejos segun los cálculos de los inquisidores, á quienes se dió parte de la evasion, y en la madrugada por todas partes se encontraban en las calles rondas y familiares.

Martin y Don Cesar que tomaron camino fuera de la ciudad, no pudieron observar este movimiento, pero Teodoro y su muger lo conocieron inmediatamente.

A cada instante tenian que ocultarse ó variar de direccion, porque sentian rumor de gente ó descubrian algun farolillo á lo lejos que venia aproximándose.

A medida que avanzaban mas hácia el centro de la ciudad, notaban mayor agitacion entre las gentes de justicia: una fuga de las cárceles del Santo Oficio era una cosa casi fabulosa que causaba admiracion, que pocos se atreverian á creer, y que sin embargo de todo habia costado muy poco trabajo á Don Cesar y á las dos mugeres.

Continuó Teodoro avanzando con Sérvia, hasta que llegó á una calle larga, estrecha y oscura que le pareció la mas propia para transitar.

Iban ya cerca de la mitad de la calle cuando por el frente observaron una patrulla que desembocaba; Teodoro creyó prudente retroceder y no encontrarse con ella: así lo hizo, pero entonces advirtió que por el otro estremo entraba tambien gente de justicia.

La situacion de Sérvia y de Teodoro era angustiosa: no podian ni avanzar ni retroceder sin encontrarse con alguna de las dos rondas; y permanecer allí era entregarse irremisiblemente en manos de la justicia.

Felizmente para ellos la noche era muy oscura todavía, y aun no podian haber sido descubiertos.

Teodoro se puso á buscar alguna salida, pero no habia por allí ninguna puerta compasiva que se abriera. Casi desesperado levantó la cabeza, y á poca altura vió un balconcillo.

Entonces pensó que aquel era su último recurso, alzó con sus robustos brazos á Sérvia que se asió del balcon y pasó dentro del barandal, luego saltó él mismo, y asegurándose de la reja pasó tambien á colocarse al lado de su muger.

Ya era tiempo porque la claridad de los faroles de la ronda comenzaba a invadir el lugar en que ellos estaban.

Sin embargo, el balconcillo estaba muy bajo y podian verles, y entonces si no habia otro remedio, Teodoro y su muger se finjirian vecinos que salian atraidos por la curiosidad; pero Teodoro quiso probar antes si las puertas del balcon estaban cerradas, las impulsó suavemente, y contra todo lo que él se figuraba, las puertas, cediendo al impulso, se abrieron suavemente sin producir ninguna clase de ruido. En estos momentos se encontraban las dos rondas al pié del balcon.

La estancia en que penetraron Teodoro y Sérvia estaba alumbrada: cerca de una gran mesa cargada de libros, de frascos y de retortas, un anciano leía á la luz de un mechero de aceite.

El anciano al sentir que se abria el balcon volvió hácia allí el rostro, alzando su mano para cubrirse el resplandor del mechero que le deslumbraba.

Teodoro se quedó parado, y Sérvia se arrodilló poniendo un dedo sobre sus labios y como implorando silencio y socorro.

Ni una palabra dijo el anciano, y luego despues de haber reflexionado un poco hizo una seña para que se acercasen.

Teodoro y Sérvia obedecieron, y llegaron hasta cerca de la mesa.

El anciano los seguia examinando en silencio y con grandísima atencion; su rostro se iba animando poco á poco hasta que al fin, como dudando, esclamó:

—¡Teodoro!

Teodoro no contestó, y miró de hito en hito al anciano.

—¡Teodoro!—repitió el anciano—¿eres tú?

—Sí, señor. ¿Pero vos quién sois, que así me conoceis?

—¿No te acuerdas de mí, hijo mio?

—No señor—dijo Teodoro vacilando.

—Don José, yo soy Don José de Abalabide, hijo mio......

Apenas pudo concluir el anciano, porque Teodoro se habia arrojado á su cuello, y lloraba, como lloraba tambien el viejo.

—Teodoro, decia Don José—no me conocias, hijo mío, ingrato; tú el único que no me olvidó en mi desgracia.........

—Sérvia, Sérvia—decia Teodoro conmovido: mira, mira, éste es nuestro padre de quien tanto te hablaba.—Señor, es mi muger, la madre de mis hijos......... Abraza á Don José, Sérvia, abrázale: señor, permitidle que os abrace; es negrita, pero muy buena y os ha querido siempre.

—Y Don José abrazaba á la negrita que, mirando á los dos tan emocionados, lloraba tambien.

—Vamos, vamos, calmaos—decia Don José—que ya es mucho y pueden dañarme tantas emociones: siéntate Teodoro, siéntate hija. ¿Qué andais haciendo así, entrando por los balcones? Supongo que tú Teodoro no te habrás vuelto un perdido, hijo mio.

—Ah, no señor—respondió Teodoro—soy rico porque recojí todos vuestros bienes ocultos, y en lugar de disminuir han aumentado: sí, señor, Dios nos bendijo, y puedo entregaros buenas cuentas de todo; están vuestros intereses mejor que antes.........

—Vamos, vamos—dijo Don José pasando su mano por la cabeza de Teodoro como podia haberlo hecho un padre con un hijo.—Vamos, loco, ¿quién habla aquí de intereses, ni qué tienes tú que darme á mí cuenta de dinero que es tuyo? Si ha disminuido, por tí lo siento; y si por el contrario aumentó, como tú me dices, me alegro, y que Dios te haga muy feliz con él; que todo lo mereces, porque eres agradecido y bueno, y tienes el corazon grande y limpio.

Teodoro conmovido besaba la mano del viejo. Sérvia lloraba.

—Vamos, cálmate—continuó Don José—cálmate y cuéntame que andais haciendo, entrando así por los balcones y á estas horas.

—Señor—dijo Teodoro—veniamos huyendo perseguidos por la justicia.

—Por la justicia ¿pero qué habeis hecho vosotros?

—¿Qué? á vos nada puedo ocultaros, mi esposa señor se ha fugado esta noche de las cárceles de la inquisicion.

—¡Fugado de la inquisicion! ¡pero eso es maravilloso! ¿cómo?

—Con ayuda de un amigo, que tambien tenia allí presa á su muger.

—¿Y os han visto?

—No señor, la calle estaba oscura, y aunque las dos rondas venian á encontrarnos en medio, Dios me inspiró la idea de asaltar este balcon, y ya lo veis, nos hemos salvado.

—Es necesario cerciorarse de que nada observó la justicia, asómate, y yo ocultaré la luz para que no te vayan á descubrir.

Abalabide ocultó la luz detrás de la carpeta que cubria la mesa, y Teodoro con gran precaucion y casi arrastrándose se asomó á la calle.

Las dos rondas se habian encontrado y habian retrocedido juntas, apenas se distinguia á lo lejos la luz de los farolillos.

—Estamos salvados—dijo Teodoro, se han ido.

—Bien, ¿y qué pensais hacer ahora?

—Volvernos—dijo Teodoro por donde hemos venido, que necesito al menos por algunos dias, tener oculta á mi muger, mientras, se calma la persecucion.

—¿Pero á dónde vas á ocultarla?

—Yo no sé, pero buscaré adonde.

—Mira hijo, lo mejor será que la dejes aquí unos dias, esta casa es grande y no puede ser sospechosa.

—¿Es vuestra señor?

—Como si lo fuera es de un caballero amigo mio que se llama Don Cárlos de Arellano.

—¡Don Cárlos! el amante de Luisa; el que denunció la conspiracion..........

Llamaron á la puerta y Teodoro calló repentinamente.

—Ocultaos allí en ese aposento—dijo en voz baja Don José, pero pronto..........

Teodoro y Sérvia obedecieron sin replicar.

Habian vuelto á llamar á la puerta.

—Pasen—dijo Don José, procurando dar á su rostro un aire indiferente.

Don Cárlos de Arellano entró mirando curiosamente á todos lados.

—Habia creido—dijo—que hablabais con álguien.

—Tengo algunas veces, como sabeis, la costumbre de estudiar en alta voz y en este momento me sucedia que entusiasmado con un trozo de Alberto Magno casi declamaba, ¿pero qué novedad os trae por acá á estas horas?

—Una grande y secreta: acabo de llegar de la casa de Don Pedro de Mejía.

—¿Y bien?

—Que Don Pedro ha sabido muy secretamente por uno de los secretarios del Capitan General, que su hermana Blanca presa en la inquisicion se ha fugado.

—¿Se ha fugado?—dijo Don José pensando que tal vez habia salido con la muger de Teodoro.

—Sí, mirad como estuvo la cosa. Luisa que estaba en el calabozo con ella consiguió por medio del Capitan general salir de la inquisicion, pero á la hora de la salida, Blanca tomó su lugar y ella fué y no Luisa la que consiguió la libertad.

—¡Caso mas raro!

—Pues aun hay mas: Blanca debia sufrir esa noche la pena de garrote, y como Luisa habia quedado en su lugar, ella la sufrió y la han ahorcado.

—¡Jesús! dijo Don José.

—Y hay mas aún.

—¿Qué? decidme que estoy espantado.

—Descubierto todo, el inquisidor llamó al licenciado Vergara, le refirió el hecho y dispuso, que vuelva Sor Blanca á la inquisicion, para que sufra tambien la muerte á que estaba sentenciada.

—¡Pobre muger! pero eso ya es demasiado y Don Pedro ¿qué dice?

—Aquí en confianza, Don Pedro tiene un negro corazon, y ni se afecta con la muerte de Luisa, ni se apura por la suerte que aguarda á su pobre hermana.

—¿Pero ese hombre es un tigre?

—Creo que sí ¡pobre Blanca!

—¡Pudiéramos salvarla!

—Ojalá.

—Decidme está ya en la inquisicion.

—No, pero hoy antes que salga la luz la conduciran para allá.

—Quizá haya esperanza de hacer algo por ella.

—Como á estas horas no tenemos de quien valernos y el negocio es muy peligroso.

—¿Quién podrá ayudarnos, quién?

—Yo—dijo Teodoro presentándose.

Don Cárlos retrocedió, llevando la mano al puño de su espada.

—¿Quién es este hombre? ¿Qué quiere aquí?—dijo.

—Calmaos—contestó Don José: es casi mi hijo y á vos esplicaré despues, por ahora decidle lo que pensais respecto á Blanca, y él os comprenderá y os ayudará, yo le fio.

—Bien está—dijo sosegándose Don Cárlos—has oido ya de lo que se trata.

—Sí señor.

—¿Y qué te parece?

—Me parece que todo se puede hacer muy fácilmente.

—¿Cómo?

—¿Decís que hoy deben llevar á Doña Blanca á la inquisicion?

—Sí, antes que haya luz.

—¿En dónde está ahora?

—En la cárcel de la ciudad.

—Entonces voy á esperar que la saquen, la sigo y en donde me sea posible se las quito á los alguaciles y la salvo. En ese caso, ¿á dónde podré llevarla?

—A mi casa de la Estrella, ¿sabes?

—Sí señor.

—Allí estará segura.

—Pues no hay que perder el tiempo. Me voy, adios, encomendadme á Dios; en todo caso, señor, os dejo á mi pobre muger.

—Confia en mí—contestó Don José.

Teodoro besó la mano del viejo y se dirijió al balcon, abrió las puertas, y saltó lijero á la calle.

Don Cárlos se asomó y permaneció allí hasta que se perdió el eco de las pisadas de Teodoro.

CAPÍTULO 16

De como Teodoro no "reparaba en pelillos" como decia el refran.

LA mañana comenzaba ya á blanquear el horizonte; comenzaba ya á sentirse ese ruido que constituye, por decirlo así, la vida de una ciudad. Las campanas de los templos llamaban á la primera misa, y los muy devotos y los hombres trabajadores se levantaban á toda prisa y se lanzaban á la calle como las avejas atraidas por el sonido de las campanas.

Cerca de la puerta de la casa Municipal, Teodoro se paseaba impaciente; pronto iba á ser ya de dia y no habia aparecido la silla de manos en que debian conducir á Doña Blanca á la inquisicion.

Teodoro estaba desesperado, si tardaba mas Doña Blanca ya no era posible llevar á efecto el plan que habia meditado.

Teodoro hubiera arremetido contra diez alguaciles en medio de la oscuridad, y se sentia con ánimo para hacerles huir, pero en pleno dia y en calles tan concurridas como las que tenian que atravesarse de la casa de la ciudad á la inquisicion, le parecia mas que locura.

Por fin, las puertas de la prision se abrieron y apareció una silla de manos conducida por dos presos, y custodiada por dos alguaciles.

No habia mas dificultad que en lo avanzado de la hora; pero Teodoro determinó jugar la partida y esponer el todo por el todo.

La silla tomó el camino de la inquisicion y Teodoro la siguió á una regular distancia; aun habia muy poca gente y apenas paraban la atencion en lo que conducian los alguaciles.

Llegando cerca de la esquina de Tacuba, Teodoro avivó el paso y alcanzó á los alguaciles que conversaban descuidadamente, asió con cada mano á cada uno de ellos por el cuello, y dándoles un movimiento de oscilacion les lanzó con toda la fuerza de sus poderosos brazos á una distancia increible.

Los dos alguaciles cayeron en tierra espantados, pero era tal el impulso que les habia dado Teodoro, que anduvieron aún de narices un largo trecho, dejando en el suelo restos empolvados de la ropilla y de las calzas.

Los presos que llevaban la silla al ver aquel lance, la pusieron en tierra, y aprovechando la ocasion echaron á correr con toda la fuerza de sus piernas.

Teodoro abrió la puerta de la silla y dijo á Doña Blanca que le miraba espantada.

—Salid, Doña Blanca, huyámos.

Doña Blanca se sonrió tristemente.

—No es posible, contestó, no puedo andar; el tormento me ha dejado baldada.

Teodoro comprendió todo y no contestó, sino que inclinándose tomó á Blanca entre sus brazos como hubiera podido hacerlo con un niño, y atropellando á los curiosos que se habian reunido allí tomó el rumbo de la Alameda, por la calle que se llamaba ya de Tlacopan, ó Tacuba.

Los alguaciles habian vuelto en sí de su sorpresa, y comenzaban á apellidar socorro, sin atreverse á ir ellos en persecucion de los fugitivos.

Teodoro aunque sin correr apresuraba el paso, y llegó sin ser perseguido hasta atravesar la Alameda. Ganando el campo se creia seguro.

Estaba ya fuera de la ciudad, cuando observó que venian á lo lejos algunos jinetes.

—Nos siguen—dijo Doña Blanca.

—Pero no nos alcanzarán—contestó Teodoro y abandonando el camino real, tomó entre unos sembrados de maiz, que por desgracia no tenian bastante altura para cubrirle.

Los jinetes comenzaron á galopar, por que advirtieron la marcha que habia seguido Teodoro.

—¡Por Dios, Teodoro! que están ya muy cerca.

—No temais, Doña Blanca, yo os salvaré.

Los perseguidores no encontraron paso para entrar á los sembrados y fueron á dar vuelta: Teodoro comenzó á correr.

—Déjame, déjame—decia Doña Blanca—sálvate tú y no te comprometas más; déjame seguir mi desgraciada suerte.

Teodoro no contestaba y seguia corriendo.

Los jinetes habian encontrado ya el paso, y aunque caminaban con dificultad entre los surcos, avanzaban, sin embargo, con una rapidez desesperante para Teodoro y para Blanca.

Llegaron á una de esas grandes cercas de piedra que cierran en México las heredades, y Teodoro bendijo á Dios porque aquel obstáculo, dificil de salvar por sus perseguidores, era poca cosa para el que iba á pié; pasó primero á Doña Blanca y luego pasó él, volvió á tomarla entre sus brazos y siguió corriendo.

Sucedió lo que él habia pensado: los que venian á caballo necesitaron buscar un portillo para salvar la cerca y él ganó entre tanto mucho terreno. Pero los caballos salvaron muy pronto aquella distancia y se veian ya muy cerca.

Blanca rogaba á Teodoro que la abandonase, pero era imposible que él hiciese semejante cosa.

Teodoro comenzaba ya á fatigarse, su respiracion era muy agitada, su frente estaba cubierta de sudor, y su marcha era cada vez mas lenta.

Comenzaba á desesperar; oia ya el rumor lejano de los pasos de los caballos de sus perseguidores.

De repente Teodoro se animó: á lo lejos vió un hombre que venia en un caballo; encontrarle pronto era salvarse; avivó el paso y muy pronto estuvo al lado del viajero.

Teodoro puso á Doña Blanca en tierra, y antes que el viajero se apercibiese se arrojó sobre él y le derribó del caballo.

El hombre se espantó, de modo que no opuso resistencia, y Teodoro se apoderó inmediatamente del caballo, que no era un animal notable pero que sin embargo debia servirle porque él se encontraba ya incapaz de seguir conduciendo á Doña Blanca en sus hombros.

Entre tanto los perseguidores venian ya muy cerca y podian escucharse sus gritos de ¡ténganse al rey, dénse á la justicia!

Teodoro subió á Doña Blanca en el caballo y él se colocó en las ancas del animal, y echaron á caminar, pero el dueño del caballo vió tan cerca el refuerzo que se animó á hacer algo ya de su parte por no perder su propiedad, y se afianzó de una pierna de Teodoro.

—Soltad—dijo el negro.

—Nunca, nunca, ladron, negro, deja mi caballo.

—Soltad, que yo os pagaré diez veces lo que vale el caballo.

El hombre no soltaba, y la situacion era comprometida.

—Pues no sueltas—dijo Teodoro—toma.

Y levantando la mano descargó sobre la frente del viagero un puñetazo capaz de derribar un buey; el hombre lanzó un gemido sordo, y rodó entre el polvo como un muerto.

Teodoro puso entonces á escape su caballo.

El animal no tenia trazas de aguantar mucho, y su carrera no era ni firme ni ligera.

—Teodoro, déjame aquí—decia Doña Blanca—déjame, sálvate, que ya nos alcanzan.

—No temais señora aun hay esperanzas, repetia el negro. El demonio parecia conducir á los que perseguian á Blanca, porque á cada momento estaban mas y mas cerca, ya se percibia el aliento fatigoso de sus caballos, y se escuchaban perfectamente las voces.

Se habia perdido el camino y Teodoro corria por un sendero angosto y sembrado de árboles que estaba al lado de un barranco profundo.

A lo lejos se descubrió un puente de madera, llegar á ese puente, atravesarlo, y derribarlo despues, era la ilusion de Teodoro, si lo conseguia estaba salvado.

Aguijó al caballo y estaba ya muy cerca del puente cuando el animal tropezando cayó del lado del barranco.

Perseguidos y perseguidores todos lanzaron un grito de espanto; Teodoro lanzado violentamente rodó por aquella pendiente entre los matorrales y las piedras, y se oyó el ruido de su cuerpo al caer en el arroyo que cruzaba por el fondo.

Doña Blanca desprendiéndose de la silla quedó prendida por la falda al tronco de un árbol y suspendida sobre una inmensa profundidad.

Los perseguidores llegaban en este momento al lugar de la desgracia.

CAPÍTULO 17

De como llegó á México en busca de su Luisa Don Melchor Perez de Varais, y de lo que le pasó.

EL propio, enviado por el licenciado Vergara Gaviria, llegó á Metepec y entregó las cartas que llevaba á Don Melchor, que estaba entregado á la mas profunda melancolía.

Don Melchor habia tenido por Luisa una verdadera pasion, y quizá le hubiera afectado menos, que ella le hubiera abandonado, que la aventura que no habia podido esplicarse y de la que él ó Luisa habian sido víctimas.

La llegada del correo le puso como fuera de sí de placer, inmediatamente comenzó á disponerlo todo para regresar á México, é hizo volverse en el acto al correo con una carta en que avisaba al licenciado Vergara que pronto se ponia en marcha para la Capital, y que tratase á Luisa con cuantas consideraciones pudiese no escaseando gastos de ninguna especie: la carta debia llegar á México tres dias antes que Don Melchor.

El licenciado Vergara recibió esa carta, y sin pérdida de tiempo se dirijió en busca del inquisidor.

Don Juan Gutierrez Flores estaba frenético, hacia muchos años que no se oía decir de una fuga en las cárceles del Santo Oficio, y en aquellos dias, sin que pudiese culparse á nadie, se habian fugado Don

Cesar, María y Sérvia, y Doña Blanca habia sido arrebatada en esa mañana misma á los alguaciles.

Su señoría estaba temible en aquellos momentos.

La visita de Don Pedro Vergara con las noticias que traía no podia ser mas inoportuna.

El inquisidor fingió una amabilidad tan repugnante, como seria la sonrisa de un tigre, y Don Pedro nada conoció.

—Acabo de recibir—dijo—noticias de Metepec.

—¿Y qué sabe S. E. de nuevo?—contestó el inquisidor.

—Nada mas, si no que Don Melchor Perez de Varais me anuncia su próxima llegada á esta Capital.

—Paréceme eso de poca importancia.

—Creo al contrario de su señoría, que es de mucha y muy grave.

—Permítame V. E. que no comprenda............

—Don Melchor viene en pos de Luisa. ¿Y qué podrá decírsele?

—No sé qué derechos pueda alegar para interesarse por ella supuesto que sabemos que no era su esposa, si no de Don Pedro de Mejía.

—Con derechos ó sin ellos, lo cierto es que como creía yo que me habia sido remitida, le escribí lo acontecido, y puede ahora interesarse por ella.

—No tiene derecho alguno, y así se le puede contestar.

—Lo cual no nos salvará de un gran escándalo, que á mi juicio tanto cede en mengua mia como de la justicia del Santo Tribunal, que ejecuta á un reo por otro.

—En efecto, dice bien Su Excelencia.

—Pues es necesario dar un paso, si á su señoría le parece.

—Piense V. E. si será mejor detener á Don Melchor en su camino, ó esperar á que llegue para hacerle aquí desistir de su empresa, y que deje todo por olvidado ¿cuándo cree S. E. que llegará Don Melchor?

—Segun su exaltacion mañana debe estar aquí.

—En ese caso lo mejor seria detenerle en el camino, mientras disponemos algo que evite el natural escándalo y menosprecio que causaria la muerte de Luisa y los estraños acontecimientos que á ella dieron lugar.

—¿Cúal es pues, el plan de su señoría?

—Aun no me fijo perfectamente, pero en primer lugar, es fuerza detener á Don Melchor, y despues vacilo en decidirme, si le presentamos un cadáver de negra, diciéndole que es Luisa, que murió de enfermedad natural, ó una negra viva que le hagamos tambien creer que es ella.

—¿Y será posible que lo crea?

—Todo está en la clase de muger que se le presente.

—Cuidaremos entonces de buscar una muy inteligente.

—Por el contrario, la mas estúpida que podais encontrar, con tal de que sea jóven y tenga una estatura semejante á la de Luisa, porque diremos á Don Melchor, que su situacion hizo perder el juicio á la pobre muchacha, y de esa manera, cualquier cosa que oiga, lo atribuirá á locura. Con esto no quedará por tierra el honor de la Santa Inquisicion y nadie podrá descubrir lo que ha pasado en este negocio.

—Me parece un buen plan.

—Si se le presentára un cadáver, Don Melchor seria muy capaz de querer hacerle honras tan suntuosas que llamarian la atencion, y darian orígen al escándalo que tratamos de evitar.

—En efecto.

—Bien, pero es necesario que disponga V. E. las cosas, de manera de detener siquiera el dia de mañana á Don Melchor.

—Eso corre de mi cuenta.

—¿Y cómo?

—Mañana enviaré al camino que debe traer algunos enmascarados que le detengan, y le lleven prisionero por unos dias á una quinta de los alrededores, y luego le soltarán.

—Pero pudieran acontecer muchas desgracias, si él se resiste.

—No se resistirá, que enviare tal cantidad de gente que conocerá que toda resistencia es inútil.

—Así creo que está todo bien combinado ¿y V. E. se encarga de que le lleven la esclava que debe presentársele á Don Melchor?

—Si su señoría no tiene de quién echar mano.........

—No tengo por ahora, pero mañana cuando venga V. E. para que hablemos, y que llegue la noticia de haber sido detenido Don Melchor, le diré si por mi parte he encontrado lo que necesitamos.

—Bueno, voyme á preparar las cosas para mañana, y estaré aquí mañana al medio dia.

—El licenciado se despidió del inquisidor y cada uno fué á dar por su parte las órdenes respectivas.....................

Los caminos estaban plagados de malechores, y en aquellos dias era una cosa muy espuesta viajar sin el acompañamiento de una muy fuerte escolta, pero tal habia sido la precipitacion, con que Don Melchor habia salido de Metepec, que apenas se habia hecho acompañar por dos criados.

En aquellos tiempos, Toluca era una poblacion inferior á Metepec y á Ixtlahuaca; no habia ese comercio, ni esa ancha vía de comunicacion que atraviesa por medio del Monte de las Cruces: angostas y escabrosas veredas de herradura daban paso á los que á pié ó á caballo pasaban de uno á otro de los pueblos, ó á México.

Por lo que se ha dicho se conocerá con que desconfianza caminaban todos, procurando reunirse en carabanas para ponerse mas á cubierto de los asaltos de los ladrones.

Don Melchor atravesó sin novedad alguna el monte, y luego el valle de México sin haber encontrado ni ladrones ni viajeros.

Estaba ya cerca de la ciudad cuando notó que delante de él caminaba un grupo de gentes á caballo custodiando un carro de dos ruedas: los hombres tenian trasa de gente de justicia y en el carro no podia distinguirse lo que llevaban porque iba cubierto con un toldo de *petates*.

Don Melchor quiso aprovechar aquella compañia, porque aun en las mismas puertas de la ciudad solian acontecer robos y muertes.

Don Melchor saludó á los que iban á caballo, y ellos le reconocieron luego como que habia sido por algunos meses corregidor de México.

—¿Y qué llevais en ese carro? preguntó Don Melchor.

—Señor—contestó uno de ellos—nosotros salimos en persecucion de un negro y una muger que atacaron á la justicia y se fugaron, y nos hicieron correr mucho, pero el negro cayó del caballo hasta el fondo de una barranca, y la muger hubiera seguido la misma suerte, pero se atoró de la falda en una rama y la recogimos; al negro ni modo siquiera de buscarle.

—¿Y cuándo fué eso?

—Ayer señor, pero nuestros animales estaban cansados, y esta muger no podia andar, tuvimos que pedir posada, y conseguir un carro para traerla y ahí va.

—Bien, nos iremos acompañados.

—Como mande su señoría.

Don Melchor caminaba por delante, y paso á paso para que pudiera seguirle el carro y habian avanzado ya algo, cuando de repente de una arboleda se desprendieron una porcion de enmascarados que estaban ocultos allí y rodearon á Don Melchor y á los que le acompañaban.

Ninguno pensó en defenderse, y los enmascarados comenzaron á hacer bajar á todos de los caballos.

CAPÍTULO 18

En que se cuenta lo que pasó á Don Melchor y á Blanca.

LOS enmascarados que rodearon á Don Melchor terminaron tranquilamente su tarea, ataron los caballos de los que custodiaban á Doña Blanca, y de los criados de Perez, y luego á este le acomodaron tambien con Blanca y echaron á caminar llevándose el carro con tanta confianza como si no dejaran amarrados á los agentes de la justicia.

Anduvieron así hasta muy cerca de anochecer, sin que Perez hubiera comprendido cuales eran sus intenciones, y á cosa de la oracion llegaron á una hacienda y entraron al patio de la casa.

Allí fué donde aquellos hombres apercibieron que habia otra persona mas en el interior del carro.

Blanca durante el viaje, ni habia hablado una palabra, ni se habia descubierto el rostro; acostada y casi sin moverse habia pasado todo el camino, quejándose solo algunas veces porque el movimiento la hacia pasar terribles dolores. La fiebre habia vuelto á apoderarse de ella, y la agitacion de su espíritu y los acontecimientos por los que habia tenido que pasar, eran superiores ya á sus fuerzas.

—Aquí hay una muger—dijo un enmascarado, luego que hicieron bajar á Don Melchor y le obligaron á entrar en una habitacion.

—Será alguna criada ó esclava del corregidor, contestó otro.

—Haber, háblale—dijo un tercero.
—Señora, señora, está durmiendo creo.
—Pues muévela que se despierte.
—Señora, nada, creo que viene enferma.
—Sube al carro y descúbrele la cara.

El hombre subió al carro y descubrió el rostro pálido y desfigurado de Blanca.

—Es una enferma—dijo.
—¿Pues qué hacemos?
—La hubiéramos visto allá, allá la dejamos.
—Pero ahora ya no es posible.
—Entonces si viene con su señoría, de su familia debe ser; la bajaremos y la acostamos en una cama en la misma habitacion, que las órdenes de Su Excelencia son que se le guarden á él y á los que le acompañan toda clase de miramientos.

—Por eso los dejaste en el camino amarrados y mirándose unos á los otros.

—Deja de chanzas, y baja á esa señora.

El que estaba adentro tomó cuidadosamente á Doña Blanca entre sus brazos y la llevó hasta una de las piezas del alojamiento destinado á Don Melchor.

Doña Blanca se quejaba, pero no decia una sola palabra; miraba por todas partes con ojos estraviados, y dejaba que hicieran con ella cuanto quisiesen.

Don Melchor estaba como soñando; nada le habian dicho, y aquellos enmascarados le trataban más como á su gefe que como á su prisionero.

Les vió entrar conduciendo á Blanca y colocarla en su mismo aposento, y creció su admiracion.

Los hombres se retiraron y Don Melchor quedó solo con la enferma, meditando en la estraña aventura que le pasaba.

La curiosidad le hizo acercarse al lecho en que gemia Blanca.

La jóven le miró fijamente, pero sin dar el menor indicio de admiracion ni de disgusto.

Perez acercó su mano á una de las mejillas encendidas de Blanca.

—Terrible calentura tiene esta pobre muger; ¿será un tabardillo? mal estoy entonces aquí, pudiera contagiarme.

Y se retiró precipitadamente.

Blanca comenzó á disvariar, y entre frases cortadas á pronunciar los nombres de Don Cesar, de Teodoro, de Luisa y de Don Melchor.

Éste al principio paró poco la atencion en lo que la jóven hablaba.

—Malo—dijo—disvaria.

Pero Blanca pronunció el nombre de Luisa y el de Don Melchor, y la cosa le pareció á él digna de atencion.

—Calle—dijo—parece que la presa me conoce bien y á Luisa, ¿pues quién será?

A pesar de su miedo volvió á acercarse, y á examinar su rostro, pero en vano, tanto habia variado la pobre Sor Blanca á quién el conoció en el convento de Santa Teresa, que le hubiera sido imposible recordarla.

—Teodoro—decia Blanca—Teodoro......... nos alcanzan..... hay vienen......... muy cerca......... La pobre negrita me deja salir en su lugar.................................

¡Qué cosa tan horrible es el tormento, cómo tengo los brazos......... mirad!

Don Melchor vió los brazos que descubria Blanca aún con las terribles huellas del tormento.

—Es mi esposo......... sí, por eso le amo......... no soy monja......... no soy......... no soy......... Don Melchor Perez de Varais y su esposa......... hoy me lo han dicho......... vinieron ¡qué buenos!......... señora Luisa ¿es verdad que el Papa relaja mis......... mis......... mis......... ¿cómo se llaman?......... Teodoro nos alcanzan.

Don Melchor la miraba fijamente, y procuraba encontrar entre sus recuerdos algo que parecia cruzar por su imaginacion.

Por fin, dándose una palmada, en la frente esclamó:

—¡Ah! ya caigo—esta es, ¿pero será posible? la monja, la protegida de Luisa, la hermana de Don Pedro de Mejía, ¿cómo se llamaba? ¿Beatriz? no, ¿Estela? tampoco......... Sor....... Sor.......... Blanca, Blanca, eso es Blanca, ¿pero será ella? veremos.

Y acercándose á la enferma, le dijo dulcemente.

—Blanca, Sor Blanca, Sor Blanca.

—¿Quién me habla? ya no soy Sor Blanca, soy la esposa de Don Cesar de Villaclara. ¿Quién es?

—Blanca, Blanca, ¿me oís?

—Sí, ¿quién sois? no os conozco.

—Yo soy Don Melchor Perez de Varais.

—Mi protector, ¡ah sí! me acuerdo, ¿dónde está Doña Luisa mi protectora? ¿A dónde está?

Los batientes de la puerta sonaron, Don Melchor volvió el rostro, y vió entrar á varios enmascarados que depositaron sobre una mesa todo lo que podia necesitar para hacer una buena comida.

Se retiraron despues, y solo quedó uno allí para servirla.

Don Melchor quiso por él averiguar alguna cosa y comenzó á interrogarle.

—Hombre, supuesto que estamos solos, decirme podras, ¿con qué objeto se me ha traido aquí, qué se pretende conmigo?

—Nada sé, señor.

—¡Cómo! ¿Pues qué órdenes has recibido?

—Solo servir á su señoría en cuanto pida y necesite.

—¿Pero quién te ha dado esas órdenes?

—Eso es lo que no puedo revelar.

—Pero yo te daré por ello lo que me pidas.

—No pida su señoría lo que no me es posible darle.

—¿Dices que tienes órdenes para darme cuanto yo necesite?

—Sí señor.

—¿Y si yo quisiera una persona que viniese á curar á esta señora enferma?

—Se haria venir inmediatamente.

—Pues por ahora es lo que mas necesito, pero que sea muy pronto.

—Tan luego como acabe de servir á su señoría, iré á buscar esa persona.

—Entonces puedes ir, pues no te ocuparé ya para nada.

El hombre obedeciendo inmediatamente salió y Don Melchor volvió á acercarse á la cama de la enferma.

Blanca parecia dormir, y estaba menos inquieta.

Habia cerrado ya la noche cuando el criado volvió á entrar conduciendo á una muger anciana.

—Señor—le dijo á Don Melchor—por aquí no hay ni físicos ni cirujanos, y esta es una *componedora de huesos* y herbolaria, que sabe muchas medicinas y por eso la traigo.

—Venga vd. por acá, señora—dijo Pérez—vea vd. á esta enferma, haber qué puede hacerle.

La vieja se acercó al lecho de Blanca, comenzó á examinarla, la miró cuidadosamente las contusiones y heridas de los brazos, y luego con grande aplomo dijo:

—Yo la sanaré muy pronto, no se necesita sino *quitarle el molimiento*, por eso está ahora hecha un *vivo fuego*, voy á traer unos menjurges, ¿podré ir para venir despues á quedarme aquí con ella toda la noche?

Don Melchor no contestó, pero se quedó mirando al hombre de la máscara y éste dijo.

—Puede vd.

La vieja salió, se estuvo fuera una hora y volvió despues trayendo un hornillo con lumbre, vasijas, yerbas y redomillas.

Don Melchor se encerró en un aposento y la vieja comenzó sus curaciones.

CAPÍTULO 19

En que se continúa la materia del anterior.

LOS que condujeron á Don Melchor, que como el lector habrá comprendido eran enviados por el licenciado Vergara de acuerdo con la inquisicion, enviaron en la misma noche parte de todo lo acontecido al licenciado.

Uno de ellos fué en persona para dar noticia de cuanto habia ocurrido, y con objeto de consultarle sobre algunas dudas.

El licenciado Vergara quedó sumamente complacido.

—¿Conque no hicieron ninguna resistencia?—preguntó.

—No señor, cayeron como unos pajaritos.

—Mas vale así, que á fé que hubiera yo sentido cualquier desgracia, cuando solo se trata de detener unos días á Don Melchor sin causarle daño.

—¿Y dígame V. E. qué se hace con una señora enferma que venia con su señoría?

—¿Una señora?

—Sí, una dama que le acompañaba.

—¿Y qué dama era esa?

—Debe ser de la familia, aunque apenas pudimos verla, porque venia enferma y acostada dentro de un carro.

—¿Y qué hicisteis?

—Como supusimos que era de la familia, y no criada, ni esclava, ni cosa así, por no disgustar á su señoría el señor Don Melchor, la hemos puesto en su mismo alojamiento.

—¿Y qué dijo él sobre esto?

—Nada absolutamente.

El licenciado se puso á reflexionar, que Don Melchor ni tenia familia, ni era posible que viniendo á buscar á Luisa, hubiera traido consigo una muger: esta debia sor alguna enferma que venia sin duda á curarse á México, y habia aprovechado la marcha de Don Melchor para tener mas seguridad en el camino; esta idea le pareció muy acertada y se fijó en ella.

—Todo ha estado muy bien—dijo—volved inmediatamente, y decid de órden mia, que se siga reteniendo á Don Melchor, tratándole con toda especie de consideraciones; y sobre todo que nada sepa de la causa de su detencion, ni que conozco á nadie, ¿lo entendeis?

—Sí Excelentísimo señor—¿y la dama?

—Si quiere permanecer allí que permanezca, pero si por causa de su salud, pretende seguir su viaje no se lo estorbeis, que nada tiene ella que ver en todo esto; sin embargo, cuidad de que tampoco ella comprenda lo que pasa.

—Muy bien, Excelentísimo señor.

El hombre montó á caballo y partió en la misma noche.

Al dia siguiente el licenciado Vergara despachaba en la Audiencia, y al medio dia se le presentó el alcalde con el rostro triste y compunjido.

—¿Qué nos dice de nuevo el señor alcalde?—dijo el licenciado.

—Traigo malas noticias á S. E.

—¿Malas noticias? ¿Qué ha ocurrido?

—Sabrá V. E. que al conducirse á la Santa Inquisicion, de órden de V. E. la señora que estaba presa en la cárcel de ciudad, fue quitada á los alguaciles por un negro.

—Lo sé, pero supongo que debe haber sido reaprehendida, porque un hombre á pié, y cargado con una muger, como se me refirió que iba, puede muy pronto ser alcanzado.

—Lo fué en efecto aunque no con mucha facilidad, porque el negro corria como un venado y tenia la resistencia de un toro.

—Adelante.

—Pues en la persecucion se empleo gran parte de la mañana, y hasta el dia siguiente, es decir hasta ayer no volvian los alguaciles con la presa á quien traian en un carro, por estar muy enferma.

—Adelante, adelante—dijo el licenciado comenzando á entreveer algo de lo que habia pasado.

—En el camino encontraron al Señor Don Melchor Perez de Varais que venia para la ciudad, y que se acompañó con ellos.—Repentinamente, todos se encontraron rodeados por una cuadrilla de forajidos, compañeros sin duda del negro que robó á la presa, y los alguaciles tuvieron que sucumbir despues de una desesperada resistencia.

—Supongo—dijo el licenciado con una sonrisa maliciosa, que vendrian muchos heridos, y que habria algunos muertos.

—Dios no lo ha permitido señor, y aunque es cierto que los salteadores se llevaron á la presa y al Señor Don Melchor, pero no tenemos que lamentar desgracia alguna.

—Es un milagro; pero hágame su señoría el favor de que se advierta á esos alguaciles que no han cumplido con su deber, y que si hablan ellos del negocio y se divulga por culpa suya con mengua del crédito de la justicia, á quién pone en ridículo este lance, los mando ahorcar á todos ¿lo entiende su señoría?

—Sí Señor Excelentísimo.

—Bueno, y no tomeis ya medidas de ninguna clase, ni os mezcleis para nada en este asunto, que tomo yo esclusivamente por mi cuenta, para enseñaros cómo se manejan estas cosas de la justicia; id señor alcalde.

El alcalde hizo una reverencia y salió.

El licenciado se puso á escribir inmediatamente para dar órden de que no dejaran comunicar ya á Doña Blanca con Don Melchor y que la remitiesen presa á México inmediatamente.

Quizá ya ella habria referido todo á Perez de Varais, y entonces todo el plan consertado por el inquisidor era inútil.

Salió el correo en el acto y llevando órdenes de reventar el caballo si era preciso para llegar pronto.

Veamos entre tanto lo que habia pasado con Blanca.

La vieja curandera habia logrado en una sola noche, mejorar á Blanca de una manera extraordinaria.

A los que no conocen cuanta inteligencia tienen esos curanderos de los campos, y cuantos secretos poseen sobre las virtudes maravillosas de plantas, árboles y piedras, les parecerá verdaderamente una vulgaridad, el que se crea que sanan algunas ocasiones heridas y enfermedades, con tanta rapidez como no lo haria el cirujano mas práctico; y sin embargo nada es mas cierto, y algunos de esos secretos han llegado á ser, como el huaco, el anacahuite y la raíz de Jalapa, puestos al alcance de la ciencia, altamente apreciados.

A la mañana siguiente Blanca estaba tan repuesta que conocia á todos, y pudo dar á Don Melchor noticia de cuanto habia ocurrido.

Don Melchor creyó encontrar alguna relacion entre lo que le referia Blanca y su situacion, y pensó ante todo salvar á aquella jóven.

Durante su conversacion con Blanca, la vieja curandera dormia, y Don Melchor la despertó. Comenzaba á aclarar la mañana.

—Señora—le dijo Don Melchor—os estoy tan obligado que mi reconocimiento no se satisfará con solo daros dinero, sino que haré por vos cuanto querais, pero quisiera preguntaros una cosa.

—Sí señor.

—Si fuera posible que saliera de aquí esta jóven, ¿podriais llevarla, pagándoos por supuesto, á un parage seguro y oculto?

—Cómo ¿para ocultarla, de quién?

—¿Sereis capaz de guardar mi secreto?

—El oficio que llevo os lo garantiza.

—Pues bien, para ocultarla de la justicia.

—Podeis confiar.

—¿Con toda seguridad?

—Con toda seguridad.

—Bien, entonces vamos á ver de qué manera la sacamos de aquí, de grado ó por fuerza ¿sabeis quiénes son nuestros guardianes?

—No señor, yo no vivo lejos de aquí, pero jamas habia visto á estos hombres, esta finca estuvo casi siempre abandonada, ayer dos enmascarados han ido por mí, y me han traido, nada mas sé.

Esperaremos que entre alguno de ellos, le hablaré para ver si se consigue algo por bien, y mientras pondré á Doña Blanca al tanto de cuanto ocurre y hemos consertado.

El hombre que habia ido á verse con el licenciado Vergara volvió ya al amanecer y comunicó las órdenes que habia recibido. Doña Blanca era para los comisionados de Vergara un verdadero estorbo, y por ésto, y por demostrar buena disposicion á Don Melchor, se apresuraron á darle noticia de todo.

El que funjia de gefe entró á la cámara de Don Melchor, y cuando éste se preparaba á decir algo que le indicase la disposicion de ánimo de sus guardianes con respecto á Doña Blanca, el hombre le dijo:

—Su señoría ha escuchado que por órden de la persona que aquí le guarda, tendrá su señoría cuanto apetezca, y en lo que á esa dama atañe, libre es si gusta ella y su señoría lo dispone de seguir su marcha y atender en otra parte al cuidado de su salud.

Don Melchor llegó á pensar que en todo esto habia una especie de milagro.

—Gracias—contestó—en tal caso dispondremos que salga luego, que su situacion peor está á cada momento y témome una catástrofe por la falta de asistencia.

—Como su señoría lo ordene.

—Pero no pudiendo moverse, supongo que podrá la curandera ir á traer algunos indios que la lleven cargando.

—No hay inconveniente.

Don Melchor entró precipitadamente.

—Es necesario no perder un instante, todo está arreglado, id por unos hombres que saquen á la enferma de aquí, y por si no pudiere yo hablaros luego, procurad tan luego como salgais al campo con ella, estraviar camino por si quisieren perseguiros.

—Nada temais.

La vieja salió lijera y Don Melchor entró á hablar con Blanca.

—Doña Blanca—la dijo—pronto estareis libre.

—Libre, ¿y cómo?

—He conseguido que estos hombres que no os conocen os dejen salir, la curandera os lleva y ella ha prometido ocultaros.

—¡Ay señor cuánto os debo! pero creo que todo será inútil, el cielo no quiere que yo me salve y cuantos esfuerzos se hagan serán inútiles, y yo no conseguiré si no arrastrar en mi caida á cuantos pretendan impedirla.

—Doña Blanca, tened valor; si el cielo hasta hoy no os ha abandonado, ¿por qué desconfiais de Dios? valor y fé Doña Blanca, y os salvareis, yo os lo aseguro.

—¡Qué Dios os escuche!

Serian ya las dos de la mañana, cuando volvió la vieja con algunos hombres que conducian una especie de camilla formada de ramas.

Colocaron en ella á Doña Blanca, y salieron de la casa sin obstáculo de ninguna especie. La vieja recibió de Don Melchor una cantidad de pesos que ella no contó pero que le pareció suficiente y siguió alegremente á la camilla.

De buena gana hubiera solicitado Don Melchor permiso para salir á ver la direccion que tomaban, pero se guardó muy bien de hacerlo por no infundir sospechas á sus guardianes.

Haria á lo mas una hora que habia partido Doña Blanca, cuando oyó Don Melchor gran ruido en el patio, se asomó y vió que ensillaban precipitadamente sus caballos algunos de los hombres que le custodiaban.

—¿Qué hay novedad?—preguntó.

—Sí señor—contestó el gefe, acaba de llegar violentamente un correo para que no se permita salir de aquí á la señora que venia con su señoría.

—Pero ahora ya se fué.

—Salen á caballo algunos á alcanzarla.

—¿Y de quién es la órden? preguntó Don Melchor esperando saber algo por la respuesta que le dieran.

—De quién puede darla—contestó el hombre.

Esto era lo mismo que nada, pero supuesto que Doña Blanca estaba perseguida por la justicia, y aquellos hombres tenian órden para detenerla, claro estaba que ellos recibian órdenes de la justicia: entonces no eran ni ladrones, ni enemigos suyos particulares; ¿qué era pues aquello? aunque se hubiera vuelto loco, no lo hubiera adivinado nunca.

Los hombres salieron en busca de Blanca, y Don Melchor quedó con la mayor inquietud, aunque siempre con la esperanza de que la vieja hubiera seguido fielmente sus instrucciones, y que hubiera estraviado camino al salir.

Trascurrieron así algunas horas, de la mayor ansiedad para Don Melchor que á cada momento esperaba ver entrar á Blanca.

Oyó de repente las herraduras de un caballo que penetraba en el patio, se asomó, y era un correo que entregó un pliego á uno de los guardas y volvió á marcharse: el jefe recibió el pliego, lo leyó y dió despues algunas órdenes que Don Melchor por mas que hizo no pudo percibir.

Vió entonces que de una cuadra sacaban su mismo caballo, que le ensillaban con sus mismos arreos, y que ya embridado y listo, un hombre le tenia en medio del patio y el jefe se dirijia para su aposento.

Don Melchor le salió luego al encuentro.

—Tengo órdenes—dijo el hombre, para que su señoría pueda seguir su viaje; el caballo está listo y en su misma habitacion recibirá su señoría todo su equipaje ésta misma noche.

—Pero ¿cómo?

—Nada mas podre decir á su señoría.

—¿Y la señora que fueron á buscar?

—Aun nó vuelven los compañeros.

—¿Podré esperarme hasta saber el resultado?

—No es posible.

—Pues vamos.

Don Melchor montó á caballo, y se puso á caminar en la direccion que le dijeron que estaba México.

CAPÍTULO 20

Adonde fué á dar Blanca y lo que allí le aconteció, y de lo que pasó á Don Melchor en México.

AL salir de la hacienda la camilla en que llevaban á Blanca, la vieja guió en direccion del Norte; pero apenas perdió de vista la casa se salieron del camino y contramarcharon tomando un rumbo tan enteramente diverso, que vinieron á resultar á poco al Sur de donde habian partido: esta precaucion les salvó. Los jinetes que salieron en su persecucion se dirijieron por el mismo camino que les habian visto tomar, y á medida que en él mas se avanzaban, mas lejos se ponian de los fugitivos.

Cruzando por veredas casi intransitables, y por medio de bosques desiertos, Blanca llegó al anochecer á una pequeña casa que estaba situada en la hondonada de un barranco, y á la cual era preciso tener mucho conocimiento en el terreno para llegar.

—Vamos—dijo la vieja—ya aquí estais en completa seguridad, aquí nadie os buscará, ni aun cuando os buscaran os encontrarian; para llegar hasta aquí no hay mas camino que el que hemos traido, y creo que no es de lo mas fácil encontrarlo; á esta casa traigo yo á curar á algunos enfermos y heridos que necesitan secreto, ahora solo tengo aquí un negro que ese vino caído del cielo y yo no le traje.

—¿Cómo caído del cielo?

—Sí: figuraos, señora, que por allá arriba pasa una vereda que apenas es transitable, pues yo no sé que iba haciendo este pobre negro, quizá borracho, porque se desprendió de allá arriba y vino rodando hasta que cayó en el arroyo.............

Apenas Blanca conservaba una idea vaga de la caida de Teodoro, pero se figuró luego que seria él.

—¿Y en dónde está? ¿Se murió?

—No, no murió, casi estaba exánime; pero le recojí, le asistí muy bien, y aunque no puede decirse que está salvado, sí hay ya mucha esperanza.

—¿Pero á dónde está?

—Por allá adentro, ¿quereis verle?

—Sí, sí.

—Bien, ¿podeis andar algo? Apoyaos en mi hombro y vamos.

Blanca se paró con inmensas dificultades, y sosteniéndose de la vieja comenzó á andar.

—Figuraos—decia la anciana—que yo curo á todos los que andan huyendo de la justicia, y hasta ahora ni uno me han pizcado. ¿Se tendrá confianza en que no os encuentren á vos?

Llegaron á una puerta que abrió la vieja, y en el fondo, en un jergon, Blanca pudo descubrir á Teodoro que estaba acostado contra la pared y con la cara y la cabeza llena de vendas y de parches.

Teodoro por su parte la reconoció tambien.

—Señora, dijo, queriendo inútilmente levantarse.

—Teodoro—contestó Doña Blanca intentando en vano apresurar el paso.

—Vamos, vamos, quietos—dijo la vieja—nada de imprudencias: ¿conque ustedes son conocidos?

—Mucho, mucho—contestó Blanca estrechando una mano de Teodoro.

—Mucho—agregó éste besando la mano de Blanca.

—Cuánto me place—dijo la curandera—siquiera así no se desconfiarán los dos, porque la señora viene aquí tambien á curarse; ¿lo entendeis?

—Sí, contestó Teodoro.

—Entonces puesto que sois conocidos, aquí se queda la señora mientras voy á disponerle su lecho.

Doña Blanca quedó á solas con Teodoro y le refirió cuanto le habia pasado, sin poder entre ambos esplicarse todo lo que aquello significaba.

La vieja sin duda tenia relaciones con toda la gente perdida, porque en la noche dos ó tres veces llegaron algunos hombres á darle recados y á recibir de ella frascos y yerbas que indudablemente eran remedios; y aun llegó á pasar por allí una partida de hombres á caballo que sin disputa podia asegurarse que no eran tropas del rey, porque departieron un rato con la vieja y se fueron luego.

En otras circunstancias todo esto hubiera espantado á Blanca, pero habia pasado por tantas peripecias, que ya todo le parecia indiferente; sentia además, cierta confianza por encontrarse tan cerca de Teodoro, en quien veia una especie de protector á pesar del estado de postracion en que él se encontraba.

Aquella noche la vieja curó cuidadosamente á Doña Blanca.

Don Melchor Perez de Varais tomó la direccion que le indicaron, y á pocas horas comenzó ya á descubrir á lo lejos el caserío de México, sus arboledas y las torres y cúpulas de sus iglesias, que aunque no eran en tanto número como hoy, pero ya indicaban una ciudad poblada y religiosa.

Don Melchor tenia, como todos los alcaldes mayores de aquellos tiempos, una casa dispuesta siempre en la ciudad para recibirlo. Todos eran una especie de señores feudales, que hacian grandes gastos y vivian con toda especie de comodidades, sosteniendo la servidumbre de dos ó tres casas distintas que tenian en diversos puntos de la Nueva España.

Don Melchor, merced á la proteccion de la Audiencia que le habia concedido ser á la vez alcalde mayor de Metepec y Corregidor de México, estaba muy rico, y en su casa de Metepec y en la de México no solo estaba siempre lista la servidumbre, sino que se servia la comida á las horas de costumbre como si él estuviera presente, y en algunas veces por medio de cartas invitaba á algunos amigos para que fuesen á comer á su casa, encargando á uno de ellos que hiciese en su nombre los honores á los convidados.

Tales eran las fastuosas costumbres de aquellos personajes, á quienes tan poco trabajo costaba reunir grandes riquezas.

Llegó á su casa Don Melchor, y como si solo se hubiese separado de allí para dar un paseo en algunas horas, sus criados le presentaron sus vestidos de córte y le pusieron la cena.

Don Melchor no quiso salir aquella noche y se contentó con enviar á su mayordomo con un atento recado al Capitan general Don Pedro de Vergara Gaviria, notificándole de su llegada y suplicándole le escusase si no pasaba á verle inmediatamente por estar muy cansado y un poco enfermo.

Vergara sabia por su parte muy bien que aquella noche debia de estar ya en México Don Melchor.

A la mañana siguiente, cuando el Capitan general hacia su despacho, le anunciaron al señor Don Melchor Perez de Varais.

Vergara le recibió con las mayores muestras de cariño, y antes de darle tiempo á otra cosa, hizo recaer la conversacion sobre Luisa.

—Escribí á su señoría—le dijo—sobre lo que por el señor inquisidor se habia descubierto.

—Y eso me trae mas que de prisa—contestó Don Melchor.

—Témome que tengais un desengaño bien triste.

—¿Por qué? ¿acaso se engañaria S. E. y no seria esa muger la pobre Luisa?

—Desgraciadamente ella es, y desgraciadamente digo, porque las artes de que fué víctima, aunque descubiertas, no han podido ser hasta hoy contrariadas; la pobre señora sigue tanto peor en su naturaleza fisica, cuanto en su estado moral.

—¿Hase llegado á afectar su inteligencia?

—De una manera grave; quizá por sus muchos sufrimientos, y por la misma naturaleza del hechizo, no es ni la sombra de lo que fué en otros tiempos; está casi en el estado de imbecilidad.

—¡Pobre Luisa!—dijo Don Melchor profundamente conmovido.

—Juzga el señor inquisidor que quizá el cuidado y las atenciones, y algo que tambien pueda influir vuestra presencia, volverán algun dia á esa pobre señora á su primitivo estado.

—Dios lo quiera; ¿pero nada se ha podido averiguar respecto de los autores del delito?

—Nada, por mas que el señor inquisidor y yo nos hemos empeñado en descubrirlo.

—Sea por Dios, ¿y dónde está Luisa?

—En la inquisicion.

—¿En la inquisicion?

—Sí, y no os admire, que no está en calidad de presa.

—Bien, pero como vos me escribisteis tenerla ya en vuestro poder..........

—Así se habia acordado, pero supuso el señor inquisidor que siendo ya el lance tan público, hubiera sido dar pábulo á la curiosidad haberla sacado del Santo Oficio, mientras vos no estuvierais aquí para recojerla..........

—¿Y cuándo podré ir por ella?

—Ahora mismo, y porque veais qué empeño tengo en este negocio, quiero acompañaros yo mismo, aunque suspenda por ahora el acuerdo: ¿habeis venido en vuestra carrosa?

—En el patio me espera.

—Bien, vamos.

Tomó el licenciado su sombrero y bajó en compañía de Don Melchor, montaron en la carrosa y se dirijieron á la inquisicion.

El inquisidor mayor, prevenido por Don Pedro de Vergara, esperaba ya la visita y les recibió con mucha ceremonia.

—Verdaderamente—dijo—me apena la desgracia del Señor Don Melchor Perez de Varais, y espero que Su Divina Majestad dará á su esposa el alivio, y á él el consuelo que tanto necesitan.

—Y solo de Él le espero—contestó Don Melchor—que cosas hay que parecen no tener remedio sobre la tierra.

—¿Quereis ver ya y recibir á vuestra esposa?

—Sí señor.

—Pues vendrá, pero armaos de valor porque el golpe va á ser muy fuerte para vos.

—Tendré resignacion.

El inquisidor ajitó la campanilla, y dió en voz baja algunas órdenes á un familiar.

Poco despues se abrió la puerta, y entre dos ministros del Santo Oficio penetró en la sala una negra.

Los familiares se retiraron y la negra siguió avanzando.

La estatura y el cuerpo tenian mucha semejanza con el de Luisa, tenia como ella cortado el pelo, pero la fisonomia en ningun caso podia confundirse con la de aquella.

Aquellos ojos con su mirar bajo, aquella boca, siempre entre abierta, aquel aire profundamente estúpido, no podian dar ni un indicio de la viva é inteligente fisonomía de la esposa de Don Pedro de Mejía.

Don Melchor la miró con fijeza, se puso densamente pálido, y sin decir una palabra, se cubrió el rostro con las manos y se puso á llorar.

—Aquí teneis á vuestro esposo, al señor Don Melchor—la dijo en voz alta el inquisidor.

La negra en lugar de contestar, se puso á reir estúpidamente, produciendo una especie de gruñido.

—Cada dia está peor—dijo con hipocresía el licenciado Vergara—Don Melchor, tened paciencia.

—La tendré—contestó con resolusion—y luego levantándose se dirijió á la negra.

—Luisa, Luisa, me conoces.

La negra volvió á reir.

—Me la llevo si me lo permite su señoría—dijo Don Melchor.

—Como gusteis.

—¿Tendrá su señoría la bondad de ordenar que me presten una silla de manos para llevarla á mi carroza?

—Sí, contestó el inquisidor y sonó la campanilla.

Entró un portero, el inquisidor le dió sus órdenes y poco despues dos familiares llegaron con una silla de manos.

Don Melchor hizo entrar á la negra que obedeció como una niña.

—Señor, adios—dijo Don Melchor—dispensen su Excelencia y su señoría que les deje así; pero ya pueden considerar mi situacion.

—Sí, id y que Dios os consuele.

Don Melchor salió lloroso tras de su silla, y el licenciado y el inquisidor se quedaron riendo de su dolor.

CAPÍTULO 21

De cómo salió Doña Blanca de la casa de la vieja curandera.

DOÑA Blanca se restablecia con una facilidad y una rapidez extraordinarias, en dos dias se habia mejorado ya de tal modo que comenzaba á andar sin dificultad, y á pesar de su palidez y de la falta de sus dientes, estaba ya otra vez hermosa.

La vieja salia algunas veces, y estaba fuera varias horas; entonces Doña Blanca pasaba el tiempo conversando con Teodoro que aun no se podia mover.

Doña Blanca habia adquirido gran confianza con la vieja curandera; sabia ya que se llamaba Bárbara, que ejercia en los pueblos y en las haciendas su oficio honradamente, pero que en aquella casa, abrigaba á los ladrones heridos, y á todos los que andaban prófugos de la justicia, lo cual le producia bastante dinero, y buenas relaciones que la ponian á cubierto de todo peligro á que podia estar espuesta por el aislamiento de su casa. Ella por su lado la había referido gran parte de su historia, y la habia confesado que parentezco ninguno la unia con Don Melchor Perez de Varais, el cual sin duda por solo favorecerla habia hecho todo aquello.

Doña Blanca tenia pues una gran confianza en Bárbara. Cada vez que venia alguna gente perdida á la casa, Doña Blanca tenia cuidado de encerrarse y no salir hasta que todos se habian marchado.

Una noche sin embargo, llegaron á la casa tres hombres á pié y envueltos en largas capas negras, completamente armados, y con toda la traza de facinerosos.

Blanca quiso retirarse, pero no era ya tiempo, y aquellos hombres la vieron.

El que hacia de gefe, la saludó con tanta cortesania, como si fuera un hombre de buena sociedad. Bárbara le distinguia con el nombre de Guzman; Blanca permaneció un rato allí y luego viendo que ese hombre la miraba con tenacidad se retiró.

—Guapa moza teneis aquí, Bárbara—dijo Guzman cuando hubo salido Doña Blanca.

—¿Os gusta?

—Mal gusto tuviera yo si de ella no gustara, que puede ser la moza de un rey.

—Pobrecita, anda tambien retraida de la justicia como vosotros.

—¿Debe muerte?

—No, que cosas son de amoríos y enredos.

—Pues cara tiene de una santita.

—Caras vemos, que corazones no conocemos.

—La verdad que me gusta la criatura como un dulce.

—Está linda, y que aun no sana bien.

—¿Pues qué tenia?

—Estaba enferma porque la dieron tormento.

—¿En la *cocina grande*?

—No llameis así al Santo Oficio.

—Con el rey y la inquisicion chiton, ¿es verdad? Bueno, ¿y cómo salió?

—Fugose.

—¿Fugose? pues cada vez me conviene mas. Oid Bárbara y hablemos como amigos: ¿cuánto quereis por esa moza?

—¿La vendo acaso? ¿ó creis que tenga comercio de eso?

—Vamos, y no os vengais haciendo de las nuevas conmigo, que no habreis olvidado, que en cien pesos me vendisteis aquella vuestra criada india.........

—Ah, pero esa era una india, y esta.........

—Será, mas española que una vireina; pero todo lo hace el precio, por aquella dí cien, y por ésta doscientos.

—No puedo, es de responsabilidad.

—Vaya trescientos.

—Cómo, ¿y si lo saben?
—Cuatrocientos.
—Ella quizá no quiera.
—Por último, quinientos duros y lo arreglais todo.
—Convenido, pero cómo hacer para que ella no se resista.
—Sáquela yo de aquí, y lo demas corre de mi cuenta.
—Pero ¿y para que salga?
—O con engaños, ó la emborrachais, que es fácil.
—Nunca toma ni un trago.
—Si no es fuerza que sea con vino, con teloatzin, con mariguana, con cualquiera yerba.
—Convenido, pero me dais no quinientos sino seiscientos; sé que estais muy rico.
—Tendreis los seiscientos, que en el precio no paro para cumplir un antojo; ¿y cuándo?
—Mañana en la noche.
—Vengo de seguro.
—Venid.
—Hasta mañana.

Guzman se despidió y Bárbara se entro á meditar su plan.

A la mañana del otro dia la vieja comenzó á preparar á Doña Blanca.

—Hija mia—la dijo—¿pensais permanecer aquí toda vuestra vida?
—Por Dios, señora, ¿ya os enfadé?
—Por el contrario hija, deseara veros siempre á mi lado; pero como os quiero de veras y sois tan jóven, me causais lástima, aquí remontada como yo que soy una vieja.
—Pero ¿qué he de hacer?
—Algun hombre podria amaros y sacaros de aquí y llevaros muy lejos, donde nadie os conociera, donde de nada tuviérais que temer.
—Hacedme favor, señora, de no hablarme de eso jamás, si es que no deseais que me vaya, aunque me aprehenda la justicia.
—Bien, no os incomodeis, y dejemos esa conversacion. ¿Qué tal os sentís hoy?
—Cada dia mejor, gracias á vos.
—Muy pronto estareis completamente buena, con una bebida que voy á daros esta noche, y que os hará descansar mucho.

—Tomaré lo que querais, que bien sé lo que son vuestras medicinas.

—Voy á prepararla desde ahora.

La vieja estuvo toda la mañana hirviendo yerbas y probando los cocimientos hasta que pareció quedar satisfecha.

A cosa de las diez de la noche se llegó á Blanca llevándole una taza con una bebida.

—Tomad—dijo—y recojeos para que os haga provecho.

Doña Blanca bebió sin desconfianza todo el contenido.

—Está muy amargo—dijo.

—Es medicina, hija, es medicina.

Doña Blanca sintió que comenzaba á faltarle la voz—La vieja salió de la casa, y con un silbato de barro dió dos silbidos agudísimos.

Se oyó entonces el ruido de un caballo que se acercaba, y luego la voz de un hombre que decia á Bárbara:

—¿Ya está?

—¿A dónde está primero el dinero?

—Tomadlo, y en oro.

—Bien.

—¿Está privada, ó va con su voluntad?

—Ni uno ni otro.

—¿Pues qué hay entonces?

—Como queriais las cosas tan pronto y yo no tenia otra cosa, le he dado el toloatzin que la hace disvariar; pero que la deja muda y sin fuerzas por algun tiempo: aprovechad, que me habeis dicho que saliendo de aquí, todo corre de cuenta vuestra.

—Vamos, pues.........

Doña Blanca estaba en un estado de somnolencia, de dibilidad, que le parecia estraño; jamas habia esperimentado síntomas tales; sus brazos se aflojaban, su cuello se doblaba como negándose ya á sostener la cabeza, y sus ojos se iban cerrando.

Pero en medio de todo sentia un placer, que no sabia tampoco como esplicarse, una especie de tranquilidad, de descanso tan agradable, que sonreía sin querer.

A poco le pareció que se dormia y que comenzaba á soñar: una luz azulada, iluminaba su aposento, y entre esa claridad, como flotando en ella, aparecian los séres mas queridos de su corazon, Don Cesar, Doña

Beatriz y Teodoro, y hasta la muger de Don Melchor, la protectora de la pobre Sor Blanca.

Aquellas figuras fantásticas no tocaban el suelo, se deslizaban, como una ráfaga de luz en el espacio.

De repente, vió tambien mezclados entre esos séres tan conocidos para ella otros nuevos: eran Bárbara la vieja curandera, y un hombre que ella no conocia, pero entre todas aquellas sombras, solo estas dos parecian tener cuerpos.

Se acercaron, Blanca sintió entonces, que la alzaban del lecho, quiso gritar y resistirse pero no pudo.

El hombre desconocido cargó con ella y la llevaba, alumbrando la vieja.

Llegaron á la puerta de la casa: se desprendia del cielo una tempestad horrible; entre la densa oscuridad, que todo lo envolvia cruzaban los rayos atronando los bosques, y las cañadas: el agua caía á torrentes, y rugia el viento entre los encinos de la selva.

Una ráfaga de viento apagó la luz que llevaba la vieja. Doña Blanca no vió mas, pero sintió que pasaba á otros brazos.

—Horrible está la noche señora Bárbara.

—Témome que os vayais á caer por ahí.

—Conocemos muy bien el camino de nuestra casa.

—Pero vais á llegar como una sopa.

—No le hace, ya me pagará esta buena moza estos trabajos.

El hombre soltó una carcajada.

—Y muy pronto—contestó riéndose tambien Bárbara.

—Puede que antes de que amanezca; ya nos vamos.

—¿Estais listos?

—Sí, adiós.

—Que Dios os lleve con bien.

La vieja cerró su puerta.

La tempestad seguia á cada momento mas fuerte: todas las pequeñas vertientes de la montaña eran rios caudalosos, y los rayos, y el viento y el agua, formaban un estruendo horrible.

Si se rasgaba la densa oscuridad, con la luz pasajera de algun relámpago, era para volver mas negra que ántes.

Guzman llevaba á Blanca en la silla, y un criado le seguia; pero apenas se podia caminar, la tormenta borraba el camino.

—Sotero—dijo Guzman—tú que caminas mas libre pasa por

delante para darme la vereda y reconocer, no vayamos á dar á una barranca.

El hombre pasó adelante y siguieron el camino, paso á paso.

Todos estaban empapados, y Blanca comenzaba á volver en sí, y á comprender lo que le pasaba.

Las imágenes de su sueño se confundian sin embargo, con la realidad, y no podia separarlas completamente.

¿Qué iba ella haciendo, en medio de aquella noche tan horrorosa? ¿Quién la llevaba? ¿A dónde se dirijian?

El movimiento del caballo la molestaba mucho, quiso hablar, no le fué posible, quiso alzar un brazo, y tampoco.

Seguía lloviendo: de repente el guía se detuvo.

—¿Qué sucede? preguntó Guzman con impaciencia.

—Que creo que hemos estraviado el camino.

—¡Maldita sea mi suerte!—gritó Guzman acompañando estas palabras con horribles juramentos, que hicieron estremecer de pavor á Doña Blanca—á ver, baja de tu caballo, reconoce el terreno, mas de tres años hace que andas conmigo por aquí.........

El hombre bajó del caballo, y procuró adivinar el camino.

—¿No encuentras nada?

—No, señor.

—¡Maldita sea tu raza! ven acá á tenerme á esta muger mientras yo reconozco en donde estamos; cuidado que te se vaya á caer, porque á tí y á ella os arrojo á la barranca.

Si Blanca hubiera podido, hubiera gritado de espanto; el lenguaje de aquel hombre la horrorizaba mas que los tormentos de la Inquisicion; habia llegado á comprender que estaba á disposicion de aquella fiera, y que no era la muerte la que le esperaba; pero su situacion le parecia tanto mas desgraciada, cuanto que creia que en lo de adelante no se podria mover mas, y aquel hombre dispondria de ella como de un sér sin voluntad.

—¡Simple!—gritó Guzman—¿cómo no has podido reconocer en dónde estamos? es buen camino.

—¿Buen camino?

—Sí, ¿á que no sabes qué es aquí? mira bien.

—No reconozco.

—Pues aquí está la barranca que pasa por nuestro rancho, y este es el paso que le llaman de «La Monja Maldita.»

Aquello era una especie de anuncio, de aviso del cielo, entendió Blanca; el nombre de la «Monja Maldita» despertó en su corazon tantos recuerdos y tantos temores, que lanzó un débil gemido.

Guzman, que estaba ya cerca, le oyó.

—¡Hola, Sotero! ¿qué estarás haciendo á esa niña?

—Nada, señor.

—¿Nada? ¡ya verás maldecido!

Volvió á subir Guzman á la grupa del caballo en que estaba Blanca, y continuaron caminando.

Doña Blanca comenzó á quejarse.

—¿Qué tienes, mi vida?—dijo Guzman acariciándole el rostro.

Doña Blanca hubiera deseado morir antes que continuar en aquella situacion, pero por fin su voluntad comenzó á ser obedecida por sus miembros, y pudo levantar ya un brazo para apartar de su rostro la mano de Guzman.

—¿Te haces la desdeñosa?—pues toma, dijo Guzman—y plantó sus labios sobre la boca de Doña Blanca.

Blanca quiso gritar, y gritó.

Comenzaba á salir de su estado de inmovilidad y de mutismo.

Era ya la mañana, la tempestad habia cesado, y la luz bañaba toda la montaña, cuando llegaron al rancho de Guzman.

CAPÍTULO 22

En que se sabe lo que habia sido de Martin y de Don Cesar.

DON Cesar, Martin y María, tomaron la misma noche de su fuga de la Inquisicion el camino de Acapulco.

Siguieron por varios dias su marcha sin interrupcion pasando con nombres supuestos, que prudentemente se habian dado, hasta llegar á la cañada de Cuernavaca.

Allí Martin resolvió quedarse.

La Inquisicion no era á él á quien perseguia, su muger podria escapar fácilmente en los dias primeros de la persecucion, y luego, cuando todo se hubiera ya calmado, volverian á México, en donde podrian seguir viviendo cómodamente.

—Cierto que es un excelente plan—dijo Don Cesar cuando lo hubo oido—pero tiene tantas ventajas para vosotros como inconvenientes para mí.

—¿Por qué?

—Mirad; que tanto cuanto es fácil para vos tener oculta á María, á mí me es imposible ocultarme; el Santo Oficio se fijará en mí mas que en ella, y es casi seguro que á estas horas, exhortos habrá por todos los pueblos para mi aprehension; así es que cuanto ántes necesito huir y ponerme muy fuera del alcance del Santo Oficio.

—Entonces, ¿qué pensais hacer?

—Pienso dirijirme al puerto de Acapulco. En estos momentos se apareja allí la gente de todas armas que el gobierno del virey, marqués de Gelves, va á enviar á Filipinas; calcúlome llegar hasta allá sin novedad, presentarme como voluntario en las nuevas tropas del rey, embarcarme con ellas, pasar á Manila, y pensar allí lo que puedo hacer para estar libre.

—Acertada es vuestra resolucion.

—Detiéneme, sin embargo, solo una cosa.

—¿Cuál es ella?

—El abandonar á Doña Blanca á su propia suerte.

—Así estaria aun cuando vos permanecieseis por aquí, que en el Santo Oficio ha caido, y ni esperanzas hay de poderla valer de algo.

—¿Pues cómo nos salvamos, María, yo, y Sérvia?

—Por lo mismo, esos casi son milagros que no se repiten á menudo, y por haber acontecido éste debeis de tener mas seguro que no sucederá otro muy pronto. Los ministriles han de estar con tantos ojos abiertos, y se redoblarán las precauciones á tal grado, que á no ser un verdadero prodigio, en muchos años no oireis decir de otra fuga.

—Sin embargo, paréceme una ingratitud.........

—Escuchad, Don César, y no os preocupeis; por vos no es posible que nada alcanceis: ahora, respondedme: ¿os queda algun influjo poderoso que mover? y en caso que querais procurároslo, ¿no temeis que á los primeros pasos os prendan y quedeis peor que ántes? El delito de que era acusada María era leve en comparacion del que se os imputa, yo tenia con el Arzobispo motivos grandes para pedir una gracia, él se ha empeñado tambien por su parte, y sin embargo, ¿qué consiguió? nada, nada, y si no hubiera sido por la astucia de Teodoro, aun tienen en la Inquisicion á estas desgraciadas. Creedme, D. Cesar, y partid; si en algo necesita de mí Doña Blanca, le serviré con la lealtad que me conoceis, y tendrá en mí un apoyo; pero vos, partid.

Don Cesar reflexionó un poco, y por fin, levantando con resolucion la cabeza, exclamó:

—Partiré ahora mismo—¡pobre Blanca!

—¡Gracias á Dios que os resolveis!

Don Cesar, sin hablar ya mas, se despidió de Martin y de María, y montando á caballo, tomó el camino de Acapulco; Don Cesar conocia aquel camino porque lo habia andado cuando salió desterrado por su desafío con Don Alonso de Rivera, y cuando volvió de ese destierro.

Martin y su muger se internaron por los pueblitos de la tierra caliente buscando un hogar en donde pudieran pasar algunos meses sin ser conocidos.

Cosa de doce dias tardó Don Cesar en llegar hasta Acapulco, el camino habia sido para él una constante lucha: á cada momento intentando volverse en busca de Blanca, y recordando luego las reflexiones de Martin, se detenia algunas ocasiones á meditar, y perdido en sus pensamientos, permanecia una hora entera, en medio del camino sin moverse.

Por fin llegó al puerto.

Acapulco era en aquellos tiempos, el puerto mas importante de toda la Nueva España, por allí se hacia el comercio con la China, por allí entraban todas las mercancías, y por allí salia la gente y los refuerzos que de Nueva España se remitian á las Filipinas.

Cada virey procuraba que en su tiempo se hiciesen mayores envíos tanto de dinero á la corona de España como de gente á Manila.

El marqués de Gelves en los dias del tumulto, preparaba una grande espedicion, que no pudo ver realizada por todos los acontecimientos de México, pero un sobrino suyo encargado de este asunto en particular, continuó con mas brio, y con mayor empeño armando y equipando gente.

La audiencia de México como todo usurpador, veia en todo un amago á su seguridad, y una conspiracion contra su poder: la noticia de la gente que se armaba y disponia en Acapulco, llegó á la capital de la Colonia, y se aumentó y se comentó la noticia; se representó aquella gente como un ejército dispuesto á marchar ya sobre México á derribar á la audiencia y á restablecer en el vireinato al marqués de Gelves.

En consecuencia, salieron órdenes disponiendo que se suspendiera todo apresto.

Cuando Don Cesar llegó á la plaza de Acapulco, habia en ella una curiosa animacion.

Españoles, indios, negros, chinos, mulatos, todos cruzaban por las calles, alegres y conversando en voz alta en sus diferentes idiomas, los soldados y los marineros que iban á partir se despedian, los que se quedaban en tierra se empeñaban á porfia en ofrecer á los que se marchaban, frutos de la tierra que muchos de ellos no debian volver á probar en su vida.

En la bahia se balanceaban majestuosamente en medio de una mar tranquila y azulada, los bajeles de la flota que iba á partir para Filipinas. Todos esperaban con terror ó con ilusion aquella partida, y en medio de aquel rumor, se aguardaba á cada momento escuchar el cañonazo que anunciara la marcha.

Don Cesar se dirigió á uno de los soldados que encontró en la calle.

—¿Podriais indicarme señor soldado—le dijo—en donde me seria posible presentarme para tomar lugar en vuestras filas?

—Mirad allá—donde está la banderita del rey, vive el intendente; pero si quereis yo os conduciré, que en la compañía en que sirvo y debe partir hoy, tenemos vacante.

—Me hareis señalado servicio con acompañarme.

—¿Sabeis leer y escribir?

—Sí que sé.

—¿Conoceis el servicio?

—Conózcolo.

—¿De mar y tierra?

—De mar y tierra.

—En ese caso, puede que llegueis muy pronto á ser oficial.

—Dios lo quiera.

El soldado llevó á Don Cesar ante el intendente. Don Cesar era bien apersonado, sabia leer, y conocia el servicio, y un soldado así no le podia perder Su Magestad.

En un momento se facilitó todo, se le hizo jurar bandera y se le puso listo.

Poco despues sonó en la bocana un cañonazo al que contestó, una inmensa gritería: era el momento.

Comenzó el embarque de la tropa, que se prolongó demasiado hasta entrar ya la noche. El viento soplaba favorable, las velas se tendieron, los buques se aparejaron para partir, y levantaron las anclas.

Don Cesar en medio de un grupo de soldados, contemplaba las luces del castillo y de las casas del puerto, que iban desapareciendo entre las sombras de la noche al alejarse las embarcaciones.

A la mañana siguiente, el mar desierto ya azotaba las playas del puerto: á la animacion habia sucedido, el silencio, á la vida, el sueño, y solo como un punto blanco se divisaba á lo lejos uno de los bajeles de la flota.

CAPÍTULO 23

En el que se conocerá el rancho del Gavilan, que era el castillo feudal de Guzman.

CUANDO Guzman llegó á su casa, Blanca habia vuelto en sí completamente, y pudo bajarse del caballo sin auxilio de nadie; lo que le habia pasado durante aquella noche fatal le parecia una pesadilla, pero al verse allí sola y á merced de aquel hombre, comprendia cuán terrible era su situacion.

La casa de Guzman era un rancho situado en lo mas escarpado de una montaña, rodeado de barrancas profundísimas; no podia llegarse á él sino por una penosa y angosta vereda, que podia desde la puerta de la casa esplorarse hasta una gran distancia, merced á las sinuosidades del terreno.

Detrás de la casa seguia el bosque, pero espeso, tupido, impenetrable casi; era una retirada segura para un lance apurado.

El barranco que cruzaba á la derecha de la casa tenia una profundidad espantosa, y nadie se atrevia siquiera á acercarse á la orilla, porque aquellas rocas cortadas como á pico, aquel torrente que se azotaba, por decirlo así, entre las peñas del fondo, aquellas espumas á las que casi nunca herian los rayos del sol, causaban vértigos, aquel abismo atraia.

El rancho se llamaba del Gavilan, y era el cuartel general de Guzman, el gefe de los ladrones de aquel rumbo.

Dos ó tres mugeres andrajosas y sucias salieron á recibir á los recien venidos.

—Queremos desayunarnos—les dijo Guzman sin saludar; que nos preparen algo, pero antes á ver si hay ropa que le venga á esta señora para que se quite la que trae puesta, porque viene la pobrecita mojada hasta los huesos.

Doña Blanca oyó esto, pero no se movió; tenia miedo de todo.

—Anda vida mia—la dijo Guzman, tomándola un brazo, anda.

Doña Blanca se desprendió de la mano de aquel hombre y le dirigió una mirada de indignacion.

—Vamos señora—dijo una de las mugeres.

Blanca no contestó, y se sentó sobre una piedra.

—Si no quiere, déjenla por ahora, hoy se amansará, yo voy á mudarme que tengo frio: el desayuno.

Guzman se entró á la casa, haciendo al retirarse una seña al criado que como un centinela vino á colocarse al lado de Doña Blanca.

La pobre jóven meditaba con la frente apoyada en sus manos.

¿Qué seria de ella en poder de aquel hombre? ¿De dónde podria venirle la salvacion?

Levantó el rostro y miró al cielo, y sus miradas se perdieron en el espacio.

Media hora permaneció así, hasta que sintió que la tocaban familiarmente en la espalda. Era Guzman que se habia cambiado el traje, y que salia de la casa vestido como un caballero, con una ropilla y unos gregüescos de vellorí pardos y unas calzas finísimas de cuero de venado.

—¿Quieres desayunarte, alma mia?

Doña Blanca no contestó.

—Vamos, toma alguna cosa, entra al menos en la casa, el sol comenzará pronto á calentar y puede hacerte mal.

Doña Blanca ni le miraba siquiera.

—Entonces si no quieres entrar, yo comeré aquí; que me has causado tanta pasion, que no quiero abandonarte ni un momento.

Guzman habló á las mugeres, y poco despues allí mismo habian tendido en el suelo, y á los piés de Blanca una soberbia servilleta de damasco, y habian servido el desayuno.

Las tazas, los platos, las jarras, todo era de plata ricamente cincelado, todo de mucho lujo; aquel hombre debia de ser muy rico.

Las mugeres se retiraron y Guzman quedó solo con Doña Blanca.

—Toma alguna cosa, ángel mio, decia Guzman: mira, aquí serás mas que la vireina; aquí tú sola mandarás y tendrás cuanto quieras, porque soy muy rico, mucho. Si ves que vivo en esta casa tan triste, es porque no tengo á quien darle gusto, pero viniendo tú todo cambiará; ¿me oyes? Porque yo conozco que á tí sí te voy á querer de veras. Oyeme, mi vida: muchas mugeres han venido aquí y han hecho poderíos por agradarme, pero me han cansado, nunca he podido llegar á quererlas, y á tí sí te he de querer mucho, porque has de ser buena, y yo tengo necesidad de querer á una muger buena.

Guzman estaba enternecido, y Blanca concibió alguna esperanza.

—Si quereis una muger buena—contestó—¿por qué me habeis traido así, por fuerza? ¿Qué conseguireis con tener aquí contra su voluntad á una pobre muger que no os ama, que no puede amaros?

—¿Amas á otro?—dijo Guzman con furor.

—¿Para qué quereis saberlo? Basta que os diga que no os puedo amar.

—Pero me amarás, serás mia.

—No lo espereis.

—¡Ah! mas soberbias que tú han llegado aquí muchas, y han acabado por llorar el dia que las he despachado á sus casas.

—Mal me conoceis si me confundis con esas mugeres—contestó indignada Blanca.

—Oyeme, no quiero que nos incomodemos tan pronto; toma algo paloma mia, estás muy débil, toma algo y hablaremos despues; quizá me convenzas, y te deje yo volver libre á la casa de Bárbara.

Doña Blanca quiso probar con aquel hombre la dulzura.

—Sí, os acompañaré, tomaré algo con vos, pero es necesario que vayais reflexionando, que vuestra accion no es buena: ¿qué pretendeis de mí, de una pobre muger sin amparo? Si no fuera mi situacion tan triste, si yo tuviera algun amparo sobre la tierra, no seria tan cruel lo que pensais contra mí; pero quizá la única esperanza que me quede sobre la tierra sereis vos. Sed mi amigo, mi protector; no os empeñeis en ser mi verdugo.

Guzman miró fijamente á Doña Blanca: sus ojos pardos, brillaron bajo sus cejas negras y espesas de una manera estraña.

—¡Ah! tú sabes mucho, mucho; casi, casi me estas enterneciendo: calla, y no me hables así.

Doña Blanca sintió que su corazon se dilataba con la esperanza.

Calló por un momento, y comenzó á tomar una taza de leche.

Guzman habia concluido y las mugeres llegaron á retirar todo lo que habia servido para el desayuno. Pero Doña Blanca observó con terror que habian dejado cerca de Guzman una botella.

Blanca permaneció silenciosa, pero á poco su terror subió de punto, porque vió salir de la casa al criado y á las mugeres y alejarse hasta perderse por la vereda. Quedaba enteramente sola con Guzman.

Guzman se llevó á la boca la botella y dió un trago como para adquirir valor.

—Oyeme—dijo limpiándose los labios—yo te quiero, y necesito que tú me quieras tambien; yo soy mozo y sabes que soy rico, podemos ser aquí muy felices.

—Pero.........

—Escúchame: yo sé que andas prófuga, que te persigue la justicia, la inquisicion tal vez, porque tú llevas en tu cuerpo las señales del tormento, aquí nadie es capaz de alcanzarte; quiéreme, sé mia por bien, estás en mi poder, ninguno podrá libertarte, y si resistes, fuerza tengo para obligarte á sucumbir.

—Oidme, por Dios—contestó Blanca—es verdad que estoy en vuestro poder, que ando prófuga, pero la historia de mis desgracias enterneceria á un tigre. Sola en el mundo, el destino me ha arrebatado á todos mis protectores; Doña Beatriz de Rivera mi madrina, murió; luego encontré amparo en Don Melchor Perez de Varais, y en su muger Doña Isabel, pero mas tarde supe por mi último amigo, por el negro Teodoro que Doña Isabel mi protectora era una aventurera llamada Luisa, y entonces ya no me quedaron sobre la tierra mas que gentes que pasageramente se interesan por mí, ¿por qué vos no habeis de ser el ángel protector de mi vida? Sois bueno, generoso, fuerte, sed mi abrigo, ved en mí una muger que necesita de apoyo y no una víctima, un juguete de vuestras pasiones......... ¿me oís.........?

Guzman habia escuchado en silencio á Blanca y tenia la cabeza inclinada.

De repente tomó la botella y volvió á llevarla á sus labios.

Doña Blanca se estremeció.

—Siempre he pensado en que seas mia.

—¿Pero no os conmueve mi llanto ni mis súplicas?

—Todas las mugeres son lloronas.

—Mirad que os lo pido de rodillas—dijo Blanca arrodillándose.

El manto que la cubria cayó de su espalda y quedó descubierto su cuello blanco y torneado.

Guzman volvió á tomar otro trago y se quedó mirando á Blanca.

—De veras que eres linda—la dijo—¿y quieres que mirándote esa garganta y esos hombros te dejara ir cómo tú te lo supones?

Doña Blanca se cubrió precipitadamente, pero ya no era tiempo.

—¿Para qué te tapas?—dijo Guzman queriendo quitarle el manto—¿para qué te tapas? ven acá, comenzaré por darte un beso.

Y estendió su mano para acariciarla.

Doña Blanca se retiró violentamente y volvió el rostro como buscando amparo, pero estaba sola, completamente sola; no se oia mas ruido que el rumor del viento entre la fronda y los ecos del torrente que se despeñaba en las profundidades de la barranca de «la Monja Maldita.»

Guzman se paró vacilante: sus facciones anunciaban que habia llegado á un estado temible de embriaguez.

Doña Blanca al verle en aquella situacion perdió toda esperanza.

Doña Blanca retrocediendo se encontró detenida por un árbol, y Guzman pudo asirla de la falda.

—¿A dónde vas? ¿á dónde vas?—balbutia aquel hombre, ven acá, si hoy vas á ser mia.

—¡Por Dios dejadme! ¡por Dios! por vuestra madre, por lo que mas ameis en el mundo.........

—Si tú eres lo que mas amo en el mundo, ven aquí, no me hagas enojar.........

—¡Por Dios! ¡por el amor de vuestra madre!—repetia Blanca.

—Vamos, ¿qué tiene que ver Dios, ni mi madre en esto? Si Dios no quisiera no estarias en mi poder.

Guzman habia logrado detener á Blanca y habia pasado su brazo al derredor de su cuello y acercaba ya su rostro al de la doncella, pero ésta logró desprenderse de él y se retiró.

Sin embargo, poco habia ganado, porque en aquella lucha habian venido á colocarse cerca de la barranca, y la jóven se refugió encima de una peña que se avanzaba sobre el abismo.

—¡Hola!—decia Guzman—te resistes, pero ya has caido y tú sola te entregas: haber ahora por donde te vas.

Blanca miró por todos lados y solo encontró delante de ella aquel hombre, con ojos inyectados, y el aliento fatigado, ébrio de pasion y de vino, en derredor el abismo, rocas que alzaban entre las espumas sus erizadas frentes de granito, y sobre su cabeza un cielo azúl, puro, tranquilo é indiferente. Blanca pensó entonces en un milagro.

CAPÍTULO 24

Lo que vió Teodoro.

Teodoro oyó el ruido de los caballos que partian de la casa de Bárbara y llamó á la vieja.

—¿Quereis decirme—le preguntó—quién estaba ahí?

—Fué Guzman, un amigo mio—contestó descaradamente la vieja—que vino por esa muchacha conocida vuestra.

—¿Por quién?—preguntó Teodoro incorporándose espantado.

—Por esa muchachita que estaba aquí.

—¿Por Doña Blanca?

—Sí—contestó la vieja.

—¿Y ella qué hizo?—dijo Teodoro cada vez mas asombrado.

—¿Qué habia de hacer? irse con él.

—¡Irse con él! ¿Pero cómo?

—¿Cómo? Muy alegre y muy contenta.

—¡Mientes vieja infernal!—esclamó Teodoro trémulo de furor tomando á Bárbara por la garganta y arrojándola sobre la cama—¡mientes! ¿Qué has hecho con esa jóven?

—¡Socorro! ¡socorro!—gritaba Bárbara.

—Calla, ó te ahogo—dime, ¿qué has hecho de esa jóven? Responde, ó te mato.

La vieja espantada, callaba.

—¿No contestas?.......... ¿No contestas? Pues bien, voy á estrellarte contra la pared, contra las piedras, como á una serpiente.

Y Teodoro sin hacer caso de sus heridas se levantó, y alzó en el aire á la vieja para estrellarla.

—No, no—gritó la vieja—dejame, dejame, que yo lo diré.
—Bueno—contestó Teodoro—dime ¿qué hiciste con esa jóven?
—Se la llevó Guzman.
—¿Quién es Guzman?
—Un amigo mio..........
—¿Y para dónde se la llevó?
—Para su casa.
—¿Pero ella consintió?
—Sí..........
—¡Mientes!—dijo Teodoro alzando la mano.
—No, no consintió.
—Pues ¿cómo no gritó ni pidió auxilio?
—Por que..................
—¡Habla!
—Estaba privada le habia yo dado yerba.
—¡Infame!

Teodoro reflexionaba, pero no soltaba la mano de la vieja.

—¿En dónde esta la casa de ese hombre?
—No muy lejos, en un ranchito.
—¿Sabes tú?
—Sí.
—Pues vamos allá.
—¿Ahora con esta tempestad, en esta noche?
—Sí ahora mismo, ahora mismo..........
—Pero..........
—Vamos, pronto.

Teodoro se incorporó como pudo, y se puso su sombrero; todo esto sin dejar para nada á la vieja.

De debajo de su lecho sacó un cuchillo, y lo colocó en su cinturon.

—Mira—dijo á la vieja—al menor impulso que sienta de que quieras huir, te mato: ¡en marcha!

La vieja obedeció y salieron.

La noche era horrorosa, y caminaban casi adivinando en la oscuridad.

Así anduvieron como dos horas.

Teodoro, fatigado, sosteniéndose solo por la fuerza de su voluntad, comenzaba á impacientarse.

—Oye ¿no decias que el rancho estaba cerca?

—Pero hemos perdido algo el tiempo por la mala noche.

—Te advierto que si llegamos, cuando á Doña Blanca la haya sucedido alguna desgracia, te mato sin remedio.

—¡Ay!

—Pues vamos.

Y seguian caminando.

Algunas veces se detenia Teodoro á tomar aliento, y entonces era la vieja la que le apuraba.

—Vamos—decia—es tarde—y volvian á caminar.

Por fin, comenzó á lucir la mañana y á los primeros reflejos la vieja le dijo á Teodoro:

—Mirad, allí en aquel cerrito es la casa, poco nos falta.

Teodoro hubiera querido volar, pero aquella pendiente era muy larga y muy elevada.

El sol estaba ya en el horizonte y todo el panorama se iluminó perfectamente.

Teodoro y la vieja subian, pero el negro venia ya muy cansado y necesitaba detenerse á cada momento. Por fin llegaron á descubrir la casa.

Teodoro vió á Doña Blanca y á Guzman: sus figuras se destacaban, sobre las rocas en el purísimo azul de los cielos.

Blanca estaba en pié desdeñosa y altiva, Guzman á corta distancia, parecia no atreverse á acercarse.

Teodoro comprendió que habia llegado á tiempo.

Comenzó á caminar con mas violencia, y llegó á otro punto en que se dominaba mejor la escena que pasaba en el rancho.

Doña Blanca estaba al borde del abismo, y parecia hablar, Guzman estaba cerca de ella. Teodoro iba á continuar su camino, cuando la escena cambió.

Guzman dió un paso adelante y un gritó agudo atravesó los aires: Doña Blanca desprendiéndose de la roca cayó en el abismo, y se perdió entre las alborotadas espumas del torrente.

~

Guzman dió un grito y se echó atrás espantado para no precipitarse tambien.

Teodoro cayó de rodillas.

El torrente siguió su curso tranquilo, sin que nada indicara que sus ondas habian sido el sepulcro de la pobre Blanca.

FIN.

Copyright © 2024 por Alicia Editions

Portada : Young Praying Nun on Dark Background@canva.com

ISBN Ebook 9782384554041

ISBN Tapa blanda 9782384554058

Todos Los Derechos Reservados

www.ingramcontent.com/pod-product-compliance
Lightning Source LLC
LaVergne TN
LVHW032003070526
838202LV00058B/6275